In een vervallen huis in het oosten van Londen wordt het lijk van een man aangetroffen, rechtop in een leunstoel. Bij het oplossen van de zaak roept inspecteur Karlsson de hulp van Frieda Klein in. Wanneer Frieda meer over het verleden van de man te weten komt, blijkt ze in groot gevaar te verkeren en meer vijanden te hebben dan ze dacht.

Achter de naam Nicci French gaat het Britse echtpaar Nicci Gerrard en Sean French schuil. Dit wereldberoemde duo schreef al vijftien thrillers en vele korte verhalen. In totaal werden in ons land meer dan zes miljoen exemplaren van hun werk verkocht.

'Wat een geweldig boek en wat een staaltje superieure vertelkunst!' – *Margriet*

'Een veelzijdige, spannende en overtuigende misdaadroman.'
– *BOEK*

'Het schrijversduo Nicci French heeft met psychoanalytica Frieda Klein een goudmijntje aangeboord.' – *Nu.nl*

Van Nicci French verscheen eveneens bij uitgeverij Anthos

Het geheugenspel
Het veilige huis
Bezeten van mij
Onderhuids
De rode kamer
De bewoonde wereld
Verlies
De mensen die weggingen
De verborgen glimlach
Vang me als ik val
Verloren
Tot het voorbij is
Wat te doen als iemand sterft
Medeplichtig
Blauwe maandag
Wachten op woensdag

Nicci French

Dinsdag is voorbij

Vertaald door
Irving Pardoen

Anthos | Amsterdam

MIX
Papier van verantwoorde herkomst
FSC® C110751

Eerste druk 2012
Negende druk 2013

ISBN 978 90 414 2436 5

Oorspronkelijke titel *Tuesday's Gone*
Oorspronkelijke uitgever Michael Joseph
Omslagontwerp Marry van Baar
Omslagillustratie © Anne Laure Jacquart/Arcangel
Images/Hollandse Hoogte
Kaart binnenwerk © Maps Illustrated, 2012
Foto auteurs Annemarieke van den Broek

Verspreiding voor België:
Veen Bosch & Keuning uitgevers n.v., Antwerpen

Voor Francis en Julia

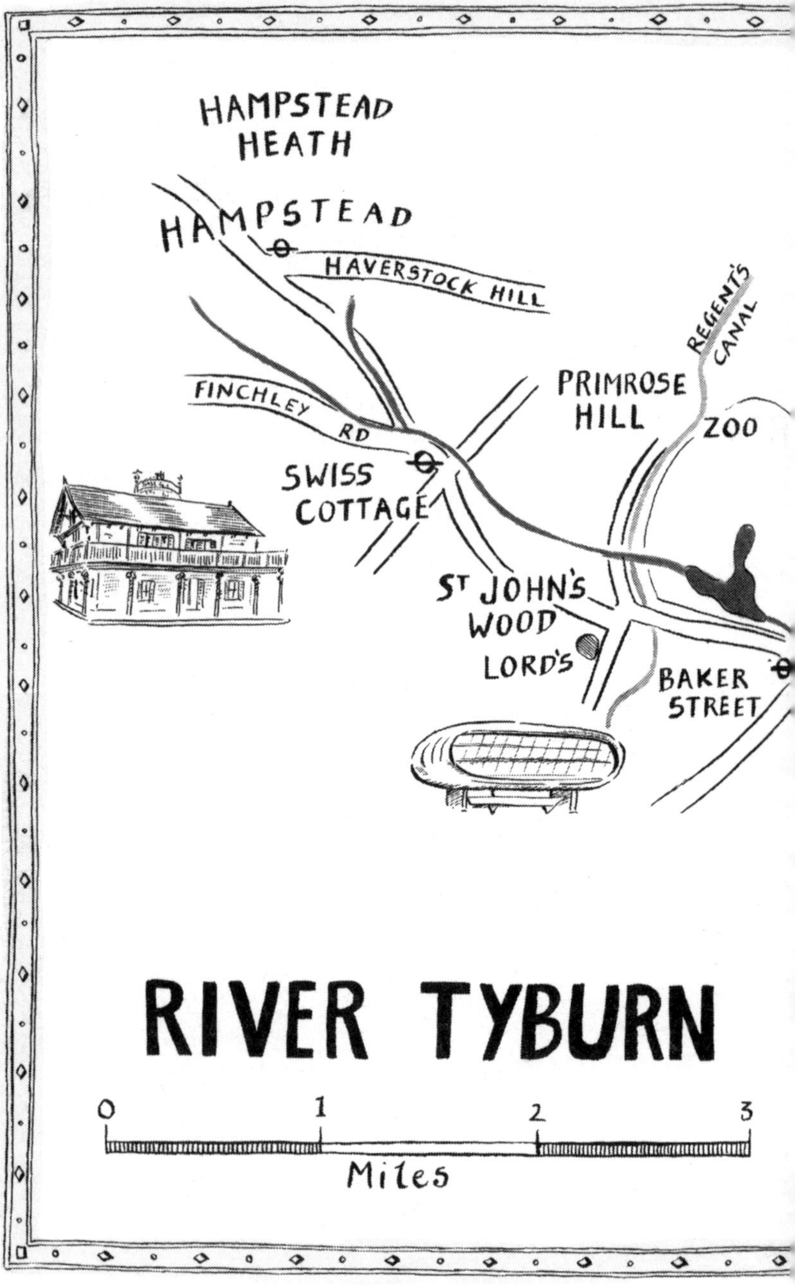

HAMPSTEAD HEATH
HAMPSTEAD
HAVERSTOCK HILL
REGENT'S CANAL
PRIMROSE HILL
ZOO
FINCHLEY RD
SWISS COTTAGE
ST JOHN'S WOOD
LORD'S
BAKER STREET
RIVER TYBURN
0
1
2
3
Miles

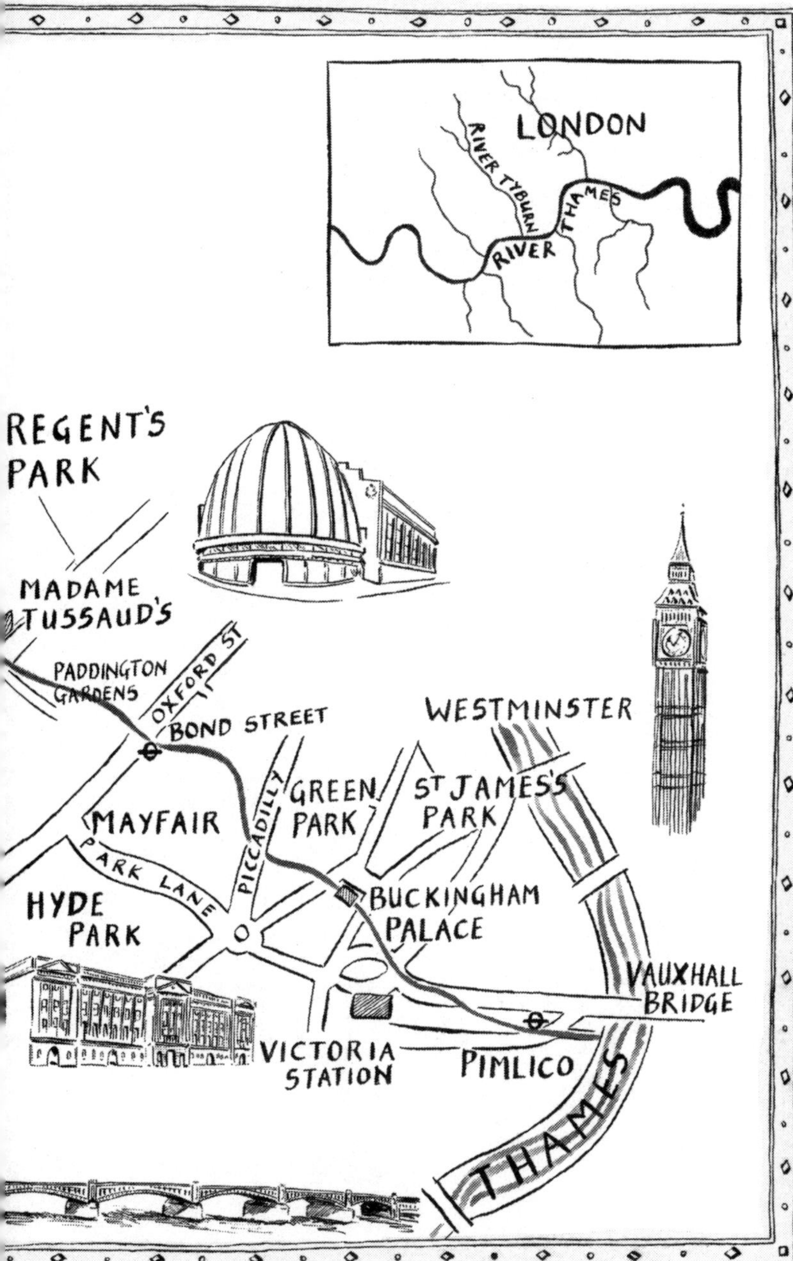
LONDON
RIVER TYBURN
RIVER THAMES
REGENT'S PARK
MADAME TUSSAUD'S
PADDINGTON GARDENS
OXFORD ST
BOND STREET
WESTMINSTER
PICCADILLY
GREEN PARK
ST JAMES'S PARK
MAYFAIR
PARK LANE
HYDE PARK
BUCKINGHAM PALACE
VAUXHALL BRIDGE
VICTORIA STATION
PIMLICO
THAMES

1

Maggie Brennan haastte zich door Deptford Church Street, en af en toe rende ze zelfs een stukje. Tegelijkertijd was ze aan het telefoneren, keek ze het dossier door en zocht ze het adres in het stratenboekje. Het was de tweede dag van de week en ze lag nu al twee dagen achter op schema. Afgezien nog van het werk dat ze had overgenomen van een collega die nu permanent ziekteverlof had.

'Nee,' zei Maggie in de telefoon. Ze keek op haar horloge. 'Ik doe mijn best om bij de vergadering aan te schuiven voordat jullie klaar zijn.'

Ze stopte haar mobieltje in haar zak. Ze dacht aan het geval waar ze net vandaan kwam. Een kind van drie met blauwe plekken. Verdachte blauwe plekken, had de arts op de eerste hulp gezegd. Maggie had met de moeder gesproken, naar het kind gekeken en rondgeneusd in het appartement waar ze woonden. Het was er afschuwelijk, vochtig en koud, maar niet per se gevaarlijk. De moeder had gezegd dat ze geen vriend had, en Maggie had in de badkamer geen scheerapparaat zien liggen. Ze had met nadruk gezegd dat hij van de trap was gevallen. Dat zeiden mensen altijd als ze hun kinderen hadden geslagen, maar een kind van drie kon natuurlijk best van de trap vallen. Ze was maar tien minuten binnen geweest, maar het zou weinig verschil hebben gemaakt als het tien uur was geweest. Als ze het kind uit huis plaatste, zou de rechter dat waarschijnlijk weer terugdraaien, wat haar vervolgens zou worden aangerekend. Als ze het kind niet uit huis plaatste en het zou dood gevonden worden, zou er een onderzoek komen en zou ze ontslagen en misschien vervolgd worden. Daarom had ze er geen werk van gemaakt. Geen directe reden tot bezorgdheid. Het zou waarschijnlijk wel loslopen.

Ze tuurde in het stratenboekje. Ze had koude handen omdat ze haar handschoenen was vergeten en natte voeten vanwege haar goedkope laarsjes. Ze was weleens eerder in dit huis geweest, maar ze kon nooit onthouden waar het precies was. Howard Street was een doodlopend straatje ergens vlak bij de rivier. Ze moest haar leesbril opzetten en met haar vinger over de kaart gaan voordat ze het eindelijk had gevonden. Ja, daar was het, een paar minuten lopen maar. Ze sloeg van de hoofdstraat af en liep toen onverwachts langs een kerkhof. Ze leunde tegen de muur en keek in het dossier van de vrouw die ze ging bezoeken. Het stelde allemaal niet veel voor. Michelle Doyce. Geboren in 1959. Een ontslagbrief van het ziekenhuis, waarvan een afschrift naar de sociale dienst was gestuurd. Een huisvestingsbeschikking en een aanvraag voor een evaluatie. Maggie bladerde de papieren door: geen naaste familie. Het was niet eens duidelijk waarom ze opgenomen was geweest, maar aan de naam van het ziekenhuis te zien zou het wel iets psychisch zijn. Ze kon van tevoren wel bedenken wat de evaluatie zou opleveren: een in alle opzichten hopeloos geval, een zielige vrouw van middelbare leeftijd die een dak boven haar hoofd nodig had en iemand om eens mee te praten, al was het maar om te voorkomen dat ze zou gaan zwerven. Maggie keek op haar horloge. Ze had vandaag geen tijd voor een complete evaluatie. Wat ze wel kon doen, was een basiscontrole en nagaan of Michelle geen onmiddellijk risico liep, dat ze ervoor zorgde dat ze regelmatig at bijvoorbeeld – de standaardchecklist.

Ze sloeg het dossier dicht en liep weg van de kerk, langs een galerijflat. Een deel van de woningen was afgesloten met ijzeren platen voor ramen en deuren, maar de meeste waren bewoond. Op de tweede verdieping kwam een tiener het trappenhuis uit en liep met zijn handen in de zakken van zijn dikke jas over de galerij. Maggie keek om zich heen. Ze liep waarschijnlijk geen gevaar. Het was dinsdagochtend, dus de mensen die gevaarlijk waren zouden merendeels nog in bed liggen. Ze sloeg de hoek om en controleerde het adres dat ze in haar notitieboekje had opgeschreven. Howard Street 3, kamer 1. Ja, nu herinnerde ze het zich weer. Het was een merkwaardig huis, dat eruitzag alsof het uit dezelfde materialen was opgetrokken als de galerijflat en vervolgens in hetzelfde tempo was vervallen. Het was eigenlijk geen echt tehuis. Het was een pand dat tegen een lage huur van een particuliere eigenaar was gehuurd en waar mensen in werden ondergebracht in afwachting van de beslissing van de sociale dienst wat er verder met hen moest gebeuren. Meestal verhuisden ze al snel weer, of ze werden vergeten. Er waren tehuizen waar Maggie alleen onder begeleiding naartoe ging, maar hier had ze nooit iets bijzonders over gehoord. Deze mensen waren vooral een gevaar voor zichzelf.

Ze keek naar het huis. Op de tweede verdieping was een kapotte ruit afgedekt met een stuk bruin karton. Voor het huis lag een betegeld tuintje, en links ervan liep een pad naar achteren. Bij de voordeur stond een opengescheurde vuilniszak, maar er lag al zoveel afval dat dat niet veel meer uitmaakte. Maggie maakte een notitie die uit slechts één woord bestond. Naast de voordeur bevonden zich vijf bellen, zonder naambordjes. Ze drukte op de onderste, en toen nog een keer. Het was onduidelijk of de bel overging. Ze vroeg zich net af of ze op de deur zou bonzen of door het raam zou kijken, toen ze een stem hoorde. Toen ze omkeek, zag ze vlak achter zich iemand staan. Het was een magere man met rossig touwhaar in een paardenstaart en piercings in zijn gezicht. Ze deed een stapje opzij toen ze de hond van de man zag, van een klein ras dat officieel verboden was, maar waarvan ze er al drie had gezien sinds ze was uitgestapt bij metrostation Deptford.

'Hij doet niks, hoor,' zei de man. 'Nee hè, Buzz?'

'Woont u hier?' vroeg Maggie.

De man keek achterdochtig. Zijn wang trilde. Maggie haalde een geplastificeerd kaartje uit haar zak en toonde het hem. 'Ik ben van de sociale dienst,' zei ze. 'Ik kom voor Michelle Doyce.'

'Die van beneden?' zei de man. 'Ik heb haar niet gezien.' Hij reikte achter Maggie en deed de voordeur open. 'Komt u binnen?'

'Ja, graag.'

De man haalde zijn schouders op. 'Loop maar door, Buzz,' zei hij. Maggie hoorde het tikken van de hondenpoten in de gang en op de trap naar boven. De man liep achter hem aan en verdween uit het zicht.

Zodra Maggie naar binnen ging, werd ze getroffen door een lucht van vocht, afval, gefrituurd eten, hondenpoep en andere geuren die ze niet meteen kon thuisbrengen. Haar ogen begonnen er bijna van te tranen. Ze deed de deur achter zich dicht. Dit moest ooit het halletje van een eengezinswoning zijn geweest. Nu stond het vol met pallets, blikken verf, een paar opengescheurde vuilniszakken en een oude fiets zonder banden. De trap was recht voor haar. Links ervan was een afgesloten deur die toegang zou hebben gegeven tot de voorkamer. Ze liep langs de trap naar een andere deur, verderop. Ze gaf er een harde roffel op en luisterde of ze iets hoorde. Even klonk er geluid, toen werd het weer stil. Ze klopte nog een paar keer en wachtte. Er klonk geratel, waarna de deur naar binnen openging. Maggie hield haar geplastificeerde kaartje weer voor zich uit.

'Michelle Doyce?' zei ze.

'Ja,' zei de vrouw.

Het viel Maggie niet mee om voor zichzelf duidelijk te krijgen wat er nou zo vreemd aan haar was. Ze was schoon en haar haar zat netjes, maar misschien iets te netjes, zoals bij een klein kind dat zijn natte haar soms kamt zodat het plat tegen zijn hoofd ligt, zo dun dat de bleke hoofdhuid eronder te zien is. Haar gezicht was glad en roze van kleur, met lichte donshaartjes. Haar knalrode lippenstift liep iets te ver door over de rand van haar lippen. Ze droeg een vormeloze, verschoten bloemetjesjurk. Maggie zei wie ze was en hield haar kaartje op.

'Ik wilde alleen even kijken hoe het met je is, Michelle,' zei ze. 'Hoe is het? Gaat alles goed met je? Zit je goed in je vel?'

De vrouw knikte.

'Mag ik even binnenkomen?' vroeg Maggie. 'Even kijken of alles oké is?'

Ze liep naar binnen en haalde haar notitieboekje tevoorschijn. Voor zover ze het in een oogopslag kon beoordelen, hield Michelle zichzelf schoon. Ze zag eruit alsof ze regelmatig at. Ze reageerde op haar. Toch was er iets vreemds met haar. Maggie keek om zich heen in het armoedige halletje. De aanblik contrasteerde scherp met die van de gang van het huis. Er stond een rijtje schoenen, er hing een jas aan een haak. In de hoek stond een emmer met een zwabber erin.

'Hoe lang woon je hier al, Michelle?'

De vrouw fronste haar wenkbrauwen. 'Hier?' vroeg ze. 'Een paar dagen.'

Op de ontslagbrief van het ziekenhuis stond 5 januari, en vandaag was het 1 februari. Toch verraste dit soort vaagheid haar niet echt. Terwijl de twee vrouwen daar zo stonden, werd Maggie zich ervan bewust dat ze een geluid hoorde dat ze niet kon thuisbrengen. Het zou het gebrom van het verkeer kunnen zijn, een stofzuiger op de verdieping erboven, of een vliegtuig. Het lag eraan van hoe ver het kwam. Ook hing er een geur als van eten dat te lang was bewaard. Ze keek omhoog – er was stroom. Ze zou moeten nagaan of Michelle een koelkast had. Maar zo te zien zou ze het voorlopig wel redden.

'Mag ik even rondkijken, Michelle?' vroeg ze. 'Kijken of alles in orde is?'

'Wil je met hem kennismaken?' vroeg Michelle.

Maggie was verbaasd. Dat stond niet op het formulier. 'Heb je een vriend?' vroeg ze. 'Ik zou graag kennis met hem maken, ja.'

Michelle liep voor haar uit en deed de deur open naar wat vroeger de achterkamer geweest moest zijn. Maggie liep achter haar aan en voelde meteen iets op haar gezicht. Eerst dacht ze dat het stof was. Het leek een beetje op de vieze warme lucht die een metrotrein voor zich uit stuwt en die op het perron in je gezicht blaast. Maar het geluid klonk nu ook harder, en toen drong het tot haar door dat het geen stof was, maar een zwerm vliegen, een dikke zwerm vliegen die om haar hoofd gonsde.

Even raakte ze in de war bij de aanblik van de man die op de bank zat. Het was net alsof alles ineens traag verliep, alsof ze niet goed kon zien, alsof ze zich onder water bevond of in een droom. In verwarring vroeg ze zich af of hij misschien een soort duikerpak aanhad, een blauw, gemarmerd, enigszins beschadigd en gescheurd duikerpak, en ze vroeg zich af waarom zijn ogen geel en troebel waren. Toen graaide ze naar haar telefoon, maar liet die vallen. Opeens leek het alsof haar vingers niet meer deden wat ze wilde. Ze kon ze er niet toe bewegen de telefoon van het groezelige tapijt op te rapen, want ze zag nu dat wat zij had aangezien voor een soort duikerpak in werkelijkheid zijn blote, opgezwollen, gescheurde huid was, en dat hij dood was – al lang dood was.

2

'Februari,' zei Sasha, zorgvuldig een plas ontwijkend, 'zouden ze moeten afschaffen.'

Ze liep met Frieda door een straat met moderne kantoorgebouwen die zo hoog waren dat je nog maar een klein stukje hemel kon zien, waardoor alles op deze toch al donkere dagen nog donkerder leek. Alles was zwart, grijs of wit, als op oude foto's: de gebouwen leken in zwart-wit te zijn uitgevoerd, de lucht was kil en loodgrijs en alle mannen en vrouwen – maar het waren merendeels mannen – die hen met hun platte laptoptassen en paraat gehouden paraplu's passeerden, droegen pakken en jassen in sobere kleuren. Alleen de rode sjaal om Frieda's hals vormde een kleurige toets in het geheel.

Frieda liep snel, en Sasha moest moeite doen om haar bij te houden, al was ze van hen beiden de langste.

'En dinsdagen ook,' vervolgde ze. 'Februari is de ergste maand van het jaar, veel erger dan januari, en dinsdag is de ergste dag van de week.'

'Dat was toch de maandag, dacht ik?'

'Dinsdag is erger. Dan is het net alsof...' Sasha zweeg even en zocht naar een vergelijking. 'Maandag is het alsof je in ijskoud water springt, maar dat geeft je wel een schok van opwinding. Op dinsdag lig je nog in het water, maar dan is de schok uitgewerkt en heb je het gewoon koud.'

Frieda keek Sasha aan, en het viel haar op dat ze er met haar winters bleke huid frêler uitzag dan normaal. Toch kon het, zelfs nu haar donkerblonde haar strak naar achteren zat en ze een dikke jas droeg, niemand ontgaan hoe mooi ze was.

'Slecht geslapen?'

Ze sloegen af bij een wijnbar en waagden zich even in de wirwar van rode bussen en taxi's op Cannon Street. Het begon zacht te regenen.

'Valt wel mee. Ik had alleen een vergadering die langer duurde dan nodig was omdat bepaalde mensen zichzelf zo graag horen praten.' Sasha bleef ineens staan en keek om zich heen. 'Ik heb een hekel aan dit deel van Londen,' zei ze, niet op boze toon, maar alsof het nu pas tot haar doordrong waar ze was. 'Toen jij voorstelde om te gaan wandelen, dacht ik dat je met me naar de rivier of naar een park zou gaan. Hier is het gewoon surrealistisch.'

Frieda vertraagde haar pas. Ze liepen langs een omheind en onverzorgd uitziend stukje grond vol brandnetels en welig tierend struikgewas.

'Hier stond vroeger een kerk,' zei ze. 'Die is natuurlijk allang weg, en het kerkhof ook. Maar dit landje is er nog, het is op de een of andere manier over het hoofd gezien tussen al die kantoren. Het is een spoortje van het verleden.'

Sasha keek over het hek naar de rommel die er lag. 'En nu is het een plek waar mensen een sigaretje komen roken.'

'Toen ik klein was, zeven of acht, nam mijn vader me weleens mee naar Londen.'

Sasha keek Frieda aandachtig aan: dit was voor het eerst dat ze iets zei over haar familie en een herinnering aan haar kinderjaren ophaalde. Ze kenden elkaar nu ongeveer een jaar, en zij had Frieda bijna alles over háár leven verteld – over de relatie met haar ouders en haar lamlendige jongere broer, over haar liefdes en vriendschappen: allerlei dingen die ze doorgaans voor zich hield had ze aan haar toevertrouwd – maar Frieda's leven was voor haar nog steeds een mysterie.

Ze hadden elkaar ruim een jaar geleden ontmoet. Sasha was als patiënt bij Frieda gekomen en herinnerde zich hun ene sessie nog goed. Ze had Frieda verteld dat ze met haar therapeut naar bed was geweest, op fluistertoon en nauwelijks in staat om haar ogen op te slaan onder Frieda's aandachtige blik, dat haar therapeut met háár naar bed was geweest. Het was een echte bekentenis geweest: de hele kamer was vervuld geweest van dat ellendige geheim van haar, en Frieda had, enigszins voorovergebogen in haar rode stoel, door haar oprechte aandacht de angel van schaamte weggenomen. Sasha had de kamer met een leeg gevoel verlaten, maar wel bevrijd. Pas later had ze gehoord dat Frieda meteen daarna naar het restaurant was gegaan waar die therapeut met zijn vrouw zat, dat ze hem een klap had gegeven en een ravage had aangericht, met gebroken borden en glaswerk. Ze was met haar hand in het verband in een politiecel terechtgekomen, maar de therapeut had geen aangifte willen doen en had erop aangedrongen dat hij alle schade in het restaurant zou betalen. Later had Sasha, die geneticus van beroep was, haar schuld aan Frieda ingelost door heimelijk een DNA-test te verrichten op een stukje bewijsmateriaal dat Frieda uit het politiebureau had ontvreemd.

Ze waren vriendinnen geworden, maar het was een ander soort vriendschap dan Sasha ooit had gekend. Frieda praatte niet over gevoelens, ze sprak nooit over haar ex Sandy, die voor zijn werk naar Amerika was verhuisd, en de enige keer dat Sasha haar daarover een vraag had gesteld, had Frieda schrikbarend beleefd tegen haar gezegd dat ze er niet over wilde praten. In plaats daarvan had Frieda het een en ander gezegd over de architectuur van een bepaald bouwwerk of over een merkwaardig feit dat ze over Londen te weten was gekomen. Af en toe had ze Sasha uitgenodigd voor een tentoonstelling, en soms belde ze haar op om te vragen of ze zin had om met haar te gaan wandelen. Sasha ging er altijd op in. Ze was graag bereid een afspraak af te zeggen of haar werk te onderbreken om met Frieda door Londen te lopen. Ze had het gevoel dat dit Frieda's manier was om haar in vertrouwen te nemen, en dat zij, door Frieda te vergezellen bij haar omzwervingen, de eenzaamheid van haar vriendin misschien enigszins kon verlichten.

Ze wachtte tot Frieda verder zou vertellen, want ze wist dat ze daar beter niet op aan kon dringen.

'We zouden naar Spitalfields Market gaan, en toen zei hij ineens dat we boven op een pestlijdersgraf stonden, dat er onder onze voeten honderden mensen begraven lagen die aan de Zwarte Dood waren bezweken. Ze hadden een aantal van die lijken opgegraven en de tanden onderzocht.'

'Had hij niet met je naar de dierentuin kunnen gaan?' vroeg Sasha.

Frieda schudde haar hoofd. 'Ik heb ook een hekel aan deze gebouwen. Die zouden overal kunnen staan. Maar er zijn van die kleine stukjes die ze vergeten hebben op te ruimen, hier en daar heb je nog van dat soort plekjes. En dan zijn er natuurlijk nog de straatnamen: Threadneedle Street, Wardrobe Terrace, Cowcross Street. Herinneringen en spoken uit het verleden.'

'Het lijkt wel een therapie.'

Frieda glimlachte. 'Ja, hè? En hier is nog iets wat ik je wil laten zien.'

Ze liepen terug naar Cannon Street en bleven tegenover het station staan bij een ijzeren rooster in de muur, met daarachter een steen.

'Wat is dat?'

'Dat is de London Stone.'

Sasha keek ernaar met een vragende uitdrukking op haar gezicht. Het was een klein, onopvallend en oninteressant uitziend stuk kalksteen met gaatjes erin, dat haar deed denken aan een steen waar je op ging zitten als je op het strand het zand van je voeten veegde voordat je je schoenen weer aandeed. 'Waar dient hij voor?'

'Hij beschermt ons.'

Sasha glimlachte verwonderd. 'In welk opzicht?'

Frieda wees naar het bordje dat ernaast hing. '"Zolang de Steen van Brutus veilig is, zolang zal Londen bloeien." Het zou hier het hart van de stad zijn, het punt dat de Romeinen als het centrum van hun rijk beschouwden. Sommige mensen kennen die steen occulte krachten toe. Niemand weet precies van wie hij afkomstig is – van de druïden of van de Romeinen. Het is misschien een oud altaar, of een offersteen, of een steen met een mystieke betekenis.'

'Geloof jij dat?'

'Wat ik er leuk aan vind,' zei Frieda, 'is dat die steen in een muur opzij van een winkel zit, dat de meeste mensen eraan voorbijlopen zonder hem op te merken, en dat hij, als hij zoek zou raken, nooit teruggevonden zou worden, omdat hij er net zo uitziet als een willekeurige andere steen. Hij betekent niet meer dan wat we willen dat hij betekent.'

Ze zwegen even, en toen legde Sasha haar gehandschoende hand op Frieda's schouder. 'Vertel eens, als jij ooit in moeilijkheden zou zitten, zou je dan iemand in vertrouwen nemen?'

'Dat weet ik niet.'

'Zou je mij in vertrouwen nemen?'

'Misschien.'

'O. Dat kun je best doen.' Ze voelde zich gespannen en in verlegenheid gebracht door de emotie in haar stem. 'Ik wilde alleen maar dat je dat weet.'

'Dank je wel.' Frieda's stem klonk neutraal.

Sasha liet haar hand zakken. Ze keerden beiden het rooster de rug toe. Het was kouder geworden, en de hemel was kleurloos alsof het elk moment kon gaan sneeuwen.

'Ik heb over een halfuur een patiënt,' zei Frieda.

'Nog één ding.'

'Ja?'

'Wat morgen betreft. Je zult wel bezorgd zijn. Ik hoop dat het allemaal goed gaat. Laat je het me weten?'

Frieda haalde haar schouders op. Sasha keek hoe ze wegliep, slank en rechtop de menigte in, die haar op leek te slokken.

3

Rechercheur Yvette Long was er iets eerder dan Karlsson. Ze had het telefoontje pas een kwartier geleden ontvangen, maar er had zich op straat al een kleine menigte gevormd: kinderen die op school zouden moeten zitten, jonge moeders met baby's in kinderwagens, mannen die geen haast leken te hebben om ergens naartoe te gaan. Het was bitterkoud, maar velen hadden geen jas of handschoenen aan. Ze zagen er opgewonden uit, met een nieuwsgierige blik in hun ogen. Voor nummer 3 stonden twee politieauto's, en er was een lint over de straat gespannen. Vlak daarachter liep een magere, pezige man met een rossige paardenstaart voortdurend heen en weer met zijn potige hond. Om de zoveel tijd ging het beest zitten en geeuwde, waarbij het kwijl uit zijn bek droop. Achter het lint stond een man, een enorm dikke man, wiens vetrollen onder zijn T-shirt zichtbaar waren. Hij stond doodstil en depte zijn glimmende voorhoofd alsof het geen februari was, maar hoogzomer. Yvette parkeerde haar auto, en terwijl ze het portier opende, kwam rechercheur Chris Munster met een zakdoek voor zijn mond uit het huis naar buiten.

'Waar is de vrouw die hem heeft gevonden?'

Munster haalde de zakdoek voor zijn mond weg en stopte die in zijn zak. Hij had zichtbaar moeite om zijn gelaatsuitdrukking onder controle te krijgen. 'Sorry. Het was me even te veel. Daar is ze.' Hij knikte in de richting van een Afrikaanse van middelbare leeftijd die met de handen voor haar gezicht op de stoep zat. 'Ze zit te wachten tot ze met ons kan praten. Ze is erg ontdaan. De andere vrouw – degene in wier huis hij gevonden is – zit bij Melanie in de auto. Ze heeft het steeds maar over theedrinken. De technische recherche is onderweg.'

'Karlsson komt er ook aan.'

'Mooi.' Munster dempte zijn stem. 'Hoe kunnen ze zo leven?'

Yvette en Karlsson trokken hoesjes over hun schoenen aan. Hij gaf haar een geruststellend knikje en legde even bemoedigend zijn hand op haar rug. Ze ademde diep in.

Later zou Karlsson proberen al zijn indrukken van elkaar te scheiden en ze elk afzonderlijk te beoordelen, maar nu was het een wirwar van beelden en geuren, en hij werd zo misselijk dat het zweet hem uitbrak. Ze liepen door alle afval en hondenpoep en de geur was zo allesoverheersend weeïg dat ze ervan kokhalsden. Yvette en hij liepen naar de deur die niet was afgesloten. Ze betraden een wereld die van een andere orde was: alsof ze een bibliotheek in gingen waar alles minutieus gecatalogiseerd op de daartoe bestemde plaatsen was opgeslagen. Drie paar stokoude schoenen boven op elkaar, een plank met ronde stenen, een andere plank vol met vogelbotjes, met aan sommige nog wat aan elkaar geklitte veren, een potje met keurig gerangschikte sigarettenpeuken, nog een plastic potje met iets wat op haarballen leek. Toen hij doorliep naar de volgende kamer had hij de gelegenheid om te bedenken dat de vrouw die hier woonde gek moest zijn. En vervolgens keek hij een tijdje naar wat er op de bank te zien was, de naakte man die daar rechtop zat, omgeven door een halo van traag rondzoemende dikke vliegen.

Hij was slank en leek, hoewel dat moeilijk te zeggen was, nog betrekkelijk jong. Als in een soort kuis gebaar lagen zijn handen op zijn schoot, en in een ervan hield hij een koffiebroodje. Zijn hoofd rustte op een kussen, zodat zijn zwavelkleurige open ogen hen recht in het gezicht staarden, terwijl er een wrede grijns om zijn scheefhangende, verstarde mond leek te liggen. Zijn huid was vlekkerig blauw, als bij een stuk kaas dat te lang heeft gestaan. Karlsson dacht aan de gebleekte spijkerbroek die hij voor zijn dochtertje had moeten kopen. Hij bande de gedachte uit zijn bewustzijn. Hij wilde het kind niet met deze toestand in verband brengen, zelfs niet in gedachten. Toen hij zich vooroverboog, zag hij dat er verticale strepen over de romp van de man liepen. Hij moest al enige tijd dood zijn, niet alleen vanwege de donkere plekken onder aan zijn dijen en op zijn billen, veroorzaakt doordat het bloed daar naartoe was weggezakt, maar ook vanwege de geur die er hing en die Yvette, die achter Karlsson stond, vluchtig en oppervlakkig deed ademhalen. Er stonden twee volle kopjes thee bij zijn linkervoet, die met gespreide tenen onder een onnatuurlijke hoek omhoogstak. In zijn donkerblonde haar stak een kam, en hij had lippenstift om zijn mond.

'Kennelijk zit hij hier al een tijdje.' Karlssons stem klonk kalmer dan hij zelf had verwacht. 'Het is warm hier in de kamer. En dat heeft het er niet beter op gemaakt.'

Yvette maakte een geluid dat een blijk van instemming zou kunnen zijn.

Karlsson dwong zichzelf om de vlekkerige, opgezwollen huid van de man beter te bekijken. Hij wenkte Yvette. 'Kijk,' zei hij.

'Waarnaar?'

'Zijn linkerhand.'

Het bovenste deel van de middelvinger ontbrak.

'Het zou een misvorming kunnen zijn.'

'Het lijkt mij eerder dat het eraf is gesneden en dat de wond niet goed is genezen,' zei Karlsson.

Yvette slikte voordat ze antwoordde. Ze was absoluut niet van plan om te gaan overgeven. 'Ik weet het niet,' zei ze. 'Het is moeilijk te zeggen. Het lijkt een beetje papperig, maar het zou kunnen dat...'

'Dat is het ontbindingsproces,' zei Karlsson.

'Ja.'

'En dat gaat hier snel, vanwege de hitte.'

'Chris zei dat de straalkachel aanstond toen ze aankwamen.'

'De autopsie zal het uitwijzen. Ze zullen moeten opschieten.'

Karlsson keek naar de gebarsten ruit, de half vergane vensterbank, de dunne oranje gordijnen. Hij zag de dingen die Michelle

Doyce verzameld en geordend had: een doos met verfrommelde, uiteraard vuile papieren zakdoekjes; een la vol flessendoppen, op kleur gesorteerd; een jampotje met afgeknipte nagels, licht vergeeld. 'Laten we hier weggaan,' zei hij. 'We gaan eens praten met haar en met de vrouw die haar heeft gevonden. We komen wel terug als ze hem hebben weggehaald.'

Toen ze weggingen, arriveerde het team van de technische recherche met hun lampen, camera's, mondkapjes, chemicaliën en een aura van vakbekwaamheid. Karlsson was opgelucht. Zij zouden het gruwelijke weghalen en die afschuwelijke kamer met de kolkende zwerm vliegen veranderen in een goed verlicht laboratorium, waarin de afzonderlijke voorwerpen nog slechts ordelijk in te delen gegevens zouden zijn.

'Wat een manier om aan je eind te komen,' zei hij toen ze weer naar buiten gingen.

'Wie is hij in godsnaam?'

'Daar beginnen we mee.'

Karlsson liet het gesprek met Maggie Brennan aan Yvette over en ging bij Michelle Doyce in de auto zitten. Alles wat hij van haar wist was dat ze eenenvijftig was, dat ze onlangs was ontslagen uit het ziekenhuis waar ze psychologisch was onderzocht zonder dat dit een duidelijke conclusie had opgeleverd aangaande haar geestelijke gezondheid, dat ze sinds een maand in Howard Street woonde en dat er geen klachten van haar buren waren. Dit was de eerste keer dat Maggie Brennan haar had bezocht, als invalster voor iemand anders, die haar niet had kunnen bezoeken omdat ze sinds oktober vorig jaar met ziekteverlof was.

'Michelle Doyce?'

Ze keek hem aan met ogen die heel licht waren, bijna als van een blinde, maar gaf geen antwoord.

'Ik ben hoofdinspecteur Malcolm Karlsson.' Hij wachtte. Ze knipperde met haar ogen. 'Van de politie,' voegde hij eraan toe.

'Komt u van ver?'

'Nee hoor. Maar ik moet u een paar vragen stellen.'

'Ik kom van heel ver. Dus vraagt u maar.'

'Het is belangrijk.'

'Ja, dat weet ik.'

'Over die man bij u in huis.'

'Hij is mijn gast.'

'Hij is dood, Michelle.'

'Ik heb zijn tanden voor hem gepoetst. Ik ken niet veel mensen die kunnen zeggen dat ze dat voor hun gasten hebben gedaan. En hij heeft voor mij gezongen. Zoals de geluiden van de rivier bij donker, als de hond is opgehouden met blaffen en het geschreeuw en gehuil wegsterft.'

'Michelle, hij is dood. De man in je huis is dood. We moeten weten hoe hij aan zijn einde is gekomen. Kun je me zeggen hoe hij heet?'

'Zijn naam?'

'Ja. Wie is hij? Wie was hij?'

Ze keek verbaasd. 'Waarom moet u zijn naam weten? U kunt het hem toch zelf vragen.'

'Dit is een ernstige zaak. Wie is hij?'

Ze staarde hem aan: een sterke, bleek uitziende vrouw met mysterieuze ogen en grote, rode handen waarmee ze tijdens het spreken vage gebaren maakte.

'Is hij bij je thuis overleden? Was het een ongeluk?'

'Er is een stukje van een van uw tanden afgebroken. Ik ben dol op tanden, weet u. Ik bewaar al mijn oude tanden onder mijn kussen, voor het geval dat ze komen, en ook een paar van anderen, maar dat zijn er maar weinig. Die vind je niet zo vaak.'

'Begrijp je mijn vraag?'

'Wil hij bij me weg?'

'Hij is dood.' Karlsson wilde het wel uitschreeuwen, wilde haar onbegrip doorbreken, maar hij bleef rustig.

'Iedereen moet er uiteindelijk aan geloven. Al werk ik nog zo hard.'

'Hoe is hij gestorven?'

Ze begon iets te mompelen wat hij niet kon verstaan.

Chris Munster was bezig met een voorlopige evaluatie van de omstandigheden in de rest van het huis. Het stond hem allemaal tegen. Hij had niet het gevoel dat hij bezig was een misdaad te onderzoeken. Al deze mensen waren hopeloze gevallen die tussen de wal en het schip terechtgekomen waren. In de kamer op de bovenste verdieping lag de vloer bezaaid met naalden, honderden, nee, duizenden gebruikte naalden, dus in eerste instantie had hij gedacht dat er een verband was. En ook hier hondenpoep, merendeels oud en hard geworden. Oude lappen vol bloedvlekken. Eén dunne matras met vieze vlekken in het midden. Op dit moment kon het hem niet schelen wie de man beneden had vermoord. Het enige wat hij wilde, was iedereen uit dit huis zien weg te krijgen, de brand erin steken en zelf ook maken dat hij wegkwam en frisse lucht inademen, hoe kouder hoe beter. Hij voelde zich vies, vanbuiten en vanbinnen. Hoe konden mensen zo leven? Die dikke man bijvoorbeeld, met rooddooraderde ogen en de asgrauwe huid van een dronkenlap, die nauwelijks in staat was om een woord uit te brengen en wiens kleine voeten moeite hadden om zijn zware lijf te dragen. Of de magere man met de hond en met al die littekens op zijn armen en dat schurftige gezicht, die niets anders deed dan grijnzen, zich krabben en ronddansen – was dit zijn kamer, waren dit zijn naalden? Of zou het de kamer zijn van de dode man? Dat zou het wel zijn. De dode man zou wel deel hebben uitgemaakt van dit helse huishouden. Wat een klootzak, die huisbaas. Ze waren hier weggestopt, de onaangepasten, de hopelozen, degenen met wie de samenleving niet wist om te gaan, voor wie geen geld was voor een behandeling en die aan hun lot werden overgelaten. En nu mocht de politie de rotzooi opruimen. Wisten de mensen het maar, dacht hij, terwijl hij met zijn zware laarzen over de injectienaalden glibberde. Wisten de mensen maar hoe sommigen leefden en stierven.

4

Karlsson kwam op weg naar de vergadering over de moordzaak commissaris Crawford op de gang tegen. De commissaris was in gesprek met een lange jongeman in een glimmend blauw pak met een drukke das in feloranje en groen. Hij had een grote bril met een zwart montuur op. Alles aan de man, van de strakke scheiding in zijn haar tot aan zijn puntschoenen van groen leer, leek van een lichte ironie te getuigen.

'Mal,' zei de commissaris. 'Heb je even?'

Karlsson hield het dossier op dat hij bij zich had.

'Is dat het geval van het lijk in Deptford?'

'Ja.'

'Weet je zeker dat het moord was?'

'Nee.'

'Waarom behandel jíj het dan?'

'Niemand kan er een touw aan vastknopen,' zei Karlsson. 'We proberen tot een besluit te komen wat we gaan doen.'

De commissaris liet een nerveus lachje horen en wendde zich tot zijn metgezel. 'Zo is hij niet altijd, hoor,' zei hij.

De commissaris had gedacht dat Karlsson er met een snedige opmerking op zou reageren, maar toen hij dat niet deed, viel er een ongemakkelijke stilte.

'Dit is Jacob Newton,' zei de commissaris. 'En dit is hoofdinspecteur Karlsson, de man over wie ik je vertelde. Hij is degene die die jongen van Faraday heeft weten te vinden.'

De twee mannen schudden elkaar de hand.

'Zeg maar Jake,' zei de man.

'Jake zal hier een paar dagen rondlopen om onze procedures, structuren en meer van dat soort dingen te bekijken.'

Karlsson keek verbaasd. 'Ben je van het hoofdbureau?'

De man glimlachte, alsof Karlsson onbedoeld iets grappigs had gezegd.

'Nee, nee,' zei de commissaris. 'Jake is van McGill Hutton. Je weet wel, het managementadviesbureau.'

'Nee, wist ik niet,' zei Karlsson.

'Het is altijd nuttig om de dingen eens door andere ogen te laten bekijken. Daar kunnen we allemaal lessen uit leren, zeker in deze tijd, nu we onze begroting op nieuwe leest aan het schoeien zijn.'

'"Bezuinigingen" bedoel je?'

'We zitten allemaal in hetzelfde schuitje, Mal.'

Weer viel er een stilte die net iets te lang duurde.

'Ze wachten op me,' zei Karlsson.

'Mag ik mee?' vroeg Newton.

Karlsson keek de commissaris vragend aan.

'Hij heeft de vrije hand,' zei Crawford. 'Hij mag overal naartoe en mag alles zien.' Hij gaf Karlsson een klopje op de rug. 'Tenslotte hebben we niets te verbergen, of wel soms? Je kunt Jake laten zien wat een efficiënt team je hebt.'

Karlsson keek Newton aan. 'Goed,' zei hij. 'Kom maar mee.'

Yvette Long en Chris Munster zaten aan tafel koffie te drinken. Karlsson stelde Newton aan hen voor, die zei dat ze maar moesten doen alsof hij er niet was. Ze leken meteen slecht op hun gemak en geremd.

'Komen er nog anderen?' vroeg Karlsson, en Yvette schudde haar hoofd.

'Vanmiddag is de autopsie,' zei Karlsson. 'Het zou mooi zijn als het een hartaanval was geweest, hè?'

'O, ik dacht dat hij gewurgd was,' zei Yvette.

'De wens is de vader van de gedachte, dat mag toch weleens?' zei Karlsson.

'Met de hond heb ik nog het meeste medelijden,' zei Munster. 'Die gasten maken een puinhoop van hun leven en kunnen geen baantje houden, maar ze hebben verdomme altijd een hond.'

'Omdat ik daar niets over heb gehoord,' zei Karlsson, 'concludeer ik dat de overledene niet een van de andere bewoners was.'

'Alle anderen kennen we,' zei Munster. Hij pakte zijn notitieboekje. 'Lisa Bolianis. Een jaar of veertig, denk ik. Heeft kennelijk een drankprobleem. Ik heb haar gesproken. Niet erg coherent. Ze zei dat ze Michelle Doyce maar een paar keer heeft gezien, en nooit in het gezelschap van iemand anders.' Hij trok een gezicht. 'Het zijn huisgenoten, maar ik heb niet de indruk dat ze veel bij elkaar over de vloer komen. En dan hebben we Michael Reilly – de man met de hond. Sinds november uit de gevangenis. Heeft drieënhalf jaar opgeknapt voor bezit en verspreiding van harddrugs. Hij zei dat hij haar op de gang weleens toeknikte. Ze had niet veel op met zijn hond. Ook hij heeft haar nooit in het gezelschap van iemand anders gezien.' Hij keek in zijn notitieboekje. 'Ze verzamelde van alles. Kwam altijd thuis met zakken vol dingen die ze had gekocht of gevonden, of wat dan ook.'

'Dat hebben we gezien, ja.'

'Verder nog iemand?'

Munster keek weer in zijn notitieboekje. 'Metesky. Tony Metesky. Ik kon nauwelijks een woord uit hem krijgen. Hij keek me zelfs niet aan. Duidelijk een psychiatrisch geval. Ik heb de sociale dienst gebeld en naar hem geïnformeerd, en het is de bedoeling dat ik teruggebeld word. Het was een vreselijke toestand op zijn kamer, zelfs als je het vergelijkt met wat daar in huis als normaal geldt. Overal naalden over de vloer, honderden.'

Karlsson fronste zijn wenkbrauwen. 'Van hem?'

Munster schudde zijn hoofd. 'Een koekoeksnest, denk ik.'

'Wat is dat?' vroeg Newton. De drie politiemensen keken hem aan, en hij leek in verlegenheid gebracht.

'Een koekoeksnest,' zei Munster, 'is in dit geval de woning van iemand die kwetsbaar is en die door een dealer gebruikt wordt als uitvalsbasis voor zijn illegale activiteiten.'

'Ik neem aan dat die meneer dinges je geen informatie heeft verstrekt over de overledene.'

'Ik kon nauwelijks een zinnig woord uit hem krijgen.'

'Wat voor huis is dat eigenlijk?' vroeg Yvette.

Munster sloeg zijn notitieboekje dicht. 'Volgens mij stoppen ze daar mensen in van wie ze niet weten wat ze anders met hen aan moeten.'

'Wie is de eigenaar van het pand?' vroeg Karlsson. 'Misschien is de dode wel de huisbaas.'

'Het is eigendom van een vrouw,' zei Munster. 'Ze woont in Spanje. Ik ga haar bellen, kijken of ze daar echt zit. Ze heeft meer van dit soort panden en laat alles door een tussenpersoon regelen. Ik ben de details aan het verzamelen.'

'En waar zijn ze nu allemaal?' vroeg Karlsson.

Munster knikte in de richting van Yvette.

'Michelle Doyce ligt weer in het ziekenhuis,' zei ze. 'De anderen zijn voor zover ik weet nog daar in huis.'

'Zitten ze daar nog?' zei Karlsson. 'Het huis is toch de plaats delict?'

'Strikt genomen niet. Zolang we het rapport van de lijkschouwer niet hebben, gaat het misschien om niet meer dan verzuim van aangifte van overlijden, en ik denk niet dat de rechter Michelle Doyce in staat zal achten daarvoor terecht te staan. En wat de anderen betreft, waar zouden ze naartoe moeten? We hebben de gemeente gebeld, maar we konden niet eens iemand vinden met wie we daarover konden praten.'

'Kan het ze dan niets schelen dat een van hun eigen tehuizen wordt gebruikt als een centrum voor de handel in verdovende middelen?' zei Karlsson.

Er viel een stilte.

'Tja,' zei Yvette. 'Als we bij de sociale dienst iemand konden vinden die er iets over zou willen zeggen, zouden we waarschijnlijk te horen krijgen dat als wij het vermoeden van een misdrijf hebben, het aan ons is om een onderzoek in te stellen. En dat doen we waarschijnlijk niet.'

Karlsson probeerde de blik van Jake Newton te ontwijken. Dit was misschien niet de ideale situatie om kennis te maken met het werk van de politie. 'Dus we weten,' zei hij, 'dat we te maken hebben met een vrouw die thee en broodjes serveert aan een onbekende naakte man die in verregaande staat van ontbinding verkeert en wiens enige bijzondere kenmerk de ontbrekende vinger aan zijn linkerhand is. Kan die vinger verwijderd zijn om er een ring af te halen?'

'Het was de middelvinger,' zei Munster. 'Niet de ringvinger.'

'Je kunt toch ook een ring aan je middelvinger hebben,' zei Karlsson. 'En wie is deze vent in godsnaam?'

'Don heeft vingerafdrukken bij hem afgenomen,' zei Munster. 'Dat was geen pretje, maar ze hebben ze. Hij is niet bij ons bekend.'

'Dus wat moeten we ervan denken?' zei Karlsson. 'Waar beginnen we?'

Munster en Yvette keken elkaar aan. Ze zeiden niets.

'Ik weet niet wat ik ervan moet denken,' zei Karlsson. 'Maar ik weet wel wat ik hoop.'

'Wat dan?'

'Ik hoop dat hij gewoon een hartaanval heeft gehad en dat dat malle mens in paniek is geraakt en niet meer wist wat ze moest doen.'

'Maar hij had geen kleren aan,' zei Yvette. 'En we weten niet wie hij is.'

'Als hij aan een hartaanval is overleden, komt het probleem op het bordje van iemand anders te liggen.' Hij fronste zijn wenkbrauwen. 'Ik wou dat iemand chocola kon maken van de opmerkingen van Michelle Doyce.'

Terwijl hij het zei, dook bij hem ineens het beeld op van een gezicht zonder glimlach en met donkere ogen – Frieda Klein.

5

'Gaat u zitten, dokter Klein.'

Frieda was een paar keer eerder in dit vertrek geweest. Ze had er tijdens haar opleiding seminars gevolgd, als erkend psychoanalyticus had ze er zelf seminars geleid, en ze had ook ooit op de plaats gezeten waar nu professor Jonathan Krull zat, terwijl er op de plaats waar zijzelf nu zat een zestigjarige eminente psychotherapeut had gezeten wiens naam vervolgens wegens overtreding van de gedragsregels was geschrapt uit het register van de British Psychoanalytical Council.

Ze haalde diep adem om zich te ontspannen en vouwde haar handen op haar schoot. Ze kende de reputatie van Krull en ze kende Jasmine Barber als collega. Ze stonden op goede voet met elkaar, en Jasmine leek de situatie lastig te vinden en vond het blijkbaar moeilijk om Frieda aan te kijken. Het derde lid van het team was een grijze, gedrongen vrouw in een felroze trui en met een nekbrace. Ze had een gerimpeld gezicht en ze keek scherpzinnig en helder uit haar grijze ogen. Frieda vond dat ze eruitzag als een intelligente kikker. De vrouw stelde zich voor als Thelma Scott, hetgeen direct Frieda's belangstelling wekte. Ze had van Thelma Scott gehoord en wist dat ze gespecialiseerd was op het gebied van geheugen en trauma, maar ze had haar nog nooit ontmoet. Ten slotte zat er aan de andere kant van de tafel nog een vrouw, die tot taak had om de hoorzitting te notuleren.

'Zoals u weet, dokter Klein,' zei professor Krull met een blik op de papieren die hij voor zich had liggen, 'is dit een voorlopig onderzoek naar aanleiding van een bij ons ingediende klacht.' Frieda knikte. 'Wij kennen een gedragscode en een klachtenreglement, die u als geregistreerd psychoanalyticus onderschreven hebt. We zijn hier vandaag bij elkaar om de klacht tegen u te onderzoeken en ons ervan te vergewissen dat een van uw patiënten niet het slachtoffer is geworden van een tekortschieten van uw kant en dat u zich op betrouwbare en gepaste wijze hebt gedragen. Voordat we beginnen, moet ik u zeggen dat geen van onze beslissingen of bevindingen kracht van wet hebben.' Hij las nu voor van het papier dat voor hem lag. 'En hoe onze beslissing ook mag uitvallen, dit laat onverlet het recht van klager om een gerechtelijke procedure tegen u in gang te zetten, mocht hij of zij daarvoor kiezen. Is dat u duidelijk?'

'Ja, dat is me duidelijk,' zei Frieda.

'Verder dien ik te vermelden dat deze onderzoekscommissie is samengesteld uit drie psychotherapeuten, die de kwestie vanuit een onpartijdig professioneel standpunt zullen beoordelen. Hebt u enige reden om te twijfelen aan de onpartijdigheid van een van ons, dokter Klein?'

'Nee.'

'U hebt ervoor gekozen u niet door een ander te laten vertegenwoordigen.'

'Dat klopt.'

'Dan kunnen we beginnen. De klacht is ingediend door mevrouw Caroline Dekker, namens haar echtgenoot Alan Dekker. Kunt u bevestigen dat Alan Dekker een patiënt van u was?'

'Ja. Ik heb hem in de maanden november en december van 2009 gezien. Ik heb bij elke sessie aantekeningen van het besprokene gemaakt.' Ze haalde een getypt vel tevoorschijn en schoof dat over de tafel.

'Mevrouw Dekker beweert dat haar man u in een toestand van acute psychische nood heeft geconsulteerd.'

'Hij had last van ernstige paniekaanvallen.'

'Ze beweert ook dat u, in plaats van hem te helpen, hem hebt gebruikt als...' – Krull raadpleegde zijn aantekeningen – 'pion in een politieonderzoek. Dat u zich hebt gedragen als een opsporingsambtenaar in plaats van als therapeut, dat u hem verdacht hebt gemaakt en hem zelfs bij de politie hebt aangegeven wegens de ontvoering van een kind, dat u uw belofte van vertrouwelijkheid ten aanzien van het contact met uw patiënt hebt geschonden en uw eigen belangen zwaarder hebt laten wegen dan zijn gemoedsrust en toekomstig geluk.'

'Zou u ons uw visie op de gebeurtenissen kunnen geven, dokter Klein?' Thelma Scott, de oudere vrouw met de nekbrace en de lelijke trui, keek Frieda met priemende ogen aan.

Nu het moment waar ze zo lang tegen op had gezien daar was, voelde ze zich rustig. 'Alan Dekker heeft mij in november geconsulteerd omdat hij gekweld werd door fantasieën over het hebben van een kind. Hij was zelf kinderloos, al hadden zijn vrouw en hij enige tijd moeite gedaan om een kind te krijgen. We hebben toen besproken waarom zijn kinderloosheid niet alleen aanleiding gaf tot verdriet, maar ook tot ernstig disfunctioneren. In diezelfde tijd is er een kind verdwenen, een jongen die Matthew Faraday heette. Het kind dat Alan aan mij beschreef – het kind dat hij nooit had gehad – leek zo op de vermiste jongen, dat ik vond dat ik dat bij de politie moest melden. En toen heb ik Alan verteld wat ik had gedaan.'

'Was hij boos?' vroeg Jasmine Barber.

Frieda dacht even na.

'Hij leek begripvol, misschien zelfs overmatig. Hij vond het moeilijk om zijn woede te uiten. Ik vond hem een zachte, door zelftwijfel geplaagde man. Carrie – mevrouw Dekker – is wel boos geworden, als het ware plaatsvervangend. Ze nam hem erg in bescherming. Het verbaast me niet dat zij namens Alan een klacht indient.'

'Maar dat was niet de enige keer dat u grensoverschrijdend handelde, toch?' zei Krull.

Frieda draaide zich naar hem toe en keek hem aan. 'De zaak bleek ingewikkeld te zijn. Alan was zelf als kind geadopteerd. Hij ontdekte – nee, ik ontdekte het en vertelde het hem – dat hij de helft was van een eeneiige tweeling. Hij had een broer van wiens bestaan hij niet wist, maar met wie hij psychologisch gezien een uitzonderlijke overeenkomst vertoonde en ook een soort verwantschap, een affiniteit, zeg maar. Ze zagen dingen tot op zekere hoogte op dezelfde manier. Het heeft me niet verbaasd dat Alan door deze ontdekking uit zijn evenwicht raakte. Deze broer was degene die Matthew had ontvoerd, en hij heette Dean Reeve – inmiddels een bekende naam en voor velen de favoriete boeman.'

'En hij zou zelfmoord hebben gepleegd?'

'Toen hij begreep dat hij ons niet kon ontsnappen, heeft hij zich onder een brug over een kanaal in Hackney verhangen. Hoe onverdraaglijk Alan het ook vond om aan zijn broer te denken, hij hield ook van hem. Hij had in elk geval het idee dat hij een deel van zichzelf was kwijtgeraakt toen hij dood was. Hij moet er erg onder geleden hebben. Maar daar doelt Carrie niet op wanneer ze zegt dat ik hem heb gebruikt.' Frieda keek het drietal tegenover haar met haar grote, donkere ogen aan. 'Ik heb een keer,' vervolgde ze, 'met hem gepraat om te proberen of ik op die manier kon doordringen in de geest van zijn broer en erachter zou kunnen komen wat zijn broer dacht. Zonder dat ik dat tegen hem had gezegd. Als ik dat wel had gedaan, zou het niet hebben gewerkt.'

'Dus u hebt hem wel gebruikt?'

'Ja,' zei Frieda. Ze werden allemaal getroffen door de toon waarop ze het zei, eerder boos dan toegeeflijk.

'Denkt u niet dat u daar verkeerd aan hebt gedaan?'

Frieda zweeg even en fronste haar voorhoofd. Ze gaf zich over aan de duistere beelden van destijds en voelde weer die inktzwarte, ondoordringbare angst. Haar patiënt Alan bleek de helft te zijn van een eeneiige tweeling, en zijn broer Dean, een psychopaat, had niet alleen Matthew ontvoerd, maar twintig jaar eerder ook een klein meisje. En dat meisje, Joanna, destijds een mager en verlegen kind met een spleetje tussen haar voortanden, om wie haar familie sindsdien voortdurend had getreurd, bleek toen de dikke, slome vrouw van Dean te zijn. Het meisje dat onvindbaar was geweest was ineens opgedoken, en het slachtoffer was dader geworden. De DNA-test van Sasha had uitgewezen dat de zwaarlijvige, kettingrokende Terry inderdaad niemand anders dan Joanna was, dus dat Deans bereidwillige helpster ook zijn slachtoffer was. Bovendien – en dat was iets waar Frieda nog steeds aan dacht als ze, geplaagd door slapeloosheid, 's nachts door de straten van Londen dwaalde en waar ze nog steeds over droomde – had Frieda's ontdekking dat de tweelingbroers bizar veel gelijkenis met elkaar vertoonden, geleid tot de ontvoering van een jonge wetenschappelijk onderzoekster, wier lichaam echter nooit was gevonden. Ook nu zag ze het aardige, intelligente gezicht van Kathy Ripon voor zich en bedacht ze dat haar toekomst haar was ontnomen. Wellicht wachtten haar ouders nog steeds op haar terugkeer, sprong hun hart op bij elke klop op de deur. En deze mensen die nu over haar oordeelden, wilden van haar weten of het verkeerd was geweest wat ze had gedaan, alsof daar een simpel antwoord op mogelijk was, alsof de realiteit niet ongrijpbaar en verraderlijk was. Ze sloeg haar ogen op en keek hen weer aan.

'Ja,' zei ze duidelijk. 'Ik heb Alan Dekker als patiënt niet goed behandeld. Ik weet alleen niet of ik daar verkeerd aan heb gedaan. Of misschien kan ik beter zeggen: wat ik gedaan heb, was zowel verkeerd als goed. Wat Alan die dag tegen me zei, heeft er rechtstreeks toe geleid dat Matthew gevonden werd. Dankzij hem is dat jongetje nog in leven, daaraan bestaat geen twijfel. Ik dacht dat hij blij was dat hij had kunnen helpen. Ik weet dat mensen in de loop van de tijd kunnen veranderen, en ik weet niet wat hij sindsdien heeft meegemaakt, maar ik begrijp niet waarom hij nu, ruim een jaar later, alsnog een klacht heeft ingediend over iets wat hij in die tijd accepteerde. Mag ik daar nog één ding aan toevoegen?'

'Gaat uw gang.' Professor Krull maakte met zijn magere, blauw dooraderde handen een hoofs gebaar.

'Carrie beweert dat ik aan mijn eigen belang voorrang heb gegeven boven de belangen van haar man, namelijk zijn gemoedsrust en toekomstig geluk. Maar ik heb mijn eigen belang niet gediend. Ik werk niet voor de politie en ambieer geen baan bij de recherche. Er is een jonge vrouw verdwenen als gevolg van mijn daden, en daar heb ik mee te leven. Maar dat is iets anders, daar hebben we het nu niet over. Als therapeut geloof ik in het belang van zelfkennis en autonomie. Wat mensen tijdens een therapie over zichzelf te weten komen, leidt niet altijd tot gemoedsrust of geluk. Vaak juist niet. Maar het kan mogelijkheden openen om het ondraaglijke draaglijk te maken, om de verantwoordelijkheid voor jezelf te aanvaarden en een zekere mate van controle over je eigen leven te krijgen. Dat is wat ik nastreef, voor zover ik het kan. Maar geluk...' Frieda hief haar beide handen in een veelzeggend gebaar en zweeg.

'Dus als u gevraagd zou worden om uw verontschuldigingen aan te bieden...'

'Mijn verontschuldigingen? Waarvoor? Aan wie? Ik zou graag willen weten wat Alan over dit alles te zeggen heeft. Hij zou zijn vrouw niet het woord voor hem moeten laten voeren.'

Er viel een pijnlijke stilte, en toen zei Thelma Scott op droge toon: 'Voor zover ik weet, heeft meneer Dekker niets te zeggen.'

'Dat begrijp ik niet.'

'Dat kan ik me voorstellen. De klacht is kennelijk ingediend door mevrouw Dekker.'

'In zijn naam.'

'Tja, dat mogen we aannemen.'

'Wacht eens. Wilt u beweren dat Alan hier niets mee te maken heeft?'

'Dat weet ik eigenlijk niet.' Professor Krull leek in verlegenheid gebracht.

'Wat stelt dit dan allemaal voor?' Frieda gebaarde naar de lange ovale tafel, naar de vrouw die notuleerde, de portretten aan de muur van de achtenswaardige bestuursleden. 'Ik dacht dat deze zitting diende om een klacht van een patiënt te onderzoeken, hoe vaag die ook mag zijn. Maar sinds wanneer kunnen wij worden aangesproken op de ontevredenheid van de partner van een patiënt? Wat doe ik hier? Wat doet ú hier allemaal.'

Professor Krull schraapte zijn keel. 'We willen alles doen om te voorkomen dat er een rechtszaak van komt, de scherpe kantjes eraf halen.'

Frieda stond abrupt op, de poten van haar stoel schraapten over de planken. Haar stem trilde van ingehouden woede toen ze zei: 'De scherpe kantjes eraf halen? U wilt dat ik mijn excuses aanbied voor iets wat ik gerechtvaardigd vind, of in elk geval niet ongerechtvaardigd, en nog wel aan iemand die er niet eens iets mee te maken heeft?'

'Dokter Klein,' zei Krull.

'Frieda,' zei Jasmine Barber. 'Wacht nou even, alsjeblieft.'

Thelma Scott zei niets, haar grijze ogen volgden Frieda.

'Ik kan mijn tijd wel beter besteden.'

Ze pakte haar jas van de rugleuning van haar stoel en liep de kamer uit, waarbij ze erop lette dat ze de deur niet achter zich dichtsloeg. Terwijl ze door de gang naar de voordeur liep, ving ze aan haar linkerkant een glimp op van een vrouw die de trap af liep. Ze bleef staan. De stevige lichaamsbouw van de vrouw en het korte, donkerblonde haar kwamen haar bekend voor. Ze schudde haar hoofd en liep door naar de voordeur, maar toen bedacht ze zich, liep terug en ging de trap op naar de kantine. En jawel, ze had gelijk: het was Carrie Dekker, Alans vrouw, de vrouw die verantwoordelijk was voor de poppenkast die ze net boven had moeten meemaken. Het was ongeveer een jaar geleden dat ze haar voor het laatst had gezien, en in die tijd leek ze kleiner te zijn geworden, gezetter, ouder en vermoeider. Haar donkerblonde haar zag er onverzorgd uit. Frieda bleef staan terwijl Carrie een beker koffie haalde en op een stoel in een hoek naast een radiator ging zitten, en liep toen op haar af.

'Mag ik even bij je komen zitten?'

Carrie keek haar aan. Haar gezicht verstrakte en ze keek vijandig. 'Je hebt wel lef, moet ik zeggen,' zei ze.

Frieda ging op de stoel tegenover haar zitten. 'Ik dacht dat wij maar eens even met elkaar moesten praten.'

'Waarom is die hoorzitting nu al afgelopen? Je bent daar maar even binnen geweest.'

'Ik wilde je iets vragen.'

'Wat?'

'Alan was mijn patiënt. Waarom heb jij die klacht tegen mij ingediend, en niet hij?'

Carrie keek geschokt. 'Weet je het dan niet?'
'Wat zou ik moeten weten?'
'Heb je echt geen idee? Je bent in ons leven gekomen, je had het over discretie, je zei tegen Alan dat hij je kon vertrouwen. Je had mooie woorden over zelfkennis, over trouw zijn aan jezelf. Je zei tegen hem dat hij zich niet hoefde te schamen voor alles wat hij voelde. Hij kon tegen jou alles zeggen.'
'Nou, en?'
'Ik wilde alleen maar dat hij zou genezen.' Even haperde haar stem. 'Hij was ziek en ik wilde dat hij beter zou worden. Dat was jouw taak. En noem je dat genezen? Dat je ontdekt wie je bent en dan je vrouw in de steek laat?'
'Hè?'
'Jij hebt hem veranderd.'
'Carrie, hou eens op. Zeg je nou dat Alan bij je weg is?'
'Wist je dat dan niet?'
'Nee. Ik heb Alan niet meer gezien of gesproken sinds december ruim een jaar geleden, toen zijn broer dood was gevonden.'
'Nou, nu weet je het dus.'
'Wanneer is hij bij je weggegaan?'
'Wanneer?' Carrie keek op, haar blik kruiste die van Frieda. 'Eerste kerstdag, dat was de dag dat hij wegging.'
'Dat is rot voor je,' zei Frieda zacht. Ze begon te begrijpen waarom Carrie die klacht had ingediend. 'Dus dat is ruim een maand geleden.'
'Niet afgelopen kerst. Vorige kerst.'
'O,' zei Frieda. Alles om haar heen leek even te vervagen. 'Meteen na de zelfmoord van zijn broer, bedoel je?'
'Alsof hij erop had gewacht. Wist je het echt niet? Ik ging ervan uit dat hij dat met jou had besproken. Ik ging ervan uit dat jij hem zelfs had aangemoedigd.'
'Waarom is hij weggegaan?'
'Omdat hij zich beter voelde. Hij had mij niet meer nodig. Hij had me altijd nodig gehad. Ik zorgde voor hem. Maar toen jij invloed op hem kreeg, is hij veranderd.'
'Zei hij dat?'

'Niet met zoveel woorden. Maar het bleek uit zijn gedrag. Nadat Dean zelfmoord had gepleegd, was Alan... Ik weet niet hoe ik het moet zeggen... Hij was vrolijk, energiek, vastberaden. Die paar dagen waren de mooiste van mijn leven. Dat maakte het ook zo moeilijk. Ik dacht dat het allemaal goed zou komen. Ik was zo lang bezorgd om hem geweest, en ineens was hij weer de oude Alan. Of een nieuwe Alan, liever gezegd. En hij was zo... zo lief. Ik was gelukkig.'

Ze draaide haar hoofd weg, zodat Frieda de tranen in haar ogen niet zou zien, en snoof geïrriteerd.

'Hij zal er toch wel íéts over hebben gezegd?'

'Nee. Hij zei alleen maar dat het fijn was geweest, maar dat het nu voorbij was. Als ik eraan denk wat ik voor hem heb opgegeven, dat ik voor hem heb gezorgd, dat ik een veilige haven voor hem ben geweest. Ik hield van hem, en ik was ervan overtuigd dat hij van mij hield. Dat we elkaar hadden, wat er verder ook mocht gebeuren. Toen is hij gewoon vertrokken, zonder zich verder nog om me te bekommeren. En wat heb ik nu? Alles was altijd voor hem – mijn liefde, mijn vertrouwen, mijn vruchtbare jaren. Ik zal het je nooit vergeven. Nooit.'

Frieda knikte. Ze was allang niet meer boos op Carrie.

'Weet je, Alan heeft een afschuwelijk trauma doorgemaakt,' zei ze. 'Hij kon het misschien tijdelijk niet meer aan om op de oude voet verder te gaan. En hij mag dan bij je weg zijn, dat betekent niet dat het blijvend is. Het komt er vooral op aan om met hem in gesprek te blijven, de deuren open te houden.'

'En hoe zou ik dat moeten doen?'

'Praat hij dan niet meer met je?'

'Hij is weg. Verdwenen.'

Frieda kreeg het ineens koud, ondanks de gloeiend hete radiator naast haar. Langzaam en behoedzaam sprak ze verder. 'Bedoel je dat je niet eens weet waar hij is?'

'Ik heb geen idee.'

'Heeft hij geen adres opgegeven waar hij te bereiken is?'

'Hij is gewoon de deur uit gelopen met wat kleren en die tas met gereedschap die hij van die psychopaat van een broer van hem had gekregen vlak voordat hij er een einde aan maakte. O ja, en hij heeft zijn bankrekening bijna helemaal leeggehaald. Ik heb zijn dagafschriften bekeken. Ik heb hem gezocht, maar hij wil blijkbaar niet gevonden worden.'

'Ik snap het,' zei Frieda.

'Dus dat is de reden dat ik een klacht heb ingediend. Jij hebt mijn leven van me afgenomen. Je hebt dan wel dat jongetje gevonden en je hebt Deans vrouw gered, al leek die helemaal niet gered te willen worden, maar mijn Alan ben ik dankzij jou kwijtgeraakt.'

Carrie stond op en knoopte haar jas dicht. Op haar onaangeroerde koffie had zich een velletje gevormd. Frieda keek haar na, maar bleef zelf nog minutenlang doodstil en uitdrukkingsloos voor zich uit zitten kijken, met haar handen voor zich op het tafeltje.

6

Toen Frieda het gebouw uit liep, was ze zo in gedachten verzonken dat ze nauwelijks wist waar ze liep, en toen er op haar schouder werd getikt, meende ze dat ze tegen iemand op was gebotst.

'Sorry,' zei ze eerst, en toen verbaasd: 'Wat doe jíj hier?'

Karlsson lachte en voelde zijn grimmige stemming verdwijnen bij de aanblik van haar chagrijnige gezicht.

'Ja, ook leuk om jou weer eens te zien, na al die maanden,' zei hij. 'Ik was naar je op zoek.'

'Het komt me nu niet goed uit,' zei Frieda.

'Kan ik me voorstellen,' zei Karlsson. 'Een paar minuten voordat jij naar buiten kwam, zag ik Carrie Dekker vertrekken.'

'Maar wat kom je eigenlijk doen?'

'Aardig ben je, hoor. Na alles wat we samen hebben meegemaakt.'

'Karlsson,' zei Frieda waarschuwend. Hij had haar er nooit toe kunnen overhalen om hem bij zijn voornaam te noemen.

'Ik kon je niet bereiken. Waarom heb je nooit je mobiele telefoon aan staan?'

'Ik controleer hem maar één keer per week of zo.'

'Nou ja, je hebt er nu tenminste een aangeschaft. Ik heb je vriendin Paz gesproken, op het instituut. Ze vertelde me wat er aan de hand is. Waarom heb je mij niet gebeld?' Hij keek om zich heen. 'Zullen we ergens koffie gaan drinken?'

'Ik heb net in de kantine Carrie gesproken. Alan is bij haar weg. Wist jij dat?'

'Nee,' zei Karlsson. 'Ik heb geen contact met haar gehouden.'

'En als ik "weg" zeg, bedoel ik ook echt weg. Vind je dat niet vreemd, voor iemand die zo volkomen afhankelijk van haar was en die haar aanbad?'

'Hij leefde onder grote druk. Soms moeten mensen daar gewoon van af.' Hij huiverde even, wat Frieda niet ontging, en het viel haar op dat zijn smalle gezicht wat meer doorgroefd was, dat er wat meer grijs tussen zijn donkere haren zat en dat hij bij het scheren kennelijk een paar plekjes had overgeslagen.

Ze schudde haar hoofd.

'Ik heb er geen goed gevoel over. Er is iets gebeurd.'

'Je hebt mijn vraag niet beantwoord,' zei hij.

'Welke?'

'Waarom je mij niet hebt opgebeld over die hoorzitting. Ik had je graag geholpen. Je hebt een ontvoerd kind teruggevonden. Meer dan één zelfs. Dat jij je voor een stelletje dienstkloppers zou moeten verantwoorden is belachelijk.'

Frieda keek Karlsson aan met die scherpe blik die hem altijd deed huiveren.

'Het is niet belachelijk,' zei ze. 'Ik moet me verantwoorden, en het staat Alan vrij om een klacht tegen mij in te dienen.'

'Ik zou een goed woordje voor je hebben gedaan,' zei Karlsson. 'De hoofdcommissaris ook. En ik had daar waarschijnlijk zelfs ook de minister van Binnenlandse Zaken voor kunnen porren.'

'Daar gaat het niet om. De vraag was of ik mijn plicht heb verzuimd tegenover een patiënt.'

'Dat heb je niet.'

'Ik had verschillende verantwoordelijkheden,' zei Frieda. 'Ik heb geprobeerd ze tegen elkaar af te wegen. Ik zou er graag met Alan over willen praten, maar het lijkt erop dat het er niet van zal komen.'

Karlsson wilde iets zeggen, maar zag ervan af. 'Daarvoor ben ik overigens niet hier. Als je geen kop koffie met me wilt drinken, kunnen we dan misschien een wandelingetje gaan maken? Daar hou jij toch zo van?'

'Heb je geen auto?'

'Met chauffeur zelfs,' zei Karlsson. 'Als wij gaan wandelen, mag hij me straks ophalen.'

Frieda keek ineens achterdochtig. 'Het heeft toch niks met werk te maken, hè?'

'Het stelt niet zoveel voor,' zei Karlsson haastig. 'Het gaat om iets waarvan ik dacht dat het je misschien zou intrigeren. Vanuit je vak. We zouden je ervoor betalen. Ik zou graag willen dat je even een babbeltje maakt met iemand. Vijf minuten maar. Tien minuten. Even een praatje maken met een vrouw, en mij dan zeggen wat je van haar denkt. Meer niet.'

'Wie is het?'

'Welke kant gaan we op?' vroeg Karlsson.

Frieda wees voor zich uit. 'Richting Primrose Hill.'

'Goed. Wacht even.'

Nadat hij zijn chauffeur had geïnstrueerd, liepen Karlsson en Frieda de straat door en sloegen toen af naar een doodlopende weg die uitkwam op het park. Zwijgend liepen ze de heuvel op en keken van daaraf uit over de dierentuin en de stad daarachter. Het was een koude dag, en Karlsson zag hoe de zon door een gat in het wolkendek ver naar het zuiden de heuvels van Surrey verlichtte.

'Jij weet alles van deze omgeving,' zei hij. 'Vertel eens iets interessants.'

'Niet zo lang geleden zijn een paar vossen de kooi van de pinguïns binnengedrongen,' zei ze. 'Ze hebben er een stuk of tien doodgebeten.'

'Dat was niet echt wat ik bedoelde.'

'Het is wat er bij me opkwam,' zei Frieda.

'Ze hadden in het water moeten springen.'

'Je weet nooit wat je zult doen in geval van crisis,' zei Frieda. 'Totdat die zich aandient. Maar waar wilde jij het dan met me over hebben?'

Terwijl ze de heuvel af liepen en het uitzicht minder weids werd, vertelde Karlsson Frieda over Michelle Doyce, het huis in Deptford en het rottende lijk dat bij haar op de bank was aangetroffen, met een kam in zijn haar en lippenstift op zijn mond.

'We dachten dat het wellicht een natuurlijke dood was of een ongeluk, maar je schijnt een botje te hebben dat alleen breekt als je wordt gewurgd.'

'Het tongbeen,' zei Frieda.

'Ik dacht dat je psychotherapeut was.'

'Ik heb eerst medicijnen gestudeerd, zoals je weet.'

'Hoe dan ook, je hebt gelijk. Soms breekt het tongbeen niet als je gewurgd wordt, maar als het tongbeen gebroken is, dan ben je gewurgd. Zo zeg ik het goed, geloof ik. Waar het om gaat, is dat de man vermoord is.'

'Waar is die vrouw nu?' vroeg Frieda.

'Ze is weer in het psychiatrisch ziekenhuis, waar ze eigenlijk nooit ontslagen had mogen worden. Voor zover ik het kan overzien, heeft ze dat lijk minstens vijf dagen in huis gehad. Het lijkt erop dat ze hem nota bene thee en koffiebroodjes heeft gegeven. Ze zou natuurlijk de beste actrice ter wereld kunnen zijn, maar voor mij is ze hartstikke geschift en is het volkomen onbegrijpelijk wat ze doet. Waarschijnlijk heeft ze die man toch vermoord en zal ze de rest van haar leven in het gesticht door moeten brengen, maar...' Karlsson zweeg even. 'Ik zou graag willen weten wat jij van haar denkt.'

'Daar ben ik niet de geschikte persoon voor,' zei Frieda zonder zelfs maar op te kijken.

'Ben je niet nieuwsgierig?'

'Niet speciaal. En ik ben er ook niet voor bevoegd. Ik heb me nooit beziggehouden met inrichtingspsychiatrie. Ik hou me bezig met gewone mensen die ongelukkig zijn. Er zijn deskundigen genoeg op dat gebied. Ik zou je na enig zoeken wel een paar namen kunnen noemen, maar daar zul je je eigen mensen wel voor hebben.'

'Het gaat mij er niet om dat ze onderzocht wordt,' zei Karlsson. 'Daar zullen ze nu trouwens in het ziekenhuis wel mee bezig zijn. Ik wil dat iemand met haar praat. Wij kunnen dat niet. Nou ja, we kunnen het wel, we weten alleen niet wat we moeten zeggen, en we begrijpen vervolgens niet wat zij tegen ons zegt. Dat is jouw werk.'

'Ik weet het niet,' zei Frieda twijfelend.

'Je had het over ongelukkige mensen,' zei Karlsson. 'Weet je wat Yvette zei? Rechercheur Long, bedoel ik – je herinnert je haar nog wel, hè? Zij zei dat ze dacht dat Michelle het ongelukkigste wezen was dat ze ooit had ontmoet. Zo zag ik het niet helemaal, maar dat zei ze. Ze is misschien geen gewoon mens, maar ongelukkig is ze wel.'

Frieda keek Karlsson aan, deze keer met een bijna verschrikte blik. 'Wat denk je wel van me? Dat ik verslaafd ben aan ellende?'

'Op een goede manier,' zei Karlsson.

'Ik wil je iets vragen.'

'Wat dan?'

'Gaat het wel goed met jou?'

'Hoe bedoel je?'

'Je lijkt ergens mee te zitten.' Ze aarzelde en voegde er toen aan toe: 'Meer dan anders, bedoel ik.'

Even overwoog Karlsson haar in vertrouwen te nemen. Het zou een opluchting zijn om het aan iemand te vertellen en om medeleven en goede raad te krijgen. Maar toen voelde hij een opwelling van ergernis: Frieda was een professionele luisteraar, en hij wilde niet met iemand praten die van luisteren haar beroep had gemaakt. Hij wilde iemand die aan zijn kant stond, iemand die hij kon vertrouwen. Hij glimlachte alleen wat, haalde zijn schouders op en zei: 'Je doet het dus?'

Frieda liep met een opgelucht gevoel het met kinderkopjes geplaveide straatje in op weg naar haar huis – een smal huisje, ingeperst tussen een appartementenblok en een garage. Ze zocht haar sleutel en deed de deur open, hing haar jas aan de kapstok in het halletje, trok haar laarzen uit en liet haar voeten in de klaarstaande pantoffels glijden. Als ze 's ochtends van huis ging, maakte ze de open haard altijd alvast gebruiksklaar, zodat ze, als ze 's avonds thuiskwam, er meteen de brand in kon steken. Ze liep naar de huiskamer, knipte de staande schemerlamp aan en knielde neer bij de open haard. Ze streek een lucifer af, hield die bij de tot een prop verfrommelde krant en keek hoe de vlammen omhoog kringelden en geleidelijk de aanmaakhoutjes deden ontvlammen. Het was voor haar een erezaak om er slechts één lucifer voor te hoeven afstrijken, en ze wachtte totdat de houtblokken vlam hadden gevat voordat ze naar de keuken ging om theewater op te zetten. Het lampje op het antwoordapparaat knipperde, en ze drukte op 'play', waarna ze zich omdraaide om een beker uit de kast te pakken.

'Hallo Frieda,' klonk een stem, waarop ze verstijfde, doodstil bleef staan en haar hand op haar buik legde. 'Je hebt mijn e-mails nooit beantwoord, dus ik dacht dat ik je maar eens moest bellen. Ik wou je zeggen...'

Frieda drukte op 'off'. De stem hield midden in de zin op, en ze staarde naar het apparaat alsof het ineens weer tot leven zou kunnen komen. Na enkele ogenblikken liep ze naar de gootsteen en draaide de kraan open, wachtte tot het water goed koud was geworden en depte toen haar gezicht. Ze maakte een pot thee, liet die even trekken, schonk haar beker vol en liep ermee naar de huiskamer, waar ze in een stoel bij de open haard ging zitten, die al wel brandde maar nog niet veel warmte gaf. Buiten ging de motregen langzaam over in een gestaag vallende regen. Sandy: de man voor wie ze liefde had opgevat en die een jaar en een maand geleden was weggegaan. Er gingen dagen en soms ook weleens weken voorbij waarin ze niet aan hem dacht, maar nu ze zijn stem had gehoord, had ze weer een wee gevoel in haar buik en begon haar hart sneller te kloppen. Toch had ze niet op zijn e-mails gereageerd. Doorgaans las ze die niet eens, maar verwijderde ze ze zodra ze binnenkwamen, waarna ze meteen de prullenbak van haar computer leegde om niet in de verleiding te komen ze alsnog te bekijken. Hij had haar gevraagd om met hem mee naar Amerika te gaan, maar dat had ze geweigerd. Ze had hem gevraagd om te blijven, maar hij had gezegd dat hij dat niet kon. Wat viel er dan nog te bespreken?

Uiteindelijk ging ze terug naar de keuken en beluisterde ze de rest van het bericht. Het was maar kort: Sandy zei alleen dat hij haar wilde spreken en haar weer wilde zien. Hij zei niet dat hij van haar hield of dat hij haar miste of terug wilde, maar alleen dat ze 'nog iets te bespreken' hadden, en zijn stem klonk gespannen en aarzelend. Frieda stelde zich voor hoe hij dit had gezegd, de frons die hij trok als hij zich op iets concentreerde, de rimpel tussen zijn ogen, hoe hij zijn mond bewoog. Toen wiste ze het bericht en liep terug naar de open haard.

Later die dag luisterde ook Karlsson naar een bericht op zijn voicemail dat bij hem een pijnscheut veroorzaakte, zodat hij even moest gaan zitten om ervan bij te komen.

Hij was net teruggekeerd in zijn appartement op de begane grond in Highbury na een etentje bij een studievriend en diens echtgenote. Ze zagen elkaar maar zelden, misschien eens per jaar, en elke keer leek de kloof tussen hen breder te zijn geworden. Alec had, net als Karlsson, rechten gestudeerd in Cambridge, maar terwijl Karlsson bij de hoofdstedelijke politie was gaan werken, had Alec zich bij zijn leest gehouden en was nu senior partner bij een advocatenkantoor. Zijn vrouw Mary doceerde politicologie; ze was klein, sardonisch en beschikte over een onuitputtelijke energie. Ze hadden drie kinderen, die nog op waren geweest toen Karlsson met een fles wijn en een bos verlepte bloemen aankwam. Bij dit schijnbaar ideale gezin had hij in de huiskamer gezeten, de kinderen in pyjama, de jongste nog in de luiers. Karlsson had zich overspoeld gevoeld door melancholie – hij was een onderbetaalde, overwerkte politieman, zijn vrouw had hem verlaten en woonde nu samen met een andere man, zijn twee kinderen groeiden op zonder hem, zodat hij ze 's avonds niet nog eens in kon stoppen, ze kon leren fietsen, voetballen of hun eerste baantjes trekken in het zwembad in de buurt, met gezichtjes waar het blauwgroene water overheen golfde.

Nu luisterde hij naar de boodschap die zijn vrouw op zijn mobiele telefoon had ingesproken.

'Mal? Met Julie. We moeten praten.' Aan haar enigszins slepende manier van praten hoorde hij dat ze gedronken had. 'Je moet niet denken dat dit vanzelf wel overwaait als je er geen aandacht aan besteedt, en het is ook niet eerlijk tegenover mij. Bel me op zodra je dit hoort, het maakt niet uit hoe laat.'

Karlsson liep zijn keuken in en pakte een fles whisky. Hij had al enkele glazen wijn gedronken, maar was nog helder van geest. Hij schonk een flinke borrel in en deed er een scheutje water bij. Toen pakte hij de telefoon weer.

'Hallo?' Ze had beslist al wat op, en haar stem klonk onvast.

'Ik heb je bericht ontvangen. Kan dit gesprek niet tot morgenochtend wachten? Het is bijna middernacht, we zijn allebei moe...'

'Spreek voor jezelf.'

Hij slikte zijn woede in. 'Ik ben moe. En ik wil hier geen ruzie over hebben. We moeten bedenken wat het beste is voor Mikey en Bella en geen overhaaste beslissingen nemen.'

'Zal ik je eens wat zeggen, Mal? Ik word doodziek van almaar te bedenken wat het beste is voor Mikey en Bella. Mijn hele volwassen leven heb ik al moeten bedenken wat het beste is voor jou en voor hen, en ik heb steeds begrip moeten opbrengen voor jouw werk en je wisseldiensten. Iedereen kwam altijd op de eerste plaats. Nu is het mijn beurt.'

'Nu is het Bobs beurt, zul je bedoelen.' Bob was de vriend van zijn vrouw. Ze woonden samen in Brighton, en zodra de scheiding werd uitgesproken, zouden ze trouwen, dus volgens Karlsson was hij in feite de stiefvader van Bella en Mikey. Op weg naar zijn werk bracht hij hen elke ochtend naar school, en hij las hun elke avond voor. Karlsson had foto's gezien van een stralende Bella op zijn stevige schouders, en Mikey had verteld dat Bob hem aan het strand cricket had leren spelen. En blijkbaar zou hij een hond voor hen gaan kopen. Nu had Bob een baan aangeboden gekregen in Madrid, en Julie wilde daar met het gezin naartoe verhuizen – 'voor een paar jaar maar'.

'Madrid is Australië niet,' zei ze. 'Je vliegt er in een paar uur naartoe.'

'Het is niet hetzelfde.'

'En bedenk eens wat een geweldige ervaring het voor hen zal zijn.'

'Kinderen hebben hun vader nodig,' zei Karlsson – hij kon het cliché niet over zijn lippen krijgen zonder er een gezicht bij te trekken.

'Ze raken je niet kwijt. Je blijft hun vader. En ze kunnen met jou op vakantie gaan. Het is trouwens toch pas over een paar maanden. Totdat ze weggaan kunnen jullie nog veel tijd samen doorbrengen.'

Ik raak hen kwijt, dacht Karlsson, en hij staarde naar de telefoon in zijn hand. Eerst zijn ze naar Brighton verhuisd, nu gaan ze helemaal naar Spanje. Ik zal een vreemde voor ze worden. Ze zullen me uit de weg gaan als ze me zien, zich achter Julie verschuilen, ze zullen heimwee krijgen als ze bij mij zijn. 'Ik kan het weigeren,' zei hij. 'We hebben nog altijd sámen de ouderlijke macht.'

'Je zou ons tegen kunnen houden. Het proberen althans. Is dat wat je wilt?'

'Natuurlijk niet. Maar wil jij dat dan, dat ik ze bijna nooit zie?'

'Nee.' Julie zuchtte diep. Hij hoorde dat ze een geeuw onderdrukte. 'Maar zeg nou eens wat we moeten doen, Mal. Een compromis is op dit punt eigenlijk niet mogelijk.'

'Ik weet het niet.' Maar Karlsson wist allang dat hij ermee zou instemmen. Hij had het gevoel dat hij weer vastzat in de strijd die ze hadden gevoerd toen ze nog samen waren. Hij voelde zich verslagen en eenzaam.

Het mes lag in een speciale lade, in plastic gewikkeld, samen met de slijpsteen. Af en toe haalde ze het mes eruit en legde ze het voor zich op tafel, waarna ze de doffe glans van het lange lemmet bestudeerde en soms even voorzichtig de rand aanraakte om te voelen hoe scherp die was. Dan voelde ze een huivering van opwinding en angst door zich heen gaan, bijna seksueel was het. Ze gebruikte het mes nooit voor het eten, daarvoor had ze een bot keukenmes. Ze hield het klaar. Ooit zou het zijn nut hebben.

Ze duwde het luik voorzichtig omhoog. Vroeger knarste het, maar ze had de scharnieren ingesmeerd met een paar druppels olie, en nu kon ze het geruisloos openen. De wind blies haar direct in het gezicht, en het was koud en het regende een beetje. Het was erg donker op de rivier. Er waren die avond geen maan en sterren. De lampen op de boten langs de kant, dat wil zeggen de bewoonde, waren uit, en alleen in de verte waren een paar lichtjes te zien. Ze trok zichzelf omhoog en keek om zich heen. In het moerassige gebied, ver weg, werd een vuurtje gestookt. De oranje vlammen staken af tegen de duistere lucht. Ze kneep haar ogen tot spleetjes, maar kon geen gestalten onderscheiden, geen donkere plekken. Ze was alleen. Het water kabbelde zacht tegen de zijkant van de boot. Toen ze hier pas was, werd ze onrustig van alle geluiden en schommelingen, maar daar was ze nu aan gewend. Het was als het bloed in haar lichaam. Ze was ook gewend geraakt aan de geluiden als het donker was – de wind door de bomen en door het dikke riet, dat soms klonk als een gekreun, het geritsel van knaagdieren aan de oever, de plotselinge schreeuwen van uilen. Er waren hier ook vossen en vette ratten met lange, dikke staarten. Reigers en witte zwanen die met valse ogen naar haar keken. Schurftige katten. Ze had zelf ook ooit een kat gehad, met een wit puntje aan zijn staart en zijdezachte oren, die zich steeds maar zat te wassen en spon als een zoemend motortje. Maar dat was lang geleden, in een ander leven. Ze was nu iemand anders.

Voorzichtig stapte ze van de boot op het pad. Ze droeg donkere kleding – een marineblauwe trainingsbroek en een dikke grijze trui met capuchon – dus zelfs als mensen haar zochten, zouden ze haar waarschijnlijk niet zien. Ze was altijd voorzichtig. Het belangrijkste was steeds op je hoede te zijn en nooit te denken dat je veilig was. Ze liep langzaam over het pad en voelde hoe ze minder stijf werd. Ze moest zorgen dat ze sterk en in goede conditie bleef, maar dat viel niet mee als je de hele dag opgesloten zat. Ze deed weleens gymnastiekoefeningen, en soms trok ze zich twintig keer op aan de rand van het luik, en dan telde ze het aantal keren hardop, zodat ze niet kon smokkelen. Ze had sterke armen, maar ze dacht niet dat ze in staat zou zijn om erg ver of erg hard te lopen. Als ze 's nachts wakker werd, voelde ze soms een druk op haar borst en ging het ademhalen moeilijk. Dan wilde ze om hulp roepen, maar ze wist dat ze dat niet moest doen.

Ze liep langs de andere boten, die aan dikke touwen aan de wal afgemeerd lagen. De meeste waren week in, week uit verlaten, sommige vielen zowat uit elkaar, met afbladderende verf en rottend hout. Bij andere waren wel mensen aan boord, die op hun platte dak planten hadden staan, naast fietsen die op hun zij lagen, met rondsnorrende wielen als het waaide. Zelfs in het donker kon ze precies zeggen welke boten bewoond waren. Ze moest goed opletten. Toen ze hier pas waren, hadden ze zich ingericht met een gevoel dat ze zich aan het verstoppen waren. Dit was de plek waar ze zich veilig konden voelen, had hij gezegd: niemand anders zou weten dat zij hier woonden, en wat er ook zou gebeuren, ze zouden zich hier kunnen terugtrekken en wachten totdat het gevaar was geweken. Maar toen was hij weggegaan, om vervolgens elke maand voor maar een paar dagen terug te komen. In het begin had ze zich afgevraagd hoe ze de tijd door moest komen als ze alleen was, maar er was altijd wel wat te doen. Om te beginnen moest de boot worden schoongehouden, en dat was niet eenvoudig want hij was al oud en lang verwaarloosd geweest toen ze hem vonden. Er zaten vochtplekken op de romp en er lekte water door de vloer, naast de douche en de wc en door de planken in het keukengedeelte. De ramen waren smalle rechthoeken, waar van buitenaf niemand doorheen kon kijken. De deur was altijd op slot, en als ze met de stukken zeep die hij voor haar had gekocht haar kleren had gewassen in het gootsteentje en ze vervolgens over de stoelen en de tafel drapeerde om ze te laten drogen, rook het muf en een beetje naar verrotting.

Vroeger had ze ruimte en comfort om zich heen gehad, met uitbundig licht dat naar binnen stroomde door grote ramen waarachter je rozen en een gazon zag. Als in een droom herinnerde ze zich de schone lakens en haar zachte kleren. Nu leefde ze in deze donkere, afgesloten ruimte, met lange winteravonden die zo koud waren dat haar adem condenseerde en zich ijs afzette aan de binnenkant van de kleine ramen, met druipende kaarsen – ze durfde geen gebruik te maken van de knijpkat die hij haar had gegeven – en met angst en buikpijn. Ja, je kon zelfs gewend raken aan angst. Je kon angst omvormen tot iets wat sterk, nuttig en gevaarlijk was.

Ze liep terug. Het begon harder te regenen, en ze wilde niet te nat worden. De winter was zo koud en duurde zo lang. Wekenlang waren de paden hard bevroren geweest of bedekt met een dikke laag sneeuw. Ze voelde zich als een dier in zijn hol, dat buiten de sneeuw ziet vallen. Wachten, altijd maar wachten. Ze liet het luik boven zich zakken, trok het dicht en sloot het af. Ze vulde het blikken keteltje met net genoeg water voor één theezakje en zette het op het fornuis, draaide de knop open en stak het gas aan met één lucifer. Het gas was bijna op, zag ze: de vlam brandde zwakjes en was blauw. Binnenkort zou ze de aardappelen die buiten in de mand onder de stoel lagen niet meer kunnen koken en geen warme kruik meer kunnen maken om de ergste kou te verdrijven, die in haar botten omhoog leek te kruipen. Misschien zou hij nog een gasfles meebrengen als hij kwam. En hij zou beslist heel gauw komen. Daar geloofde ze in.

7

'Je maakt zeker een grapje.' Reuben leunde opgetogen achterover in zijn stoel.

Frieda keek nors voor zich uit. 'Het wordt maar een kort gesprekje.'

'Je zult er een hoop mee losmaken.'

'Volgens mij niet. Karlsson zei dat hij alleen wilde weten of ik iets zinnigs kan zeggen over haar uitlatingen.'

'Je zei dat je nooit meer betrokken wilde raken bij het werk van de politie, onder geen enkele voorwaarde.'

'Ik weet het. Dat word ik ook niet. En kijk me niet zo aan.'

'Hoe kijk ik je aan?'

'Alsof jij me beter kent dan ik mezelf ken. Dat is irritant. Ik hoop niet dat je je patiënten zo aankijkt.'

'Dat intrigeert je, hè?'

Frieda wilde protesteren, maar hield zich in, want natuurlijk had Reuben gelijk. 'Misschien had ik gewoon moeten weigeren,' zei ze zacht. 'Ik dacht ook dat ik dat zou doen, en toen hoorde ik mezelf ermee instemmen.'

Ze zaten in Reubens kamer in het instituut, waar Frieda parttime werkte en in de raad van bestuur zat. The Warehouse was een creatie van Reuben geweest, en hij had er als therapeut roem mee vergaard. Frieda was nog steeds niet gewend aan de veranderde aanblik van zijn kamer. Reuben had jarenlang – al sinds ze hem had leren kennen, toen hij haar mentor was en zij een jonge studente – in een puinhoop gewerkt, met overal om hem heen papieren, stapels boeken die op instorten stonden en asbakken en bloempotten vol met half opgerookte sigaretten. Nu was alles er geordend: in een postbakje lagen een paar velletjes papier, de boeken stonden op de planken en er was geen peuk te bekennen. Ook Reuben zelf was veranderd: hij zag er niet meer uit als een oude rockzanger. Hij droeg nu een effen donkerblauw pak en een wit overhemd, hij had zich geschoren, en zijn grijzende haar hing niet meer over zijn kraag. Hij zag er afgetraind uit – een paar maanden geleden had hij iedereen geschokt door zich in te schrijven bij een sportschool. En hij had zich niet alleen ingeschreven, hij ging er ook elke ochtend voor het werk naartoe. Het was Frieda opgevallen dat zijn broek opgehouden moest worden met een riem. En daar kwam nog bij dat hij bij de lunch een salade at en de hele dag rondliep met een flesje water, waar hij zo nu en dan demonstratief een slokje uit nam. Ze kon zich niet aan de indruk onttrekken dat hij een rol speelde en dat hij tevreden was over de indruk die hij wekte.

'Er is nog iets,' zei ze.

'Wat dan?'

'Ik had een raar idee – nee, als ik het een idee noem, klinkt het reëler dan het in feite was. Het was meer intuïtief. Een gevoel dat ik kreeg toen Carrie me vertelde dat Alan zo was veranderd en toen uit haar leven was verdwenen.'

'Nou?' zei Reuben na een lange stilte.

Frieda fronste haar wenkbrauwen. 'Het was alsof er ineens een schaduw over me heen viel. Je weet wel, alsof je het ineens koud hebt, ook al is het een warme dag. Het heeft waarschijnlijk niets te betekenen. Vergeet maar dat ik erover begonnen ben. Wanneer komt Josef terug?'

Josef was een vriend van hen, een bouwvakker uit Oekraïne, die iets meer dan een jaar geleden Frieda's leven letterlijk binnengevallen was, toen hij door haar plafond naar beneden stortte en in haar spreekkamer terechtkwam. Hij was uiteindelijk bij Reuben ingetrokken in de tijd dat laatstgenoemde, zoals hij nu weleens met enige trots zei, een depressieve zenuwinzinking doormaakte. Josef was onderhuurder bij hem geworden, een onderhuurder die geen huur betaalde maar de boiler repareerde, een nieuwe keuken installeerde, talloze potten thee zette en glaasjes wodka inschonk als er weer eens een crisis was. Hij was niet meer weggegaan, dat wil zeggen tot enkele weken geleden, toen hij naar zijn vaderland was teruggegaan om de kerst bij zijn vrouw en kinderen door te brengen.

'Hij zal wel ingesneeuwd zijn. Ik heb laatst op internet gekeken hoe het in Kiev was. Ongeveer dertig graden onder nul. Maar nu even serieus: ik weet het niet. Misschien nooit.'

'Nooit?' Ze was zelf verbaasd dat ze er zo van schrok.

'Hij zei dat hij terug zou komen. Zijn spullen – niet dat hij zoveel bezit – liggen nog op zijn kamer. Zijn busje staat met een lege accu op mijn oprit, dus dat kan ik niet eens weghalen om mijn eigen auto er neer te zetten. Een paar jongedames hebben bij me aangebeld om naar hem te informeren, dus die denken in elk geval wel dat hij terugkomt. Maar hij is nu al zes weken weg. Tja, tenslotte zitten zijn vrouw en zoons daar. Hij mist ze, op zijn manier.'

'Ik weet het.'

'Ik dacht dat jij wel bericht van hem gehad zou hebben.'

'Ik heb een paar dagen geleden wel een ansichtkaart van hem gehad, maar die heeft hij weken geleden al verstuurd. Hij had de postcode er niet op gezet.'

'Wat schreef hij?'

Frieda glimlachte. 'Er stond: "Denk aan je vriend Josef."' Ze stond op. 'Ik moet gaan. Ze sturen een auto om me op te halen.'

'Wees voorzichtig.'

'Ze is niet gevaarlijk, alleen in de war.'

'Het gaat me niet om haar. Ik ben bezorgd om jou. Zorg dat je een veilige koers vaart.'

'Een hoop losmaken, een veilige koers varen. Zo meteen ga je nog zeggen dat ik moet oppassen voor beren op de weg.'

'Ik zal je nog weleens aan dit gesprek herinneren.'

Frieda en Karlsson liepen samen door de lange gang. Het ziekenhuis had een kunstenaar in de arm genomen om de afschrikwekkend lange, blinde muur wat op te vrolijken. Om de zoveel meter liepen ze langs een landschapje in primaire kleuren – een brug over een blauwe rivier of een groene heuvel met figuurtjes op de ronde top. Bij een afbeelding van een wel heel grote vogel met veren in felle kleuren en een wreed turkooizen oog waarvan Frieda dacht dat zelfs de rustigste patiënt er onrustig van zou worden, gingen ze door klapdeuren een andere, bredere gang in. Het was midden op de dag, maar het was akelig stil. De stilte werd even verstoord door een verpleeghulp die met krakende schoenen langsliep. Langs de muren stonden brancards en rolstoelen. Een oude vrouw kwam met een looprekje op hen af. Ze was klein van stuk, als een zwak kind, en ze bewoog zich ontzettend traag voort, ze schommelde zo heen en weer met dat ding met rubber dopjes onder de poten dat ze nauwelijks vooruit leek te komen. Ze gingen aan de kant staan om haar te laten passeren, maar ze keek niet op of om. Ze zagen haar lippen bewegen.

'Het is hier links.' Karlssons stem klonk te luid, en hij kromp ineen.

Ze duwden de deur open en betraden een zaaltje met acht bedden. Het vertrek keek uit op een stukje tuin dat dringend onderhoud behoefde. Het natte, ongemaaide gras en al het onkruid in de perkjes gaven het geheel een verwaarloosde indruk. Het merendeel van de patiënten leek te slapen, als onbeweeglijke bulten in hun bed, maar één vrouw zat op een stoel onafgebroken en met hoge uithalen te huilen en daarbij in haar kleine, droge handen te wrijven. Ze zag er jong uit en zou een mooi gezicht hebben gehad als er geen schroeiplekken op hadden gezeten. Een andere vrouw, met een gemoedelijk grijs knotje en gekleed in een degelijke nachtjapon die tot aan haar kin was dichtgeknoopt, was bezig aan een legpuzzel. Ze keek op en glimlachte koket naar hen. Er hing een geur van vis en urine. De verpleegster achter de balie herkende Karlsson en knikte hem toe.

'Hoe is het vandaag met haar?' vroeg hij.

'Ze krijgt nieuwe medicijnen en heeft een rustiger nacht gehad. Maar ze wil haar spullen terug. Ze zoekt er steeds naar.'

Het gestreepte gordijn om het bed van Michelle Doyce was dicht. Karlsson trok het een stukje open en wenkte Frieda. Michelle zat rechtop in bed. Ze droeg een beige ziekenhuispyjama en haar haar was geborsteld en in twee vlechten geknoopt, als bij een schoolmeisje. Toen Frieda haar aankeek, vond ze haar gezicht vreemd vaag, alsof het geen duidelijke contouren had. Ze zag eruit als een vage aquarel in verschillende kleurlagen – haar huid was roze, maar had ook een zweem geel, haar haren waren grijs noch bruin, haar ogen stonden vreemd troebel, en zelfs haar gebaren waren vaag, als van een blinde die bang was ergens tegenaan te lopen.

'Hallo, Michelle. Ik ben Frieda Klein. Vind je het goed als ik hier ga zitten?' Ze wees naar de ijzeren stoel naast het bed.

'Die is voor mijn vriend.' Haar stem was zacht en schor, alsof hij achteruit was gegaan doordat hij te weinig gebruikt was.

'O, laat dan maar. Dan blijf ik wel staan.'

'Hier is nog wel plaats.'

'Mag ik daar zitten? Is er nog plaats naast je op het bed?'

'Lig ik dan in bed?'

'Ja, je ligt in bed. In het ziekenhuis.'

'Ja,' zei Michelle. 'Ik mag niet naar huis.'

'Waar is je huis, Michelle?'

'Nooit meer.'

'Heb je geen huis?'

'Ik probeer het leuk te maken. Al mijn spullen. Dan gaat hij misschien niet meer weg. Dan blijft hij.'

Frieda herinnerde zich wat Karlsson haar had verteld over Michelles dwangmatige neiging dingen te verzamelen – haar flessen en haar afgeknipte nagels, allemaal netjes geordend. Misschien had ze geprobeerd haar grauwe kamer in dat vervallen pand in Deptford iets huiselijks te geven en te vullen met de enige bezittingen die ze zich kon veroorloven – rommel die door anderen was afgedankt. Misschien had ze geprobeerd om de leegte in haar leven te vullen met het gevoel van luxe die dingen soms kunnen geven.

'Wie is dat, die voor jou moet blijven?' vroeg ze.

Michelle keek Frieda aan zonder haar te zien en ging toen ineens plat achterover liggen.

'Kom naast me zitten,' zei ze. Haar ogen staarden naar het plafond, waar de tl-buizen flakkerden.

Frieda ging zitten. 'Weet je nog waarom je hier bent, Michelle, wat er is gebeurd?'

'Ik ga naar de zee.'

'Ze heeft het steeds maar over de zee en de rivier,' zei Karlsson.

Frieda draaide zich om en keek hem aan. 'Je moet niet over Michelle praten alsof ze er niet bij is,' zei ze. 'Sorry, Michelle – je had het over de zee.'

De vrouw op de zaal die aan het jammeren was, gaf ineens een gil, en toen nog een.

'Eenzaam, eenzaam, eenzaam,' zei Michelle. 'Maar niet voor hen.'

'Voor wie?'

'Ze komen weer dichtbij. Zoals hij. Bewonderenswaardig.' De onverwachte lettergrepen rolden als stenen uit haar mond. Ze keek verbaasd. 'Dat is het goede woord niet. Geen pleister erop.'

'De man bij jou op de bank...'

'Heb je hem gesproken?'

'Waar kende je hem van?'

Ze keek verbaasd. 'Draken op de rivier,' zei ze met haar schorre stem. 'Hij heeft me nooit alleen gelaten. Hij was anders dan de anderen.'

Ze stak haar ruwe hand uit. Frieda aarzelde, maar pakte hem aan. Achter het gordijn hoorden ze een verpleegster gedecideerd iets zeggen tegen de huilende vrouw.

'Nooit alleen gelaten,' herhaalde Michelle.

'Had hij een naam?'

Michelle staarde haar aan en keek toen naar hun handen, die van Frieda schoon en glad, de handen van een hoogopgeleide vrouw, die van Michelle vol eelt en littekens en met gescheurde nagels.

'Waren zijn handen je opgevallen?' vroeg Frieda, afgaande op Michelles blik.

'Ik kuste ze waar het pijn deed.'

'Zijn vinger?'

'Ik zei och-och, och-och.'

'Heeft hij iets tegen jou gezegd?'

'Ik heb hem thee gegeven. Ik heb hem onthaald. Ik heb tegen hem gezegd: mijn huis is jouw huis, en toen heb ik hem gevraagd om niet weg te gaan, ik heb aan het begin van de zin alsjeblieft gezegd, en aan het einde van de zin nog eens. Ze gaan allemaal weg omdat ze er eigenlijk niet echt zijn, dat is het geheim dat niemand anders begrijpt. De wereld draait maar door zonder dat hem daarbij iets in de weg wordt gelegd, het is een wereld waar niemand is, en dat geldt ook voor de zee. Je voelt de wind die helemaal vanaf het begin komt, en dan zie je de maan naar je kijken, en het duurt honderd jaar voordat je het ziet. Je wilt een laatste rustplaats. Net als hij.'

'Je bedoelt, zoals de man op de bank?'

'Hij moet alleen wat bijgevoed worden. Dat kan ik doen.'

'Is er een ongeluk gebeurd?'

'Dat heb ik schoongemaakt. Ik heb tegen hem gezegd dat het helemaal niets gaf en dat hij zich er niet voor hoefde te schamen. Het overkomt de besten. Ik wil de mensen helpen en geef ze dingen zodat ze misschien willen blijven. Ik was hun kleren en kam hun haar. Gedeelde smart is halve smart. Ik zou hem zelfs spullen van mij kunnen geven als hij blijft.'

'Is er iets gebeurd toen hij bij je was, Michelle?'

'Hij heeft gerust, en ik heb hem verzorgd.'

'Hij had een wond in zijn hals.'

'Arme schat. Hij had het zo zwaar, voordat ik hem oplapte en weer beter maakte.'

'Waar had je hem ontmoet?'

'Tja. Altijd maar dromen en vis vangen, en natuurlijk is hij nooit levend thuisgekomen.'

'Dit levert niks op,' zei Karlsson aan het voeteneind van het bed.

'Michelle.' Frieda's stem klonk rustig. 'Ik weet dat het leven gevaarlijk en eenzaam kan zijn. Maar je kunt tegen mij alles zeggen. Soms kun je door te praten de dingen een beetje beter maken.'

'Woorden,' zei Michelle.

'Ja. Woorden.'

'Houtjes en stenen. Die raap ik op.' Michelle streelde de rug van Frieda's hand. 'Je hebt een aardig gezicht, en daarom zal ik het je vertellen. Hij heette Ducks. Ik noemde hem Schat. Snap je?'

'Dank je wel.' Frieda wachtte een paar tellen, stond toen op en probeerde haar hand weg te trekken. 'Ik moet nu gaan.'

'Kom je terug?'

'Dat lijkt mij geen goed idee,' zei Karlsson.

'Ja,' zei Frieda.

8

Frieda dacht al dat hij het zou zijn toen hij onder aan de oprit verscheen. Hij rende de steile heuvel op, en naarmate hij dichterbij kwam, spande hij zich steeds meer in en werd de frequentie van zijn lange, soepele passen steeds groter. Toen hij bij haar was, bleef hij staan en boog hij zich zwaar hijgend voorover. Het was een heldere, zonnige en koude ochtend, maar de man was slechts gekleed in een oud T-shirt, sportschoenen en een trainingsbroek.

'Bent u dokter Andrew Berryman?'

De man zette zijn groene koptelefoon af. 'Wie bent u?'

'Ik had contact opgenomen met iemand die me doorverwees naar uw baas, en hij zei dat ik contact met u moest opnemen. Ik wilde met iemand praten over extreme psychiatrische ziektebeelden.'

'Waarom?' vroeg Berryman. 'Lijdt u daaraan?'

'Het gaat om iemand die ik heb ontmoet. Mijn naam is Frieda Klein. Ik ben psychoanalyticus en werk ook af en toe voor de politie. De vrouw om wie het gaat, was betrokken bij een moord, en ik zou graag over haar willen praten. Mag ik even binnenkomen?'

'Het is vandaag mijn vrije dag,' zei Berryman. 'Had u niet kunnen bellen?'

'Het is dringend. Ik heb maar een paar minuten nodig.'

Hij zweeg en dacht even na. 'Goed dan.'

Hij deed de voordeur open en ging Frieda voor een aantal

trappen op, waarna hij op de bovenste verdieping een deur opende die toegang gaf tot zijn appartement. Frieda betrad een grote, lichte en bijna lege ruimte, met alleen een bank, een licht tapijt op de kale planken, en tegen de muur een piano. Een groot raam keek uit op Hampstead Heath.

'Ik ga even douchen,' zei Berryman, en hij verdween door een deur aan de linkerkant.

'Zal ik koffie- of theezetten?' vroeg Frieda.

'Overal afblijven,' riep hij uit het belendende vertrek.

Frieda hoorde het geluid van de douche en liep langzaam door de kamer. Ze keek naar de muziek op de piano: een nocturne van Chopin. Ze staarde uit het raam. Het was zo koud dat eigenlijk alleen mensen met honden zich buiten waagden. Bij het speelplaatsje zag ze een paar kleine kinderen. Ze waren dik ingepakt, waardoor ze iets weg hadden van rondwaggelende beertjes. Berryman kwam terug. Hij was op blote voeten en droeg een geruit overhemd en een donkerbruine broek. Hij liep enigszins gebogen, alsof hij zich wilde verontschuldigen voor zijn lengte. Hij liep door naar de keuken, zette een waterkoker aan en schepte gemalen koffie in een kan.

'U speelt Chopin, zie ik?' zei Frieda. 'Mooi.'

'Het is niet mooi,' zei Berryman. 'Het is een soort neurologisch experiment. Er is een theorie dat als je tienduizend uur op een bepaalde vaardigheid oefent, je daar bekwaam in wordt. Voortdurend oefenen stimuleert de aanmaak van myeline, wat de neurale signaalfunctie verbetert.'

'En hoe gaat het?'

'Ik zit nu op ongeveer zevenduizend uur, en het lijkt er niet van te komen,' zei Berryman. 'Het probleem is dat het me niet duidelijk is hoe myeline onderscheid zou moeten maken tussen goed pianospelen en beroerd pianospelen.'

'En als u geen Chopin speelt, behandelt u mensen met bijzondere psychische aandoeningen?' vroeg Frieda.

'Liever niet, als ik eronderuit kan.'

'U bent toch arts?'

'Formeel wel, ja,' zei Berryman. 'Maar dat was eigenlijk een vergissing. Ik ben niet geneeskunde gaan studeren omdat ik belangstelling had voor mensen van vlees en bloed. Ik was geïnteresseerd in de werking van de hersenen. Neurale aandoeningen zijn nuttig om uitsluitsel te geven in discussies over de manier waarop we de wereld om ons heen waarnemen. De mensen realiseerden zich vroeger niet dat een specifiek deel van onze hersenen gezichten herkent, totdat er patiënten waren die hoofdpijn kregen en hun eigen kinderen niet meer herkenden. Ik ben alleen niet erg geïnteresseerd in de behandeling daarvan. Ik zeg niet dat ze niet behandeld moeten worden, ik wil dat alleen zelf niet doen.' Hij reikte Frieda een beker koffie aan en glimlachte toen ineens. 'Maar ja, u bent analyticus. U zult wel denken dat mijn wens om van de geneeskunde een filosofisch project te maken een uitvlucht is.'

'Dank u,' zei Frieda, terwijl ze de beker aannam. 'Dat dacht ik helemaal niet. Ik ken veel artsen die denken dat ze beter af zouden zijn zonder patiënten.'

'En gaat u me nu vertellen hoe het met uw patiënt gesteld is?'

Frieda schudde haar hoofd. 'Ik wil dat u met mij naar haar toe gaat.'

'Hoe bedoelt u?' zei hij. 'Wanneer?'

'Nu.'

'Nu? Waar is ze?'

'Ze ligt in een ziekenhuis in Lewisham.'

'Waarom zou ik dat doen?'

Frieda dronk haar beker koffie leeg. 'Ik denk dat u haar uit filosofisch oogpunt interessant zult vinden.'

'Mogen we dit wel doen?' vroeg Berryman.

'Ze kennen me daar,' zei Frieda. 'En trouwens, we zijn allebei arts. Artsen mogen zich overal mee bemoeien.'

Toen Berryman Michelle Doyce zag, keek hij een beetje teleurgesteld. Ze zat geconcentreerd in het blad *Hello!* te lezen en zag er volkomen normaal uit. Frieda en Berryman schoven allebei een stoel bij en gingen zitten. Hij trok zijn zware bruine suède jasje uit en hing het over de rug van zijn stoel. Het raampje in het vertrek keek uit op een grijze muur. Vanuit een laaghangende, grauwe bewolking begon het te regenen.

'Ken je me nog?' zei Frieda.

'Ja,' zei Michelle. 'Ja.'

'Dit is Andrew. We willen allebei graag een praatje met je maken.'

Berryman keek Frieda aan met een verbaasde uitdrukking op zijn gezicht. Ze had bijna voortdurend gezwegen terwijl Berryman met haar door Londen reed, en had niets over het geval gezegd. Nu boog ze zich naar Michelle toe. 'Wil je Andrew vertellen over de man die bij je in huis was?'

Michelle keek ook verbaasd, nu haar gevraagd werd om te herhalen wat niets bijzonders was. 'Hij logeerde gewoon bij me,' zei ze.

'Hoe had je hem ontmoet?' vroeg Frieda.

'Draken en... en...'

'Hè? Wat bedoel je?'

'En... en... boten.'

Frieda keek Andrew aan en vroeg toen: 'En wat heb je voor hem gedaan?'

'Ik heb voor hem gezorgd,' zei Michelle.

'Omdat hij er nogal slecht aan toe was,' zei Frieda.

'Dat was hij, ja,' zei Michelle. 'Hij was er slecht aan toe.'

'Hij had verzorging nodig.'

'Ik heb thee voor hem gezet,' zei Michelle. 'Hij moest opgelapt worden. Het was niet best met hem.' Ze zweeg even. 'Waar is hij? Waar is hij naartoe gegaan?'

'Hij moest weg,' zei Frieda. Ze keek naar Andrew. Hij kuchte en stond op.

'Nou,' zei hij. 'Het was aangenaam kennis te maken met u beiden, maar ik moet helaas...'

'Wacht even,' zei Frieda. Ze draaide zich om naar Michelle. 'Wil je ons even excuseren?'

Ze pakte Berryman bij de arm en liep met hem een paar meter bij Michelle vandaan.

'Wat denkt u van haar?' vroeg ze.

Hij haalde zijn schouders op. 'Ze lijkt me tamelijk helder,' zei hij. 'Een beetje dissociatief. Maar niet de moeite waard om er helemaal voor naar Lewisham te komen.'

'Die man over wie ze het had,' begon Frieda.

'Ja?'

'Toen ze bezoek kreeg van een maatschappelijk werkster, zat die man bij haar op de bank. Hij was naakt, hij was dood en verkeerde al in staat van ontbinding. En al die tijd was hij bij haar in huis. Dus?'

Berryman zweeg, en toen verscheen er langzaam een glimlach op zijn gezicht. 'Zo, zo,' zei hij. 'Zo, zo.'

'Dit is zo vreemd,' zei Frieda, 'zo onvoorstelbaar. En mijn eerste vraag is dan ook of ze misschien niet doet alsof. Zij zou die man vermoord kunnen hebben. En nu doet ze alsof ze gek is.'

'Ze doet niet alsof.' Berryman zei het op een toon waarin bijna bewondering doorklonk. 'Niemand kan zoiets voorwenden.'

'We kennen de identiteit van de man nog steeds niet, we weten niet of hij een vriend of een familielid van haar was, of dat ze hem helemaal niet kende.'

'Wat maakt het uit?' Berryman liep de zaal door naar de plek waar een paar mensen televisie zaten te kijken. Frieda zag hoe hij zich over een van de bedden boog. Toen hij terugkwam, had hij een bruin teddybeertje bij zich.

'Hebt u wel gevraagd of u die mocht lenen?'

Berryman schudde zijn hoofd. 'Die vrouw sliep. Ik breng hem straks terug.'

Hij liep naar Michelle en ging voor haar zitten. Hij zette het beertje op zijn schoot. 'Dit is een beer,' zei hij. Ze keek verbaasd. 'Waar denk je dat hij woont?'

'Ik weet het niet,' zei ze. 'Ik weet niks van beren.'

'Als je moest raden,' zei hij, 'zou je dan zeggen dat hij in een bos woont of in een woestijn?'

'Doe niet zo stom,' zei ze. 'Hij woont hier.'

'En als je moest raden wat hij eet? Wat denk je dan? Kleine dieren? Vis?'

'Ik weet het niet. Gewoon wat hij van de mensen krijgt, denk ik.'

'Dat lijkt me een goede gok.'

'Heeft hij honger?'

'Ik weet het niet – wat denk jij?'

'Hij ziet er niet hongerig uit, maar het is soms moeilijk te zeggen.'

'Je hebt gelijk, zo is het.' Hij glimlachte opgetogen naar haar. 'Heel erg bedankt.'

Toen stond hij op en liep de zaal door, onderwijl de beer van de ene hand in de andere gooiend.

'Formidabel,' zei hij toen hij weer bij Frieda stond. 'Ik zou haar door de MRI moeten halen, maar ik kan eigenlijk wel raden wat ik zal vinden. Een beschadiging van de inferieure temporale cortex, de amygdala en de...'

'Sorry,' onderbak Frieda hem. 'Ik snap het niet.'

Berryman keek op, alsof hij vergeten was dat Frieda er was.

'Ze is geweldig,' zei hij met overtuiging. 'We moeten haar alleen naar een laboratorium zien te krijgen.'

'Nee,' zei Frieda. 'We moeten haar genezen er dan achter zien te komen wie die man is en wie hem heeft vermoord.'

Berryman schudde zijn hoofd. 'Het is niet te genezen. Je kunt hooguit met steroïden de druk in het cranium wat verlichten.'

'Maar waarom gedraagt ze zich zo?' vroeg Frieda.

'Dat is het interessante eraan. Weleens gehoord van het syndroom van Capgras?'

'Wat was dat ook alweer?'

'Het is fantastisch,' zei hij. 'Ik bedoel, tenzij je het zelf krijgt. Dan denk je dat iemand met wie je een nauwe band hebt, je man of je vrouw bijvoorbeeld, niet meer dezelfde is, maar dat zijn of haar plaats is ingenomen door iemand anders, een bedrieger. Hebt u ooit de film *The Invasion of the Bodysnatchers* gezien? Nou, dat idee. Als we iemand waarnemen, doen onze hersenen namelijk twee dingen. Een deel van de hersenen herkent het gezicht, en een ander deel laat ons weten dat we een emotionele band hebben met die persoon. Als dat tweede deel niet goed functioneert, dan concludeert het brein dat er iets niet klopt aan die persoon, omdat we niets voor hem of haar voelen.'

‘Maar zo is het niet bij Michelle Doyce.’

‘Nee, nee,’ zei Berryman met een gebaar naar Michelle Doyce alsof ze een bijzonder exemplaar was. ‘Zij is beter. Er is een syndroom dat nog zeldzamer is en dat weleens voorkomt bij alzheimerpatiënten – nou ja, eigenlijk bijna nooit. Die patiënten leven dan in de waan dat er iemand bij hen is. Ze zien voorwerpen als levende wezens, net zoals Michelle Doyce dat bij die teddybeer had. Maar zij is nog interessanter. U weet dat peuters, alle peuters, beginnen als animisten...’

‘Dat betekent dat...’

‘Dat ze geen onderscheid maken tussen hun zusje en hun pop, of zelfs de wind of een steen die naar beneden rolt. Voor hen valt een blad van een boom omdat het wíl vallen. Bij het ouder worden, ontwikkelen de hersenen zich en kunnen we alleen met onze omgeving communiceren door constant onbewust te bedenken wat op ons lijkt, wat verantwoordelijkheid draagt en beslissingen neemt en wat niet. Als ik aan uw oor zou trekken, zou u gaan gillen, en als ik hier met mijn schoenzool over het zeil schuif, maakt dat een soortgelijk geluid. U en ik weten dat het ene geluid niet hetzelfde is als het andere, maar als we iemand als Michelle in het lab onderzoeken, zouden we volgens mij...’

‘Ik weet niet of dat wel kan, hoor.’

‘Het zou misdadig zijn om het niet te doen,’ zei Berryman. ‘En als ze wordt onderzocht, durf ik te wedden dat zal blijken dat ze alcoholist of drugsverslaafd is geweest, of dat ze ooit ernstig hoofdletsel heeft gehad, of dat ze – en dat lijkt me het meest waarschijnlijk – een hersentumor heeft. Dus als we haar willen gaan onderzoeken, zullen we een beetje voort moeten maken.’

‘Ze is een mens. Een mens die lijdt.’

‘Een heel interessante mens die lijdt,’ zei Berryman. ‘Dat kun je van de meeste lijdende mensen niet zeggen.’

‘Dus haar verklaringen – alles wat ze heeft gezegd, is gewoon onzin.’

Berryman dacht even na.

‘Dat zou ik niet zeggen. Zij ziet de wereld anders dan wij. Het heeft waarschijnlijk niet zoveel zin om haar te vragen of ze die man heeft vermoord, want ze kan niet zien of iemand leeft of dood is. Ik had wel het gevoel dat ze haar best deed om de waarheid te vertellen zoals zij die zag. Het moet heel beangstigend voor haar zijn. Ze zal wel het gevoel hebben alsof ze in een heel ander soort leven terecht is gekomen, in een vreemde wereld. U zou eens op kunnen letten wat ze daarover zegt. Dat is tenslotte toch uw werk, nietwaar?'

'Het uwe niet, dan?' zei Frieda.

Berrymans gezicht verstrakte. 'Soms denk ik weleens dat ik kaartjes moet laten drukken, die ik bij me kan steken en uitdelen aan mensen als u. Daarop zou u dan kunnen lezen dat het wetenschappelijk werk dat uiteindelijk resulteert in hulpverlening vaak gedaan wordt door mensen die dat om de wetenschap zelf doen, en dat het plengen van hete tranen om de lijdende mens niet garandeert dat je iets doet om hem of haar te helpen. Het is natuurlijk een heel verhaal voor op zo'n klein kaartje, maar u snapt wel wat ik bedoel.'

'Het spijt me,' zei Frieda. 'U bent op uw vrije dag helemaal hiernaartoe gekomen met een vrouw die u niet eens kent. Daarmee hebt u iets goeds gedaan.'

Hij keek nu meer ontspannen. 'Ik vind eigenlijk dat ze een kamer voor zichzelf alleen zou moeten krijgen.'

'Vindt u?'

'Jazeker. Volgens mij doet het haar geen goed dat ze al die andere mensen om zich heen heeft. Ze heeft rust nodig.'

'Ik zal het vragen,' zei Frieda weifelend.

Berryman maakte een wegwerpgebaar. 'Laat u dat maar aan mij over. Daar zorg ik wel voor,' zei hij luchtig.

'Echt?'

'Ja.' Hij keek Frieda even nadenkend aan. 'Werkt u samen met de politie?'

'Op een afstand, ja.'

'Hoe is dat zo gekomen?'

'Dat vertel ik u een andere keer wel,' zei Frieda. 'Het is een lang verhaal.' Ze draaide zich om en keek naar Michelle Doyce, die haar tijdschrift niet weer had opgepakt, maar voor zich uit staarde. Toen dacht Frieda aan iets heel anders. 'Dat syndroom...' zei ze.

'Welk?'

'Waarbij iemand denkt dat een geliefde persoon ineens iemand anders is.'

'Het syndroom van Capgras.'

'Dat moet doodeng zijn,' zei Frieda. 'Ik bedoel, zo eng dat wij ons niet eens kunnen voorstellen hoe angstaanjagend het is.'

Toen ze de hal in liepen, hield ze hem staande. 'Zou u even op me kunnen wachten?'

'Heb ik iets te kiezen dan?'

'Bedankt.'

Frieda liep de ziekenhuiswinkel in. Er stonden rekken met tijdschriften, chips, snoepgoed en ongezond uitziende zoete drankjes, een aantal wat verschrompeld ogende appels en uitgedroogde sinaasappels, sudokuboekjes en, in een hoek, een mand met kinderspeelgoed. Frieda liep eropaf en begon erin te zoeken.

'Kan ik u helpen?' vroeg de vrouw achter de kassa. 'Zoekt u iets speciaals?'

'Een teddybeer.'

Het gezicht van de vrouw kreeg iets zachts. 'O, u hebt hier een kind,' zei ze. Frieda sprak haar niet tegen. 'Ik weet alleen niet of we hier beertjes hebben. We hebben wel een pop waar veel vraag naar is, die gaat huilen als je hem rechtop zet.'

'Ik dacht het niet.'

Frieda trok een groen fluwelen kikker met uitpuilende ogen uit de mand, vervolgens een lappenpop met lange, dunne benen, en toen een kleine, armoedig uitziende slang. Bijna onder in de mand lag een zacht hondje met hangoren en kraaloogjes. 'Dit is wel een goede.'

Ze rende de trap op naar de afdeling en bleef voor de balie staan.

'Zou u dit hondje aan Michelle Doyce willen geven? In bed zes.'

'Wilt u het haar niet zelf geven?'

'Nee.'

De verpleegster haalde haar schouders op. 'Oké.'

Frieda draaide zich om en maakte aanstalten om weg te gaan, maar bij de dubbele deuren bleef ze staan en draaide ze zich weer om. Zonder zelf gezien te worden zag ze hoe de verpleegster het hondje aan Michelle gaf. Frieda bekeek aandachtig wat er gebeurde: Michelle zette het hondje naast zich op het kussen en knikte het waarderend toe. Toen stak ze een vinger uit en drukte die verlegen glimlachend op zijn snuit, waarna ze haar glas water pakte en voor de bek van het hondje hield. Haar gezicht drukte tedere bezorgdheid en een beschroomd soort blijheid uit. Zo weinig was daar maar voor nodig. Frieda duwde de klapdeuren open en glipte weg.

Soms sliep ze de hele dag. Het was verkeerd, dat wist ze, maar als ze door zo'n apathie werd overvallen, kon ze niet anders dan zich met haar dikke kleren en haar natte haren oprollen tot een balletje, haar kleverige oogleden sluiten, zich laten gaan en ronddwalen in een wereld van duistere dromen, groen onkruid en zijdezacht schuivende modder. Dan was ze zich er half van bewust dat ze sliep en werd alles om haar heen verstrikt in haar dromen – de voetstappen op het jaagpad, het aanzwellen en afzwakken van stemmen, de instructies die geroepen werden op de roeiboten die haar boot passeerden.

Bij het wakker worden voelde ze zich dik en viezig. En schuldig. Als hij haar zou kunnen zien, zou hij boos worden. Nee, niet boos. Hij zou teleurgesteld zijn. Zich in de steek gelaten voelen. Dat vond ze vreselijk. Dan dacht ze aan de afhangende schouders van haar moeder, de dappere glimlach die even aarzelde en dan van haar gezicht verdween. Alles was beter dan mensen teleurstellen.

Ook vandaag had ze zich aan de slaap overgegeven, en toen ze wakker schrok – met speeksel op haar kin, jeuk aan haar hoofd en pijn aan haar wang van de ruwe stof van de stoel waarop ze lag – wist ze niet meer waar ze was. Ze wist ook niet meer wie ze was.

Ze was niemand, alleen een lichaam met zwellingen, zonder naam, zonder ik. Ze wachtte. Tot ze zichzelf weer mocht kennen. Ze drukte haar voorhoofd tegen het smalle raam en staarde naar de beweeglijke rivier buiten. Twee grote zwanen gleden voorbij. Giftige blikken, ontzettend giftige blikken.

9

'Ben je deze zaak nu aan het afsluiten?' vroeg commissaris Crawford met nauwelijks verholen irritatie.

'Nou,' begon Karlsson, 'er zijn een paar...'

'Ik heb het voorlopige rapport gezien. Het lijkt me vrij simpel. Die vrouw heeft ze niet allemaal op een rijtje.' De commissaris tikte met een vinger tegen zijn hoofd. 'Dus uiteindelijk doet het er niet zoveel toe. Het slachtoffer is bij een aanval van razernij om het leven gekomen. En trouwens, ze zit al in een psychiatrische inrichting, dus veel kan ze niet meer aanrichten.'

'We weten nog niet eens wie het slachtoffer is.'

'Drugshandelaar?'

'Daar zijn geen aanwijzingen voor.'

'Ben je de lijst van vermiste personen nagegaan?'

'Leverde niks op. Ik sta op het punt om de andere bewoners van het huis te gaan verhoren, om te zien of zij ons verder kunnen helpen.'

'Ik geloof niet dat je op die manier je tijd goed besteedt.'

'Hij is toch vermoord!'

'Dit is wat anders dan die vermiste kinderen, Mal.'

'Bedoel je dat het de mensen niet kan schelen?'

'Het gaat erom dat we prioriteiten stellen,' zei Crawford met een frons in zijn voorhoofd. 'Neem in elk geval Jake Newton mee. Laat hem maar eens zien wat voor ellende we op ons bordje krijgen.'

Karlsson wilde iets zeggen, maar Crawford onderbrak hem. 'Rond dit in godsnaam voor me af, oké?'

Jake droeg vandaag een dunne ribbroek en schoenen in een lichte kleur bruin, glimmend gepoetst en met gele veters. Toen hij uit de auto stapte, stak hij een paraplu op – het regende nu hevig, bijna natte sneeuw was het – en liep behoedzaam op het huis af, zijn colbertje zonder knopen met één hand dichthoudend. De afzetting was weggehaald, de toeschouwers waren allemaal al lang weg, en afgezien van de dichtgetapete deur van Michelle Doyce wees niets erop dat hier een misdaad was gepleegd. In het halletje lag nog dezelfde rommel en er hing nog dezelfde stank van poep en verrotting die Karlsson de adem benam en Jake Newton een huivering bezorgde. Hij haalde een grote witte zakdoek uit zijn zak en snoot een paar keer onnodig zijn neus. 'Een beetje benauwd hier, hè?'

'Volgens mij hebben ze geen schoonmaker,' zei Karlsson, die hem voorging naar boven, goed oplettend waar hij zijn voeten neerzette.

Toen hij het er later met Yvette over had, wist hij eigenlijk niet meer welk van de drie verhoren hem het somberst had gestemd. Lisa Bolianis was de eenzaamste. Ze zag er met haar doorgroefde en rood aangelopen gezicht, haar dunne armen en benen en daarmee contrasterende dikke drankbuik uit alsof ze in de veertig was, terwijl ze pas tweeëndertig bleek te zijn. Ze was een alcoholiste die haar kinderen en haar huis was kwijtgeraakt. Ze rook naar goedkope sterkedrank als ze praatte, wat ze deed in monotone, mompelende zinnen. Karlsson zag flessen onder haar bed liggen, met daarbovenop een paar vieze dekens en een gescheurd roze donzen dekbed. Haar kleding zat in twee zwarte vuilniszakken in een hoek. Ze zei dat Michelle Doyce 'best aardig' was, maar ze wist niets van haar, en evenmin van de man die in haar kamer was gevonden. Ze zei dat er vaak vreemde mannen in het huis kwamen, maar dat ze zich niet met hen bemoeide en dat ze niemand zou kunnen herkennen als ze haar foto's zouden laten zien. Ze had het helemaal gehad met mannen, van wie ze nooit iets goeds had ondervonden, al sinds haar stiefvader niet. Ze had koortsblaasjes in haar mondhoeken, en toen ze probeerde te glimlachen, zag Karlsson die barsten. Hij hield zijn opschrijfboekje in de hand, maar schreef niets op. Hij wist niet goed wat hij hier deed – Yvette Long en Chris Munster hadden al met haar gepraat, dus wat verwachtte hij eigenlijk? Al die tijd bleef Jake bij de deur staan, nerveus schuifelend en denkbeeldige pluisjes van de mouw van zijn colbertje plukkend.

Zij was dan misschien de eenzaamste van de bewoners, Tony Metesky leek het verst van de samenleving af te staan. Hij was een grote, angstige, vervallen uitziende man, die Karlsson niet kon aankijken, voortdurend heen en weer stond te wiebelen en wartaal uitsloeg – woorden en zinsfragmenten zonder onderling verband. De naalden waren weg. De gemeente had er een opruimploeg in speciale uniformen, een soort duikerpakken, op afgestuurd, die er een hele dag voor nodig had gehad om de kamer schoon te maken. Karlsson probeerde hem uit te horen over de dealers die van zijn kamer gebruikmaakten, maar Metesky deed niets anders dan met een van angst vertrokken gezicht in zijn mollige handen wrijven.

'We hebben het niet op jou voorzien, Tony,' zei Karlsson. 'We hebben je hulp nodig.'

'Mij niet gezien.'

'Heb je iemand de kamer van Michelle Doyce in zien gaan? Een van de mensen die hier kwamen bijvoorbeeld?'

'Een hele grote baby, dat ben ik. Ik zeg niks. Een dikke, stinkende baby.' Hij lachte bangelijk en keek Karlsson aan, op zoek naar een bevestigende glimlach.

'De mannen die hier kwamen hebben je bedreigd, hè?'

'Niks aan de hand.'

Karlsson gaf het op.

Jake ging niet met hem mee naar de kamer van Michael Reilly, maar bleef liever in de auto wachten. Hij was gewaarschuwd voor Reilly's hond. Het dier zat vastgebonden aan de radiator, maar sprong telkens op en hapte dan naar Karlsson, die bang werd dat hij de radiator van de muur zou trekken. Er hing een zware geur van hondenhaar, hondenpoep en het hondenvoer in de plastic bak op de vloer. Michael Reilly was de meest welbespraakte van de drie resterende bewoners. Hij beende onafgebroken en met opgeheven wijsvinger orerend door de kamer. Metesky was een mafkees, en die Lisa Bolianis zou niet eens in de gaten hebben wat er gebeurde als ze er met haar neus bovenop stond, maar hij, Michael, kon hem wel het een en ander vertellen. Hij was graag bereid om aan elk onderzoek mee te werken. Wisten ze bijvoorbeeld dat er hier kinderen drugs kwamen halen – en dan bedoelde hij echt kínderen, van hooguit veertien. Dat deugde niet. Hij was zelf ook geen lieverdje geweest, maar dat was inmiddels verleden tijd, daar had hij voor gezeten, en hij had er afstand van genomen en was nu op het rechte pad; hij wilde alleen maar helpen.

'Ja, dat zie ik,' zei Karlsson ernstig. Hij werkte inmiddels lang genoeg bij de Londense politie om een crackverslaafde te kunnen herkennen. 'Kun je ons iets vertellen over Michelle Doyce?'

'Dat mens? Ze ontliep me. Ik doe mijn best om aardig te zijn, maar met die gasten hier is dat best lastig. De eerste keer dat ik haar zag, wilde ze me een kop thee geven, maar toen veranderde ze ineens van gedachten. Door Buzz, denk ik. Ze mocht jou niet, hè Buzz?' Buzz gromde; het kwijl droop uit zijn open bek. De radiator rammelde. 'Ze was hier niet vaak, was altijd de hort op, altijd op zoek naar spullen. Ik zag haar een keer bij de oever van de rivier, bij laagwater liep ze dingen op te rapen uit het slijk.'

'Heb je haar ooit met iemand anders gezien?'

Hij schudde zijn hoofd. 'Ik heb haar ook nooit veel horen praten.'

'De mannen die de kamer van Metesky gebruikten, kwamen die ook weleens bij anderen hier in huis over de vloer?'

'Ik weet waar u heen wilt.'

'Geef dan eens antwoord.'

'Nee. Deden ze niet.'

'Ook niet bij Michelle Doyce?'

'Ze was erg op zichzelf. Nogal een triest type, die vrouw, als je het mij vraagt. Want hoe kom je anders in deze gribus terecht? Je zou hier niet zijn als je ergens anders heen kon, toch? Alleen heb ik natuurlijk mijn hond, hè Buzz? Wij houden mekaar gezelschap.'

Uit Buzz' bolle borst klonk een angstaanjagend geluid, en Karlsson zag het wit van zijn uitpuilende ogen.

Frieda liep over Blackfriars Bridge, bleef in het midden staan en keek in westelijke richting naar de London Eye en de Big Ben, en toen in oostelijke richting naar de gladde koepel van St. Paul's, alles in een waas van neerdwarrelende sneeuwvlokken, die op de trottoirs veranderden in een papperige brij. Toen liep ze weer haastig door – ze bleef niet staan bij Smithfield Market of St. John Street – en probeerde de gevoelens van angst en neerslachtigheid van zich af te schudden, totdat ze eindelijk in Islington was en voor het huis van Chloë en Olivia stond, vijf minuten te vroeg voor de bijles scheikunde van haar nichtje. Toen ze had aangebeld, hoorde ze snelle voetstappen aankomen. Chloë was de afgelopen maanden langer en dunner geworden, en haar haar was wel erg kort geknipt – het stond in ongelijke pieken overeind, zodat Frieda zich afvroeg of ze het misschien zelf had gedaan. Ze had kohl om haar ogen en een nieuwe piercing in haar neus. In haar hals was het al vervagende resultaat van een zuigzoen te zien.

'Godzijdank dat je er bent,' zei Chloë theatraal.

'Hoezo?'

'Mama is in de keuken met een mán.'

'Is dat dan zo erg?'

'Ze heeft hem van internet.'

'Nou, én?'

'Ik dacht dat jij toch wel aan mijn kant zou staan.'

'Ik wist niet dat er kanten waren.'

'Ik ben geen patiënt van je, hoor, Frieda.'

Frieda veegde haar voeten op de mat en hing haar jas aan de kapstok. Ze liep de wanordelijke huiskamer in en keek waar ze kon gaan zitten. 'Scheikunde?' zei ze.

Chloë sloeg haar ogen ten hemel. 'Het is vrijdag. Ik zou niet weten wat ik anders moest in dit kutleven dat ik leid.'

De sneeuw ging weer over in regen. Het regende de rest van de dag zo hevig dat het water door de straatgoten gutste en in de parken plassen vormde die steeds groter werden en zich aaneensloten. De riolen stroomden over. Auto's wierpen fonkelende fonteinen van vuil water op. In afvoerputjes borrelde water omhoog. Op straat renden de mensen onder paraplu's die nauwelijks beschutting boden van de ene winkel naar de andere. Alles werd doornat. In de koude slagregens kon je nog maar nauwelijks het einde van de straat en de toppen van de bomen onderscheiden. Het bruine water van de Theems steeg. De hele avond en nacht bleef het hozen. In de huizen en de appartementen lagen de mensen, alleen of met z'n tweeën, in bed te luisteren hoe de plensregen tegen hun ramen sloeg. De wind gierde door de bomen, en in de nachtelijke regenvlagen kletterden vuilnisbakdeksels over straat.

In een klein straatje in Poplar dat tussen dichtgetimmerde huurwoningen door naar de rivier de Lea leidde, stroomde de riolering over. Even na drie uur 's nachts dreef het putdeksel weg. Ongeveer tien minuten later kwam een haarlok bovendrijven. Daaronder schemerde vaag iets.

Maar pas om vijf voor halfnegen de volgende ochtend, toen de hoosbuien waren afgenomen tot een ijzige motregen, ontdekte een jongen die daar zijn terriër aan het uitlaten was de resten van een lichaam dat onmiskenbaar van een mens was. Onmiskenbaar een vrouw.

Frieda was om vijf uur wakker geworden. Ze hield ervan om thuis te zijn, in haar ordelijke huisje, als de elementen buiten tekeergingen. Ze had alle voorzorgsmaatregelen genomen om zich te beschermen tegen de regenvlagen, waarvan de druppels als kogels tegen haar ramen kletterden, terwijl de wind tekeerging als een ziedende zee met schuimkoppen op de golven van de opkomende vloed. Zonder na te denken bleef ze een tijdje alleen maar liggen luisteren, maar geleidelijk kregen haar gedachten meer vorm en drongen ze door tot haar bewustzijn. De gedachten waren mensen, wier gezichten ze zag: Sandy, die ver weg was maar wiens handen haar streelden als ze sliep en die ten slotte zijn armen om haar heen sloeg; Alan, met zijn bruine spaniëlogen, die zijn vrouw had verlaten en verdwenen was; zijn tweelingbroer Dean, die iets meer dan een jaar geleden was doodgegaan, maar die haar in haar dromen weer achtervolgde, altijd met die beminnelijke en tegelijk nare glimlach; Deans vrouw Terry; en Terry's droevige en behoedzame zus Rose. En ook Michelle Doyce was er weer, met haar langzaam vervagende gezicht en haar sterke handen vol blaren, die met dode mensen en speelgoedhonden sprak alsof die alles begrepen wat ze zei. Frieda draaide zich naar het raam en wachtte op het eerste licht tussen de gordijnen. Woorden en zinnen doken in haar hoofd op als lichtjes in de duisternis. Ze probeerde haar angsten van elkaar te scheiden en elk afzonderlijk te benoemen.

Even voor zessen stond ze op, trok een ochtendjas aan en ging naar beneden om de open haard aan te steken en een pot koffie te zetten. Het was zondag, dus ze had geen afspraken met patiënten, geen vergaderingen waar ze naartoe moest en geen verplichtingen die haar aandacht vroegen. Ze was van plan een eind te gaan lopen door de natte straten, naar de bloemenmarkt te gaan, boodschappen te doen en dan voor een bord havermoutpap of een kaneelbagel langs te gaan bij Number 9, de koffiebar van haar vrienden, en vervolgens thuis een uurtje te besteden aan het maken van een tekening, boven in haar studeerkamer onder de hanenbalken van haar smalle huisje. Maar in plaats daarvan ging ze bij het vuur zitten, hurkte er zo nu en dan voor om de vlammen kracht in te blazen, dronk de ene beker koffie na de andere en liet de gebeurtenissen van de voorbije week en de onduidelijke gevoelens die bij haar losgewoeld waren door de hoorzitting en de verrassende terugkeer van Karlsson in haar leven de revue passeren.

Toen werd er aangebeld.

10

Karlsson zag er vreemd uit zoals hij bij Frieda op de stoep stond – alsof hij zich had uitgedost voor een verkleedpartij. Hij droeg een zwarte spijkerbroek, een trui en een leren jack, en hij was kletsnat van de regen. Zijn haar zat tegen zijn hoofd geplakt, waardoor hij ouder en magerder leek.

'Je laat me schrikken,' zei ze. Ze kreeg een akelig voorgevoel – hij was hier niet om goed nieuws te brengen. 'Vandaag niet in 't pak?'

'Het is zondag,' zei hij.

'Wil je koffie?'

'Nee, doe maar niet. Een andere keer misschien.'

'Kom je niet even binnen?'

'Even dan.' Hij stapte over de drempel. 'Ik wou je zeggen dat we morgenochtend een vergadering hebben over de zaak. Het ziet ernaar uit dat we hem gaan afsluiten. Ik zou het op prijs stellen als jij er ook bij was, maar je zult dan wel patiënten hebben.'

'Hoe laat?'

'Halftien.'

'Dan heb ik een gaatje. Ik kan wel een uurtje komen.'

'Goed. Er zal ook iemand bij zijn die je waarschijnlijk kent. Dokter Hal Bradshaw.'

'Ja, wel van gehoord.'

'Hij maakt voor ons weleens daderprofielen. Hij is duur, maar de commissaris is enthousiast over hem.'

'Ik wil niet betrokken raken in jullie onderlinge strijd, hoor.'

'We gaan beslissen of we de zaak doorsturen naar het OM. Ik zou jou daar graag bij hebben.'

'Goed,' zei Frieda. 'Maar je bent vast niet op zondagmorgen in alle vroegte naar me toe gekomen om me op de hoogte te stellen van een vergadering.'

'Nee.'

Nu het moment daar was, had hij moeite om erover te beginnen.

Ze keek hem bezorgd aan. 'Kom mee naar de keuken. Dan zet ik verse koffie. Ik wilde zelf ook nog, en jij ziet eruit alsof je er wel aan toe bent.'

Hij liep achter haar aan het huis door. Ze pakte een pak koffiebonen uit de koelkast en vervolgens haalde ze een wit maanzaadbolletje uit een zak en legde dat voor hem op een bordje. Hij was naar het raam gelopen en bekeek haar zonder iets te zeggen. Pas toen ze de beker koffie voor hem had neergezet en hij zijn jas had uitgetrokken, ging ze tegenover hem zitten.

'Zeg het nou maar.'

'Door al die regen,' zei hij, 'zijn er hier en daar overstromingen.' Hij zweeg.

'Overstromingen, ja,' zei Frieda om hem aan te sporen.

'In Bromley heeft gisterochtend iemand met een hond een stoffelijk overschot gevonden dat in een riool was komen bovendrijven. In de komende dagen gaan ze uitzoeken wie het geweest is. Waarschijnlijk aan de hand van het gebit. Maar ik weet al wel wat het resultaat zal zijn.'

Frieda bleef doodstil zitten en keek hem met haar donkere ogen strak aan. Hij stak zijn hand uit en legde die even op de hare. Ze reageerde niet, maar trok haar hand ook niet weg.

'Kathy Ripon,' zei ze ten slotte.

Kathy Ripon, de jonge wetenschappelijk onderzoeker die op grond van Frieda's informatie door professor Seth Boundy, specialist op het terrein van eeneiige tweelingen en hun genetische achtergrond, ruim een jaar geleden naar het huis van Dean Reeve was gestuurd. Kathy Ripon, van wie niemand sindsdien nog iets had vernomen, maar wier ouders nog steeds op haar wachtten. Kathy Ripon, die nog steeds als een loden last drukte op het geweten van Frieda en wier smalle, intelligente gezicht ze in waken en slapen nog steeds regelmatig voor zich zag.

'Er is een medaillon bij het lijk gevonden,' zei Karlsson zacht, terwijl hij zijn hand weghaalde en zijn beker koffie pakte.

Frieda had steeds geweten dat Kathy Ripon dood was. Ze was er volkomen zeker van geweest. Toch had ze nu het gevoel alsof ze een stomp in haar maag had gekregen. Het spreken kostte haar grote moeite. 'Weten de ouders het?'

'Het is hun gistermiddag verteld. Ik wilde het jou laten weten voordat je het in de krant zou lezen.'

'Dank je,' zei Frieda.

'Het is met haar anders gegaan dan met de kinderen,' zei Karlsson. 'Dean had haar niet nodig. Hij wilde niks van haar. Ze was hem alleen maar tot last. Ze was waarschijnlijk al dood toen wij hoorden dat ze was verdwenen.'

'Waarschijnlijk wel, ja.' Ze moest veel moeite doen om Karlsson aan te kijken. 'Dank je,' zei ze nog een keer.

'Waarvoor? Omdat ik je slecht nieuws breng?'

'Ja. Dat had je niet hoeven doen.'

'Jawel. Sommige dingen...' Hij werd onderbroken door een luidruchtige elektronische versie van het 'Lied van de toreador'. Karlsson haalde zijn telefoon uit zijn zak en keek ernaar. Ze zag een grimmige uitdrukking op zijn gezicht verschijnen.

'Je werk?'

'Mijn gezin.'

'Je moet weg.'

'Ja. Het spijt me.'

'Geeft niet,' zei Frieda.

Toen ze hem had uitgelaten, bleef ze vrijwel roerloos staan. Ze boog zich alleen naar voren en vlijde haar hoofd tegen de voordeur. Ze moest ophouden zich voor te stellen hoe Kathy eruitgezien moest hebben. Aan dat soort medeleven heeft niemand iets, zei ze tegen zichzelf. Maar toch. Dat de kinderen waren teruggevonden, was uitgebreid gevierd en er waren triomfantelijke persconferenties gegeven, maar Kathy Ripon had al die tijd onder de grond gelegen zonder dat iemand haar was gaan zoeken: een slimme, hardwerkende jonge vrouw, die haar baas graag had willen helpen en zich met haar vragenlijst en een pen in de aanslag had aangediend aan de rand van het zwarte gat dat het leven van Dean Reeve was – en in dat zwarte gat was opgeslorpt.

Frieda hoopte vurig dat Karlsson gelijk had en dat Kathy Ripon een snelle dood was gestorven, dat er geen spelletjes met haar waren gespeeld en dat ze niet levend begraven was. Die dingen hoorde je weleens: dat slachtoffers wisten dat er naar hen gezocht werd, maar dat ze niet in staat waren iets te laten horen. Ze huiverde. Even leek haar huisje – in het straatje weggestopt tussen hoge gebouwen, met de halfdonkere en in warme, donkere kleuren geschilderde kamers – geen toevluchtsoord, maar een kerker, waarin zij zich als een onderaards dier verschool voor de verlichte buitenwereld.

En toen, als een lijk dat in een donker meer aan de oppervlakte komt, kwam bij haar ineens de gedachte op aan Carrie Dekker, hoe ze had gesproken over Alan, haar man, Deans tweelingbroer. Alans verdwijning. Ze drukte haar hoofd nog harder tegen de deur, voelde haar hersenen werken en haar gedachten opborrelen. Er was geen houden meer aan: het verleden sijpelde door in het heden. Er waren dingen die ze moest zien te achterhalen. Ze vroeg zich af waarom ze dit deed. Waarom keerde ze terug naar het verleden?

Op maandagochtend had ze om acht uur een sessie met een man – hij leek eerder een jongen – van midden twintig, die voorovergebogen in zijn stoel zat en met zijn grote lijf de eerste tien minuten schokschouderend snikte, waarna hij stommelend uit zijn stoel overeind kwam en naast haar neerzeeg, probeerde zijn armen om haar heen te slaan en zich tegen haar aan te vlijen. Hij wilde niets liever dan gerustgesteld worden, zich vastklampen aan een moederfiguur die tegen hem zei dat alles goed zou komen, die alle last van zijn schouders zou nemen. Hij was eenzaam en alleen, niemand hield van hem en hij wilde iemand hebben die voor hem zou zorgen. Hij dacht dat Frieda voor hem een moederfiguur kon zijn, zijn vriendin, zijn redster. Ze pakte zijn eeltige hand en bracht hem terug naar zijn stoel. Ze gaf hem een doos tissues en zei dat hij gerust de tijd mocht nemen, waarna ze in haar rode stoel afwachtte terwijl hij huilde, de tranen van zijn gezicht veegde en onderwijl voortdurend verontschuldigingen uitte. Zwijgend keek ze naar hem, en toen het huilen langzaam verminderde, vroeg ze: 'Waarom zei je steeds maar dat het je speet?'

'Weet ik niet. Ik voelde me zo stom.'

'Hoezo stom? Je voelde je verdrietig.'

'Ik weet het niet.' Hij keek haar hulpeloos aan. 'Ik weet het niet. Ik weet het niet. Ik weet niet waar ik moet beginnen. Waar zal ik beginnen?'

Toen hij weg was en Frieda klaar was met haar aantekeningen, liep ze naar Warren Street, waar ze de metro nam. De metro bleef tussen twee stations een kwartier lang stilstaan. Een krakende stem meldde dat er 'bij Earl's Court een lichaam onder de trein' lag, waarna een ontevreden gemompel opging. 'Dat ligt niet eens aan deze lijn,' mopperde een vrouw naast haar tegen niemand in het bijzonder. Frieda stapte uit op het volgende station, ging in de koude regen op zoek naar een taxi, vond er geen en besloot toen maar te gaan lopen. Toch kwam ze maar een paar minuten te laat aan bij de vergadering. Om de tafel zaten vijf mensen: Karlsson, commissaris Crawford (die ze nog nooit had ontmoet, maar die ze een jaar daarvoor op televisie had gezien, toen hij memoreerde wat een enorme prestatie de politie, met de hulp van anderen, bij de opsporing van Matthew had geleverd), Yvette Long (die haar verbaasd aankeek, alsof ze zich afvroeg wat Frieda daar deed), en twee mannen die ze niet kende – iemand die door de commissaris werd voorgesteld als Jacob Newton en die haar aankeek alsof ze een interessant voorwerp in een rariteitenkabinet was, en dokter Hal Bradshaw. Hij leek begin vijftig en had grijze strepen in zijn donkere, krullende haar. Hij droeg een krijtstreeppak, maar de streepjes waren groenig. Toen Karlsson vertelde wat Frieda's rol was geweest in de zaak Reeve, keek Bradshaw haar fronsend aan.

'Ik zie de noodzaak niet echt in,' zei hij tegen commissaris Crawford. 'Maar dat is mijn mening maar, natuurlijk.'

'Ik wil haar erbij hebben,' zei Karlsson vastberaden. Hij keek Frieda aan. 'Dokter Bradshaw stond op het punt ons te vertellen wat hij vindt van de plaats delict en de psychische gesteldheid van Michelle Doyce. Dokter Bradshaw?'

Hal Bradshaw kuchte. 'Jullie kennen mijn manier van werken waarschijnlijk wel,' zei hij. 'Ik ben van mening dat moordenaars op artiesten lijken, en op verhalenvertellers.' Crawford knikte instemmend en leunde ontspannen achterover, alsof hij zich eindelijk op veilig terrein voelde. 'De plaats delict is als het ware het kunstwerk van de moordenaar.'

Terwijl Bradshaw op dreef kwam, staarde Frieda naar het plafond, dat bekleed was met piepschuimen platen, die met hun ruwe grijze spikkels en strepen iets weg hadden van stoeptegels.

'Toen ik de foto's zag, kreeg ik de indruk dat ik naar een hoofdstuk uit een van mijn eigen boeken keek. Ik heb nu zo'n gevoel alsof ik bij het begin van een grap meteen de clou vertel, maar het was voor mij meteen duidelijk dat Michelle Doyce een psychopaat is, die systematisch te werk gaat. Bij zo'n omschrijving denken de meesten van jullie natuurlijk aan een man die vrouwen opensnijdt, maar ik gebruik de term in strikt wetenschappelijke zin. Het was mij duidelijk dat ze volledig gespeend is van elke empathie, waardoor ze in staat was de moord voor te bereiden, uit te voeren, de plaats delict te manipuleren en vervolgens gewoon haar leven voort te zetten alsof er niets was gebeurd.'

'Had u dat allemaal al geconcludeerd voordat u met haar had gepraat?' vroeg Karlsson.

Bradshaw keek Karlsson aan met een uitdrukking van geamuseerde tolerantie. 'Ik doe dit werk al vijfentwintig jaar. Dan krijg je een zesde zintuig voor dit soort dingen, ongeveer zoals een kunstkenner direct een valse Vermeer herkent. Uiteraard heb ik daarna ook een gesprek gehad met Michelle Doyce, voor zover het tenminste mogelijk is om een gesprek met haar te voeren.'

Frieda zat nog naar de plafondplaten te staren en probeerde vast te stellen of er een patroon in de strepen zat, of dat ze zich willekeurig herhaalden.

'Heeft ze bekend?' vroeg Karlsson.

Bradshaw snoof. 'De plaats delict was haar bekentenis,' zei hij. Zoals bij vrijwel alles wat hij zei, richtte hij zich tot de commissaris. 'Ik heb haar dossier bekeken. Haar hele leven is één aaneenschakeling van volslagen mislukkingen en volstrekte machteloosheid. Aan deze misdaad en deze plaats delict is te zien dat ze toen nog enige controle had over haar leven, en ze verwijzen ook naar een zekere seksuele macht. "Kijk, een naakte man," zegt ze als het ware. "Dit kan ik hem aandoen." Ze is haar hele leven lang door mannen afgewezen, en uiteindelijk besloot ze terug te slaan.'

'Klinkt aannemelijk,' zei commissaris Crawford. 'Vind je ook niet, Mal?'

'Maar heeft ze dan iets gezegd?' vroeg Karlsson, 'toen u haar vragen stelde over het lijk?'

'Daar gaf ze niet direct antwoord op,' zei Bradshaw. 'Ze babbelde alleen wat over de rivier, over schepen en een vloot. Maar als mijn verhaal klopt, en ik ben er zeker van dat het klopt, dan was het niet alleen maar onzin. Het is haar manier om zichzelf te rechtvaardigen. En ze woont natuurlijk bij de rivier, hè. Die kon ze vanuit haar huis bijna zien. Maar zoals ik het begrijp, ziet zij de rivier als het symbool voor de vrouw. De vrouw als stromende rivier.' Frieda wendde haar blik af van de plafondtegels en zag nog net hoe Bradshaw ter verduidelijking van zijn woorden met zijn handen een deinende beweging maakte. 'De schepen en de vloot,' vervolgde hij, 'staan symbool voor de man. Ik denk dat ze ons duidelijk wil maken dat de rivier met haar vrouwelijke getijden en stromingen het mannelijk schip door de zee laat opslokken. Als in de dood.'

'Kon ze ons dat allemaal maar gewoon vertellen,' zei Yvette. 'Het is voor mij een beetje abstract allemaal.'

'Ze vertelt het ons wel degelijk,' zei Bradshaw. 'Je moet alleen goed luisteren – met alle respect.'

Commissaris Crawford knikte. Frieda keek naar de jonge vrouw en zag dat ze een hoogrode kleur kreeg en haar vuisten op tafel balde, waarna ze ze weer ontspande.

'Hebt u de aantekeningen van dokter Klein gelezen?' vroeg Karlsson.

Bradshaw snoof nogmaals. 'Aangezien dokter Klein hier aanwezig is, weet ik niet of ik daar nu wel iets over zou moeten zeggen,' zei hij. 'Maar het lijkt mij echt niet nodig om er allerlei onwaarschijnlijk zeldzame, zelfbedachte psychologische syndromen bij te slepen. Zonder beledigend te willen zijn, zou ik zeggen dat ze getuigen van een zekere naïviteit.' Hij keek Frieda aan en glimlachte naar haar. 'Ik hoorde van het verplegend personeel dat u een teddybeer voor Michelle hebt gekocht.'

'Het was een speelgoedhond.'

'En was dat in het kader van uw onderzoek of in het kader van uw behandeling?' vroeg Bradshaw.

'Ik deed het omdat ze dan iets had om tegen te praten.'

'Nou, wat ontroerend. Maar goed, terug naar de feiten.' Hij tikte op de dossiermap die voor hem op tafel lag en richtte zich weer tot de commissaris. 'Hier staat het allemaal in. Ik kom tot de conclusie dat dit een actie was onder het motto "de eerste klap is een daalder waard". Ze voldoet duidelijk aan het profiel. Uiteraard is ze niet geschikt om terecht te staan, dus u kunt de zaak afsluiten.'

'En die ontbrekende vinger dan?' vroeg Frieda.

'Hier staat het allemaal in.' Bradshaw pakte het dossier op. 'U bent toch analyticus? Het past allemaal in het beeld. Wat denkt u dat een geamputeerde vinger symboliseert?'

Frieda haalde diep adem. 'U stelt dat Michelle Doyce, nadat ze hem had vermoord en uitgekleed, bij deze man symbolisch zijn penis wilde afsnijden door zijn vinger af te snijden,' zei ze. 'Maar waarom heeft ze niet gewoon zijn penis afgesneden?'

Bradshaw glimlachte weer. 'U moet mijn rapport maar lezen. Ze is een psychopaat. Ze ziet alles om zich heen in termen van symbolen.'

Karlsson keek naar zijn plaatsvervangster. Yvette haalde haar schouders op. 'Het is mij allemaal te vaag, te theoretisch,' zei ze. 'Je veroordeelt iemand niet op basis van symbolen.'

'Maar ze is gek,' zei de commissaris scherp. 'Het maakt toch niks uit!'

'En jij?' Karlsson richtte zich tot Frieda alsof Crawford niets had gezegd. Frieda voelde hoe boos hij was, al was dat niet aan hem te zien. Op zijn slaap klopte een adertje.

'Ik ben geen expert op dit gebied,' zei ze. 'En dokter Bradshaw is dat wel. Ik weet het niet. Ik bedoel, ik weet het echt niet.'

'Maar wat dénk je?' vroeg Karlsson.

Frieda keek weer even naar de plafondtegels – beslist willekeurig, besloot ze.

'Ik kan gewoon niet geloven dat Michelle Doyce die moord gepleegd heeft. Ik heb geprobeerd scenario's te bedenken hoe dat gegaan zou kunnen zijn, maar die zijn geen van alle plausibel.'

'Ik heb net een scenario geopperd,' zei dokter Bradshaw.

'Ja. Dat bedoel ik.'

'Maar het lijk is in haar woning aangetroffen,' zei commissaris Crawford ongeduldig. Ze draaide zich om, en hij boog zich naar haar toe en sloeg met zijn hand op tafel om zijn woorden kracht bij te zetten. Hij had speeksel in zijn mondhoeken, zag ze. 'Natuurlijk moet zij hem hebben omgebracht! Of heeft iemand anders hem daar soms binnengebracht en achtergelaten? Als we er niet van uit kunnen gaan dat zij het heeft gedaan, wat moeten we dan, verdomme?'

'Ik heb in mijn aantekeningen geschreven dat we naar haar moeten luisteren.'

'Maar ze doet niks anders dan bazelen over schepen.'

'Ja,' zei Frieda. 'Wat zou ze daarmee willen zeggen?'

'Tja.' Frieda dacht even dat Karlsson moeite deed om niet te glimlachen. 'We hebben natuurlijk dokter Bradshaws theorie van rivieren en vrouwen en zo.'

Frieda dacht even na. 'Daar heb ik nou de meeste moeite mee,' zei ze. 'Ik bedoel, ik heb overal moeite mee, maar vooral hiermee. Het bijzondere van Michelle is volgens mij dat ze juist niet denkt in symbolen. Ik denk dat ze leeft in een wereld waarin alles echt is. Dat is haar noodlot.'

Karlsson keek Bradshaw aan. 'Nou?'

'Ik zag op de gang een vrouw met een theekar,' zei Bradshaw. 'Wilt u haar mening ook horen?'

Karlsson trok zijn wenkbrauwen op en keek weer naar Frieda. Er viel een lange stilte, waarin zij geen aanleiding vond om die te verbreken. 'Ik ben het met dokter Klein eens,' zei hij ten slotte.

'Godverdomme, Mal.'

'Michelle Doyce zou deze man vermoord kunnen hebben, maar sinds wanneer is "zou kunnen" genoeg voor ons?'

'Ik wil dat deze zaak wordt afgesloten.'

'Natuurlijk. Daar zijn we mee bezig, maar...'

'Nee! Je luistert niet. Ik begin bijna te geloven dat je niet oplet. Ik bedoel dat ik de zaak nu wil afsluiten. Ik ben het met dokter Bradshaw eens. Die vrouw heeft het gedaan. Ik schuif jouw bezwaar terzijde, Mal. Stuur het dossier maar naar het OM.'

'Sorry dat we je tijd hebben verspild, Frieda.'

'Het was jouw schuld niet. Wat ga je nu doen?'

'Hoe bedoel je?'

'Met deze zaak?'

'Je hebt het gehoord, hè. Ik stuur het dossier naar het OM. Ze zal ongeschikt worden bevonden om terecht te staan. Zaak opgelost, dossier gesloten, commissaris tevreden, Michelle Doyce voor de rest van haar leven veilig opgeborgen in een psychiatrische inrichting.'

'Maar als je denkt dat ze het niet heeft gedaan?'

Karlsson haalde zijn schouders op. 'Tja, dat is nou mijn leven.'

II

Jack keek om zich heen. 'Dit is weer eens wat anders,' zei hij. 'Maar niet noodzakelijk beter. Ik vond het leuker toen we afspraken bij Number 9. Ik zou wel een cappuccino en zo'n brownie van Marcus lusten.'

Ze liepen in een miezerige motregen door Howard Street. Het deel van Jacks gezicht dat zichtbaar was, zag blauw van de kou. Hij droeg een groene wollen muts met oorflappen en een pompon erbovenop, een bruin-met-oranje geruite sjaal die hij een paar keer om zijn nek had gewikkeld en die hij, als hij niet hoefde te praten, over zijn mond trok. Hij had ook een oude, felblauwe anorak met een kapotte rits aan. Zijn handschoenen was hij echter vergeten, zodat hij telkens op zijn handen moest blazen. Frieda was Jacks mentor en Jack was haar stagiair, al leek hij vandaag eerder haar ongezeglijke neefje.

'Over een jaar of tien of zelfs vijf al zal deze buurt helemaal opgeknapt zijn,' zei Frieda, terwijl ze stilhielden voor nummer 3. 'En daarvoor zal dit soort huizen dan afgebroken moeten worden.'

'Mooi.'

'Maar ook dan zullen ze plekken moeten vinden voor alle buitenbeentjes, onaangepasten en mislukkelingen, voor al die hopelozen aan wie niemand denkt.'

'Is die man van jou hier gevonden?'

'Hij is niet mijn man, maar dat was hier, ja.'

'Maar wat doen we hier? Je zei toch dat de zaak gesloten was.'

'Dat is hij ook. Ze zijn tot de conclusie gekomen dat Michelle Doyce het heeft gedaan, en zij is ongeschikt om terecht te staan. Ik wilde alleen maar even kijken waar ze woonde, en ik dacht dat jij en ik beter met elkaar zouden kunnen praten terwijl we een wandeling maken.'

Ze draaide zich om en liep met Jack terug door Howard Street naar Deptford Church Street.

'Ik geloof niet dat ik je iets te melden heb wat de moeite waard is,' mompelde Jack.

'Ik ben al bijna twee jaar je supervisor.'

'Dat is elke week weer een lichtpuntje. Maar afgezien daarvan...' Hij keek de andere kant op, zodat ze zijn gezicht niet kon zien.

'Wat, afgezien daarvan?'

'Ik hou ervan om over andermans problemen te praten – alleen niet met henzelf. Theoretisch gezien interesseren de mensen me wel, maar om nou in een kamertje te moeten luisteren naar iemand die me vertelt wat zijn stiefvader tegen hem zei toen hij zes was, dat vind ik zo zinloos. Maar het kan ook zijn dat ik er gewoon niet goed in ben. Als ik moeite doe om naar hen te luisteren, betrap ik mezelf er vaak op dat ik zit te bedenken wat ik die middag wil eten, of naar welke film ik die avond zal gaan. Het leven van de mensen is doorgaans zo tríést.'

Frieda keek hem aandachtig aan. 'Hoe is jóúw leven dan?'

'Ik zal je vertellen wat fijn was: een jaar geleden, in die tijd met Alan en Dean, de betrokkenheid die ik toen had, al was het maar zijdelings. Toen kwam het erop aan en leek er iets van een antwoord te zijn – alsof de sleutel ineens in het slot past en de deur opengaat. Nu zit ik doorgaans alleen in een kamertje met een patiënt die me van alles vertelt.'

'Van alles?' zei Frieda. 'Is het niet meer dan dat?'

'Weet je wat ik denk, Frieda? Ik denk dat ik het alleen nog maar voor jou doe. Omdat ik op jou wil lijken. Want als ik bij jou ben, lijkt het allemaal wel zinvol. Maar bij mezelf denk ik weleens dat ons vak misschien één grote oplichterij is, dat we een grap uithalen met mensen die zichzelf heldhaftig vinden omdat ze lijden en die alleen daarover willen praten.'

'Je klinkt verontwaardigd. Bijna alsof je wilt zeggen: "En ik dan?"'

'Ze komen bij mij met een vreselijke chaos, waar ik dan een beetje vorm aan geef. Het kan iedere vorm zijn, dat doet er eigenlijk niet toe. Ik zou tegen ze willen zeggen dat ze eens om zich heen moeten kijken, naar de echte wereld: daar zie je pas echte ellende. Verkrachtingen, geweld en schrijnende armoede.'

Frieda legde haar hand even op zijn schouder. Ze waren op Deptford Church Street afgeslagen en naderden een kerkje met een oude toren, enigszins van de straat af gelegen. Op een van de zuilen van het toegangshek was een schedel met twee gekruiste beenderen te zien, en rechts bevond zich een knekelhuis.

'Sint-Nicolaas was de beschermheilige van de zeelieden,' zei Frieda terwijl ze door het hek het kleine kerkhof op gingen. 'Toepasselijke naam voor een kerk bij de haven.'

'Ik ben sinds de begrafenis van mijn oma niet meer in een kerk geweest,' zei Jack.

'Hij lag vroeger op het platteland. Je had hier veel boomgaarden en tuinderijen, en bij de werven lagen bootjes aangemeerd. Pelgrims naar Canterbury kwamen hierdoorheen. Christopher Marlowe is bij een vechtpartij in een huis een eindje verderop om het leven gekomen. Ze hebben zijn lichaam hiernaartoe gebracht.'

'Waar is zijn graf dan?'

'Het is ongemarkeerd. Het zou overal kunnen zijn.'

Jack huiverde, stampte op de grond en keek naar de flats rondom de kerk. 'Het is hier sindsdien wel wat achteruitgegaan.'

'Dat wordt wel weer beter.'

Ze liepen terug naar de weg die langs de rivier liep. Aan de overkant zagen ze de torens van Canary Wharf. Er glinsterden lichtjes in het sombere februariweer, maar in deze buurt voelde je je verlaten. De kleine basisschool leek gesloten te zijn, al was het een gewone dinsdag. Ze kwamen langs het terrein van een oudijzerhandel, waar achter het ijzeren hek hopen verwrongen, roestend metaal lagen, te midden van brandnetels en braamstruiken die uitgegroeid waren tot boven aan de met prikkeldraad bedekte muur. Er stonden dichtgetimmerde huizen met gebarsten muren en stukgeslagen ramen, en even verderop lag een oud, bouwvallig fabriekje met aan het hek een bordje met de vervaagde tekst PAS OP VOOR DE HOND. Jack liep verder het straatje in en drukte af en toe zijn gezicht tegen het hek. Op de plaats waar een gebouw had gestaan, zag hij een diepe modderpoel, met achter de gevel van een pakhuis, boven het modderige water uit, de glanzende wolkenkrabbers van de Docklands.

'De projectontwikkelaars kunnen zo aan de gang,' zei Frieda, wijzend op het VERBODEN TOEGANG-bordje.

'Ik zie het liever zoals het nu is.'

Ze liepen verder langs de rivier, langs een halfvergane houten pier. Nu met laagwater waren daar op het droge talloze plastic kratten en oude flessen te zien. Frieda dacht na over Jacks heftige, deprimerende ontevredenheid, besloot te wachten totdat hij er meer over zou zeggen en zag tegelijkertijd voor zich hoe Michelle Doyce hier al die dingen had opgeraapt waarover Karlsson haar had verteld – blikjes, ronde stenen, dode vogels, gevorkte stokjes – en die ze mee had genomen naar haar kamer en daar had uitgestald. Vormgeven aan de chaos, zoals Jack het had genoemd – een instinct dat we allemaal bezitten, diep menselijk en uit angst geboren.

Jack keek naar Frieda's gelijkmatige profiel, de kin omhoog ondanks de ijzige wind, en voelde weer hoezeer hij haar bewonderde. Hij wilde dat ze hem aan zou kijken en zou zeggen dat alles goed zou komen, dat hij zich geen zorgen hoefde te maken en dat ze hem zou helpen. Maar dat zou ze nooit doen. Als hij in de periode dat ze elkaar kenden één ding van haar had geleerd, was het wel dat je de verantwoordelijkeid voor je eigen leven moest nemen.

Hij haalde diep adem en schraapte zijn keel. 'Ik moet je iets vertellen,' zei hij. Nu hij het had aangekondigd, bleek hij het maar moeilijk over zijn lippen te kunnen krijgen; hij voelde spanning in zijn borst. 'Ik heb het er een beetje bij laten zitten.'

'Erbij laten zitten?'

'Ik heb een paar sessies gemist.'

'Met patiënten?'

'Ja, maar niet veel,' haastte hij zich eraan toe te voegen. 'Af en toe maar, en ik ben een paar keer te laat gekomen. En mijn eigen therapeute zie ik niet meer zo regelmatig. Ik weet niet of ze de juiste is voor mij.'

'Hoe lang is dit al gaande?'

'Een paar maanden. Iets langer misschien.'

'Wat doe je dan, als je niet gaat, of als je te laat komt?'

'Slapen.'

'Je trekt de dekens over je hoofd.'

'Ja,' zei Jack. 'En niet eens bij wijze van spreken. Een echte deken over mijn echte hoofd.'

'Je weet toch wel dat die vijftig minuten voor de mensen die naar je toe komen misschien wel de belangrijkste minuten van de week zijn? En dat ze misschien al hun moed hebben moeten verzamelen om te komen?'

'Het is heel erg slecht van me. Ik wil mezelf niet vrijpleiten.'

'Het klinkt mij niet in de oren als een gewoon probleem met de therapie. Je lijkt mij een beetje depressief.'

Ze liepen door. Jack leek naar iets in de rivier te kijken. Frieda wachtte af.

'Ik weet niet wat dat woord betekent,' zei hij ten slotte. 'Betekent het in de put, of is het méér?'

'Het betekent dat je in bed blijft liggen met de dekens over je hoofd, dat je je patiënten teleurstelt, en ook jezelf, en dat je bang bent dat je het verkeerde beroep hebt gekozen en blijkbaar niet bereid bent om te veranderen.'

'Wat moet ik veranderen?' Ze liepen langs gloednieuwe huizen met puntdaken, voortuinen en balkons – alsof Deptford heel ver weg was.

'Ik denk dat je om te beginnen moet ophouden lang in bed te blijven liggen en mensen die jou hard nodig hebben teleur te stellen. Hoe je je ook voelt, je staat op en je gaat naar je werk.'

Jack keek haar aan met wangen rood van de kou. 'Ik dacht

dat bij jou alles om gevoelens draaide.'

'Denk er maar eens over na. We kunnen erover praten. Maar ondertussen doe je gewoon je werk.'

'Waarom?' vroeg Jack.

'Omdat wij dat zo doen.' Frieda bleef staan en gaf Jack een por. 'Onder normale omstandigheden zou ik je nu de Cutty Sark laten zien, maar die is nog steeds in reparatie, dus er is niets te zien.' Het was waar: het schip werd door een schutting volledig aan het oog onttrokken.

'Misschien maar goed ook,' zei Jack. 'Het is toch allemaal nep.'

'Hoe bedoel je?'

'Hij is afgebrand, weet je nog? Ik heb gehoord dat er niets meer van over was. Als ze hem straks weer hebben opgebouwd, is het in feite niks anders dan een replica van de echte Cutty Sark. De zoveelste Londense nepbezienswaardigheid voor de toeristen.'

'Maakt het wat uit?'

'Kan het jou dan niet schelen dat de mensen een prullerig stuk namaakerfgoed aanzien voor iets authentieks?'

Frieda wierp even een blik op het gekwelde gezicht van Jack. Misschien was ontbijten in de koffiebar vlak bij haar huis een beter idee geweest. 'Authenticiteit is een overschat begrip,' zei ze.

'Moet dat me geruststellen?'

'Geruststellen? Nee, Jack. Kom, we gaan hier naar beneden.'

Ze gingen een deur door in een koepelvormig gebouwtje aan de rivier en betraden een krakkemikkige, krakende lift, die bediend werd door een man met een koptelefoon die meezong met iets wat alleen hij kon horen. Jack deed er het zwijgen toe terwijl ze naar beneden gingen. Toen de deuren opengingen, strekte zich voor hen een lange tunnel uit met een flauwe bocht erin.

'Wat is dit?' vroeg Jack.

'De tunnel onder de rivier.'

'Door wie wordt die gebruikt?'

'Vroeger maakten de havenarbeiders er gebruik van om naar

hun werk op het Isle of Dogs te lopen. Nu komt er bijna niemand meer.'

'Waar gaan we heen?'

'Ik dacht dat ik je maar eens op een lunch moest trakteren.'

Jack was verrast. Ze hadden nog nooit samen geluncht. 'Moet je niet werken?'

'Een patiënt heeft afgezegd. En ik moet trouwens eens goed nadenken over het een en ander. Wandelen helpt me daarbij.'

'Zelfs als ik loop te klagen over mijn problemen?'

'Zelfs dan.'

Jack luisterde naar de echo's van hun voetstappen in de tunnel en probeerde niet te denken aan het gewicht van het water boven hun hoofd. 'Nadenken over die dode man, bedoel je?'

'Ik denk na over de vrouw bij wie hij is aangetroffen. De vrouw die voor hem had gezorgd.'

Aan de overkant stapten ze in de lift naar boven. De liftbediende stond een tijdschrift te lezen. Jack keek Frieda aan. 'Sommige banen zijn nog erger dan de mijne, zou ik zeggen.'

Aan de noordkant van de rivier kwamen ze in wind en regen naar buiten.

'Wil je dat nooit meer doen,' zei Frieda.

'Wat?'

'Over iemand zoals hij praten alsof hij doof is, alsof hij te dom om het te begrijpen.' Ze liep snel, met lange, soepele passen – ineens kwam ze streng over.

'Sorry,' zei hij nederig. 'Je hebt gelijk. Maar wat kun je doen, wat die vrouw betreft?'

'Het is wel duidelijk dat zij hem niet heeft kunnen vermoorden,' zei Frieda.

'Ze zit nu toch in een inrichting, hè? En daar zal ze blijven, wat er ook gebeurt. Dus...'

'Je klinkt als een politieman,' zei Frieda. 'Als de commissaris.'

Frieda ging voorop over een pad langs de oever van het Isle of Dogs. Aan de linkerkant stonden flats, in appartementen gesplitste pakhuizen, kleine, moderne woningen. Aan de rechterkant lag de rivier, die hier breder werd, met aan de overkant een met struikgewas bedekt, braakliggend stuk land. Even voerde het pad langs een drukke weg, toen sloeg Frieda af, een smal straatje in, en even later gingen ze naar binnen in een oude herberg, een warme ruimte met eiken balken, rinkelende wijnglazen, een beurtelings aanzwellend en weer afzwakkend geroezemoes en het geknetter van een open haard, terwijl jonge vrouwen met witte schorten langs hen heen schoven, balancerend met de borden hoog boven zich.

Ze gingen zitten aan een tafeltje met uitzicht over het water. Frieda keek naar buiten. 'Je begrijpt waarom al die oude kapiteins hier vaak kwamen als ze met pensioen waren. Dichter bij zee dan hier konden ze niet komen.'

'Mij vielen al die namen in Deptford op.' Jack nam tegenover haar plaats. Hij pakte de menukaart en bekeek die aandachtig, ook om te verbergen hoe zenuwachtig hij was. Wat zou hij nemen? Het hing van Frieda af. Was het de bedoeling dat ze een volledige maaltijd zouden bestellen, een vleespastei bijvoorbeeld, of zalm en croûte, of alleen een klein hapje?

'Welke namen?'

'De straatnamen. Die deden me denken aan de tijd dat ik op school zat en leerde over de Spaanse Armada. Fisher Road, Drake Road en zo. Er zal daar waarschijnlijk ook wel ergens een Nelson Road zijn, of is dat te laat?'

'Zeg dat nog eens.'

'Sorry?'

'Die namen.'

Jack herhaalde ze. Een jonge vrouw zette een mandje met broodjes op tafel. Hij realiseerde zich ineens hoe hongerig hij was, scheurde een stuk van een broodje af en stak het in zijn mond.

'Hebt u al een keuze kunnen maken?' vroeg een serveerster.

Frieda zweeg. Jack wachtte totdat zij het als eerste zou zeggen.

'Nee,' zei Frieda langzaam. 'We moeten weg.'

'Hoe bedoel je?'

Frieda stond op en trok een knisperend briefje van vijf pond uit haar portemonnee en legde het onder de mand met broodjes op tafel.

'Kom mee.'

'Dat was snel,' zei hij, maar ze was al op weg naar buiten. Hij moest hollen om haar bij te houden.

12

'Ken je Jack Dargan nog?' vroeg Frieda aan Karlsson nadat hij uit de auto was gestapt. 'Een collega van me.'

Karlsson knikte Jack toe. 'Gek om in Deptford af te spreken. Wat doe je hier in hemelsnaam?'

'Jack en ik hadden het een en ander te bespreken,' zei Frieda. 'Het leek me een goede omgeving voor een wandeling. Het is een interessant gebied.'

'Ja, dat schijnt zo.' Karlsson keek door een hek naar de restanten van een loods. 'Maar het is toch voornamelijk een gribus.' Hij stak zijn handen in zijn jaszakken. 'Voordat je iets zegt, wil ik je graag vertellen hoe de zaak ervoor staat. Waarschijnlijk zal het OM na lezing van het dossier besluiten dat Michelle Doyce ongeschikt is om terecht te staan, waar jij het volgens mij zeker mee eens zult zijn. Dan hoeft de Britse belastingbetaler niet op te draaien voor de kosten van een rechtszaak en van eventuele verdere naspeuringen door de politie. Michelle Doyce zal eindelijk de medische zorg krijgen die ze allang had moeten hebben, en jij kunt je aandacht weer richten op je patiënten.' Hij zweeg even. 'We zullen waarschijnlijk nooit weten wat er precies gebeurd is.'

'Ik denk dat ik weet wat Michelle Doyce eigenlijk wilde zeggen,' zei Frieda.

'Ik hoop dat het een bekentenis was,' zei Karlsson. Hij keek Frieda aan en vervolgens Jack, op wiens gezicht een zweem van een glimlach te zien was, die echter snel verdween. 'Nou? Wat was het?'

'Loop maar met me mee.' Frieda liep de straat door naar het huis, en de twee mannen moesten er de pas in zetten om haar bij te houden. 'Ik had het met Jack over de geschiedenis van dit gebied. Wist jij dat koningin Elisabeth I ergens hier in de buurt Francis Drake tot ridder heeft geslagen?'

'Nee, dat wist ik niet,' zei Karlsson. 'Ik ben vroeger met school weleens op de Cutty Sark geweest.'

'Dat schijnt allemaal nep te zijn,' zei Frieda.

Inmiddels waren ze afgeslagen naar Howard Street, waar Frieda bleef staan en naar het huis op nummer 3 keek.

'Het heeft wel iets dat daar in deze buurt niks meer van terug te vinden is,' zei ze. 'Vier-, vijfhonderd jaar geleden waren er hier boomgaarden en scheepswerven, en hier heeft Francis Drake zijn schip afgemeerd toen hij rond de wereld had gezeild. Daar is helemaal niks meer van over. Ze hebben later op het land pakhuizen neergezet, en nadat die in de oorlog platgebombardeerd waren, zijn er woonwijken gebouwd.'

'Frieda,' zei Karlsson met lichte ergernis in zijn stem, 'ik hoop echt dat dit wat oplevert...'

'Het was Jacks idee,' onderbrak Frieda hem.

Karlsson keek Jack Dargan aan, die een kleur kreeg en tegelijkertijd vergenoegd en in verwarring leek te zijn.

'Hij herinnerde me eraan dat de straatnamen nog getuigen van het verleden, ook al is alles afgebroken. De haven en de scheepswerven zijn verdwenen, maar de namen verwijzen nog naar die tijd.' Ze wees naar het straatnaambordje. 'Kijk maar. Howard Street. Was hij niet de admiraal van de Armada?'

'Ik weet het niet,' zei Karlsson.

Frieda liep naar het huis, bleef ervoor staan en draaide zich om naar Karlsson. 'Andrew Berryman zei dat ik moest luisteren naar Michelle Doyce. Toen we haar vroegen waar ze die man had ontmoet, had ze het telkens over Drake en de rivier.'

'De vrouw als rivier,' zei Karlsson. 'Had Bradshaw het daar niet over?'

'De vrouw als rivier?' zei Jack.

'Ach, dat was allemaal onzin,' zei Frieda.

'Hij is anders wel een vooraanstaand deskundige,' zei Karlsson.

'Ze probeerde gewoon antwoord te geven op de vraag.'

'Waarom was haar antwoord dan niet duidelijker?' vroeg Karlsson.

'Ze ziet de wereld niet op dezelfde manier als wij. Maar ze deed haar best.' Frieda liep langs de gevel naar een steegje langs het huis. Verderop liep het dood. 'Drake's Alley,' zei ze.

'Nou, én?' zei Karlsson.

'Michelle Doyce verzamelde van alles,' zei ze. 'Ze nam die spullen mee naar huis en rangschikte ze dan ordelijk.'

'Wou je zeggen dat ze zo ook het lijk heeft meegenomen?'

'Ik denk dat ze dat wilde zeggen, ja.'

Er viel een lange stilte, waarin Karlsson diep nadacht.

'Jij denkt dat Michelle Doyce hier een lijk heeft gevonden en dat mee naar huis heeft genomen?'

'Ze hoefde hem niet ver te dragen,' zei Frieda. 'Wat zal het zijn? Vijftien, twintig meter van hier naar haar voordeur? En het was een noodgeval. Ze moet hebben gedacht dat ze hem hielp.'

Karlsson knikte langzaam. Er lag een uitdrukking van concentratie op zijn gezicht. En ook, dacht Frieda, van bijna meesmuilend plezier.

'Oké,' zei hij. 'Goed. Dan moeten we terug. Dit is misschien de plek waar de moord gepleegd is. Daar moeten we niet overheen banjeren.'

'En hoe moet het nou met die commissaris van jou?'

'Ik zal hem op de hoogte stellen,' zei Karlsson. 'Te zijner tijd.'

Met z'n drieën tuurden ze het steegje in. Het was een modderig grindpad, dat bezaaid lag met stukken papier en plastic tassen, en overal lagen naalden. Verderop was een vuilniszak neergegooid.

'Bradshaw zou toch nog gelijk kunnen hebben,' zei Frieda. 'Misschien had Michelle het wel degelijk over mannen en vrouwen. Je weet wel, schepen en rivieren.'

'We zullen al die troep moeten bekijken,' zei Karlsson, Frieda's opmerking negerend. Hij pakte zijn telefoon. 'Gelukkig hebben we mensen die dat voor ons kunnen doen.'

In februari zijn de dagen nog kort. Ze wist dat het februari was, en ze wist zelfs de datum, want ze had voor zichzelf een kalender gemaakt. Ze was op school goed in tekenen en schilderen geweest, haar lievelingsvak. Ook nu nog kon ze, als ze haar ogen dichtdeed, de herinnering oproepen aan het gevoel dat ze als heel klein meisje had gehad wanneer ze de dikke kwast in de verfpot doopte, ermee over een leeg vel papier streek en zag hoe er een heldere, regelmatige verfstreep ontstond.

De plaatjes van deze kalender waren afbeeldingen van bomen. Elke maand een andere boom. Als kind had ze destijds in de bovenste la van haar bureautje een schetsblok liggen, waarin ze van elke boomsoort in haar tuin een tekening had gemaakt – es, eik, beuk, haagbeuk, acacia, appel, pruim en notenboom. Ze had vele uren besteed aan het arceren van de stammen en veel moeite gedaan om de bladeren goed te krijgen. Ze tekende nooit steden of huizen of mensen – al die ogen die je aanstaren, gezichten die door ramen gluurden zonder dat je wist dat je bekeken werd, altijd onbekenden achter je, in hoeken en gaten of in het halfdonker. Dan tekende ze liever lege landschappen. Ze hield van de woestijn, de zee en weidse meren.

Hij had papier en diverse potloden en kleurkrijtjes voor haar meegebracht. Een puntenslijper was er niet bij, dus moest ze daarvoor het mes gebruiken waarmee ze aardappelen schilde. Er was steeds een pagina voor een boom en dan een pagina die ze had ingedeeld in een rooster voor de dagen van de maand. Op haar knokkels had ze het aantal dagen voor elke maand vastgesteld. Het had lang geduurd, maar ze had de tijd. Dat had ze in elk geval wel, met dat wachten. Ze was aan het tafeltje gaan zitten, en in plaats van een liniaal had ze een boek over tuinieren gebruikt dat hij na een van zijn bezoeken had achtergelaten. Ze kon de namen van de dagen van alle data niet noteren – dat zou te ingewikkeld zijn, en bovendien had ze de kalender in september gemaakt, en inmiddels was het al het volgend jaar. 2011, februari 2011.

In elk vierkantje schreef ze op wat ze die dag had gedaan. Ze zou er nooit iets mee verraden; de dingen die echt belangrijk waren, schreef ze niet op. Wat ze wel opschreef, was: '20 keer opdrukken', '2 kopjes thee' of 'zware migraine', dat soort dingen. Ze was door haar migrainepillen heen, maar hij zou ze meebrengen als hij kwam. Ze zette alleen een sterretje in de rechterbovenhoek van het betreffende vierkantje op de dagen dat hij bij haar was geweest. Op die manier wist ze dat het drie weken en drie dagen geleden was dat hij voor het laatst was geweest. Hij was nog nooit zo lang weggebleven, zelfs niet toen hij iets bijzonders moest doen.

De boom voor februari was een beuk, maar omdat de takken kaal waren, zouden behalve zij maar weinig mensen hem als zodanig herkennen. Ze hield van de gladde, grijze schors van de beuk, en van de gegroefde stam. Bij een aftakking had ze heel klein haar initialen en de zijne gezet. Niemand zou ze ooit zien, maar zij wist dat ze er stonden – alsof de namen er door minnaars in waren gekerfd. Dat deed ze bij elke boom, telkens op een andere plaats. Het was een geheime code. Ze had het hem niet eens verteld, omdat hij het misschien niet op prijs zou stellen, maar als dit alles voorbij was, zou ze het tegen hem zeggen, en dan zou hij zijn arm om haar schouders slaan en haar kussen, op haar kruin of op haar wang, net onder haar oor, en dan zou hij haar vertellen hoe trots hij op haar was, en op wat ze allemaal omwille van hem had doorstaan. Hij had haar nodig. Niemand had haar ooit nodig gehad. Dat was de reden waarom ze van alles afstand had gedaan: haar huis, haar familie, haar comfortabele leventje, haar veiligheid, haarzelf.

Ze leunde met haar voorhoofd tegen het raam en keek naar buiten, naar de grijze lucht die al donkerder werd. De dagen waren kort en de nachten lang, het was koud en ze wilde dat hij zou komen.

13

Iets na zeven uur de volgende ochtend stond Frieda bij de deur van een goed verlichte kelderruimte in het politiebureau. Het was een vertrek zonder ramen, het was er koud en er hing een grondlucht met een zweem van verval en verrotting. De geur was afkomstig van het afval uit de steeg, dat hier duidelijk met zorg op de grond was uitgespreid, elk voorwerp op een eigen plekje.

'Je wilde het zien,' zei Karlsson.

'Iets gevonden?'

'Kijk zelf maar.' Hij ging naar binnen, en Frieda liep achter hem aan. 'We hebben natuurlijk gezocht naar zaken als sporen van menselijk bloed en ander lichaamsvocht, maar zelfs als die er waren geweest, zouden ze door de regen allemaal weggespoeld zijn. Als het lijk daar in de steeg gelegen heeft, moet dat inmiddels zo'n twee weken geleden zijn geweest. En het zou natuurlijk leuk zijn geweest als we de ontbrekende vinger hadden gevonden.'

'En was er niks anders?'

'Zoals wat? Een portemonnee vol visitekaartjes of een sleutelbos met een adreslabel eraan of zo? Nee, we hebben een lijst van alle voorwerpen.' Hij zwaaide met een vel papier. 'De jongens zijn heel ijverig geweest. Ze hebben zelfs alles in categorieën ingedeeld.' Hij keek op het papier. 'Aluminium bakjes met resten zoetzure kip, dat soort dingen. Hier. Een aandenken voor jou. Om negen uur gaan ze het allemaal in vuilniszakken stoppen – al die moeite alleen maar om van dat afval weer vuilnis te maken.'

Frieda bekeek de lijst: resten van één dode kat minus de staart, achtenveertig injectiespuiten, twee vuile luiers, zeven condooms... Ze liet haar blik door het vertrek gaan, geobsedeerd door het vreemde feit dat hier duidelijk sprake was van een forensisch onderzoek naar alledaags afval. Ze draaide zich om naar Karlsson. 'Dus dat is alles?'

'Wat Crawford betreft is de zaak gesloten. Ik ben nu een lelijk geval van huiselijk geweld aan het onderzoeken,' zei Karlsson bij wijze van antwoord. 'De arme vrouw heeft drieënzestig hechtingen doordat er meerdere malen een kapotte fles in haar gezicht is geduwd, vier gebroken ribben en een ernstig gekneusde nier. Het is de derde keer in anderhalf jaar dat ze gewond is geraakt, en tot nu toe heeft ze elke keer de aanklacht weer ingetrokken en is ze teruggegaan naar die aardige man van haar. Ik probeer haar ervan te overtuigen dat ze deze keer voet bij stuk moet houden.'

'Ik wil je niet langer ophouden. Kun je me misschien een paar minuten alleen laten, zodat ik wat kan rondkijken?'

'Zodat je iets kunt vinden wat wij over het hoofd hebben gezien?'

'Ik ben hier nu toch.'

'Je gaat je gang maar. Laten ze me bij de receptie maar oppiepen als je klaar bent.'

Karlsson ging weg, en Frieda deed de deur achter hem dicht. Ze trok haar jas uit en legde die met haar sjaal en schoudertas op een metalen stoel, maar haar handschoenen hield ze aan. De eerste categorie was de grootste: bedorven etenswaren. Er lagen kippenbotjes met restjes vlees; klokhuizen; resten van broodjes waarin bij sommige de tandafdrukken nog zichtbaar waren; aluminium bakjes met verschillende soorten onbeschrijflijk smerige vette smurrie; een hoopje papperige, rotte tomaten; enkele stukjes chocola; een grote hoeveelheid slappe, grijze patatjes besmeurd met tomatenketchup; iets wat er in Frieda's ogen uitzag als halfvergane stukjes gepaneerde vis; stukken taart in uiteenlopende staat van verrotting. Ze bekeek het allemaal snel en liep toen door naar de volgende categorie, die van de verpakkingen:

chipszakjes; sigarettenpakjes; snoeppapiertjes; oude plastic zakken; bierblikjes; colablikjes; ciderblikjes; lege wodka- en wijnflessen; piepschuimen bekers. Vervolgens was er kleding: een slipper van een kind; twee sportschoenen met loszittende zolen; een blouse van Marks and Spencer die ooit wit moest zijn geweest en waaraan een hele mouw ontbrak; een wollen sjaal met iets eraan wat naar hondenpoep rook; een grauwe bh; sportsokken met versleten hielen. Frieda liep door: luiers en condooms; injectiespuiten; dode, staartloze kat; niet herkenbaar, morsdood knaagdier met ingewanden die er half uit lagen; kranten en tijdschriften, de oudste daterend van 23 januari; folders van voorstellingen en afhaalrestaurants; stukken gebroken aardewerk, waaronder een bijna onbeschadigde kom met een Indiaas boommotief dat Frieda deed denken aan haar oma; batterijen; de roestige behuizing van een mobiele telefoon en drie plastic aanstekers; munten, over het algemeen van twee of drie pence, maar ook een paar euro's.

De laatste afdeling op de vloer was gereserveerd voor alles wat niet in een bepaalde categorie onder te brengen was: een stoffig hoopje sigarettenpeuken; lucifers; stukjes papier en karton; haarklemmen; lipjes van blikjes.

Frieda zuchtte. Ze deed haar sjaal om, trok haar jas aan en hing haar tas over haar schouder. Maar ze ging niet meteen weg. Ze bleef midden in het vertrek staan en keek met fronsende blikken nu eens naar de ene afdeling en dan naar de andere. Toen liep ze naar de folders en bekeek die opnieuw. Ze haalde er een tussenuit, hield die tussen duim en wijsvinger, liep ermee het vertrek uit en deed de deur achter zich dicht.

'Is dat alles?' zei Karlsson. Hij zat achter een bureau waarop grote stapels papieren lagen. Op de plank achter hem zag Frieda foto's van zijn twee kleine kinderen staan, een meisje met vlassig haar en een kuiltje in haar kin, net als hij had, en een wat ouder jongetje met grote, angstige ogen. Ze had hen één keer gezien, toen ze hem in zijn appartement in Highbury had opgezocht, maar ze kon zich hun namen niet meer herinneren.

'Die is niet uit die buurt afkomstig.' Frieda legde de gescheurde, verfrommelde, groezelige folder voor Karlsson neer. 'Alle andere komen wel uit de buurt. Maar hierop staat het netnummer van Brixton. Kijk maar.'

'En?'

'Nou, hoe komt die daar?'

Karlsson leunde achterover en vouwde zijn handen achter zijn hoofd. 'Je staat ervan te kijken waar de mensen tegenwoordig allemaal komen,' zei hij kameraadschappelijk. 'Neem mij nou. Ik ben vandaag helemaal uit Highbury naar mijn werk gekomen, en vanavond ga ik zelfs op bezoek bij iemand in Kensal Rise. En dat is nog niets vergeleken met Yvette. Zij komt hiernaartoe vanuit Harrow.'

'Het is maar een klein steegje, en er komen niet veel mensen langs.'

'Er kwamen daar in dat huis mensen om drugs te kopen. Mensen die in de steeg hun shot namen.'

'En die laten daar folders achter?'

'Zelfs heroïneverslaafden kopen weleens wat.'

'Heb je gezien wat er op de achterkant staat?'

Karlsson draaide de folder om en streek het papier glad. 'Touw,' las hij hardop. 'Stro. Koord. Steen.'

'Kun jij daar iets uit opmaken?'

'Ik neem aan dat het een boodschappenlijstje is. Misschien van een doe-het-zelver. Daar zijn er nogal wat van tegenwoordig. Als ik moest raden, zou ik, afgaande op mijn eigen ervaringen van het afgelopen jaar, zeggen dat deze van plan is om in zijn tuin aardbeien te gaan kweken.'

'En wat denk je van die letters?'

'P, DP, LM. Ik weet het niet, Frieda. Afkortingen ergens van? Zeg jij het maar.'

'Ik weet het niet.'

'Eens kijken: peren, dakpannen en losse melk. Of peentjes, dadelpruimen en laminaat. Dit is allemaal wel leuk, hoor, maar ik heb hier echt geen tijd voor.'

'Ja, dat is duidelijk.'

Karlsson schoof de folder weer terug naar haar. 'Luister, ik weet dat ik je heb overgehaald om je hiermee te bemoeien. Ik weet dat je er veel tijd in hebt gestoken. Ik weet dat je vindt dat wij het mis hebben wat Michelle Doyce betreft. Ik weet dat Hal Bradshaw een oude gek is en dat zijn theorieën niet meer zijn dan gewichtigdoenerij en gebakken lucht. En bovendien weet ik dat het heel goed mogelijk en zelfs waarschijnlijk is dat Michelle Doyce de moord niet heeft gepleegd. Maar dat neemt niet weg dat ik met een misdaad zit die niemand een bal interesseert, dat ik een naamloos lijk heb en één getuige, die wartaal uitslaat en in een psychiatrische inrichting zit, waar ze ook thuishoort. En ik zit met een organisatieadviseur die over mijn schouder meekijkt en een commissaris die alleen maar aan zijn carrière denkt. Wat zou jij doen?'

Frieda hield de folder op. 'Hiermee aan de gang gaan.'

'Sorry.'

Frieda stond op het punt om weg te gaan toen ze ergens aan dacht. 'Is er een foto van het lijk?' vroeg ze. 'Alleen van het gezicht.'

'Natuurlijk,' zei Karlsson achterdochtig. 'Waarom?'

'Zou ik daar een afdruk van kunnen krijgen?'

'Die kun je aan niemand laten zien, dat weet je,' zei hij. 'Hij is er niet best aan toe.'

'Ik wil hem toch hebben,' zei Frieda.

'Oké,' zei Karlsson. 'Maar zet hem liever niet op je Facebookpagina.'

'Kan ik hem gelijk meenemen?'

'Als je belooft dat je nu weggaat.'

Bij het verlaten van het pand herinnerde ze zich de namen van zijn kinderen. Mikey en Bella, zo heetten ze.

14

Frieda ging aan haar bureau zitten. Ze sloeg haar tekenblok open en liet haar vingers zachtjes over het korrelige papier gaan, zoals ze altijd deed, bijna uit een soort bijgeloof. Ze haalde de foto uit de vaalgele envelop en legde die op het bureau. De romige ogen van de dode man staarden omhoog, naar haar. Alleen staarden ze haar niet aan. Als je naar een gezicht kijkt, concentreer je je op de ogen, omdat je voelt dat je naar iemand kijkt die misschien ook naar jou kijkt. Deze ogen waren alleen maar troebel en leeg. Het hele hoofd was opgezwollen. De slaap en de wang aan de rechterkant lagen open.

Ze pakte een zacht potlood. Ze tekende nooit gezichten of mensen, maar alleen dingen: bruggen, bakstenen, ijzeren hekken, oude deuren, scherven aardewerk en scheefstaande schoorstenen. En als ze een tekening maakte, lette ze doorgaans op de details – de gebreken, de scheuren, de verkleuringen. Nu wilde ze daardoorheen proberen te kijken. Hoe was hij hiervoor geweest? Ze begon met wat niet was veranderd: de wenkbrauwen, het haar. Hij had hoge jukbeenderen, zelfs met alle zwellingen en desintegratie van het weefsel was dat te zien. De kin was wilskrachtig, de lippen dun, de oren lagen plat tegen de schedel. En de neus? Die maakte ze iets kleiner. Naar de contouren van het gezicht en de kaaklijn kon ze alleen maar gissen. Wel smaller, maar niet mager, besloot ze. Het haar was donker, dus maakte ze de ogen ook donker. Ze leunde achterover en bekeek het resultaat van een afstandje. Het was een gezicht, beslist. Maar was het hét gezicht? Ze vouwde het papier dubbel en stak het in haar schoudertas.

Op de computerafdeling van het forensisch lab in de City stond Yvette Long naast een jongeman met warrig haar en een rossige snor. Hij was forensisch antropoloog en zat achter een computer gegevens in te voeren die op een vel papier stonden dat naast hem lag. Ondertussen neuriede hij een deuntje, steeds weer hetzelfde; zij veronderstelde dat het uit een opera kwam, maar ze wist niets van opera's.

Hij hield ineens op met neuriën. 'Ik maak hier gebruik van grafische software in 3D,' zei hij.

Yvette knikte. Dat wist ze al; hij vertelde het haar elke keer dat ze hierbeneden kwam.

'Tcl/Tk-scripting,' voegde hij eraan toe. 'Heel slim programmaatje.'

'Mm-hm,' zei Yvette. Ze wist niet wat het betekende, maar ze zag dat het rasterwerk op het scherm voor hen langzaam de vorm van een gezicht kreeg.

'Je snapt wel dat het nogal een algemeen beeld is dat we nu produceren. Je zou op basis hiervan een driedimensionale reconstructie kunnen maken.'

'Ik geloof niet we daar behoefte aan hebben.'

Het gezicht was mager, de neus was recht en de oren lagen plat tegen het hoofd. Een hoog voorhoofd. Bruin haar. Bruine ogen. Een geprononceerde adamsappel.

Ze konden het niet weten, maar het verschilde niet zoveel van het gezicht dat Frieda had getekend, al waren de ogen minder leeg en was de mond minder gewelfd.

'Zo is het wel goed,' zei Yvette. 'Zo is het prima.'

Om tien over halfnegen was Frieda in haar spreekkamer. Ze had nog twintig minuten voordat de eerste patiënt kwam, dus zette ze thee en ging bij het raam staan dat uitkeek op de enorme bouwplaats. Toen ze hier introk, hadden er op die plaats negentiende-eeuwse rijtjeshuizen gestaan. Ze had gezien hoe de gezinnen eruit trokken en de ramen en de deuren werden dichtgetimmerd. Toen waren de krakers gekomen, en ook zij hadden daar weg gemoeten. Er was een hek omheen gezet, met grote borden waarop stond dat het terrein niet betreden mocht worden. Toen waren er bulldozers en kranen gekomen en hadden ze een sloopkogel door de daken en muren geslingerd en waren hele huizen stukgeslagen alsof ze uit luciferhoutjes waren opgetrokken. Mannen met helmen op hadden op de puinhopen thee zitten drinken, en er waren bouwketen neergezet. Een jaar geleden was het terrein tot aan de laatste steen ontruimd, en sindsdien was het een kale vlakte, in afwachting van het moment dat de nieuwe projectontwikkeling van start zou gaan. En nog steeds was het wachten daarop. In het midden stond nog een eenzame kraan, en ook een bouwkeet was blijven staan, al waren de ruiten daarvan ingegooid. Maar de draglines waren weg, net als de bouwvakkers. Het plan was opgeschort, zoals tegenwoordig met zoveel plannen in deze stad gebeurde. En ondertussen hadden jongeren zich door gaten in het hek toegang verschaft en het terrein in bezit genomen. 's Avonds hingen ze er rond en stonden ze in groepjes te roken of te drinken, en soms kwamen ze er ook 's ochtends voor schooltijd bij elkaar.

Vandaag waren er een stuk of acht, negen aan het voetballen. Frieda keek hoe ze op het modderige, omgewoelde terrein heen en weer renden en elkaar toeriepen de bal door te spelen. Hun schoolkleren begonnen al modderig te worden. Misschien zou hier nooit iets gebouwd worden, dacht ze. Misschien zou het terrein weer vervallen tot een soort natuurlijke wildernis, midden in de dichtbevolkte stad, waar kinderen konden spelen, bendes elkaar konden bevechten en daklozen even vrijaf konden nemen van hun standplaats voor de supermarkt.

Toen ze voor haar deur voetstappen hoorde, zette ze haar beker neer, bleef nog even staan om haar hoofd leeg te maken en zich voor te bereiden op wat komen ging, liep naar de deur en deed die open. Op de bank in de wachtruimte zat Joe Franklin, met zijn hoofd enigszins scheef alsof hij naar een geluid luisterde dat alleen hij kon horen. Hij had niet meteen in de gaten dat ze er was, wat Frieda de kans gaf om hem even te bekijken. Joe was nu tweeënhalf jaar patiënt bij haar; ze sprak hem twee keer per week, als het hem tenminste lukte om te komen, wat regelmatig niet het geval was. Vandaag was hij vroeg, wat een goed teken was, en ze zag dat hij behoorlijk gekleed was: overhemd niet scheef dichtgeknoopt, schoenveters gestrikt, een riem in zijn spijkerbroek, zodat die niet van zijn iele lijf zakte, en zijn haar was gewassen. Ze zag dat hij geen rouwrandjes onder zijn nagels had en dat hij zich kortgeleden nog had geschoren. Bovendien bleek hij, toen hij haar kant op keek, helder uit zijn ogen te kijken en stond hij in één vloeiende beweging op, zonder dat hij als een oude dronkaard voorover dreigde te vallen. Er gingen weken en soms maanden voorbij dat het hem nauwelijks lukte de dag door te komen en hij zich alleen met de grootste moeite, struikelend als in een nachtmerrie, kon voortbewegen, maar dan waren er ook weer perioden als deze, waarin hij uit de schaduw trad.

'Joe.' Ze glimlachte bemoedigend naar hem en hield de deur voor hem open. 'Goed je te zien. Kom binnen, ga zitten. Laten we beginnen.'

Om tien voor twee was Frieda klaar voor die dag. Vier patiënten, vier verhalen in haar hoofd. Ze ging zitten om aantekeningen te maken van de laatste sessie, wat ze deed met de oude vulpen die voor Reuben altijd aanleiding was om haar in de maling te nemen en ouderwets te noemen. Ze keek op haar mobiele telefoon of er nog berichten waren, bedacht dat ze niet moest vergeten later op de dag haar nichtje Chloë te bellen en waste de beker af in het keukentje naast haar spreekkamer. Ze had die dag nog niets gegeten, maar ze was niet van plan nu al naar huis te gaan. Ze trok haar lange zwarte jas aan en sloeg haar rode sjaal twee keer om haar nek, waarna ze met haastige pas op weg ging naar het metrostation in Warren Street.

Toen ze korte tijd later door Brixton Road liep, kwam ze al na enkele minuten bij Andy's Pizzas. Dat was makkelijk. Ze had de folder. Ze keek naar de bontgekleurde pui. Andy verkocht niet alleen pizza's. Je kon er ook hamburgers en patat krijgen. Er hingen blauw verkleurde foto's van de gerechten, die Frieda ineens deden denken aan de foto's van het lijk, en toen ze dat eenmaal had bedacht, kon ze zich niet meer inhouden en liep ze de zaak in. Vooraan bij het raam stonden een paar plastic tafeltjes. Aan een daarvan zat een vrouw met een klein kind en een baby in een buggy. Frieda liep naar de toonbank. Een man was een telefonische bestelling aan het opnemen. Hij begon kaal te worden en had een zwarte baard. Op zijn rode poloshirt stond over de linkerborst de naam Andy. Hij legde de telefoon neer en gaf het briefje met de bestelling via een opening in de muur naar achteren door. Een hand pakte het briefje aan. Frieda hoorde gekletter van pannen en bakgeluiden. De man keek haar vragend aan.

'Ja,' zei Frieda, terwijl ze op het bord aan de muur achter hem naar de menu- en prijslijst keek. 'Mag ik een groene salade? En een flesje water.'

'Salade,' riep de man. Hij bukte zich en pakte uit een koelkast een plastic flesje, dat hij op de toonbank zette. 'Verder nog iets?'

'Dat is alles,' zei Frieda en gaf hem een briefje van vijf pond.

De man schoof haar het wisselgeld over de toonbank toe. 'De salade komt er zo aan,' zei hij.

Frieda pakte de folder en legde die op de toonbank. 'Ik heb uw folder,' zei ze.

'Ja?' zei de man.

Hier had Frieda zich zorgen over gemaakt. Eén verkeerde vraag, een die de indruk zou wekken dat ze van de gemeente of van de belastingdienst was, en hij zou dichtklappen. En dan kon ze het verder wel vergeten.

'Ik wilde u wat vragen,' zei ze. 'Ik wil voor mezelf ook wat folders laten maken. Ik heb een winkeltje, en ik had gedacht dat ik er ook weleens een aantal kon laten drukken, net als u hebt gedaan. Voor een beetje publiciteit.'

De telefoon ging. De man nam op en noteerde weer een bestelling.

'Wat ik wil zeggen,' vervolgde Frieda toen hij klaar was, 'is dat ik erover denk om ook dat soort folders te laten maken. Ik wou vragen waar u het hebt laten doen.'

'Hier verderop in de straat zit een drukkerij,' zei de man. 'Ze hebben er voor ons een paar honderd gemaakt.'

'En hoe gaat dat? Brengen zij ze rond?'

'Zij drukken ze alleen. Mijn neef heeft ze rondgebracht.'

'U bedoelt dat hij ermee langs de deuren is gegaan?'

'Zoiets.'

'Weet u ook wáár?' vroeg Frieda.

De man haalde zijn schouders op. Frieda werd overvallen door een gevoel van hopeloosheid, alsof ze iets vast wilde pakken wat haar door de vingers glipte.

'Het is puur uit nieuwsgierigheid,' zei Frieda. Ze haalde het stratenboekje uit haar tas en bladerde door naar de pagina die ze zocht. 'Weet u, ik zal ze waarschijnlijk zelf rond moeten brengen, en daarom wil ik graag weten hoe groot het gebied is dat je op een dag aankunt. Zou u me op de kaart kunnen laten zien waar hij is geweest? Of is hij gewoon zomaar ergens naartoe gegaan?'

Ze schoof de kaart over de toonbank naar hem toe. Achter hem klonk een geluid, en in de opening in de muur verscheen een piepschuimen bakje. De man pakte de salade en reikte die Frieda aan. De inhoud van het bakje bestond uit gesneden kool, wortel, ui en een plakje tomaat met daaroverheen een plens roze vloeistof. 'Dank u,' zei ze. 'En de kaart?'

De man zuchtte, boog zich voorover en zette zijn wijsvinger op de pagina. 'Ik heb tegen hem gezegd dat hij naar Acre Lane moest gaan en alle zijstraten aan die kant moest doen.'

'Welke straten?'

De man liet zijn vinger rondgaan. 'Deze allemaal,' zei hij. 'Totdat hij erdoorheen was.'

Het leken haar veel straten.

'En u had er driehonderd?'

'Vijfhonderd, denk ik. We hebben hier in de zaak nog een stapel liggen.'

'En dat was een week of twee geleden?'

De man keek verbaasd. 'Hoe bedoelt u?'

'Ik vroeg me af of het werkte,' zei Frieda. 'Of daardoor veel mensen pizza's hebben besteld.'

'Ik weet het niet,' zei de man. 'Een paar misschien.'

'Goed. Bedankt voor uw hulp.' Ze draaide zich om en maakte aanstalten om weg te gaan.

'Wacht even. U vergeet uw salade.'

'O ja. Natuurlijk.'

Ze liep de zaak uit, en wachtte tot ze er dertig of veertig meter vandaan en uit het zicht was voordat ze met een licht schuldgevoel het bakje met de salade in een overvolle afvalbak propte. Op de terugweg in de metro bekeek ze de achterkant van de folder nog eens, al kende ze de tekst uit haar hoofd. Het zag eruit als een boodschappenlijstje. Touw, stro, koord, steen. Waar zou je die artikelen voor aanschaffen? Waar zou je ze voor gebruiken? Waarom zou je zowel touw als koord kopen? Ontgingen haar misschien essentiële verschillen die voor een doe-het-zelver evident waren? Waren er klussen die je met touw niet voor elkaar kreeg, maar waar je koord voor nodig had? Het leek haar iets voor buiten de deur, tenzij hier een of ander oeroud thema een rol speelde. Gooide men in de zestiende eeuw bijvoorbeeld geen stro op de vloer van taveernes? Of werden er misschien strootjes bedoeld, sigaartjes? Frieda staarde naar het lijstje totdat ze er hoofdpijn van kreeg, en ook toen ze op Warren Street was uitgestapt en het station verliet, bleef ze er steeds maar aan denken. Ontging haar een voor de hand liggend verband? Ze liet haar gedachten de vrije loop. Stro kon je met een touw bij elkaar binden. Of met een koord. En die steen dan? Ze dacht aan David en Goliath, maar dat was met een slinger en een steen.

Wat kon je met die vier dingen doen? Wie zou dat weten? Ineens schoot haar een naam te binnen. Ze kon niet bij hem langsgaan, maar ze kon hem wel opbellen, wat ze eigenlijk allang een keer had moeten doen, zomaar, om hem te laten weten dat ze aan hem dacht. Zodra ze thuis was, pakte ze het in leer gebonden boekje dat naast haar telefoon lag. Ze zocht het nummer en belde. De telefoon ging over, maar er werd niet opgenomen, en ze bereidde zich er al op voor een boodschap achter te laten toen er een klik te horen was.

'Frieda?' zei de stem.

'Ja, Josef. Hallo! Fijn om na al die tijd je stem weer te horen. Hoe is het met je? Gaat alles naar wens daar? We missen je.'

'Hoe is het met me?' zei hij. 'Dat is grote vraag. Ik weet antwoord niet.'

'Is er iets gebeurd, Josef?'

'Ach, weet ik veel. Frieda, hoe is het met jou? Gaat het met jou goed?'

'Hetzelfde als altijd,' zei ze. 'Door de bank genomen. Maar ik wil horen hoe het met jou is. Ik had je eerder moeten bellen; het spijt me dat ik dat niet heb gedaan.'

'Dat geeft niet,' zei hij. 'Iedereen heeft druk. Is veel gebeurd, van alles wat door de telefoon niet duidelijk te maken is.'

'Ik kijk steeds naar het weerbericht,' zei Frieda. 'Als ik de kans krijg, kijk ik wat voor weer het is in Kiev. Want daar ben jij toch, hè? De laatste keer dat ik keek, was het negenentwintig graden onder nul. Ik hoop dat je je goed warm inpakt.'

Er viel een lange stilte, gevolgd door een vreemd gekreun.

'Is het wel goed met je?' vroeg Frieda. 'Ben je er nog?'

'Frieda, ik ben op moment niet in Kiev.'

'O, waar ben je dan?'

Hij zei iets wat ze niet verstond.

'Wat zeg je? Is dat ergens op het platteland?'

Hij noemde de naam opnieuw.

'Kun je iets langzamer spreken?'

Hij articuleerde de drie lettergrepen afzonderlijk.

'Summertown?' zei Frieda. 'Je bedoelt, net als Summertown in Londen?'

'Ja,' zei Josef. 'Maar niet "net als". Ik bén in Summertown in Londen.'

Het duurde enkele tellen voordat Frieda iets samenhangends kon uitbrengen. 'Je bent... je bent hier maar ongeveer vijfhonderd meter vandaan.'

'Dat zou kunnen.'

‘Wat doe je hier in godsnaam?’
‘Zijn complicaties.’
‘Ik moet je spreken.’
‘Heeft geen zin.’
‘We zijn vrienden, weet je nog?’ zei Frieda. ‘Kom naar mijn huis. Nu meteen.’

15

Frieda had Josef bijna twee maanden niet gezien. De laatste keer was vlak voor kerst geweest, toen hij ter herinnering aan de vorige kerst, die ze samen hadden doorgebracht, een aantal traditionele Oekraïense gerechten had klaargemaakt en naar haar huis had meegebracht, in wit linnen ingepakt in een doos met een lint eromheen, bij wijze van afscheidscadeau: cakejes gemaakt van tarwe, honing en maanzaad. Ze dacht aan de indruk die ze toen van hem had gehad: stralend van trots, uitbundig in zijn vrijgevigheid, maar tegelijk ook ernstig en enigszins opgewonden. Nadat hij maandenlang van huis was geweest, zou hij teruggaan naar zijn land om zijn vrouw Vera en zijn twee zoons weer te zien. Zijn doorgaans zo warrige haar was kort geknipt, en met het oog op de koude Oekraïense winter droeg hij een nieuwe, gewatteerde jas. Hij had voor zijn zoons T-shirts gekocht met het opschrift I LOVE LONDON, Britse vlaggetjes en sneeuwbollen met Londense miniatuurstadsgezichten.

De Josef die nu bij haar op de stoep stond, was een heel andere. Zijn haar was lang en vies en zat onder het stof, hij had zich niet geschoren omdat het hem kennelijk niets kon schelen. Hij droeg een oude canvas broek, opgehouden met een plastic riem, en een dikke trui. Daaroverheen droeg hij zijn gewatteerde jas, maar die was vies en er zat een scheur in. Hij had afgetrapte laarzen aan, en hij had blaren en korstjes op zijn handen. In zijn hals was een al vervagende blauwe plek te zien, en op zijn voorhoofd zat een groezelige pleister. Maar wat vooral opviel, was dat hij er mat uitzag: hij keek dof uit zijn ogen en ontweek Frieda's blik. Hij had zijn muts afgezet, stond er in de deuropening aan te frunniken en verplaatste zijn gewicht telkens van het ene been naar het andere.

Frieda pakte hem bij de hand, trok hem het halletje in en deed de deur achter hem dicht. Hij verspreidde een doordringende geur van zweet, tabak en alcohol. Ze trok hem zijn jas uit en hing die naast de hare. Hij had gaten in de ellebogen van zijn trui. 'Wil je je schoenen niet uitdoen?' vroeg ze. 'En laten we dan even gaan zitten.'

'Ik blijven niet.'

Zijn Engels leek verslechterd te zijn in de korte tijd dat hij weg was geweest.

'Ik zal thee voor je zetten.'

'Geen thee.'

'Hoe lang ben je al terug, Josef?'

Hij stak zijn beide handen op in een vertrouwd gebaar. 'Paar weken.'

'Waarom heb je niks laten weten?'

Josef sloeg zijn ogen op, keek haar aan en sloeg ze toen weer neer.

'Al je spullen liggen bij Reuben. Je bestelwagen staat daar. Waar woon je dan al die tijd?'

'Nu? Op werk. In huis dat moet worden gebouwd. Is koud. Maar heeft dak.'

Frieda bekeek hem aandachtig. Zijn hele lijf straalde ellende en verslagenheid uit. 'Ik wil dat je me vertelt wat er gebeurd is,' zei ze zacht. 'Maar maak je geen zorgen – het hoeft niet allemaal in één keer. Als je er klaar voor bent, weet je me te vinden. Ik ben blij dat je terug bent. En dat zal Reuben ook zijn. Hij heeft je nodig in zijn huis. En ik heb je ook nodig.'

'Dat zeg je maar.'

'Nee, het is waar.'

'Ik heb geen nut.'

'Weet je wat we doen? Ik bel Reuben, en jij blijft vannacht hier. Er moeten bij hem thuis dingen gerepareerd worden, en dat kun jij doen. En als je er zin in hebt, kun je mij – of hem – vertellen wat er gebeurd is. En nu kom je in de keuken zitten en krijg je van mij een kop thee. En ik wil je wat vragen.'

Josef keek haar met zijn donkere ogen even aan. 'Waarom?'

'Waarom wat?'

'Waarom help jij? Ik ben slecht man, Frieda. Slecht, verdrietig man.'

Frieda pakte zijn elleboog en stuurde hem in de richting van de keuken. Ze trok een stoel bij. Hij liet zich erop zakken. Ze bracht water aan de kook, en terwijl de thee stond te trekken, roosterde ze twee sneetjes brood, die ze met boter en honing besmeerde. 'Hier. Je moet eten.'

Hij nam een grote slok hete thee, en zijn ogen begonnen te tranen. Hij pakte een stukje toast. Ze zag dat zijn hand trilde.

'Luister eens, ik heb je hulp nodig.' Ze legde de folder met de handgeschreven notities naar boven voor hem neer en wees naar de woorden. 'Wat denk jij dat die krabbels betekenen?'

Josef legde zijn geroosterde boterham weer op het bord, haalde zijn mouw langs zijn mond en keek naar de tekst. 'Touw, stro, koord, steen.'

'Het zijn dingen die je in de bouw kunt gebruiken. Maar waarom touw en koord bij elkaar? Bij het kweken van aardbeien, zei Karlsson, maar dat lijkt mij niet. Hij heeft er niet echt over nagedacht.'

'Is makkelijk.'

'Wat?'

'Makkelijk,' herhaalde Josef. Ineens leken zijn ogen helderder te staan.

'O?'

'Is verf.'

'Verf?'

'Namen van verftinten. Sombere kleuren – zoals kleuren in jouw werkkamer. Bleke, halfdonkere kleuren. Touw, stro, koord en steen. Zo.'

'O,' zei Frieda. 'Josef, je bent geniaal.'

'Ik?'

'En die letters: P, DP, LM?'

'Is makkelijk,' zei Josef nogmaals. Even klonk hij bijna opgewekt. Hij wees met zijn vinger naar boven: 'P is plafond.' Hij liet zijn vinger met de wijzers van de klok mee ronddraaien. 'DP is deurposten. En...' – hij wees naar links.

'Linkermuur,' vulde Frieda aan. 'Waarom heb ik daar niet aan gedacht?'

'Jij bent dokter, geen bouwvakker.'

'Dus iemand wilde zijn huis schilderen.' Ze keek op haar horloge. Het was bijna halfvier. 'Als we nu weggaan, zijn we er misschien nog voor vijven. Ga je mee, een boodschap doen?' Josef antwoordde niet meteen, dus voegde ze eraan toe: 'Je moet me echt helpen, Josef. Net als vroeger.'

Het begon donker te worden en de regen ging over in hagel. Frieda bedacht dat Josef net een groot, onhandig kind was, zoals hij met zijn pet over de ogen en zijn handen diep in de zakken van zijn sjofele broek over straat sjokte. Ze had Reuben opgebeld en tegen hem gezegd dat Josef en zij die avond bij hem langs zouden komen en dat hij zijn logeerbed maar moest opmaken en misschien vast wat aardappeltjes moest bakken.

'Wat zoeken we?' vroeg Josef.

'Ik probeer iemand te vinden. Het is nogal een lang verhaal; ik vertel het je later wel.'

'Maar hoe moeten we muren in steen en stro vinden?'

'We kunnen niet bij elk huis aanbellen, maar ik had gedacht dat we dat wel kunnen doen als we van buiten zien dat ze aan het werk zijn.'

'Dus neem jij deze straat en ik die.' Josef stak zijn telefoon omhoog. 'Ik bel jou, jij belt mij.'

Frieda was blij om te merken dat hij meedacht. Ze knikte, waarna ze ieder een andere kant op gingen. Toen ze elkaar zonder iets gevonden te hebben bij de volgende kruising weer tegenkwamen, gingen ze weer ieder huns weegs langs parallel lopende zijstraten van de winkelstraat in de buurt waar de folders van Andy's Pizzas huis aan huis verspreid zouden zijn.

Frieda had in Tully Road twee derde van de straat gehad toen haar mobiele telefoon ging. 'Ja, Josef?'

'Sta nu bij bestelwagen van schilders- en aannemersbedrijf No Job Too Small, voor de deur van Owen's Close nummer 33.'

'Blijf daar. Ik kom eraan.'

Maar er brandde geen licht op dat adres, en er werd niet gereageerd toen Frieda aanbelde. Ze probeerde het ook op nummer 31, deed een stapje achteruit en wachtte. Ze hoorde voetstappen, waarna de deur openging en een jongeman met een kaalgeschoren hoofd haar aankeek. Hij had een pak aan, zag ze, en hij hield een telefoon in zijn hand. 'Ja?'

'Sorry dat we u lastigvallen,' zei ze, zich ervan bewust dat Josef achter haar op straat was blijven staan. 'Ik hoop dat u me kunt helpen. Zijn er bij u toevallig schilders aan het werk?'

'Ja. Wacht, ik was aan het bellen. Momentje. Sorry Cas, ik bel je straks terug, oké? Zo. Sorry, schilders – ja. Doen bij ons het hele huis. Ze zijn op het moment in de voorkamer bezig, maar ik geloof dat ze net op het punt staan om naar huis te gaan. Maar waarom vraagt u dat? Woont u hier in de buurt? Wilt u ook een schilderklus laten doen? Want als dat het geval is, moet ik u eerlijk zeggen dat ik niet bepaald...'

'Nee. Het is moeilijk uit te leggen. Ik ben op zoek naar iemand en ik denk dat u me daarbij misschien kunt helpen.'

'Ik? Ik snap het niet. Maar komt u even in de gang staan, het is buiten nogal koud. En eh... uw vriend...'

'O, dat is oké. Ik heb niet lang nodig.' Frieda liep de gang in, die nog naar verf rook. Ze haalde de folder uit haar tas. 'Zegt dit u iets?'

'Jawel.' De jongeman leek op zijn hoede, alsof hij bang was met een gek te maken te hebben. 'Het is een folder. Dat is duidelijk. Van Andy's Pizzas.'

'Krijgt u die hier in de bus? Die folders, bedoel ik, niet de pizza's.'

'Ja, ik geloof het wel – we krijgen allerlei rommel in de bus.'

Frieda draaide de folder om. 'En dit?'

Hij tuurde ernaar en fronste zijn wenkbrauwen. 'Ik geloof niet dat dit mijn handschrift is, en ook niet dat van Cas, mijn vrouw. Wat is het?'

'Laat u uw muren schilderen in de tinten stro, touw, koord en steen?'

'Ja. Ik geloof het wel. Ik weet het eigenlijk wel zeker. Maar ik begin dit wel een beetje eigenaardig te vinden, als ik het zeggen mag.'

'Sorry. Ik heb hier ook een portrettekening. Kunt u me zeggen of die u aan iemand doet denken?'

Ze haalde haar tekening uit de A4-envelop waar ze hem in had gedaan en reikte hem die aan. Hij keek ernaar. 'Zou kunnen.'

'Zou kunnen?'

'Ik zie wel een gelijkenis. Met een man die bij ons zou komen klussen. Heel enthousiast. Aardige vent ook. Behulpzaam. Lijkt wel een beetje op hem. Hij heeft die verftinten inderdaad opgeschreven, nu ik erover nadenk. Maar we hebben nooit van zijn diensten gebruikgemaakt, als u dat wilde vragen. Hij liet niks meer van zich horen. Nam zijn telefoon niet meer op en zo. Heeft ons gewoon in de steek gelaten. Toen zijn we met deze gasten in zee gegaan.'

Frieda probeerde haar opwinding te verbergen. 'Wanneer hebt u hem voor het laatst gezien?'

'Nou... twee of drie weken geleden, zoiets. Ik weet het niet precies. Cas weet het waarschijnlijk wel. Maar is er iets met hem? Heeft hij iets gedaan?'

'Hoe heette hij?' Ze realiseerde zich dat ze de verleden tijd had gebruikt, maar het leek de jongeman niet te zijn opgevallen.

'Rob. Rob Poole.'

'Hebt u zijn adres?'

'Nee. Niets. Alleen zijn mobiele nummer.' Hij zette zijn telefoon aan, scrolde door zijn contactenlijst, vond het nummer dat hij zocht en noteerde het achter op de voddige folder van Andy. 'Maar hij reageert niet, hoor. Ik heb wel vijf of zes keer een bericht ingesproken.'

'Bedankt.'

'Kent u hem?'

'Niet echt. Zou ik uw naam alstublieft ook mogen hebben, en uw telefoonnummer?'

'Waarom in hemelsnaam?'

'Ik denk dat de politie met u over hem zal willen praten.'

Reuben had geen aardappeltjes in de oven gezet, maar een vette, zware lasagne, en hij had knoflookbrood en een salade gemaakt. De geur kwam hun tegemoet toen hij de deur opendeed. Hij droeg een schort, en op het puntje van zijn neus rustte zijn bril met de halvemaansglazen. Met een snelle blik registreerde hij hoe Josef eraan toe was, waarna hij een stap naar voren deed en hem op de schouders klopte.

'Goed dat je er weer bent,' zei hij. 'Ik begon al te denken dat ik op zoek moest naar iemand om mijn dak repareren en die ellendige eenvoudig-te-monteren kast in elkaar te zetten.'

'Ik blijf niet,' mompelde Josef. 'Ik zeg alleen hallo en neem mijn spullen mee.'

'Kunnen we even binnenkomen?' zei Frieda. 'Het is te koud om hier buiten te blijven staan.'

Ze werkten hem naar binnen en trokken hem zijn jas en zijn schoenen uit, waarna Reuben hem een flesje bier in handen duwde en hem meetroonde om te laten zien waar het lekte, en op de een of andere manier lag Josef tien minuten later in een gloeiend heet bad. Frieda en Reuben, in de warme keuken met de beslagen ramen, hoorden hem spetteren en kreunen.

'Fuck, wat is er met hem gebeurd?' vroeg Reuben.

Beiden keken instinctief naar het fotootje dat Josef ruim een jaar geleden, toen hij pas bij Reuben was ingetrokken, aan de koelkast had geplakt en waarop zijn donkerharige vrouw en zijn twee donkerharige zoons te zien waren.

'Hij zat in Summertown en woont daar op een bouwplaats.'

'Waarom heeft hij niks van zich laten horen?'

'Hij schaamt zich.'

'Waarvoor?'

'Dat weet ik nog niet.'

'Nog een geluk dat ik echt een lekkend dak heb.'

'Ja.'

'Goed van je, dat je hem hebt opgevangen.'

'Dat heb ik niet. Ik belde hem op om zijn advies te vragen.'

'Nou ja, hij is nu in elk geval hier.'

Frieda knikte en zei: 'Even wat anders. Ik ga eind van de week naar de begrafenis van Kathy Ripon. Ik denk vaak na over haar dood en over Dean Reeve. Ik heb nachtmerries over hem, en die houden me ook bezig als ik wakker ben.'

'Dus hij blijft je achtervolgen, ook al ligt hij in zijn graf?'

'Dat mag ik hopen.'

Die nacht werd ze ziek. Het begon met parelende zweetdruppels op haar voorhoofd en een vreselijke benauwdheid, een vieze smaak in haar mond die maar niet wegging, en zelfs als ze ging liggen was ze duizelig en rommelde haar maag.

Ze bereikte de wc maar net op tijd, en met prikkende ogen, terwijl het koude zweet haar uitbrak en ze het gevoel had dat ze stikte, knielde ze ernaast neer en begon half snikkend te braken. Ze had het gevoel alsof ze vergiftigd was. Maar ze had dagenlang nauwelijks iets gegeten, en algauw was er niets meer om uit te kotsen en kokhalsde ze alleen nog maar, happend naar adem. Af en toe hield ze haar voorhoofd tegen de rand van de wc-pot en dan voelde ze de pijn in haar knieën op de harde vloer. Haar haren voelden plakkerig aan, ze had een smerige smaak in haar mond, haar hele lijf voelde vies. Ze dacht aan een warm bad, schone lakens, citroenmelissethee, een koele hand op haar gloeiende wang, en weer kokhalsde ze. Ze wilde dood. Ze moest niet doodgaan. Hij zou komen. Dat was het enige wat ze wist, wat ze hoefde te weten.

16

Frieda zat in een hoek van de pub op Karlsson te wachten. Behoedzaam kwam hij aanlopen met twee whisky's en twee zakjes chips. Hij nam plaats aan het tafeltje en scheurde beide zakjes open.

'Ik heb *salt & vinegar* genomen,' zei hij. 'En *cheese onion*. Ik wist niet van welke je houdt.'

'Van geen van beide eigenlijk.'

'En je houdt waarschijnlijk ook niet van kroegen,' zei Karlsson.

'Ik zit liever hier dan op het politiebureau.'

'We hebben hier in elk geval geen last van die Newton, die steeds maar om me heen loopt te spoken.'

'Waar houdt hij zich eigenlijk mee bezig?'

'Tijd en beweging,' zei Karlsson. 'De vuiltjes uit de lucht halen. Een frisse blik, volgens de baas. Hij kijkt naar onze manier van werken en onze stijl van leidinggeven. Maar ik denk dat ik al weet wat zijn conclusie zal zijn.'

'Nou?'

'Dat er bezuinigd moet worden. Tien procent zeker, misschien wel twintig of vijfentwintig procent. Dus ik denk dat als meneer Jake een paar schema's weet te produceren waaruit blijkt dat we met minder blauw op straat meer boeven kunnen vangen, hij op een willig gehoor kan rekenen.'

Ze nipten allebei aan hun glas en keken elkaar aan.

'Als ik het moeilijker voor je heb gemaakt, dan spijt me dat.'

'We hebben het dossier teruggekregen,' zei Karlsson. 'De aanklacht is in de wacht gezet terwijl wij het onderzoek voortzetten. Zo heb ik het ongeveer beschreven in mijn memo.' Hij nam nog een slokje en wreef over zijn gezicht. Frieda vond dat hij er vermoeider uitzag dan ooit. 'Ik weet waarom de commissaris deed wat hij gedaan heeft,' vervolgde Karlsson. 'Niemand maakt zich druk over een zaak als deze. En ik weet waarom ík deed wat ik gedaan heb. Maar wat ik niet snap, is waarom jíj deed wat je gedaan hebt. Er was geen kans dat Michelle Doyce in de gevangenis terecht zou komen. Ze zou hoe dan ook de medische hulp hebben gekregen die ze nodig heeft. Het zou allemaal op zijn pootjes terecht zijn gekomen. Had je niet genoeg aan je eigen werk?'

Frieda keek hem onderzoekend aan. 'Wat maakt het uit waarom ik het deed? Misschien hou ik niet van verhalen met losse eindjes. Dat doet me denken aan een patiënte die ik ooit had, een jonge vrouw. Ken je dat gevoel dat je, als je de deur uit bent, je afvraagt of je het gas wel hebt uitgedraaid? Nou, zij had dat niet alleen met het gas. Ze vroeg zich ook af of ze misschien niet een raam open had laten staan, de kraan niet had dichtgedraaid en de kat niet in de slaapkamer had opgesloten. Als ze de deur uit ging, wilde ze dat allemaal controleren, maar het was onbegonnen werk om alles na te gaan, en bovendien wist ze naderhand niet of ze niet een andere deur open had laten staan of misschien per ongeluk een of ander apparaat had aangezet. Uiteindelijk kon ze helemaal de deur niet meer uit.'

'Hoe heb je haar genezen?'

'Mijn therapie werkte niet bij haar. Ik heb haar naar een gedragstherapeut verwezen. Maar daar gaat het niet om. Wat ik wil zeggen, is dat ik een beetje op haar lijk. Ik kon er niet mee leven. Ik wist dat het lijk daar in die steeg was gevonden, maar niet wie die man was, waarom hij vermoord was en wie hem daar had achtergelaten. Het zou voor mij net zoiets zijn geweest als de deur uit gaan terwijl je weet dat het gas nog aan is.'

Karlsson schudde zijn hoofd. 'Dan zou je weinig lol beleven aan mijn werk. Ik heb in mijn leven bijna aldoor het idee dat het gas nog aan is, dat het bad overstroomt en het raam niet dicht is.'

'O, en denk je dat ik wél lol beleef aan mijn werk als therapeut?' zei Frieda. 'Maar goed. Wat doen we nu?'

'Ik heb een paar agenten naar Brixton gestuurd om met dat echtpaar van jou te gaan praten. Robert Poole is een tamelijk veelvoorkomende naam, en er is op het ogenblik niets anders te doen. De zaak is er niet minder mysterieus door geworden.'

'Je bedoelt: je kent nu wel zijn naam, maar je hebt nog steeds geen idee wie hij eigenlijk is?'

'Precies.'

'En zijn mobiele nummer? Dat moet toch aanwijzingen opleveren? Kun je aan de hand daarvan niet te weten komen wie hij was?'

'Het was een prepaidtelefoon, maar we gaan kijken of we er iets mee kunnen. We hebben een gezichtsreconstructie laten maken, en dat plaatje komt op een aanplakbiljet – je weet wel, zo van: hebt u deze man gezien? In combinatie met zijn naam zou dat wat kunnen opleveren, maar doorgaans zijn de mensen die dan contact met ons opnemen niet de meest betrouwbare getuigen. We kennen een oude man die altijd iedereen heeft gesignaleerd die hij op zo'n plakkaat ziet. Maar goed, het is het proberen waard. En we zullen de kamer van Michelle Doyce nog eens bekijken. Want het is – dat moet ik wel zeggen – nog niet voor de volle honderd procent zeker dat het lichaam in de kamer dat van die schilder en klusjesman is.'

'Ze hebben de portrettekening herkend die ik hun liet zien.'

'Ja, ik heb die tekening van je gezien. Misschien had je met mij moeten overleggen voordat je die aan anderen liet zien, maar goed, ik accepteer het. En eigenlijk lijkt hij nogal op onze reconstructie.'

Frieda dronk haar glas leeg. 'Bedankt dat je dat allemaal tegen me zegt,' zei ze. 'Ik wil niet nog eens bij zo'n zaak betrokken raken.'

Karlsson kuchte even, alsof hij een toespraak ging houden.

'En dan wou ik je nog wat zeggen, Frieda. Ik wil duidelijk stellen dat je, ondanks onze incidentele meningsverschillen, heel veel hebt gedaan en dat...'

'Dit klinkt mij in de oren als een toespraak die je houdt als je iemand ontslaat,' zei Frieda.

'Nee,' zei Karlsson. 'Integendeel. Ik vind dat we daar een goede basis aan moeten geven. Als jij van tijd tot tijd met ons, of met mij, gaat samenwerken, dan vind ik dat je beschouwd moet worden als specialist, met een contract en een passende vergoeding, en dat we dan ook moeten afspreken wat ieders verantwoordelijkheid is. Wat vind je daarvan?'

'Wacht even.' Frieda stond op, liep naar de bar en kwam terug met nog twee whisky's.

'Nou?' zei Karlsson.

'Ik weet niet of ik dat wel een prettig idee vind.'

'Waarom niet? Het enige verschil is dat we het vastleggen.'

'Ik zal erover nadenken,' zei Frieda. 'Maar op dit moment kan ik alleen maar redenen bedenken om het niet te doen. Ik denk niet dat ik nog iets kan bijdragen aan deze zaak. Als je er eenmaal achter bent wie Robert Poole was, zul je ook wel te weten komen wie het gedaan heeft. Zo werkt het toch meestal, nietwaar?'

'Een jaloerse minnares,' zei Karlsson. 'Dat zal het wel zijn.'

'Maar die vinger dan?' Frieda fronste haar wenkbrauwen. 'Dat wijst erop dat er meer berekening achter zit.'

Karlsson glimlachte triomfantelijk. 'Het bloed kruipt bij jou waar het niet gaan kan. Je bent al geïnteresseerd. Die vinger kan ze hebben afgesneden om de trouwring terug te pakken. Voor het goud. Of bij wijze van een soort extreme echtscheiding. Mijn vrouw zou dat bij mij ook gedaan hebben als ze de kans had gekregen.'

'Het was de verkeerde vinger,' zei Frieda. 'Maar hoe dan ook, ik zou niet blij zijn met zo'n contract. Dan zou ik plichten en verantwoordelijkheden krijgen. Ik heb je alleen maar geholpen omdat ik deed wat ik voor mijn gevoel moest doen, zonder me te hoeven verantwoorden voor mijn uitgaven of formulieren af te vinken.'

'Zeg nou geen nee,' zei Karlsson. 'Niet meteen, bedoel ik, zonder dat je erover hebt nagedacht. Wacht een paar dagen. Je ziet het, ik ben nu even de therapeut...'

‘O, alsjeblieft...’

‘Nee, echt. Volgens mij vind je het prettig om ergens bij betrokken te raken als dat eigenlijk niet de bedoeling is, als je dingen tegen mensen kunt zeggen die ze liever niet willen horen. Je vindt het moeilijk om daar expliciet toe uitgenodigd te worden. Je kent toch wel die oude grap: geen lid willen worden van een club die jou als lid zou accepteren? Dat ben jij.’

‘Er speelt nog iets anders,’ zei ze.

‘In deze zaak?’

‘Niet in deze. Weet je nog dat ik Andrew Berryman, die neuroloog, had gevraagd om mee te gaan naar Michelle Doyce? Dat is nou zoiets wat ik niet zou kunnen doen als ik onder contract stond.’

‘Dat zou je dan van tevoren moeten vragen,’ zei Karlsson. ‘En ik weet dat je dat niet graag doet.’

‘Ik zou het moeten beargumenteren en er een formulier voor invullen, en dan zou het worden afgewezen. Maar daar gaat het niet om. Hij heeft iets tegen me gezegd wat ik maar niet uit mijn hoofd kan zetten. We hadden het over de problemen die Michelle Doyce heeft met het interpreteren van wat ze ziet, en toen vertelde hij iets over het syndroom van Capgras, een zeldzame aandoening waarbij de patiënt door beschadiging van het zenuwstelsel in de waan leeft dat de plaats van een vertrouwd familielid of een goede vriend is ingenomen door een bedrieger.’

‘Lijkt me een lastige situatie,’ zei Karlsson. Hij zweeg even. ‘En?’

‘Het obsedeerde me. En ik wist niet waarom. Maar toen moest ik aan Carrie Dekker denken.’

‘Waarom in godsnaam?’

‘Ze zei dat haar man zich na de dood van Dean anders was gaan gedragen, en dat hij haar ineens in de steek heeft gelaten en is verdwenen. Ik zag Carrie toen als iemand bij wie de plaats van haar man ingenomen zou kunnen zijn door zo’n bedrieger.’

Er verscheen een verbijsterde uitdrukking op Karlssons gezicht, en toen hij reageerde leek het alsof hij nog maar heel traag kon denken. 'Dat snap ik niet,' zei hij. 'Wil je nou zeggen dat Carrie Dekker aan zo'n uiterst zeldzame hersenziekte leed?'

'Nee,' zei Frieda. 'Eerder het tegenovergestelde, in zekere zin. Wie zou de symptomen van het syndroom van Capgras kunnen vertonen zonder aan de ziekte te lijden?'

'Ik weet niet waar je het over hebt.'

'Stel dat het geen illusie was.'

'Hoe bedoel je?' zei Karlsson. 'Heb je...' En toen zweeg hij abrupt. 'O god. Dat kun je niet menen. We hebben het lichaam van Dean gevonden. Naderhand heb ik pas kennisgemaakt met Alan. Hij was met haar.'

'Ik had me al eerder door Dean voor de gek laten houden. Hij zat net zo dicht bij me als jij nu. Ik heb met hem gepraat. Ik zag geen verschil.'

'Maar we hebben toch zijn lichaam gevonden?'

'Wat bewijst dat?' zei Frieda. 'Dean en Alan waren een eeneiige tweeling. Ze hebben hetzelfde DNA.'

Karlsson fronste. 'Wat heb je er voor bewijs voor?' vroeg hij.

'Het is maar een vermoeden,' zei Frieda. 'Door wat er met Alan is gebeurd. Of met Dean. Ik heb er steeds een ongemakkelijk gevoel over gehad, maar ik kon er geen vat op krijgen.'

'Dat is belachelijk,' zei Karlsson. 'Hij zou toch Alans eigen vrouw niet voor de gek hebben kunnen houden? Hij wist niks van hun leven, hij zou niet hebben geweten wie hun vrienden waren.'

'Hij is maar een paar dagen bij haar geweest. Hij wilde niks doen en niemand spreken. Het was een perfecte manier om ertussenuit te knijpen – voor iedereen zichtbaar. Zo had hij de kans om echt te ontsnappen, zonder dat iemand zich zou realiseren dat hij 'm was gesmeerd.'

'En waar is hij dan?' vroeg Karlsson. 'Volgens jouw theorie?'

'Ik heb geen idee.'

'Er is geen bewijs.'

'Nee, dat is er niet,' zei Frieda. 'En dat zal er ook niet komen.'

'Alleen jouw gevoel.'

'Kijk, daarom moet je me dus niet zomaar een contract geven.

En ik moet het niet zomaar ondertekenen. Ik zit anders in elkaar dan een rechercheur, en ik wil ook geen rechercheur zijn.'

De dienstdoende brigadier kende het type wel. Ze liepen het bureau in alsof het maar toevallig was, omdat het buiten regende of zo. Dan wierpen ze een blik op de balie en keken ze om zich heen naar de aanplakbiljetten aan de muur, die ze soms ook daadwerkelijk begonnen te lezen. Soms kregen ze de zenuwen en gingen ze weer weg. Degenen die dat niet deden, liepen zogenaamd nonchalant het vertrek door, alsof er niets aan de hand was. Deze vrouw was achter in de veertig, dacht ze, iets ouder misschien. Goed maar niet opvallend gekleed, een vrouw met een baan, die de indruk maakte van haar werk op weg naar huis te zijn. Gewone, al wat oude schoenen, maar wel gepoetst. Ze zag er niet uit alsof ze slachtoffer was van een misdrijf. Het duurde even voordat ze bij de balie was en hem aankeek.

'Kan ik u helpen?' vroeg de brigadier.

'Het gaat om mijn buurman,' zei ze. 'Mijn bovenbuurman.'

'Wat is er met hem?'

'Hij is verdwenen.'

De brigadier keek zo meelevend mogelijk en stak van wal met het verhaal dat ze zo ongeveer om de week vertelde: dat het heel gewoon was dat mensen weggingen, en dat er, tenzij daar een speciale aanleiding voor bestond, vrijwel zeker geen reden tot bezorgdheid was.

'Nee,' zei de vrouw. 'Ik heb een sleutel. Als hij weg is, geef ik de kat eten en de planten water. Ik ben gaan kijken. Er lag een grote stapel post op de deurmat, en het eten in de koelkast was beschimmeld. Er lag geen voer in het bakje van de kat. De kat was er niet, godzijdank. Hij kan vrij in en uit lopen over de vensterbank, vanwaar hij over een soort plank naar beneden kan, en dan via het dak van het fietsenhok van de buren de tuin in. Er is iets gebeurd.'

De brigadier zuchtte. 'Gaat het om een volwassen man?' vroeg ze.

'Ja,' zei de vrouw. 'Dit is helemaal niks voor hem. Kunt u iets doen?'

De brigadier liep het vertrek door naar een archiefkast, en nadat ze eerst in één lade had gekeken en toen in een andere, kwam ze terug met een formulier.

'We vullen dit formulier in,' zei ze. 'We zetten de gegevens online, en als zijn naam dan ergens opduikt, verschijnt die op de computer.'

'Gaat u niet naar hem zoeken?'

'Dit is de gebruikelijke procedure,' zei de brigadier. 'Tenzij het een noodgeval is.'

'Volgens mij is dit een noodgeval.'

'Meestal komen ze wel weer boven water,' zei de brigadier. 'Maar laten we beginnen met het formulier. Hoe heet hij?'

'Bob,' zei de vrouw. 'Ik bedoel Robert. Robert Poole.'

17

Frieda besloot vanaf het station in Gloucester te gaan lopen. Sneeuwvlokjes kleefden aan haar haren en smolten op straat. Ze had gedacht dat het niet weer zou gaan sneeuwen, dat de winterse kou uit de lucht was. Misschien was dit het laatste staartje, bij wijze van herinnering aan wat ze achter de rug hadden.

Ze was te vroeg voor de dienst, liep vlug langs alle fotografen en journalisten die bij de ingang samendromden en ging achter in de kerk tegen de muur zitten. Geleidelijk vulden de banken zich met mensen die hun mutsen, handschoenen en dikke jassen uitdeden, rondkeken en in een mengeling van jovialiteit en ingetogenheid hun bekenden toeknikten. Een aantal jongeren met rode konen van de kou arriveerde gelijktijdig; Frieda veronderstelde dat het medestudenten van Kathy waren. Ze pakte de orde van dienst en keek wat er gezongen zou worden. De kerk liep langzaam vol, en de mensen moesten zich in de banken tegen elkaar aan persen of achterin gaan staan. Een ouder echtpaar liep langzaam door het middenpad naar voren, de vrouw ondersteund door de man – Kathy's grootouders, veronderstelde ze. Een man in een lange camel jas liep langs haar, en ze herkende Seth Boundy. Kathy Ripon was bij hem wetenschappelijk medewerker geweest, en hij had haar de dood in gestuurd. Samen met Frieda. Zijn haastige geschuifel leek in niets op de statig schrijdende manier van lopen die ze met hem associeerde, en hij had zijn ogen neergeslagen en zijn kraag opgezet, alsof hij niet gezien wilde worden. Misschien had hij toch opgemerkt dat Frieda naar hem keek, want hij draaide zich om, keek haar even aan, richtte toen zijn blik weer naar omlaag en liep door. En ten slotte was daar Kathy's familie: haar ouders hand in hand, en achter hen twee jonge mannen, die zich, met gekamde haren en gladgeschoren gezichten, in hun onwennige zwarte pak houterig voortbewogen.

De kist werd gedragen door mensen van de begrafenisonderneming, jonge mannen met een beroepsmatig droevige uitdrukking op het gelaat. Frieda stelde zich de opgezwollen stoffelijke resten in de kist voor en vervolgens het prettige, intelligente gezicht van de jonge vrouw. Terwijl de gemeente 'De Heer is mijn herder' zong, bedacht ze, zoals ze de laatste veertien maanden elke dag had gedacht, dat als zij zich er niet mee had bemoeid, Kathy nog zou leven en haar ouders hier niet bleek, oud en met opgetrokken schouders in de kerkbanken zouden hoeven zitten. Dan zou er een kind de dood hebben gevonden, maar Kathy zou nog leven. Een jonge vrouw met een droevig gezicht liep naar voren en speelde een fluitsolo. Een van Kathy's broers las een gedicht voor, maar hij haalde het einde niet. De tranen stroomden hem over de wangen, en zijn gezicht was van verdriet vertrokken. Iedereen keek naar de grond in de hoop dat hij het vol zou houden. De dominee ging staan en hield een korte preek, waarin hij memoreerde dat haar leven op wrede wijze was bekort en dat haar ouders nu eindelijk hun dochter konden begraven. Hij sprak over een genadige God, over de overwinning van het goede over het kwade en van liefde over haat. Frieda sloot haar ogen, maar ze bad niet.

Toen de dienst ten slotte afgelopen was, werd de kist langzaam naar buiten gedragen, de vederlichte sneeuw in, gevolgd door Kathy's familie. Frieda wachtte totdat de meeste aanwezigen naar buiten waren. Ze glipte haar bank uit en liep naar Seth Boundy toe. 'Goed dat je gekomen bent,' zei ze.

'Ze was mijn studente.' Schichtig keek hij haar even aan, waarna hij weer naar de stenen vloer keek.

De sneeuw bleef liggen op de grafstenen en de daken van de

auto's die buiten geparkeerd stonden. De aanwezigen vermengden zich en begroetten elkaar hartelijk. Frieda was niet van plan om nog te blijven en de familie te condoleren. Bij de uitgang passeerde ze rakelings een lange man.

'Hallo, Frieda,' zei Karlsson.

'Je had niet gezegd dat je hiernaartoe zou gaan.'

'Jij ook niet.'

'Ik moest erheen. Dat ze dood is, komt door mij.'

'Dat ze dood is, komt door Dean.'

'Ben je met de trein?'

'Er staat een auto op me te wachten. Wil je een lift?'

Frieda dacht er even over na. 'Ik reis liever alleen terug.'

'Natuurlijk. Maar misschien interesseert het je dat iemand een zekere Robert Poole als vermist heeft opgegeven.'

Frieda keek geschrokken. Karlsson glimlachte, en even kreeg zijn strenge blik iets zachts. 'Wie dan?' vroeg ze.

'Een buurvrouw. Zijn onderbuurvrouw. In Tooting.'

'Wat doe je dan hier?' vroeg ze. 'Waarom ben je niet in Tooting om dat appartement te doorzoeken?'

'Yvette is daar vandaag. Zij kan het wel aan.'

'Natuurlijk.'

'Maar mogen we een beroep op je doen?'

Frieda aarzelde. 'Misschien.'

'Betekent dat ja?'

'Het betekent misschien. Vanwege dit alles' – ze gebaarde naar de ruimte achter haar in de kerk en de begrafenisgasten – 'wil ik niet meer bij dit soort dingen betrokken worden. Nooit meer.'

'Het zal er niet beter op worden,' zei Karlsson. 'Tenzij je ophoudt je er druk om te maken. Ik bel je.'

De terugreis naar Londen duurde twee uur, en Frieda had op tijd terug kunnen zijn voor haar afspraak die middag met Gerald Mayhew, een rijke, bejaarde Amerikaanse bankier, die op een ochtend was getroffen door een onverklaarbaar groot verdriet om zijn al sinds lang overleden ouders. Maar Frieda had al haar afspraken voor die dag afgezegd, en toen ze in Paddington aankwam, nam ze de Bakerloo Line naar Elephant and Castle, waar ze door de sneeuwdrab en de ijzel in de richting van een blok sociale huurwoningen aan New Kent Road liep. Het waren grijze, onaanzienlijke flats met tralies voor de ramen op de begane grond en een boomloze binnenplaats, waar een eenzame, met zijn gewatteerde luiers dik uitziende peuter met een loopneus op zijn driewielertje rondjes reed.

Frieda nam de trap naar de vierde verdieping, waar ze over de galerij liep totdat ze bij een bruine deur met een klopper en een kijkgaatje kwam. Ze klopte aan en wachtte. Er werd een kettinkje opzijgeschoven, en er keek iemand naar buiten.

'Ja? Wie bent u?' Het was niet de stem die ze had verwacht.

'Ik kom voor...' – ze had bijna 'Terry' gezegd, maar verbeterde zichzelf tijdig – 'Joanna Teale. Ze verwacht me niet. Mijn naam is Frieda Klein.'

'De dokter?'

Frieda had als eerste in de gaten gehad dat Dean Reeves vrouw Terry dezelfde was als Joanna Teale, het schoolmeisje dat ruim twintig jaar eerder was ontvoerd. Zij had er ook bij Karlsson op aangedrongen Joanna niet te behandelen als dader, maar als een slachtoffer dat ontvoerd en tientallen jaren lang gehersenspoeld was – al maakte Joanna het anderen soms wel moeilijk haar kant te kiezen. Ze was eigengereid, diep gekrenkt en niet geneigd om haar verontschuldigingen aan te bieden. Ze had haar ouders, die bijna net zo ondersteboven waren toen ze werd teruggevonden als ze bij haar verdwijning waren geweest, behandeld met een soort boze onverschilligheid, en haar oudere zus Rose met minachting. De hereniging was voor alle betrokkenen een schokkende ervaring geweest. Na de eerste weken had Frieda met geen van hen nog contact gezocht. Tot nu dus.

Het kettinkje werd eraf gehaald en de deur ging open. Op de deurmat stond een jonge vrouw met het haar strak naar achteren gekamd in een paardenstaart en overmatig verzorgde wenkbrauwen. Ze droeg een kort rokje en beenwarmers en had een gestreepte katoenen sjaal om, al had Frieda de indruk dat het binnen warm was. Ze stak haar hand uit. 'Ik ben Janine,' zei ze. 'Komt u binnen.'

'Is Joanna er?'

'Ze is daarbinnen met Rick.'

'Rick?'

'Rick Costello. Joanna, je hebt bezoek.'

'Wie is het?' Het was een schorre en enigszins slepende stem – de stem die Frieda had verwacht.

'Je raadt het nooit. Als je het over de duvel hebt... Zal ik uw jas aannemen?'

'Mag ik misschien eerst weten wie u bent?' zei Frieda. 'U weet blijkbaar wel wie ik ben, maar ik ken u beslist niet.'

'Ik werk samen met Joanna.'

'Hoezo werkt u met haar samen?'

'Ik help haar met het vertellen van haar verhaal.'

'Haar verhaal?' zei Frieda voorzichtig. 'Bent u schrijver?'

'Ik? Nee. Ik ben pr-adviseur en ben door haar uitgever ingehuurd om ervoor te zorgen dat ze een zo groot mogelijk publiek bereikt. Het is zo'n vreselijk verhaal, en wat een kracht heeft ze moeten opbrengen om dat alles te overleven. Een tragedie gevolgd door een verlossing. Met een echt monster. Maar dat hoef ik u niet te vertellen.' Janine keek Frieda aan met een veelbetekenende glimlach. 'Ik weet wat uw rol was.'

Frieda trok haar jas uit. Ineens had ze hoofdpijn, alsof er een band om haar schedel zat. 'Dus ze is een boek aan het schrijven?'

'Het is al klaar. We hebben er dagenlang aan gewerkt. Het is een voorrecht dat ik ben uitgekozen om haar te helpen. Maar u bent therapeut, dus u weet natuurlijk precies hoe je mensen kracht kunt geven, hè? Hier is ze, deze kant op.'

Janine ging Frieda voor naar een kleine kamer, nauwelijks ruim genoeg voor de grote leren bank en de diepe, brede fauteuil die er stonden. Het zag er blauw van de rook, en daar waar de rookwolk het dikst was, zat Joanna op de bank met opgetrokken benen en haar blote voeten onder zich. De laatste keer dat Frieda haar had gezien, was haar donkere haar geblondeerd geweest, nu was het glanzend kastanjebruin. Ze had nog wel dezelfde ingezakte houding en hetzelfde dikke hoofd. Haar gezicht was bleek en zwaar opgemaakt. Aan haar onderlip bungelde een sigaret, en naast haar op het tafeltje stond een overvolle asbak. Ze had haar grote lijf in een te krappe spijkerbroek en een truitje met luipaardprint geperst. Onder het truitje waren haar witte vetkwabben te zien, en Frieda ving ook een glimp op van een oosterse tatoeage. In de fauteuil zat een jongeman met een roze babyface en vlekken op zijn voorhoofd. Hij keek Frieda achterdochtig aan. Zijn broekspijpen waren omhooggekropen, waardoor zijn gele sokken en glimmend witte schenen zichtbaar waren.

'Hallo, Joanna,' zei Frieda.

'Je had niet gezegd dat je zou komen.'

'Nee.'

'Wat kom je doen, na al die tijd?'

'Ik wilde weten hoe het met je gaat.'

Joanna zoog aan haar sigaret. 'Het is niet gewoon toeval?'

'Hoe bedoel je?'

'Dat je nu komt, net nu ik precies uit de doeken doe hoe het gegaan is.'

'Ik wist hier niks van.'

'Dit is Rick,' zei Joanna zelfvoldaan, met een knikje naar de jongeman, waarbij de askegel van haar sigaret viel.

Frieda knikte naar Rick, die haar een slap roze handje gaf.

'Hij is mijn redacteur.'

'Van je boek?' Hij zag er niet uit als een redacteur, vond Frieda.

'Hij is van de *Sketch*.'

'Ik dacht dat je een boek aan het schrijven was.'

'Het wordt een verhaal in afleveringen,' zei Rick.

'Ik snap het.'

Janine bewoog haar hoofd, waardoor haar paardenstaart heen en weer zwaaide, en zei: 'Wilt u koffie?'

'Nee, dank je.'

'Dus je wist het niet?' vroeg Joanna nogmaals. 'Je bent niet hiernaartoe gestuurd om te spioneren?'

'Hoezo, spioneren?'

'Om mij te bespioneren, dit alles door te brieven.'

'Daar is het al te laat voor,' zei Rick. 'We zijn zo'n beetje klaar. En op dit moment wordt het ook juridisch dichtgetimmerd.'

Frieda ging op de bank zitten, keek naar Joanna en probeerde de twee anderen te negeren. 'Je hebt een boek geschreven?'

'Dat klopt.'

'Over wat er gebeurd is?'

'Shit, waar zou ik anders een boek over schrijven?' Ze drukte haar sigaret uit en stak een nieuwe op. 'Wat vind je ervan?'

'Dat hangt ervan af wat je gezegd hebt en waarom je het hebt gedaan.'

'Het is míjn verhaal,' zei Joanna. 'Over alles wat ik heb meegemaakt in mijn leven. Ontvoerd, verborgen, misbruikt, geslagen, verkracht, gehersenspoeld.' Ze ging steeds harder praten. 'Niemand is mij komen redden. Ik heb niks achtergehouden, en ik ga niks uit de weg. Ik heb voor Matthew gezorgd, weet je. Ik heb hem gered. Ik had een verborgen bron van kracht in me. Hoe zou ik anders alles hebben kunnen overleven? Een bron van kracht,' herhaalde ze. En toen: 'Je wilt weten waaróm ik het heb geschreven? Om anderen hoop te geven. Dáárom.'

'Ik snap het.'

'Ik heb het geld ook nodig. Ik heb geen schadevergoeding gekregen. Geen cent, na alles wat ik heb meegemaakt. Ik heb in een hel geleefd,' zei ze. 'Met een monster, tweeëntwintig jaar lang. Die jaren krijg je nooit meer terug.'

'Heb je je familie gesproken, Joanna? Hebben zij dit boek gelezen?'

'Zij snappen het niet. Rose komt hier weleens, maar die zit me alleen maar aan te kijken met die grote ogen van haar. Ze wil dat ik met iemand ga praten over wat er is gebeurd. Iemand als jij, bedoel ik.' Ze nam nog een trek van haar sigaret en inhaleerde diep. 'Maar het is veel beter om met mensen als Janine of Rick te praten. In elk geval heeft zij niet voor me gezorgd, terwijl ze op de dag dat ik werd meegenomen op me had moeten passen.'

Frieda dacht aan de verslagen uitdrukking op het gezicht van Rose Teale en aan haar niet-aflatende schuldgevoel – een goed mens, dat bijna evenzeer een slachtoffer was van Dean als haar jongere zus. 'Ze was negen jaar, Joanna.'

'Mijn grote zus. Ze hebben me allemaal in de steek gelaten. En daar kunnen ze niet mee omgaan.' Joanna drukte haar sigaret uit in het hoopje peuken in de asbak. 'Maar ik vergeef het hun.'

'Je vergeeft het hun?'

'Ja.'

Frieda dwong zichzelf om na te denken over de reden waarom ze hier was. 'Toen Dean stierf,' zei ze, 'was je toen verbaasd dat hij zelfmoord had gepleegd?'

Joanna's blik schoot heen en weer tussen Janine en Frieda. 'Daarmee liet hij zien dat hij van me hield, dat hij besefte dat hij mij had misbruikt. Het was een laatste restje menselijk fatsoen bij hem, dat was het.' Het waren frasen uit het boek die op Frieda afgevuurd werden, over kracht, het kwaad, goedheid, overleven, slachtofferschap.

Frieda vermande zich. 'Dus je hebt nooit gedacht dat het helemaal niet bij hem paste?'

Joanna keek haar aan. Eindelijk had ze geen tekst meer. Ze haalde haar schouders op. 'Hij kon niet meer.'

'Heb je Alan nog weleens gezien?' vroeg Frieda.

'Wie is dat?'

'Deans broer, zijn tweelingbroer.'

'Waarom zou ik die gezien moeten hebben?'

'Je hebt hem dus niet gezien, zelfs niet één keer.'

'Nee.'

'En June, Deans moeder?'

Joanna trok een gezicht. 'Die is aan het dementeren. Ze zou me niet eens herkennen als ik haar zou opzoeken, wat ik toch al niet van plan was.' Ze zweeg even, en leek toen haar tekst weer te hebben teruggevonden. 'Er is een vloek, die van de ene generatie overgaat op de volgende,' zei ze. 'Ik kom op tv, weet je. Dat zegt Rick. Hij zal ervoor zorgen. En volgende week sta ik in de krant.'

'Een belangrijk verhaal, in afleveringen,' zei Janine. 'Over vier dagen. U zou het ook moeten lezen. *Een onschuldige in de hel.* Er staan dingen in die een mens niet voor mogelijk zou houden.'

'Toch wel, denk ik.'

'Maar ik wil jou nooit meer zien,' zei Joanna. 'De manier waarop je naar me kijkt bevalt me niet.'

18

Voor Yvette was het voornamelijk een kwestie van bureaucratie en logistiek, zoals een groot deel van haar werk. 's Ochtends kreeg ze schriftelijk bericht dat, aangezien in appartement nr. 2 in het huis aan Waverley Street 14 een strafbaar feit was gepleegd, een huiszoeking kon plaatsvinden zonder een bevel daartoe. Ze nam contact op met het politiebureau in Balham, waar de aangifte was gedaan. Ze kreeg het telefoonnummer van de vrouw die de vermissing van Poole had gemeld. Ze belde Janet Ferris, die begon te huilen toen Yvette haar vertelde dat er een lijk was gevonden. Van haar kreeg Yvette het nummer van de huisbaas, ene Michnik. Ze sprak met Janet Ferris af dat ze bij haar langs zou komen, en vervolgens belde ze Michnik en maakte ook met hem een afspraak. Nadat ze de technische recherche had ingeschakeld, ging haar telefoon. Ze nam op. Een vrouwenstem meldde dat ze commissaris Crawford voor haar aan de lijn had. Yvette haalde diep adem.

'Spreek ik met mevrouw Long van de recherche?'

'Ja, meneer.'

'Waar is Karlsson?'

'Hij is in Gloucester. Naar een begrafenis.'

'Familie?'

'Nee,' zei Yvette. 'Het is de begrafenis van Katherine Ripon.' Er viel een stilte. 'De vrouw die door Reeve te pakken was genomen.'

'O, zij.'

'De vrouw die we niet hebben kunnen vinden,' zei Yvette.

Er viel weer een stilte. Ze keek uit het raam en wachtte.

'Juist, ja,' zei hij ten slotte. 'En wat is er gebeurd met de aanklacht wegens moord? Tegen die krankzinnige in Deptford.'

'We hebben het dossier teruggekregen, meneer. Van het OM.'

'Ik dacht dat de zaak rond was,' zei hij, en zijn stem klonk onheilspellend laag. 'Dat had ik toch duidelijk gemaakt?'

'Er is nieuw bewijsmateriaal. De zaak bleek ingewikkelder te zijn.'

'O ja?'

'We weten wie hij was.'

Crawford zuchtte. Ze hoorde dat hij met een pen op tafel tikte en zag zijn grimmige gezicht voor zich. 'Wilt u de bijzonderheden horen, meneer?' vroeg Yvette.

'Is er iets wat ik moet weten? Wat de procedure betreft, bijvoorbeeld?'

'Nee, meneer.'

'Nou, doe dan wat er gedaan moet worden.'

Voordat ze de kans had gekregen om te antwoorden, werd de verbinding al verbroken. Ze hield er het gevoel aan over dat ze iets verkeerds had gedaan, maar wist niet precies wat.

De auto die haar naar de afspraak zou brengen was te laat, en vervolgens kwamen ze vast te zitten in het verkeer op Balham High Street. Toen ze eindelijk bij het huis kwamen, zag ze dat de technische recherche er al was. Het was een gewoon grindstenen huis in een woonbuurt. Voor de deur stond een man in een anorak.

'Meneer Michnik?' vroeg ze.

'Ik ben eigenaar van huis.' Hij had een accent dat ze niet precies kon plaatsen. Iets Oost-Europees. 'Ik heb mensen al binnengelaten.' Yvette keek naar boven. Ze zag dat een raam op de eerste verdieping werd verlicht door de lampen die ze binnen hadden opgesteld. 'Is hij dood?'

'We hebben een lijk gevonden,' zei ze. 'Volgens ons zou het van meneer Poole kunnen zijn. Kende u hem?'

'Hij huurt van mij. Ik spreek hem weleens.'

Ze pakte haar opschrijfboekje. 'Op een gegeven moment zullen we u om een officiële getuigenverklaring vragen,' zei ze. 'Maar nu wil ik alvast van u weten wanneer u hem voor het laatst hebt gezien.'

'Is twee maanden,' zei Michnik. 'Misschien drie. Ik weet niet. Ik heb hem maar paar keer gesproken. Hij betaalt huur regelmatig. Hij is niet moeilijk, dus ik zie hem niet.'

'Wanneer is hij hier komen wonen?'

'Ik controleer dat toen u belde. Hij kom hier in mei vorig jaar. Begin mei.'

'Weet u wat voor werk hij deed?'

Michnik dacht even na. 'Zakenman, misschien. Hij draagt pak.'

'Wat voor iemand was hij?'

'Hij betaalt borgsom, hij betaalt huur. Hij is niet moeilijk. Hij is beleefd. Hij is goed.'

'Hoeveel mensen wonen er in dit huis?'

'Zijn drie appartementen.'

'Ik heb Janet Ferris gesproken.'

'Ja, zij is op begane grond, en op bovenste verdieping is Duitser. Hij is student, maar is goede student. Hij is oudere student.'

'Zijn de appartementen gemeubileerd?'

'Begane grond niet, mevrouw Ferris niet. Maar andere wel. Stoelen en tafels en schilderijen zijn allemaal van mij.' Hij leek iets te bedenken. 'Wat gebeurt er met appartement?'

'We gaan het verzegelen,' zei Yvette. 'Voorlopig gaan we ervan uit dat er een strafbaar feit is gepleegd. U mag er niet naar binnen, en ik moet u waarschuwen dat het een misdrijf is om er spullen weg te halen of te verplaatsen.'

'Voor hoe lang is dat?'

'Dat zal niet erg lang zijn. Is Janet Ferris thuis?'

Michnik fronste zijn wenkbrauwen. 'Ik zal u binnenlaten.'

Janet Ferris reageerde zo snel nadat ze aangeklopt had dat Yvette vermoedde dat ze achter de deur had staan wachten. Ze was een vrouw van middelbare leeftijd met rood, enigszins grijzend haar en een mager, angstig gezicht. 'Is het echt waar?' zei ze. 'Is hij dood?'

'Dat moet nog bevestigd worden,' zei Yvette. 'Maar we denken van wel.'

'O god.' Ze drukte haar ringloze linkerhand tegen haar borst. 'Wat vreselijk.'

'Wanneer hebt u hem voor het laatst gezien?'

'Dat moet op 20, 21 januari geweest zijn. Dat weet ik nog omdat ik hem tegenkwam toen we allebei naar buiten gingen en ik tegen hem zei dat ik een kaart naar mijn nichtje op de post ging doen, voor haar verjaardag, en die is op de vierentwintigste.'

'Leek hij zich ergens zorgen over te maken?'

'Nee, hij was net als anders. Vriendelijk en behulpzaam, zoals altijd.' Haar stem haperde even. 'Ik ben met vakantie geweest. Ik was bij mijn zus en haar gezin in Frankrijk. Ik ga altijd in deze tijd van het jaar. Hij zou bij mij de boel verzorgen terwijl ik weg was, planten water geven, de post verzamelen, dat soort dingen. Zo hadden we dat afgesproken: hij deed dat bij mij, en ik bij hem. Ik heb zijn kat altijd eten gegeven. Toen ik terugkwam, zag ik meteen dat hij helemaal niet binnen was geweest. Er lag een grote stapel post, en toen ik binnenkwam, zag ik dat al mijn planten dood waren. Het was niks voor hem om het te vergeten. Hij was heel attent. En toen zag ik dat er boven post voor hem lag.' Ze wees naar een stapeltje in de hoek. Yvette knielde neer en keek het stapeltje door. Het was allemaal reclamedrukwerk.

'Ik heb bij hem aangeklopt,' vervolgde Janet Ferris. 'Maar hij reageerde natuurlijk niet. Ik heb de sleutel gepakt en ben naar binnen gegaan, en toen begreep ik meteen dat er iets mis was. Daarom ben ik direct naar de politie gegaan.'

'Kreeg hij weleens bezoek?' vroeg ze.

'Niet dat ik weet,' zei Janet Ferris. 'Maar hij was vaak weg voor zijn werk, en ik werk overdag. Soms was hij er een tijdje niet.'

'Ging u goed met elkaar om?'

'Hij is een paar keer op de koffie geweest. We praatten met elkaar.'

'Zei hij weleens iets over zichzelf?'

‘Zo was hij niet,’ zei Janet Ferris. ‘Hij was wel geïnteresseerd in míjn leven en míjn werk, en hij wilde weten waar ik vandaan kwam en waarom ik naar Londen was verhuisd. Maar over zichzelf vertelde hij nooit iets.’

Yvette maakte een afspraak met Janet Ferris om haar een volledige verklaring te laten afleggen en liep de trap op. Bij de deur stond Martin Carlisle van de technische recherche. Hij had slordig, donker krullend haar en zag er slungelig uit, alsof hij meer op zijn plaats zou zijn geweest bij het scheikundepracticum op een middelbare school.

‘Niks te vinden hier,’ zei hij. ‘Geen vlekken, geen sporen van een worsteling. En het lijkt eerder een pied-à-terre dan een echte woning, als je begrijpt wat ik bedoel. Te netjes. We hebben een tandenborstel en een haarborstel voor de DNA-tests.’

Yvette trok plastic handschoenen aan en deed hoesjes over haar schoenen.

‘Ik ben nog niet klaar, hoor,’ zei Carlisle. Hij reikte haar een opschrijfboekje aan. ‘Ik heb er even in gekeken. Er staan een paar namen in. Maar we hebben iets wat nog mooier is.’ Hij hield een stapeltje papieren op. ‘We hebben zijn bankafschriften gevonden. Wat denk je dat hij op zijn bankrekening had staan?’

‘Ik ga niet raden,’ zei Yvette.

‘Wat je ook zegt, je gokt toch te laag,’ zei Carlisle. ‘Hij was rijk, die meneer Poole.’

Yvette ging naar binnen. Ze liep behoedzaam; ze had het idee dat haar voeten te groot waren voor de hoesjes, en haar handen voelden zweterig aan in de handschoenen. Ze dacht eraan terug dat haar moeder – een tenger, flirterig vrouwtje – altijd tegen haar had gezegd dat ze onhandig was. ‘Kijk nou eens naar jezelf,’ zei ze altijd. Maar Yvette wilde niet naar zichzelf kijken. Wat ze in de spiegel zag, beviel haar nooit: een schonkig, donkerharig meisje, dat alleen maar opviel doordat ze dingen uit haar handen liet vallen of ongevraagd en voor haar beurt sprak, wat vaak gebeurde. En nog steeds overkwam het haar nogal eens dat ze iets zei waarvan ze van tevoren niet had geweten dat ze het zou zeggen, vooral bij Karlsson.

Carlisle had gelijk: het appartement van Robert Poole was te netjes, heel wat anders dan de puinhoop in haar eigen huis. Het was er niet huiselijk. Ze bleef in de deuropening staan, keek om zich heen en probeerde te doen wat Karlsson altijd deed wanneer hij een locatie in zich opnam waar een misdaad was gepleegd. Hij bleef dan doodstil staan en liet zijn blik geconcentreerd van het ene voorwerp naar het andere gaan, alsof hij een camera was. Geen conclusies trekken, zei hij. Alleen maar kijken. Ze zag een bank, een stoel, een tafel, schilderijen, een plank met een paar op formaat gerangschikte boeken, een vloerkleed. Het leek net een hotelkamer.

In de keuken was het net zo: een stel identieke bekers aan een haakje, daarnaast een steelpan, een melkpannetje en een waterkoker. Ze trok de deur van de koelkast open en zag daar een half pakje boter, een stuk cheddar in plasticfolie, twee enigszins groen uitgeslagen kippenpootjes, een plastic fles tomatenketchup en een potje halvanaise. Dat was alles.

Nadat ze had rondgelopen in zijn slaapkamer, trok ze alle laden en kasten open en keek ze onder het bed. Vervolgens liet ze haar blik rondgaan in de schone, kale badkamer (scheermes, scheerschuim, deodorant, aloëverazeep, paracetamol, blaarpleisters, nagelknipper), waarna ze terugliep naar de huiskamer en ging zitten.

Om te beginnen dacht ze na over de dingen die er niet waren: geen paspoort, geen portemonnee, geen sleutels, geen telefoon, geen rijbewijs, geen geboorteakte, geen diploma's, geen burgerservicenummer, geen foto's, geen brieven, geen computer, geen adresboekje, geen condooms, geen lade met van alles en nog wat – het soort rommel dat iedereen in de loop der jaren verzamelt.

Ze sloeg het opschrijfboekje open dat Carlisle haar had gegeven. Robert Poole had een keurig, aangenaam handschrift gehad, dat gemakkelijk te lezen was. Ze bladerde het door. Er stonden lijstjes in, misschien boodschappenlijstjes, al waren ze gedetailleerder dan boodschappenlijstjes die ze zelf maakte. Er was er bijvoorbeeld een van plantennamen – al kende ze er maar enkele van. Een ander lijstje leek boektitels te bevatten, of misschien waren het films.

En verder stonden er namen van mensen in, afgewisseld met tekeningetjes en uitroepen, soms met een sterretje erbij. Bij enkele stond een adres of een deel van een adres – dat kon van pas komen. Ze bladerde het opschrijfboekje tot het einde toe door. Er stonden een paar optellingen in, en op één bladzijde iets wat eruitzag als de plattegrond van een huis. Er stonden ook grote getallen in, die telefoonnummers zouden kunnen zijn, zonder netnummer.

Toen keek ze in de bruine envelop die Carlisle haar had gegeven en haalde het stapeltje bankafschriften eruit. Ze bekeek het bovenste, dat het meest recente bleek te zijn, gedateerd op 15 januari. Ze keek naar het bedrag, knipperde met haar ogen, stopte de bankafschriften voorzichtig weer in de envelop en stond op. Het beloofde een lange dag te worden.

19

Na de begrafenis en haar onrustig stemmende bezoek aan Joanna was de deur uit gaan die avond wel het laatste waar Frieda zin in had. Ze had tijd voor zichzelf nodig, in de beschutting van haar eigen huis, waar ze de jaloezieën naar beneden kon trekken, de haard kon aansteken en de wereld kon buitensluiten. Toch ging ze na de bijles scheikunde aan een slechtgehumeurde Chloë niet naar huis. Ze was uitgenodigd voor een etentje – of liever gezegd, ze had bevel gekregen daarbij aanwezig te zijn. En het was geen kwestie van gewoon blijven eten: het was een etentje om kennis te maken met Olivia's nieuwe vriend Kieran. Chloë zei dat haar moeder hem op eBay had opgeduikeld. En een paar dagen geleden had Olivia Frieda gevraagd om ook iemand mee te nemen, en toen had Frieda aan Sasha gevraagd of ze die avond iets te doen had.

'Geen vróúw! Mijn god, Frieda, op welke planeet leef jij? Ik bedoelde: vraag ook een man, anders komt het misschien een beetje vreemd over.'

'Hoezo, vreemd?'

'Ik weet niet. Te opgelegd… zoiets van: dit is nou mijn familie.'

'Je ex-schoonzuster.'

'Maakt niet uit. Je weet wel wat ik bedoel. Iemand meenemen is wel zo relaxed. Twee stelletjes.'

'Ik ben geen stelletje.'

'Je weet best wat ik bedoel.'

'En is Chloë er dan niet bij?'

'O god – waarschijnlijk wel. Die zal hem wel de hele avond gaan zitten aanstaren. Je weet hoe ze mensen kan aanstaren. Ik heb nog nooit iemand zo zien kijken. Typisch een manier van kijken van de Kleins – dat heeft ze van haar vader. Ik hoop dat ze de deur uit gaat.'

Uiteindelijk had Frieda met tegenzin Reuben meegevraagd. Hij had op zijn beurt gevraagd of hij Paz mee mocht nemen, omdat het net uit was met haar vriend en ze een beetje opgevrolijkt moest worden. En dan moesten ze toch ook Josef vragen, nietwaar? Josef was er op het moment zodanig aan toe dat ze hem niet alleen konden laten. Reuben maakte zich zorgen over hem: hij zong onder de douche droevige liedjes en had een hangsnor laten staan, maar hij wilde nog steeds niet zeggen wat er was gebeurd. En nu er blijkbaar drie mensen extra zouden komen, had Olivia gemeend dat het geen zin meer had om tegen Sasha te zeggen dat ze niet welkom was – ze moesten haar alleen een beetje uit de buurt van Kieran houden. Het simpele etentje was zodoende uitgegroeid tot een banket met overgare zalmfilet in bladerdeeg gerold, en een meringuetoetje dat aan je tanden kleefde. Reuben verscheen gekleed in zijn lievelingsvest, dat glinsterde als een met juwelen afgezet borstkuras. Hij dronk de hele avond water (afgezien van de slokjes uit de glazen van anderen) en glom van trots om zijn hervonden deugdzaamheid. Josef was met hem meegekomen en droeg een vreemde jas, die eruitzag alsof hij gemaakt was van een aardappelzak. Hij had een grote bos al enigszins verwelkte bloemen bij zich, waarvan Frieda het sterke vermoeden had dat die afkomstig was uit de tuin van degene wier boiler hij aan het repareren was. Sasha, die, sober gekleed en zonder make-up op haar mooie gezicht, rechtstreeks van haar werk kwam, kreeg een plaatsje aan de andere kant van de kamer toegewezen, in het halfdonker waar ze geen kwaad kon. Olivia droeg een rode jurk en gouden oorhangers. Ze had kohl rond haar ogen, en haar lippen waren vuurrood. Ze liep op haar hoge hakken rond als een kraanvogel en lachte op de verkeerde momenten. En uiteindelijk had Chloë ook nog eens besloten om niet uit te gaan en haar gothic vriendje Sammy ook uit te nodigen, die met zijn voor de helft kaalgeschoren hoofd niet aangestaard mocht worden.

Chloë had tegen Frieda gezegd dat Olivia's nieuwe vriend Kieran een engerd was en sprak hoofdschuddend over hem. Kieran bleek echter een verlegen man met een doorgroefd gelaat te zijn, met een wat voorovergebogen houding om zijn lengte te verbergen; hij bloosde gauw en leek zowel verbijsterd als verrukt te zijn door de overvloedige aandacht die Olivia hem schonk. Ze stak met haar lange gelakte nagels olijven in zijn mond, ze woelde door zijn haar en zei 'schatje' tegen hem. Hij gaapte haar innig dankbaar aan, wat iedereen aandoenlijk vond, behalve Chloë, die het onsmakelijk vond. Het viel Frieda op dat Kieran doodsbang was voor Chloë, en even had ze medelijden met hem. Je kon Chloë beter niet tegen je hebben, want ze was niet geneigd zich in te houden en zag er geen been in om in het openbaar een scène te schoppen.

'Wat voor werk doe je, Kieran?' vroeg Frieda, en Chloë snoof honend.

'Raad maar,' zei ze. 'Probeer dat maar eens te raden.'

'Ik heb liever dat hij het gewoon zegt.'

'Je mag twintig vragen stellen.'

'Ik werk bij een begrafenisonderneming.'

'Nou!'

'Een mooie baan,' zei Frieda. 'En belangrijk werk.'

Kieran glimlachte en keek haar onderzoekend aan om te zien of ze het niet ironisch bedoelde. 'Ik werk op kantoor,' zei hij. 'Op de boekhouding.'

'Hij hoeft geen kisten te dragen,' zei Olivia, 'en zogenaamd droevig te kijken.'

De avond verliep moeizaam. Olivia raakte aangeschoten, trok haar schoenen uit, maakte haar haar los en vlijde haar rood aangelopen hoofd tegen Kierans hoekige schouder. Reuben, die in zijn verstrooidheid Sasha's wijnglas had gepakt, vertelde Chloë en Sasha een lang verhaal over sneeuwganzen. Het klonk als een parabel, maar het verhaal eindigde niet met een moraal: de sneeuwganzen verdwenen aan het eind van de winter gewoon. Josef leerde Sammy en Paz een drinklied, waarin op hout gestookte alcohol en de twijfelachtige genoegens van het platteland een rol speelden. Frieda stapelde borden op, vulde glazen en voorzag iedereen van koffie. Ze hoorde vertellen over de twee zoons van Kieran, die nu volwassen waren en van wie er een in het leger zat, terwijl de ander in Australië woonde, en over Sammy's oudere broer, die zich bij een bende had aangesloten en nu rondliep met een mes dat hij in zijn laars verstopte. Ze dacht aan Kathy Ripon, die voor de tweede keer onder de grond was gestopt, maar deze keer met liefde, en aan Joanna, die de wereld haar verhaal vertelde, maar een versie waarin alle ellende afgezwakt en onschadelijk werd weergegeven. Ze keek naar het blije en met uitgelopen make-up besmeurde gezicht van Olivia en bedacht dat er slechtere manieren waren om een man te vinden dan op internet.

Die avond kocht Karlsson op weg naar huis een pakje van tien stuks Silk Cut en een doosje lucifers. Hij had vroeger Marlboro gerookt, twintig per dag, of meer als hij zijn dag niet had, maar toen zijn vrouw zwanger raakte, was hij gestopt, en sindsdien had hij niet meer gerookt. Zelfs toen ze bij hem was weggegaan en met de kinderen naar Brighton was vertrokken, had hij de verleiding weerstaan. Hij wilde niet dat Mikey en Bella thuis zouden komen in een appartement waar een rooklucht hing.

Nu liep hij meteen door naar het tuintje achter zijn benedenwoning, pakte een sigaret, streek een lucifer af en vouwde zijn handen eromheen. Bij de eerste trek werd hij duizelig en een beetje misselijk. Het puntje van de sigaret gloeide op in het donker en zwakte toen weer af. In de tuin van de buren riep een vrouw haar kat en sloeg daarbij met een vork tegen een kom. 'Hier, Mop, Mop, Mop, kom dan, Mop, Mop, Mop.' Zonder ophouden. Hem zag ze niet, ineengedoken in zijn jas aan de andere kant van het hek. Het sneeuwde hier niet, zoals in Gloucester, maar de lucht was vreemd roerloos, alsof het wel elk moment kon beginnen.

Hij rookte twee sigaretten achter elkaar en ging toen weer naar binnen. Hij poetste zijn tanden, alsof ze het via de telefoon zou kunnen ruiken en zijn zwakte tegen hem zou gebruiken. Toen belde hij.

'Met mij, Mal.'

'Ja?'

'Ik heb nagedacht over wat je zei.'

'Over Madrid?'

'Ja.'

'En?'

'Ik kan Mike en Bella natuurlijk niet tegenhouden, jullie allemaal niet. Als je het echt wilt en je denkt dat dit het beste voor hen is...'

'O Mal, als je eens wist hoe...'

'Maar ik wil ze vaker zien in de tijd voordat jullie weggaan. Half april, zei je?'

'Ja, en natuurlijk mag je ze zo vaak zien als je wilt.'

'Ook als ze weg zijn, wil ik ze regelmatig zien. We moeten iets bedenken. Een regeling, volgens een vast patroon.'

Nog terwijl hij het zei, voelde hij hoe hopeloos het was. Ze zouden opgaan in hun nieuwe leven, en hij zou algauw niet meer zijn dan een herinnering, een figuur uit het verleden, steeds verder van hen verwijderd. De eenzaamheid overspoelde hem als een golf die hem bijna de adem benam.

'Ik vind het heel goed van je.'

'Oké.'

'Ik weet dat het je niet makkelijk valt.'

'Nee.'

'Maar je zult er geen spijt van hebben.'

Nadat hij de telefoon weer in het hoesje had gestopt, schonk hij een fors glas whisky in. Het was een drank die hij met Frieda associeerde. Hij stelde zich haar observerende blik voor en de manier waarop ze haar kin omhoogstak, alsof ze strijd verwachtte. Hij hield het glas tegen zijn voorhoofd en sloot zijn ogen. Als hij een man was geweest die weleens huilde, zou hij nu hebben gehuild.

Hij zou gauw komen. Hij had gezegd dat hij zou komen, en ze moest hem geloven. Tenzij er iets was gebeurd. Maar nee, hij zou komen. Ze zou hem hun afgesproken code op het luik horen trommelen, en zij zou het luik optillen en toekijken hoe hij zich in stilte naar beneden slingerde, de boot in. Hij zou haar bij de schouders pakken en haar in de ogen kijken, en zij zou het niet eens hoeven vertellen – hij zou al weten dat het goed met haar ging, dat ze vertrouwen was blijven houden, dat ze geen enkele keer had getwijfeld. Hij zou tegen haar zeggen dat ze zijn soldaat was, zijn getrouwe. Ze zou hem niet teleurstellen.

De basisvoorraad begon op te raken. Water niet, wat het belangrijkste was, want er was een waterkraan verderop aan het pad bij de roeivereniging, waar ze 's avonds als het donker was met twee plastic jerrycans naartoe kon gaan. Ze had ook een emmer, die ze met rivierwater vulde als ze het dek wilde schrobben of het toilet doorspoelen. Maar het eten was bijna op, en de kaarsen, de thee, de zeep. Ze had geen deodorant meer, wat ze vervelend vond, en haar scheermes was bot geworden. Ze moet een lijstje maken om aan hem mee te geven als hij kwam. Geen dure dingen: lucifers, afwasmiddel, nog wat melkpoeder, tandpasta, pleisters, omdat ze wonden aan haar benen had die steeds opengingen. En misschien ook wat vruchtensap.

Vlierbessensap. Ze had steeds zo'n dorst, ze had een droge keel en een vieze smaak in haar mond, die ze maar niet weg kreeg. Met alleen maar water kon je je dorst niet echt lessen. Haar gedachten dwaalden onwillekeurig af en ze zag zichzelf in het gras zitten, met blote voeten en de zon in haar nek, met voor zich een hoog glas met vers geperst sinaasappelsap.

Omdat het gas bijna op was, besloot ze alle aardappelen die er nog over waren te koken. Die kon ze dan de komende dagen koud eten. Er waren nog blikjes tonijn en sardines die ze erbij kon doen, en ze had nog bouillonblokjes. Soms was een hele maaltijd niet meer dan wat kokend water op een bouillonblokje. Ze zette de aardappelen in de gootsteen, waar aan de ene kant een scheur in zat, zodat het water er niet in bleef staan en zocht het mes. Het waren grote, knobbelige en gerimpelde aardappelen, en sommige begonnen al uit te lopen. Toen ze jonger was, had ze niet van aardappelen gehouden, maar hij had haar geleerd dat je niet zo kieskeurig moest zijn. Het was als in een oorlog, als je in de loopgraven vocht of je schuilhield achter de vijandelijke linies. Je moest steeds voor ogen houden waar je mee bezig was, wat je doel was, je heilige plicht. Hij had haar stevig vastgehouden toen hij dat zei, met een schittering in zijn ogen.

Ze schilde de aardappelen langzaam en heel precies en sneed ze toen in kleine stukjes, zodat ze sneller gaar zouden zijn en ze minder gas verbruikte. Ze legde ze in de pan en deed er zout bij. Ze moest zout op het lijstje zetten. Er was nog maar weinig over. Alles was bijna op. Ze zag voor zich hoe zout door een zandloper stroomt, hoe het naar het einde toe steeds sneller lijkt te gaan. Zo voelde het nu. Er dansten lichtjes achter haar ogen, haar hart klopte alsof er op een trommel werd geslagen; soms wist ze niet eens of het ín haar klopte of buiten haar, als donderslagen in de verte, steeds dichterbij. De tijd begon te dringen.

20

Hoewel ze laat naar bed was gegaan, stond Frieda die ochtend vroeg op. Ze stofzuigde het huis, schrobde de keukenvloer, legde in de huiskamer hout in de open haard voor als ze weer thuis zou komen, nam een douche en ging kort na negen uur de deur uit. Ze was twee keer eerder naar verzorgingstehuis River View gegaan, maar beide keren per auto. Deze keer nam ze de lightrail en stapte uit op station Gallions Reach, vanwaar ze langs rijen flats, bedrijfsgebouwen en een armoedig uitziend winkelcentrum liep totdat ze bij het verzorgingstehuis met het traliewerk voor de ramen kwam, ver van de rivier. Ze duwde de voordeur open, liep langs de rollators en rolstoelen, die niet verplaatst leken te zijn sinds de laatste keer dat ze er was, en vervoegde zich bij de balie, waarachter een jonge vrouw in uniform in een tijdschrift zat te bladeren.

'Is Daisy er?' vroeg Frieda, terugdenkend aan de vrouw die de vorige keer met haar mee was gelopen.

'Is weg.'

'Zou ik June Reeve kunnen bezoeken?'

'Waarom?'

'Ik ben arts,' zei Frieda. 'Ik ben vorig jaar bij haar geweest, en ik zou haar nu graag weer willen spreken.'

De jonge vrouw keek op, en Frieda zag een sprankje belangstelling, waardoor haar gezicht even tot leven leek te komen. Maar ze schudde haar hoofd. 'Ze ligt aan de beademing.'

'Wat mankeert haar?'

'Longontsteking.'

'Wordt ze wel weer beter?'

'Dat moet u mij niet vragen,' zei de jonge vrouw.

'Kan ik met iemand over haar spreken? De directeur misschien?'

'Mevrouw Lowe loopt hier ergens rond,' zei de jonge vrouw. 'U zou met haar kunnen praten.'

Mevrouw Lowe was een jaar of vijftig en had een heldere, hoge stem, een vrolijk gezicht en een kwieke, veerkrachtige tred. Alles aan haar leek gericht te zijn op het bemoedigen van de medemens. Frieda vond het een hele opgave om dicht bij haar te staan of zelfs maar naar haar te kijken. Maar ja, hoe kon je in zo'n omgeving ook anders elke dag je werk doen?

'Wilt u even om het hoekje kijken?' vroeg ze. 'Die arme schat. Komt u maar mee.' Gemoedelijk gaf ze Frieda een arm. 'Het is hier even verderop.'

Ze liep met haar door de gang die Frieda zich zo goed herinnerde, langs een oude man met een afzakkende pyjamabroek, en stopte bij haar deur.

'Ze is de oude niet meer,' zei mevrouw Lowe, en ze deed de deur open die toegang gaf tot een kaal kamertje met nog altijd de tralies voor de ramen, dezelfde foto van de Brug der Zuchten aan de muur, dezelfde boekenkast met daarin alleen een in leer gebonden Bijbel en dezelfde vaas zonder bloemen erin. Frieda keek of ze de ingelijste foto van Dean zag, maar die was weg. June Reeve zat nu niet in de stoel, maar lag in bed met een zuurstofmasker over haar mond. Haar huid had iets leerachtigs en de kleur van tabaksbladeren. Haar borst ging onregelmatig op en neer. Haar ogen waren dicht.

'Die zal niet lang meer bij ons zijn,' zei mevrouw Lowe. Ze had een sterk, wit gebit.

'Zegt ze weleens wat?'

'Nu niet meer.'

Frieda keek naar de moeder van Dean en Alan, naar haar kleine gemene mond en haar gerimpelde, ten dode opgeschreven lijf. Ze had Alan als baby te vondeling gelegd zonder zich er zelfs maar om te bekommeren of hij wel of niet in leven zou blijven, ze had Dean geholpen bij de ontvoering van Joanna, die Terry was geworden, en ze had nooit van iets anders blijk gegeven dan van eigendunk en zelfmedelijden. Maar verwijten en haatgevoelens konden haar niet meer raken. Frieda vroeg zich af wat er nu nog omging in dat wrakke hoofd.

'Dank u.' Ze draaide zich om en wachtte terwijl mevrouw Lowe de deur dichtdeed. 'Krijgt ze ooit bezoek?'

'Geen mens.' Mevrouw Lowe straalde.

'Nooit?'

'Niet dat ik weet.'

'Komt haar zoon nooit?'

'De andere zoon, bedoelt u? Deans tweelingbroer?'

'Alan, ja.'

'Nee. Geen enkele keer geweest. Maar ja, dat kun je hem ook eigenlijk niet kwalijk nemen; tenslotte is zij ook geen moeder voor hem geweest, hè? Ze heeft de goede weggedaan en de verkeerde gehouden, zeg ik altijd.'

'Dus ze is steeds alleen geweest sinds Dean zelfmoord heeft gepleegd?'

'Vond ze niet erg, hoor. Ik kan niet bepaald zeggen dat ze een gezelligheidsmens is. Aan onze leuke activiteiten en spelletjes deed ze nooit mee, ook niet toen haar geheugen haar nog niet zo in de steek liet. Altijd op zichzelf, hè. Nou ja, het is misschien maar beter zo. Ik moet wel zeggen dat verscheidene van onze oude lieverds er niet zo blij mee waren dat de moeder van zo'n monster hier was...' De eeuwige glimlach om de lippen van mevrouw Lowe verdween en veranderde voor even in een grimas. 'Het is nu te laat voor dat soort dingen. Het is voor alles te laat. Ze is nooit tot rust gekomen.'

'Bedankt voor uw hulp.'

'Er is één keer iemand voor haar geweest, maar wie het ook was, hij of zij is niet eens naar haar toe gegaan en heeft alleen een zak donuts voor haar bij de receptie afgegeven.'

'Donuts,' zei Frieda zacht, meer tegen zichzelf dan tegen mevrouw Lowe.

'Ze was altijd dol op donuts.'

'Ja,' mompelde Frieda. 'Dat weet ik. Haar zoon Dean bracht ze altijd voor haar mee.'

'Dan moet het iemand anders zijn geweest.'

Frieda wachtte totdat ze een paar straten uit de buurt was van verzorgingstehuis River View voordat ze haar telefoon pakte en het nummer intoetste dat ze die ochtend had overgenomen. Toen liep ze naar Gallions Reach, maar reisde van daaraf niet verder mee dan tot Canning Town, waar ze overstapte op de metro naar Stratford. Het was mistig, en het half afgebouwde olympisch dorp kreeg in de vochtige, koude lucht iets spookachtigs – door steigers omhulde gebouwen en delen van koepels en torens rezen op in de natte mist, en aan de voet daarvan zag Frieda vrachtwagens, draglines en druk heen en weer lopende mannen met helmen op.

Ze had er een kwartier voor nodig om naar Leytonstone te lopen, waar ze de lange, rechte straat met de in het grijze licht gehulde victoriaanse rijtjeshuizen in liep en stopte bij nummer 108. Frieda haastte zich niet: ze probeerde haar gedachten te ordenen en te bedenken wat ze zou gaan zeggen. Dát ze het moest zeggen, daar twijfelde ze uiteindelijk niet aan. Ze belde aan bij de donkergroene deur, hoorde de tweetonige gong in de verte overgaan en realiseerde zich dat ze het angstige gevoel had dat ze terugkeerde naar een vorig leven. Ze had bijna verwacht dat Alan zou opendoen en voor haar zou verschijnen met zijn droevige bruine ogen en die verontschuldigende glimlach op zijn gezicht.

Maar het was Carrie die opendeed, in een gele trui die haar bleke gelaatskleur accentueerde, en zij glimlachte niet. 'Kom binnen,' zei ze.

Frieda ging naar binnen, veegde op de deurmat zorgvuldig haar voeten en hing haar jas op. 'Bedankt dat je bereid was om met me te praten.'

'Je liet me niet veel keus. Zullen we naar de keuken gaan?'

De keuken was nog net als toen, een propere en plezierig aandoende ruimte met aan de ene kant alle huishoudelijke apparaten en aan de andere kant Alans spullen. In tientallen laatjes lagen daar Alans schroeven, bouten, moeren, zekeringen, kraanleertjes en moersleutels. Carrie zag Frieda ernaar kijken en glimlachte wrang. 'Hij heeft alles hier achtergelaten. Ik heb steeds gedacht dat hij terug zou komen, dus daarom heb ik het niet weggedaan. Stom hè, want het is overduidelijk dat hij niet meer terug zal komen. Ik weet alleen niet hoe ik het moet aanpakken.'

'Er is iets wat je moet weten.'

'Heeft het met Alan te maken? Ik wist het. Jij wéét waar hij is.'

'Het heeft met Alan te maken, ja. Ga even zitten.'

Carrie deed wat Frieda zei, maar ze was op haar hoede, alsof ze de klap al voelde aankomen.

'Het zal een hele schok voor je zijn, en je zult me misschien niet geloven, maar ik ben er zeker van dat Alan dood is.'

Carrie sloeg haar handen voor haar mond. Haar grijze ogen staarden Frieda aan. 'Dood?' fluisterde ze. 'Dood? Alan? Mijn Alan? Maar... wanneer? Wanneer is hij dan doodgegaan?'

'Op 24 december 2009.'

Carrie haalde haar handen weg voor haar mond, die geluidloos op en neer bewoog en woorden probeerde te vormen die ze niet over haar lippen kreeg. Ze boog zich iets voorover, haar hoofd zakte een beetje opzij. 'Wat wil je...' zei ze met een dikke stem, die Frieda nauwelijks als de hare herkende. 'Hij is daarna nog bij mij geweest. Met Kerstmis waren we samen. Dat heb ik je toch verteld.'

'Ik denk dat Dean Alan heeft vermoord op de dag dat je man naar hem toe ging.'

Frieda zweeg even, zodat Carrie tot zich kon laten doordringen wat ze had gezegd. 'Hij heeft met hem van kleren gewisseld, heeft hem opgehangen en onder zijn eigen naam een afscheidsbrief geschreven; hij is als Alan naar jou toe gegaan, en jij hebt de politie gebeld. De rest weet je.'

Carrie zei iets wat Frieda niet verstond. Het was een lage keelklank, die uit haar buik leek te komen. Toen sprong ze op en gooide de tafel omver, die tegen Frieda's scheenbeen stootte en vervolgens onder veel geraas van kapotvallend aardewerk met een klap op de vloer terechtkwam.

'Sodemieter op, jij!'

'Carrie.'

Frieda pakte Carrie bij haar polsen en probeerde haar in bedwang te houden, maar al was ze kleiner dan Frieda, haar woede maakte haar sterk. Frieda zag dat ze speeksel op haar kin had en witte vlekken op haar wangen, alsof iemand daar zijn duimen in had gedrukt.

'Blijf van me af. Raak me niet aan. Kom niet in mijn buurt. Hoor je?'

Frieda sloeg van achteren haar beide armen om Carrie heen en drukte haar stevig tegen zich aan. 'Carrie,' zei ze nogmaals.

Carrie worstelde om los te komen. Ze sloeg met haar achterhoofd tegen Frieda's kin. Ze schopte tegen Frieda's benen, wrong haar hoofd naar achteren en probeerde in Frieda's schouder te bijten. 'Het is niet waar,' riep ze met lage, schorre stem. 'Het is gelogen. Je liegt het. Het is niet waar. Alan is niet dood.'

Frieda voelde hoe Carrie haar spieren spande en vervolgens verslapte. Ze maakte een geluid alsof ze kokhalsde, en toen Frieda haar greep liet verslappen, boog ze zich voorover en braakte ze op de keukenvloer. Frieda legde een hand op haar voorhoofd, hield haar vast terwijl Carrie voor haar braaksel neerhurkte en hielp haar toen voorzichtig op de stoel, die overeind was blijven staan. Slap als een lappenpop zeeg Carrie erop neer. Frieda pakte een theedoek en veegde Carries mond ermee af, waarna ze haar haren uit haar bezwete gezicht streek. Toen zette ze de omgevallen tafel weer overeind. Carrie legde haar hoofd erop en barstte kokhalzend in snikken uit; het klonk alsof ze zichzelf binnenstebuiten zou keren en haar hart en al haar organen eruit zou gooien.

Frieda zette de andere stoel overeind en veegde toen met keukenpapier het braaksel op en spoelde dat door de wc. Toen ze terugkwam, liet ze de afwasbak vollopen met warm water en zeep en schrobde de vloer. Ze zette water op en maakte een pot sterke thee. In Carries beker deed ze vier volle scheppen suiker en een flinke scheut melk. Ze zette de beker voor Carrie neer, die opkeek met een gezicht dat gezwollen was van het huilen.

'Drink maar wat,' zei Frieda. 'Heb je het koud?'

Carrie knikte. Frieda rende naar boven en kwam terug met een sprei die ze van het bed had gehaald. 'Sla die om je heen en drink je thee op.'

Carrie ging rechtop zitten. Ze probeerde de beker vast te houden, maar haar handen trilden zo dat Frieda hem van haar overnam, aan haar lippen zette en hem voorzichtig schuin hield, zodat Carrie er kleine slokjes uit kon nemen.

Na een tijdje zei Frieda ten slotte: 'Heb je het begrepen?'

Carrie trok de sprei nog wat hoger om zich heen, zodat nu alleen haar gezicht nog zichtbaar was. Ze zag eruit als een geslagen hond.

'Carrie?'

Carrie knikte. 'Ik heb het begrepen,' fluisterde ze.

'En geloof je me?'

'Alan had de gewoonte om...' – Carrie was nog hees van het huilen – 'om hapjes te nemen van wat ik op mijn bord had liggen of om mijn kop thee half leeg te drinken, ook al had hij zelf. Als ik bijvoorbeeld een koekje at, dan boog hij zich naar me toe en nam hij er ook een hap van, of als ik een sandwich had, dan nam hij een grote hap uit het midden, net het lekkerste deel, en dat deed hij dan heel nonchalant, alsof hij niet eens in de gaten had dat hij het deed. Ik hoefde me maar even om te draaien, en als ik dan weer keek, zag ik de afdruk van zijn tanden in mijn koekje of wat het ook was. Het ergerde me wel, maar het was ook een soort standaardgrapje tussen ons. Zelfs toen het helemaal niet goed meer ging en hij nergens meer zin in had, gapte hij nog eten van mijn bord. Ik denk vaak dat je op die manier je huwelijk goed houdt, niet met allerlei voor de hand liggende belangrijke zaken, zoals seks en kinderen krijgen en zo, maar juist door al die gewoonten en eigenaardigheden, van die kleine dingen waar je hoorndol van wordt, maar die je toch nader tot elkaar brengen.' Ze keek Frieda nu niet meer aan, maar had haar ogen neergeslagen en keek naar de tafel, en ze praatte zo zacht dat Frieda zich naar haar toe moest buigen om te horen wat ze zei. 'Hij at van mijn eten omdat mijn eten ook zijn eten was, omdat mijn leven en zijn leven niet afgegrensd waren. Ze liepen als het ware in elkaar over. Op de dag dat hij wegging...' Ze slikte, en in haar gezicht was een zenuwtrek te zien. 'Op de dag dat de man die ik voor Alan had aangezien vertrok, zaten we op de bank. Ik had twee pasteitjes opgewarmd. We hadden met Kerstmis nooit kerstpudding. Die luxe vleespasteitjes van Marks and Spencer met room erop, die vonden we lekker, dat was traditie bij ons – en toen deed hij dat die ene keer niet. Ik heb er nog een grapje over gemaakt. Ik hield het voor zijn mond, en ik zei: "Wat van mij is, is van jou, en wat van jou is, is ook van jou," of zoiets stoms. Maar hij glimlachte en zei alleen maar dat hij er zelf een had. Later, toen hij weg was, dacht ik nog dat het een teken was dat hij van me af wilde – dat hij mijn eten niet meer wilde omdat hij mij niet meer wilde. Snap je?'

Frieda knikte, maar zei niets. Ze stond op, schonk Carries beker weer vol en deed er ook weer suiker in.

'Hij heeft nog thee voor me gezet,' vervolgde Carrie op sombere toon. 'Diezelfde dag. Meestal zette ik thee, maar ik had al het eten gekookt en vroeg hem om een kopje thee. Hij maakte er een hele voorstelling van. Hij zette de beker op een dienblad, met melk in een kannetje en een porseleinen suikerpot erbij, ook al gebruik ik geen suiker. Ik dacht dat hij het grappig en romantisch bedoelde. Ik snapte het niet. Maar hij wist het natuurlijk gewoon niet, hè? Hij wist niet hoe ik mijn thee dronk.'

'Ik vind het heel erg voor je, Carrie,' zei Frieda.

'Ik ben nota bene nog met hem naar bed geweest,' zei Carrie huilend. 'Ik heb het met hem gedaan. Voor het eerst in maanden, want Alan... kon het niet. Het was heel fijn.' Ze vertrok haar gezicht, alsof ze weer moest overgeven. 'Het was nog nooit zo lekker geweest als toen. Nog nooit. Begrijp jij dat? Nou?'

Frieda knikte.

'En dat was Alan niet. Het was niet mijn lieve, lieve, hopeloze Alan. Alan was dood, opgehangen alsof hij een misdadiger was. En ik wist het niet, ik heb niet om hem gerouwd, ik heb met die vieze, vuile moordenaar van een broer van hem geneukt, en ik was gelúkkig. Ik was zo gelukkig toen ik daar in het donker lag met de man die Alan had vermoord en die met mij naar bed was geweest en me had horen schreeuwen van genot. O, en tegen wie ik toen heb gezegd dat het nog nooit zo lekker was geweest. Getver! Dat is... Ik kan het niet...'

Ze stond op, haar gezicht was lijkbleek, en ze rende de kamer uit. Frieda hoorde haar weer braken, gevolgd door de geluiden van het doorspoelen van de wc en stromend kraanwater. Toen Carrie terugkwam, ging ze weer zitten en keek ze Frieda met haar roodomrande ogen strak aan.

'Weet je het zeker?' vroeg ze.

'Ja. Maar ik kan het niet bewijzen. Ik heb geen bewijs dat voor de politie acceptabel zou zijn.'

'Kun je niet een DNA-test laten doen? Ik heb nog een tandenborstel van hem. En zijn kam.'

'Ze hadden hetzelfde DNA,' zei Frieda. 'En trouwens, waar het om gaat, is wat jij denkt.'

'Ik geloof je.' Ze leek nu rustig.

'Carrie, je moet voor ogen houden dat Alan jou niet in de steek heeft gelaten en dat hij steeds van je heeft gehouden. Je hield van hem, en je was hem trouw. Je hoeft jezelf niets te verwijten.'

'Hoe is het mogelijk dat ik het niet wist, dat ik het niet voelde? En nu kan ik het nooit meer goedmaken. Ik kan Alan nooit meer in mijn armen sluiten, hem vasthouden, hem troosten en knuffelen totdat hij zich weer veilig voelt. En hij zal het me nooit kunnen vergeven. Zo zal het altijd zijn, totdat ik zelf doodga. O, mijn arme, lieve Alan. Altijd zat hem van alles tegen, hè? Natuurlijk zou hij mij niet in de steek laten – hoe heb ik dat ooit kunnen denken?'

De rest van die donkere, natte middag zat Frieda daar in de keuken en luisterde ze naar wat Carrie zei over Alan, over Dean, over haar eenzaamheid en kinderloosheid, over haar verdriet, woede en walging. Ze luisterde naar wat Carrie zei over de haat die ze voelde, jegens Dean natuurlijk, maar ook jegens haar, Frieda, die Alan had meegezogen in een draaikolk waaruit hij niet was teruggekeerd, jegens de politie, die hem niet had tegengehouden, en jegens zichzelf – en over haar verlangen om wraak te nemen. Frieda luisterde naar wat Carrie vertelde over de begintijd, toen ze Alan pas kende, dat ze bij hun eerste afspraakje al had geweten dat ze met hem zou trouwen, vanwege de manier waarop hij haar naam had gezegd – met een kleur van verlegenheid, alsof hij een plechtige eed aflegde. Frieda schonk vele bekers thee in, en later maakte ze een zachtgekookt eitje voor haar klaar, waar Carrie lusteloos stukjes toast in doopte. Pas toen Carrie een vriendin had opgebeld en haar had gevraagd om langs te komen, ging Frieda weg, met de belofte dat ze haar de volgende dag zou bellen. Maar ook toen nam ze niet meteen een taxi of de metro naar huis, maar dwaalde ze door Londen, zigzaggend in westelijke richting, terwijl de middag overging in de avond en de mist in een mengeling van regen en sneeuw. Allerlei gedachten en spookbeelden gingen door haar heen: het bleke, starende gezicht van Carrie, de ogen van Alan, die haar altijd hadden doen denken aan de ogen van een spaniël, gedwee en smekend, en de spottende glimlach van Dean, die dood was geweest, maar nu weer leefde. Ergens ter wereld.

21

'Dus,' zei Karlsson tegen Yvette Long en Chris Munster, 'we hebben het volgende, en corrigeer me maar als ik het mis heb.' Hij telde tijdens het opsommen de punten af op zijn vingers. 'Eén: er is een zekere Robert Poole vermoord, wat bevestigd wordt door een DNA-test op materiaal in het appartement waar hij gewoond blijkt te hebben; zijn ontklede lijk is aangetroffen in de kamer van een gestoorde vrouw, die hem in een steeg naast haar huis had gevonden en hem mee naar huis had genomen. We weten niet wat voor werk hij deed, hij had kennelijk geen vrienden die hem hebben gemist, en zijn buurvrouw zegt dat hij aardig, behulpzaam en vriendelijk was en altijd bereid haar planten water te geven als ze weg was.'

Karlsson zweeg, nam een slokje water en ging verder. 'Twee: we hebben bankafschriften van Poole gevonden.' Hij pakte ze op en stak ze omhoog. 'Uit de meest recente blijkt dat hij bijna driehonderdnegentigduizend pond op zijn rekening had staan. Ik heb geen idee wat de herkomst van dat geld is. We zijn op het moment bezig dat bij de bank na te gaan.' Hij keek op zijn horloge. 'Ze zullen er inmiddels wel over gebeld hebben. Ja, en punt drie: we hebben zijn appartement gevonden, waar Yvette al een eerste onderzoek heeft ingesteld, en de technische recherche ook. Geen paspoort, geen portemonnee, geen enkel persoonlijk document van welke aard dan ook. Hij zat ook niet op Facebook of Twitter of een van de andere sociale netwerken. Wat we wel hebben gevonden, is een opschrijfboekje waar een aantal pagina's uit is gescheurd, maar waar naast wat krabbels en poppetjes ook een stuk of wat namen en adressen in staan. Klopt het, Yvette?'

'Onder andere van het echtpaar in Brixton dat jouw oude vriendin had gevonden.'

'Je bedoelt Frieda Klein? Dat is geen oude vriendin; zij heeft ons goed geholpen. En nu je het toch over haar hebt, wil ik wel zeggen dat ik op vastere basis gebruik wil maken van haar diensten.'

Yvette fronste haar wenkbrauwen. 'Waarvoor?'

'Ze kan nuttig voor ons zijn.'

'Mij best.'

'Daar bedoel je "niet best" mee.'

'Het is jouw beslissing,' zei Yvette, wat ze meteen betreurde. Ze kreeg een hoogrode kleur. Ze dacht dat Frieda Klein vast nooit zo'n oncharmante kleur zou krijgen als ze zich ergens voor schaamde – maar dat het ook heel goed zou kunnen dat dokter Klein zich nooit schaamde.

'Dat klopt, ik heb die beslissing genomen. Maar misschien kunnen we ons nu bezighouden met Robert Poole. Hebben de namen in dat opschrijfboekje nog wat opgeleverd?'

Chris Munster pakte een blaadje. 'We gaan ze allemaal na. Een paar zullen makkelijk te vinden zijn, en bij andere kan het wat langer duren. We hebben al een afspraak gemaakt voor een gesprek met Mary Orton, meteen na deze vergadering. Ze klonk nogal opgewonden door de telefoon. Het is een oude dame die alleen woont. Blijkbaar heeft Robert Poole haar geholpen met klussen in haar huis. En we zullen dat portret verspreiden dat we van hem hebben laten maken. Dat levert misschien nog een paar mensen op die hem hebben gekend.'

'Goed, dat zou...' Karlsson werd onderbroken door de telefoon. Hij pakte hem op, luisterde, fronste zijn wenkbrauwen en noteerde iets op zijn blocnote. Toen hij de telefoon neerlegde, zei hij: 'De bank heeft gebeld.' Hij scheurde het velletje van zijn blocnote en reikte het Yvette aan. 'En we hebben een familielid: een broer in St. Albans. Ga met hem praten. En wat dat geld op zijn rekening betreft: het is weg. Het is op 23 januari van de rekening afgeboekt. Jullie tweeën gaan die broer het nieuws brengen, en verder wil ik dat jullie alles achterhalen wat je maar over Robert Poole kunt vinden – foto's, documenten, wat dan ook.' Hij keek op zijn horloge en pakte toen zijn opschrijfboekje, stond op en schoof zijn stoel naar achteren. 'Goed. Met een beetje geluk vinden we iemand die plotseling driehonderdnegentigduizend pond rijker is geworden en kunnen we hier snel een punt achter zetten.'

Karlsson moest een paar keer bellen voordat hij Frieda te pakken kreeg. 'Ik heb een boodschap bij je ingesproken,' zei hij. 'Twee keer.'

'Ik was van plan je te bellen,' zei ze. 'Ik had de hele ochtend patiënten.'

Hij gaf haar een verslag van de ontwikkelingen in de zaak en vertelde van het opschrijfboekje. Frieda zei niet veel terug.

'We hebben een familielid van Poole gevonden,' zei hij. 'Een broer. Yvette is erheen om hem te spreken.'

'Er lijkt een beetje schot in te zitten,' zei Frieda.

Ze klonk afstandelijk, en Karlsson betrapte zichzelf erop dat hij boos werd, alsof hij recht had op Frieda's volledige aandacht en begreep dat hij die niet zou krijgen. Er viel een lange stilte.

'Enkele leden van het team zijn de namen in Pooles opschrijfboekje nagegaan,' zei Karlsson ten slotte. 'Er is een oude vrouw bij die Mary Orton heet en in Putney woont. Poole regelde voor haar dat er klussen in haar huis werden gedaan. Het werk was niet klaar toen hij verdween.'

'O?'

Karlsson haalde diep adem. 'Die vriend van je die een keer met je meekwam, Josef, die was toch bouwvakker?'

Karlsson kon door de telefoon bijna horen dat haar stemming omsloeg.

'Dat klopt.'

'Is hij goed? En betrouwbaar?'

'Jazeker.'

'Ik vroeg me af of jij niet een keer met haar kon gaan praten, met je vriend de bouwvakker erbij, om eens na te gaan wat Poole eigenlijk heeft gedaan. Hij zou er zelf ook nog een klus aan kunnen overhouden, want het werk was niet af. Volgens Chris is het een oude vrouw wier man is overleden, terwijl haar zoons ver weg wonen. Volgens mij is ze een beetje eenzaam.' Er viel weer een stilte. 'Tenzij je natuurlijk alleen graag dingen doet zonder het mij te vertellen.'

'Ik denk dat hij wel werk kan aannemen,' zei Frieda. 'Maar ik zou het hem moeten vragen.'

'Dat is aardig van je,' zei Karlsson, en hij gaf haar het adres in Putney.

'Heeft ze iets over Robert Poole gezegd?' vroeg Frieda.

'Ze zei dat hij vriendelijk en beleefd was,' zei Karlsson. 'Dat zeggen ze allemaal: vriendelijk en beleefd.'

'Heb je dit ooit eerder gedaan?' vroeg Yvette Long.

Chris Munster zat achter het stuur en bleef voor zich uit kijken. 'In mijn eerste jaar,' zei hij. 'Er was een jongen doodgereden, en toen ben ik samen met een brigadier de ouders op de hoogte gaan stellen. De moeder van die jongen deed open, en de brigadier deed het woord. Toen we met haar stonden te praten, kwam de vader thuis van zijn werk, en terwijl wij daar nog waren, vertelde zij het aan hem. Wat ik me nog herinner, is dat die brigadier er een beetje bij stond als iemand die weggaat van een feestje. Die ouders wilden ons ook wel weg hebben, maar tegelijkertijd konden ze ons niet laten gaan. Ze bleven maar over hem praten en vroegen of we thee wilden. Ik heb het sindsdien nog een paar keer gedaan, maar die ene keer is me altijd bijgebleven. En jij?'

'Een paar keer,' zei Yvette. 'Meer dan een paar keer. Ik ben van tevoren altijd zenuwachtig. Als ik de voordeur zie, krijg ik meteen al een soort schuldgevoel over datgene wat ik ze ga aandoen. En als ze de deur opendoen, zie je soms dat ze het eigenlijk al weten, al heb je nog niks gezegd.' Ze keek zijn kant op. 'Het is de volgende afslag.'

Ze verlieten de snelweg, en een tijdlang klonk er geen andere stem dan af en toe die van het navigatiesysteem, dat hen door de straten van St. Albans leidde.

'Ooit eerder hier geweest?' vroeg Munster.

'Volgens mij zijn hier een paar Romeinse ruïnes,' zei Yvette. 'Ik ben er weleens met een schoolreisje geweest, maar ik weet er niets meer van. Als ik daar nu naartoe zou gaan, zou ik het waarschijnlijk wel leuk vinden.'

Het navigatiesysteem meldde dat ze hun bestemming hadden bereikt. Ze bleven nog even zitten. Yvette keek op het vel papier dat op haar schoot lag of dit het juiste adres was. Dat was het.

Munster keek haar aan. 'En, ben je nu zenuwachtig?' vroeg hij.

'Als ik dit elke dag moest doen, zou ik er wel aan wennen,' zei ze.

'Ga jij het zeggen, of wil je dat ik het doe?'

'Ik heb de leiding,' zei Yvette.

Ze stapten uit en deden het hek open dat toegang gaf tot het piepkleine voortuintje, waarna ze met drie stappen voor het negentiende-eeuwse portaaltje stonden. Yvette drukte op de bel, die luid rinkelde. Een man deed open. Hij had een gedrongen gestalte en kort, opgeschoren, blond haar en was gekleed in een spijkerbroek en een voetbalshirt met korte mouwen. Hij keek hen vragend aan.

'Bent u Dennis Poole?' vroeg Yvette.

'Jazeker.'

Ze stelde zichzelf en Chris Munster voor. 'Bent u de broer van Robert Poole?'

'Hè?' zei hij met een verbaasd gezicht. 'Waarom wilt u dat weten?'

'U bént toch zijn broer?' vroeg Yvette.

'Eh... ja,' zei Poole. 'Maar eh...'

'Mogen we even binnenkomen?' vroeg Yvette.

Ze liepen naar de voorkamer, waar op de tv een spelletjesprogramma te zien was dat Yvette niet kende. Ze vroeg Poole de tv uit te zetten. Hij deed het niet, zette alleen het geluid zachter.

'Ik moet u helaas meedelen dat uw broer dood is,' zei Yvette.

'Wat?'

'Ik condoleer u met het verlies,' vervolgde ze. 'We hebben zijn lichaam al op 1 februari gevonden, maar het heeft even geduurd voordat we hem konden identificeren.'

'Hoe bedoelt u, zijn lichaam?'

'Zijn lichaam is aangetroffen in een huis in Zuid-Londen. Hij lijkt vermoord te zijn. We zijn begonnen met een onderzoek, en op het moment zijn we bezig getuigen te verhoren en hun verklaringen op te nemen. Het moet een hele schok voor u zijn.'

'Hoe bedoelt u, in Zuid-Londen?'

Yvette was dit wel gewend. Bij zo'n schok kunnen mensen de informatie niet verwerken. Je moet er de tijd voor nemen.

'Het spijt me,' zei ze. 'Ik weet hoe moeilijk dit voor u moet zijn. Verbaast het u dat uw broer daar was?'

'Waar hebt u het in hemelsnaam over?' vroeg Poole. 'Rob is al zes jaar dood. Zeven bijna. U vergist zich.'

Yvette was even sprakeloos. Ze keek Munster aan. Hij was degene die de geboorteakte had opgespoord. Had hij dan zo'n rampzalige vergissing gemaakt? Ze pakte de papieren uit de tas die ze bij zich had.

'We hebben het toch over Robert Anthony Poole?' zei ze. 'Geboren op 3 mei 1981. In Huntingdon. Vader James Poole.'

'Dat klopt,' zei Poole. 'Dat is mijn vader. Maar Rob is in 2004 overleden. Bij een arbeidsongeval. Een steiger die instortte. Het bedrijf gaf hem de schuld. Er is geen cent aan schadevergoeding uitgekeerd. Dát zou u eens moeten onderzoeken.'

'Het spijt me vreselijk,' zei Yvette. 'Er is hier duidelijk sprake van een...' Ze zweeg even, wist niet wat ze moest zeggen. 'Misverstand,' besloot ze, bij gebrek aan beter.

'Dat zou ik wel zeggen, ja! Een misverstand, shit zeg.'

Ze haalde diep adem.

'Dit alles spijt me enorm,' zei ze. 'Ik beloof u dat we de zaak zullen uitzoeken om erachter te komen wat er is gebeurd.' Ze aarzelde. 'Hebt u informatie over uw overleden broer? Papieren?'

'Op zolder ergens. Maar het kan wel even duren voordat ik die boven water heb.'

'Wij wachten wel,' zei Yvette.

22

Josef was aanvankelijk sceptisch. 'Wat wij doen,' vroeg hij, 'is liefdadigheid?'

'Vanuit jou gezien, of ten opzichte van haar?' zei Frieda.

'Allebei.'

'Karlsson belde me omdat hij dacht dat jij zou kunnen helpen. Ik denk dat ze in de steek gelaten is. Maar als ze een klus wil laten doen, zal ze er wel voor betalen.'

Frieda had de indruk dat het wat beter met hem ging. Hij rook tenminste fris, was netjes gekleed en niet meer zo mager in zijn gezicht. Reuben had haar verteld dat hij elke dag maar moest zien of er werk was. Er was nog steeds weinig te doen in de bouw. Ze zaten in Reubens auto, en Josef reed. Zijn oude bestelwagen stond nog steeds met een lege accu en een lekke band bij Reuben voor de deur. Er waren veel verkeersopstoppingen, en ze waren al bijna een uur onderweg.

'Ze zeggen voor de grap weleens dat je in Londen sneller vooruitkwam toen de mensen nog met paard-en-wagen reisden,' zei Frieda.

Josef zei niets.

'Het is alleen geen grap,' zei ze. 'Het is volgens mij echt zo.'

Josef keek voor zich uit.

'Als je in een Londense tuin een klus doet en je loopt een wondje op, dan moet je een tetanusinjectie gaan halen,' zei ze. 'Vanwege de paardenmest. In de negentiende eeuw gooiden de mensen die nog in hun tuin, en die bacteriën zijn nog steeds actief.'

Josef bleef zwijgen. Frieda keek naar hem. Het leek of hij zo'n dreun had gehad dat hij alle strijdlust was verloren. Frieda wist dat hij tegen Reuben niets had gezegd over wat er was gebeurd. De eerste keer dat ze hem na zijn verzwegen terugkeer had gesproken, had ze gezegd dat ze bereid was om met hem te praten als hij daar behoefte aan had, maar misschien zou zij de eerste stap moeten zetten.

'Josef,' zei ze, 'er is thuis iets vervelends gebeurd, hè?'

Josef keek strak voor zich uit, maar ze zag dat hij het stuur vaster omklemde.

'Wil je het mij vertellen?'

'Nee.'

'Omdat je denkt dat ik dan een negatieve indruk van je zal krijgen?'

'Ik weet dat je negatieve indruk van me zult krijgen.'

'Heb je ons daarom niet verteld dat je hier was?'

'Jij bent goede vrouw. Is makkelijk voor jou. Ik ben slechte man.'

'Josef, iedereen is goed én slecht tegelijk. Iedereen maakt fouten.'

'Jij niet.'

'Dat is niet waar,' zei Frieda met nadruk. Ze aarzelde even en zei toen: 'Afgelopen vrijdag, weet je waar ik toen was?'

'Vrijdag? Toen we allemaal aten bij Olivia?'

'Daarvoor. Toen was ik bij de begrafenis van Kathy Ripon. Je weet wel, die jonge vrouw die door Dean Reeve is ontvoerd en die uiteindelijk in een riool is gevonden.' Josef, die de auto om een kleine rotonde heen stuurde, knikte. 'Haar dood was mijn schuld. Nee, val me nou niet in de rede; dat was het wel. Ik ben overhaast te werk gegaan, ik dacht niet na bij wat ik deed, en daardoor is zij aan haar eind gekomen. Nou. Zo iemand ben ik dus. En jij?'

Zonder inleiding vroeg hij ineens: 'Denk je dat ik goede vader ben?'

'Hoe dat zo? Ik denk dat je van je zoons houdt en dat je ze mist. Ik denk dat je alles voor ze zou doen. Je maakt ongetwijfeld fouten, maar ze mogen van geluk spreken dat ze jou als vader hebben.'

Hij remde en draaide zijn brede hoofd naar haar toe. 'Zij hebben nu niet mij. Ze hebben hem.'

'Hem?'

'Hem. Zij heeft nieuwe man, jongens hebben nieuwe papa. Ze zien hem als held. Pak en stropdas, en in weekend gebak in doos met lint. Ze kijken mij aan alsof ik iets ben wat onder je schoen zit... Stront,' vulde hij zelf in. 'Als stront.'

'Waarom?'

Achter hen waren auto's stil blijven staan, en er ging een getoeter op. Josef trok op. 'Omdat ik stront ben.'

'Wat is er gebeurd?'

'Ze wist van vreemdgaan.'

'Vreemdgaan? Andere vrouwen, bedoel je?'

Frieda wist dat ook wel, van die andere vrouwen. Josef was op een enigszins sentimentele manier erg dol op zijn vrouw, maar zij zat in Kiev en hij in Londen, en voor hem waren dat twee volkomen aparte werelden – in de ene had hij een vrouw van wie hij hield, en in de andere niet.

'Ze wist het,' herhaalde Josef. 'Ik ga naar huis met mijn cadeautjes en een hart vol liefde, zo blij, en mijn eenzaamheid eindelijk weg. Maar zij doet deur dicht. Gewoon deur dicht, Frieda. Mijn jongens zien me weggestuurd als hond.'

'Heb je erover kunnen praten?'

Langzaam schudde hij zijn hoofd. 'Ik probeer. Ik ontmoet nieuwe man. Goede baan. Speelgoed voor mijn jongens. Auto's die rijden op radio. Computerspelletjes met schieten en bommen. Zij willen niet mijn goedkope cadeautjes, zij willen mij niet. Is voorbij. Allemaal voorbij. Leven is afgelopen daar. Ik kom hier terug.'

'Dus je hebt er nooit een goed gesprek over gehad?'

'Wat moet ik zeggen, Frieda, wat moet ik doen? Alles voorbij. Weg.'

'Je moet haar vertellen wat je voelt, luisteren naar wat zij voelt, proberen erachter te komen of het werkelijk allemaal voorbij is.'

'Ik ben niets,' zei Josef. 'Ik heb geen geld. Ik woon in ver land. Ik ben slecht en zij draait mij haar rug toe. Waarom zij mij als man willen? Waarom jij mij als vriend willen?'

'Ik mag je graag,' zei Frieda eenvoudig. 'En ik vertrouw je.'

'Vertrouwen? Mij?'

'Waarom zou ik je anders om hulp vragen?'

Hij schoot vol. 'Is waarheid?'

'Ja. Luister, we hebben het hier nog over, Josef. Maar nu zijn we bij onze bestemming. Ga hier linksaf. Hier woont Mary Orton.'

Josef vond een plekje om te parkeren, en beiden stapten uit.

'Gaat het?' vroeg ze terwijl ze door Brittany Road liepen.

Hij bleef staan. 'Ik dank je,' zei hij, en hij legde zijn hand op zijn hart en maakte dat eigenaardige buiginkje van hem.

Ze keken omhoog naar het grote, vrijstaande huis van Mary Orton.

'Is groot huis voor één vrouw,' zei Josef.

'Haar man is dood,' zei Frieda. 'Haar kinderen zijn allang het huis uit. Ze zal er waarschijnlijk niet weg willen. Misschien wil ze een plek hebben waar de kleinkinderen kunnen logeren.'

Josef keek naar het huis, en Frieda's blik dwaalde van het huis naar Josefs gezicht. Ze hield van de manier waarop hij keek, de blik van iemand die verdiept was in iets wat zij niet zag. 'Wat denk je?' zei ze.

Hij wees naar een raam op de tweede verdieping.

'Je ziet daar scheur,' zei hij. Er liep een donkere streep vanaf de vensterbank naar opzij. 'Huis is beetje bewogen, denk ik. Niet zoveel.'

'Is dat ernstig?' vroeg ze.

'Niet zo ernstig,' zei Josef. 'Is Londen.' Hij hield zijn handen horizontaal en liet ze trillen. 'Is op klei. Geen regen en dan veel regen, en dan bewegen huizen, en dan komen ze, je weet wel...' Hij voerde een stukje pantomime op en beeldde iemand uit die zich vermoeid neervlijt.

'Tot rust,' zei Frieda.

'Tot rust,' zei Josef. 'Maar is niet zo ernstig.'

De voordeur ging al open voordat ze ervoor stonden. Mary Orton moest gezien hebben dat twee haar onbekende mensen naar haar huis keken. Frieda vroeg zich af hoeveel tijd ze doorbracht met uit het raam kijken. Ze droeg een donkerblauwe corduroy broek en een geruit overhemd. Frieda kon aan haar zien dat ze vroeger mooi geweest moest zijn. Op een bepaalde manier was ze nog steeds mooi, maar haar gezicht was erg gerimpeld. Haar huid had iets van pakpapier dat talloze keren gevouwen en vervolgens weer platgestreken was. Frieda stelde zichzelf en Josef voor.

'Heeft de rechercheur verteld dat we zouden komen?' vroeg ze, en ze betrapte zichzelf erop dat ze harder praatte dan ze normaal deed, alsof Mary Orton een beetje doof en een beetje dom was.

Ze werden binnengevraagd, en Mary Orton ging hen door de gang voor naar een ruime keuken, die uitkeek op een schrikbarend grote tuin. Achter in de tuin stonden twee grote bomen, en daarachter en aan de zijkanten lagen andere tuinen. Het was alsof je uitkeek op een park. Terwijl Josef en Frieda er door de tuindeuren naar stonden te kijken, was Mary Orton achter hen thee aan het zetten en de twee cakes die ze had gebakken in plakjes aan het snijden.

'Voor mij maar een klein stukje,' zei Frieda. 'De helft daarvan.'

Josef at zijn stuk op en pakte toen het halve plakje van Frieda en at dat ook op. Hij dronk van zijn thee en at toen nog een plakje van de andere cake. Mary Orton keek met een dankbare blik naar hem.

'Als Josef klaar is,' zei Frieda, 'kan hij misschien even kijken wat er moet gebeuren. Hij is heel goed.'

Josef zette zijn bord in de gootsteen. 'Dit is zeer goede cake, allebei.'

'Neem nog een stukje,' zei Mary. 'Anders bederft het toch maar.'

'Ik neem straks nog stukje,' zei Josef. 'Maar eerst: wat heeft die man voor u gedaan?'

'Het is zo vreselijk wat er is gebeurd,' zei Mary. 'Verschrikkelijk.' Ze streek met haar hand over haar gezicht, alsof het haar duizelde. 'En die rechercheur, die vrouw, zei dat hij was vermoord. Is dat echt waar?'

'Ik denk het wel,' zei Frieda. 'Ik ben niet van de politie. Ik ben gewoon een...' Ze zweeg even. Wat was ze eigenlijk? 'Gewoon een collega.'

'Hij was zo behulpzaam,' vervolgde ze. 'Er ging iets geruststellends van hem uit, hij gaf me het gevoel dat ik bij hem in goede handen was. Dat heb ik niet meer gevoeld sinds mijn man overleed, en dat is lang geleden. Hij zei dat er veel aan het huis gedaan moest worden. Daar had hij natuurlijk gelijk in. Ik heb het erg verwaarloosd.' Ze stak haar hand uit om een pakje sigaretten en een asbak te pakken. 'Vinden jullie het erg?' Frieda schudde haar hoofd. Ze stak een sigaret op. 'Er moest van alles aan gedaan worden, en hij en een paar mannetjes die voor hem werkten zouden het een en ander opknappen. Maar waar het vooral om ging, was het dak. Hij zei dat de rest kon wachten, maar dat als je wat aan je dak hebt en je krijgt water binnen...'

'Is waar,' zei Josef. 'Dak is belangrijk. Maar wij hebben buiten gekeken, en geen steigers. Zijn weggehaald?'

'Nee,' zei Mary. 'Ze werkten er van binnenuit aan.'

'Hè?' Josef fronste zijn wenkbrauwen.

'Hoe lang is hij hier aan het werk geweest?' vroeg Frieda.

'Lang,' zei Mary met een glimlach. 'Ik weet het niet meer. Maar ze waren er natuurlijk niet de hele tijd. Ze moesten soms ook andere klussen doen. Maar daar was ik makkelijk in.'

'En nu lekt het nog steeds,' zei Frieda. 'Dat heb ik tenminste gehoord.'

'Hij was nog niet klaar,' zei Mary Orton. 'Maar ineens kwam hij niet meer. Ik miste hem – en niet alleen vanwege het klussen. Nu weten we waarom. Het is afschuwelijk.' Haar oude gezicht leek nog meer rimpels te krijgen. Ze wendde haar hoofd af om haar emoties te verbergen.

'Is het goed als Josef ernaar kijkt?'

'Natuurlijk,' zei Mary Orton. 'Zal ik het je laten zien?'

Josef glimlachte. Dat had Frieda hem sinds hij terug was niet vaak zien doen. 'Ik weet hoe ik bij dak kom,' zei hij.

Toen Josef weg was, liet Frieda haar blik door de keuken gaan. Op het dressoir stonden talloze foto's van kinderen, allemaal in lijstjes. 'Zijn dat uw kleinkinderen?' zei Frieda.

'Ja. Ze zijn nu alleen wel ouder, natuurlijk.'

'Ziet u hen vaak?'

'Mijn twee zoons wonen niet in Londen. Ze komen wel in de vakantie op bezoek, als ze kunnen. En ik heb natuurlijk mijn vrienden en kennissen.'

Het klonk bijna alsof ze zich groothield. Frieda pakte een van de foto's. Het was een schoolfoto van een basisschoolleerling uit 2008. Drie jaar geleden – in die tijd kan een kind veel veranderen, dacht ze.

'Het zal vast prettig zijn geweest om Robert Poole om u heen te hebben,' zei ze.

'O, nou ja, het was een aardige jongeman,' zei Mary Orton verlegen. 'Hij stelde allerlei vragen over mijn leven, was geïnteresseerd. Als je oud wordt, zie je niet veel mensen meer. Je wordt onzichtbaar. Maar hij was anders.'

'Hij was attent,' zei Frieda.

'Ja, eigenlijk wel. Het is moeilijk te geloven dat hij dood is.'

Ze hoorden bonken op de trap, en beide vrouwen keken om toen Josef de keuken weer in kwam.

'Mevrouw Orton.' Hij torende boven haar uit. 'Er is klein lek. Ik haal mijn tas uit auto, en over vijf minuutjes is geen water meer. Dan misschien nog één dag werk, of twee dagen. Ik regel voor u. Allemaal prima.'

'Dat zou geweldig zijn. Zou u dat willen doen?'

'Geen probleem. Ik ga naar auto. Frieda?' Hij wenkte haar. 'Mevrouw Orton, u excuseert ons even?'

Frieda liep achter hem aan de gang op. 'Alles in orde?'

Er verscheen een minachtende blik op Josefs gezicht. 'Dat dak. Allemaal onzin. Ik weet als ik geen steigers zie. Hij deed niets.'

'Wat bedoel je?'

'Hij deed daar niets, bedoel ik. Beetje kloppen misschien, geen nieuw dak.'

Frieda was verbijsterd. 'Misschien heb je gewoon niet gezien wat hij heeft gedaan.'

'Frieda,' zei Josef. 'Ik laat je zien als je wilt. Ik ga boven, ik klim op ladder in zolderslaapkamer en ik schijn met zaklantaarn. Ik kijk naar dakplaten, balken. Er zijn paar nieuwe platen, sommige van...' – hij stak zijn handen op en zocht naar het juiste woord – 'van vilt, maar is niets. En water komt binnen.' Hij tikte op zijn voorhoofd. 'Misschien is ze...'

'Oké,' zei Frieda. 'Maak jij dat gat maar dicht.' Ze stak haar hand uit en legde die even op zijn schouder. 'En bedankt, Josef.'

Hij haalde zijn schouders op en liep naar buiten. Frieda dacht even diep na en ging toen de keuken weer in. Ze ging naast Mary Orton aan de keukentafel zitten en schoof haar stoel wat dichterbij, zodat ze zacht konden praten.

'Mevrouw Orton, ik wou u iets vragen. Kunt u me zeggen hoeveel u Robert Poole betaald hebt?'

Mary Orton kreeg een kleur. 'Ik weet het echt niet,' zei ze. 'Ik betaalde hem steeds wat, van tijd tot tijd. Ik heb echt geen idee van het totale bedrag.'

Frieda boog zich wat meer voorover en legde haar hand op de onderarm van de vrouw. 'Ik zou het niet vragen als het niet belangrijk was, maar zou u me uw bankafschriften kunnen laten zien?'

'Nou, eigenlijk...'

'U hoeft het niet te doen,' zei Frieda, 'maar als u het niet doet, denk ik dat de politie ze in elk geval wel zal willen zien.'

'Goed.' Mary Orton knikte. 'Maar het voelt een beetje vreemd.'

Ze liep de keuken uit. Frieda hoorde haar op de trap naar boven gaan en weer naar beneden komen. Toen Mary Orton weer binnenkwam, legde ze een stapeltje papieren op tafel. 'Ze liggen allemaal door elkaar,' zei ze. 'Mijn man deed dit soort dingen altijd.'

Frieda zocht de meest recente bankafschriften bij elkaar, legde ze op volgorde en bekeek ze. Enkele seconden later voelde ze haar hart sneller kloppen. Ze voelde het in haar hals. Ze legde het laatste blaadje neer en keek Mary Orton aan.

'Ik heb het even gauw opgeteld, en het kan zijn dat ik een paar bedragen over het hoofd heb gezien, maar alles bij elkaar hebt u hem in totaal een bedrag van honderdzestigduizend pond betaald. Zou dat kunnen?'

Mary Orton nam een sigaret uit haar pakje en stak die aan. Haar handen trilden, en ze had er twee lucifers voor nodig om hem aan te steken. 'Ja, het zou kunnen. Maar zo'n dak is toch verschrikkelijk duur?'

'Ja,' zei Frieda. 'Dat heb ik ook weleens gehoord.'

23

In het opschrijfboekje van Robert Poole stonden acht contacten. Yvette las ze voor. 'Eén: mevrouw Mary Orton.'

'Haar hebben we gesproken. Zij heeft Robert Poole beslist gekend, waarschijnlijk het beste van iedereen die we tot nu toe hebben gesproken.'

'Twee: Frank en Aisling Wyatt.'

'Die hebben hem ook gekend, maar niet zo goed.'

'Drie: Caroline Mallory en David Lewis, het echtpaar uit Brixton dat we het eerst hebben gesproken. Zij zeggen dat ze hem maar één keer hebben gezien. En dan als vierde een naam die jullie bekend zal voorkomen: Jasmine Shreeve.' Yvette zweeg even alsof ze een reactie verwachtte.

'Moet ik soms weten wie dat is?' zei Karlsson.

'Ze presenteerde een paar jaar geleden zo'n televisieprogramma waarin de hoofdpersoon een metamorfose ondergaat. Ik denk dat het vooral overdag werd uitgezonden.'

'Had jij dan tijd om overdag tv te kijken?'

'Ik heb het eigenlijk nooit gezien. Ik heb het van horen zeggen. Ze zei dat ze Poole had ontmoet en dat ze geen idee had waarom iemand hem zou hebben willen vermoorden.'

'Deze mensen moeten we beter aan de tand gaan voelen,' zei Karlsson. 'En de rest?'

'Dit zijn de enigen die hem werkelijk hebben ontmoet.' Yvette bekeek haar aantekeningen. 'Dan hebben we nog de Coles uit

Haywards Heath, een ouder echtpaar dat geen idee heeft wie hij is en zich ook niet kan herinneren hem ooit te hebben ontmoet. Graham Rudge, vrijgezel, hoofd van een particuliere school, woont in de buurt van Notting Hill, zegt ook dat hij Robert Poole nooit heeft ontmoet, al zou hij mogelijk ooit opgebeld kunnen zijn door iemand die zo heet, maar hij weet niet meer waar of wanneer. Verder nog een jong stel in Chelsea, Andrea en Lawrence Bingham, net terug van huwelijksreis, beiden werkzaam in de financiële wereld. En dan nog een zekere Sally Lea. We hebben geen idee wie dat is.'

'Zijn dat ze allemaal?' vroeg Karlsson.

'Ja.'

'En hebben deze mensen iets met elkaar gemeen?'

'Daar hebben Chris en ik het over gehad. Ze wonen op totaal verschillende plekken in Londen, en een paar zelfs buiten de stad. Mary Orton en Jasmine Shreeve wonen redelijk in de buurt van zijn adres. De Wyatts wonen in de buurt waar het lichaam is gevonden. Ze hebben verschillende beroepen en leeftijden, en sociaal gezien zijn ze ook allemaal verschillend. Sommigen zeiden dat ze hem kenden, anderen niet. Geen van allen kennen ze elkaar. Voor zover wij het konden beoordelen, bestond er geen enkel verband tussen hen.'

'Dus hebben we een aantal individuen en stellen die onderling geen enkele relatie met elkaar hebben en die zelfs niet allemaal zeggen dat ze het slachtoffer gekend hebben.'

'Ze zijn wel allemaal in goeden doen,' zei Chris Munster aarzelend.

'Sommigen zijn in goeden doen, anderen zijn zeer welgesteld,' zei Yvette. 'Je zou eens moeten zien waar de Wyatts wonen. Het lijkt wel iets uit een woonblad.'

'Ik zal eens bij ze langsgaan.'

'En?' Een uur later boog Karlsson zich over zijn bureau. 'Wat vind je ervan? Doe je het of niet?'

'Ik ben er nog steeds niet van overtuigd dat we het formeel moeten regelen.'

'Weet je, Frieda, het lijkt alsof we om elkaar heen draaien. Als ik je vraag om iets niet te doen, doe je het juist graag, en je vertelt het me pas achteraf als je iets doet wat je eigenlijk niet zou moeten doen. Zal ik je eens wat zeggen? Als je nou eens als therapeut naar jezelf kijkt, moet je volgens mij tot de conclusie komen dat je er moeite mee hebt om verplichtingen aan te gaan.'

'Moet ik dan trouw zweren en alle regels onderschrijven?'

'Nee, zo ligt het niet.'

'Ik ben eigenlijk geen teamspeler, vooral niet in een team dat mij er misschien helemaal niet bij wil hebben.'

'Wat bedoel je in hemelsnaam?'

'Wat denk je van Yvette Long?'

'Yvette? Wat is er met haar?'

'Ze mag me niet, ze moet me niet.'

'Onzin.'

'Ben je soms blind?'

'Ze probeert alleen mij een beetje af te schermen.'

'Ze denkt dat ik je in de problemen zal brengen. En daar zou ze weleens gelijk in kunnen hebben.'

'Dat is míjn probleem. Maar als je niet met mij wilt werken: prima. Je zegt het maar, en dan zal ik je voor eens en voor altijd met rust laten en je niet meer lastigvallen. Maar zoals het nu gaat, ben je er het ene moment wel bij betrokken en het andere niet. We kunnen niet zo halfslachtig doorgaan. Je moet nu beslissen: is het ja of nee?'

Frieda keek hem aan, en hij haar. Ten slotte knikte ze. 'Ik zal het proberen.'

'Goed,' zei Karlsson, die verrast leek door haar besluit. 'Dat is goed. Dat gaan we officieel vastleggen. En dan zul je een contract moeten ondertekenen.'

'Met het oog op gezondheid en veiligheid?'

'Nee, met het oog op het politiewerk, dat immers voornamelijk bestaat uit het invullen van formulieren. Daardoor mag je nu met mij mee als ik op bezoek ga bij de mensen die op Robert Pooles lijstje staan en die hem hebben gekend. Die aardige jongeman blijkt uiteindelijk helemaal niet zo aardig te zijn geweest, en hij blijkt zelfs niet eens Robert Poole te hebben geheten.'

'Mag ik je een gunst vragen voordat we op pad gaan?'

'Ga je gang.'

'Alan Dekker.'

Karlsson leek ineens op zijn hoede. Hij zette zijn vuisten op elkaar op tafel, legde zijn kin erop en keek Frieda aan. 'Dit hebben we al eens besproken...'

'Dat weet ik.'

'Je hebt geen enkel bewijs, Frieda. Het is maar een gevoel.'

'Ik weet zeker dat Dean nog leeft.'

'Je wéét het niet, je gelóóft het.'

'Ik ben ervan overtuigd. Als Alan nog in leven is, moet er een manier zijn om hem op te sporen. Dat is jouw werk toch?'

Karlsson zuchtte diep. 'En zeg mij dan eens, Frieda,' zei hij, 'als we iets vinden, wat dan?'

'Simpel. Als je Alan vindt, weten we dat Dean dood is en zal ik toegeven dat ik het mis heb.'

'Dat zou de eerste keer zijn.'

'Dus je doet het?'

'Ik zal eens kijken. Het is soms lastig om mensen te vinden die niet gevonden willen worden.'

In de auto vertelde Karlsson aan Frieda wat ze tot dan toe te weten waren gekomen van de man die bekendstond als Robert Poole. Dat hij de identiteit had aangenomen van iemand die zes jaar geleden was overleden, en dat ze zijn ware identiteit nog niet kenden. Dat er geen aanwijzingen waren dat hij een baan of een vast inkomen had gehad, maar dat hij kort voor zijn dood nog had beschikt over een aanzienlijk bedrag op zijn bankrekening. Dat die bankrekening rond het tijdstip van de moord was leeggehaald. Dat de mensen hem beschreven als een warmvoelend man, maar dat niemand veel van hem leek te weten. Dat ze in zijn appartement een opschrijfboekje hadden gevonden waar een aantal namen in stond, waaronder die van Frieda's echtpaar in Brixton en van Mary Orton.

'Bij wie gaan we eerst langs?' vroeg Frieda.

'Bij Frank en Aisling Wyatt. Ze wonen in Greenwich. We hebben van tevoren gebeld, en deze keer zijn ze er allebei. De laatste keer was zij er alleen.'

'Wat weet je van hen?'

'Hij is accountant in de City. Zij is interieurontwerpster. Parttime, en waarschijnlijk alleen als hobby. Ze hebben een paar kinderen die nog op de basisschool zitten.'

De auto stopte bij een aantal glanzende appartementengebouwen die uitkeken over de rivier, die hier breder werd. Het was eb, en de Theems was nog slechts een dun stroompje bruin water met aan weerszijden vlakten van slib en zand.

'Ze zitten er kennelijk warmpjes bij,' zei Karlsson.

Ze liepen over het verharde voetpad langs de rivier dat naar de woning van de Wyatts voerde. Het appartement besloeg twee etages en had een smeedijzeren balkon op de eerste verdieping, terwijl op de begane grond een tuintje was waar een overvloed aan bloempotten stond, deels van aardewerk, de andere van tin of koper. Zelfs nu, op deze grijze, winderige februaridag, zag Frieda voor zich hoe je daar in de lente en de zomer van een weelde van kleuren en geuren zou kunnen genieten. De enige bloemen die er nu te zien waren, waren witte sneeuwklokjes met hangende kopjes en blauwe sneeuwroem.

Karlsson klopte op de deur, die al snel werd opengedaan door een stevig gebouwde dertiger met donker haar, grijze ogen en borstelige wenkbrauwen. Hij droeg een donker, fraai gesneden pak, een onberispelijk gestreken wit overhemd en een rode stropdas. Hij keek wantrouwig toen Karlsson zijn naam noemde en bijna geamuseerd toen hij Frieda aan hem voorstelde.

'Aisling is er ook. Mag ik vragen hoe lang het gaat duren? Dit is voor mij een gewone werkdag.' Hij keek op zijn horloge, een opzichtig glinsterend metalen ding.

'We zullen het zo kort mogelijk houden.'

Frank Wyatt ging hun voor de huiskamer in, die de begane grond verder geheel in beslag nam, een zaal met parket en tapijten, banken met kussens, gordijnen in pasteltinten, veel planten, een salontafel en aan de achterkant van de ruimte een glimmende keuken met roestvrijstalen kookplaten en aanrechten die het licht weerkaatsten dat naar binnen viel door het raam dat op de rivier uitkeek. Even dacht Frieda aan Michelle Doyce, die iets verder stroomopwaarts in puinbakken en afvalemmers had gewroet. Toen keek ze naar de vrouw die van de bank opstond om hen te begroeten. Aisling Wyatt was een lange, slanke, enigszins gebogen vrouw zonder make-up en met weelderig, donkerblond haar. Ze droeg een joggingbroek en een crèmekleurige kasjmieren trui. Ze liep op blote voeten, die net als de rest van haar lichaam lang en dun waren. Ze had een zelfverzekerde houding, die leek te passen bij het interieur.

'Kan ik u iets aanbieden? Thee of koffie?'

Beiden bedankten. Karlsson ging met zijn rug naar het raam staan. Het viel Frieda op dat iets in zijn houding uitstraalde dat hij zich nooit ergens helemaal thuis voelde, hoe de situatie ook was, dat hij zich nooit gewonnen gaf.

'Aisling heeft al met de politie gesproken. Ik zou niet weten wat we aan die informatie nog zouden kunnen toevoegen.'

'We wilden alleen een paar dingen nagaan. Zoals u weet, is Robert Poole vermoord.'

'Vreselijk,' mompelde Aisling. Het viel Frieda op dat er onder haar ogen vlekjes zaten en dat ze bloedeloze lippen had.

'We proberen een beeld te vormen van wat voor man het was,' vervolgde Karlsson. 'Kunt u ons zeggen hoe u beiden met hem in contact bent gekomen?'

'Vraagt u dat maar aan Aisling.' Frank knikte naar zijn vrouw.

'Mevrouw Wyatt?'

'Dat kwam door de tuin,' zei Aisling.

'Ja, die zagen we toen we aan kwamen lopen,' zei Frieda. 'Hij is prachtig.'

'Ik ben er dol op.' Aisling keek haar aan en glimlachte nu voor het eerst, en de uitstraling van arrogantie en vermoeide minachting verdween van haar gezicht. 'Het is mijn passie. Frank maakt zeer lange dagen, en als de kinderen naar school zijn, hou ik me daarmee bezig. Ik werk zelf ook wel wat, maar ik moet erbij zeggen dat de mensen hun geld op het ogenblik liever niet aan hun interieur uitgeven.'

'Het is voor iedereen een moeilijke tijd, zelfs voor de beter gesitueerden,' zei Frank, die op een stoel af liep en ernaar keek alsof hij zich afvroeg of het meubel de moeite waard was om op te gaan zitten.

'Ja.' Frieda had vooral aandacht voor Aisling. 'Dus u hebt met Robert Poole kennisgemaakt dankzij uw gezamenlijke belangstelling voor tuinen?'

'Gek om hem Robert te horen noemen. Wij kenden hem als Bertie,' zei Aisling. 'Hij liep hier een keer voorbij toen ik bezig was met een bepaald soort roos waar ik veel van hou. Die had ik langs de muur geleid, waar hij min of meer overheen groeit. Hij bleef staan, en we raakten aan de praat. Hij zei dat hij in zijn werk veel te maken had met het ontwerpen van tuinen. Het interesseerde hem dat ik zoveel voor elkaar had gekregen in zo'n beperkte ruimte. Hij had oog voor de kleinste details.' Haar blik ging even in de richting van Frank, die inmiddels in een andere stoel was gaan zitten, maar op het puntje, alsof hij wilde laten zien hoe ongeduldig hij het moment afwachtte dat hij de deur uit kon gaan, weer naar zijn werk.

'Een dag of twee daarna liep hij weer langs,' zei Aisling. 'Hij zei dat hij hier vaak langskwam op weg naar klanten in de buurt. Maar hij had tijd voor een babbeltje. Daarna hebben we elkaar vaak gesproken. Hij is een paar keer op de koffie gekomen en hij heeft me catalogi van planten laten zien. Hij was zelf een bedrijf aan het opzetten. Hij heeft zelfs nog eens geopperd dat ik mee zou doen, dan kon ik de interieurs ontwerpen en hij de buitenkant. Het was natuurlijk een grapje, maar het was leuk dat iemand me serieus nam.'

'Hebt u hem ook ontmoet?' Karlsson keek Frank aan.

'Een paar keer,' zei Frank. 'Aardige vent.'

'Waar hebt u over gepraat?' vroeg Frieda.

'Niets belangrijks.'

'Vertelt u het ons toch maar.'

Frank leek opeens in verlegenheid gebracht. 'De enige keer dat ik eigenlijk alleen met hem ben geweest, hebben we het erover gehad hoe het was om naar kostschool te gaan, toen we nog jong waren. Ik ben er voor mezelf klaar mee, dus praat ik er normaal gesproken niet meer over. Hij wist wat het betekende, want hij had zelf ook op kostschool gezeten. Ik weet niet welke.'

'Dus het was makkelijk om met hem te praten,' zei Frieda.

'Dat kun je wel zeggen, ja.'

'Praatte hij over zijn werk?'

'Nee,' zei Frank.

Ook Aisling schudde haar hoofd. 'Niet echt,' beaamde ze.

'Dus u was allebei met hem bevriend.'

'Bevríénd zou ik het niet noemen,' zei Frank.

'Mevrouw Wyatt?'

'Nee-ee.' Ze sprak het woord zo langgerekt uit dat het een vermoeide zucht leek. 'Een vriend was hij niet. Een kennis, die we aardig vonden.'

'Hoe vaak hebt u hem ontmoet?'

'Waarom wilt u dit allemaal weten?' vroeg Frank ineens luid en met opengesperde neusvleugels. 'Hij is dood. We zijn geschokt en we vinden het uiteraard afschuwelijk, maar we kenden hem amper. Er moeten tientallen, zo niet honderden mensen zijn die hem beter hebben gekend dan wij.'

'Niet vaak,' zei Aisling, de uitbarsting van haar man negerend. 'Zes, zeven keer. Hij kwam gewoon af en toe even langs als hij in de buurt was.'

'Wat deed hij hier in de buurt?'

Ze haalde haar schouders op.

'En waar kwam hij dan vandaan?'

'Dat zei ik al, van de plek waar hij woonde.'

'Tooting,' zei Karlsson. 'Dat is niet bepaald om de hoek.'

'Hij heeft nooit gezegd dat hij in de buurt woonde.'

'Hij schijnt een heleboel dingen nooit gezegd te hebben,' zei Karlsson. 'We weten bijna niets van hem. Maar uw naam stond in zijn notitieboekje. Dat is de reden dat we met u praten.'

'Waarom zou hij onze naam hebben opgeschreven?'

'Heeft hij ooit werk voor u gedaan?' vroeg Frieda.

'Hij heeft me een beetje met de tuin geholpen,' zei Aisling.

'Hebt u hem daarvoor betaald?'

De Wyatts zeiden op hetzelfde moment nee.

'En u kunt ons verder niets over hem vertellen?'

'We kenden hem nauwelijks,' zei Frank terwijl hij opstond. 'We hebben verteld wat we weten.'

'Wanneer hebt u hem voor het laatst gezien?'

'Ik zou het u niet kunnen zeggen,' zei Frank. 'Hij kwam gewoon af en toe langs.'

'U weet het dus niet meer?'

'Nee, geen idee.'

'Op 21 januari,' zei Aisling Wyatt.

'Dat is wel heel precies.'

'Het was de dag dat ik mijn zoon naar het ziekenhuis moest brengen. Daar heb ik het met hem over gehad.'

'21 januari.'

'Ja. Een vrijdag.'

'Mooi,' zei Karlsson. 'Daar hebben we wat aan. Als u nog iets anders bedenkt...'

'Ja, ja.' Frank Wyatt wilde hen zo gauw mogelijk de deur uit hebben. 'Dan nemen we contact op. Natuurlijk.'

'Wat vond je van ze?' vroeg Karlsson zodra ze weer in de auto zaten.

'Rijk.'

'Dat is wel duidelijk.'

'Zij is eenzaam.'

'Denk je?'

'Ja. En ze hebben elkaar niet aangekeken. Geen enkele keer.'

Toen Frieda die avond nadat ze bij vrienden had gegeten thuiskwam en haar voordeur opende, hoorde ze de telefoon gaan. Ze had het antwoordapparaat niet aangezet en was net te laat om op te nemen, maar nog voordat ze het nummer van de beller had kunnen nagaan, ging de telefoon weer.

'Ja, met Frieda.'

'Mijn god, eindelijk! Waar was je? Ik probeer je steeds te bereiken en dat lukt maar niet. Thuis, op je mobiel, via de e-mail.'

'Hallo, Olivia.'

'Ik heb zelfs het nummer op je werk geprobeerd dat je me had gegeven.'

'Dat is alleen voor noodgevallen.'

'Shit, nou, dit ís een noodgeval. Ik kom op straat te staan. En Chloë ook.'

Frieda ging zitten en hield de hoorn aan haar andere oor. Rustig trok ze haar laarzen uit en wreef over haar voeten – ze had kilometers gelopen.

'Wat is er mis?'

'Wat is er mis? Die broer van jou, die is mis.'

'David?'

'Heb je dan nog meer broers met wie ik getrouwd ben geweest en die me het leven zuur maken? Is het soms niet genoeg dat hij me laat zitten voor de een of andere slet, dat hij me vernedert, dat hij mij tot eenzaamheid veroordeelt en zijn enige kind verwaarloost?'

'Vertel me eens wat er gebeurd is.'

'Hij zei dat hij een paar advocaten heeft gesproken en dat hij mijn alimentatie gaat verlagen.' Olivia praatte snel, en daartussendoor was te horen dat ze af en toe snikte en een slok nam. Frieda veronderstelde dat ze behoorlijk wat wijn achteroversloeg. 'Kan hij dat doen, Frieda?'

'Heb je geen wettelijk afdwingbare afspraken gemaakt?'

'Dat dácht ik. Ach, weet ik veel. Ik was toen ook zo in de war. Ik kon niet nadenken. Hij zegt dat hij wel zal betalen voor het levensonderhoud van Chloë, maar dat ik niet moet verwachten dat hij voor mij zal blijven betalen. Ik moet zorgen dat ik een fulltimebaan krijg, zegt hij. Denkt hij soms dat ik dat niet probeer? Weet hij niet dat er een recessie is? Wat moet ik doen? Ik ben eenenveertig, ik heb geen vak geleerd, ik ben een alleenstaande moeder. Weet je, Frieda, de wereld is hard. Wie zou mij nou aannemen, als ze voor de helft van mijn salaris een pas afgestudeerde twintiger kunnen krijgen, of voor niks zelfs, als dat goed staat op haar cv?'

'Ik weet dat het moeilijk is,' zei Frieda. 'Heb je dit ook tegen David gezegd?'

'Denk je dat het die schoft íéts kan schelen? Hij is een nieuw leven begonnen.'

'Heb je nog brieven van advocaten, of bankafschriften, dat soort dingen?'

Aan de andere kant bleef het stil.

'Olivia?'

'Ik wilde alles weggooien en opruimen. Misschien heb ik nog wel wat... maar ik zou niet weten waar. Ik heb niet wat je noemt een geordende administratie. Ik leg alles gewoon maar ergens neer. Kun jij hem niet bellen?'

'Ik heb David al in geen jaren gesproken.'

'Naar jou luistert hij wel. Ze zijn allemaal bang van jou.'

'Ik zal erover nadenken,' zei Frieda grimmig.

Ze dacht erover na. Op haar blote voeten en met een gefronst voorhoofd liep ze door de huiskamer. Ze pakte de telefoon, toetste zijn nummer in, hoorde zelfs de beltoon, maar legde toen neer. Ze voelde zich klam en ziek. Hier moest iets anders op te verzinnen zijn.

24

Jasmine Shreeve behandelde Karlsson en Frieda alsof zij het verhoor leidde, en haar bezieling nam nog toe toen ze hoorde dat Frieda psychotherapeut was.

'Weet u nog dat ik *De huizendokter* deed?' vroeg ze. Ze zweeg even, en Karlsson mompelde iets. Ze keek Frieda aan.

'Was dat een medisch programma?' vroeg Frieda.

'Hebt u er echt niet...' begon Jasmine. 'Het is al een tijdje geleden, maar het was in die tijd heel belangrijk. Ik presenteerde het samen met Lenny McMullen, de bekende psycholoog. Dokter Mac. U kent hem vast wel.'

Weer was het even stil.

'Mevrouw eh...'

'Zeg maar Jasmine, hoor.'

'Ik geloof niet dat ik hem ken.'

'Hij staat in zijn vak in hoog aanzien,' zei Jasmine. 'En hij was op tv echt een natuurtalent. Hij was befaamd om de truien die hij droeg. Dus u hebt het programma nooit gezien?' Ze keek ongelovig en dacht even na. 'Nou, het ging zo dat we bij mensen thuis kwamen. Zij moesten de deur uit, en dan liepen Lenny en ik door hun huis en vertelde hij, alleen door naar de inrichting van het huis, de meubels en de schilderijen aan de muur te kijken, wat hun problemen waren. Dan haalden we ze weer naar binnen en praatten Lenny en ik met ze over hun problemen, en dan bespraken we hoe ze die konden oplossen.'

'Door hun huis anders in te richten?' vroeg Karlsson.

'Soms,' zei Jasmine. 'Dat is geen onzin, hoor. We geven uitdrukking aan onszelf in het huis waar we wonen, en door te verhelpen wat er aan ons huis mankeert, zetten we de eerste stap naar genezing van onszelf. Dat zei Lenny altijd.' Ze keek Frieda aan. 'Ik weet heus wel waar u mee bezig bent, hoor,' zei ze.

'Waar ben ik dan mee bezig?'

'U bekijkt mijn huis. U probeert hetzelfde te doen wat wij vroeger in *De huizendokter* deden.'

'Ik denk niet dat ik dat zou kunnen,' zei Frieda.

'U hoeft niet zo bescheiden te zijn. Ik zal u zeggen wat u ziet. Als u hier rondkijkt, ziet u een huiskamer die verrassend smaakvol is voor iemand die televisieprogramma's voor de gewone man presenteert. De kleur van de muren is gebaseerd op die van een huis dat ik in Pompeii heb gezien. Er hangen foto's van mij met diverse bekende personen, maar die zijn allemaal verdacht lang geleden genomen. Wist u dat Channel 4 nog niet eens een website had toen wij ophielden met *De huizendokter*? O nee, natuurlijk wist u dat niet, want u had er nog nooit van gehoord. En u zult de programma's die ik voor andere omroepen heb gemaakt vast ook niet hebben gezien.'

'Ik kijk voornamelijk naar sport,' zei Karlsson. 'En niet eens zo vaak.'

'Wat u ziet,' zei Jasmine, 'is het huis van een televisiepresentatrice van eenenvijftig die werkt in een bedrijfstak waar ze liever geen televisiepresentatrices van eenenvijftig hebben. U ziet een foto van één ex-man, omdat wij nog steeds goede vrienden zijn. Van de andere ziet u geen foto, omdat wij dat niet zijn. U had misschien verwacht dat u het huis zou zien van iemand die krampachtig aan het verleden probeert vast te houden, iemand die verbitterd is over haar lot. Vertelt u me eens, dokter Klein...'

'Alsjeblieft, het is Frieda, hoor.'

'Frieda, is dit de huiskamer van een verbitterde vrouw?'

Ineens moest Frieda aan haar grootvader denken. Een vriend van hem had haar eens verteld wat hij deed als iemand op een feestje ontdekte dat hij arts was en hem, zoals mensen vaak deden, vragen stelde over een of ander pijntje waar hij last van had. Hij vroeg zo iemand dan op bezorgde toon om zijn ogen dicht te doen en zijn tong uit te steken, om vervolgens weg te lopen en met iemand anders een gesprek te beginnen. Ze dacht even na. 'Als dit een consult was,' zei ze ten slotte, 'zou ik vragen wat je zou willen horen. Je geeft me het gevoel dat je me probeert te dwingen om iets over je te zeggen. Maar dit is geen therapiesessie. Soms is een kamer gewoon een kamer. Ik vind dit een mooie kamer, en die kleur uit Pompeii vind ik ook heel mooi.'

'Weet je wat ik gestudeerd heb?' zei Jasmine. 'Ik heb in Oxford Engels gestudeerd. En ik ben ook nog cum laude afgestudeerd. Zoiets verwacht je niet van een vrouw die tv-reclames voor incontinentieluiers heeft gedaan. Waar ik overigens dit huis voor de helft van heb kunnen betalen. Maar weet je wat dat betekent? Dat cum laude, bedoel ik, niet die tv-reclames.'

'Het klinkt indrukwekkend.'

'Het betekent dat ik voor iemand als jij moeilijk te analyseren ben. Mensen als jij maken van iemands leven een verhaal, een verhaal met een moraal en een betekenis. Dat heb ik in Oxford geleerd. Ik weet hoe je verhalen moet analyseren en hoe je van gebeurtenissen een verhaal kunt maken. In *De huizendokter*, en zelfs in de oppervlakkige reportages die ik maakte over mensen die zich op vakantie misdroegen, was elk item een verhaaltje op zich. Dat is de reden dat je niet zomaar mijn huis binnen kunt stappen en een psychologisch verhaaltje kunt bedenken over een tv-presentatrice op haar retour.'

Er viel weer een stilte. Karlsson leek met stomheid geslagen. Hij keek Frieda aan – hier moest zij maar op reageren.

'Goed,' zei ze. 'Wat is jouw verhaal met Robert Poole?'

'Hij was een vriend van me,' antwoordde Jasmine. 'We hebben samengewerkt. In zekere zin.'

'Kun je dat nader toelichten?' vroeg Frieda. 'Hoe hebben jullie elkaar ontmoet?'

Jasmine keek melancholiek. 'Het leek een beetje zoals het in een film gaat. Ik ga een paar keer per week naar de sportschool, maar ik ga ook weleens een eind hardlopen. Een paar maanden geleden was ik een keer in Ruskin Park, achter het ziekenhuis. Ik was strekoefeningen aan het doen, en toen begon hij een praatje met me.'

'Waarover?'

'Gewoon, over de oefeningen die ik aan het doen was. Hij zei dat het goed was om zo wat afkoelingsoefeningen te doen, maar dat ik bij een van de bewegingen die ik maakte mijn rug weleens te veel zou kunnen belasten, en hij stelde andere oefeningen voor. We raakten in gesprek, en toen zijn we ergens koffie gaan drinken en heb ik hem gevraagd of hij me wilde helpen met mijn oefeningen.'

'Als een soort personal trainer?' zei Karlsson.

'Ja, precies.'

'Waarom?' vroeg Karlsson.

'Hoe bedoelt u, "waarom"?' zei ze. 'Waarom niet?'

'U had hem toch maar net ontmoet, in een park.'

'Hoe moet je anders iemand vinden?' zei ze. 'Ik weet instinctief met wat voor mensen ik te maken heb. Hij wist waar hij het over had, en ik kon goed met hem opschieten. Ik had het gevoel dat het goed zou zijn voor mijn motivatie.'

'Hoeveel hebt u hem daarvoor betaald?'

Ze dacht even na. 'Zestig pond per keer. Is dat onredelijk?' Ze keek Frieda aan. 'Wat reken jíj?'

'Dat varieert,' zei Frieda. 'Heeft hij iets gezegd over andere klanten die hij had?'

'Nee,' zei Jasmine. 'Dat vond ik nou juist zo prettig aan hem. Als ik bij hem was, was hij helemaal op mij gefocust, op datgene wat we aan het doen waren.'

'Zou u zeggen dat u een relatie met hem had?' vroeg Karlsson.

Ze keek even zenuwachtig. 'Hij was gewoon een trainer,' zei ze. 'Nou ja, niet zómaar een trainer. Hij was iemand met wie ik kon praten, dat was het fijne van Robbie.'

'Waar praatten jullie dan over?' vroeg Frieda.

'Als de mensen je op tv hebben gezien, denken ze dat je anders bent dan anderen. Hij niet. Hij kon goed luisteren. Dat lijkt niet zo bijzonder, maar er zijn niet veel mensen die dat kunnen.'

'Wanneer hebt u hem voor het laatst gezien?' vroeg Karlsson.

'Ongeveer een maand geleden.'

'Hoe was het toen met hem?'

'Hetzelfde als altijd – hij was aardig, geïnteresseerd, aandachtig. We hadden eind januari afgesproken, en toen kwam hij niet opdagen. Ik heb hem gebeld, maar hij nam niet op. En nu dit allemaal… Ik wou dat ik er iets zinnigs over kon zeggen. Sinds ik het heb gehoord, heb ik me suf gepiekerd. Ik weet eigenlijk helemaal niks.'

'Praatte hij weleens over vrienden of familie?' vroeg Frieda. 'Of over iets uit zijn verleden of over andere dingen die hij deed?'

'Nee.' Jasmine schudde met een merkwaardige glimlach haar hoofd. 'Het ging steeds alleen maar over mij. Misschien vond ik hem daarom wel zo leuk.'

'En meer dan zestig pond per sessie hebt u nooit betaald?' zei Karlsson.

'Nee.'

Ze zwegen. Karlsson knikte even naar Frieda, die de associatie had met de geheime signalen die stellen elkaar op een feestje geven als het tijd is om te gaan. Ze stonden allebei op. Jasmine stak haar hand uit naar Frieda, die hem aannam en zei: 'Je zei dat ik jou niet zou kunnen begrijpen door te kijken hoe je huis eruitziet en dat ik jouw therapeut niet zou kunnen zijn omdat je Engels hebt gestudeerd. Maar begreep Robert Poole jou dan wel?'

Jasmine trok haar hand terug uit die van Frieda.

'Nu probeer je me alleen maar te slim af te zijn. Het speciale van Robbie was dat hij mij niet zag zoals iedereen me ziet. Hij zag precies wie ik ben. Zo simpel is het.'

Toen ze het huis van Jasmine Shreeve in de rustige, smalle Camberwell Street verlieten, keek Karlsson ontevreden. 'Wat is dat verdomme voor een kerel?'

Er leek water in de boot te lopen. Ze wist niet waar het vandaan kwam, maar de vloer was nat en al haar kleren waren vochtig. Op een ochtend was het zo koud dat haar broek stijf bevroren was, alsof hij van karton was, en moest ze zich verbijten toen ze hem aantrok. Haar handen beefden, en ze leken haar ook een beetje opgezet. Ze hield ze voor het raam en bekeek ze. Ze moest er goed uitzien als hij kwam. Niet verleidelijk en met zo'n onnozele glimlach, want daar had hij een hekel aan; hij hield van sterke vrouwen, die samen met hem een wereld vol gevaren het hoofd boden. Maar ze moest wel schoon zijn en in goede conditie, en op elk moment klaarstaan voor wat hij wilde dat ze deed.

Ze was afgevallen. Ze zag het niet, maar ze voelde het aan haar kleren, die wat afhingen, en aan de uitstekende botten van haar bekken. Ze was trouwens ook niet ongesteld geweest – hoe lang al niet? Ze kon het zich niet herinneren. Ze zou op de kalender moeten kijken, waarop ze het had genoteerd. Maar het maakte niet uit. Waar ze zich wel zorgen over maakte, was dat ze moeite had om alles scherp te zien – er dwaalden vlekjes voor haar ogen, leek het, en de dingen waren niet scherp omlijnd. Maar dat zou ze niet aan hem vertellen. Ze zou zorgen dat wat er gedaan moest worden hierdoor niet verstoord zou worden.

Wat er gedaan moest worden, wat was dat? O ja, haar haar. Ze maakte het nat, kamde het achterover, ging toen in het hokje dat ooit dienst had gedaan als douche voor het spiegeltje staan en probeerde het te fatsoeneren door met de schaar de ongelijke punten bij te knippen. Toen ze nog naar de kapper in de stad ging en daar voor de grote spiegel plaatsnam, deed ze altijd haar ogen dicht en liet ze, voordat haar haar gewassen en gespoeld werd, haar hoofdhuid door André masseren met citroenolie, waarna hij het langzaam knipte, streelde, droogde en in model bracht. Nu ging het anders, nu was het functioneel – het hoorde bij de voorbereiding, maar het was lastig om haar haar gelijkmatig te knippen nu er maar zo weinig licht was en haar gezicht achtereenvolgens leek te krimpen en uit te zetten, zodat ze het afschuwelijke gevoel had dat ze naar een vreemde keek, wier huid de kleur van champignons had, wier ogen te groot en jukbeenderen te scherp waren. Maar het knippen in haar natte lokken vond ze op zich wel prettig.

Daarna waste ze wat er nog over was van haar haar boven de gebarsten gootsteen door er kopjes water over uit te gieten en er het laatste restje van de shampoo in te wrijven. Haar gezicht voelde rubberachtig aan van de kou, maar ze had het ook warm. Vanbinnen was ze warm. Ze omklemde de gootsteen. Hij voelde vettig aan en was maar moeilijk vast te houden. De boot leek naar één kant over te hellen.

Ze realiseerde zich dat ze moest eten, maar ze was misselijk en voelde een weerzin tegen de laatste restjes aardappelen met de stinkende tonijn erdoorheen. Perziken uit blik dan maar. Ze kon de blikopener niet vinden; die zou ze wel ergens hebben laten vallen, maar het was halfdonker op de boot en de batterijen van de zaklantaarn waren leeg, en waar waren de lucifers? Ze leek langzamerhand nergens meer grip op te hebben, en dat mocht ze niet laten gebeuren. Ze was een soldaat. Kop op. Ze pakte het keukenmes, hurkte neer en begon ermee op de bovenkant van het blikje te rammen, maakte er een deuk in, die geleidelijk groter werd, totdat er een gat in het blikje zat en er een druppel perziksap uit liep. Ze likte hem gretig op met het puntje van haar tong. Zoet was het, leven brengend. Haar ogen vulden zich met tranen. Ze drukte het mes in het gat en wrikte het heen en weer, en geleidelijk werd de opening groter, maar toen kon ze niet langer wachten en zette ze het half opengewerkte blikje aan haar mond en sabbelde ze aan het fruit. Pas later, toen ze de smaak van metaal nog proefde, realiseerde ze zich dat ze haar lip had opengesneden, dat het vel erbij hing en haar mond vol bloed zat. Ze probeerde op te staan, maar de vloer week terug en het plafond kwam op haar af. Ze legde haar hoofd op de natte vloer en staarde naar het luik, waar hij doorheen zou komen.

25

Op zondagochtend werd Frieda met een schok wakker. Het zweet parelde op haar voorhoofd en haar hart bonsde. Even bleef de droom nog in haar hoofd spoken: een man met een rond hoofd met talloze sproeten en een wezenloze glimlach. Dean Reeve, die haar gadesloeg, aldoor gadesloeg. Ze ging rechtop in bed zitten, dwong zichzelf rustig te ademen en keek toen op haar horloge. Het was bijna tien voor negen. Ze kon zich niet herinneren wanneer ze voor het laatst zo vast en tot zo laat had geslapen. De deurbel ging – daar moest ze wakker van zijn geworden. Ze deed haar ochtendjas aan, trok die om zich heen, liep de trap af en deed open. Op de stoep, zo dichtbij dat ze de hele deuropening vulden en het daglicht bijna buitensloten, stonden Reuben, Josef en Jack. Ze keken enigszins ongemakkelijk. Ze kreeg een wee gevoel in haar maag. Er was iets vreselijks gebeurd. Er was iemand dood. Zo meteen zou ze slecht nieuws horen. Ze bereidde zich voor op de klap.

'Wat is er?' vroeg ze. 'Zeg het alsjeblieft.'

'We wilden je iets vertellen.' Jack had een rood hoofd van opwinding.

'Voordat je het van iemand anders hoort,' zei Reuben.

'Wat?' zei Frieda.

Reuben hield een krant op. 'Het gaat om Terry Reeve, of hoe ze dan ook echt mag heten,' zei hij. 'Het is allemaal onzin, en het is trouwens toch een rotkrant, die alleen maar deugt om er vis en patat in te verpakken. Maar ze brengen haar verhaal en – je kunt er niet omheen – ze praat niet bepaald vleiend over jou. En ze hebben ergens een foto van je opgeduikeld. Waar je trouwens behoorlijk goed op staat.'

Frieda haalde diep adem. 'Is dat alles?' zei ze.

Josef hield een papieren zak op. 'We hebben ook broodjes en gebak. We komen binnen en zetten sterke koffie voor je.'

Frieda ging weer naar boven om te douchen, en terwijl ze van beneden het gekletter van borden en pannen hoorde, trok ze een spijkerbroek en een zwarte trui aan en vervolgens haar sportschoenen. Toen ze beneden kwam, zag ze dat ze een willekeurige selectie bekers en borden op tafel hadden gezet. Josef was bezig de open haard aan te steken. Reuben schonk de koffie in. Jack kwam de keuken uit met een paar potjes en een pakje boter – nog ongeopend, terwijl Frieda wist dat er een aangebroken pakje in de deur van de koelkast lag. Maar wat deed het ertoe? Josef reikte haar een beker aan, en net toen ze die aan haar lippen wilde zetten, werd er weer aangebeld. Toen ze opendeed, stond daar Sasha.

'Ik weet niet of je het al hebt gehoord,' zei Sasha. 'Maar ik dacht: ik ga toch maar even langs om...' Haar stem stierf weg toen Frieda de deur verder openduwde en ze het tafereel binnen zag.

'We gingen net ontbijten,' zei Frieda.

Sasha hield ook een papieren zak op.

'Ik heb croissants van Number 9 meegenomen,' zei ze. 'Ze zijn nog warm.'

Sasha kwam binnen, er werd koffie ingeschonken, en meteen werd er nogmaals in koor geroepen dat het allemaal best meeviel, dat niemand die haar kende – en trouwens überhaupt niemand – het serieus zou nemen, en dat ze bovendien best een klacht kon indienen, als ze dat wilde. Frieda stak een hand op. 'Stop,' zei ze. 'Ik wil het helemaal niet lezen. Vertel me gewoon in twee zinnen wat erin staat.'

Het bleef even stil.

'Het komt erop neer dat zij eigenlijk slachtoffer is,' zei Reuben.

'En het is de schuld van alle anderen,' zei Jack.

'En daar hoor jij bij,' zei Sasha. 'Maar die foto is best stijlvol. Alleen het bijschrift is niet erg aardig.'

'Het is hoop onzin, allemaal,' zei Josef.

Het waren haar vrienden, en ze waren hier omdat ze het beste met haar voorhadden, maar Frieda voelde zich onder druk gezet door de vier paar ogen die op haar gericht waren, als in afwachting van haar reactie.

'Oké, oké,' zei ze. 'Wat zegt ze over mij?'

Ze keken elkaar nerveus aan.

'Kom op, voor de dag ermee,' zei Frieda.

'Ze zegt dat je haar hebt uitgebuit,' zei Sasha haastig en een beetje bang. 'Dat is belachelijk, want wat heb jij er nou voor voordeel van gehad. Jij was trouwens degene die haar heeft gered.'

'Zo voelt het voor haar niet,' zei Frieda. 'Zij had een soort veilige haven, en ik was degene die haar de grote boze wereld in heeft geduwd.'

'Ze zegt dat je beroemd wilde worden,' zei Reuben.

'Verder nog iets?' zei Frieda. Links en rechts waren weer ongemakkelijk kijkende gezichten te zien. 'Zeg het maar. Als jullie het me niet vertellen, hoor ik het van mensen die niet mijn vrienden zijn.'

Toen Jack het woord nam, leek hij een droge keel te hebben. 'Ze hebben het ook over het slachtoffer, Kathy Ripon. Weet je, ze wekken de indruk...' Hij kon niet verder spreken.

'Het is ontzettend onredelijk,' zei Reuben. 'Dat weet iedereen. Iedereen die erbij betrokken is, bedoel ik. Iedereen die ertoe doet.'

Frieda dacht aan de familie van Kathy Ripon en alle anderen op haar begrafenis. Ze moest iets wegslikken. 'Nou, ik ben tenminste niet vermoord,' zei ze. 'Alleen mijn reputatie is om zeep geholpen.' Ze stak haar wijsvinger in Reubens richting. 'En ga jij nou niet Shakespeare citeren,' zei ze scherp.

Hij keek geschrokken. 'Dat was ik helemaal niet van plan.'

'Ik denk dat ik maar een croissant neem,' zei ze, hoewel ze niet dacht dat ze een hap door haar keel kon krijgen.

Josef scheurde de foto van Frieda uit de krant en liet die aan haar zien. Het was een oude, een paar jaar geleden van haar genomen toen ze op een congres een lezing gaf. Die moesten ze ergens op internet hebben gevonden. Ze ving een glimp op van het onderschrift en zag het woord 'roekeloos' staan. Ze smeerde jam op haar croissant en sneed hem in stukjes, maar at niets. Ze hoorde het geroezemoes om zich heen, met ertussendoor van tijd tot tijd een reactie van haarzelf, en af en toe lukte het haar om naar iemand te glimlachen. Ze keek naar het groepje mensen en stelde zich voor hoe ze op de vroege zondagochtend elkaar hadden gebeld en hadden afgesproken om bij haar langs te gaan, en dat raakte haar. Maar toen ze aanstalten maakten om te vertrekken, was ze opgelucht. Ineens bedacht ze iets, en ze pakte Jacks arm. 'Zou jij nog even kunnen blijven?' zei ze. 'Ik wil iets met je bespreken.'

'Wat dan? Is er iets?'

Hij keek angstig en haalde een hand door zijn haar, waardoor het rechtovereind bleef staan. Frieda moest moeite doen om haar lachen in te houden – hij was midden twintig, afgestudeerd als arts en in opleiding tot psychotherapeut, maar hij stond in die afschuwelijke oranje gewatteerde jas en met zijn bemodderde sportschoenen voor haar als een jongetje dat was betrapt toen hij iets uithaalde.

'Nee, ik wil je een voorstel doen.' Jack keek niet langer angstig, maar gretig, en liep wat heen en weer totdat Frieda hem een stoel wees. 'Wil je nog koffie?'

'Nee, dank je. Waar gaat het om?'

'Ik zou graag willen dat je met Carrie Dekker gaat praten.'

'Met Carrie Dekker praten? De vrouw van Alan? Waarom? Wat is er nu weer gebeurd?'

'Als therapeut.'

'Als therapeut?'

'Je herhaalt steeds alleen maar wat ik heb gezegd.'

'Ik?'

'Jack, je bent psychotherapeut. Je hebt patiënten. Het is je werk. Wat ik van je vraag, is of je erover na zou willen denken om Carrie in therapie te nemen. Ze heeft hulp nodig, en ik denk dat jij een goede therapeut voor haar zou zijn.'

'Dat zeg je niet alleen om maar wat aardigs te zeggen?'

Frieda keek hem fronsend aan. 'Denk je echt dat ik je zou aanbevelen aan een vrouw in psychische nood om jóú op te vrolijken? En trouwens, misschien vindt zij jou voor haar niet de geschikte therapeut.'

'Ja, natuurlijk.'

'En misschien besluit jij na het eerste consult dat het niet zal werken.'

'Precies.'

'Ze verkeert in shocktoestand. Toen ze dacht dat Alan haar had verlaten, was dat al een enorme catastrofe, maar nu, na wat Dean haar heeft aangedaan...'

'Dat kan ik niet aan,' zei Jack. 'Ik zou niet weten hoe ik daarmee om zou moeten gaan.'

'Ja, dat weet je wel. En je kunt er altijd met mij over praten. Ik zal eens kijken wat zij ervan vindt.'

Jack ging staan, ritste zijn jas dicht en trok een geel met paarse muts over zijn wanordelijke haardos. 'O ja, dat vergat ik bijna nog,' zei hij opeens. 'Saul Klein.'

Frieda bleef doodstil staan. Ze had het gevoel alsof ze een harde stomp in haar maag had gekregen. 'Hè?' Haar stem klonk nog tamelijk kalm.

'Dokter Saul Klein. Dé Saul Klein. Naar wie een vleugel van het ziekenhuis is vernoemd – hij is je grootvader.'

'Nou, én?'

'Maar dat is fantastisch. Hij is een legendarische figuur, een pionier. Waarom heb je dat nooit gezegd?'

'Waarom zou ik?'

'Heb je hem gekend?'

'Nee.'

'Het moet toch wel bijzonder zijn.'

'Moet dat?' Frieda had het koud gekregen, alsof er een ijzige schaduw over haar heen was gevallen.

'Dus je hebt het niet van een vreemde?' Jack keek nu duidelijk ongemakkelijk. Het liep niet zoals hij had verwacht.

'Wat niet?' vroeg ze scherp, en even keek hij onthutst.

'Dat je arts bent.'

'Mijn vader was geen arts.'

'Wat was hij dan?'

'Schiet op, Jack. Anders kom je te laat.'

'Waarvoor? Niemand wacht op mij.'

'Dan kom ik te laat.'

'O. Goed. Nou, dan ga ik maar.' Bij de open deur bleef hij nog even staan, met wapperende sjaal en rode vlekken in zijn gezicht van de koude lucht.

'Dag.'

Toen hij weg was, liep Frieda terug naar haar stoel bij het vuur en bleef daar enkele minuten zitten, starend in de vlammen zonder iets te zien. Ze pakte de krant en las woord voor woord, ook op de vervolgpagina, het hele verhaal. Toen verfrommelde ze de krant tot een prop en gooide die in het vuur.

'Hoe vaak zie je je zus?' vroeg Frieda aan Rose Teale.

Ze had haar ruim een jaar geleden ontmoet, toen Rose niet eens wist of ze nog wel een zus had. Ze was toen een angstige jonge vrouw geweest, die zich schuldig voelde en nog achtervolgd werd door de herinnering aan haar kleine zusje dat ze op weg van school naar huis uit het oog was verloren en sindsdien nooit meer had gezien. Ze had zich verantwoordelijk gevoeld, niet alleen voor de vermissing van de kleine Joanna, die in rook scheen te zijn opgegaan, maar ook voor de pijn en het verdriet van haar ouders. Haar moeder was hertrouwd en had nog twee kinderen gekregen, maar haar vader was aan de drank geraakt en leefde, aangetast door alle whisky en verdriet, in een armzalig, viezig flatje, omringd door foto's van de dochter die hij had verloren.

Ze had haar een paar keer gesproken sinds haar zus was teruggekeerd, maar Rose Teale leidde nu een nog gekwelder bestaan dan voorheen. Joanna, die toen ze ontvoerd werd een klein, kwetsbaar kind met x-benen en een spleetje tussen haar voortanden was geweest, was bij haar terugkeer onherkenbaar veranderd gebleken. De hereniging was op een debacle uitgedraaid, en Joanna had niets anders dan een enorme minachting gehad voor Rose, voor haar ouders en voor de wereld die zij vertegenwoordigden.

'Niet zo vaak,' zei Rose. 'Ze is niet zo dol op me. Maar dat kan ik wel begrijpen,' voegde ze er haastig aan toe, 'gezien alles wat ze heeft meegemaakt.'

'Wil jij haar wel zien?'

Rose keek haar aan en beet op haar onderlip. 'Moet ik dat eerlijk zeggen? Niet echt. Ik zie er erg tegenop, maar ik heb wel het gevoel dat het zou moeten.'

'Omdat ze je zus is?'

'Omdat ze mijn zus is. Om wat ze allemaal heeft moeten meemaken. Om...' Ze zweeg.

'Je denkt nog steeds dat het jouw schuld is?'

'Ja, al weet ik nu al wat je allemaal gaat zeggen.'

'Dan zeg ik het niet. Heb je haar boek gelezen?'

Rose schudde haar hoofd. 'Ik ga het wel lezen, ooit,' zei ze. 'Ik heb het gevoel dat ik hoor te weten wat ze te zeggen heeft.'

'Heb je het in huis?'

'Ze hebben me een exemplaar gestuurd. Er zat een briefje bij waarin stond dat zij wilde dat ik het zou lezen.'

'Mag ik er eens in kijken?'

Rose leek nerveus. 'Ik weet uit de krant dat ze niet erg aardig over jou schrijft. Het spijt me.'

'Dat geeft niet,' zei Frieda. 'Dat is niet de reden waarom ik het wil inkijken.'

Op het omslag van *Een onschuldige in de hel* stond het silhouet van een klein meisje dat smekend haar armen omhoogsteekt. Op de achtergrond was een huiveringwekkend rood patroon te zien, dat verdacht veel op een vlammenzee leek. Frieda sloeg het boek open. Onder de opdracht ('Aan iedereen die heeft geleden zonder hoop op redding') stond in een kriebelig handschrift: 'Aan mijn zus Rose, met begrip en vergeving, van je zusje Jo-Jo.'

'Ach jee,' zei Frieda.

'Het geeft niet,' zei Rose. 'Ze bedoelt het goed.'
'Denk je?'
'Ik weet het niet.'
'Mag ik het van je lenen?'
'Wil je dat echt? Ga je het lezen?'
'Ja. Ik breng het terug zodra ik het uit heb.'
'Er is geen haast bij.'
'Mooi. Ze heeft het maar getroffen met jou.'

Frieda wilde het boek niet in haar eigen huis lezen. Dat moest ergens op neutraal terrein. Ze overwoog ermee naar Number 9 te gaan, maar ook dat was te dicht bij huis. Uiteindelijk deed ze iets wat ze weleens eerder had gedaan: ze liep naar Great Portland Street en nam de Circle Line in oostelijke richting. Ze wist dat de metro er vijftig minuten tot een uur over zou doen om de hele route weer terug naar haar instappunt af te leggen. Het was zondag, vroeg in de avond, en er waren bijna geen passagiers. Ze zag een jonge vrouw, gekleed in een roze tutu en een Schots geruite trui, die uitstapte bij King's Cross, en een oude man die in de Bijbel zat te lezen en met potlood passages markeerde, die bleef zitten tot Liverpool Street. Daarna zat ze in haar eentje in het rijtuig tot aan Monument, waar een gezin instapte dat een paar haltes meereed. Bij het lezen van *Een onschuldige in de hel* maakte Frieda aantekeningen, en ze keek alleen af en toe op als ze ergens stopten, zodat ze de halte waar zij eruit moest niet zou missen. De metro denderde voort in het onderaardse netwerk onder de City – waar in het weekend niemand te zien was, met lege straten en verlichte maar verlaten kantoortorens – en vervolgens onder Westminster, St. James's Park en de rijke enclaves van Kensington door, waarna ze ten slotte weer bij haar halte kwam. Ze sloeg het boek dicht en liep het station uit, de winderige nacht in, diep in gedachten verzonken.

26

'Hij gaf me het gevoel dat hij er voor me was.' De vrouw trok een grimas van zelfspot. Hoewel ze kortgeleden nog bij haar zus en haar gezin in Frankrijk had gelogeerd, zag ze er bleek en vermoeid uit. 'Dat ik niet meer zo alleen was, zou je kunnen zeggen. Hij was een bijzondere man.'

Het was maandagmorgen halfacht, en Frieda zat met een kop thee voor zich bij Janet Ferris in de keuken. Buiten regende het, en de lucht was loodgrijs. Janet Ferris was doktersassistente bij een huisartsenpost in de buurt, en ze had met Frieda afgesproken voordat ze naar haar werk zou gaan, al dacht ze niet dat ze nog iets had toe te voegen aan wat ze Yvette al over Robert Poole had verteld. Hij was gewoon een buurman geweest, zei ze, een heel aardige, heel vriendelijke buurman, die ze zou missen.

Het was een kleine keuken met ouderwets bloemetjesbehang, rode tegels en een allegaartje van stoelen om een glimmend gepoetste houten tafel. Het viel Frieda op dat alles minutieus schoon werd gehouden. Op de vensterbank stonden kruiden, en op tafel een schaal met sinaasappels en een blauw bakje met hyacinten waarvan de geur het vertrek vulde. Boven een klein, witgeschilderd dressoir hing een houtskooltekening aan de muur. Aan de koelkast hing een pagina uit een tijdschrift met daarop een lijstje van duurzame vissoorten. Buiten aan het kozijn van het grote raam was een transparant voederbakje voor vogels bevestigd, vol met zaad. Frieda had de indruk dat ze met iemand te maken had die niemand anders nodig had en een oppassend, zuinig leven leidde, waarin alles zijn plaats had. Ook de ringloze handen van Janet Ferris vielen haar op, de droevige ogen, de zorgrimpels in haar gezicht, dat niet was opgemaakt, en haar praktische kleding, die los over haar slanke figuur hing en die tegelijkertijd camoufleerde. Haar stem was zacht en laag en prettig om naar te luisteren.

Frieda knikte naar de kleine lapjeskat die ineengekruld op een rieten stoel onder het raam lag. 'Is dat zijn kat?'

'Ja. Ik dacht dat het wel goed zou zijn als ik die hield. Volgens mij was er niemand anders om voor haar te zorgen.'

'Hoe heet ze?'

'Ik weet niet eens of ze wel een naam had. Als Bob het over hem had, sprak hij altijd alleen maar over "de poes", dus zo blijf ik haar nu ook maar noemen: Poesie. Het leek me niet juist om haar naam te veranderen.'

'Hoe lang heeft Robert Poole hier gewoond?'

'Michkin zou het precies kunnen vertellen. Ongeveer negen maanden, denk ik.'

'Hoe hebben jullie elkaar ontmoet?'

Een flauwe glimlach speelde om haar lippen. 'We hebben elkaar een tijdje toegeknikt als we elkaar tegenkwamen bij het weggaan of thuiskomen. En toen op een zondagochtend, ik denk een paar weken nadat hij hiernaartoe was verhuisd, stond hij voor mijn deur met een grote bak met voorjaarsaardbeien. Hij zei dat hij ze van iemand had gekregen, maar dat hij niet alles op kon, en of ik er ook wat van wilde?'

'Wat aardig.'

'Ja. Nou, ik heb ze aangenomen, maar ik zei erbij: op één voorwaarde, dat hij binnen zou komen en ze met mij op zou eten. Het is daarna een beetje een standaardgrapje tussen ons geworden. Af en toe kwam hij met iets aanzetten – kersen, een blik koekjes, een flink stuk kaas of zoiets – en dan zei hij dat ik hem moest helpen ze op te eten. De laatste keer waren het pasteitjes.'

'Dus hij was eigenlijk een vriend, niet alleen een buurman?'

Er verscheen een lichte blos op Janet Ferris' wangen. 'Dat zou ik niet zeggen. We zagen elkaar maar af en toe. Maar het was leuk.'

'Waar spraken jullie over?' Frieda probeerde haar stem neutraal te laten klinken. Ze had het gevoel dat Janet Ferris graag wilde praten, dat ze al die verlegenheid en ingehouden gevoelens die haar parten speelden los wilde laten, maar dat ze dat alleen kon als er geen druk op haar werd uitgeoefend.

'Ik weet het eigenlijk niet. Van alles.' Frieda wachtte. 'Ik vertelde hem vaak wat ik aan het lezen was. Ik lees veel. Victoriaanse romans meestal. Wilkie Collins, Charles Dickens en Elizabeth Gaskell.'

'Las hij ook veel?'

'Dat weet ik niet precies. Ik kreeg wel die indruk, maar ik kan me niet herinneren hem te hebben horen praten over specifieke boeken. Ik denk dat ik meer praatte dan hij. Wat eigenlijk raar is, want ik ben niet zo'n prater.'

'Goed, over boeken dus.'

Janet Ferris keek naar haar handen, die dun en blauw dooraderd waren, met gladde, parelwitte nagels. 'Je kon makkelijk van alles tegen hem zeggen,' zei ze, maar zo zacht dat Frieda zich moest inspannen om het te horen. 'Ik heb hem ooit verteld dat ik wou dat ik kinderen had gehad. Dat is het grote verdriet in mijn leven. Het was die keer dat hij met die pasteitjes kwam. Net voor Kerstmis. Kerstmis is een moeilijke tijd. Ik heb veel vrienden en vriendinnen, en ik ben met die dagen niet alleen, maar het is toch niet hetzelfde als wanneer je een gezin hebt. Ik zei tegen hem dat ik altijd kinderen had willen hebben en dat ik een keer iets met een man had gehad en toen dacht dat hij en ik een gezin zouden gaan vormen. Maar het is uitgegaan, en toen was het op de een of andere manier te laat. Je weet hoe het gaat – de tijd vliegt voorbij. Je kunt niet precies een tijdstip aangeven waarop je een kinderloze vrouw wordt, maar op een gegeven moment besef je ineens dat je dat bent.' Ze keek Frieda aan. 'Heb jij kinderen?'

'Nee. Wat zei hij, toen je hem dat vertelde?'

'Hij probeerde me er niet van te overtuigen dat het niets uitmaakte, zoals de meeste mensen doen. Hij had het over parallelle levens. Dat we ook andere personages bij ons dragen, de mensen die we hadden kúnnen zijn, en dat dat heel pijnlijk kan zijn.'

Frieda had een gevoel alsof er in haar denken ineens iets veranderde, alsof er iets was losgeraakt. Ze kon zich voorstellen dat de overledene hier aan tafel had zitten luisteren hoe deze eenzame vrouw van middelbare leeftijd over het verdriet in haar leven praatte. 'Had je het gevoel dat hij daarmee ook over zichzelf sprak?' vroeg ze.

'Misschien. Ik had het hem moeten vragen. Ik kan maar niet geloven dat hij dood is, iemand als hij. Het wil er bij mij nog niet in – al zit ik soms te denken aan die lege verdieping hierboven, de ruimte waarin hij leefde. Het is allemaal zo onwerkelijk.'

'Hij begreep wat eenzaamheid was. Denk je dat hij zelf eenzaam was?'

'Misschien. Of eerder een buitenstaander.'

'Weet je waar hij met Kerstmis was?'

'Ik was zelf in Brighton, bij mijn neef en zijn gezin. Volgens mij had hij gezegd dat hij een dagje weg zou gaan of zo, maar zeker weet ik het niet. Hij was er wel toen ik terugkwam.'

'Heb je ooit vrienden van hem ontmoet?'

'Nee.' Ze schudde haar hoofd. 'Ik heb nooit iemand anders bij hem naar binnen zien gaan. Hij ging wel vaak de deur uit. Hij was regelmatig dagen achter elkaar weg.'

'Dus je weet niet of hij familie had, of goede vrienden of liefdesrelaties?'

'Nee. Hij zei daar nooit iets over, en ik heb er niet naar gevraagd. Zo gingen we niet met elkaar om.'

'En je weet ook niet of hij hetero of homo was?'

'O, ik ben er wel zeker van dat hij op vrouwen viel. Hij was...' Ze fronste haar wenkbrauwen. 'Ik weet zeker dat hij op vrouwen viel,' herhaalde ze.

'Waarom?'

Janet Ferris bloosde. 'Nou, gewoon, zoals hij was.' Ze pakte haar lege beker op om haar verwarring te maskeren. 'Hij was een beetje een flirt, maar niet op een grove manier. Alleen wel zo dat je het gevoel kreeg dat jij bijzonder was.'

'Knap om te zien?'

'Niet speciaal. Maar je ging vanzelf een beetje van hem houden.'

Ze wendde haar blik af. Frieda bekeek haar aandachtig: een slimme, aardige en eenzame vrouw, die een beetje verliefd was geweest op Robert Poole. En Robert Poole had iets bij haar losgemaakt, had haar opgevrolijkt, had naar haar geluisterd en haar het gevoel gegeven dat – hoe had ze het ook alweer gezegd? – dat hij er voor haar was.

'Weet je waar hij had gewoond voordat hij hier introk?'

'Ik heb geen idee. Door jou begin ik te beseffen hoe weinig ik van hem wist. Ik was egoïstisch.'

'Dat vind ik niet.'

'Weet je wat...' Ze zweeg en bloosde weer.

'Wat?'

'Jij doet me aan hem denken. Doordat ik ook tegen jou dingen kan zeggen.'

'Was dat zo bij hem?'

'Ja. En nu is hij er niet meer.'

Toen Janet Ferris naar haar werk was gegaan, had Frieda een minuut of twintig de tijd voordat ze zelf ook weg moest voor haar eerste patiënt van de week. Ze besloot om naar het appartement van Robert Poole op de eerste verdieping te gaan. Het tape was van de deur gehaald, en niets wees erop dat de politie hier überhaupt was geweest. Yvette had echter tegen haar gezegd, op strenge toon, alsof Frieda al eerder ongehoorzaam was geweest, dat ze niets mocht aanraken, en dus liep ze alleen maar langzaam en in alle rust van de ene kamer naar de andere. In het halletje hingen een jas en een dik jack aan de kapstok, en in de hoek stond een zwarte paraplu. In de huiskamer lag een beige tapijt en er stonden een groene corduroy bank en een bijpassende fauteuil, een salontafel, een middelgroot televisietoestel, een leeg krantenrek en een ladekastje, waarin het opschrijfboekje was gevonden, wist Frieda uit het politierapport. Nergens waren foto's te zien, evenmin als snuisterijen of prullaria. Aan de muren hingen een paar schilderijen, waarvan Frieda de indruk had dat de huisbaas die ooit eens als onderdeel van een partijtje ongeregeld op de kop had getikt – eentje met de Eiffeltoren bij nacht, een poezelige, somber kijkende madonna met kind, een roze zonsondergang of -opkomst boven zee en het veld met de klaprozen van Monet. Slechts één schilderij, van twee felgekleurde, bijna abstracte, oranje vissen, zag eruit alsof het door Robert Poole zelf was uitgekozen en hier niet alleen aan de muur hing omdat er nou eenmaal iets hoorde te hangen. De boeken die op de boekenplanken stonden, gerangschikt naar formaat en niet naar onderwerp of op alfabet, leverden iets meer informatie op: drie grote geïllustreerde boeken over stadstuinen, een dikke paperback die een handleiding voor bouwvakkers leek te zijn, *North and South* van Elizabeth Gaskell, *Our Mutual Friend* van Charles Dickens, diverse boeken over fitness, een handboek forensische geneeskunde. Frieda bleef er enkele minuten met gefronst voorhoofd voor staan.

Toen liep ze door naar de keuken. Op het aanrecht stonden een theepot en een koffiekan, aan haakjes aan de muur hingen vier identieke bruine bekers, boven op de plank stonden zes bij elkaar passende bekers en zes glazen naast zes witte borden en zes witte kommen, terwijl opzij van een kookplaat twee ovenwanten en een theedoek hingen. Ze pakte de theedoek, sloeg die om haar hand en deed daarmee de kastdeurtjes open. Meel, suiker, muesli, cornflakes, oploskoffie, thee en snelkookrijst. De koelkast was leeg. Die zouden ze wel hebben leeggeruimd toen de politie klaar was met het onderzoek en alles had meegenomen wat ze als bewijsmateriaal beschouwde.

In de slaapkamer stond een klein tweepersoonsbed, netjes opgemaakt, met een blauw dekbed en dito kussenslopen, en bij het raam één stoel. Onder de stoel stond een paar stoffen pantoffels. Aan de deur hing een gestreepte badjas. Tegen de muur stond een uitgeklapte strijkplank met daarop het strijkijzer met het snoer eromheen gerold. Op het nachtkastje een lampje, een doosje paracetamol en een boek met een opzichtig omslag dat korte verhalen uit het Wilde Westen bleek te bevatten. Toen Frieda, met haar mouw om haar hand, de kastdeur opendeed en de manshoge spiegel aan de binnenkant van de deur langs haar heen zwaaide, schrok ze even van haar eigen spiegelbeeld. Er hingen gestreken overhemden, effen en met een dessin, getailleerd en ruimvallend, broeken, twee colbertjes, een van sobere tweed en het andere heel macho van leer met spijkerknopen. Op de vloer in de kast stonden stevige leren laarzen, sportschoenen en brogues. Frieda tuitte haar lippen en tilde de stapels T-shirts en truien van de kastplanken.

'Wie ben jij?' zei ze hardop, terwijl ze de deur dichtdeed en naar de badkamer liep, die zo schoon en kaal was als een hotelbadkamer: ligbad, wastafel, toilet, een grijze handdoek, een kleine ronde spiegel, scheerschuim, scheermes, een groene tandenborstel, floss, een washandje, een nagelschaartje...

Frieda liep terug naar de huiskamer en ging in de fauteuil zitten. Ze dacht aan haar eigen huisje aan het straatje met de kinderkopjes. Ze was iemand die niet met haar hele hebben en houden te koop liep: er waren bij haar thuis geen foto's te zien, er lagen geen brieven open en er hingen geen ansichtkaarten aan muren of prikborden, terwijl toch elke kamer vol stond met voorwerpen die iets zeiden over haar leven. Het schaaktafeltje waar ze vroeger met haar vader aan had gezeten, lang geleden, in een andere wereld; de kobaltblauwe schaal uit Venetië; het schilderij van een boom in de lente boven de schoorsteenmantel; de oude zijden kamerjas van haar grootmoeder met het inmiddels verkleurde maar nog altijd felle groen en rood, die Frieda nooit droeg, maar die wel in haar kleerkast hing; de bekers in haar keuken, allemaal verschillend en stuk voor stuk opgedaan tijdens haar omzwervingen door Londen; de mobile met de papieren kraanvogels die Chloë voor haar had gemaakt; het stuk drijfhout; de oude kaarten van Londen; de geblutste pannen; het halssnoer dat Sandy haar had gegeven in die fijne tijd toen ze nog samen waren, en bij de herinnering waaraan ze nog steeds pijn voelde; de fotoboeken... En dan waren er natuurlijk ook in haar studeerkamertje op zolder alle tekeningen die ze had gemaakt, in zacht potlood op dik papier, alle probeersels en andere onafgemaakte dingen. Dat alles vormde bij elkaar in feite een soort geheim dagboek van haar leven. Maar hier, in het appartement van Robert Poole, was bijna niets te zien – niet alleen waren er geen aanwijzingen, afgezien misschien van die paar boeken, maar alles was leeg en betekenisloos, het was een levenloos en uitdrukkingsloos appartement. Misschien kwam het doordat de man die hier had gewoond dood was, zodat ook zijn appartement nu een bezielende geest ontbeerde, maar dat dacht Frieda niet. Alleen al door in deze kamer te zitten, voelde ze zich depressief en verward.

Wie was Robert Poole? Rob, Robbie, Bob, Bertie – iedereen noemde hem anders. Hij had kleren in verschillende stijlen – een leren colbertje, een van tweed, brogues en laarzen; op maat gemaakte herenoverhemden en gewone T-shirts. Iedereen die iets over hem zei, sprak eigenlijk altijd over zichzelf – het 'zelf' dat hij in hen had herkend en voor de dag had gehaald. Hij was een luisteraar, een aandachtschenker, een barmhartige samaritaan. Hij had de oude Mary Orton geld afhandig gemaakt, maar ook naar haar verhalen geluisterd; voor Janet Ferris was hij een aardige buurman geweest; aan Jasmine Shreeve had hij aandacht geschonken. Iedereen mocht hem graag, maar hij leek zelf geen vrienden te hebben, iedereen zei dat hij charmant en knap was, maar hij leek met niemand een relatie te hebben gehad. En toen hij was vermoord en in een smerig steegje achtergelaten, had Michelle Doyce hem meegenomen naar haar eenkamerwoninkje in Deptford. Zijn ontklede, rottende lijk had daar dagenlang op de bank gezeten, en niemand had hem gemist.

Frieda keek op haar horloge. Het was tijd om te gaan. Over drie kwartier zou ze weer in haar rode stoel naar Joe Franklin zitten luisteren, oplettend naar hem kijken, hem aandacht schenken, hem de gelegenheid geven uit zijn schulp te kruipen. Ze voelde een lichte rilling door zich heen gaan. Het was net alsof de mensen op Robert Pooles lijstje patiënten van hem waren geweest, die zijn hulp nodig hadden.

Er dansten lichtjes achter haar ogen, ze had kramp in haar maag. Er gingen pijnscheuten door haar heen. Haar hoofd bonkte; het was niet echt hoofdpijn, eerder een soort pijnlijk geluid, een bonkende angst die opkwam en dan weer wegebde, dichterbij kwam en dan weer week, maar alleen om daarna des te heviger terug te keren. Ze moest helder nadenken, maar hoe kon ze dat, nu er zo'n harde, woeste storm in haar schedel tekeerging? Vroeger had ze een pil ingenomen als ze zich zo voelde. Een grote oranje capsule met een glas water om hem weg te spoelen. Haar moeder bleef erbij staan om zeker te zijn dat ze hem doorslikte. Maar die pillen had ze niet meer. Het was lang geleden, ze wist niet meer hoe lang – het was allemaal gehuld in de mist van het verleden, en dat verleden had ze achter zich gelaten. Van hem had ze geleerd dat die medicijnen er alleen maar voor dienden om haar gedwee en volgzaam te maken, om haar gerechtvaardigde woede te dempen. 'Jij moet een doel hebben, geen pillen.' Hij had zijn hand op haar voorhoofd gelegd, als een dokter of als een vader die zijn zieke kind kalmeert. 'En je hebt mij nu,' had hij gezegd. 'Vergeet dat niet.'

Maar ze had hem niet. Hij was niet gekomen, en zij zat hier in haar eentje in deze vochtige kou te verkrampen, en de wind buiten was net zo snijdend als de storm in haar hoofd. Alles schreeuwde en buitelde daar bij haar door elkaar. En ze had honger. De aardappelen waren op. Het gas was op. Vanmorgen had ze een bouillonblokje met koud water overgoten, en daarna had ze de zoute, niet-opgeloste korrels naar binnen gewerkt en weggespoeld. Ze had ervan moeten kokhalzen. Haar lip was min of meer geheeld, maar toen ze in de spiegel keek, leek het grillige litteken wel een grijns. Dat zou hem niet bevallen. En ze dacht dat ze begon te stinken, hoewel ze nog steeds de moeite nam om met het harde stuk zeep over haar huid te wrijven, en ook over haar kleren, die doorweekt in de kleine ruimte hingen. Niets werd goed droog.

Hoe lang zat ze hier nu al? Ze pakte haar bomenkalender, hield die bij het smalle raam en tuurde ernaar. Het grootste deel van januari en meer dan de helft van februari, maar het leek erop dat ze gestopt was de dagen aan te kruisen. Misschien was het al maart. Misschien kwam de lente eraan, met gele narcissen en knoppen die opensprongen en warm zonlicht. Maar ze dacht toch van niet. Het voelde niet aan alsof het lente werd.

Maar het duurde te lang, zelfs al was het nog maar februari. Achtentwintig dagen normaal, negenentwintig in een schrikkeljaar. Was het een schrikkeljaar? Dan mocht je een man vragen om met je te trouwen. Maar je kon het hem niet vragen als hij er niet was. Alleen. Alleen in een wereld vol wrede mensen die ze niet kende en mensen met een valse glimlach. Wat had hij gezegd? 'Ik zal altijd terugkomen. En als ik niet terugkom, dan weet je dat ze me te pakken hebben gekregen.' En toen had hij haar op haar voorhoofd gekust, dapper. Zij moest ook dapper zijn. Ze moest doorgaan zonder hem, de dingen doen die hij zich had voorgenomen. Zij was de lont die hij had aangestoken, zij was de tijdbom die hij in werking had gesteld. Dat was nu nog het enige.

27

Sinds twee weken leek het met Joe Franklin aanzienlijk beter te gaan dan in de voorgaande maanden of misschien wel jaren: hij droeg een spijkerbroek en een gestreken overhemd, zijn veters sleepten niet over de vloer, zijn nagels waren schoon en geknipt, zijn haar was gekamd en hij had zich pas geschoren. Normaal gesproken zat hij voorovergebogen in zijn stoel, ineengedoken en met zijn hoofd in zijn handen, vaak zo dat ze hem niet kon aankijken. Maar vandaag zat hij rechtop, met zijn hoofd tegen de rugleuning van de stoel, als iemand die herstellende is van een ernstige ziekte en nog zwak is, maar wel weer zin in het leven heeft. Hij glimlachte zelfs twee keer, een keer toen hij zich herinnerde dat hij als kleine jongen een beslagkom had uitgelikt, en nog een keer toen hij haar vertelde dat een vriend van hem die avond langs zou komen om samen met hem zee-egels te gaan eten – 'Wist jij dat je zee-egels kon eten?' Frieda had het niet geweten. Het viel haar op dat zijn gezicht veranderde en zachter werd als de pijn weg was. Hij zag er jaren jonger uit.

Na Joe kwam Alison, een actrice die twee jaar geleden, op haar drieënveertigste, ten prooi was gevallen aan een acute, verlammende plankenkoorts. Ze was naar een hypnotiseur gegaan, naar een natuurgenezer en toen nog naar een cognitief therapeut, en nu zat ze bij Frieda in de stoel, waar ze tot het uiterste gespannen en met witte knokkels probeerde te achterhalen waarom ze zo doodsbang was.

De laatste afspraak van die dag was met Gordon, een man van middelbare leeftijd die met zijn hand voor zijn mond op fluistertoon sprak, alsof hij zich schaamde voor zichzelf. Hij werd gekweld door gekmakende gevoelens van onzekerheid en voelde zich gedwongen zich in allerlei bochten te wringen, en Frieda had nu de taak om langzaam en voorzichtig door te dringen in zijn wereld en hem daaruit te halen. Soms had ze het gevoel alsof ze korreltje voor korreltje een zandkasteel aan het bouwen was.

Toen ze klaar was, liep ze naar het raam, deed het open en leunde een paar minuten naar buiten, ademde de koele, vochtige lucht in en liet de wind door haar haren spelen. Op de bouwplaats werd nog niet gewerkt, maar ze zag dat de kinderen er een hut hadden gemaakt van planken die ze hadden verzameld, en terwijl ze ernaar keek, zag ze drie jongens ernaartoe rennen, waarna ze zich door een gat in het krakkemikkige bouwsel naar binnen wurmden. Het schoot haar te binnen dat het krokusvakantie was: Chloë had met klem tegen haar gezegd dat ze die week geen scheikundebijles wilde, omdat het vakantie was.

Nadat ze het raam weer dicht had gedaan, noteerde ze haar opmerkingen over de laatste sessie, maar nog voordat ze daarmee klaar was, ging de telefoon. Het was Josef. 'Waar ben je?' vroeg ze.

'Bij vrouw,' zei hij. 'Mevrouw Orton. Huis opknappen. Klussen hier en daar.'

'Is er iets met haar?'

'Kun je komen?'

'Zijn er problemen?'

Josef zei wel iets, maar de verbinding was niet goed of hij sprak te zacht; in elk geval verstond ze niet wat hij zei.

'Kun je wat harder praten?' zei ze. 'Ik versta je niet.'

'Beter als je komt,' zei Josef. 'Kun je nu komen?'

'Is er iets mis?'

'Kun je nu komen?'

Frieda gaf het op. 'Ja,' zei ze. 'Ik kan nu komen.'

Er werd opengedaan door een man die Frieda niet kende. Hij was in de vijftig, had dun, kortgeknipt grijs haar en was gekleed in een grijze corduroy broek en een geruit overhemd. Hij keek haar fronsend aan.

'Ik ben Robin Orton,' zei hij, en hij ging haar voor het huis in. In de keuken zat Mary met een andere, iets oudere man aan tafel. Ook hij was informeel gekleed en droeg een zwarte spijkerbroek en een donkerblauw, tot aan zijn hals dichtgeritst vest. Iets ouder, iets dikker, iets kaler. Frieda had de associatie met een kantoor waar de medewerkers af en toe in vrijetijdskleding dienen te verschijnen, terwijl ze zich eigenlijk veel meer op hun gemak voelen in hun gewone kantoorpak. 'Dit is mijn broer Jeremy,' zei Robin.

'Gaat u zitten,' zei Jeremy.

Frieda ging aan de tafel zitten en kreeg het gevoel alsof ze tegen wil en dank ineens een sollicitatiegesprek moest voeren.

'Hallo, Frieda,' zei Mary Orton met een nerveuze glimlach. 'Ik heb net koffiegezet. Wil je een kopje?'

Frieda knikte. De oude dame schonk een kopje in en zette dat op een schoteltje voor haar neer.

'Ook een plakje cake? Die vond je toch zo lekker?'

'Ja, heerlijk,' zei Frieda. 'Een klein stukje maar, hoor. Kleiner dan dat.' Ze nam een slok van de lauwe koffie en realiseerde zich dat ze werd gadegeslagen door drie paar kritische ogen. 'Josef Morozov heeft me gevraagd om hiernaartoe te komen,' zei ze.

Jeremy sloeg zijn armen over elkaar. Hij had als oudste van de twee broers blijkbaar de leiding. 'Ja, we hebben hem gesproken. Het spijt me. Maar misschien kunnen we bij het begin beginnen. Kunt u ons eens precies vertellen wat u eigenlijk met onze moeder te maken hebt?'

Frieda zweeg even. Dat was een verrassend lastige vraag. 'Er is iemand vermoord die in opdracht van uw moeder hier in huis werkte.' Ze keek over tafel naar Mary Orton. Het gaf haar een ongemakkelijk gevoel om over haar te praten alsof ze er niet bij was. 'Ik heb mevrouw Orton daar een paar vragen over gesteld.'

'Mary hoor, alsjeblieft,' zei Mary Orton.

'Bent u van de politie?' vroeg Jeremy.

'Nee. Maar ik werk wel met de politie samen. Als een soort adviseur.'

'Kunt u zich identificeren?'

'Hoe bedoelt u, identificeren?'

'Als iemand die officieel is aangesteld door de politie.'

Frieda sprak zo kalm als ze kon. 'Nee, dat kan ik niet. Als u vragen hebt, kan ik u een telefoonnummer geven. Maar ik ben hier nu alleen maar omdat Josef me heeft opgebeld. Ik had begrepen dat er een probleem was.'

'Er zijn allerlei problemen,' zei Jeremy. 'Daar komen we zo over te spreken. Maar om te beginnen: deze Josef zou hier op uw aanbeveling zijn, klopt dat?'

'Dat klopt.'

'Is dat officieel in het kader van het werk dat u voor de politie doet?'

Frieda fronste haar wenkbrauwen. 'Nee,' zei ze. 'Uw moeder had een lekkend dak. Josef is een vriend van me; hij levert goed werk en hij is betrouwbaar. Als u problemen hebt met zijn aanwezigheid hier, kunt u dat tegen mij of tegen hem zeggen.'

De broers wisselden een blik. Robin was bij de muur blijven staan. Hij liep nu naar de tafel en ging zitten. Frieda voelde zich ineens omsingeld.

'We hebben familieberaad gehad,' zei Robin. 'We zijn niet tevreden over wat er met onze moeder is gebeurd.'

'Wacht even.' Frieda zette haar kopje neer. 'Ik ben door Josef gebeld. Waar is hij?'

'Hij is op zolder,' zei Jeremy. 'U mag wel even naar hem toe, als u wilt.'

'Dat zal ik zo meteen doen,' zei Frieda. 'Maar als u er problemen mee hebt dat hij hier is, zeg dat dan gewoon. In mijn ogen bewijst hij Mary een dienst, maar als u daar anders over denkt, zegt u het dan; dan gaan we.'

'Dat heb ik niet gezegd.'

'Waarom heeft hij mij dan gebeld?'

'Nou, toen ik aankwam was ik verbaasd om hem hier aan te treffen. Ik heb hem gevraagd wat hij van plan was, wat het zou gaan kosten en hoe hij die kosten had berekend. Ik moet erbij zeggen, mevrouw Klein, dat ik financieel directeur van een bedrijf ben en dat ik verstand heb van dit soort dingen.'

'Toen Josef hier voor het eerst kwam, liep het water door het dak naar binnen,' zei Frieda. 'U zou dankbaar moeten zijn dat uw moeder zo snel geholpen werd.'

'Dat is bijzaak,' zei Jeremy. 'Waar het mij om gaat, is dat ik, toen ik die man hier aantrof, in de eerste plaats wilde weten wie dit had geregeld, en verder wat er allemaal speelt rondom mijn moeder.'

'En wat denkt u?' vroeg Frieda. 'Wat speelt er rondom uw moeder?'

'Het is gewoon schandalig,' zei Jeremy. 'Ik kom af en toe hiernaartoe om de administratie van mijn moeder door te nemen en haar te helpen met haar boekhouding.'

Frieda keek naar de foto's op het dressoir. Ze herinnerde zich hoe Mary Orton over haar kleinkinderen had gepraat en realiseerde zich weer dat het gedateerde foto's waren en dat de kinderen nu een stuk ouder zouden zijn. 'Wanneer hebt u voor het laatst de boekhouding van uw moeder doorgenomen?' vroeg ze.

'Een tijdje geleden,' zei Jeremy. 'Een halfjaartje. Voor de zomervakantie, denk ik. Ik woon in Manchester. Robin in Cardiff. We hebben allebei een gezin. We komen als we kunnen.'

'In juli vorig jaar dus?' Ze keek hem aan. 'Zeven maanden geleden.'

'Ja. Of juni, dat zou ook kunnen. Maar daar gaat het niet om. Waar het om gaat, is dat mijn moeder het slachtoffer is van een misdrijf, en ik wil weten of dat goed wordt onderzocht.'

'Over welk misdrijf hebt u het?' vroeg Frieda.

De twee broers keken elkaar weer aan.

'Maakt u een grapje?' zei Robin. 'Die man, die Robert Poole, heeft meer dan honderdvijftigduizend pond van haar gestolen. Hij heeft gedaan alsof hij hier werkte.'

Frieda keek naar hun moeder. Ze moest aan Michelle Doyce denken, over wie ook gesproken werd alsof ze er niet bij was. 'Ik weet eigenlijk niet of we er goed aan doen om dit alles nu hier en op dit moment te bespreken,' zei ze.

'Hoe bedoelt u?' Jeremy sprak iets harder. 'We hebben ontdekt dat er sprake is van diefstal. U bent van de politie. We willen weten wat eraan wordt gedaan.'

'Daarvoor moet u niet bij mij zijn,' zei Frieda. 'Daarvoor moet u rechtstreeks contact opnemen met de politie.'

'Maar wat doet u dan hier?' vroeg Jeremy.

'Ik ben hier omdat me gevraagd werd te komen.'

'Mijn moeder heeft gezegd dat u degene bent met wie zij gesproken heeft, dat u degene bent die haar bankafschriften heeft doorgenomen en de diefstal heeft ontdekt. In welk opzicht bent u er dan bij betrokken?'

'Ik ben er in zoverre bij betrokken dat ik van dienst kan zijn vanwege bepaalde aspecten van mijn vak.'

'En wat is uw vak?'

'Ik ben psychotherapeut.'

Jeremy keek ongelovig. 'Psychotherapeut?'

'Ja.'

'En u beveelt bouwvakkers aan?'

Frieda haalde weer diep adem. Haar antwoord richtte ze tot Mary. 'Ik heb Josef aanbevolen. Als er problemen zijn wat zijn werk of hemzelf betreft, zeg het me dan.'

'O nee, nee,' zei Mary Orton. 'Hij is heel goed. Ik vind het prettig om hem hier in huis te hebben. Hij vertelde me over zijn gezin in Oekraïne. Hij heeft het moeilijk, die arme man.'

'Ze is natuurlijk niet op zolder geweest om te kijken of hij er wat van kan,' zei Robin.

'Gaat u dan even op zolder kijken,' zei Frieda. 'En als u klachten hebt, meldt u die dan bij mij.'

'We zullen het zeker nagaan,' zei Jeremy.

'Hebt u Robert Poole ooit ontmoet?' vroeg Frieda.

'Nee,' zei Jeremy. 'Ik zei toch al dat we hier sinds afgelopen zomer niet zijn geweest.'

'Dat zei u niet,' zei Frieda. 'U zei dat u sindsdien haar boekhouding niet had bekeken. Ik dacht dat u misschien af en toe een weekendje met de kinderen langs zou zijn gekomen, in de schoolvakantie een paar dagen Londen, zoiets.'

'Londen is voor ons ver weg.'

'En u?' zei Frieda tegen Robin.

'Ik had het druk.' Robin had een rood hoofd gekregen.

'En met Kerstmis?' zei Frieda zacht. 'Wat hebt u met Kerstmis gedaan?'

'Ze hebben het erg druk met de kerst,' zei Mary Orton haastig. 'Jeremy gaat altijd skiën, nietwaar lieverd? En Robin...' Haar stem stierf weg. Ze plukte aan de mouw van haar trui.

Er viel een korte stilte. Frieda keek de broers weer aan. 'Dus u bent hem nooit tegen het lijf gelopen?'

'Nee.'

'Wist u dat er aan het huis werd gewerkt?'

'Hoe zouden wij dat moeten weten?'

Frieda haalde even haar schouders op. 'Ik zou me kunnen voorstellen dat u, als uw moeder een grote klus aan het huis liet doen, daar telefonisch met haar over gesproken zou hebben.'

'Nou, dat hebben we niet,' zei Jeremy. 'Maar ik kan u wel zeggen dat als we dat hadden gedaan, we allebei hiernaartoe zouden zijn gekomen om na te gaan of het werk wel goed gedaan werd.'

'Ik weet zeker dat ik het erover heb gehad,' zei Mary zacht.

'Nee hoor, ma,' zei Robin.

Frieda keek haar aan. 'De vorige keer dat we elkaar spraken, zei je dat het al lang geleden is dat je man overleed. Hoe lang woon je nou al alleen?'

'Pa is vijf jaar geleden overleden,' zei Jeremy. 'Dat is 'm, daar op het dressoir.' Hij glimlachte om Frieda's verbaasde uitdrukking. 'In dat houten ding. Het lijkt net een koffiepot. Gek om dat in je keuken neer te zetten.'

'Ik praat weleens tegen hem,' zei Mary Orton.

'Je moet oppassen, hoor, met haar erbij.' Robin gebaarde naar Frieda. 'Ze zal het misschien niet goedkeuren dat een oude vrouw tegen een kistje met as praat.'

'Waarom zou ik dat niet goedkeuren?'

'En goed financieel advies moet je er ook niet van verwachten,' zei Jeremy. 'En nu ik het erover heb, wat doet de politie aan deze diefstal?'

'U begrijpt toch wel dat het hier om een moordzaak gaat?' zei Frieda.

'En u begrijpt toch wel dat wij ons drukker maken over deze zogenaamd onbeduidende diefstal,' antwoordde Jeremy. 'Maar wat we eigenlijk van u willen horen, is wanneer onze moeder haar geld terugkrijgt.'

Frieda was in de verleiding om tegen de twee broers te zeggen dat al het geld van Robert Pooles rekening was gehaald, dat hij niet Robert Poole heette en dat het niet eens zo zeker was dat hij het geld had gestolen. Maar ze hield zich in. 'Ik kan helaas niets zeggen over de voortgang van het onderzoek. Ik ken ook zelf de details ervan niet. Daarvoor moet u bij degene zijn die het onderzoek leidt.' Het idee dat Karlsson met de gebroeders Orton te maken zou krijgen bezorgde haar een grimmig gevoel van voldoening.

'U leeft niet erg met ons mee, geloof ik,' zei Jeremy.

'Ik doe mijn best,' zei Frieda. 'We hoeven elkaar niet te overtroeven, maar ik ben in elk geval blij dat ik er iets aan heb kunnen doen om dat lek in het dak te verhelpen.'

'Hoe denkt u dat iemand zich voelt als hij ontdekt dat zijn moeder beroofd is van al haar spaarcentjes?' Jeremy wees nota bene naar haar terwijl hij het zei.

'Nou...'

'Het was niet echt een vraag,' vervolgde hij. 'Maar ik moet wel zeggen dat ik niet de indruk krijg dat u deze zaak als een misdaad aanpakt.'

'Ik ben geen rechercheur,' zei Frieda.

'Maar u gedraagt zich wel zo. U lijkt het nogal kalm op te nemen dat die man onze moeder al haar geld heeft afgenomen.'

'Het is echt niet mijn...'

'En,' viel hij haar in de rede met een steeds roder wordend hoofd, 'dat is niet het enige wat hij heeft gedaan. Of wel, ma?'

'Hoe bedoelt u?'

'Alsjeblieft,' zei Mary Orton. 'Niet doen, alsjeblieft.'

'Hij heeft ook geprobeerd haar over te halen haar testament te laten veranderen, om een derde deel van alles aan hem na te laten.'

'O?'

'Nee, Jeremy,' zei Mary. 'Dat heb ik niet... Ik kon het niet...' Ze had een hoogrode kleur gekregen. Uit haar ooghoeken liepen tranen.

'Geeft niks, ma.' Jeremy streek over haar hand alsof hij een oude hond aaide. 'Jij kon er niks aan doen. Die man had jou helemaal in zijn macht. Je wist niet wat je deed.'

'Mary,' zei Frieda, 'kun je het hebben dat we hier even op ingaan?' Mary knikte, maar zei niets. Frieda keek Jeremy aan. 'Legt u dat eens uit, alstublieft. Dat van het testament.'

'Dat zei ik toch al. Ik was ma's administratie aan het doornemen, en toen vond ik brieven van een notaris. Ze wilden een nieuw testament opstellen. Ma bezit dit huis en een aandelenpakket, dus dat is niet niks. Gelukkig is ze tot inkeer gekomen.'

'Is Mary van gedachten veranderd?'

'Nee,' zei Jeremy. 'De notaris wilde er niet aan. Had bezwaren. Ze zal wel onraad hebben geroken. Ik wou dat iemand eerder op het idee was gekomen dat er iets niet in de haak was. En een arme oude vrouw ertoe overhalen haar testament te veranderen ten gunste van iemand die ze nauwelijks kent, is dat soms geen misdaad?'

'Ik weet het niet,' zei Frieda. 'Hoe weet u dit? Hebt u de notaris gesproken?'

'Ik heb de brieven gelezen. En ik heb ma gevraagd hoe het zat. Er is misbruik van haar gemaakt.'

Frieda wilde eigenlijk tegen hem zeggen: uw moeder zit erbij. Jeremy Orton behandelde de oude dame alsof ze een beetje dom was en niet goed begreep wat hij zei. Maar door hem daarop te wijzen, zou ze haar alleen maar meer vernederen. In plaats daarvan zei ze: 'Mag ik die brieven zien?'

Ze vroeg het aan Mary Orton, maar Jeremy knikte naar zijn broer, die een dossier uit zijn tas haalde en het Frieda aanreikte. Ze sloeg het open en bladerde door de officieel uitziende brieven. Een daarvan was een factuur. Ze voelde dat er iemand vlak achter haar stond, en toen ze omkeek, zag ze dat Robin over haar schouder meelas.

'Driehonderd pond,' zei hij. 'Driehonderd pond om géén

nieuw testament op te maken. Ik vraag me af wat ze in rekening zouden brengen om het wel te doen.'

Frieda keek welke naam er onder de brief stond. Tessa Welles. Ze noteerde de naam en het adres. 'Mij lijkt het een schijntje,' zei ze.

'Ik snap wat u bedoelt,' zei Robin instemmend. 'Er was tenminste íémand die het belang van mijn moeder in de gaten hield.'

'Hebt u dit nog maar net ontdekt?'

'Hoe bedoelt u?'

'Wist u geen van beiden van het testament?'

'Nee,' zei Jeremy.

'Nee,' beaamde Robin. 'Natuurlijk niet,' voegde hij er nog aan toe.

Toen ging de keukendeur open en kwam Josef binnen. Hij zag er moe uit, maar hij glimlachte toen hij Frieda zag. 'Ik wist niet dat je er was,' zei hij.

'Ik stond op het punt om naar boven te gaan.'

'En wat hebt u gedaan?' vroeg Jeremy.

'Dak is gefikst,' zei Josef. 'Maar niet voor vast. Alleen voorlopig, om water te stoppen.'

'Hebt u mijn moeder van tevoren een prijsopgave gedaan voor het werk?'

Josef keek Jeremy alleen maar aan, met een verbaasde blik.

'En nu ik erover nadenk,' vervolgde Jeremy, 'ik weet niet waar u het recht vandaan haalt om iemand opdracht te geven een klus te doen in het huis van mijn moeder.'

'Er zat een gat in het dak,' zei Frieda. 'En u zat in Manchester.'

'O, nou begrijp ik het.' Jeremy's toon werd scherper. 'U bedoelt dat deze man en u voor mijn moeder hebben gezorgd, en ik niet?'

'Alsjeblieft, Jeremy,' zei Mary. 'Ze wilden alleen...'

'Het doet er niet toe,' zei hij. 'Hoe zou u zich voelen als iemand úw moeder zo behandelde?'

'Hoe voelde ú zich dan?' zei Frieda.

'Wat denkt u?'

'Sorry,' zei Josef. 'Ik ben klaar.'

'Wacht even,' zei Mary. 'Er zijn nog een paar dingen waar je misschien naar zou kunnen kijken, als je wilt. De boiler maakt vreemde geluiden, en een van de ramen boven sluit niet goed.'

Josef keek voorzichtig naar Robin en Jeremy.

'Ik ga er niet over,' zei Jeremy. 'Het is mijn huis niet.'

'Ik zal het je laten zien.'

Mary en Josef verlieten samen de keuken. Frieda keek in haar opschrijfboekje naar het adres van de notaris. 'Princes Road, is dat hier in de buurt?'

'Het is pal om de hoek,' zei Robin. 'Poole heeft ma gewoon meegesleept naar de dichtstbijzijnde notaris. Het moet een fluitje van een cent geleken hebben.'

'Mag ik uw telefoon gebruiken?' zei Frieda.

'Hebt u geen mobiele telefoon?'

'Niet bij me.'

Robin gebaarde naar de telefoon in de houder aan de muur.

Er waren verscheidene telefoongesprekken voor nodig, ze moest meer dan eens nadere uitleg geven, en vervolgens moest Frieda nog veertig minuten in een ongemakkelijk stilzwijgen wachten voordat Yvette Long ten slotte per auto arriveerde om haar op te halen. Ze wekte niet de indruk dat ze blij was om Frieda te zien. 'Je moet het tegen ons zeggen,' zei ze, 'als je met getuigen gaat praten.'

'Ik ben niet met getuigen gaan praten,' zei Frieda. 'Josef was aan het werk in het huis van Mary Orton, en hij belde me op omdat er problemen waren met haar zoons. Ik dacht niet dat dat iets te maken had met de zaak.'

Yvette zat voorin, op de passagiersstoel, en Frieda achterin. Ze kreeg het gevoel dat ze als een kind ergens naartoe werd gereden door twee knorrige volwassenen.

'Je kunt niet zomaar in je eentje van alles ondernemen,' zei Yvette.

Frieda reageerde niet. De auto stopte voor een rijtje winkels. 'Zal ik met je meegaan?' vroeg Frieda.

'Als je wilt,' zei Yvette schouderophalend.

De twee vrouwen stapten uit. Het was niet meteen duidelijk waar het kantoor van Tessa Welles was. Op nummer 52 was een winkel gevestigd waar tegels, vazen, kannen en koffiekopjes verkocht werden. Nummer 52a was een kleine groene deur aan de linkerkant. Yvette belde aan, waarna met een zoemer de deur werd geopend. Ze liepen de smalle trap op. Boven kwamen ze in een halletje waar een bureau stond met daarop een computer en nette stapeltjes papieren. De deur achter het bureau ging open en er kwam een vrouw naar buiten. Frieda schatte haar achter in de dertig. Ze had dik, roodblond, lang haar, dat ze losjes in een staart droeg, alsof ze er geen last van wilde hebben. Ze had geen make-up op haar bleke gezicht. Om haar neus zat een verzameling lichte sproeten. Ze keek oplettend uit haar grijsblauwe ogen. Ze droeg een antracietgrijze jurk, een dikke panty met een patroontje erin en enkellaarsjes. Ze glimlachte enigszins gekweld. 'Ik ben Tessa Welles,' zei ze. 'Komt u verder. Ik heb net een pot koffiegezet, dus als u wilt...'

Ze ging hun voor, een veel rommeliger kamer in, met een raam dat uitkeek op straat. Op haar bureau lagen stapels dossiers, op de planken aan de muur stonden archiefdozen en wetboeken. Aan de wanden hingen diploma's en foto's: Tessa Welles te midden van anderen in een restaurant, Tessa Welles ergens op een strand, Tessa Welles op de fiets in een gezelschap fietsers en met bergen op de achtergrond. En er hingen twee schilderijen die Frieda thuis ook wel aan de muur zou willen hebben. Tessa schonk koffie voor hen in, en Yvette stelde eerst zichzelf voor en vervolgens Frieda, als 'externe assistente'.

'Werkt u alleen?' vroeg Yvette, en ze nipte van haar koffie.

'Ik heb een secretaresse, Jenny, die parttime werkt. Vandaag is ze er niet.'

'Mevrouw Welles,' zei Yvette, 'half november hebt u gesproken met ene Mary Orton en ene Robert Poole. Het ging over het wijzigen van haar testament. Kunt u zich dat herinneren?'

Tessa glimlachte flauwtjes. 'Ja, dat weet ik nog.'

'Neemt u me niet kwalijk,' zei Yvette. 'Is er iets grappigs?'

'Nee,' zei Tessa. 'Helemaal niet. Maar bent u misschien hier vanwege een geval van oplichting of zo?'

'Waarom zegt u dat?'

'Weet ik niet. Maar wat ik vooral onthouden heb, is dat die man me een ongemakkelijk gevoel gaf. Hij leek me een beetje een uitvreter. Wat is er gebeurd? Gaat het om oplichting?'

'Nee, het gaat om moord,' zei Yvette. 'Hij is vermoord.'

Aan Tessa's gezicht was te zien dat dit haar schokte.

'O, mijn god. Wat vreselijk, ik had geen idee dat...'

'Een uitvreter, zei u.'

'Nee, nee.' Tessa maakte een afwerend gebaar. 'Ik wilde niks lelijks over hem zeggen. Ik weet niets van hem.'

'Wat bedoelt u daarmee?'

Tessa haalde diep adem. 'Als we het verzoek krijgen een testament te wijzigen ten gunste van iemand die geen familie is, gaat er bij ons notarissen altijd een belletje rinkelen.'

'Wat hebt u gezegd?'

Tessa moest moeite doen om het zich te herinneren en fronste haar voorhoofd.

'Ik geloof dat ik het gewoon met hen heb besproken, met de vrouw dan vooral. Ik heb gevraagd naar de redenen voor de wijziging, waarom ze het nú wilde, of ze erover had nagedacht, of ze het met haar kinderen had besproken en ga zo maar door.'

'En wat zei mevrouw Orton?'

'Ik kan het me niet precies herinneren,' zei Tessa. 'Ik kreeg de indruk dat ze zich in de steek gelaten voelde door haar kinderen. Ik denk dat die man hun plaats had ingenomen.'

'Wat zei Poole tijdens dat gesprek?'

'Niet veel. Hij zat erbij als een attente zoon, hield zich op de achtergrond, ondersteunend.'

'Maar wat was eigenlijk het probleem?' vroeg Frieda.

Yvette keek haar fronsend aan.

'Hoe bedoelt u?' Tessa leek het niet te begrijpen.

'U bent notaris,' zei Frieda. 'Als iemand zijn testament wil veranderen en zich bij u vervoegt, moet u dan niet gewoon een testament opstellen?'

Tessa lachte en keek nadenkend. 'Ik doe familiezaken,' zei ze. 'Eigendomsoverdrachten, boedelscheidingen. Een huis kopen, trouwen en doodgaan. Vroeger toen ik nog studeerde, zeiden ze weleens dat je advocaat moet worden als je de wet graag ziet als een soort theater, maar dat als je wilt weten wat de mensen werkelijk denken en wat hun drijfveren zijn, je notaris moet worden.'

'Of psychotherapeut,' zei Yvette.

'Nee,' zei Tessa. 'Ik kan de mensen echt helpen.'

Yvette keek met een ingehouden glimlach naar Frieda. Tessa zag het. 'O god, u bent toch geen...' begon ze.

'Ja, dat is ze wel,' zei Yvette.

'Sorry, dat was een lompe opmerking van me. Ik bedoelde er niets mee.'

'Geeft niet,' zei Frieda. 'Maar u had het over het helpen van mensen.'

'Ja. Echtparen die willen scheiden spreken soms heel vertrouwelijk met me, zoals ze dat met niemand anders kunnen, zelfs niet met elkaar.'

'Waarom hebt u niet gewoon het testament voor Mary Orton opgemaakt?' vroeg Frieda.

'Ik doe nooit "gewoon" dingen voor mensen,' zei Tessa. 'Ik praat altijd met hen, om erachter te komen wat ze echt willen.'

'En wat wilde Mary Orton echt?' vroeg Frieda.

'Ze was eenzaam, dat was duidelijk, en ze wilde gesteund worden. Ik neem aan dat wat ze echt wilde, was dat haar kinderen haar hielpen. En ik vermoed dat deze man hun plaats had ingenomen en misbruik van haar wilde maken.'

'Waarom hebt u de politie niet gebeld?'

'Ze heeft de politie niet gebeld,' zei Yvette, 'omdat het geen misdrijf is om je testament te veranderen.'

'Ja, zo is het,' zei Tessa. 'Ik heb geprobeerd om met mevrouw Orton te bespreken waarom ze het wilde. Ze leek het gênant te vinden, pijnlijk zelfs. Ik had medelijden met haar.'

'Wat zei Robert Poole?' vroeg Yvette.

'Hij zei dat het niet zijn idee was, maar dat mevrouw Orton het zelf wilde en dat het belangrijk voor haar was.'

'Je moet het gore lef maar hebben,' zei Yvette boos, waarna ze op haar onderlip beet. 'Wat hebt u nog meer gezegd?' vroeg ze op kalmere toon.

'Ik heb tegen mevrouw Orton gezegd dat het een grote stap was en dat ze daarover goed moest nadenken. En ik zal ook wel gezegd hebben dat als ze niets zou nalaten aan haar kinderen, het testament juridisch aangevochten zou kunnen worden.'

'En?'

'Dat was alles,' zei Tessa. 'Ze zijn weggegaan en ik heb er niets meer van gehoord.'

'Vond u het schokkend?' vroeg Yvette.

Tessa trok een gezicht en schudde haar hoofd. 'Vroeger zou ik dat wel hebben gevonden. Toen ik in mijn eerste jaren hoorde wat mannen over hun vrouw zeiden, en vrouwen over hun man, en zag wat de mensen hun familieleden soms aandoen, heb ik alle illusies verloren die ik ooit gehad mocht hebben. Ik heb weleens het gevoel dat ik te maken heb met levensgevaarlijke machines, waar van alles mis mee is, en dat ik niet veel anders kan doen dan er hier en daar een stukje plakband op plakken en maar hopen dat ze dan weer een tijdje goed functioneren.'

'Wat vond u van Robert Poole?' vroeg Yvette.

'Dat zei ik al. Hij was beleefd, en Mary Orton vertrouwde hem blijkbaar, maar toch had ik het gevoel dat er iets aan hem niet deugde. Ik heb gedaan wat ik kon, maar ik wist natuurlijk dat hij het testament door een ander kon laten opmaken, of het misschien zelfs in overleg met haar kon opstellen en het door een willekeurige getuige laten meeondertekenen. Je kunt wel veel voor de mensen doen, maar niet alles.'

'Wat dacht u toen u hoorde dat hij vermoord was?'

'Ik weet niet wat u bedoelt,' zei Tessa. 'Ik vind het natuurlijk schokkend om te horen. Ik kan het bijna niet geloven.'

'Waarom denkt u dat het gebeurd is?'

'Goh, ik zou het niet weten. Ik weet niets van hem.'

'Maar u hebt gezien hoe hij te werk ging,' zei Yvette. 'Stel dat hij een keer de verkeerde had getroffen?'

'Het zou kunnen,' zei Tessa. 'Maar ik heb hem maar even gezien, en daarna heb ik tot vandaag nooit meer aan hem gedacht. Ik kan er geen zinnig woord over zeggen waarom hij is vermoord, als u dat bedoelt. Wat denken de kinderen van Mary Orton ervan?'

'Ze waren er niet blij mee,' zei Frieda. 'Ze waren er helemaal niet blij mee.'

'Dat verbaast me niet.'

'De meeste mensen schijnen hem innemend te hebben gevonden,' zei Frieda. 'Vond u hem innemend?'

Tessa glimlachte weer flauwtjes. 'Nee. Gezien de sfeer van het gesprek kón ik hem eigenlijk niet innemend vinden.'

Yvette stond op. 'Dank u, mevrouw Welles,' zei ze. 'Ik denk dat dat alles is.'

Frieda bleef zitten. 'Ik wil Tessa nog iets vragen,' zei ze. 'Het heeft niets te maken met het onderzoek. Vind je het goed als ik je zo meteen buiten weer zie?' Yvette keek boos naar Frieda, die er goedhartig aan toevoegde: 'Ik heb maar een minuutje nodig.'

Yvette draaide zich om en liep weg. Frieda hoorde haar de trap afbonken. Tessa keek haar bezorgd aan. 'Is er iets?'

'Een beetje wrijving. Ik ben nog maar net aangesteld.'

'Als wat?'

'Dat is een goede vraag. Maar ik wilde u iets heel anders vragen. Ik heb met belangstelling geluisterd naar wat u zei over uw manier van werken. Dat u op de hoogte bent van dingen die mensen geheim willen houden en hen begeleidt...'

'Het woord "begeleiden" heb ik niet gebruikt.'

'Nou ja, hoe dan ook, mijn schoonzusje staat op zeer slechte voet met haar ex-man, mijn broer, en zij heeft dringend advies nodig hoe ze met die situatie om zou kunnen gaan.'

Tessa leunde achterover in haar stoel en sloeg haar armen over elkaar. 'Aan wiens kant staat u in dat geschil?'

'Ik geloof niet dat ik nou per se aan de ene of de andere kant sta,' zei Frieda. 'Maar als ik samen met haar en mijn broer een tochtje per heteluchtballon zou maken en ik moest een van beiden eruit gooien, dan zou dat mijn broer zijn.'

Tessa glimlachte. 'Ik heb ook een broer. Ik denk dat ik wel weet wat u bedoelt.'

'Maar doet u dat soort dingen?'

'Dat zijn nou precies de dingen die ik doe.'

'Het hoeft niet voor niks,' zei Frieda. 'We betalen er gewoon voor, net als al uw andere cliënten. Maar zou u eens met haar willen praten?'

'Ik kan zeker een keer met haar praten.'

Buiten op het trottoir stonden Yvette en haar collega tegen de auto geleund met elkaar in gesprek. Yvette keek naar Frieda, die de vijandigheid bijna van haar af voelde stralen. 'Je deed het goed,' zei Yvette met opeengeklemde kaken. 'Maar laat het speurwerk aan ons over, oké?'

28

'Ik weet wat je denkt.'

'Wat dan?'

'Je denkt dat hij bijbedoelingen moet hebben gehad, hè?'

'Waarom denk je dat?'

'Hoor eens, ik ben niet gek. Ik weet hoe ik er in jouw ogen uitzie – een oude vrouw die het verder wel kan vergeten, iemand met een reeks mislukte relaties achter de rug en die nu alleen is, met niets dan herinneringen aan haar niet zo glorieuze verleden. Ik zie mezelf door jouw ogen, met mijn geverfde haar, mijn zielige pogingen om vast te houden aan mijn jeugd. Heb ik gelijk of niet?'

'Nee, je hebt geen gelijk.'

'Hoe zie je me dan?'

'Wat dacht je hiervan: een vrouw die haar vak verstaat en succes heeft gehad, die zich staande heeft kunnen houden in een moeilijk beroep en die niets heeft ingeboet aan waardigheid en zelfrespect.'

Jasmine Shreeves gezicht ontspande zich. Ze ging tegenover Frieda zitten en boog zich naar haar toe. 'Sorry. Ik ben wel erg in de verdediging.'

'Daar is niks op tegen.'

'Denk je werkelijk zo over me?'

'Ik weet niet zoveel van je, maar zo kun je het ook bekijken.'

'Dus je gaat er niet zonder meer van uit dat Robbie erop uit was om misbruik van me te maken?'

'Hij lijkt er zijn specialiteit van te hebben gemaakt om zich op te dringen aan kwetsbare mensen,' zei Frieda, die dacht aan Mary Orton zoals ze haar de laatste keer had gezien – een ineengedoken figuurtje geflankeerd door haar twee grote zoons.

'Dus je vindt me kwetsbaar?'

'We zijn allemaal op de een of andere manier kwetsbaar. Poole lijkt er een talent voor te hebben gehad om de zwakke plekken van mensen te vinden.'

'Nou, hij was erg aardig voor me. Hij leek me aardig te vinden.' Frieda zei niets, en Jasmine Shreeve vervolgde stijfjes: 'Jouw soort mensen zoekt overal iets achter. Jullie denken dat er achter elke betekenis die wij zien weer een andere betekenis zit. Als ik zeg dat hij mij mocht, zie ik je ogen al glinsteren. Elk woord kan gevaarlijk zijn.'

'Ben je boos op therapeuten omdat je eigen therapie niet heeft geholpen?'

'Hoezo?'

'Misschien denk je dat wij antwoorden beloven, terwijl we alleen maar nog meer vragen oproepen.'

'Hoe wist je dat ik in therapie ben geweest? Wie heeft er over mij gepraat?'

Jasmine Shreeve leek niet alleen boos, maar ook bang te zijn. Haar stem trilde, en als om zichzelf te beschermen hield ze haar hand voor haar gezicht, zoals Frieda dat wel kende van haar patiënten.

'Niemand heeft over jou gepraat. Het leek me alleen waarschijnlijk.'

'Wat heb ik gezegd? Ik heb niks gezegd! Wat weet je nog meer? Ga door. Zeg op. Zit daar niet zo te staren alsof je door me heen kunt kijken.'

Frieda leunde achterover en zweeg even. 'Heeft de therapie geholpen tegen je drankgebruik?'

'Eigenlijk niet, ik...' zei Jasmine, en zweeg toen. 'Heb je dat gelezen in een of andere roddelrubriek? Je hebt het zeker onthouden om het tegen me te kunnen gebruiken? Wat een verachtelijk gedoe!'

Frieda keek haar bevreemd aan. 'Denk je echt dat ik jou zoiets zou aandoen?'

'Het zou een manier kunnen zijn om mij in je macht te krijgen. Hoe kon je het anders weten?'

Frieda dacht daarover na. Hoe wist ze het? 'Ik voelde het.' Ze keek om zich heen. 'Je hebt zoveel dingen om je heen, spullen die je in de loop van je leven hebt verzameld.' Frieda gebaarde om zich heen in de doorzonkamer. 'Al die schaaltjes, die ingelijste foto's, die porseleinen beeldjes, dat kistje dat openstaat, zodat je kunt zien wat erin zit. Je toont het allemaal. Maar wijnglazen, karaffen of flessen zie ik hier niet. En hoewel het nu bijna zeven uur is, heb je me niks anders te drinken aangeboden dan thee. Dus...'

Jasmine sloeg haar handen voor haar gezicht. Haar stem klonk rauw van de emotie. 'Ik laat je binnen in mijn huis en ik praat in alle openheid met je, en jij doet niks anders dan me bespioneren.'

'Wil je erover praten?'

Ze keek op. Haar mascara was uitgelopen. Ze leek ineens ouder en tegelijkertijd kinderlijker. 'Je hebt gelijk. Met alles wat je zei. Ik heb iets vreselijks gedaan.'

'Wat dan?'

'Ik heb in een winkel iemand gemolesteerd, een verkoopster, een jonge vrouw. Vind je dat niet vreselijk? Om je dood voor te schamen? Ik was dronken, en zij gedroeg zich als een bitch. Dat vond ik tenminste op dat moment.' Ze zweeg. 'Ze hebben me...' Ze leek het nauwelijks over haar lippen te kunnen krijgen en kreeg een kleur van schaamte. 'Ze hebben me een tijdje opgesloten. Om me tegen mezelf te beschermen. En toen heb ik me laten opnemen voor een ontwenningskuur. Sindsdien heb ik geen druppel meer gedronken.'

'Goed van je.'

'Ik schaamde me zo voor mezelf.'

'Jasmine, waarom is dat zo erg?'

'Hoe bedoel je?'

'Je was verslaafd. En dat heb je overwonnen. Waarom ben je zo bang dat de mensen erachter zullen komen?'

'Om te beginnen zou dat het einde betekenen van mijn carrière. Voor zover daar nog sprake van is.'

'Echt? Er zijn toch veel mensen die juist geld verdienen met verhalen hoe slecht het met ze ging en hoe ze eroverheen zijn gekomen?'

'Dat is wat anders.'

'Waarom?'

'Ik was een gezellige, flirterige presentatrice, die welwillend tegenover de mensen stond en hun leven wat aangenamer wilde maken. Hoe denk je dat ze zouden reageren als ze wisten dat ik eigenlijk een oude zuipschuit was, die opgenomen moest worden omdat ze winkelpersoneel uitschold en molesteerde?'

'Dat weet ik niet. Maar ik zie wel dat dit voor jou iets angstigs is geworden. En die angst wordt niet minder, maar groter en dreigender. Misschien is het probleem wel dat je het geheim moet houden.'

'Jij hebt makkelijk praten. Ik kan dat risico niet nemen.'

'Zei Robert Poole dat? Dat je het risico niet moest nemen?'

'Hoe wéét je dit soort dingen?'

'Omdat je met hem net zo gepraat hebt als met mij,' zei Frieda. 'Dus Poole heeft van jou begrepen dat je een geheim had?'

'Hij zei dat niemand het mocht weten. Dat dat mijn ondergang zou kunnen betekenen. Hij was heel meelevend. Hij zei dat ik er met hem altijd over kon praten.' Jasmine zweeg en keek Frieda aan. 'Denk je dat hij het verkeerd zag?'

'Ik denk dat het altijd lastig is om iemand raad te geven. Maar misschien moet je er eens bij stilstaan hoeveel invloed dit aspect van je leven op je heeft.'

'Jij bent therapeut,' zei Jasmine. 'Denk je niet dat gedeelde smart halve smart is, dus dat je ergens minder last van hebt als je het met een ander deelt?'

'Misschien. Maar wat ook kan gebeuren, is dat wanneer je een probleem met een ander deelt, die ander macht over je krijgt.'

Bij thuiskomst trof Frieda op haar computer een e-mail van Tessa Welles aan. De eerstkomende weken kon ze geen afspraak maken, maar de volgende dag zou ze 's avonds naar een theater in Islington gaan, en dan kon ze van tevoren wel even bij Olivia langsgaan, zo rond een uur of zes. Zou dat kunnen? Frieda belde Olivia, die zei dat het niet alleen kon, maar dat het beslist nodig was, hoe eerder hoe beter, want dat ze anders met een mes naar Davids huis zou gaan. Frieda beantwoordde Tessa's mail met een cc aan Olivia en gaf haar het vaste en het mobiele telefoonnummer van Olivia.

Op het antwoordapparaat stond een bericht van Karlsson, die haar vroeg hem terug te bellen. Toen hij opnam, zei hij alleen maar: 'Niks te vinden.'

'Niks?'

'Ik heb het over de gunst die je me vroeg, weet je nog?'

'O, Alan Dekker.'

'Ja.'

'Maar je bent nu niet alleen, dus je kunt niet vrijuit praten?'

'Precies.'

'Omdat je je nek voor me hebt uitgestoken.'

'Juist.'

'Ik ben je dankbaar. Dus hij is echt verdwenen, precies zoals Carrie zegt?'

'Daar lijkt het op.'

'Vind je dat niet vreemd?'

'Hier moet ik het bij laten, Frieda.'

Ze legde de telefoon neer en ging naar haar studeerkamer op zolder, waar ze vanuit het dakraam de lichtjes van Londen in de februariavond zag flakkeren. Ze ging aan haar bureau zitten en begon met zacht potlood poppetjes te tekenen in haar schetsblok. Ze dacht na over Robert Poole en het gemak waarmee hij mensen hun geheimen wist te ontfutselen. En ze dacht ook na over datgene wat ze tegen Jasmine had gezegd, over de verraderlijke kracht van geheimen. Wat ben je toch een huichelaar, zei ze tegen zichzelf, terwijl ze een deel van haar tekening arceerde.

Toen ze eindelijk weer naar beneden ging, trof ze nog een

e-mail op haar computer aan, van Sandy. Ze bleef er lang voor zitten en klikte het bericht toen open.

Ik heb een tijdje iemand anders gehad, maar nu niet meer, omdat zij jou niet was. Alsjeblieft, Frieda, laat iets van je horen.

29

'Beschouw het maar als een dagje uit.'

Yvette reed, Karlsson zat naast haar. Ze waren die ochtend vroeg uit Londen vertrokken, toen het net licht begon te worden, maar op de North Circular Road waren ze in een file terechtgekomen, zodat ze nu pas op de M1 naar het noorden zaten. Het was stormachtig en koud, en de laaghangende bewolking dreigde met regen.

'Het wordt een lange dag,' zei Yvette, maar dat kon haar eigenlijk niet schelen. Ze was blij de komende uren alleen met Karlsson te kunnen doorbrengen, hoewel ze ook enigszins nerveus was en zich onbehaaglijk voelde. 'Eerst naar Manchester en dan door naar Cardiff. Acht uur rijden, als het meezit met het verkeer.'

'We eten onderweg wel ergens wat,' zei Karlsson. 'Ik vond het beter om de gebroeders Orton op dezelfde dag te spreken. Eens kijken wat voor mensen het zijn.'

'Wat weet je al van hen?'

'Eens kijken. De oudste, Jeremy – hij is in de vijftig – is financieel directeur van een groot farmaceutisch bedrijf. Zal er wel warmpjes bij zitten. Is getrouwd en heeft twee dochters. Hij woont in Didsbury en ziet zijn moeder niet vaak. Een of twee keer per jaar een dagje of zo. Frieda had een afkeer van hem.'

'Maar dat heeft ze van veel mensen.'

Karlsson keek naar Yvette. 'Zij gaat op haar instinct af,' zei hij. 'We hebben al genoeg mensen die alles volgens het boekje doen.'

Yvette bleef voor zich uit op de weg kijken; het was gaan regenen. Mensen zoals ik, bedoel je zeker, zou ze willen zeggen, saaie, zwoegende prutsers – maar ze deed het niet. In plaats daarvan vroeg ze: 'En de jongste?'

'Robin. Die heeft een wat gevarieerder loopbaan en privéleven. Hij heeft een eigen bedrijfje gehad. Tuinaanleg, staat hier.'

'Vijvers?'

'Dat zal wel. Het is in de jaren negentig failliet gegaan, en sindsdien heeft hij van alles gedaan. Nu is hij bedrijfskundig adviseur, wat dat ook mag betekenen. Hij heeft één zoon uit zijn eerste huwelijk en een veel jongere zoon uit het tweede. Woont in Cardiff in de buurt van de baai.'

'En had Frieda ook een afkeer van hem?' vroeg Yvette.

'Hij gaat ook niet vaak op bezoek bij zijn oude moeder. Maar Frieda dacht dat hij de zwakste was van de twee. Niet zo'n bullebak.'

Toen ze bij de M6 kwamen, stopten ze voor koffie en benzine, en tegen elven dirigeerde het navigatiesysteem hen door de welvarender buitenwijken van Manchester. Jeremy en Virginia Orton woonden in een groot, vrijstaand huis aan een met bomen omzoomde straat in Didsbury, met grind op de oprit en twee auto's voor de deur, een BMW en een Golf. Uit de schoorsteen kringelde rook, en inderdaad, toen Virginia opendeed en hen voorging de huiskamer in, bleek daar de open haard te branden.

De donkere meubels, het zilveren dienblad waarop de koffie werd geserveerd, de op de vleugel uitgestalde zilveren lijstjes met foto's van de kinderen in hun schooluniform; het leek Karlsson allemaal iets uit een andere tijd.

Virginia Orton was een kleine, frêle vrouw met een hoofd vol krulletjes. Jeremy daarentegen was een forse man, niet dik, maar robuust gebouwd, als een rugbyspeler, een middenvelder met brede schouders, en hij had een groot, kalend hoofd en grote handen en voeten. Hij droeg een lila overhemd onder zijn colbertje en om zijn pols een glimmend horloge. Met zijn grijze, enigszins uitpuilende ogen keek hij hen achterdochtig aan.

'Ik had u een halfuur geleden al verwacht,' zei hij.

'Files,' zei Karlsson. 'Het spijt me dat we u hebben laten wachten.'

'Dank je,' zei Jeremy met een knikje naar zijn vrouw, ten teken dat ze kon gaan. Met klikkende hakken op de houten vloer ging ze de kamer uit. 'Waar gaat het over?'

'Zoals u weet, leid ik een onderzoek naar een moordzaak.'

'Ja, ja. Maar waarom komt u hier? Ik zie niet in wat ík daarmee te maken heb. Afgezien van de diefstal, natuurlijk.'

'We zullen het zo kort mogelijk proberen te houden. Maar ik dacht dat uw moeder degene was die door Poole is bestolen, en niet u.'

'Vreselijk. Een oude vrouw zo te plukken.'

'Maar u hebt hem nooit ontmoet?'

'Natuurlijk niet. Ik zou hem onmiddellijk doorzien hebben.'

'En ook nooit iets over hem gehoord?'

'Nee.'

'Heeft ze u niet verteld dat ze hem reparaties aan het huis liet doen?'

'Als ze dat had gedaan, zou ik haar gezegd hebben dat ze om offertes moest vragen. Ik ken die beunhazen. En hoe zit het met de mannen die met hem samenwerkten? Kunt u die niet te pakken krijgen?'

'Dat hebben we natuurlijk geprobeerd. Er is absoluut niks over hen te vinden. Geen namen, geen telefoonnummers, niets.'

'Het zullen wel Polen zijn geweest.'

'Wist u dat haar dak lekte?' vroeg Yvette.

'Weet ik niet, kan ik me niet herinneren. Maar wat heeft dit allemaal voor zin? Hij heeft haar opgelicht, hij is dood, en zij is er nog goed van afgekomen.'

'Dus u had geen idee dat ze haar huis liet opknappen,' zei Karlsson.

'Nou, het werd dus juist niet opgeknapt, hè? Het was hem alleen maar om ons geld te doen.'

'Haar geld.'

'Ons geld, haar geld – het was van de familie.'

'U wist niet van de klussen en u hebt Poole nooit ontmoet, klopt dat?'

'Dat klopt.' Jeremy Orton keek op zijn horloge.

'Kwam dat doordat u sinds de zomer al niet meer bij uw moeder op bezoek was geweest?' onderbrak Yvette Karlsson, die haar waarschuwend aankeek.

'Daar begon die therapeut' – hij sprak het woord met walging uit – 'tegen Robin en mij ook al over. Ik weet precies wat ze daarmee wilde zeggen. Maar wij zijn drukbezette mensen. We doen wat we kunnen.'

'Dus u had ook geen idee dat ze haar testament wilde laten veranderen?'

'Dat wilde ze niet. Ze was onder de invloed van die man en verkeerde in verwarde toestand.'

'En dat hij volgens dat gewijzigde testament een derde deel van haar nalatenschap zou hebben gekregen?'

'Nee, dat wist ik niet. Ik heb het er met ma over gehad. Zo dom zal ze niet meer zijn.'

'U zult ons moeten vertellen waar u eind januari bent geweest,' zei Yvette.

'Pardon?'

'Voor alle zekerheid,' zei ze. 'Kunt u ons vertellen waar u in de laatste tien dagen van januari bent geweest?'

Jeremy Orton staarde eerst haar aan en toen Karlsson en kreeg een knalrood hoofd. 'Meent u dat?'

'En het zou goed zijn als u eventueel getuigen had, die kunnen bevestigen wat u zegt. Dan kunnen we het nagaan.'

'U kunt niet serieus menen dat u mij ervan verdenkt hier iets mee te maken te hebben.'

'We nemen ons onderzoek serieus, dat is alles.'

Jeremy Orton stond op uit zijn stoel. 'Virginia!' blafte hij. 'Breng mijn agenda!'

Vierenhalf uur later waren Karlsson en Yvette in Cardiff. Het huis van Robin Orton had uitzicht op zee, maar was bescheidener dan dat van Jeremy. Zijn auto stond op straat voor de deur geparkeerd. Zijn vrouw was naar haar werk. De thee werd in bekers geserveerd, niet in kopjes. Er stond geen vleugel, maar aan de muur hingen wel foto's van zijn kinderen.

Robin Orton was kleiner dan zijn broer. Karlsson vond dat hij eruitzag als iemand die in korte tijd veel was afgevallen: zijn gezichtshuid zat vol plooien, en zijn broek, die werd opgehouden met een zwarte leren riem, slobberde om zijn benen.

Ze werkten dezelfde vragen af, en hij gaf min of meer dezelfde antwoorden. Nee, hij had Robert Poole nooit ontmoet. Nee, het was hem niet bekend geweest dat er aan het huis werd gewerkt. Nee, hij wist niks van een wijziging van het testament, maar als ze zijn mening wilden weten: het was een grof schandaal dat mensen als Poole zich konden indringen in het huis van zo'n oude vrouw. Nee, hij had zijn moeder de laatste tijd niet gezien. Maar wat ging hun dat aan? Mary liep bij hen in Cardiff toch ook niet bepaald de deur plat? En trouwens, ze was altijd al meer geïnteresseerd geweest in Jeremy dan in hem, en als ze echt wilden weten wat hij ervan vond: in plaats van dat geld zomaar aan de eerste de beste schurk te geven die aan de deur kwam, had ze het veel nuttiger kunnen besteden door hem te helpen met zijn nieuwe bedrijf. Oude mensen zouden vrijgeviger moeten zijn – tenslotte had zijn moeder niet speciaal iets nodig. En wat die laatste week van januari betrof: toevallig had hij het grootste deel daarvan in bed gelegen met een heel vervelende griep. Dat konden ze navragen bij zijn vrouw, al zou zij het misschien een verkoudheid noemen – maar ja, daar was ze een vrouw voor. En of ze bij het weggaan de deur alsjeblieft goed achter zich dicht wilden trekken.

'Wat een walgelijke, afschuwelijke kerels,' zei Yvette.

'Je hoeft je nou niet meer in te houden, hoor.'

Ze reden via de M4 terug naar Londen, en inmiddels viel er uit de zwaarbewolkte hemel een gestage regen.

'Ik wou dat zij hem hadden vermoord, met z'n tweeën,' zei ze, 'zodat ze voor lange tijd opgeborgen konden worden. Die arme moeder!'

'Wou je zeggen dat je denkt dat ze het niet hebben gedaan?'

'We moeten natuurlijk nagaan wat ze die week hebben gedaan, en dan aan Mary Orton vragen of ze niet bij haar zijn geweest. Maar helaas durf ik er iets onder te verwedden dat ze haar inderdaad sinds de zomer niet hebben gezien. Omdat ze het zo drúk hebben.'

'Dus ze hadden wel een motief,' zei Karlsson, 'maar dat motief kwam eigenlijk te laat.'

'Ik heb zin in een douche.'

'En ik in een borrel.' Hij aarzelde. 'Wil je er ook een?'

'Ja!' zei ze, waarna ze haar gretigheid probeerde af te zwakken. 'Best wel.'

'Op één voorwaarde.'

'En die is?'

'Dat je niet afgeeft op Frieda.' Ze wilde protesteren, maar Karlsson onderbrak haar. 'Jullie moeten samenwerken.'

Ze wist het niet meer. Ze wist niet meer hoe de lente aanvoelde, of de zomer, of zelfs de goudkleurige herfst, die altijd haar favoriete seizoen was geweest. Ze kon zich alleen de winter herinneren, omdat het nu winter was – altijd maar die kou. De bomen kaal, de aarde keihard en vol lelijke, ijzige rimpels, het gras platgeslagen, de rivier bruin, traag en triest, het druppelen van het water uit het plafond, haar wasachtige vingers als ze 's morgens wakker werd en er spinnenwebben van de vorst op de raampjes zaten, die ze eraf moest krabben met haar nagels. Haar nagels braken af. Een van haar tanden was losgeraakt, alsof haar tandvlees week was geworden.

Ze wist niet meer precies wat hij tegen haar had gezegd. Wat hij haar had opgedragen. Ze zaten ín haar binnenste, zijn woorden, maar ze kon ze niet vinden. Ze rommelde in de laatjes in haar hoofd en vond daar van alles, flarden van herinneringen. Maar die had ze niet meer nodig.

Het leven was versmald tot deze boot, dit moment. Ze wist alleen niet meer waarom.

30

Diezelfde middag om halfdrie ging Frieda, aangespoord door een gevoel dat haar al de hele ochtend in toenemende mate had beziggehouden, weer naar het huis van de Wyatts in Greenwich. Ze had het niet tegen Karlsson gezegd, en ze had ook niet van tevoren opgebeld, al besefte ze wel dat ze dan waarschijnlijk niemand thuis zou treffen. Maar toen ze bij hun appartement aankwam, zag ze door het grote raam beneden dat Aisling piano zat te spelen. Zelfs vanaf de plek waar zij stond, tussen de bloembollen en de koperen potten met kruiden, zag Frieda hoe haar handen in vloeiende bewegingen over de toetsen gingen. Ze zag ook dat haar houding gespannen was. Ze liep naar de voordeur, belde aan en hoorde de pianomuziek ophouden. Een paar tellen later ging de deur open.

'Ja?'

'Het spijt me dat ik onaangekondigd langskom,' zei Frieda. 'We hebben elkaar eerder gesproken.'

'Ja, dat weet ik nog.'

Aisling keek onzeker. Haar magere gezicht stond gespannen, en om haar mond waren dunne rimpeltjes te zien die Frieda niet eerder had opgemerkt. 'De kinderen komen zo meteen uit school,' zei ze. Maar ze deed een stapje opzij en Frieda liep de ruime, schone flat in, die voor haar gevoel eerder een showroom leek dan een woonruimte. Ze kon maar moeilijk geloven dat de Wyatts kinderen hadden en vroeg zich af hoeveel uur per dag de werkster er nodig zou hebben. Haar voeten gleden over het geboende parket. In een houten schaal op de glazen salontafel lagen in een piramide gerangschikte mandarijnen.

'Kan ik u iets aanbieden? Thee, koffie, kruidenthee?'

'Nee, dank u,' zei Frieda terwijl ze zich op de zachte bank liet zakken. Ze had een hekel aan meubels waar je in wegzakte. Ze zat liever rechtop.

'Goed. Wilde u iets vragen? Frank is er nu natuurlijk niet.'

'Ja, daarom ben ik juist gekomen. Ik ging ervan uit dat hij op zijn werk zou zijn en uw kinderen op school.'

'Dat snap ik niet.'

'Ik wilde het met u hebben over uw verhouding met Robert Poole.'

'Hoe durft u?' Ze sprong op en kwam voor Frieda staan, kaarsrecht, en haar magere gestalte beefde van verontwaardiging en woede. 'Hoe dúrft u!'

'Hij is vermoord, mevrouw Wyatt. Het kan relevant zijn.'

'Maak dat u wegkomt.'

'Oké.' Frieda stond op, pakte haar jas van de armleuning van de bank en tastte in haar zak. 'Maar als u er met me over wilt praten: hier hebt u mijn kaartje.' Ze aarzelde en voegde er nog aan toe: 'Ik zal er voorlopig niks over tegen de politie zeggen.'

'Er valt ook niks over te zeggen.'

De twee vrouwen keken elkaar aan, toen knikte Frieda haar toe en vertrok. Door het raam zag ze dat Aisling nog op de plek stond waar ze haar alleen had gelaten, starend naar haar kaartje.

'Kom binnen, kom binnen, kom binnen!' riep Olivia. Ze ging helemaal op in de rol van gastvrouw en was al een beetje aangeschoten. Uitgedost in groen fluweel, het haar opgestoken en met bungelende oorbellen, trok ze Frieda naar binnen en kuste haar op beide wangen, waarna ze met een natte vinger de lippenstift van Frieda's wang veegde. Het halletje stond vol schoenen, en aan de voet van de trap stond een muizenval, vooralsnog zonder muis erin.

'Is ze er?'

'Die notaris van jou, eh...'
'Tessa Welles.'
'Nog niet. Maar ze heeft opgebeld om te zeggen dat ze onderweg was. Ze klonk zó áárdig. Ze neemt haar broer mee.'
'Waarom? Is hij ook notaris?'
'Nee, maar ze gaat samen met hem naar het theater, dus...' Olivia maakte een vaag armgebaar. Haar nagels waren vuurrood gelakt. 'Ik heb gezegd dat het prima was.'
'Natuurlijk. Heb je alle papieren bij elkaar gezocht?'
'Tja. Weet je. Dat is een beetje een probleem. Ik heb mijn best gedaan, maar je weet hoe dat gaat. Dingen raken soms zoek.' Olivia sperde haar ogen open, als een goochelaar die net een truc tot een goed einde heeft gebracht.
'Daar zal ze wel aan gewend zijn. Waar is Chloë?'
'Die is naar een of andere club.'
'Wat is dat?'
'Ik zou het echt niet weten,' zei Olivia vaag. 'Het speelt zich allemaal af op Facebook, en trouwens, ze is er met Sammy en Sammy's broer en zijn vrienden naartoe. En ze is zeventien.'
De bel ging. Ze liep naar de deur en gooide die met zo'n kracht open dat hij tegen de muur klapte, tegen haar aan sloeg en vervolgens, nadat Frieda een glimp had opgevangen van twee verbaasde gezichten, weer in het slot viel.
'Sorry,' zei Olivia, nadat ze opnieuw had opengedaan. 'Kom binnen.'
Het tweetal moest wel broer en zus zijn. Niet alleen omdat ze allebei lang en slank waren en hetzelfde roodblonde haar hadden, al was het bij hem kortgeknipt en al wat peper- en zoutkleurig, maar ze hadden ook hetzelfde ovale gezicht en dezelfde grijsblauwe ogen.
'Hallo,' zei Tessa. Toen ze Frieda zag, verscheen er een glimlach van herkenning op haar gezicht. 'Dit is mijn broer, Harry Welles.'
Harry schudde Olivia de hand en vervolgens Frieda. 'Letten jullie maar niet op mij,' zei hij. 'Ik kan wel in de auto gaan zitten, als jullie willen, of anders ga ik wel ergens naartoe terwijl jullie bezig zijn. Ik heb werk bij me.'

'Kom jij erbij?' vroeg Tessa aan Frieda.

'Ik heb haar gevraagd te komen om me morele steun te geven,' zei Olivia. 'Ik was bang dat je een of ander doodeng mens in een krijtstreeppak zou zijn. Maar ik denk nu dat ik het in mijn eentje wel af kan. Kom mee naar de huiskamer. Ik heb geprobeerd wat op te ruimen, maar het is helaas nog steeds een beetje rommelig.'

'Waar zal ik gaan zitten?' vroeg Harry aan Frieda.

'Je zou de keuken kunnen proberen,' zei Frieda weifelend. 'Maar misschien is die niet helemaal aan kant. Zullen we er eerst eens even kijken?'

'Sjonge,' zei Harry bijna bewonderend toen ze de keuken betraden. 'Ik zie wat je bedoelt.'

'Ik zou aan tafel een plaatsje voor je kunnen vrijmaken.'

'Wat ga jij doen?'

'Ik dacht erover om misschien wat te gaan opruimen. Maar ik weet niet goed waar ik moet beginnen.'

'Weet je wat, zal ik de afwas doen?'

'Geen sprake van.'

'Waarom niet? Ik hou van afwassen. Zou ze rubber handschoenen hebben die mij passen?'

'Nee.'

'Jawel, hier heb ik ze al.' Met wat geknal van het rubber trok hij ze aan. 'Perfect. Kom maar op.'

'Dat hoort niet.'

'Het hoort niet?'

'Nee.'

'Zit je ermee dan?'

'Ja.'

Hij trok de handschoenen uit. 'Ik snap niet waarom. Zet anders een pot thee voor ons?'

'Ik wil geen thee.'

'Een glas wijn dan? Tessa rijdt. En ik zie hier wel een stuk of vier open flessen staan.'

'Goed, ik zet wel thee. Ga jij maar aan tafel zitten.'

Ze pakte de asbak, de wijnglazen, de bekers en verscheidene vuile borden van tafel, waarna ze de kranten en tijdschriften verzamelde en ze op een hoop legde. Er lagen enkele ongeopende brieven, rekeningen voor zover ze kon beoordelen, die ze opzijlegde, zodat Olivia daar straks naar kon kijken. 'Hier. Neem een stoel.'

'Je bent wel koppig, zeg.'

'Ja. Wacht, ik neem de tafel even af.'

'Zal ik water opzetten?'

'Doe jij overal alsof je thuis bent?'

'Doe ik dat dan?' Hij keek verbaasd. 'Dat weet ik niet, hoor.'

Frieda zette een pot thee, en Harry Welles deed zijn tas open en haalde er wat papieren uit die hij op tafel voor zich neerlegde, maar hij maakte geen aanstalten om aan het werk te gaan. Frieda voelde hoe hij naar haar zat te kijken terwijl ze de borden in de afwasmachine zette.

'Wat doe je voor werk?' vroeg ze ten slotte.

'Ik ben financieel adviseur. Zo, daarmee snoer ik de mensen meestal de mond.'

'Wat voor soort mensen adviseer je?'

'Allerlei soorten. Soms rijke mensen, die willen weten hoe ze stiekem hun geld op een buitenlandse rekening kunnen zetten, maar soms ook mensen die het moeilijk hebben en nauwelijks kunnen rondkomen. En ik beheer een paar fondsen voor goede doelen. Je zou niet geloven wat een puinhoop mensen er soms van maken met hun geld.'

'Ik zou het waarschijnlijk wel geloven.'

'Dat heb jij waarschijnlijk niet, hè? Ik bedoel, jij raakt niet in de problemen met je geld.'

'Nee.'

'Natuurlijk niet. Ik hoorde dat je psychotherapeut bent?'

'Ja.'

Als ze wisten wat haar beroep was, reageerden de mensen vaak door zenuwachtig of zogenaamd voor de grap te zeggen dat ze dan waarschijnlijk wel van alles kon afleiden uit hun gedrag, alsof ze door middel van een soort geheimzinnige röntgenstralen door hen heen kon kijken. Maar Harry Welles legde zijn kin op zijn handen, keek haar aan en zei: 'Ja. Ik kan me indenken dat mensen jou vertrouwen.' En toen voegde hij daar nonchalant aan toe: 'Heb je zin om vrijdag met me uit eten te gaan?'

Frieda reikte hem zijn thee aan. 'Goed.'

'Mooi. De exacte locatie zal later onthuld worden. Wat is je e-mailadres?'

Ze zei het, en hij noteerde het. Toen sloeg hij een dossier open, pakte een potlood en begon te werken. Frieda glimlachte in zichzelf en viel aan op een uitermate aangekoekte pan.

31

Frieda zette voor zichzelf gewone, goedkope thee en voor Aisling Wyatt maakte ze een beker groene thee. Toen ze haar die aanreikte, vouwde Aisling er haar beide handen omheen.

'Ik moet even warm worden, hoor,' zei ze. 'Het is buiten zo koud. Ik heb er de hele winter al last van. Altijd maar die kou. Als ik langs de rivier liep, dacht ik soms dat die dicht zou vriezen. Vroeger was dat toch altijd, eeuwen geleden? Toen schaatsten ze op de Theems.'

'En ze hielden er kermissen,' zei Frieda. 'Volksfeesten.'

'Hij had deze winter dicht kunnen vriezen,' zei Aisling. 'Zo koud was het.'

Ze zag eruit als een vrouw die het gauw koud had – mager en erg gespannen.

'Het kwam door de oude London Bridge,' zei Frieda.

'De oude brug? Wat had die ermee te maken?'

'Die vertraagde de stroming van de rivier,' zei Frieda.

Aisling keek om zich heen in Frieda's huiskamer alsof ze geleidelijk weer een beetje mens werd en zich bewust werd van haar omgeving. 'Wat woont u mooi.'

'Dank u wel.'

'U hebt mooie spullen. Dit bijvoorbeeld.' Ze pakte een groene porseleinen schaal. 'Waar komt die vandaan?'

'Heb ik cadeau gekregen.'

'Ontvangt u hier uw patiënten?'

'Nee,' zei Frieda. 'Mijn patiënten spreek ik meestal in mijn praktijk om de hoek.'

'Zou u mij als patiënt willen?' zei Aisling.

'Dat zou niet goed zijn. Omdat we elkaar op een andere manier hebben leren kennen. Maar waarom zou u bij mij patiënt willen worden?'

'O, om alles,' zei Aisling. 'Omdat alles een puinhoop is, omdat het leven me niet heeft gebracht wat ik dacht dat het zou brengen, omdat ik een hekel heb aan mezelf. Is dat voldoende als begin?'

Terwijl ze praatte, keek Aisling Frieda geen moment aan. Ze staarde in haar beker, ze keek de kamer rond, ze deed van alles om oogcontact te vermijden.

'Het lijkt me dat u er eerst met uw huisarts over zou moeten praten,' zei Frieda. 'Maar ik zou u natuurlijk kunnen doorverwijzen.'

Eindelijk keek Aisling Frieda nu wel rechtstreeks aan. 'U zult er wel geen zin in hebben,' zei ze. 'Dat snap ik wel. U werkt voor de politie, dus dat komt bij u op de eerste plaats.'

'Ik werk inderdaad voor de politie, ja.'

Aisling glimlachte wrang. 'En ik heb in de krant over u gelezen,' zei ze. 'Het schijnt dat u zelf ook problemen hebt.'

'Als ik problemen heb, waarom wilde u dan met me praten?'

'Toen u me vragen stelde over Bertie, dacht ik dat u met me meevoelde.'

'En wat denkt u nu?'

'Die vrouw in dat artikel zei dat u haar had gebruikt. Is dat waar?'

'Ik heb een rol gespeeld bij haar redding. Maar gered worden kan pijnlijk zijn.'

'Misschien bedoelde ze dat u zich met mensen bemoeit,' zei Aisling, 'dat u hun hele leven overhoop haalt en dan weggaat en niet de verantwoordelijkheid neemt voor wat u hebt gedaan.'

'Hebt u het gevoel dat ik dat bij u heb gedaan?'

Aisling nam een slok thee en zette de beker voorzichtig op het tafeltje voor zich neer. 'Toen ik Frank ontmoette, werkten we bij hetzelfde bedrijf. Op dezelfde afdeling. En daar deed ik het waarschijnlijk net iets beter dan hij. En toen kregen we Joe en Emily, bla, bla, bla, en voordat ik het goed en wel in de gaten had, zat ik ineens thuis en had hij promotie gemaakt. Ik vind mezelf zo oersaai dat ik dit soort dingen zeg, het zijn zulke clichés. Weet u, de mensen verwachten van mij helemaal niet dat ik saai ben. Toen ik nog studeerde, was ik degene die anderen saai vond. Als ik op mijn tweeëntwintigste had kunnen zien hoe ik er op mijn tweeendertigste aan toe was, zou ik... nou ja, iets geks hebben gedaan. Naar Zuid-Amerika zijn gegaan of zo.' Ze keek Frieda aan met een uitdagende blik. 'En nu gaat u zeker zeggen dat ik mijn zegeningen moet tellen, dat ik twee fantastische kinderen heb en een prachtig huis. En dat ik daar zelf voor gekozen heb en er dan ook verantwoording voor moet nemen. U zult zeggen dat ik waarschijnlijk onbewust geen plezier had in mijn werk op dat accountantskantoor en dat ik de kinderen gewoon als excuus gebruik.'

Frieda zette haar beker thee op tafel zonder dat ze er iets van gedronken had. 'Vertelt u eens wat over Robert Poole,' zei ze.

'Als Frank thuiskomt en ik laat hem zien wat ik in de tuin of in huis heb gedaan, dan kijkt hij er alleen maar even glazig naar. Bertie was anders. Hij was geïnteresseerd en had ideeën. En hij luisterde naar mijn ideeën.' Ze was even stil, alsof ze wachtte tot Frieda iets zou zeggen, maar Frieda bleef zwijgen. Toen ze doorging, was het net alsof ze in zichzelf praatte. 'Ik had nooit gedacht dat ik me weer zo zou voelen. Het was alsof ik met nieuwe ogen werd bekeken. Ik weet wat u denkt.'

'Waarschijnlijk weet u dat niet.'

'U denkt dat ik me wel schuldig zal voelen omdat ik geen goede echtgenote en geen goede moeder ben. Nou, dat is niet zo. We gingen met elkaar naar bed als de kinderen niet thuis waren. Emily gaat vier ochtenden per week naar de peuterschool en ook nog eens drie middagen per week naar de crèche. We deden het in de kamer van de kinderen. Voor een deel uit praktische overwegingen. Ik denk dat ik bang was dat er een luchtje aan de lakens zou blijven hangen en dat ik ze dan elke keer zou moeten wassen, en dat Frank zelfs dan iets zou merken. Maar dat was het niet alleen. Als we zo in ons blootje in de kinderkamer lagen, met hun spullen en hun speelgoed om ons heen, dan had ik zo'n gevoel "ik heb schijt aan alles, dat wil ik nou eens zelf uitmaken". Dat zult u wel schokkend vinden, hè?'

'Nee. Hebt u erover gedacht om weg te gaan bij uw man?'

'Niet echt,' zei Aisling. 'Nee, helemaal niet. Hoe dan ook, de seks hield na een tijdje op, maar het gevoel van intimiteit bleef. We hebben het erover gehad om samen iets te ondernemen.'

'Wat dan?'

'Hij had plannen om te gaan ontwerpen: tuinen, maar ook interieurs.' Aisling glimlachte. 'We hebben door Greenwich rondgelopen en daar de tuinen bekeken. Je kon zien dat de mensen behoefte hadden aan iemand die bij hen thuis kwam, het heft in handen nam en zich bezighield met hun problemen, zodat zij zich met andere dingen konden bemoeien. De mensen hebben het geld wel, maar ze weten niet hoe ze datgene wat ze echt willen voor elkaar moeten krijgen. Wie een manier vindt om met deze mensen in contact te komen, kan niet mislukken. Daarom hebben we het erover gehad om zo'n soort bedrijf op te zetten.'

'Hebben jullie meer gedaan dan er alleen over praten?'

Aisling ging het oogcontact weer uit de weg en haalde haar schouders op.

'Wat hebben jullie dan gedaan?' vroeg Frieda.

'Dat is het enige wat u interesseert,' zei Aisling. 'Uw werk voor de politie.'

'Ik kan u niet helpen als u me de waarheid niet vertelt,' zei Frieda. 'En dat wil zeggen: de héle waarheid. Zelfs de onaangename dingen.'

Aisling bracht haar hand naar haar mond en wreef over haar gezicht alsof het jeukte. 'Sommige dingen zouden misschien raar lijken als het zou uitkomen, en nu hij dood is, weet ik niet goed wat er zal gebeuren.'

'Als wat uit zou komen?'

'Ik heb Bertie gesteund, dat is alles. En voor een deel was dat financieel.'

'Met hoeveel?'

'Een paar duizend pond,' zei Aisling, bijna mompelend. 'Nee, meer. Iets meer. Vijfentwintigduizend. Misschien dertig, veertig. Zoiets. Het geld is net zo goed van mij als van Frank. We delen alles. En ik heb een eigen rekening.'

'Hebt u het uw man verteld?'

'Ik was van plan om het hem te vertellen als de plannen min of meer uitgewerkt waren. Dat kon best, maar toen bleek Bertie ineens dood te zijn. Het is in zekere zin een ramp, dat weet ik, maar we hebben heel wat spaargeld. En hij kijkt niet naar mijn bankafschriften. Waarom zou hij? Ik zit er vreselijk over in, maar het zal wel goed komen. Het raakt op de achtergrond, en op een gegeven moment is het vergeten, dat hou ik mezelf steeds maar voor. Ik bedoel, Berties dood staat hier helemaal los van; waar het om gaat, is dat ons huwelijk zo'n puinhoop is. Maar het is ónze puinhoop – die staat los van al het andere. Dat moet u begrijpen.'

Frieda hield haar blik vast. 'U begrijpt zeker wel dat ik dit aan de politie moet vertellen.'

'Nee! Waarom? Dit staat los van alles. Ik ben naar u toe gekomen omdat ik u vertrouwde.'

'U bent naar me toe gekomen omdat ik in de gaten had dat u een relatie had met Robert Poole.'

'Ik dacht dat u het zou begrijpen. Ik wist niet dat u me zou veroordelen.'

'Ik veroordeel u niet. Maar er is wel iemand vermoord.'

'Niet door mij.'

'Ik moet het de politie vertellen.'

'Maar Frank zal erachter komen. U gaat het hem toch niet vertellen, hè? Dat mag u niet eens. U mag de geheimen van uw patiënten niet doorvertellen.'

'U bent geen patiënt van mij,' zei Frieda. 'Ik zal het hem niet vertellen. Maar u zou er wel over moeten denken om het zelf te doen, ook al zou hij het niet van de politie te horen krijgen.'

'Ik kan het niet. U kent hem niet. Hij zal het me nooit vergeven.'

'Geef hem de kans. Ik denk trouwens dat hij het al weet.'

Frieda was nog maar een paar minuten alleen toen de bel weer ging. Ze was op weg naar boven om een douche te nemen, maar draaide zich om en liep naar de deur.

'Hallo? Bent u dokter Klein?'

Voor de deur stond een vrouw met een jong, fris gezicht dat iets verontschuldigends had, maar ook iets gretigs. Frieda had de indruk dat er op het gezicht elk moment een enthousiaste glimlach kon doorbreken, en dat als dat gebeurde, er kuiltjes in haar wangen te zien zouden zijn. Haar kastanjebruine krullen waren vrij kort geknipt, maar nog springerig; ze had sproeten op haar wangen en haar neus, en zachte bruine ogen met kleine vlekjes in de irissen.

'Neemt u me niet kwalijk dat ik zomaar aanbel. Mijn naam is Liz. Liz Barron.'

'Wat kan ik voor u doen?'

Ze rilde. 'Het is vreselijk koud hierbuiten. Mag ik niet even binnenkomen?'

'Niet voordat u me vertelt waarvoor u komt.'

'Natuurlijk, sorry. Ik wilde uw advies vragen, ik hoop dat u me kunt helpen.'

'Advies waarover?'

'Ik ben journaliste bij de *Daily Sketch*.'

'Juist, ja.'

'Ik ben bezig met een artikel, een achtergrondstuk over de politie in het huidige klimaat van wantrouwen en bezuinigingen. In principe heb ik sympathie voor hun standpunt, maar ik probeer er vanuit alle invalshoeken naar te kijken.'

'Ik ben niet bij de politie.'

'Dat weet ik, dat weet ik,' zei ze blozend. 'Ik geloof dat ik me niet zo goed uitdruk. Het gaat hierom: het leek mijn hoofdredacteur een goed idee dat ik me zou concentreren op een bepaald gebied of een bepaald verhaal. En nou dacht ik dat ik misschien met u zou kunnen praten over uw rol in die kwestie met Dean Reeve, en nu natuurlijk ook Robert Poole. Ik was erg onder de indruk van wat u hebt gedaan en ik heb gelezen wat Joanna Teale over u heeft geschreven. Daar heeft ze u onrecht mee gedaan. Dit lijkt me voor u een uitgelezen kans om uw kant van het verhaal over het voetlicht te brengen. Het moet een heel naar gevoel zijn om de misverstanden niet te kunnen rechtzetten.'

'Nou, nee hoor.'

Liz Barron leek zich niet van de wijs te laten brengen. Haar aardige gezicht straalde medeleven uit. 'We zouden het erover kunnen hebben wat er toen gebeurd is en over wat u nu doet, en hoe het is om psychiater te zijn.'

'Nee.'

'Er zou zelfs te praten zijn over een onkostenvergoeding voor uw moeite.'

'Nee.'

Zonder dat er in haar gelaatsuitdrukking iets veranderde, vroeg ze: 'Voelt u zich verantwoordelijk voor de dood van Kathy Ripon?'

'Ik wil niet onbeleefd zijn, maar ik ga nu de deur dichtdoen.'

'Waarom moet de belastingbetaler opdraaien voor uw assistentie in de zaak Poole als...'

Frieda deed de deur dicht. Ze liep de trap op en ging naar de badkamer, waar ze lang onder de douche bleef staan. Terwijl de waterstraaltjes als naalden in haar rug prikten, deed ze haar best om nergens aan te denken.

'Zo, zo, zo,' zei Karlsson. 'Dus mevrouw Wyatt bedroog haar man met onze Robert Poole.'

Ze zaten in de auto op weg naar het huis van Mary Orton. Frieda staarde alleen maar uit het raampje.

'En hij heeft mevrouw Orton overgehaald om haar testament te veranderen.'

'Geprobeerd althans,' zei Frieda.

'Met mevrouw Wyatt is hij eerst naar bed gegaan voordat hij haar geld afhandig maakte. Denk je dat hij haar chanteerde?'

'Ik denk dat dat niet hoefde. Ze zei dat ze samen een bedrijf zouden gaan opzetten.'

'Zo heb ik het nog nooit horen noemen,' zei Karlsson. 'Jij denkt dat Wyatt het wist?'

‘Er was iets met de manier waarop ze met elkaar omgingen. Ze keken elkaar niet aan, het leek wel alsof ze dat niet durfden. Ik kreeg het gevoel dat ze allebei iets voor elkaar verborgen hielden. We weten nu wat zij te verbergen had, maar hoe zit het met hem?’

‘Dus hij wist het?’

‘Aisling zei van niet, maar ik ben daar niet zo zeker van.’

Karlsson keek bedachtzaam. ‘Poole gaat met je vrouw naar bed, steelt je geld, en dan wordt zijn lijk op een kilometer afstand van je huis gevonden. Ik ben benieuwd wat Frank Wyatt daarop te zeggen heeft.’

‘Ik heb tegen Aisling gezegd dat ik het aan jou zou vertellen en dat zij het er met hem over moest hebben voordat jij hem zou spreken.’

‘Waarom heb je dat verdomme gedaan? Nu is hij voorbereid.’

‘Omdat dat de juiste manier van doen is.’

‘Juist voor wie, Frieda? Voor haar, of voor ons onderzoek?’

‘Dat maakt niet uit. Het is gewoon beter om het zo te doen, dat is alles.’

‘Aan wiens kant sta jij eigenlijk?’

‘Ik ben onpartijdig.’

Karlsson keek voor zich uit, haalde diep adem en moest moeite doen om zich te bedwingen en niet iets grofs te zeggen.

‘Wat vond je van de zoons van Mary Orton?’

‘Ik mocht ze niet,’ zei Karlsson.

‘Maar is er geen enkele aanwijzing dat ze er iets mee te maken hebben?’

‘Ze hadden wel een motief. Een dijk van een motief. Het probleem is volgens mij dat ze zich dat pas realiseerden toen het al te laat was.’

Mary Orton stond erop thee te zetten en koekjes te halen. Ze verontschuldigde zich dat ze geen cake had gebakken. Frieda zag hoe haar handen – met levervlekken en dikke blauwe aderen onder de rimpelige huid – beefden toen ze de kopjes neerzette. Ze droeg een donkergroene rok en een witte blouse met daaroverheen een dun vest. Ze had haar blouse echter scheef dichtgeknoopt, waardoor haar ouderwetse hemdje te zien was. Bovendien had ze een ladder in haar panty.

'We vinden het heel vervelend dat we u weer lastig moeten vallen,' zei Frieda vriendelijk tegen de oude vrouw. 'We wilden alleen nog een paar dingen met u nalopen.'

'Als ik u daarmee kan helpen, graag.' Ze pakte haar kopje onhandig op en stootte de theelepel van het schoteltje.

'Het is gewoon routine, hoor,' zei Karlsson geruststellend. 'We willen alleen een paar details bevestigd hebben. Wanneer zijn uw zoons voor het laatst op bezoek geweest, bijvoorbeeld?'

Ze keek hem aan en staarde toen in haar kopje. 'Hoezo?' vroeg ze.

'We willen weten met wie Robert Poole heeft kennisgemaakt,' zei Frieda. 'Niks om u zorgen over te maken.'

'Ik weet niet meer wanneer ze geweest zijn.'

'Dit jaar wel?'

'Ze hebben een erg druk leven.'

'Dat weet ik. En ze wonen ver weg, dus het is een hele opgave voor hen om naar u toe te komen,' zei Frieda.

'Het zijn geen slechte jongens.'

'Maar u ziet ze niet vaak?'

'Over de kleinkinderen zit ik meer in.'

'Ze worden snel groot, hè,' zei Frieda. 'Een paar maanden kan al zoveel verschil maken.'

'Ik zou ze graag beter leren kennen,' zei Mary Orton. 'Nee. Dit jaar niet.'

'En vorig jaar?'

'Konden ze dat zelf niet zeggen?'

'Vorige zomer, zeiden ze allebei.'

'Ja, dat kan wel kloppen.'

'Dus u hebt ze al acht maanden of zo niet gezien.' Het leek wreed om verder aan te dringen.

Mary Orton keek op. 'Acht maanden,' zei ze zacht.

'Hebt u hun verteld dat Robert Poole u hielp met het opknappen van het huis?'

'Dat wilde ik liever niet. Ik wilde niet dat ze zich schuldig zouden voelen.'

'Omdat u hun al had verteld over het lek?'

'Ik hou er niet van om te zeuren. Ze zeiden dat het waarschijnlijk niets om het lijf had en dat het bovendien toch wel goed zou komen zodra het lente was.'

'Juist, ja.'

'Maar uw vriend Josef heeft prima werk geleverd,' zei Mary Orton zichtbaar opgewekter. 'Met het dak en de boiler.'

'Ik ben blij dat hij u heeft kunnen helpen.'

'Zo'n aardige jongeman. Hij vertelt mij verhalen over zijn land, en ik vertel hem hoe het vroeger in Londen was. Hij is dol op mijn citroencake. En hij heeft gezegd dat hij voor mij een brood met honing en maanzaad zou bakken zoals hij dat vroeger thuis altijd at. Maar dat zal hij wel vergeten.'

'Vast niet,' zei Frieda.

'De mensen hebben het tegenwoordig zo druk. Maar als je oud bent en alleen, gaat de tijd heel snel, terwijl hij tegelijk ook heel traag gaat. Vreemd is dat, hè?'

'Ja, vreemd.'

'Dat vertelt niemand je, als je jong bent, hoe het zal zijn als je oud bent.'

'En hoe is dat?'

'Terwijl je nog leeft word je eigenlijk al een soort geest.'

Bij het weggaan bleef Karlsson staan bij de houten urn waar de as van Mary Ortons overleden echtgenoot in zat. Hij liet zijn wijsvinger er voorzichtig langsgaan, volgde de groeven in het oppervlak en zei: 'Een mooie urn, heel bijzonder. Wie heeft die voor u gemaakt?'

Ze kwam naast hem staan. Naast hem was ze maar klein. 'Die is gemaakt van een iep die lang geleden bij ons in de tuin stond en omgevallen is. Het gaf een goed gevoel om Leonards as te bewaren in een urn gemaakt van een boom waar hij van heeft gehouden.'

'Hm.' Karlsson knikte instemmend. 'Weet u nog waar u de urn hebt laten maken?'

Ze fronste nadenkend haar wenkbrauwen en zei toen: 'Het bedrijf heette geloof ik Living Wood... Maar dat kan ik nakijken. Ik heb de factuur nog. Waarom wilt u dat weten?'

'Hij viel me gewoon op. Ik vind het zo'n mooi ding.'

Stralend keek ze hem aan. Frieda keek hoe hij zich respectvol naar de oude vrouw toe boog, en ze wendde zich van hen af – ineens ontroerd.

'Waarom wilde je weten wie die urn had gemaakt?' vroeg Frieda toen ze weer in de auto zaten.

'Mevrouw Orton, Jasmine Shreeve en Aisling Wyatt hebben alle drie mooie houten voorwerpen in huis. Misschien is er een verband.'

'O! Ja, ik snap het.'

'Heel misschien, hoor.'

'Opmerkzaam.'

'Goh, dank u wel, dokter Klein.'

'Waarom ben je gaan roken?'

Hij keek haar vorsend aan. 'Wie zegt dat ik rook?'

'Is het niet waar dan?'

'Kun je het aan me ruiken?'

'Nee. Maar die extra sterke pepermuntjes...'

'Ik wil niet dat mijn kinderen het weten,' zei hij, en even leek het alsof hij er nog iets aan toe wilde voegen, maar hij bedwong zich.

'Je kunt het best vertellen, hoor.'

'Nee. Ik geloof niet dat ik dat kan.' Hij zette de ruitenwissers en de koplampen aan. 'Mijn god, heb jij ook zo'n hekel aan februari?'

32

Living Wood was gevestigd op een klein bedrijventerrein in Dalston, waar het de onderste verdieping in beslag nam van een pand waarin ook een dierenwelzijnsorganisatie, een bedrijf waar reclameborden werden gemaakt en een hoedenatelier waren ondergebracht. Als je er naar binnen ging, kwam je in een andere wereld terecht. Overal stonden planken tegen de muren, midden in de ruimte stonden grote zaag- en schaafmachines. Een daarvan werd bediend door een jongeman in een wit onderhemd, die met het zweet op zijn blote schouders over zijn werk gebogen stond. Er hing een zware geur van hars in de ruimte. Yvette moest hard roepen om zijn aandacht te trekken. De man zette de machine af en kwam naar haar toe, terwijl hij met de rug van zijn hand zijn voorhoofd afveegde.

Ze hield haar politiepas omhoog. 'Hebt u hier de leiding?'

'Nee, mijn vader. Maar hij is er niet. U kunt uw vraag aan mij stellen.'

De man keek naar Munster, die een machine stond te bekijken – misschien een bankschroef – met daaraan een groot, zwaar mes.

'Voorzichtig,' zei de man. 'Als u op de verkeerde knop drukt, kan dat u een arm kosten.'

'We hebben een lijstje met namen,' zei Yvette. 'Ik wilde vragen of die u iets zeggen.'

'Oké.'

Yvette reikte hem het getypte lijstje aan. Hij bekeek het even. 'Er zitten klanten van ons bij,' zei hij. 'Ik herken de namen niet allemaal. Ik zou op de computer moeten kijken, maar het kan best dat ze allemaal klant bij ons zijn.' Hij liep naar een kamertje dat afgesloten was van de rest van de ruimte en waar een archiefkast en bureau met een computer erop stonden. Hij ging achter de computer zitten, typte iets in, opende een bestand met namen en scrolde erdoorheen.

'Allemaal, behalve de laatste,' zei hij. 'Sally Lea. Haar ken ik niet, en ze staat ook niet in onze computer. Voor alle anderen hebben we weleens iets gedaan, voor sommigen zelfs meer dan eens. Voor de Coles hebben we bijvoorbeeld een bed gemaakt uit een oude iep die om was gewaaid. Mooi stuk hout. Hebben we weken over gedaan.'

'Met andere woorden, ze hebben allemaal iets gekocht wat u hebt gemaakt?'

'We hebben hier geen winkel, zoals u ziet. De mensen komen met een stuk hout uit hun tuin naar ons toe, en dan maken wij daarvan datgene wat ze willen hebben. Meestal zijn het schalen of snijplanken, maar het kan eigenlijk van alles zijn. Voor mevrouw Orton hebben we bijvoorbeeld een urn gemaakt voor de as van haar man.'

'Hoe komen uw klanten aan uw adres?'

'We adverteren in een paar bladen. Bladen voor mensen die hun huis opknappen.'

'Had u ook een klant die Robert Poole heette?' vroeg Yvette.

'Robbie?' Hij keek hen verwonderd aan. 'Nee, hij was geen klant. Hij heeft hier gewerkt.'

'O ja? Wanneer dan?'

Hij dacht even na. 'Begin vorig jaar een paar maanden.' De deur van de werkruimte werd opengeduwd door een man die binnenkwam met twee kartonnen bekertjes koffie. 'Darren, deze mensen zijn van de politie. Ze willen het een en ander weten over Robbie Poole.'

'Waarom is hij weggegaan?' vroeg Yvette.

De twee mannen wisselden een blik.

'Zijn er problemen?' vroeg Darren. 'Wij willen geen problemen veroorzaken.'

'Het gaat om een misdrijf.'

'Het is vervelend geëindigd,' zei de jongeman. 'Er werd geld vermist. Ik heb me daar echt beroerd om gevoeld.'

'U dacht dat hij het had gedaan?'

'Dat dachten we, ja. Het leek ons de enige verklaring. We hebben hem ermee geconfronteerd, en hij was in alle staten. Het was heel naar. Voor iedereen.'

'Maar hij is weggegaan?'

'Ik heb hem een paar weken loon meegegeven, zodat hij even vooruit kon. Er is toch niks met hem aan de hand?'

'Hij is dood.'

'Wát?'

'Hij is vermoord.'

'Shit.'

'Shit,' herhaalde Darren, onder de indruk. 'Shit, shit, shit.'

'Deze namen hebben we in zijn appartement gevonden.'

'Jezus. Waarom?'

'Dat proberen we juist te weten te komen.'

'Dood!'

'U hebt ons goed geholpen. Misschien nemen we nog nader contact op.' Yvette glimlachte naar hem. 'Maar ik denk niet dat u zich schuldig hoeft te voelen dat u hem ontslagen hebt,' zei ze.

33

Toen Harry Frieda die vrijdagavond ophaalde, zei hij niet waar ze naartoe gingen. Terwijl ze achter in de taxi naast hem ging zitten, pakte hij zijn telefoon en keek op het schermpje. 'Ik weet het zelf niet eens,' zei hij.

'Hoe bedoel je?'

'Dat we het niet weten, is juist het leuke,' zei hij. 'Het is in Shoreditch, meer kan ik er niet over zeggen.'

'Ik snap het niet. Waar gaan we dan heen in Shoreditch?'

Harry tikte op zijn telefoon. 'Laat het maar aan dit ding over,' zei hij. 'Dat zal het ons vertellen.'

'Oké,' zei Frieda. 'Ik vertrouw erop.'

'Ik moet je wel waarschuwen,' zei Harry. 'Ik wil vanaf het begin volstrekt eerlijk zijn.'

'Dat is altijd een slecht teken,' zei Frieda.

'Nee, echt. Voordat het te laat is, wil ik je zeggen dat je moet oppassen voor mijn zus. Tessa is een notaris die zich nauwgezet aan de wet houdt, maar bij alles wat ze doet heeft ze een bijbedoeling.'

'Waarom vertel je me dat?'

'Meteen nadat ze jou had ontmoet, heeft ze mij opgebeld en me alles over je verteld. Ze zei dat ze niet zou rusten totdat wij een stel waren.'

Frieda keek even uit het raampje voordat ze reageerde. 'Ik heb alleen gezegd dat ik met je mee uit eten zou gaan,' zei ze ten slotte.

'Weet ik. Wat ik eigenlijk graag van je zou willen horen, denk ik, is of je een relatie hebt.'

'Nee.'

'Mooi. Maar waarom denk ik nu dat daar een "maar" achteraan komt?'

'Weet ik niet. Ik was niet van plan om er nog iets aan toe te voegen.'

'Misschien heb je het net uitgemaakt met iemand?'

Frieda keek in zijn grijsblauwe ogen. Hoe lang geleden was 'net'? Ze had ruim een jaar geleden afscheid genomen van Sandy, en ze dacht dat Harry veertien maanden wel lang zou vinden; dat vonden de meeste mensen tenminste. Maar wat is een maatstaf voor afwezigheid? Eerst waren het minuten geweest, toen uren, uren die voor haar hadden aangevoeld als een woestijn zonder horizon. De dagen waren vaak saai, doods en loodzwaar geweest, en soms had ze zichzelf weken achter elkaar moeten dwingen om toch door te gaan en stapje voor stapje die zee van tijd door te komen. Hoe weet je wanneer je je hart weer kunt openstellen? Misschien was het hart van iemand als zij daar nooit klaar voor en moest dat met kracht gebeuren.

'Er was wel iemand,' zei ze zacht.

'Een bofkont.'

'Nee, dat denk ik niet.'

'Maar dat is voorbij?'

'Hij is weggegaan.' Ver weg, dacht ze: naar Amerika, een ander werelddeel. 'Maar ik wil er niet over praten.'

'Ik kan me niet voorstellen dat iemand...' Harry brak zijn zin af. 'Sorry. We kennen elkaar nog maar net, en ik wil niet zeuren.'

'Niks aan de hand.'

'Maar ik vind jou een prachtige vrouw.'

'Dank je wel. Weet je nu al waar we naartoe gaan, of is dat voor ons allebei nog een mysterie? We zijn bijna in Shoreditch.'

'Je hebt gelijk. Natuurlijk. Wacht even.' Hij keek weer op zijn telefoon en schoof toen het tussenschot open en boog zich naar de chauffeur. 'Laat u ons er bij dit kruispunt maar uit.'

Ze stapten uit in Shoreditch High Street.

'Ik heb hier vroeger in de buurt op een kantoor gewerkt,' zei Harry. 'En in die tijd dacht ik dat het nooit iets zou worden met dit deel van Londen – en ik dacht het niet alleen, ik heb het ook gezegd. En een jaar of vijf daarna las ik in een Amerikaans blad dat er op de hele wereld geen buurt zo trendy is als Hoxton.' Hij tikte op het schermpje van zijn telefoon. 'Oké. Volg mij.'

Ze sloegen af van de hoofdstraat. Harry voerde Frieda door een doolhof van straten, met af en toe een blik op zijn telefoon. 'Hier moet het zijn,' zei hij op een gegeven moment.

Ze stonden voor een stalen deur van een pand waar een magazijn gevestigd leek te zijn. Harry drukte op een bel. Boven veel gekraak en gezoem uit klonk een stem.

'Harry Welles en introducee,' zei Harry.

Er klonk een klik. Hij duwde de deur open. Ze gingen naar binnen en liepen een stalen trap op. Boven ging een deur open en werden ze begroet door een vrouw. Ze was groot, had prachtig blond haar in golvende krullen en droeg een wit schort met een donkerrode streep van boven naar beneden. Ze ging hun voor een klein appartement in waarin de tussenmuren waren weggehaald, met een kale planken vloer en bakstenen muren met daarvoor ijzeren radiatoren en niet-weggewerkte verwarmingsbuizen. Door de grote ramen keek je uit over de stad. Aan vier van de vijf tafeltjes zaten al mensen, en de vrouw bracht hen naar het enige vrije tafeltje. Ze gingen zitten.

'Mijn naam is Inga,' zei de vrouw. 'Ik kom uit Denemarken, en mijn man Paul komt uit Marokko. We staan samen in de keuken. Ik breng u de wijn en het eten. U eet wat de pot schaft. Geen allergieën? Geen dingen die u per se niet wilt?'

Harry keek Frieda aan. 'Sorry, dat was ik vergeten te vragen.'

Frieda schudde haar hoofd. Inga liep weg en kwam terug met een karaf witte wijn en een bord met ingelegde vis en zure room. Toen ze weer alleen waren, keek Frieda Harry aan. 'Wat moet dit in hemelsnaam voorstellen?'

Harry bestudeerde zijn bord. 'Dit lijkt mij eerder Deens dan Marokkaans,' zei hij.

'Nee, ik bedoel dit.' Ze gebaarde om zich heen. 'Deze zaak.'

'O, de zaak? Het is een pop-uprestaurant. Je moet even weten waar je die moet zoeken, maar dan vind je ze wel.'

'Een pop-uprestaurant?'

'Ja, die zijn er ineens en verdwijnen ook weer snel. Het zijn nogal rare types, die hun eigen ding doen voor kleine groepjes.'

'Is het wel, eh... legaal?' vroeg Frieda.

'Ik hoop het,' zei Harry. 'Maar dat zou jij eigenlijk moeten weten. Jij bent bij de politie.'

'Niet echt.'

Hij schonk wijn in voor hen beiden. 'Ik vind het fascinerend,' zei hij. 'Een psychotherapeut die bij de politie werkt. Hoe is dat zo gekomen?'

'Dat is een lang verhaal.'

'Mooi,' zei Harry. 'Ik hou van lange verhalen.'

En terwijl de tafel langzamerhand vol kwam te staan met schaaltjes gerookt vlees, yoghurt en hartige pasteitjes, vertelde Frieda hem het verhaal van Alan Dekker, de zoektocht naar Matthew, van Alans tweelingbroer Dean Reeve en diens vrouw Terry, die het meisje bleek te zijn dat twintig jaar tevoren vermist was. Af en toe liet ze wat weg: ze vertelde hem niet van de dood van Kathy Ripon, en ze zei ook niet dat ze er sinds kort van overtuigd was dat Dean nog ergens rondzwierf.

Harry kon goed luisteren. Hij boog zich over het tafeltje heen, maar niet te ver, hij onderbrak haar niet en hij knikte en humde af en toe om te laten blijken dat ze zijn volle aandacht had. Toen ze klaar was, stelde hij een paar vragen over de zaak waar ze nu mee bezig was en over Robert Poole, en tot haar eigen verbazing ging ze daarop in. Ze beschreef Michelle Doyce, en al zei ze niets over zijn slachtoffers, ze vertelde ook over Poole.

'Ik krijg geen goed beeld van hem,' zei ze.

'Je hebt hem toch ook nooit ontmoet? En nu is hij dood.'

'Ik probeer nog steeds een beeld van hem te krijgen. Misschien is dat de manier om erachter te komen wie hem heeft vermoord. Aan de ene kant was hij duidelijk een oplichter. Maar tegelijkertijd zorgde hij ervoor dat de mensen zich minder eenzaam voelden. Hij leek er een talent voor te hebben om hun problemen te begrijpen en ze te troosten.'

'Maar doen oplichters dat niet altijd? Zich indringen?'

'Ja. Misschien. Maar...' Ze zweeg.

'Maar?'

'Maar ik heb het gevoel dat hij een beetje op mij leek.'

Harry leek niet verrast. Hij knikte, rolde een stukje brood tot een balletje en zei: 'Je bedoelt dat de mensen die hij oplichtte het gevoel hadden dat hij een soort therapeut was.'

'Ja.'

'Dat moet een rotidee voor je zijn.'

'Ja.'

'Maar ik heb het gevoel dat jij een fantastische therapeut bent.'

Frieda snoof. 'Nu probeer je me te vleien. Je hebt geen idee of ik goed ben of niet.'

'Ik zou je wel vertrouwen en alles tegen je zeggen.'

'Maar dat doe je niet; je hebt me alleen maar vragen gesteld en naar me geluisterd.'

'Vraag jij dan eens iets.' Hij stak zijn handen uit, met de handpalmen naar boven. 'Maakt niet uit wat.'

'Meen je dat?'

'Absoluut.'

'Doe jij je werk omdat je van geld houdt?'

'Hm. Nee, ik doe het omdat ik verstand heb van geld en begrijp hoe mensen erdoor veranderen.'

'Ga door.'

'Een goede boekhouder of financieel adviseur is een soort kunstenaar. Met geld kun je voor de mensen de meest fantastische creatieve mogelijkheden aanboren, dingen waar ze nooit van hadden kunnen dromen.'

'Zodat ze er geen belasting over hoeven te betalen?' zei Frieda.

Harry trok een komieke frons. 'Je bent toch niet van de belastingdienst, hè?' zei hij. 'Het gaat erom dat je mogelijkheden ziet. Voor mij gaat het helemaal niet om het geld. Het is net zoiets als winkeltje spelen.' Hij liet zijn blik door het vertrek gaan. 'Het zit zo. Jij vroeg of dit legaal was. Nou, strikt genomen is het dat waarschijnlijk niet. Deze mensen hebben juridisch gezien een grijs gebied ontdekt, en dit houdt het midden tussen een restaurant en een etentje bij mensen thuis. In dat grijze gebied kunnen ze hun Marokkaans-Deense creativiteit tot ontwikkeling brengen. Wat vind je ervan?'

'We zijn hier in Londen,' zei Frieda.

Harry keek verbaasd. 'Hoe bedoel je?'

'Grijze gebieden,' zei ze. 'Dingen die zich in het geheim afspelen, goede dingen, slechte dingen, vreemde dingen.'

'En wat is dit volgens jou?' vroeg Harry.

'Iets goeds, denk ik,' zei ze. 'Totdat hier of in een soortgelijke gelegenheid op een dag brand uitbreekt. Dan is het niet meer zo leuk.'

Harry's gezicht betrok. 'Hier spreekt de politievrouw in je.'

'Ik ben niet bij de politie.'

'Sorry, natuurlijk niet. Volgende vraag.'

'Waarom ben je niet getrouwd?'

'Weet ik niet.'

Frieda trok haar wenkbrauwen op en wachtte.

'Ik had niet gedacht dat ik op mijn achtendertigste nog single zou zijn. Straks word ik veertig, en ik heb altijd gedacht dat ik het op mijn veertigste helemaal voor elkaar zou hebben: vrouw, kinderen, eigen huis, je kent het wel: het leven dat je verondersteld wordt te leiden. Ik heb natuurlijk wel relaties gehad, een paar langere en een paar korte. Ik ben ook ooit verloofd geweest, met een vrouw van wie ik echt meende te houden, en ik was er ook van overtuigd dat zij van mij hield. Maar het is ons niet gelukt; het ging uit als een nachtkaars, en als ik aan haar terugdenk, weet ik nauwelijks nog hoe ze eruitzag of wat voor gevoel ze me gaf – alsof het een droom was, of dat het iemand anders is overkomen. Volgens mij heb ik altijd het gevoel gehad...' Hij zweeg, fronste zijn voorhoofd en nam een slok wijn. 'Altijd het gevoel gehad dat het nog moest komen.'

'Wat?'

'Weet ik niet. Mijn echte leven, het leven dat voor mij bestemd was.'

‘Het echte leven?’ Frieda’s woorden leken in de lucht tussen hen in te blijven hangen.

‘Het echte leven, ware liefde. Ik weet het niet.’

Ooit had hij tegen haar gezegd: ik ken je. Hij had haar in de ogen gekeken, zonder te glimlachen, en ze had het gevoel gehad dat zijn blik zich een weg zocht door de tunnels en geheime doorgangen van haar geest.

Wat had hij gezien? Wat had hij gezien toen hij in haar binnenste keek? Had hij haar echte zelf gezien, waar niemand anders toegang toe had?

Het lichaam doet er niet toe. Niet meer. De gebarsten huid en de ontstoken mond, het kortgeknipte, vette haar, de uitstekende ribben en de vreemde blauwe plekken op haar bleke, groezelige huid, die lang geen zon had gezien. Waar het om gaat, is de ziel. ‘Luister nergens naar,’ zeggen de stemmen. Hij had gezegd: ‘Ik ken je.’ Laat dat de doorslag geven. Ik ken je. Dat betekende alles.

34

De vergadering was om zeven uur, toen het buiten nog niet helemaal licht was. Er stond een pot geelbruine thee, waar niemand van dronk, en er lagen krentenkoekjes waar niemand van at – op Yvette na, die verstrooid één keer een flinke hap van zo'n koekje nam en toen opkeek, verbaasd dat ze het had aangedurfd en ook een beetje gegeneerd omdat ze bij het kauwen zoveel geluid maakte, juist op het moment dat ze iets moest zeggen en Jake Newton haar meewarig zat aan te kijken.

Ze legde een schema op tafel, en Karlsson, Frieda en Chris Munster bogen zich eroverheen. Jake zat achterovergeleund op zijn stoel, balancerend op twee poten, en hield zich met zijn wijsvingers op tafel in evenwicht op een manier die Yvette bezorgd maakte en Karlsson irriteerde.

'We vonden dat we een poging moesten doen om eens op een rijtje te zetten wat hij in het dagelijks leven zoal deed,' zei Yvette, waarna ze de laatste resten van het koekje doorslikte. 'Waar ging hij naartoe, wie sprak hij, proberen vaste patronen en eventuele lacunes daarin te vinden.'

'Ga door.'

'Het is natuurlijk geen volledig beeld. Daarvoor weten we te weinig, en bovendien ben je afhankelijk van herinneringen. Maar kijk: dit zijn de dagen waarop hij Mary Orton sprak. Die zijn groen gemarkeerd. Voor Jasmine Shreeve hebben we ze rood gemarkeerd, en voor de Wyatts blauw. De dagen dat hij Janet

Ferris trof hebben we omcirkeld, en het zal geen verrassing zijn dat er ook dagen ongemarkeerd zijn. Maar er lijkt tamelijk veel regelmaat in te zitten, hè? Meer dan je zou verwachten, bedoel ik – alsof hij volgens een bepaald systeem zijn aandacht verdeelde over de mensen van wie hij iets wilde.'

'Hm,' zei Karlsson peinzend. 'Inderdaad.'

'Maar het rare is dat er reeksen van dagen zijn waarop hij van de radar verdwenen lijkt te zijn. Zo zijn er om de tien tot veertien dagen steeds drie of vier dagen waarop er geen spoor van hem te vinden is, en voor zover we weten, was hij dan ook niet thuis.'

'Dus je denkt dat hij dan bij iemand anders was?'

'Mogelijk. Iemand die we nog niet in het vizier hebben.'

'Misschien nóg een slachtoffer.'

'Dat is in elk geval een mogelijkheid.'

'Is er nog gereageerd op het aanplakbiljet?'

'Ach, weet je, tientallen mensen hebben zich gemeld met de boodschap dat ze informatie hadden, maar het blijken allemaal doodlopende sporen te zijn.'

'Hij was toch ook tuinman?' zei Frieda.

Ze keken haar allemaal aan.

'Ja, hoezo?' zei Yvette. 'Wat heeft dat ermee te maken?'

'Wat je laat zien, doet mij aan tuinieren denken,' zei Frieda. 'Bij tuinieren heb je ook steeds te maken met verschillende ontwikkelingsstadia. Zaaien, planten water geven, vruchten plukken, snoeien. Het lijkt mij dat de mensen die we hebben gevonden voor hem elk in een ander bewerkingsstadium verkeerden. Met sommigen had hij alleen telefonisch contact, of zou hij vermoedelijk contact hebben opgenomen. Dan hebben we het echtpaar in Brixton, dat ons op zijn spoor heeft gezet en waar hij één keer langs is geweest. Verder hebben we Janet Ferris, in wier ogen hij de ideale buurman was, vriendelijk en attent. We hebben Jasmine Shreeve, die blijkbaar wel chantabel was, al had hij dat voor zover we weten nog niet gedaan. En we hebben de Wyatts: hij had geld losgekregen van Aisling, en het lijkt onwaarschijnlijk dat hij niet zou hebben geprobeerd haar nog verder onder druk te zetten. En van Mary Orton, ten slotte, had hij een grote som geld gekregen, terwijl hij ook nog heeft geprobeerd haar over te halen haar testament te veranderen.'

'Je hebt gelijk,' zei Karlsson.

'Als iemand die we nog niet kennen ook in dit rijtje zou passen, iemand met wie hij contact had tijdens de lacunes in ons schema, dan vraag ik me af op welke manier hij of zij in het plaatje past. Was hij klaar met hem of haar? Of was hij nog maar net begonnen? Of was hij met deze persoon in een veel verder gevorderd stadium dan met de anderen? Oplichters zijn er niet altijd alleen maar op uit mensen geld afhandig te maken. Ze houden van macht. Er zijn gevallen bekend van oplichters die er door hun daden financieel helemaal niet beter van zijn geworden; ze ondernemen ook weleens grootse projecten om daar een gevoel van almacht aan te ontlenen.'

Toen zei Chris Munster voor het eerst iets. 'Wat ik zou willen weten,' zei hij, 'is wie die verdomde Sally Lea is.'

Het bonken in haar hoofd was overgegaan. En ook de hevige honger was weg, net als de benauwdheid en de duizeligheid. Alles had scherpe contouren. Ze kon weer duidelijk zien, en haar gedachten waren messcherp.

Ze was zijn erfgenaam. Ze zou hem niet teleurstellen.

Ze stond op van het smalle bed met de verkreukelde lakens en de kriebeldeken. Haar kleren zaten haar veel te ruim, en met haar vingers kon ze voelen hoe scherp haar botten waren – haar bekken, sleutelbeen, ribben, polsen, schouderbladen, haar vleugels. Om mee te vliegen. Op school was ze mollig geweest en had ze zachte, ronde heupen gehad. Welgevormd, had haar moeder gezegd. Propje, hadden haar vijanden geschimpt. Nu was ze mager en hard. Een werktuig. Zijn werktuig.

Ze zocht zich een weg langs de lange kast in de boeg van het schip, die in de punt in duisternis eindigde. Hij had gezegd dat ze dat in geen geval mocht doen, en zij had het gezworen – met de hand op het hart. Maar alles was nu anders. De regels golden niet meer, het was gedaan met wachten.

Ze stak haar hand in de kast en haalde het eerste pakje eruit.

Het was in plastic zakken gewikkeld tegen het vocht. Ze legde het op tafel. Nog drie volgden. Toen begon ze.

Frieda was net op tijd. Ze zou Jack in de hal van het ziekenhuis treffen, bij het rek met de beterschapskaarten, maar hij was te laat. Ze zag hem met een rood aangelopen hoofd haastig door de draaideuren komen. Hij droeg een vreemd samenraapsel van kleren – zijn vrijetijdskleding, dacht ze, of zijn laat-opgestaan-en-moest-me-haasten-kleren: een fluwelen broek met kale plekken die vroeger donkerrood was geweest, een overhemd met bruine en groene geometrische patronen en daaroverheen een vest met rendieren erop, waarschijnlijk een kerstcadeautje van zijn ouders, dacht ze. Hij had maar in een van zijn sportschoenen veters, zodat hij asymmetrisch liep en met één voet over de vloer sleepte om te voorkomen dat de schoen eraf zou vallen.

'Sorry,' hijgde hij. 'Wekker. Openbaar vervoer. Sta je al lang te wachten?'

'Een paar minuten maar. Niks aan de hand. We hebben niet met haar afgesproken, we gaan gewoon op bezoek. Ik dacht dat je haar wel zou willen ontmoeten, en ik weet dat ze graag bezoek heeft. Daarna gaan we koffiedrinken en kun je me vertellen hoe het met Carrie ging.'

Ze liepen de trap op en door de gang met de bonte muurschilderingen, de rollators en de rolstoelen, en toen via de dubbele deuren de afdeling op. De vrouw met de ouderwetse nachtjapon die legpuzzels maakte was er niet meer, maar verder leek alles min of meer onveranderd. Alleen lag in het bed waarin Michelle Doyce had gelegen nu een heel dikke vrouw, die hen wezenloos aanstaarde.

'Ze ligt verderop,' zei de verpleegster, naar een deur wijzend. 'In haar eentje. Moest van hogerhand.' Ze trok er haar wenkbrauwen bij op, alsof ze komisch wilde overkomen.

Frieda knikte. 'Oké.'

De kamer van Michelle Doyce was klein en benauwd en had afbladderende lichtgroene muren. Dat het geen door en door macaber hok was, kwam door het grote raam waardoor het daglicht naar binnen stroomde en dat toegang gaf tot de brandtrap. De ijzeren wenteltrap kwam uit op een binnenplaats, waar Frieda een bijna lege afvalcontainer en verscheidene overvolle vuilnisbakken zag staan. Ze kon zich niet voorstellen dat de patiënten die ze hier had gezien zich via deze trap in veiligheid zouden kunnen brengen. Onder het fonteintje in de hoek zag ze een kakkerlak. Ze opende het raam, pakte het insect met een tissue op en mikte het precies in de afvalcontainer beneden. Jack trok een gezicht.

Michelle Doyce zat in de stoel naast haar bed. Op het nachtkastje lagen een paar papiertjes, drie plastic flessendoppen op een rijtje, een oud pillendoosje met in de vakjes nu pluisjes en haren, vijf puzzelstukjes en een paar kleine stukjes zeep, waarschijnlijk afkomstig uit een afvalbak in de badkamer. Op deze manier zorgde Michelle Doyce ervoor dat ze zich ergens thuis kon voelen, dacht Frieda.

Michelle zette een vinger aan haar lippen toen ze haar naderden. 'Ze slapen.'

'We zullen zachtjes doen,' zei Frieda. 'Mogen we op het voeteneinde van je bed zitten, of heb je liever dat we blijven staan?'

'Jij mag gaan zitten, als je voorzichtig doet. Hij kan blijven staan.'

Jack stak zijn hand uit. 'Ik ben Jack,' zei hij. 'Een vriend van Frieda. Ik ben blij u te ontmoeten.'

Michelle Doyce keek naar zijn uitgestoken hand alsof ze niet wist wat er de bedoeling van was, maar toen hij na een moment van gêne zijn arm langs zijn zij liet zakken, boog ze zich voorover en pakte zijn hand, hief die omhoog, bekeek hem nieuwsgierig, ging met haar wijsvinger over zijn eeltplekken, maakte bezorgde geluidjes om een gesprongen adertje en een gescheurde nagel en mompelde wat in zichzelf.

'Kijk,' zei ze, en ze draaide zijn handpalm naar boven. 'Levenslijnen.'

'Zal ik lang leven?' vroeg Jack met een glimlach.

'O nee.' Ze klopte zacht op zijn hand en liet die toen los. 'Jij niet.'

Jack keek onthutst, maar probeerde te glimlachen.

'Ken je mij nog?' vroeg Frieda.

'Je hebt ons aan elkaar voorgesteld.'

'Mijn naam is Frieda. We hebben elkaar gesproken over de man die bij je op de kamer woonde.'

'Hij is niet meer bij me teruggekomen.'

'Mis je hem nog?'

'Waar is hij?'

'Ze kunnen hem nu geen kwaad meer doen.'

Michelle Doyce knikte. Ze maakte een van haar vreemde gebaren en leek met haar stompe vingers iets in de lucht te schetsen.

'Wat herinner je je nog van hem?'

'Zijn hand was niet goed.' Ze draaide zich om en keek Jack aan met een troebele blik. 'Erger dan de jouwe.'

'Alleen zijn hand? Verder niks? Niks aan hem gemerkt?'

'Wat had ik moeten merken? Ik zorg voor de mensen.'

'Dat weet ik. Heb je nog iets nodig?'

'Uiteindelijk.'

'Waar is je hondje?'

'Iedereen gaat weg. Havens en rivieren.'

'Maar je hondje, heeft die je in de steek gelaten?'

'Dadelijk worden ze wakker.'

Ze wees naar de bruine deken die over de kussens lag.

'Zit hij daar?'

'Nu vrienden. Heeft tijd gekost.'

'Mag ik hem zien?'

'Beloof je het?'

'Ik beloof het.'

Oneindig voorzichtig sloeg Michelle een punt van de deken terug. 'Kijk,' zei ze trots.

Onder de deken lag niet één zacht speelgoedbeestje, maar twee: het hondje met de hangoren en de knopen als ogen dat Frieda haar had gegeven, en een roze teddybeertje met een rood hart op zijn borst gestikt.

'Dat is mooi,' zei Jack. 'Ze hebben gezelschap aan elkaar.'

'Hier.' Michelle tilde het hondje op, stopte het in zijn armen en legde het voorzichtig recht.

'Hoe kom je aan die andere?' vroeg Frieda.

Michelle keek haar niet-begrijpend aan.

'Heeft iemand die voor je meegebracht?'

'Ik zorg voor haar.'

'Dat zie ik. Maar hoe kom je aan haar?'

'Dat weet je nooit.'

'Dus u hebt geen idee hoe Michelle Doyce aan die teddybeer is gekomen?'

'Dat zei ik, ja.' De hoofdverpleegkundige sprak luid en nadrukkelijk, alsof Frieda hardhorend of traag van begrip was.

'Of wanneer ze hem heeft gekregen.'

'Dat klopt. Geen idee.'

'Iemand moet haar die toch hebben gegeven.'

'Het is maar een goedkoop beertje,' zei de vrouw. 'Misschien heeft ze het van het bed van een ander gepakt, of misschien had iemand hem weggegooid en heeft ze hem uit een vuilnisbak gepakt. Maar wat kan het u schelen? Zij is er blij mee. Er gaat geen minuut voorbij dat ze niet voor hem zorgt.'

'Ik moet weten of iemand anders bij haar op bezoek is geweest. Hoe lang bewaart u uw bewakingsvideo's?'

'Bewakingsvideo's?'

'Ik heb in en om het ziekenhuis camera's zien hangen.'

'O, die. Die zijn maar voor de show. Waarvan zouden wij volgens u een echt bewakingssysteem moeten betalen? De zorgkosten zijn al zo hoog. We zijn al blij dat we onze verpleegkundigen en schoonmakers kunnen betalen, dus er is absoluut geen geld voor allerlei modern comfort.'

'Dus er zijn geen opnamen?'

'Nee, van hier in elk geval niet. Bij de ingang hangt wel een camera die het doet, maar die slaat zijn opnamen maar voor vierentwintig uur op.'

'Juist, ja. Dank u.'

Jack en Frieda gingen beneden in de kantine zitten, die met zijn twee formica tafeltjes feitelijk slechts een hoek van de hal in beslag nam, naast de winkel waar Frieda het hondje met de knoopogen had gekocht. Een man in overall liep langs met een karretje vol pakken kranten en tijdschriften, die hij op de grond gooide. Frieda bestelde bij de verveeld kijkende vrouw achter het buffet een kop groene thee, en Jack een cappuccino met cacaopoeder erop en een uitgedroogde bosbessenmuffin.

'Arme Michelle Doyce,' zei hij. Op zijn bovenlip zat een streep schuim.

'Ze lijkt me nu veel gelukkiger.'

'Vanwege die speelgoedbeesten?'

'Voor haar zijn het geen speelgoedbeesten, maar levende wezens. Ze zorgt voor ze, ze houdt van ze, en zij houden van haar. Dat is tenslotte toch wat we doorgaans allemaal willen.'

'Ja,' zei Jack somber.

'Vertel eens over Carrie. Je hebt haar nu twee keer gesproken, denk ik. Hoe gaat het?'

'Ja.' Jack klaarde op. Hij brak een stukje van zijn muffin en stopte dat in zijn mond. 'Ik was erg zenuwachtig. Net alsof ik moest optreden. Ik had een hele tijd nodig om te bedenken wat ik aan zou trekken, wat niets voor mij is.'

'Dat is heel gewoon,' zei Frieda. 'En hoe ging het?'

'Een uur voordat ze zou komen, zat ik in mijn kamer in The Warehouse al op haar te wachten. Paz schrok er een beetje van. Carrie kwam ook idioot vroeg. En ook zij was zenuwachtig. Frieda, zodra ik haar zag, schaamde ik me voor mijn nervositeit. Ik had alleen maar aan mezelf gedacht, maar wat zij meemaakte, was veel erger. Toen ze binnenkwam, ging ze op de stoel tegenover me zitten en nam een grote slok water. Ik zei dat ik al wel op de hoogte was van een aantal gebeurtenissen die ze had meegemaakt, maar dat ik ze graag in haar eigen woorden wilde horen. Toen begon ze te huilen.'

'En wat heb jij toen gedaan?'

'Ik wilde eigenlijk opstaan en mijn armen om haar heen slaan. Maar je zou trots op me zijn geweest: ik heb niets gedaan.'

Frieda keek hem wantrouwend aan. Was dat sarcastisch bedoeld? 'En toen?'

'Ik heb haar een tissue gegeven. Ze hield op met huilen. Ze verontschuldigde zich. Ik zei dat ze zich niet hoefde te verontschuldigen. Ik zei dat ze bij mij alles kon zeggen en elk gevoel kon uiten. Het punt is dat ze niet weet wat ze voelt – of het nu verdriet is of woede of een schuldgevoel of het gevoel vernederd te zijn, of alleen het simpele, trieste feit dat ze geen kinderen heeft, terwijl ze altijd zo graag moeder heeft willen zijn.'

'Waarschijnlijk dat alles tegelijkertijd.'

'Ja. En volgens mij is ze er zo aan gewend om de sterkste te zijn en Alan in bescherming te nemen, dat ze nu niet weet wie ze is of wat haar rol zou kunnen zijn. Dat ze weer moet leren wie ze voor anderen is.'

'Het klinkt alsof het goed is verlopen.'

'Ik weet nog steeds niet wat dat betekent. De tweede keer vertelde ze, net voordat ze wegging, dat ze had gedacht dat ze met iemand als jij wilde praten, maar dat ze nu inzag dat het beter was om met een man te praten.'

'Waarmee ze jou bedoelde – dat het beter was om met jou te praten.'

'Vind je dat vervelend om te horen?'

'Nee. Dat is niet zo gek.' Ze nam een slokje thee. De vrouw in de winkel was bezig de pakken met kranten open te snijden en de kranten in de rekken te zetten. 'Ik wil mijn schatje terug', was een van de koppen.

'Ze zei dat ze vroeger een hekel aan je had,' vervolgde Jack. 'Dat ze jou de schuld gaf van alles wat er gebeurd was, maar... Frieda? Wat is er?'

Frieda wees naar een van de roddelbladen, de *Daily Sketch*.

'O mijn god,' zei Jack. 'Gaat het weer over jou? Gewoon negeren. Het is de moeite niet waard om je er druk over te maken.'

'Ik kan het niet negeren,' zei Frieda. Ze pakte de krant uit het rek en liep ermee terug naar het tafeltje.

'Het is geen hoofdartikel,' zei Jack.

Het hoofdartikel ging over een soapster die aan het afkicken was. Onder op de voorpagina stond een kleiner artikel met als kop: 'Onbetrouwbare arts had rol in mislukt moordonderzoek'. Ernaast stond een foto van Frieda.

'Onbetrouwbaar,' zei Jack. 'Is dat geen laster?'

'Ik heb voor het tuchtcollege moeten verschijnen. Misschien is dat al genoeg.'

'Maar de foto is goed.'

'Genomen zonder dat ik het wist,' zei Frieda. 'Ergens op straat. Ze moeten me gevolgd zijn.'

'Mag dat wel?'

'Weet ik niet.'

'Het is geschreven door ene Liz Barron. Wie is dat?'

'Ik heb haar gesproken,' zei Frieda. 'Ze belde bij me aan.'

'Wat zei ze?'

'Niks. En nou even stil. Ik moet dit lezen.'

Frieda nam een slok van haar thee. Ze haalde een paar keer diep adem en dwong zichzelf vervolgens om het artikel woord voor woord te lezen. Ze las het stuk op de voorpagina, en toen ze de pagina omsloeg om verder te lezen, schrok ze. Daar stonden een foto van Janet Ferris en de portretschets die zij zelf van Robert Poole had gemaakt naar de foto van zijn halfvergane gezicht. Ze las het artikel langzaam en geconcentreerd tot het einde door en leunde toen achterover.

'Wat staat erin?' vroeg Jack.

'Lees het zelf maar.'

'Dat wil ik liever niet. Kun jij het me niet gewoon vertellen?'

'Goed,' zei Frieda. 'Volgens mij gaat het er voornamelijk om dat het ongepast zou zijn dat de politie in een tijd van grote bezuinigingen een psychotherapeut in dienst neemt. En bovendien nog een in opspraak geraakte psychotherapeut. Vooral ook omdat ze al kunnen beschikken over gekwalificeerde deskundigen als dokter Hal Bradshaw.'

'Is dat die man die op televisie komt?'

'Dat schrijven ze, ja. En op de een of andere manier hebben ze Janet Ferris weten op te sporen, de buurvrouw van Poole. Zij is ontevreden over de gang van zaken.' Frieda pakte de krant en zocht de exacte formulering. '"De politie neemt het niet serieus genoeg," zegt ze. "Het lijkt niemand iets te kunnen schelen. Bob Poole was een fantastische man, en hij was onvoorstelbaar gul. Hij bracht altijd cadeautjes mee, volkomen spontaan. We wisselden boeken uit, we hebben zelfs eens een keer schilderijen uitgewisseld. Hij zei dat het net leek alsof we allebei een ander huis hadden gekregen. Dat hebben we natuurlijk teruggedraaid, ik heb alles wat van hem was teruggegeven, ik heb niks meer van hem. Maar ik kan nog steeds niet geloven dat ik hem nooit meer bij me zal horen aankloppen en nooit meer zijn lachende gezicht zal zien. Niemand denkt nog aan hem, maar ik zal hem nooit vergeten."'

'Hoe heeft die journalist deze vrouw gevonden?'

'Ik weet het niet.'

'En hebben ze Karlsson gesproken?' vroeg Jack boos. 'Heeft hij je verdedigd en verteld wat je allemaal hebt gedaan?'

Frieda ging met haar vinger naar het einde van het artikel. '"Een woordvoerder van de politie zei: 'Het is niet ons beleid om uitspraken te doen over lopende onderzoeken, maar dokter Klein speelt hierin geen rol van betekenis. Mochten er mensen zijn die ons informatie willen verstrekken, dan stellen we dat zeer op prijs.' De woordvoerder zei verder dat het onderzoek nog niet is afgesloten."'

'Dat is niet bepaald een aanbeveling,' zei Jack. 'Wat krijg jij daar voor gevoel bij, als er zo over je wordt geschreven? Voel je je niet beschadigd?'

Frieda glimlachte. 'Beschadigd? Word jij nu mijn therapeut?'

Jack keek beschaamd en gaf geen antwoord.

'Wat zou je dan zeggen, als je mijn therapeut was?'

'Ik zou je vragen wat voor een gevoel je bij dat artikel hebt.'

'Dus je zou niet vragen of ik me beschadigd voelde?'

'Ik zei dat niet als therapeut,' zei Jack. 'Maar wat voor gevoel krijg je erbij?'

'Ik krijg het gevoel dat ik het eigendom ben van iemand anders,' zei Frieda. 'En dat bevalt me niet.'

Jack pakte de krant en keek erin. '"Agressieve brunette",' zei hij. 'Dat lijkt me niet helemaal juist.'

'Wat niet? Agressief of brunette?'

'Allebei niet. En "onbetrouwbaar", dat slaat nergens op.' Hij legde de krant neer. 'Wat ik niet begrijp, is waarom je jezelf dit aandoet.'

'Nou, dát is een goede vraag,' zei Frieda. 'En als jij mijn therapeut was, zouden we daar uitgebreid aandacht aan besteden.'

'Maar kunnen we er nu dan niet uitgebreid aandacht aan besteden, ook al ben ik niet je therapeut?'

Frieda rommelde in haar tas tot ze haar telefoon vond.

'Heb je die ooit aanstaan?' vroeg hij.

'Ik zet hem nu aan,' zei ze. 'Ik zet hem aan als ik hem wil gebruiken, en daarna zet ik hem weer uit.'

'Ik weet niet of je er dan wel goed gebruik van maakt.'

Frieda belde Karlsson.

Hij nam de telefoon op nadat die één keer was overgegaan. 'Ik heb geprobeerd je te bereiken,' zei hij.

'Hoe hebben ze Janet Ferris gevonden?'

'Je bedoelt die journaliste?'

'Ja.'

Het bleef stil aan de andere kant.

'Ben je daar nog?' vroeg Frieda.

'Luister eens,' zei Karlsson, 'iedereen weet dat de pers contacten heeft bij de politie.'

'Ik wist het niet,' zei Frieda. 'En wat betekent dat?'

'Het is een grof schandaal,' zei Karlsson. 'Maar helaas zijn er mensen bij de politie die informatie lekken. Tegen vergoeding.'

'Het heeft niet bepaald lang geduurd voordat het op straat lag.'

'Het is bepaald geen staatsgeheim. En wij worden betaald met belastinggeld. Maar het spijt me. En het spijt me dat de indruk ontstaan is dat we niet veel moeite hebben gedaan om voor je op te komen.'

'Als Yvette er bezwaar tegen heeft dat ik me met dit onderzoek bemoei, dan heb ik liever dat ze dat tegen mij zegt in plaats van tegen een journalist.' Weer bleef het stil aan de andere kant. 'Ik neem aan dat ze het tegen jou wel heeft gezegd. Daar heb ik geen bezwaar tegen.'

'Zo ligt het niet, Frieda.'

Ze keek even naar Jack, die nogal schuldbewust in de *Daily Sketch* zat te lezen. Toen hij opkeek, maakte Frieda hem met een gebaar duidelijk dat ze zo klaar zou zijn. 'Hoe ligt het dan?'

'Dat artikel is onzin. Wat er over jou in staat is gelul, en dat we de zaak niet serieus nemen, is ook gelul.'

'Jij en je team worden er belachelijk in gemaakt. En die aanduiding die erin staat...'

'"Onbetrouwbare arts".'

'Ja, dank je.'

Frieda stond op het punt het telefoongesprek te beëindigen toen haar iets te binnen schoot. 'Ik heb geen goed gevoel over Janet Ferris. Ik zou bij haar langs willen gaan om haar te spreken.'

'Wat ze tegen die journaliste heeft gezegd is onzin. Trek je daar niks van aan.'

'Daar gaat het me niet om,' zei Frieda. 'Volgens mij heeft ze iemand nodig om mee te praten.'

'Ze is eenzaam,' zei Karlsson. 'Ik denk dat ze een oogje had op Poole. Maar het is niet aan ons om haar handje vast te houden. Wij willen alleen maar weten wie hem heeft vermoord.'

'Ik zal in mijn eigen tijd naar haar toe gaan,' zei Frieda. 'Wees maar niet bang, ik zal het niet in rekening brengen.' Ze zette haar telefoon uit en stopte hem weer in haar tas.

'Het was fijn je weer te zien, Jack,' zei ze. 'Maar nu moet ik iemand anders spreken.'

'Je gaat toch niet naar die journaliste toe om haar dood te schieten, hè?' zei Jack. 'Doe dat nou niet, ze is het niet waard.'

Frieda glimlachte. 'Het was interessant, zoals ze het aanpakte,' zei ze. 'Eerst deed ze alsof ze graag vriendschap met me wilde sluiten. Toen wilde ze dat ik mijn kant van het verhaal zou vertellen. En ten slotte bedreigde ze me. En zoals je merkt, ben ik het al aan het vergeten. Maar ik hoop voor haar dat ik niet de enige ben die op de kant staat als ze dreigt te verdrinken.'

'Je zou er evengoed wel in duiken en haar redden,' zei Jack. 'Ik weet dat je dat zou doen.'

'Maar dan alleen om háár schuldgevoel te vergroten,' zei Frieda.

'Dat zou je niet lukken. Ze zou toch weer een stuk over je schrijven waarin een verkeerd beeld van je wordt geschetst.'

Frieda dacht even na. 'Misschien dat ik haar dan toch zou laten verdrinken.'

35

Nadat ze samen naar buiten waren gelopen, hield Frieda een taxi aan. In de auto leunde ze achterover en keek uit het raampje naar het voor haar onbekende straatbeeld van Zuid-Londen. De parken, scholen en de begraafplaats waar ze langsreden hadden overal in Engeland kunnen liggen, overal ter wereld zelfs. Ze dacht aan Janet Ferris en aan de journaliste, Liz Barron. Frieda had gewoon de deur voor haar neus dichtgegooid, maar dat had Janet Ferris niet gedaan. Zij had haar waarschijnlijk binnen gevraagd, thee voor haar gezet en met haar gepraat, dankbaar dat iemand naar haar wilde luisteren. Janet Ferris was te vaak genegeerd en had zich op de een of andere manier tot het uiterste gedreven gevoeld. En toen was ze tot haar verbazing ineens betrokken geraakt bij iets belangrijks, bij de moord op iemand die ze had gekend en om wie ze had gegeven, en zelfs toen was ze genegeerd. Niemand had haar verhaal willen horen. Liz Barron was tenminste binnengekomen en had haar laten praten.

Frieda belde aan bij het appartement van Janet Ferris, maar er werd niet gereageerd. Ze kon zich wel voor haar hoofd slaan dat ze niet van tevoren had opgebeld. Ze keek naar de naambordjes bij de bellen. Appartement 1 was van Janet Ferris, appartement 2 van Poole. Ze drukte op de bel van appartement 3, en toen nog eens. Uit het luidsprekertje klonk een stem, maar dat ging met zo'n gekraak gepaard dat ze er niets van verstond. Ze zei wie ze was en vertelde dat ze Janet Ferris wilde spreken, maar dat ze niet wist of die de bel had gehoord. Ze wachtte en hoorde toen voetstappen. De deur werd geopend door een lange jongeman met blond haar en een metalen brilletje, gekleed in een trui en een spijkerbroek en op blote voeten.

'Wat is er?' vroeg hij. Hij had een buitenlands accent.

Frieda herinnerde zich dat in het dossier stond dat boven een Duitse student woonde. 'Ik wilde Janet Ferris spreken,' zei ze. 'Maar ze is niet thuis, en ik vroeg me af of u misschien wist waar ze was.'

Hij haalde zijn schouders op. 'Ik woon boven,' zei hij. 'Ik zie haar nooit binnenkomen of weggaan.'

Frieda keek in de gang of ze een stapeltje post zag, maar dat was niet het geval. 'Dit zal u vreemd in de oren klinken,' zei ze. 'Ik werk samen met de politie in deze moordzaak, en ik maak me enigszins zorgen over Janets gemoedstoestand. Hebt u een sleutel van haar appartement?'

'Kunt u zich identificeren?'

'Nee. Niet als medewerker van de politie. Ik ben therapeut en doe advieswerk voor ze.' De man keek bedenkelijk. 'Heel even maar. Alleen maar om te zien of alles in orde is met haar. U kunt met me meekomen.'

'Ik haal hem wel,' zei hij. 'Ogenblikje.' Lenig rende hij de trap op. Frieda vroeg zich af waar ze mee bezig was. Weer die onbetrouwbare arts. Hij kwam al snel weer naar beneden.

'Ik weet het niet, hoor.' Maar hij maakte de deur open, deed een stapje achteruit en riep Janets naam.

Frieda liep naar binnen en werd meteen getroffen door de geur. Walgelijk en zoetig tegelijk – ze wist meteen dat het een poeplucht was.

'Blijf daar,' zei ze tegen de man, waarna ze met bange voorgevoelens over datgene wat ze zou aantreffen de huiskamer in liep. Ze botste bijna tegen Janet Ferris aan, dat wil zeggen tegen de benen van haar lijk. Ze keek omhoog. Er was een verlengsnoer om een van de balken geslagen, en het andere uiteinde zat om de hals van Janet Ferris. Haar lichaam hing er doodstil, zwaar en slap bij, als een zak zand. Op één been zat een bruine streep, die doorliep over haar schoen en op het vloerkleed druppelde. Frieda hoorde iets achter zich, een soort snik leek het. Toen ze omkeek, zag ze het bleke, ontstelde gezicht van de student.

'Ik had toch gezegd dat u niet binnen moest komen,' zei ze, maar niet op boze toon. Hij liep weg. Ze tastte naar haar telefoon. Ze was kalm, maar aanvankelijk lukte het haar niet de toetsen in te drukken. Haar vingers weigerden. Het leek net alsof ze ineens dik en opgezwollen waren en maar moeizaam bewogen.

Josef had Frieda nog nooit zo gezien – zij die altijd zo kalm was, zo sterk en betrouwbaar, zat nu voorovergebogen aan haar keukentafel, het gezicht half verscholen achter haar hand. Hij werd er bang van en wilde haar in bescherming nemen en een pot thee voor haar zetten. Zodra het water aan de kook was en hij het in de theepot had gegoten, vulde hij de waterkoker opnieuw. Een glaasje wodka, waarvan hij dacht dat het haar goed zou doen en weer wat kleur op haar gezicht zou brengen, had ze afgeslagen. De dag daarvoor had hij voor haar een honingkoek met kaneel en gember gebakken, waarvan de rijke geur hem aan zijn moeder had doen denken, en ook aan zijn vrouw, althans de vrouw die zijn vrouw was geweest. Hij was zowel gelukkig als bedroefd geworden bij die geur. Nu probeerde hij Frieda er wat van te laten eten. Hij zette haar een bord voor met wat van die koek erop, maar ze schudde haar hoofd en duwde het weg.

Ook Reuben had Frieda nooit zo gezien, hoewel hij jarenlang haar supervisor was geweest, met haar bevriend was en dingen van haar wist die waarschijnlijk niemand anders ter wereld wist. Ze huilde niet – zelfs Reuben had haar nooit zien huilen, al had ze een keer in de bioscoop verdacht waterige ogen gehad – maar ze was duidelijk terneergeslagen.

'Vertel het ons, Frieda,' zei hij. Het was vroeg in de avond, en over ongeveer een uur had hij een afspraak met een vrouw die hij in de sportschool in de buurt had ontmoet. Hij wist niet meer of ze Marie of Maria heette, en hij was bang dat hij haar niet zou herkennen als ze geen sportkleding aanhad, haar haar niet in een hoge paardenstaart droeg en ze geen rode wangen van de inspanning en geen V-vormige zweetplek op haar welgevormde rug had.

'Ja. Vertel het ons van begin tot eind,' zei Josef. Hij schonk voor hen allen nog een kop thee in en vervolgens voor zichzelf nog een glaasje wodka uit de fles die hij in zijn tas had gestopt toen Frieda hem opbelde. Hij overwoog om zijn hand op haar gebogen hoofd te leggen, maar bedacht zich.

'Ik wist dat ze eenzaam was.' Frieda's stem klonk zacht; ze sprak niet tegen hen, maar in zichzelf. 'Toen ik dat verhaal las...'

'Dat van die onbetrouwbare arts, bedoel je?'

Ze trok een grimas.

'Ja Reuben, dat. Daardoor realiseerde ik me dat Janet Ferris helemaal alleen thuis had gezeten, en dat ze iedereen die daar bij haar zou aankloppen als een goede vriend zou hebben beschouwd. Ze is – was – een slimme, aantrekkelijke en aanhankelijke vrouw, en toch leek het alsof ze op de een of andere manier alles in het leven was misgelopen wat ze het liefste had gewild. Robert Poole, die kwam aanzetten met kleine cadeautjes en haar in vertrouwen nam, moet veel voor haar hebben betekend. Toen ik bij haar langsging, kon ik voelen dat ze bedroefd was. Maar ik heb dat uit mijn hoofd gezet.'

'Je kunt niet iedereen redden.'

'Ik ben naar haar toe gegaan en heb haar aangespoord om openlijk met me te praten en te zeggen wat ze voelde. Maar dat is riskant als je niet bereid bent de gevolgen onder ogen te zien.'

'Het was alleen maar aardig van je,' zei Josef sussend.

'Alsof je met een kusje zo'n wond kunt helen,' zei Frieda. Josef keek niet-begrijpend. Hij nam een slok wodka en meteen daar achteraan een slok thee. 'Dat was een soort aardigheid om haar ertoe te krijgen mij in vertrouwen te nemen en te vertellen wat ze voelde. Nadat ik bij haar wegging en aan Karlsson verslag had uitgebracht, heb ik niet meer aan haar gedacht. Ik heb haar naam afgevinkt op mijn lijstje van zaken die mijn aandacht vroegen.'

'Haar afgevinkt?'

'Dat betekent... ach, laat maar.' Reuben pakte Josefs wodkaglas en dronk het gedachteloos leeg, waarna hij het vulde, er nog eens de helft van opdronk en het toen pas teruggaf aan Josef, die het leegdronk. 'Bedoel je nou dat je meer oog had moeten hebben voor haar gemoedstoestand, of bedoel je dat jij daar mede voor verantwoordelijk was?'

'Ik weet het niet. Ik, de politie, die journaliste – we hebben haar allemaal gebruikt. Ze had verdriet.'

'Hij was toch haar buurman maar.'

'Door hem kreeg ze weer hoop.'

'Tja.'

'Toen ik pas bij deze zaak betrokken raakte, kon het de politie allemaal niet veel schelen. Karlsson dacht er anders over, maar eigenlijk wilden ze het dossier sluiten. Ze dachten dat het slachtoffer een drugshandelaar of een zwerver zou blijken te zijn en dat hij vermoord was door een krankzinnige, die voor de rest van haar leven in een psychiatrische inrichting opgesloten zou worden. En toen we erachter kwamen wie Robert Poole was, maakte dat niet zoveel verschil, want hij bleek een engerd te zijn geweest. Wie kon het werkelijk wat schelen dat hij dood was? Nou, Janet kon het wat schelen. En nu is zij ook dood.'

'Het probleem,' zei Reuben, terwijl hij het glas weer vulde met wodka en er opnieuw een slok van nam, 'is dat jij langzamerhand niet meer weet of je therapeut of rechercheur bent.' Hij staarde in het glas. 'Je weet niet of je de mensen in hun kladden moet grijpen of ze genezen.'

Frieda haalde haar hand voor haar gezicht weg en rechtte haar rug. 'Zo kun je het ook zeggen.'

'Waar het om gaat, is dat je therapeut bent als iemand zich bij jou in je spreekkamer vervoegt en de rol van patiënt aanneemt. Maar voor alle andere mensen die je ontmoet, ben je geen therapeut. Dat kan niet.'

'Nee,' zei Frieda, maar niet met volle overtuiging. 'Nee, je zult wel gelijk hebben.'

'Dit is goed op droevige dagen,' zei Josef, terwijl hij drie borrelglaasjes tot de rand toe vol schonk. Ze pakten er elk een, proostten en sloegen de inhoud in één teug achterover. Ondanks al haar ellende viel het Frieda op dat Reuben geleidelijk aan minder braaf vasthield aan zijn onthouding en weer meer zichzelf werd.

'Je moet het voor jezelf eens allemaal goed op een rijtje zetten,' zei Reuben.

'Ik zal erover nadenken. Ik moet het helder zien te krijgen. Maar jij gaat zo meteen uit, is het niet?'

'Jezus, Frieda, je had spion moeten worden.'

'Je hebt je net geschoren, er zit nog een spatje scheerschuim in je hals. Je scheert je anders nooit 's avonds en je hebt ook al twee keer op je horloge gekeken.'

'Sorry.'

'Wie is ze?'

'Gewoon iemand die ik heb leren kennen. Marie. Of Maria.'

'Je weet het niet?'

'Ik zorg wel dat ik haar naam niet hoef te noemen.'

'Ik moet er zo ook vandoor. Maar kan een van jullie eerst melk voor me uit de koelkast pakken?'

'Melk?'

'Ja, melk.'

Josef haalde een pak halfvolle melk uit de koelkast en gaf het aan haar, met een glas erbij, maar Frieda pakte een schoteltje uit de kast en liep daarmee en met het pak melk de gang in, waar ze bij de voordeur een doos had achtergelaten. Josef en Reuben volgden haar nieuwsgierig. Ze maakte de doos open en stak haar hand erin.

'Kom jij er maar eens uit,' zei ze, en ze tilde de kat die door Robert Poole en Janet Ferris Poes of Poesie was genoemd eruit en zette haar op de grond. Ze bleef met gebogen rug en de staart omhoog even doodstil staan.

'Waar heb je die vandaan? Heeft ze geen vlooien?'

'Nee,' zei Frieda. 'Janet Ferris zou het nooit hebben geaccepteerd als ze vlooien had.' Ze goot wat melk op het schoteltje en zette het onder de neus van de poes. Ze snuffelde er wantrouwig aan en begon toen met haar roze tong de melk op te likken. Pas toen het schoteltje leeg was, liep ze weg en begon zich omzichtig te wassen, waarbij ze aan de zijkant van haar voorpoot likte en daarmee langs haar oor en de rest van haar kopje streek.

'Wil jij een kat, Reuben?' vroeg Frieda.

'Ach, ja!' Josef hurkte naast Frieda neer en stak een korte, dikke vinger uit, maakte vreemde zangerige geluidjes en sprak haar aan in een taal die Frieda niet verstond. De poes liet een klaaglijk gemiauw horen.

'Ik ben allergisch voor katten,' zei Reuben snel.

'Heeft honger,' zei Josef.

'Hoe weet je dat? Versta jij kattentaal?'

Josef stond op en ging de keuken in, gevolgd door de kat. Ze hoorden de deur van de koelkast opengaan.

'Die koude kip is niet voor katten, hoor!' riep Frieda hem na, waarna ze Reuben aankeek en vroeg: 'Ben je echt allergisch voor katten?'

'Ik ga ervan piepen en krijg bultjes.'

'Nou, dan zal ik haar zeker zelf moeten houden.'

'Niet te geloven: Frieda Klein met een huisdier.'

'Het is geen huisdier, het is een straf,' zei ze. 'En nu moet je weg.'

Het scheelde niet veel of ze duwde hen naar buiten, en toen ze de deur dicht had gedaan, leunde ze er met haar rug tegenaan, alsof ze hem dicht wilde houden. Ze ademde diep in, en toen nog eens. Toen hoorde ze ineens een geluid dat ze niet kon thuisbrengen. Kwam het van binnen of van buiten? Van ver weg of van dichtbij? Ze deed de deur open en zag maar een paar meter verderop een kluwen van lichamen. Ze begreep er niets van. Het was één grote chaos, er werd geschreeuwd en gevloekt, er werd een vuist geheven, er klonken klappen en ze zag mensen die op de grond in elkaar verstrengeld leken. Toen ze eropaf liep, zag ze dat Reuben, Josef en iemand die ze niet kende met elkaar worstelden en over de grond rolden. Ze riep iets onsamenhangends en deed een poging een van hen vast te pakken – het was Reubens leren jasje dat ze vastgreep. Toen haalde iemand – ze kon niet zien wie – naar haar uit, waarna ze op de grond neerzeeg. Door haar interventie leek echter de ban verbroken. De mannen maakten zich van elkaar los, en Josef boog zich over haar heen.

'Pijn?'

Frieda keek naar Reuben, die achter hem zwaar stond te hijgen. Er brandde een vuur in zijn ogen waar ze van schrok. Een andere man, jong, donkerharig, in een anorak en met een camera om zijn nek, stond op en liep achteruit. Hij stak zijn hand uit en betastte zijn neus.

'Klootzakken,' zei hij. 'Ik ga verdomme de politie bellen.'

'Je gaat je gang maar,' zei Reuben, nog steeds zwaar ademend. 'Vuile parasiet die je bent. Ik sleep je voor de rechter, schoft.'

Frieda kwam moeizaam overeind.

'Hou op,' zei ze. 'Ophouden, jullie allemaal.' Ze keek de fotograaf aan. 'Gaat het?'

'Sodemieter jij ook op,' zei hij, naar haar wijzend. 'Ik ga nú de politie bellen.'

'Bel de politie maar,' zei Reuben. 'Toe maar. Toe dan, eikel.'

De fotograaf gaf een vreemd, krampachtig hoofdknikje, liep het straatje uit en sloeg de hoek om. Met z'n drieën keken ze hem na. Reuben streek over de knokkels van zijn rechterhand en trok een pijnlijk gezicht. Josef keek beschaamd voor zich uit.

'Frieda…' begon hij.

'Nee,' zei ze. 'Gewoon ophouden. Ga weg. Ga nu weg.'

'We kwamen alleen maar voor je op,' zei Reuben.

Ze kon het niet opbrengen om daarop te reageren. Ze draaide zich om, liep naar binnen en schopte de deur achter zich dicht.

36

Frieda werd wakker in het licht van een regenachtige februariochtend. De poes zat op het voeteneinde van haar bed en keek haar zonder met haar gele ogen te knipperen strak aan. Frieda ging rechtop zitten. De vechtpartij voor de deur had haar wakker gehouden en had in haar dromen doorgewerkt, en ze realiseerde zich dat Dean Reeve haar vanuit halfduistere plekken glimlachend had aangekeken. Waarom was ze zo onpasselijk van die vechtpartij geworden? Ze hadden haar toch alleen maar willen beschermen? Ze wist toch zelf ook hoe het was om impulsief te zijn? Ze dwong zichzelf om het uit haar hoofd te zetten.

'Wat weet jij?' zei ze. 'Wat heeft hij jou verteld, wat heb jij gehoord?'

Misschien heeft deze kat Robert Poole zien doodgaan en heeft ze vervolgens gezien hoe die arme Janet Ferris zich opknoopte en de stoel omver trapte. Maar was het werkelijk zo gegaan? Frieda voelde zich ongemakkelijk bij al die sluimerende gedachten en vermoedens. Ze huiverde en stapte uit bed. Aan de hemel waren lichtblauwe strepen te zien. Vandaag leek het aannemelijk dat na de lange, koude winter eindelijk de lente in aantocht was. Ze nam een douche en trok een spijkerbroek aan, waarna ze naar beneden ging, waar de kat miauwend tussen haar benen door heen en weer liep. Voordat ze naar huis ging, had ze onderweg bij de avondwinkel kattenvoer gekocht, en ze schudde wat van de droge brokjes uit in een plastic bakje en keek toe hoe ze ervan at. Wat moest ze nu doen? Haar in de tuin naar buiten laten – maar dan zou ze misschien weglopen, haar oude huis gaan zoeken en platgereden worden door een auto. Of moest ze haar binnen houden, met het risico dat ze haar hele vloer onder zou plassen? Ze moest een kattenluikje in de deur laten maken. Zuchtend legde ze een paar kranten op de vloer en deed de keukendeur dicht. Ze trok een dikke jas aan en pakte haar dossiermap en opschrijfboekje, waarna ze het huis uit ging.

Bij Number 9 was het op zondagochtend altijd druk, maar er gingen net twee mensen weg, waardoor Frieda aan hun tafeltje in de hoek kon gaan zitten. Marcus stond achter de bar bij het espressoapparaat, dat grote stoomwolken uitblies. Kerry was bezig tafeltjes af te ruimen en uitgebreide Engelse ontbijten en kommen havermoutpap te serveren. Maar daar hield ze mee op toen ze Frieda zag. 'Hallo, tijd niet gezien.'

'Ik heb het nogal druk. Waar is Katya?'

Kerry wees, en Frieda zag het meisje aan een tafeltje zitten bij de deur naar hun appartement, waar ze gebogen over een schrijfblok ingespannen en met het puntje van haar tong op haar bovenlip driftig zat te schrijven. 'Ik zou eigenlijk met haar moeten gaan zwemmen of in het park gaan wandelen,' zei Kerry.

'Zo te zien amuseert ze zich zo ook heel goed.'

'Ze is een verhaal aan het schrijven. Daar is ze al sinds vanmorgen halfzes mee bezig. Het gaat over een meisje dat Katya heet, wier ouders een koffiebar hebben. Een kaneelbagel?'

'Havermoutpap. En verse jus d'orange. Maar doe maar rustig aan, hoor.'

Kerry liep weg, en Frieda sloeg haar dossier open. Daarin zat alles over het onderzoek in de zaak-Poole wat Karlsson haar had gegeven en ook alles wat ze had zelf verzameld – onder andere het artikel in de *Daily Sketch* van gisteren, dat ze omgekeerd op tafel legde, zodat ze de foto niet hoefde te zien. Ze las het helemaal door: het verhaal van de vondst van Robert Pooles lijk door de vrouw van de sociale dienst, de autopsie, de beschrijving van de kamer van Michelle Doyce, het warrige verslag van Michelle Doyce, de verhoren van de mensen die bij haar in huis woonden, de gesprekken met Mary Orton, met Jasmine Shreeve, met de Wyatts en met Janet Ferris. Ze las de korte, duidelijke verklaring van Tessa Welles, die met een paperclip bevestigd was aan een kopie van het afgewezen testament van Mary Orton, de verklaringen van Mary Ortons zoons, waarin voor Frieda doorklonk hoe benadeeld ze zich voelden en hoe eigengereid ze waren. Ze las over het financiële bewijsmateriaal en moest moeite doen om het gebruikte vocabulaire te begrijpen, maar begreep dat het geld door Robert Poole van zijn bankrekening was gehaald en was overgeboekt naar een andere rekening, die vervolgens leeggehaald was. Ze bekeek de aantekeningen over de echte Robert Poole, die jaren geleden overleden was en die, zoals uit een foto bleek, geen gelijkenis had vertoond met hun slachtoffer. Ze staarde naar de schets die ze zelf had gemaakt en naar het portret dat was geproduceerd door de computer van de politie, en ze las ook de transcriptie van haar eigen opmerkingen.

Toen haar havermoutpap werd gebracht, strooide ze er bruine suiker over en begon er, zonder haar werk te onderbreken, langzaam van te eten. Ze dwong zichzelf om het artikel in de *Daily Sketch* nog eens te lezen en onderbrak dat met een frons toen ze de foto van Janet Ferris onder ogen kreeg. Ze sloeg haar opschrijfboekje open en las wat ze had genoteerd nadat ze met Janet had gesproken – over haar eenzaamheid, over haar tegelijkertijd romantische en moederlijke liefde voor Poole, over haar plichtsbesef. Daarachter had ze, tussen haakjes, het woord 'kat' opgeschreven. De kat was haar erfenis van Robert Poole; door daarvoor te zorgen, zorgde ze op de een of andere manier nog voor Poole.

Frieda legde haar lepel bedachtzaam neer. Depressie is een meedogenloos en verlammend juk: daarbuiten bestaat niets, denk je. Je ziet niet hoe de lente de winter verdrijft, er is geen hoop en geen liefde. Frieda wist dat beter dan de meeste mensen, en toch bleef de kat haar dwarszitten. Toen Janet Ferris had besloten er een einde aan te maken, had ze geen eten voor het dier in zijn kom achtergelaten, en ook had ze het raam niet opengezet om hem vrij in en uit te laten lopen.

Ten slotte stond ze op, trok haar jas aan, liet geld op het tafeltje achter voor haar ontbijt en ging, nadat ze afscheid had genomen, de straat op. De wind was fris, maar niet venijnig koud. Meestal las ze op zondagochtend bij Number 9 de krant en ging ze daarna naar de bloemenmarkt op Columbia Road. Vandaag deed ze dat niet, maar liep ze langs Coram Fields en vandaar naar Islington en Highbury Corner. Ze wist niet of Karlsson thuis zou zijn, maar als hij er niet was, had ze in elk geval tijdens de wandeling de gelegenheid om voor zichzelf alles eens op een rijtje te zetten. Zoals altijd was lopen voor haar een manier om na te denken. De huizen schoven voorbij, ze voelde het trottoir onder haar voeten en de wind blies haar haren naar achteren en vulde haar longen met lucht.

Ten slotte kwam ze bij het victoriaanse, halfvrijstaande huis waar hij de benedenverdieping bewoonde. Ze was er al eerder geweest, en toen had hij opengedaan terwijl zijn dochtertje zich aan hem vastklampte als een koalabeertje aan een boom. Nu deed hij in zijn eentje open, gekleed in een hardloopbroek en een van zweet doordrenkt shirt, met een energiedrankje in de hand.

'Je wilt zeker eerst douchen?'

'Is er iets mis?'

'Afgezien van alles wat al mis was, bedoel je?'

'Ja.'

'Weet ik niet.'

'Geef me vijf minuten. Kom maar binnen.' Frieda liep het trapje af en het appartement in, een driewielertje en een paar rode regenlaarsjes ontwijkend. 'Zet maar vast water op,' zei hij, waarna hij verdween.

Ze hoorde de douche en het geluid van deuren die open- en dichtgingen. Het waren voor haar gevoel wel erg huiselijke en intieme geluiden, en ze deed haar best om niet te kijken naar alle foto's die er stonden – Karlsson als echtgenoot, Karlsson als vader, Karlsson als vriend. Ze vulde de waterkoker en zette die aan, deed kastdeurtjes open op zoek naar koffie en bekers en zag toen buiten op de voedertafel een pimpelmees naar zaadjes pikken.

'Zo.' Hij kwam gekleed in spijkerbroek en een grijs overhemd naast haar staan. Hij had een rood hoofd en zijn haar was nat. 'Met melk en één schepje suiker.'

'Die suiker mag je er zelf in doen. Heb je vandaag de kinderen niet?'

'Straks,' zei hij bruusk.

'Dan ga ik zo weer.'

'Wat kwam je eigenlijk doen?'

Frieda zweeg even. 'Voordat ik iets zeg, kan ik je beter even waarschuwen.'

'Waarschuwen?' zei Karlsson. 'Dat belooft niet veel goeds.'

'Reuben en Josef waren gisteravond bij mij thuis. Ze hadden geprobeerd me een beetje op te beuren en hadden wodka gedronken, en toen ze weggingen, stond er buiten een fotograaf en...'

'Nee,' zei Karlsson, 'laat me raden. Net zoiets als toen met jou en die collega van je in dat restaurant – dat incident waardoor jij in de cel terechtkwam?'

'Er zijn over en weer een paar klappen gevallen.'

'Wat is dat toch met jullie? Was hij er erg aan toe?'

'Hij had wel een paar schrammen.'

'Tja, het was twee tegen één. Of was het drie tegen één?'

'Ik ben naar buiten gegaan en heb er een eind aan gemaakt.'

'Dat zou strafvermindering kunnen opleveren. Heeft hij de politie gebeld?'

'Dat weet ik niet,' zei Frieda. 'Ik denk het niet. Maar ik wilde je voor de zekerheid waarschuwen.'

'We moeten afwachten wat er gebeurt. Wat voor status heeft jouw Poolse vriend bij de immigratiedienst?'

'Hij komt uit Oekraïne – ik weet het niet.'

'Probeer hem erbuiten te houden. Als er een aanklacht tegen hem wordt ingediend, zal hij waarschijnlijk worden uitgezet.' Karlsson glimlachte zuinigjes. 'Verder nog misdrijven te melden?'

'Nee, daar ging het me niet om.'

Karlsson keek ernstig. 'Je zult het gisteren wel moeilijk hebben gehad.'

'Ik heb vanochtend het dossier doorgelezen.'

'In plaats van slaap in te halen, wat je echt nodig hebt.'

'Ik heb die kat in huis genomen.'

'Dat zei Yvette, ja.'

'Toen Janet Ferris zelfmoord pleegde, had ze geen eten voor de kat neergezet en het raam niet opengelaten. En om je voor te zijn: ja, ik weet het, ze was labiel. Toch heb ik er geen goed gevoel over.' Karlsson zweeg, en Frieda haalde diep adem. 'Ik weet niet of het wel zelfmoord was.'

'Je hebt haar gezien, Frieda.'

'Volgens mij is ze vermoord.'

'Als ik jouw therapeut was, dan...'

'Waarom zeggen mensen dat toch telkens tegen me?'

'Dan zou ik zeggen dat je misschien wel graag zou willen geloven dat ze geen zelfmoord heeft gepleegd, omdat je je dan niet zo verantwoordelijk zou hoeven voelen voor haar dood.'

'Dat heb ik natuurlijk ook bedacht.'

'Je bent van slag, het was een traumatische ervaring voor je. Maar vertel mij eens waarom iemand in hemelsnaam Janet Ferris zou willen vermoorden.'

'Ze is in elk geval overleden nadat de krant met dat artikel kwam.'

'Precies,' zei Karlsson. 'Jij weet wat zoiets met je doet.'

Frieda pakte de dossiermap uit haar tas, haalde er de *Daily Sketch* uit en wees een alinea aan. 'Ze zegt hier dat Robert Poole haar dingen had verteld, haar in vertrouwen had genomen. Degene die hem heeft vermoord, moet toch bezorgd zijn geworden toen hij of zij dat las?'

Karlsson zuchtte diep. 'Dat weet ik niet, Frieda. Ik weet niet wat die persoon daarbij heeft gedacht. Maar ík denk dat jij spoken ziet.'

'Als iemand Janet heeft vermoord, wil ik graag helpen om de moordenaar te vinden.'

Karlsson zette zijn beker neer. 'Denk nou eens na, Frieda. Dean heeft zich verhangen, en jij denkt dat hij nog leeft. Janet Ferris heeft zelfmoord gepleegd, en jij denkt dat ze is vermoord. Zie je daar een patroon in?'

'Twee conclusies vormen nog geen patroon.'

'Zelfmoord is iets wat jou diep raakt.'

Frieda keek hem aan en stond toen abrupt op; de stoel schraapte over de vloertegels.

'Waar ga je nu weer naartoe?' vroeg hij. 'Je hebt je koffie niet eens aangeraakt.'

'Nu ik jou heb gesproken, ga ik naar Margate.'

Margate was de plaats waar Dean en Terry elke zomer tien dagen op vakantie naartoe waren gegaan, samen met June, zijn moeder, totdat die te hulpbehoevend werd. Dat had Frieda gelezen in *Een onschuldige in de hel*, het boek van Joanna. Ze had de plaatsen waar ze graag kwamen genoteerd: het strand uiteraard, en de oude kermis met zijn houten achtbaan, de schelpengrot, de speelhallen. Joanna had geschreven dat Dean bij de ouderwetse snoepwinkel altijd pepermuntballetjes kocht. Dean en zijn moeder waren zoetekauwen, en Frieda had moeten denken aan de bruine papieren zak met donuts die hij altijd voor June meebracht.

Het was winderig en regenachtig toen ze in het stadje aankwam. Er waren niet veel mensen op straat, en op het strand, waar bijna niemand te zien was, woeien stukken papier en plastic op. Ze trok haar jas strakker om zich heen en liep met haar hoofd in de wind snel naar het pension dat Joanna had genoemd. Het lag niet direct aan het strand, en je keek er alleen op de bovenste verdieping op zee uit.

De man die opendeed had een blauwgrijze moedervlek die de helft van zijn gezicht bedekte en droeg een kamerjas over zijn kleren. Frieda hoorde de televisie in de kamer naast de voordeur en rook een geur van gebraden vlees.

'We zijn gesloten, hoor. Het is geen seizoen.'

'Misschien kunt u me helpen.' Frieda had overdacht wat ze zou gaan zeggen en koos voor een directe benadering. 'Ik wilde u het een en ander vragen over Dean Reeve.'

Er was even een vreemde uitdrukking te zien op de beide helften van het gezicht van de man, steels en tegelijkertijd taxerend.

'Wie bent u?'

'Ik ben dokter Klein,' zei Frieda, in de hoop dat ze hem met het noemen van haar beroep over de streep kon trekken. 'Is het waar dat Dean Reeve hier heeft gelogeerd?'

'Ik zou dat niet aan de grote klok willen hangen. Het zou kunnen afschrikken. Maar aan de andere kant: misschien trekt het ook mensen aan.'

'Hoe vaak is hij hier geweest?'

'Tien jaar lang elk jaar in juli,' zei hij meteen. 'Hij en zijn vrouw en zijn oude moeder.'

'Wanneer hebt u hem voor het laatst gezien?'

'Dat moet in juli zijn geweest, voordat... voordat hij overleed.'

'Daarna niet meer?'

'Hoe zou dat kunnen, daarna?'

'Het lijkt misschien een rare vraag, maar hebt u zijn broer nooit ontmoet? Ze lijken – leken – als twee druppels water op elkaar.'

De man keek haar onderzoekend aan. 'Waarom zou ik zijn broer gezien moeten hebben?'

'Ik dacht dat hij hier misschien naartoe zou zijn gekomen. Uit belangstelling. Hij heet Alan Dekker.'

'Zegt me niks.'

'Hebt u nooit iemand gezien die u aan Dean deed denken?'

De man schudde zijn hoofd. 'Weet u, tegen mij was hij altijd aardig. Hij heeft me geholpen met het repareren van de douche. Maar van haar dacht ik altijd dat ze niet helemaal goed was.'

'Haar?'

'De oude vrouw.'

'Maar zijn broer is hier nooit geweest?'

'Dat zei ik toch.'

Frieda liep het stadje door en ging de schelpengrot in waar Joanna zo enthousiast over had geschreven, een ondergronds labyrint waarvan elke vierkante centimeter wand bedekt was met schelpen in allerlei patronen, strepen en spiralen. Ze werd er een beetje draaierig van. Dean had het hier geweldig gevonden, volgens Joanna. Hij was erdoor geobsedeerd geweest. Daarom stelde ze de vrouw achter de balie, die van schelpen gemaakte doosjes en ansichtkaarten met schelpen erop verkocht, dezelfde vragen die ze aan de man van het pension had gesteld.

'Ik weet niet wie u bedoelt,' zei de jonge vrouw. Ze had een Australisch accent.

Frieda haalde een vel papier uit haar tas en vouwde het open. 'Dit is de man over wie ik het heb.'

Het meisje streek het papier glad en hield het eerst vlak onder haar neus en vervolgens met een frons van zich af. 'Nee,' zei ze.

'U weet het zeker?'

'Natuurlijk niet. Er komen hier honderden mensen. Hij zou erbij geweest kunnen zijn. Ik zou het niet weten.'

Frieda liep terug langs het strand. De vloed kwam opzetten, en de golven namen beetje bij beetje het strand in bezit. Het enige andere menselijke wezen daar was een oude man, die een wat groezelig hondje bij zich had, dat voortdurend om hem heen rende in de hoop dat hij met hem zou gaan spelen. Af en toe bukte de man zich traag, alsof hij door zijn rug was gegaan, pakte een stok en gooide die een eind weg. Frieda keek uit over de grijze golven, en even verlangde ze ernaar om op een bootje op zee te zitten, in haar eentje, met alleen water en lucht om zich heen.

37

Frieda arriveerde ruim vóór de vergadering op haar instituut, zodat ze eerst haar administratie kon bijwerken. Paz was aan de telefoon – haar werk bij The Warehouse leek te bestaan uit het voeren van lange, geanimeerde gesprekken met wie er ook maar opbelde. Ze maakte brede handgebaren bedoeld voor degene die ze aan de lijn had, waarbij haar armbanden tegen elkaar rammelden en haar grote oorbellen heen en weer zwaaiden. Toen ze Frieda langs zag lopen, maakte ze onbegrijpelijke gebaren naar haar. Reuben was op zijn kamer, en de patiënt op wie hij wachtte was er nog niet. Frieda stak haar hoofd om de deur.

'Hoe is het met je knokkels?' vroeg ze.

'We kwamen alleen maar voor je op,' zei hij.

Frieda liep de kamer in en deed de deur achter zich dicht. 'Om mijn eer te verdedigen? Stel dat hij een mes bij zich had gehad? Stel dat hij wat harder op de grond was gevallen, op zijn hoofd?'

'Wij deden gewoon wat je nou eenmaal doet voor je vrienden.'

'Je was dronken. Of op z'n minst aangeschoten.'

Er viel een stilte.

'Hoe is het met de poes?' vroeg hij. Hij zat op een pepermuntje te zuigen. Hij is weer gaan roken, dacht ze. Hij ook, net als Karlsson.

'Ze heeft me om drie uur wakker gemaakt door in mijn tenen te bijten, ze heeft aan mijn jasmijnplant geknabbeld en ze heeft in mijn schoen geplast. Weet jij hoe je een kat zindelijk maakt?'

'Nee.'

'Ik heb Josef gevraagd een kattenluikje in mijn keukendeur te maken.'

'Goed idee. Er zit een vrouw op je kamer.'

'Ik verwacht niemand.'

'Ze ziet er wat vreemd uit, ze lijkt een beetje op een pad.'

Frieda liep de gang door en deed haar kamerdeur open. Een vrouw met grijs haar die ze niet meteen herkende, met een mosterdgele sjaal om, zat met haar benen onder zich gevouwen in een van haar stoelen.

'Hallo, dokter Klein.'

'Hallo.'

'Of mag ik Frieda zeggen?'

'Mij best.' Ze keek nog eens goed, en toen wist ze het ineens. 'Jij bent Thelma Scott, hè?'

'Ja.'

'Het spijt me dat ik je niet meteen herkende. De laatste keer dat ik je zag, moest je een oordeel vellen over mijn behandeling van Alan Dekker. Je snapt zeker wel dat ik die hoorzitting nogal intimiderend vond.'

'Natuurlijk.'

Frieda voelde zich ineens zo moe en moedeloos dat ze het nauwelijks kon opbrengen om nog iets te zeggen. 'Wat is er nu weer?' vroeg ze. 'Weer een klacht?'

Thelma haalde een krant uit haar tas. 'Heb je de krant van vandaag gelezen?' vroeg ze.

'Ik lees geen kranten.'

Thelma zette een leesbril op en sloeg de krant open. '"Psych verwikkeld in straatgevecht",' citeerde ze. 'Er staat een foto bij van de fotograaf. Hij was er waarschijnlijk minder erg aan toe dan het lijkt. "Vrienden van de omstreden therapeut dr. Frieda Klein tuigen persfotograaf Guy Durrant af..." Ik hoef zeker niet het hele artikel voor te lezen?'

'Nee, liever niet.'

'Ik neem aan dat het verslag in grote lijnen juist is.'

Frieda pakte de krant van Thelma aan en bekeek het artikel.

Het was geschreven door Liz Barron. Ze gaf de krant terug. 'In grote lijnen, ja,' zei ze.

'Wie waren die vrienden?' vroeg Thelma.

'Ik was net bij een van hen op de kamer,' zei Frieda, naar achteren wijzend.

'Reuben?' zei Thelma. 'O jee.'

'Tja.'

'Gaat het eigenlijk wel goed met je?'

'Hoe bedoel je?'

'Ik besteed nooit veel aandacht aan geroddel,' zei Thelma, 'maar een jaar of twee geleden heb ik iemand een verhaal over jou horen vertellen. Het ging over een collega en een ruzie in een restaurant in Kensington. Het zal wel overdreven zijn geweest.'

'Ik ben ervoor in de cel beland,' zei Frieda.

'Het is me niet ontgaan dat hij geen aangifte heeft gedaan, dus er zal wel een goede reden voor zijn geweest.'

'Ja, die was er. Maar luister eens, is dit nu ook een kwestie voor de tuchtraad?'

Thelma keek verbaasd. 'Als je had gevraagd of ik het goedkeur dat erkende psychotherapeuten in het openbaar op de vuist gaan, samen nota bene, dan zou ik nee hebben gezegd.' Thelma stond op. Ze was enkele centimeters kleiner dan Frieda. 'Maar ik ben naar je toe gekomen omdat ik me zorgen maak dat je misschien te veel onder druk staat.'

'Dat is erg aardig van je, maar je treft me nu niet op mijn best, Thelma.'

'Ik wilde alleen zorgen dat het je duidelijk is wat de tuchtraad heeft besloten. Je wordt niet berispt en je hebt geen spreekverbod. Ik hoop dat dat je duidelijk is.'

'Je bent helemaal hiernaartoe gekomen om me dat te vertellen? Dank je wel. Dat is mooi van je.'

Thelma keek haar wat aandachtiger aan.

'Ik ben het een en ander van jou nagegaan,' zei ze. 'Ik heb wat van je werk gelezen. Volgens mij sta je bepaald niet alleen in je strijd tegen de rest van de mensheid.'

'Dat weet ik. Ik heb een paar medestanders. In mijn strijd tegen de rest van de mensheid, bedoel ik.'

Thelma stak een hand in haar jaszak en haalde er een paar metrokaartjes en een visitekaartje uit. 'Hier,' zei ze. 'Mocht je ooit iemand nodig hebben om mee te praten.'

'Frieda denkt dat Janet Ferris vermoord is,' zei Karlsson. 'Vermoord zou kunnen zijn.'

Yvette pakte de bekertjes koffie van het blad en gaf ze door aan de mensen die aan tafel zaten. Ze keek Jake Newton aan, die de afgelopen dagen besteed had aan een evaluatie van het personeelsbeleid. 'Had jij ook gewild?' vroeg ze.

Hij bekeek de bekertjes alsof die ook geëvalueerd moesten worden. Chris Munster scheurde een suikerzakje open en goot de inhoud in zijn koffie.

'Nee,' zei Newton. 'Nee, laat maar.'

Yvette haalde een paar pakjes sandwiches uit een plastic zak en bekeek ze. 'Kaas met bleekselderij voor jou, chef. En tonijn met komkommer voor jou, Chris.' Ze schoof de pakjes over tafel. 'Kip voor mij.' Ze keek Newton weer aan. 'Sorry, ik wist niet dat jij erbij zou zijn.'

'Beschouw mij maar als een toevallige passant,' zei Newton. 'Je hoeft me niet te eten te geven.'

'Toevallige passanten moeten ook eten,' zei Yvette. Terwijl Newton verbaasd keek, alsof hij er voor zichzelf achter probeerde te komen of dit geen bedekte aanval was, vervolgde ze: 'Komt Frieda hier op de vergadering haar theorie verklaren?'

'Ze heeft vanmiddag patiënten,' zei Karlsson.

'Hoe werkt die regeling met haar?' vroeg Newton.

'Goede vraag,' zei Yvette.

'Het is er eigenlijk niet de geschikte plaats en het geschikte moment voor,' zei Karlsson, 'maar ik kan wel zeggen dat ze een voorschot krijgt en recht heeft op een onkostenvergoeding. Ze heeft overigens nog op geen van beide aanspraak gemaakt. Ik kan je later de details geven, als je wilt.'

'Graag,' zei Newton. 'Dat zou ik op prijs stellen.'

'Ze heeft ook recht op vertrouwelijkheid,' vervolgde Karlsson.

'Die haar helaas onthouden is doordat iemand hier in huis details van het onderzoek naar de pers heeft gelekt.'

'Oeps,' zei Newton opgewekt.

'En ze heeft geen steun gekregen toen ze die nodig had,' voegde Karlsson eraan toe, met een blik naar Yvette, die een rood hoofd kreeg en haar ogen neersloeg.

'Maar waarom dan?' zei Chris Munster. 'Waarom denkt Frieda dat Janet Ferris vermoord is?'

'Ik denk dat ze voor een deel op haar instinct afgaat,' zei Karlsson. 'Ze had niet het gevoel dat Janet Ferris suïcidaal was. Frieda zou haar standpunt hier eigenlijk zelf moeten verdedigen, maar ze zei dat haar mening gebaseerd is op haar inschatting van de gemoedstoestand van Janet Ferris. Bovendien had Ferris haar kat binnengesloten, en volgens Frieda was ze niet het type om dat te doen.'

'Volgens mij is dat nou juist iets waar je je niet meer druk om maakt als je zelfmoord wilt plegen,' zei Yvette. 'Als je goed voor je kat wilt zorgen, pleeg je geen zelfmoord. Hebben ze sectie verricht?'

'Ik heb net Singh gebeld.'

'En?'

'Hij zei dat de dood veroorzaakt is door verstikking. Op grond daarvan en gezien de toestand waarin het lijk verkeerde...'

'Wat bedoel je met "de toestand waarin het lijk verkeerde"?' vroeg Newton.

'Dat wil je niet weten,' zei Yvette.

'Ze had in haar broek gepoept,' zei Munster.

'Echt waar?' Newtons wenkbrauwen schoten omhoog.

'Dat de sluitspier zich ontspant is een kenmerk van ophanging,' zei Karlsson. 'Wat overigens bij elk overlijden gebeurt. Maar het ging hier niet zozeer om het leeglopen van de darmen, als wel om de, eh...' Hij wapperde met zijn handen.

'De manier waarop...' zei Yvette.

'Het gespetter,' zei Munster.

'Alsjeblieft,' zei Karlsson. 'Singh zei dat er geen tekenen waren van ander letsel, en ze had geen blauwe plekken. Hij was dan ook van mening dat ze door zelfmoord om het leven is gekomen. Ik heb hem nog gevraagd of het mogelijk was dat Janet Ferris is gewurgd en toen pas opgehangen. Hij zei dat je daar nooit zeker van kunt zijn. Ik vroeg hem ook nog of het mogelijk was dat ze zich onder dwang heeft verhangen. Hij zei dat het niet ónmogelijk was, maar dat hij in dat geval blauwe plekken zou verwachten, op de bovenarmen bijvoorbeeld, en die waren er niet.'

'En wat was zijn eindoordeel?' vroeg Yvette.

'Zijn voorlópige oordeel is dat het zelfmoord was.'

'Nou, dat weten we dan.'

'Het is zijn taak niet om een theorie op te stellen,' zei Karlsson. 'Hij moet een beschrijving geven van de toestand van het lichaam. Het is aan ons om alle opties open te houden.'

'Er staan heel veel opties open,' zei Yvette. 'Ze staan verdomme allemaal open.'

'Daarom houden we deze vergadering,' zei Karlsson. Geagiteerd nam hij een hap van zijn sandwich, en de anderen wachtten totdat hij die door zou slikken. 'Crawford kan elk moment vragen wat we hebben bereikt, en eerlijk gezegd weet ik niet wat we daarop moeten antwoorden. We weten niet wie Poole was. We kunnen niet eens tot op vijf dagen nauwkeurig zeggen wanneer hij vermoord is, dus we hebben weinig aan alibi's. We weten niet wáár hij is vermoord, dus we hebben geen moer aan allerlei forensisch onderzoek. We weten wel ongeveer hóé hij is vermoord, maar niet waarom zijn vinger is afgesneden.' Hij zweeg even en dacht na. 'En we weten veel te goed waaróm hij vermoord kan zijn. Hij was een oplichter en een dief. Als iemand mijn vrouw zou naaien, zou ik hem ook willen vermoorden. Als iemand mijn vrouw zou naaien en haar ertoe zou aanzetten mij m'n geld afhandig te maken, zou ik zijn vinger willen afsnijden, die in zijn mond stoppen en hem dan met mijn blote handen wurgen. Als iemand mijn moeder ertoe zou overhalen haar testament te veranderen zodat ze alles zou nalaten aan zo'n smerige oplichter, zou ik hem willen vermoorden. En als iemand mij zou chanteren met mijn drankprobleem, zou ik hem ook willen vermoorden. Dus...'

'Maar de alibi's van de zoons van Mary Orton kloppen. Jeremy Orton was dag en nacht bezig met een of andere bedrijfsovername, en Robin Orton lag met griep in bed.'

'Alibi's,' zei Karlsson vermoeid. 'Ik weet het niet. Hij kan uit zijn bed zijn gekomen. En zijn er geen hogesnelheidstreinen vanuit Manchester?'

'Twee uur en vijf minuten,' zei Yvette. 'En Jasmine Shreeve?'

Karlsson lachte wrang. 'Als ik denk aan de tv-programma's die ze vroeger maakte, zou ik hem alsnog de vrije hand willen geven om haar op te lichten.'

'Zo slecht was *De huizendokter* niet,' zei Munster.

'Dat was het verdomme wel,' zei Yvette. 'De psyche van de mensen bestuderen aan de hand van hun behang!'

'Het was eigenlijk een soort stiekem genieten.' Newton was vandaag in een goede bui, en gevat voor zijn doen.

'Nu hebben we wel genoeg tv-recensies gehoord,' zei Karlsson. 'Hoe goed of hoe slecht ze dat ook deed, zij lijkt er makkelijk van af te zijn gekomen. Misschien heeft hij echt iets voor haar gevoeld, het kan ook zijn dat hij er nog niet toe gekomen was om haar op te lichten, maar het kan ook zijn dat hij haar opgelicht heeft op een manier waar we nog niet achter zijn. En ten slotte is het natuurlijk ook nog mogelijk dat hij de verkeerde heeft getroffen, iemand van wiens bestaan we niet eens weten. En het kan ook iemand zijn geweest die hij in het verleden heeft opgelicht, die hem alsnog te grazen heeft genomen.'

'Dat zijn een heleboel mogelijkheden,' zei Yvette.

'Onze belangrijkste getuige is krankzinnig en lijdt aan waanvoorstellingen. En onze andere belangrijke getuige is dood.' Hij nam nog een hap van zijn sandwich. 'Het is een grote puinhoop, maar de vraag is: wat nu?'

Er viel een lange stilte, waarin niets anders te horen was dan het gekauw op de sandwiches.

'Nou?' zei Karlsson.

'Ach,' zei Yvette, 'we weten eigenlijk ook best veel.'

'Wat dan?'

'We weten dat hij aan zijn geld kwam door rijke mensen op te lichten. We weten dat hij met Aisling Wyatt naar bed is geweest en dat hij waarschijnlijk Jasmine Shreeve wilde chanteren. Hij heeft geld gevraagd en gekregen van Mary Orton en heeft geprobeerd haar over te halen haar testament te veranderen. Zoals je zei, er spelen hier veel motieven, al lijkt het motief in het geval van Jasmine Shreeve wel erg op dat van de zoons Orton – een motief dat voor haarzelf nog niet duidelijk was. We weten dat hij veel geld had, dat het door iemand anders van hem is gestolen, of hij zou het zelf ergens anders ondergebracht moeten hebben, waar wij het nog niet hebben kunnen vinden.' Ze zweeg even. 'En... we weten nu ook hoe hij zijn slachtoffers ronselde.'

'O ja?' Newton boog zich naar haar toe. 'Daar wist ik niks van.'

'Sorry, hoor,' zei Karlsson, 'ik wist niet dat wij jou steeds op de hoogte moesten houden van alle details van onze zaken.'

'Zaten ze allemaal bij dezelfde bank?' opperde Newton. 'Of waren ze allemaal klant bij Harrods?'

'Met je tweede veronderstelling zit je er dichter bij. Ze hebben allemaal zeer prijzige houten voorwerpen gekocht bij een bedrijf waar Robert korte tijd heeft gewerkt. Toen hij daar wegging, heeft hij het klantenbestand meegenomen, in de – naar het lijkt terechte – veronderstelling dat ze allemaal veel geld te besteden hadden.'

'Slim,' zei Newton.

Karlsson vond Newton te uitbundig. 'Helaas schieten we daar niet veel mee op.' Hij keek Yvette aan. 'Wat vind jij dat we moeten doen?'

'Druk uitoefenen op Aisling en Frank Wyatt. Los van elkaar.'

'Druk uitoefenen?' zei Karlsson. 'Hoe bedoel je?'

'Je zou Frank Wyatt het volgende scenario kunnen voorleggen: toen je Robert Poole confronteerde met zijn daden, hebben jullie ruzie gekregen en zijn jullie slaags geraakt, je hebt Poole per ongeluk vermoord en toen heb je in paniek zijn lijk gedumpt. Als hij dat erkent, zal het OM hem hoogstwaarschijnlijk slechts voor doodslag vervolgen en komt hij er, als hij een welwillende rechter treft, misschien zelfs met een voorwaardelijke straf af.'

Karlsson dacht even na. 'En die afgesneden vinger dan?'

'Misschien droeg hij een ring waaraan hij herkend zou kunnen worden.'

'Hij zou die vinger er dus in paniek af hebben gesneden?'

'Zo kunnen we het hem voorleggen.'

'En het geld dat van Pooles rekening af is gehaald?'

'Poole zou het zelf gedaan kunnen hebben, om geen sporen achter te laten.'

'En waar is het nu dan?'

'Ergens begraven. Voor altijd zoek. Of het staat op een buitenlandse rekening.' Weer was het even stil. 'Nou ja, je houdt altijd losse eindjes.'

'En Janet Ferris?'

'Zelfmoord,' zei Yvette. 'In een vlaag van verstandsverbijstering.'

Karlsson bromde wat. 'Goed dan,' zei hij. 'We halen de Wyatts hiernaartoe voor verhoor. En voordat we dat doen, proberen we zo veel mogelijk van hen te weten te komen.' Hij keek in de bureauagenda. 'Woensdagochtend,' zei hij. 'Zo vroeg mogelijk. Chris, jij zorgt dat je daarvóór van allebei het alibi bent nagegaan.'

'Volgens mij heeft Jasmine Shreeve het gedaan,' zei Newton.

Er viel een stilte. Op het gezicht van Karlsson verscheen langzaam een glimlach. 'Wat zei je?'

'Sorry,' zei Newton. 'Let maar niet op mij.'

'Ach, we hebben al een psychotherapeut voor het onderzoek ingeschakeld, dus waarom dan niet ook een organisatieadviseur? Vertel op, waarom denk je dat Jasmine Shreeve het heeft gedaan?'

'Zij had meer te verliezen dan de anderen,' zei Newton. 'Ik heb interviews met haar gezien. Ze koesterde nog steeds de vergeefse hoop op een comeback, en de vernedering opgelicht te zijn zal al haar hoop de grond in hebben geboord. Iedereen die haar op tv heeft gezien, weet hoe ze snakte naar erkenning, dus als ze zich in de steek gelaten heeft gevoeld, kan ze tot alles in staat zijn geweest.'

'Bedankt,' zei Karlsson. 'Je zult wel begrijpen dat ik jou er niet op uit stuur om Jasmine Shreeve voor ons te verhoren. Ik ga zelf met haar praten. En als jouw theorie blijkt te kloppen, zullen Yvette en Chris een uitgebreid diner voor je bereiden.'

'Waarom doe je het zelf niet?' vroeg Yvette.

'Dat zou een wel erg schamele beloning zijn,' zei Karlsson.

'En wat gaat dokter Klein doen?'

'Volgens mij staat ze op het punt om er de brui aan te geven.'

'Waarom?' zei Yvette. 'Heeft ze er genoeg van?'

'Het lijkt erop dat ze zich heeft afgereageerd op die fotograaf,' zei Munster, en hij grijnsde naar Yvette, maar toen hij vervolgens Karlssons blik opving, verstrakte hij.

'Ze heeft me verteld hoe het is gegaan,' zei Karlsson. 'Het lag niet aan haar, maar aan twee vrienden van haar.'

'Het is allemaal niet erg professioneel,' zei Munster. 'Ze heeft al een keer in de krant gestaan, en nu is ze betrokken geweest bij een vechtpartij met een fotograaf en haalt ze weer de krant. We hadden net zo goed Britney Spears bij het onderzoek kunnen inschakelen.'

Karlsson schudde zijn hoofd. 'Ik denk dat ze zich er te veel bij betrokken heeft gevoeld,' zei hij. 'Ze had het gevoel dat ze Janet Ferris in de steek had gelaten.' Hij verfrommelde de verpakking van de sandwich en gooide die in de prullenbak. De prop ketste af op de rand en viel op de grond. 'En zo geweldig doen wij het zelf nou ook weer niet.'

Er werd op de deur geklopt, en een vrouw stak haar hoofd om de deur. 'Er is iemand voor u, meneer,' zei ze verontschuldigend.

Lorna Kersey was midden tot eind veertig, schatte Karlsson. Ze had kortgeknipt bruin haar en droeg een bril met ronde glazen. Ze was niet opgemaakt, maar droeg wel grote oorbellen en aan haar kleine handen verscheidene ringen. Ze was gehuld in een groot oranje vest en droeg snowboots, maar desondanks leek ze het koud te hebben. Haar man Mervyn was klein en gezet, had grijzend haar en leek ouder dan zij. Hij zat rechtop en met gevouwen handen op zijn stoel, alsof hij zat te bidden. Om de zoveel tijd stak Lorna haar hand uit en raakte hem zacht aan – zijn schouder, zijn arm, zijn dijbeen – om hem gerust te stellen, en dan keek hij haar glimlachend aan.

'Het is misschien tijdverspilling voor u,' zei ze.

'Ik begrijp dat het om Robert Poole gaat. Ik heb de leiding in de zaak en wil graag horen wat u over hem te zeggen hebt.'

'Ja, dat is het nou juist. De man die wij kennen heet niet Robert Poole. Het gaat misschien om heel iemand anders.'

'Hoe heet hij?'

'Edward Green.'

'Gaat u door.'

'Het kwam door dat aanplakbiljet. Hij was het, zonder meer.'

'En deze Edward Green hebt u al een tijdje niet gezien?'

Ze trok een gezicht. 'Het heeft te maken met onze dochter.'

'Wacht eens even. Uw dochter heet toch niet toevallig Sally?'

'Sally?' Ze keek verbaasd. 'Nee, ze heet Beth. Ik bedoel, ze heet eigenlijk Elizabeth, maar we noemen haar Beth. Beth Kersey.'

'Neemt u me niet kwalijk. Gaat u door.'

Lorna Kersey boog zich naar hem toe. Van zo dichtbij zag Karlsson de lijntjes en rimpels in haar gezicht.

'We hebben drie dochters. Beth is de oudste. Ze is nu bijna tweeëntwintig; in maart is ze jarig. Haar zusjes zijn jonger en zitten nog op school, en ik geloof niet dat ze veel aan hen heeft gehad.' Karlsson zag dat ze iets wegslikte en de rand van het bureau omklemde. 'Ze is altijd een moeilijk kind geweest, vanaf haar geboorte al, zou je kunnen zeggen. Een hele zorg.' Ze keek naar haar man en toen weer naar Karlsson. 'Ze was ongelukkig, weet u, ongelukkig en boos. Het lijkt wel alsof dat er altijd al in heeft gezeten.'

'Wat jammer,' zei Karlsson. 'En waar is uw dochter nu?'

'Dat is het nou juist,' zei ze. 'We weten het niet. Dat wilde ik juist uitleggen, daarom zijn we hier. Wat ik wou zeggen, is dat ze altijd al labiel is geweest. Op school had ze het altijd moeilijk, al hield ze wel van tekenen en van de praktijkvakken, waarbij ze haar handen kon gebruiken. En ze was sterk. Ze kon kilometers achter elkaar hardlopen, en water was voor haar nooit te koud om te gaan zwemmen. Ze maakte niet makkelijk vrienden.' Ze zweeg even. 'Neemt u me niet kwalijk: dat wilt u allemaal niet horen. Waar het om gaat, is dat ze een ellendige puberteit heeft gehad. Ze dacht dat ze lelijk en dom was, ze was erg eenzaam en had dringend hulp nodig, maar ze liet zich bijna niet helpen. We hebben gedaan wat we konden, maar naarmate ze ouder werd, werd het alleen maar moeilijker. Ons hele gezinsleven werd erdoor ondermijnd. En toen raakte ze in de problemen.'

'Wat voor problemen?'

'De problemen waar tieners altijd in verzeild raken. Drugs, denk ik, maar ze was ook altijd boos en ongelukkig. Soms was ze gewelddadig, tegen anderen, maar ook wel tegen zichzelf.'

'Is ze ooit gearresteerd?'

'Nee. Ze kwam soms wel met de politie in aanraking, maar gearresteerd is ze nooit. We zijn met haar overal naartoe geweest. Artsen. Psychiaters. Ze is ooit in een ziekenhuis bij een psychotherapeut geweest, en naderhand nog bij een vrij gevestigde therapeut. Ik weet niet of ze daar wat aan heeft gehad. Misschien hebben we daarmee alleen maar bereikt dat ze zich nog meer een buitenstaander ging voelen, iemand die niet deugde. Pas als het te laat is, weet je of je het goed hebt gedaan of niet, hè? Bij dit soort dingen zijn er geen tovermiddelen – je moet maar hopen dat je stap voor stap iets kunt veranderen. Het was allemaal zo… zo onbegrijpelijk. Verbijsterend. We hebben geen idee wat we verkeerd hebben gedaan, waardoor ze zo is geworden, en… o, het werd zo erg dat we niet wisten waar we het zoeken moesten.' Ze knipperde met haar ogen, en Karlsson zag haar tranen. 'Ik ben er te emotioneel over,' zei ze, en ze probeerde te glimlachen. 'Het is voor u waarschijnlijk allemaal niet relevant. Neemt u me niet kwalijk.'

'En toen kwam ze in contact met die man.' Het was het eerste wat Mervyn Kersey zei. Hij had een licht Welsh accent.

'De man die u kende onder de naam Edward Green?'

'Ja.'

'Hoe heeft ze hem ontmoet?'

'Dat weten we niet precies, maar ze had de gewoonte om in haar eentje te gaan wandelen, soms wel de hele nacht lang. Ik denk dat ze hem toen is tegengekomen.'

Karlsson knikte. Zo te horen kon het best om Robert Poole gaan.

'We wisten niet meteen van zijn bestaan. Ze zei er niets over. Ze veranderde alleen. Het viel ons allebei op. In het begin waren we daar alleen maar blij om: ze werd rustiger en minder opvliegend tegen ons en haar zusjes. Ze ging vaker uit. Het was echt een pak van ons hart.'

'Maar?'

'Ze deed geheimzinnig, stiekem is eigenlijk een beter woord. We kregen het vermoeden dat ze geld van ons stal. Niet veel, maar af en toe bleek er iets te zijn verdwenen uit onze portemonnees, dat soort dingen.'

'En spaargeld van haar zusjes,' voegde Mervyn Kersey eraan toe. Hij sprak alsof hij het maar nauwelijks over zijn lippen kon krijgen.

Hij schaamt zich, dacht Karlsson. 'Hebt u hem ooit ontmoet?' vroeg hij.

'Ja. Ik kon het niet geloven,' zei Lorna Kersey. 'Hij was heel – hoe noem je dat? – beleefd, innemend. Hij was lief voor de meisjes en met Beth was hij geweldig. Ik had eigenlijk meer waardering voor hem moeten hebben. Het klinkt afschuwelijk, maar ik vertrouwde hem niet, want ik dacht: hij kan elke vrouw krijgen, dus waarom kiest hij dan voor Beth? Ik hou van mijn dochter, maar ik begreep niet waarom een knappe, succesvolle jongeman zoals hij iets zou zien in een mollige, ongelukkige, onelegante, in alles mislukkende en opstandige jonge vrouw als Beth. Ik snapte het niet. Klinkt dat u harteloos in de oren?'

'Nee,' zei Karlsson, in strijd met de waarheid. 'Maar wat dacht u dan?'

Ze keek hem strak aan. 'Ik zal niet zeggen dat we rijk zijn...' begon ze.

'Dat zijn we wel,' zei haar man. 'In de ogen van de meeste mensen.'

'Waar het om gaat,' vervolgde ze, 'is dat hij moet hebben geweten dat we er warmpjes bij zaten.'

'U dacht dat hij op uw geld uit was?'

'Daar was ik bezorgd over.'

'En nu is ze weg.'

'Ze heeft mijn pinpas gepikt, mijn rekening leeggehaald, wat kleren bij elkaar gezocht en is vertrokken.'

'Waar naartoe?'

'Ik weet het niet. Ze liet een briefje achter waarin stond dat ze te lang had gedaan wat wij wilden, dat wij van haar iemand hadden willen maken die ze niet was en dat ze nu eindelijk vrij was.'

'En is ze meegegaan met Robert... met Edward Green?'

'Daar gaan we van uit. We hebben hem nooit meer gezien, en haar ook niet.' Ze deed even haar ogen dicht. 'We hebben onze dochter nu al dertien maanden niet gezien. En we hebben niets meer ván haar en ook niets óver haar gehoord. We weten niet eens of ze nog wel leeft, en zo ja of ze gelukkig is nu ze bij ons weg is, of juist erg ongelukkig. We weten niet of ze wel wil dat we haar vinden, maar we hebben er alles aan gedaan om haar op te sporen. We willen alleen maar weten of het goed gaat met haar. Ze hoeft niet naar huis te komen, en ze hoeft ook niet met ons te praten als ze dat niet wil. Wij hebben contact opgenomen met de politie, maar daar zeiden ze dat ze niets konden doen als een vrouw van boven de twintig uit eigen beweging was weggegaan. We hadden zelfs een detectivebureau ingeschakeld, maar dat heeft niks opgeleverd.'

'Heeft ze een mobiele telefoon?'

'Jawel, maar die lijkt buiten gebruik te zijn.'

'En die Edward Green leek dus erg op deze man.' Karlsson wees naar het aanplakbiljet met de foto van Robert Poole op het prikbord naast hem.

'Hij lijkt sprekend op hem. Maar als hij dood is, waar is onze dochter dan?'

Ze staarde Karlsson aan. Hij begreep dat ze een soort geruststelling van hem wilde horen, maar die kon hij haar niet geven.

'Ik zal twee van mijn mensen met u mee naar huis sturen. Ze zullen alle bewijsmateriaal waarover u beschikt moeten bekijken, de namen van haar artsen, alles. We nemen dit zeer serieus.'

Toen ze weg waren, bleef hij minutenlang zwijgend voor zich uit kijken en dacht: schieten we hier nu iets mee op, of juist niet?

Beth Kersey begon met de foto's van haar familie. Ze had ze meegenomen toen ze van huis wegging, omdat hij het had gezegd, maar ze had er niet meer naar gekeken. Het was allemaal te pijnlijk; het riep gevoelens op waar ze alleen maar verward en triest van werd. Maar hij had ze langdurig bekeken – toen hij dacht dat ze sliep – en daarna had hij ze in plastic tassen gestopt en die opgeborgen bij zijn andere tassen.

Nu legde ze de foto's voor zich neer, een voor een. Ze had een doosje lucifers dat ze op een avond had meegenomen van het dek van een boot verderop langs het pad, en bij elke foto streek ze een lucifer af, liet hem opvlammen en vervolgens langzaam uitdoven boven een gezicht, een groepje mensen, een tuin in het voorjaar. Eén grote poppenkast, dacht ze verbitterd. Iedereen lacht als er een foto wordt gemaakt, iedereen poseert en trekt een gezicht voor de buitenwereld.

Daar had je haar moeder met haar cameragezicht, het hoofd een beetje scheef, heel lief en zorgzaam, niks op aan te merken. En daar was haar vader, een aardige, dikke man, terwijl iedereen wist dat hij een bullebak was die rijk was geworden door geld van andere mensen af te pakken. Ed had het haar uitgelegd, had haar verteld waarom het niet deugde, dat het geld niet echt van haar vader was. De details wist ze niet meer, maar die deden er niet toe. En dan haar twee zusjes. Soms wist ze nauwelijks nog hoe ze heetten, maar ze wist nog maar al te goed hoe schijnheilig ze waren, dat ze het op school goed deden en thuis lief waren, hoe ze hun ouders hadden ingepalmd en met een innemende glimlach geld en gunsten wisten af te troggelen. Dat wist ze nu. Vroeger had ze alleen maar gedacht dat haar zusjes beter bij de andere mensen pasten dan zij, dat zij beter in hun vel zaten, dat zij voor het geluk geboren waren, terwijl zijzelf nergens voor deugde. Nu staarde ze in het licht van de vlam naar het smalle gezicht van een grijnzende Lily met haar twee strakke vlechten en naar Bea's plechtige blik. Toen keek ze naar zichzelf. Naar Elizabeth. Betty. Beth. Ze was veranderd, ze was niet meer dat slordige, boze meisje dat zo graag anderen wilde behagen, terwijl ze wist dat ze daar niet in kon slagen. Ze was nu mager, een en al spieren en botten. Ze grijnsde spottend met haar gescheurde lip. Ze had kort haar. Ze was door het vuur gegaan en was daar gelouterd uit gekomen.

38

Josef was bezig Mary Ortons plinten wit te schilderen. Terwijl hij de kwast over het hout liet gaan, probeerde hij niet aan zijn kinderen te denken. Hij voelde het knagen als hij zich voorstelde hoe ze thuis zonder hem leefden, of wanneer hij terugdacht aan de laatste keer dat hij hen had gezien. Hij had hen te dicht tegen zich aan willen drukken, en zij hadden zich van hem af geduwd, afkerig van zijn dranklucht en woeste oogopslag. Daarom concentreerde hij zich op de soepele streken van de kwast. Toen hij opkeek van zijn werk, zag hij dat Mary Orton achter hem stond. Ze hield een theedoek in haar handen geklemd en had een bezorgde uitdrukking op haar gezicht.

'Ik kan helpen?'

'Ik wil je iets laten zien.'

Josef legde de kwast op het deksel van het blik en kwam overeind. 'Natuurlijk, laat mij zien,' zei hij geruststellend.

'Deze kant op.'

Ze ging hem voor naar boven, haar slaapkamer in, het enige vertrek in het huis waar hij niet was geweest. Het was een kamer met een hoog plafond. Het grote raam keek uit op de tuin, waarin de bloembollen eindelijk kans zagen om zich door de koude grond omhoog te werken. Ze liep naar een bureautje, trok een lade open en tastte daarin ergens naar. Hij kon aan haar zien dat ze onrustig was. Ze frunnikte onhandig met haar vingers en ademde zwaar.

'Hier heb ik het.'

Ze draaide zich om en stopte hem een opgevouwen vel papier in handen. Hij zag een beverig, ouderwets handschrift in blauwe inkt met keurige lussen en puntjes op alle i's.

'Dit is wat?' vroeg hij. 'Echt, mijn Engels niet goed, mevrouw Orton.'

'Ik had wél een testament gemaakt,' fluisterde ze. En toen ze hem aankeek, zag hij tranen in haar ogen. 'Ik was van plan om een derde van alles aan hem na te laten. We hebben het samen opgesteld en een buurman hier in de straat gevraagd om als getuige mede te ondertekenen. Kijk maar, hier staan hun handtekeningen en de mijne.'

'Het spijt me,' zei hij. 'Ik ben niet goede persoon.'

'Omdat zij me nooit komen opzoeken. Ze geven niet om mij – en hij gaf wel om mij.'

'Hij?'

'Robert. Hij hield me gezelschap, net als jij. Zij vinden me alleen maar lastig. Ik denk dat ik het nu maar gewoon moet verbranden. Of is dat verkeerd?'

Josef schudde zijn hoofd, met het papier in zijn met verf besmeurde handen.

'Wat zal ik ermee doen?'

'Ik weet niet. Ik zal aan Frieda geven.'

Frieda liep over Waterloo Bridge naar huis. Ze waren naar de bioscoop geweest en hadden daarna gegeten in een Marokkaans restaurant, waar het naar kaneel en gebraden vlees had geroken. Na het eten had ze er ineens behoefte aan gehad om alleen te zijn. Hij was duidelijk teleurgesteld, maar ze was om de een of andere reden terughoudend. Hij had haar op de wang gekust en was weggegaan.

Ze liep langzaam, en toen ze halverwege de brug was, bleef ze staan, zoals ze altijd deed. Meestal om stroomopwaarts naar de parlementsgebouwen, de London Eye en de St. Paul's te kijken, maar deze keer boog ze zich over de balustrade en keek ze in het water. Ze had het gevoel dat de Theems nooit stroomde zoals een rivier hoort te stromen. Het water bewoog zich eerder als in een brede vloed, en in die getijstroom waren er wervelingen en draaikolken en tegen elkaar in gaande bewegingen te onderscheiden. Na een paar minuten zag ze het water niet eens meer. Ze dacht aan de film die ze net had gezien en aan Robert Poole, of hoe hij in werkelijkheid ook geheten mocht hebben. Ze dacht aan de fantasie die kinderen vaak hebben dat zijzelf de enige echte persoon ter wereld zijn en alle anderen acteurs. Poole was een soort acteur geweest, iemand die aan iedereen die hij ontmoette een ander personage had getoond, voor iedereen degene was geweest die hij of zij nodig had en door wie ze zich hadden laten verleiden. Toen dwaalden haar gedachten af naar Harry, in zijn lichtgrijze pak, met zijn grijsblauwe ogen en zijn hagelwitte overhemd, en ze dacht eraan hoe hij zich naar haar toe boog als ze iets zei en hoe hij haar bij de elleboog pakte als ze de straat overstaken. Hoe hij naar haar keek en moeite leek te doen om datgene te horen wat ze niet wilde zeggen. Het was ook zo lang geleden dat ze iemand zo dichtbij had laten komen.

Geleidelijk aan dacht ze niet meer aan specifieke dingen, en eigenlijk dacht ze op een gegeven moment nergens meer aan, maar kolkten haar gedachten rond, even chaotisch en duister als de rivier daarbeneden. En uit die duisternis kwam één gezicht en één naam naar boven: Janet Ferris.

Frieda huiverde. Het was koud en onbeschut op de brug. Terwijl ze zich omdraaide om naar huis te gaan, keek ze op haar horloge. Het was kwart voor twaalf. Te laat om Karlsson te bellen. Ze liep snel naar huis. Toen ze in bed lag, was ze geagiteerd en brandden haar ogen. Ze wou dat het weer dag was, maar het zou nog lang duren voordat de dag zich aandiende.

39

Frieda had drie patiënten achter elkaar gesproken. Ze had zich gerealiseerd dat ze er met haar gedachten niet helemaal bij was en had haar best gedaan om zich toch te concentreren, om professioneel te zijn, precies. Of had ze alleen maar de rol gespeeld van de aandachtige, invoelende therapeut? Misschien was het op de keper beschouwd allemaal maar een act geweest. Na de laatste sessie noteerde ze kort haar opmerkingen. Toen liep ze naar buiten, hield een taxi aan, en twintig minuten later stond ze voor het huis in Balham.

Karlsson en Jake Newton stonden voor de deur. Karlsson was aan de telefoon. Hij knikte haar toe maar onderbrak zijn gesprek niet. Newton glimlachte naar Frieda. 'Hallo,' zei hij. 'Hoe is het met je?'

Frieda vond het merkwaardig lastig om op zijn begroeting te reageren. 'Weet ik niet,' zei ze. 'Goed wel.'

'Tot ziens,' zei Karlsson, en hij stopte zijn telefoon in zijn zak. Hij keek Frieda aan. 'Goedemiddag.'

'Je had niet zelf hoeven komen,' zei Frieda. 'Ik wilde alleen maar dat er iemand zou zijn die me binnen kon laten.'

'Ik was nieuwsgierig. Ik wilde weten wat je in je schild voert.'

'En ik wilde weleens zien wat een adviserend specialist doet,' zei Newton.

'Ik dacht dat jíj een specialist was,' zei Frieda.

'Doe maar net alsof ik er niet ben.'

'Ik heb je trouwens nog iets anders te melden,' zei Karlsson. En daar, voor het huis van Janet Ferris, vertelde hij Frieda het verhaal van Beth Kersey en Robert Poole. Frieda hoorde het met een frons in haar voorhoofd aan.

'Daarmee zullen de ontbrekende dagen in het schema van Poole wel te verklaren zijn,' zei ze.

'Dat zou kunnen,' zei Karlsson.

'Je moet die vrouw zien te vinden.'

'Dat waren we wel van plan, ja.'

'En je moet uitzoeken wat haar medische geschiedenis is.'

'Dat hadden we ook al bedacht.'

'Als je de naam van de psychiater die haar heeft behandeld te weten kunt komen, kan ik misschien een informeel babbeltje met hem gaan maken.'

'We zullen zien.'

'Ik dacht dat het er bij een strafrechtelijk onderzoek op aankwam verdachten weg te strepen,' zei Frieda. 'Maar in deze zaak duiken er steeds nieuwe op.'

'In deze zaak,' zei Karlsson, 'valt het soms niet mee om de verdachten te onderscheiden van de slachtoffers. Maar zo hoef je tenminste niet aan Dean Reeve te denken.'

Frieda keek hem aan met een uitdrukking die bijna fel te noemen was. 'Ik denk elke dag aan Dean Reeve,' zei ze. 'En als ik slaap, droom ik van hem.'

'Wat zal ik daarvan zeggen?' zei Karlsson. 'Vervelend voor je. Maar waarom zijn we nu hier? Wat doen we hier?'

'Ik wilde Pooles appartement ook zien,' zei Frieda.

'Laten we dan maar gaan kijken.'

Karlsson haalde een sleutelbos tevoorschijn en bekeek de labeltjes aan de sleutels. Niemand zei iets terwijl ze het pand in gingen en vervolgens het appartement. Toen ze naar binnen ging, herkende Frieda de muffe geur van een huis waar niemand woont, waar alles altijd op dezelfde plaats staat, waar nooit een raam wordt geopend en geen lucht wordt geademd. Ze liepen de huiskamer in. Frieda voelde zich beperkt in haar bewegingen – ze wilde dit alleen doen. 'Heb je de foto's bij je?' vroeg ze.

Karlsson haalde een dossier uit zijn tas. 'Dit zijn de foto's die genomen zijn toen Janet Ferris' lichaam is ontdekt.'

'Daar heb ik niks aan,' zei Frieda. 'Zijn er geen oudere, van toen je hier voor het eerst was?'

'Nee, toen zijn er geen foto's gemaakt.'

'Waarom niet? Omdat hier geen misdrijf had plaatsgevonden?'

'Inderdaad. Voor zover we wisten tenminste. En we konden de kamer bekijken. Het was niet nodig om die ook nog te fotograferen.'

'Juist,' zei Frieda.

Ze ging midden in de kamer staan, liet haar blik langzaam rondgaan en probeerde alles goed te bekijken.

'Waar ben je naar op zoek?' vroeg Newton.

'Hou je mond,' zei Frieda. 'Sorry. Zo bedoelde ik het niet. Maar laat me alsjeblieft even mijn gang gaan.'

Er viel een langdurige stilte. De twee mannen keken elkaar gegeneerd aan, als mensen die te vroeg op een feestje zijn gearriveerd en tot elkaar veroordeeld zijn. Ten slotte keek ze Karlsson aan. 'Zou jij, als je je ogen dichtdoet, een beschrijving kunnen geven van alles wat er in deze kamer te zien is?' vroeg ze.

'Ik weet het niet,' zei hij. 'Voor het merendeel wel.'

Frieda schudde haar hoofd. 'Vroeger, jaren geleden, maakte ik geen aantekeningen na afloop van mijn gesprekken met patiënten. Als iets belangrijk was, zou ik het wel onthouden, dacht ik. Het feit dat ik het me zou herinneren, zou betekenen dat het belangrijk was. Maar daar denk ik nu anders over. Nu schrijf ik het wel op als ik iets belangrijk vind.' Ze trok een grimas, want er zat haar iets dwars. 'Ik weet het niet. Er is iets wat ik niet helemaal kan vatten.'

'Wat dan?' zei Karlsson.

'Als ik zou weten...' begon ze. Toen fronste ze haar wenkbrauwen. 'Kunnen we beneden ook rondkijken? Heb je ook de sleutel van haar appartement?'

Karlsson pakte de sleutelbos. 'Die moet hierbij zitten,' zei hij. 'Ik voel me net een cipier in een oude film.'

'Hoe bepaal je het moment waarop je het opgeeft?' vroeg Newton terwijl ze naar beneden liepen.

'Moet je dat weten voor je rapport?' zei Karlsson.

'Ik ben gewoon nieuwsgierig.'

'Dat moment komt nooit. Maar de urgentie vermindert gaandeweg, en de mensen krijgen nieuwe opdrachten.'

Karlsson deed de deur open, en ze gingen het appartement van Janet Ferris binnen. Frieda vond de verlaten woning triest. Er stond een kopje op tafel, met daarnaast een boek. Ze kon zich voorstellen dat Janet Ferris binnen zou komen, het op zou pakken en er verder in zou lezen. Ze probeerde er niet aan te denken. Het leidde maar af. Ze liet haar blik rondgaan in de kamer. Ze had het gevoel dat ze ergens naar op zoek was, en toen zag ze het ineens. Ze draaide zich om naar Karlsson. 'Zie je dat schilderij?' zei ze. 'Van die vis?'

'Ja.'

'Vind je het mooi?'

Hij glimlachte. 'Ik vind het prachtig,' zei hij. 'Maar je zult het hier moeten laten hangen. Tegenwoordig mogen we niet meer zomaar dingen meenemen.'

'De eerste keer dat ik in Pooles appartement was, hing dit schilderij daar. Niet hier.'

'Echt waar?'

'Je hebt het krantenartikel gelezen. Janet Ferris zei dat ze dingen van Poole leende. Hij heeft haar onder andere een schilderij gegeven, of uitgeleend, en zij hem een van de hare. Ze zei dat ze het terug had gehangen en het hare had meegenomen.'

Karlsson fronste zijn wenkbrauwen. 'Verstoring van de plaats delict,' zei hij, en toen ving hij Frieda's blik op. 'Of semidelict. Nou ja, het is geen ramp.'

'We moeten weer naar boven,' zei Frieda.

Toen ze weer in Pooles appartement waren, ging Frieda weer midden in de huiskamer staan. Ze keek naar de schilderijen aan Pooles muren. Er hingen er vijf: de Eiffeltoren, een madonna met kind, een zeegezicht met de zon erboven, een veld met klaprozen en een pijnboom met de maan erachter. Frieda haalde een paar doorzichtige plastic handschoenen uit haar zak en trok die aan. 'Die heb ik bij de drogist gekocht,' zei ze met een blik naar Newton. 'Maak je maar geen zorgen – ik zal ze niet op de belastingbetaler verhalen.'

Ze liep naar het schilderij van de madonna, haalde het van de muur, liep achteruit, legde het op het bureau en draaide zich om naar Karlsson. 'Vertel me eens wat je ziet,' zei ze.

'Een nogal prullerig schilderij,' zei Karlsson. 'Volgens mij niet de moeite van het stelen waard. Die van de vis vond ik mooier.'

'Nee,' zei Frieda, 'kijk eens naar de muur waar dat schilderij hing.' Frieda pakte het schilderij op en hield het naast de verkleuring. 'Het heeft een ander formaat.'

'Maar...' begon Karlsson, en zweeg toen.

'Misschien heeft het hetzelfde formaat als het schilderij van de vis, dat hier hing totdat die vrouw het terughaalde,' zei Newton.

'Maar dat heeft hier maar een paar weken gehangen,' zei Frieda. 'Zo'n kleurverschil, dat duurt jaren.'

'Ik weet niet waar je heen wilt,' zei Karlsson. 'Misschien had Poole wel genoeg van de opstelling en heeft hij ze anders opgehangen.'

'Je hebt gelijk, dat zou kunnen. Laten we eens kijken.' Frieda haalde het schilderij met de pijnboom van de muur.

'Ander formaat,' zei Karlsson. 'Zie je wel?'

Vervolgens haalde Frieda een voor een de drie andere schilderijen van de muur. In alle gevallen was de lichtere plek in het behang kleiner dan het schilderij.

'Nou, wat zei ik?' zei Karlsson. 'Poole heeft zijn schilderijen anders opgehangen voordat hij verdween. Ik geloof niet dat het de moeite waard was om hiervoor helemaal naar Balham te komen.'

Frieda gaf geen antwoord. Ze keek Karlsson aan, en vervolgens Newton. Newton keek nadenkend, en toen verscheen er langzaam een glimlach op zijn gezicht.

'Ze zouden niet allemaal kleiner moeten zijn.'

'Wat bedoel je?' vroeg Karlsson.

'Zullen we ze eens anders ophangen?' zei Frieda.

'Hoe bedoel je?'

Ze pakte de madonna met kind en hield die voor een van de lichte plekken op de muur. 'Wat denken jullie ervan?' Newton schudde zijn hoofd. 'Het schilderij is te groot.' Ze schoof het langs de muur. 'Hier past het wel overheen,' zei hij.

Hetzelfde deed ze met de andere schilderijen, die ze een voor een voor de lichte plekken aan de muur hield, waarbij Karlsson en Newton telkens knikten of hun hoofd schudden. Ze hielden twee schilderijen en twee lichte plekken over. Dat van de pijnboom was iets kleiner dan de grootste plek en veel groter dan de kleinste. Het zeegezicht was groter dan beide plekken.

'Ze passen niet,' zei Karlsson.

'Dat klopt.'

'Nou hebben we twee schilderijen,' vervolgde Karlsson. 'En twee lichte plekken waarop ze geen van beide passen. Ik krijg er koppijn van terwijl ik niet eens snap waarom ik me er druk om zou moeten maken.'

'Maar het is interessant, hè?' zei Frieda.

'Hij heeft misschien een schilderij weggedaan,' zei Newton. 'En twee nieuwe gekocht.'

'Ze hoorden bij het appartement, dus hij zal ze niet weg hebben gedaan. Alleen dit misschien wel.' Frieda wees naar het schilderij van de pijnboom. 'Het is goedkoop en lelijk, maar het is wel nieuw, denken jullie ook niet?'

Karlsson bekeek de glimmende lijst.

'Het ziet er inderdaad nieuw uit.'

'Het moet hier nog ergens zijn,' zei Frieda.

'Wat?' zei Karlsson.

'Een van de schilderijen.'

'Waar dan?'

'Hier ergens,' zei Frieda. 'Ergens tussen geschoven of zo, waar het niet in de weg staat.'

Newton vond het schilderij onder het bed van Poole, waar het samen met een oude matras was opgeborgen. Trots kwam hij ermee aanlopen. Het was een schilderij van een windmolen en een paard. De verf leek synthetisch, waardoor het schilderij glom.

'Geen wonder dat hij het onder het bed bewaarde,' zei Karlsson.

Hij pakte het schilderij en hield het voor de grootste lichte plek. Het had dezelfde afmetingen. 'Oké, maar nu hebben we een schilderij te veel.'

'Nee,' zei Frieda. 'We hebben twéé schilderijen te veel.' Ze liep naar de grenenhouten kast die tegen de achtermuur stond en knielde ervoor neer. 'Kijk,' zei ze.

Karlsson en Newton richtten hun blik omlaag. Frieda wees naar twee kuiltjes in het tapijt.

'Hij is verplaatst,' zei ze. 'Niet meer dan een halve meter of zo. Maar...' Ze zweeg even. 'Laten we hem maar terugzetten.'

Met z'n drieën tilden ze de kast op en zetten hem terug.

'Verdomme,' zei Newton.

Waar de kast had gestaan, was nog een lichte plek op de muur. In één oogopslag was te zien dat de plek dezelfde afmetingen had als het zeegezicht, maar Karlsson hield het schilderij ervoor om er zeker van te zijn.

Karlsson keek Frieda aan. 'Wat betekent dit nou weer?'

'Het betekent dat hier iemand is geweest,' zei Frieda. 'Kennelijk was iemand bereid de nodige risico's te nemen, zo dringend was het.'

Toen ze weer buiten stonden, vroeg Karlsson aan Jake Newton of hij hen even wilde excuseren, waarna hij zelf met Frieda een paar passen verder liep. Toen Karlsson het woord nam, deed hij dat zonder haar aan te kijken. 'Ik heb je vriend Reuben gesproken,' zei hij.

'Waarover?'

'Over de confrontatie met die fotograaf bij jou voor de deur. Ik wilde precies weten wat er is gebeurd. Als zij met z'n tweeën, zonder dat er sprake was van uitlokking, die man hebben gemolesteerd, dan is het zonder meer een geval van mishandeling.' Karlsson zweeg. Hij had zijn handen in zijn zakken gestoken omdat het zo koud was. 'Reuben – dokter McGill – vertelde me dat die fotograaf je andere vriend, Josef, in de weg had gestaan en dat hij hem toen heeft geslagen. Toen Reuben hen uit elkaar probeerde te halen, zou hij de fotograaf per ongeluk een klap in het gezicht hebben gegeven.'

'Per ongeluk?'

'Ja. En aangezien er geen andere getuigen waren...'

'Ik was getuige,' zei Frieda.

'Blijkbaar ben je pas gekomen toen het incident bijna voorbij was. Maar zelfs als de fotograaf hun versie van het verhaal bestrijdt, is het voor mij duidelijk dat er geen verdere actie zal worden ondernomen.'

'Weet je zeker dat je Reuben niet hebt verteld hoe hij hier het beste onderuit kon komen?'

'In godsnaam, Frieda, laat het gaan.'

'Wat vind jij van mensen die dingen maar op hun beloop laten omdat dat het handigste is?'

Karlsson nam de tijd om zijn antwoord te formuleren en haalde diep adem. 'Ik vind ten eerste dat als Reuben en ik geprobeerd zouden hebben om een politieonderzoek te dwarsbomen, ik ontslagen zou moeten worden en hij zijn bevoegdheid zou moeten kwijtraken. En ten tweede vind ik dat jij niet zo ontzettend moet zeiken.'

Zo begint het nou altijd, dacht Frieda bij zichzelf. Toen bekeek ze Karlsson wat aandachtiger. 'Gaat het wel goed met je?' vroeg ze.

'Ja.'

'Echt?'

'Ik voel me prima,' zei hij. 'Al zijn er natuurlijk wel dingen die een beetje, je weet wel...'

'Zoals?'

'Nou, met het gezin bijvoorbeeld. Mijn kinderen gaan met hun moeder in Spanje wonen.'

Het duurde een paar tellen voordat het tot Frieda doordrong wat hij had gezegd. 'Dat is rot voor je.'

'Ja.'

'Voor hoe lang?'

'Twee jaar.'

'Twee jaar is lang als ze zo jong zijn.'

'Vertel mij wat.'

'Waarom gaat ze weg?'

'Haar nieuwe partner heeft daar een betere baan aangeboden gekregen.'

'Heb je geprobeerd haar om te praten?'

'Ik zal haar niet tegenhouden, maar ze weet hoe ik erover denk.'

'Hoe denk je erover?'

Hij keek weg, alsof hij in verlegenheid was gebracht. 'Ik doe mijn werk. En als ik thuiskom, is daar niemand. Ik leef voor de dagen dat ik mijn kinderen zie – en nu zal ik ze niet meer zien. Ja, ik ga daar natuurlijk naartoe, en zij komen in de vakanties hier, maar hij zal straks hun echte vader zijn.'

Vaders en hun kinderen, dacht Frieda, en terwijl ze aan de droevige bruine ogen van Josef dacht, keek ze naar het strakke gezicht van Karlsson.

Newton was aan het telefoneren.

'Die klootzak van een Newton,' zei hij, 'wil nu rondgeleid worden in het huis van bewaring.'

'Ik kan wel naar huis lopen, hoor,' zei ze.

Ze streek even lichtjes met twee vingers over zijn wang.

'Ik heb het aan niemand verteld.'

'Ik ben blij dat je het mij hebt verteld.'

'Het was niet mijn bedoeling.'

'Nou, evengoed bedankt. En het spijt me dat ik je problemen nog vergroot.' En weg was ze.

40

'Ik ben blij dat je belt!'

Frieda keek vanuit haar spreekkamer in het appartementencomplex naar het braakliggende landje aan de overkant van de straat. Waar de bulldozers hun werk hadden gedaan, schoten alweer plukjes gras en struikjes omhoog. Kinderen renden over de open vlakte heen en weer. Een vrouw met een pluizig hondje aan een riem wurmde zich door het gat in de omheining en liep op haar gemak het landje op, alsof het een park was.

'Mooi zo. Maar eigenlijk bel ik zakelijk.'

'O. Nou, beter dan helemaal niet,' zei Harry beteuterd.

'Ik zou graag in de komende dagen een keer bij Olivia thuis met je willen afspreken om haar financiën te regelen. Volgens mij heeft ze al jaren geen belastingaangifte gedaan en heeft ze daarvan ook niks bijgehouden. Het is een behoorlijke puinhoop. Ik had gedacht dat als jouw zus haar juridische kwesties nou eens gaat uitspitten, jij je ondertussen op haar financiën kunt werpen.'

'Vanavond?'

'Dan al?'

'Ik heb een vergadering in de buurt van Old Street, en daarna zou ik meteen kunnen komen. Om een uur of zes?'

'Echt?' vroeg Frieda weifelend. Ze had zich voorgenomen om na haar laatste patiënt meteen naar huis te gaan en de lang verbeide avond in haar eentje door te brengen.

'Als je schoonzus dan ook kan, natuurlijk.'

'Ik zal haar meteen bellen.'

'En als je zin hebt, zou je me daarna kunnen uitnodigen om samen een glas wijn te gaan drinken.'

'Oké, ik geef me over.' Ze glimlachte en legde de telefoon neer. Die ochtend had ze een e-mail van Sandy ontvangen. Hij zou voor twee weken naar Engeland komen, had hij geschreven: zijn zus ging trouwen. Het feest werd gehouden in Lauderdale House in Highgate, waar Frieda en hij een keer samen waren geweest. Hij wilde haar zien. Heel graag. Ze had de e-mail gelezen en toen gewist. Maar ze kon natuurlijk alsnog reageren. Ze kon alsnog ja zeggen. Of ze kon nee zeggen – nee, die periode in mijn leven heb ik afgesloten; ik kan me goed voorstellen dat ik verderga zonder jou.

En nu, even voor zessen, was ze dus weer hier, in het huis van Olivia. Kieran, de boekhouder van de begrafenisonderneming, was er ook. Hij zat aan de keukentafel achter een grote hoop scherven op een krant, met ernaast een tube secondelijm en een stuk roze schuurpapier. Frieda keek hoe hij geduldig de stukken aardewerk aan elkaar paste, met zijn bril op het puntje van zijn neus en een geconcentreerde blik op zijn gezicht. Hij was gelukkig, dacht ze, nu hij zo opging in zijn bezigheden.

'Hij repareert al mijn favoriete kapotte aardewerk,' zei Olivia uitbundig. 'Tessa gaat na hoe het met mijn alimentatie zit, jouw nieuwe vriend Harry doet de belastingen en Kieran maakt van mij weer een heel mens.'

'En wat doe jij?' vroeg Frieda, geïrriteerd door Olivia's opgetogenheid. Kennelijk veronderstelde ze dat er altijd wel iemand zou zijn die de puinhoop opruimde die zij ervan maakte.

'Ik? Wijn inschenken? Nee? Thee, dan?'

'Thee zou lekker zijn.'

'Tessa komt ook. Had ik je dat al verteld?'

'Nee.'

'Ze komt alleen een formulier afgeven dat ik moet tekenen of zo. Weet je dat die vrouw letterlijk mijn leven heeft gered?'

'Dat is misschien een beetje overdreven. Waar is Chloë?'

'Uit met vrienden, denk ik. Ik heb haar niet gezien.'

'Het is woensdag.'

'Ja, én?'

'Gaat ze wel vaker uit als ze de volgende dag naar school moet?'

'Frieda, ze is zeventien. Wat deed jíj toen je zeventien was?'

Er werd aangebeld, en Frieda ging opendoen. Voor de deur stonden Harry en Tessa, en weer viel het haar op hoeveel ze op elkaar leken. Harry droeg een donker pak en een lichtgroen overhemd en keek ernstig. Hij glimlachte naar Frieda, wat zijn gezicht zachter maakte, maar hij begroette haar niet met zijn gebruikelijke uitbundigheid. Tessa knikte Frieda toe en hield een dikke bruine envelop omhoog.

'Ik laat dit even door Olivia ondertekenen en dan ga ik weer,' zei ze.

'Aardig van je dat je daar persoonlijk voor meekomt.'

'Ik kwam hier min of meer langs,' zei Tessa. 'Het leek me wel zo makkelijk, en zo gaat het allemaal hopelijk ook wat sneller.'

Olivia vroeg vanuit de keuken of er koffie moest komen of iets sterkers. Alles moest voor haar altijd persoonlijk zijn, dacht Frieda. Mensen konden voor haar niet gewoon notaris of financieel adviseur zijn, ze moesten ook meteen vrienden zijn en getuigen van haar persoonlijke drama's. Ze kuste Tessa, pakte toen Harry's hand in haar beide handen en hield die langer vast dan nodig was. Ze stelde hen beiden voor aan Kieran, die knikte, bloosde en zich weer over zijn precisiewerkje boog. Ze zette breeduit haar handtekening op de formulieren die Tessa haar aanreikte, en toen kuste ze haar nogmaals, nu ten afscheid.

Ze wendde zich tot Harry. 'Hoe pakken we dit aan? Ik heb geprobeerd alle oude bankafschriften en nota's te verzamelen, maar ik moet je waarschuwen dat ik alles vreselijk op zijn beloop heb gelaten.'

'We kunnen deze twee het beste maar alleen laten, naar je huiskamer gaan en dan een beetje orde op zaken stellen,' zei Harry ernstig. 'Het zal wat tijd kosten. Ik zal om te beginnen kijken wat er moet gebeuren, en dan zetten we alles op een rijtje en kunnen we zien hoe het ervoor staat. Alles wat je hebt bewaard, is meegenomen, en ik zal proberen de gaten te vullen. Ik ga een systeem voor je maken, waar je in het vervolg voldoende houvast aan moet hebben. Oké?'

'Ik heb nu al het gevoel dat ik in goede handen ben,' zei Olivia, en ze keek stralend naar hem op. Frieda vroeg zich af of ze misschien nieuwe medicijnen had.

'Mooi,' zei Harry.

Frieda keek of ze een zweem van spot of minachting aan hem kon ontdekken, maar dat was niet het geval. Hij stelde zich eerder op als een arts tegenover een patiënt dan als een financieel adviseur tegenover zijn klant.

'Prima!' riep Olivia. Ze pakte de wijnfles van tafel en zocht een glas.

'Voor mij alleen thee,' zei Harry. Hij keek Frieda even aan. 'Ben je hier straks nog, als we klaar zijn?'

'Het hangt ervan af hoe lang jullie nodig hebben.'

'Ik zou zeggen ongeveer een uur.'

'In dat geval ben ik hier nog.'

'Mooi. Ik heb je namelijk wat te vertellen.'

Frieda hielp Kieran met het lijmen van het aardewerk. Een paar stukken herkende ze: de oude Indian Tree-schotel uit het servies van haar grootmoeder. David moest het geërfd hebben, en via hem was het kennelijk in handen van Olivia gekomen, wat een risico inhield. Bij de witte porseleinen theepot had Kieran vakkundig het oor weer op zijn plaats gezet en het lijmrandje dat na het drogen overbleef weggeschuurd. Ze herinnerde zich – of meende zich te herinneren – dat haar moeder er thee uit had geschonken. Het gaf haar een vreemd gevoel om de brokstukken daar op Olivia's rommelige tafel te zien liggen, maar het had ook iets troostends om te zien dat Kieran ze weer aan elkaar lijmde. Hij voelde dat ze naar hem zat te kijken, en keek op. 'Het geeft bevrediging,' zei hij. 'En het is rustgevend.'

Frieda bedacht dat hij voor een man die van rust hield met Olivia wel een heel onrustige partner had gekozen, en dat moest hij gevoeld hebben, want ineens zei hij: 'Olivia is goed voor me.'

'Daar ben ik blij om,' zei Frieda. Ze excuseerde zich en ging de gang op om Chloë te bellen. De telefoon ging talloze keren over, en na verloop van tijd klonk haar voicemail. Ze verbrak de verbinding, maar net toen ze haar telefoon uit wilde zetten, begon die in haar hand te trillen.

'Frieda?'

'Ja. Waar ben je, Chloë?'

'Hoe bedoel je, waar ben je?'

'Ik bedoel: waar ben je?'

'Ik ben thuis. Hoezo?'

'Thuis?'

'Is er iets?'

'Ik dacht dat je weg was.'

'Hoe kom je daarbij?'

'Dit is belachelijk. Ik hang op, hoor.'

Ze rende de trap op en klopte op Chloës deur, waarna die op een kier openging en het verbijsterde gezicht van Chloë verscheen.

'Wat nou! Frieda? Ik snap er niks van.'

'Ik was beneden. Ik ben hier al vanaf zes uur. Olivia dacht dat je weg was.'

'Ja, nou ja.'

'En je was aldoor hier.'

'Ja.'

'Waarom heb je Olivia niet laten weten dat je thuis was?'

'Ze heeft het me niet gevraagd. Ik dacht dat het haar niet zou interesseren.'

'Wanneer ben je uit school thuisgekomen?' Frieda keek naar het stuurse gezicht van haar nichtje. 'Ben je wel naar school geweest?'

'Ik had hoofdpijn.'

'Weet je moeder daarvan?'

Ze haalde haar schouders op. De deur ging een stukje verder open. Frieda wierp een blik in de rommelige kamer. 'Ben je gisteren wel geweest?'

'Wat moet dit betekenen? Is dit een verhoor?'
'Nou, zeg eens?'
'Misschien niet.'
'Waarom niet?'
'Ik had geen zin.'
'Wanneer ben je voor het laatst naar school geweest?'
'Maandag. Even.'
'En Olivia weet hier niets van?'
'Niet als jij het haar niet vertelt.'
Frieda zweeg. Ze keek naar het opgezwollen gezicht van Chloë en naar de donkere, rommelige kamer.
'Je gaat morgen naar school,' zei ze. 'En morgenavond om zeven uur kom ik je hier ophalen en neem ik je mee uit eten. Dan kunnen we eens praten. Goed?'
Weer haalde ze haar schouders op.
'Chloë?'
'Ja-ha.'
'En beloof je me dat je naar school zult gaan?'
'Ja.'
'En neem nu een douche. Trek schone kleren aan, ga aan je huiswerk en kom dan naar beneden om te eten met je moeder. Ja?'
'Misschien.'
'Chloë, ik meen het.'
'Oké. Is hij er?'
'Kieran?'
'Ja.'
'Hij zit in de keuken Olivia's aardewerk te lijmen. Hoezo? Vind je het niet leuk dat hij er is?'
'Dan denkt ze zelfs nog minder aan mij.' Met tegenzin voegde ze eraan toe: 'Hij is wel oké, hoor. Hij heeft wel aandacht.'
'Oké. Douchen, huiswerk, eten, morgenochtend bijtijds opstaan – ik bel je om het te controleren – en naar school. En zorg dat je morgenavond om zeven uur klaarstaat.'

Toen ze naar beneden ging, hoorde ze vanuit de huiskamer de hoge, schrille lach van Olivia, gevolgd door de kalme stem van

Harry. Toen ze de gang in liep, ging de deur open.

'Voorlopig zijn we klaar,' zei Harry opgewekt. 'Ik vind dat we behoorlijk zijn opgeschoten.'

'Mooi.' Ze keek Olivia aan. 'Chloë zit boven, op haar kamer.'

'O ja? Raar kind!'

'Ze moet goed eten.'

'Kieran kookt.'

'Voor jullie drieën dan. En besteed een beetje aandacht aan haar.'

Olivia trok een gezicht naar Harry. 'Zie je nou hoe eng ze is!'

Harry trok zijn jas aan en keek Frieda aan. 'Ga je nu weg?' vroeg hij.

'Ja. We kunnen wel samen gaan. Dag, Olivia,' voegde ze er nog aan toe, waarmee ze Olivia, die nog iets wilde roepen, de mond snoerde.

Zwijgend liepen ze de straat uit, en toen ze bij de hoofdweg kwamen, zei Frieda: 'Hier verderop is een café dat wel aardig is.'

Harry bestelde een glas rode wijn voor zichzelf en gemberbier voor Frieda, waarmee ze aan een tafeltje in de hoek gingen zitten. 'Gaat het wel?' vroeg hij.

'Familieperikelen,' zei ze.

'Ik dacht al zoiets.'

'Is het heel erg met haar financiën?'

'Ik heb het wel erger gezien. Maar daar wilde ik het niet over hebben.'

'Oké.'

'Ik heb over jou nagedacht.' Hij stak zijn hand op voordat ze iets had kunnen zeggen. 'Niet alleen over mijn gevoelens voor jou, want daar wilde ik niet met je over praten. Ik wil geen enkele druk op je uitoefenen. Ik heb nagedacht over datgene wat je de laatste tijd hebt doorgemaakt. Ik krijg de indruk dat je mensen niet makkelijk in vertrouwen neemt, maar ik weet dat je een moeilijke tijd achter de rug hebt, met alles wat er is gebeurd, en ik vind dat je daarin heel sterk en stevig overkomt. Ik zou je graag willen helpen, als ik kan, al was het maar door iemand te zijn bij wie je kunt aankloppen en met wie je kunt praten.' Hij leunde achterover en legde in een gebaar van zelfspot zijn hand op zijn voorhoofd. 'Nou, het is eruit. Het komt niet vaak voor dat ik meer dan één zin achter elkaar zeg zonder ironisch te worden.'

'Dank je,' zei Frieda alleen maar.

'Graag gedaan.'

'Wat weet jij van een moeilijke tijd die ik zou hebben doorgemaakt?'

'De klacht die tegen je is ingediend, dat boek, en daarna al die afschuwelijke dingen die in de krant hebben gestaan.'

'Voor anderen was het erger.'

Hij nam een slokje van zijn rode wijn. 'En dat jij het lijk van die arme vrouw hebt gevonden.'

'Hoe weet jij dat?' vroeg Frieda.

'Sorry. Olivia heeft het aan Tessa verteld, en ik heb het weer van Tessa.'

'Hoe wist Olivia het dan?'

'Volgens mij van haar dochter. Maar voordat je het vraagt, ik heb geen idee hoe zíj het wist.'

'Juist ja.'

'Ik heb je niet bespioneerd, hoor. Ik moest het bijna wel horen.'

'Dat snap ik.' Ze keek hem aan, en hij sloeg zijn ogen niet neer.

'Hoe verwerk je dit allemaal?'

'Ik weet niet óf ik het echt verwerk.' Ze liet haar glas ronddraaien. 'Ik ga ermee om als met de winter. Rug recht, gewoon doorgaan en maar hopen dat het gauw lente wordt.'

Zo deed ze het inderdaad, dacht ze: dat was de manier waarop Frieda Klein overleefde, hoewel ze dat haar patiënten of haar vrienden nooit zou aanraden.

'Je doorstaat het allemaal.'

'Ik probéér het te doorstaan.'

'En als je dat niet kunt?'

'Ik heb geen keus.'

Was dat waar? Ze had in haar leven perioden gekend waarin ze zo door duisternis omgeven was geweest dat ze niet anders dan op de tast haar weg door het leven had kunnen zoeken, in den blinde, zonder hoop en zonder verwachting. 'Je gaat door omdat je doorgaat.' Wie had dat tegen haar gezegd? Haar vader, en wat had dat hem uiteindelijk opgeleverd?

'Mocht je het gevoel hebben dat het niet meer gaat, bedenk dan dat er mensen zijn bij wie je terechtkunt.'

'Je kent me nauwelijks.'

'Ik weet voldoende van je.'

Ze pakte haar glas en nam een flinke slok. 'Het gaat best goed met me. Ik ben alleen een beetje moe.'

'Door deze zaak?'

'Voor een deel.' Ze fronste even haar voorhoofd en ging toen door. 'Ik kreeg voor het eerst met de politie te maken toen er een kind verdwenen was. Twee kinderen eigenlijk.'

'Ik weet het,' zei Harry. 'Ik heb erover gelezen.'

'Dat was een misdaad die iedereen wel had willen oplossen. Nu is het anders, met die Robert Poole. Alles wat we van hem weten, is dat hij mensen heeft opgelicht en uitgebuit. Dat was jouw zus opgevallen, maar het lijkt wel alsof zij daarin de enige is. Volgens mij denken de mensen voornamelijk dat hij al die moeite niet waard is. Wat ze het liefste zouden willen, is dat de zaak vanzelf overwaait.'

'En wat betekent dat?'

'Ik geloof dat ik erachter begin te komen dat ze bij de politie net zo denken als andere mensen. Sommige aspecten van hun werk interesseren hen meer dan andere.'

'Dat doet me denken aan mijn werkster,' zei Harry. 'Ze komt uit Venezuela. Ze houdt van afstoffen en van dingen op stapeltjes leggen. Maar wat ze liever niet doet, zijn die lastige karweitjes als schoonmaken op plekken waar je niet makkelijk bij kunt.'

Frieda glimlachte. 'In deze analogie zou je kunnen zeggen dat Robert Poole staat voor dat stukje vloer achter de koelkast dat je zelden schoonmaakt, omdat je dan eerst de koelkast moet verplaatsen.'

'Ik geloof niet dat ik er ooit aan heb gedacht om achter mijn koelkast schoon te maken.'

'Maar áls je de koelkast verplaatst,' zei Frieda, 'zul je daar iets geks vinden, of iets wat belangrijk voor je is en wat je al jaren kwijt was.'

Harry keek verbaasd. 'Hebben we het nu over schoonmaken of gaat het om iets fundamentelers?'

'Laten we nu maar ophouden met de analogie van de koelkast.'

Hij legde zijn hand op de hare. 'Wat er in de krant heeft gestaan over Janet Ferris en Bob Poole, dat vind ik rot voor je. Dat heb je niet verdiend.'

'Dat vraag ik me af,' zei Frieda. 'Maar bedankt. Ik moet nu gaan. Het was een lange dag. Ik ben je echt dankbaar, Harry.'

'Graag gedaan,' zei hij zacht. 'Bel je me?'

'Ja.'

'Ik kijk ernaar uit.'

Hij keek toe toen ze opstond van haar stoel, haar jas en haar tas pakte en met haar snelle, besliste tred het café verliet. Buiten liep ze voor het raam langs, maar ze draaide haar hoofd niet in zijn richting. Toen ze weg was, bleef hij nog zitten en nam de tijd om zijn glas leeg te drinken, mijmerend over het beeld van Frieda's gezicht dat hij nog voor zich zag.

41

Het huis van de Kerseys stond in Highgate, bijna boven op de heuvel. Het was een groot, oud huis met dakkapellen en gevelspitsen, ongelijke stenen vloeren en lage plafonds. Vanuit de keuken, waar ze zaten, keek Frieda uit over Londen. Een oude spaniël lag opgerold bij de kachel. Hij trok in zijn slaap met zijn poten en jankte af en toe. Frieda vroeg zich af waar honden van droomden als ze een nachtmerrie hadden.

'Mervyn zou hier ook zijn, maar er is op het laatste moment iets tussen gekomen. Nou ja, eerlijk gezegd kon hij het gewoon niet aan.' Ze trok een grimas naar Frieda. 'Hij neemt het zwaar op. Hij heeft het gevoel dat het zijn schuld is.'

'Wat precies?'

'Alles wat er met Beth is gebeurd. Dat is natuurlijk je lot, als ouders. Hebt u kinderen?'

'Nee.'

'Je geeft jezelf de schuld, natuurlijk doe je dat, als ouders. Nou ja, in elk geval zult u het alleen met mij moeten doen.'

'Dat is prima. Bedankt dat u me wilde ontvangen. Ik werk samen met hoofdinspecteur Karlsson. Ik ben niet van de recherche, ik ben arts.'

'Wat voor arts?'

'Ik ben opgeleid als psychiater, en ik werk als psychotherapeut.'

Frieda was eraan gewend dat mensen een bepaalde blik trokken als ze dit zei, maar bij Lorna Kersey meende ze iets anders te zien – iets van verwachting, maar ook iets waakzaams.

'Wilde de recherche mij spreken omdat Beth geestelijk gestoord is?'

'Zou u zeggen dat uw dochter geestelijk gestoord is?' vroeg Frieda. 'In plaats van alleen maar ongelukkig en verward?'

'Ik weet het niet. Ik heb het nooit geweten. Ik vraag het me voortdurend af. Kwam het door haar jeugd? Zijn wij slechte ouders? Had ze medische hulp moeten hebben, of had ze meer begrip en vriendelijkheid nodig? Ik weet het niet. Ik weet niet wat mensen als u zich daarbij voorstellen.'

'Uw dochter was onder behandeling. Klopt dat?'

Lorna Kersey zwaaide met haar hand. 'We waren wanhopig. Gesprekken, therapie, medicijnen, alles hebben we geprobeerd.' Ze kneep in haar neusbrug en deed even haar ogen dicht. 'Ik vind het afschuwelijk om te bedenken dat ze in haar eentje ergens rondloopt,' zei ze. 'Ik kan er geen woorden voor vinden om duidelijk te maken hoe afschuwelijk ik het vind. Wat ze allemaal niet zal doen.'

'Dat ze zichzelf iets aandoet, bedoelt u?'

'Nou, ja. Dat ook.'

'Of anderen?'

'Ik weet het niet! Ik heb haar al zo lang niet gezien. Ik had nooit gedacht dat ze zich in haar eentje staande zou kunnen houden. Ik heb er geen flauw idee van wat ze doet of hoe het met haar is.'

'Wat voor medicijnen gebruikte ze?'

'Wat doet dat ertoe?'

'Waarvoor nam ze die? Waren het antidepressiva?'

'Ik weet niet meer hoe ze heetten.'

'Maar gebruikte ze die omdat ze depressief was, of waren ze voor iets anders?'

Lorna Kersey legde haar handen plat op tafel en staarde ernaar. Toen keek ze op naar Frieda. Haar ogen achter haar ronde brillenglazen waren roodomrand. 'Ze had van die perioden,' zei ze. 'Ik ben tegenwoordig een expert. Ik heb er boeken over gelezen, ik heb deskundigen gesproken. Je hoort niet te zeggen: "Ze is schizofreen." Je zegt: "Ze heeft schizofrene perioden gehad." De bedoeling is dat we ons daar wat beter bij voelen. Maar het was angstaanjagend, hoe je het ook noemt.'

'Ik weet het,' zei Frieda.

'Nee,' zei Lorna Kersey. 'Als u geen kinderen hebt, kunt u het niet weten.'

'We willen u graag helpen haar op te sporen.'

'Denkt u dat zij hem misschien vermoord heeft?' fluisterde Beths moeder. 'U denkt dat mijn Beth hem misschien heeft vermoord?'

'Ik ben geen rechercheur.'

'En wat gaat er nu gebeuren?'

'We moeten haar voor u zien te vinden.'

42

'Ben je er klaar voor?' vroeg Karlsson.

'Hoe bedoel je?' zei Frieda.

'Ik wil je alleen een hart onder de riem steken. Wyatt heeft zijn advocaat bij zich. Maar laat je niet van de wijs brengen.'

'Hoezo?'

'Ach, laat maar,' zei Karlsson. 'Ik bedoelde er niets mee. Wees gewoon jezelf. Bedenk maar dat dit je werk is, dat je hier goed in bent.'

'Wat jij zou willen,' zei Frieda, 'is dat ik Frank Wyatt zover krijg dat hij de moord op Robert Poole bekent.'

Karlsson hield zijn duim en wijsvinger vlak bij elkaar, zodat ze elkaar bijna raakten. 'Er is nog maar zó weinig voor nodig om hem te kunnen aanhouden,' zei hij. 'Zó weinig. Het zou ons inderdaad goed uitkomen, ja. Maar ik moet je waarschuwen: ik heb net een uur met hem zitten praten, en ik heb geprobeerd hem over de streep te trekken met het voorstel om er doodslag van te maken. Ik heb zelfs gezegd dat hij er dan misschien met een voorwaardelijke straf van af komt. Maar hij hapte niet. Dus het zou wel aardig zijn als jij je toverkunsten op hem zou loslaten.'

'Ik wil wel graag met hem praten,' zei Frieda. 'Maar ik wil niet dat jij daar te veel van verwacht.'

'Ik dring niet aan,' zei Karlsson, terwijl hij de deur opendeed en haar voorging naar de verhoorkamer. Frank Wyatt zat aan het tafeltje. Het colbertje van zijn grijze pak hing over de rugleuning van zijn stoel. Hij droeg een wit overhemd waarvan het bovenste knoopje openstond. Naast hem zat een man van middelbare leeftijd in een pak met stropdas met dun haar, maar niet kalend. Zijn bleke schedel scheen door zijn kortgeknipte donkere haar heen. Toen de deur openging, weken ze uiteen alsof ze zich betrapt voelden.

'Meneer Joll,' zei Karlsson, 'dit is mijn collega dokter Klein.' Karlsson wees Frieda de stoel tegenover de twee mannen en bleef zelf staan, enigszins opzij en op de achtergrond, waardoor Frieda het gevoel kreeg dat hij over haar schouder meekeek en haar controleerde. Terwijl Frieda zich aan het tafeltje installeerde, deed Karlsson een stap naar voren en drukte op een knop van het opnameapparaat op tafel. Ze zag een digitale teller, maar kon de cijfers niet lezen.

'We hervatten nu het verhoor,' zei Karlsson, op een toon alsof hij zich een beetje geneerde. 'We hebben gezelschap gekregen van dokter Frieda Klein. Meneer Wyatt, ik wil u eraan herinneren dat alles wat u zegt tegen u gebruikt kan worden.'

Hij knikte naar Frieda en deed toen weer een stap naar achteren, zodat hij buiten haar gezichtsveld stond. Frieda had niet werkelijk nagedacht over wat ze zou gaan zeggen. Ze keek Wyatt aan de andere kant van het tafeltje aan. Hij was boos en verontwaardigd. Hij had zijn handen op tafel gelegd, maar Frieda zag dat ze trilden.

'Wat vond u van Robert Poole?' vroeg ze.

Hij reageerde met een soort lachje. 'Kunt u niets beters verzinnen? Wat vindt ú?'

'Wilt u dat ik daarop antwoord?' vroeg Frieda. 'Wilt u dat ik zeg wat ik van hem vind?'

De advocaat boog zich voorover. 'Neemt u me niet kwalijk. Meneer Wyatt is hier uit vrije wil naartoe gekomen. Hij heeft aangegeven dat hij graag wil meewerken, maar ik wil u wel verzoeken relevante vragen te stellen, als u die hebt.'

'Ik heb net een vraag gesteld,' zei Frieda. 'En toen heeft meneer Wyatt mij een wedervraag gesteld. Hij kan nu de mijne beantwoorden, of ik de zijne.'

Joll keek Karlsson aan alsof hij een beroep deed op zijn autoriteit om een einde te maken aan dit gedoe. Frieda draaide zich niet om.

'Wat ik bedoelde te zeggen,' zei Frieda, 'is dat u erachter bent gekomen dat Robert Poole met uw vrouw naar bed was geweest en dat hij geld van u had gestolen. Hij had u bedrogen en u voor gek gezet, dus u moest hem dat betaald zetten.'

Er viel een stilte.

'Ja?' zei Joll. 'Komt hier nog een vraag achteraan?'

Frieda bleef Wyatt aankijken, die achteroverleunde op zijn stoel en zijn haar naar achteren streek. 'Had u gehoopt dat ik dit zou zeggen?' vroeg ze.

'Ik weet het niet,' zei hij. 'En het kan me eerlijk gezegd ook niets schelen.'

'Wat ik wil weten, is waarom u, toen u in de gaten begon te krijgen wat er gaande was, uw vrouw daar niet op hebt aangesproken. Waarom hebt u niet met haar gepraat, in plaats van uw gevoelens weg te stoppen en erover te gaan piekeren?'

Nu boog Wyatt zich voorover en ondersteunde zijn hoofd met zijn handen. Hij mompelde iets.

'Pardon,' zei Frieda, 'dat heb ik niet verstaan.'

Hij keek naar haar op. 'Ik zei dat het ingewikkeld was.'

'U had het ontdekt, maar u kon er niet met uw vrouw over praten. Maar wat hebt u dan gedaan?'

Wyatt keek ongemakkelijk om zich heen, over Frieda's schouder naar Karlsson en toen naar Joll. Ze had het gevoel dat hij haar blik ontweek.

Ineens nam Karlsson het woord. 'U hebt hem er wel op aangesproken, hè?'

Wyatt gaf geen antwoord.

'Nou?' Karlssons toon klonk harder.

Wyatt sloeg zijn ogen neer. 'Ik heb met hem gesproken,' zei hij zacht.

'Stop!' zei Joll. 'Ik wil mijn cliënt even onder vier ogen spreken.'

Karlsson lachte flauwtjes. 'Natuurlijk.'

Toen ze op de gang stonden, brak er een grijns door op het gezicht van Karlsson. 'Uitstekend,' zei hij. 'Als zijn advocaat een beetje verstand heeft, zegt hij tegen hem dat hij moet bekennen.' Hij keek Frieda aan en fronste zijn voorhoofd. 'Je zou hiervan moeten genieten – je weet wel, de spanning van de jacht.'

'Het voelt voor mij niet aan alsof ik op jacht ben,' zei ze.

Enkele minuten later namen ze hun plaatsen weer in. Frieda had het gevoel dat de situatie iets kunstmatigs had, alsof ze allemaal acteurs waren, die na een theepauze de repetitie hervatten.

'Meneer Wyatt wil het graag uitleggen,' zei Joll.

Wyatt kuchte nerveus. 'Ik heb met Poole over het geld gesproken.'

'Dat wil ik graag geloven,' zei Karlsson.

'Maar toen ik erover begon, bleek het gecompliceerder te liggen dan ik had gedacht.' Wyatt sprak zacht en op sombere toon. 'U hebt de verhalen over hem wel gehoord. Als het om geld ging, klonk hij overtuigend, nou ja, min of meer overtuigend dan. Hij vertelde me van zijn plannen voor een bedrijf. Uiteindelijk hebben we een borrel genomen. Ik had bijna het gevoel alsof *ík* degene was die fout zat.'

'Waar gebeurde dit?' vroeg Karlsson.

'Bij ons thuis. Mijn vrouw was weg. Ze wist niet... dat ik het wist.'

'Waarom hebt u ons niet eerder van dit gesprek verteld?'

'Weet ik niet,' zei Wyatt. 'Het was moeilijk uit te leggen.'

'Dat is waar,' zei Karlsson. 'U hebt het niet uit kunnen leggen. Frieda? Wou jij nog iets zeggen?'

'Ik wil graag terug naar mijn oorspronkelijke vraag,' zei ze. 'Wat vindt u nu van Robert Poole?'

'Ik geloof niet dat ik daar antwoord op kan geven,' zei hij. 'En trouwens, wat maakt het uit wat ik van hem vind?'

'Dat maakt wel degelijk uit,' zei Frieda. 'Sommige mensen zouden zeggen dat je iemand niets ergers kunt aandoen dan wat hij u heeft aangedaan.'

'Nou, u wordt bedankt,' zei Wyatt. 'Hebben ze u daarvoor ingehuurd?'

'Wat mij interesseert,' zei Frieda, 'is dat u niet echt boos op hem lijkt te zijn.'

Wyatt was ineens op zijn hoede en zat er ongemakkelijk bij, alsof hij dacht dat Frieda hem in een val wilde laten lopen. 'Ik weet niet waar u op doelt.'

'Wat bedoelde u toen u zei dat het gesprek met Poole gecompliceerd was?'

'Precies wat ik zei.'

Voordat ze verderging, liet Frieda een stilte vallen, waarin ze Wyatt aandachtig opnam. 'Ik heb Poole nooit ontmoet,' zei ze. 'Ik heb alleen maar over hem gehoord. Maar ik krijg de indruk dat als mensen met hem te maken kregen, ze het gevoel hadden dat hij hen begreep, dat hij wist wat ze dachten. En dat kan een heel ongemakkelijk gevoel zijn.'

'Ik weet niet waar u het over hebt.'

'Ik vraag me af,' zei Frieda, 'of u niet eigenlijk vond dat het uw verdiende loon was, wat hij met uw vrouw had gedaan. Ik had bijna gezegd "met u", maar zo voelde u het niet, hè?' Ze liet weer een stilte vallen. 'Wat ik me afvraag, is of u niet het gevoel had dat Robert Poole voor uw vrouw zorgde op een manier zoals u dat zelf al een tijdje niet meer deed.'

Wyatt slikte zenuwachtig. Hij had een kleur gekregen. 'Dat klinkt nogal meelijwekkend.'

'Ik vind het helemaal niet meelijwekkend,' zei Frieda. 'Zou het misschien kunnen dat u helemaal niet boos was toen u erachter kwam wat Poole had gedaan, zelfs niet toen u ontdekte dat Poole met uw vrouw naar bed was geweest? Je wordt als man verondersteld boos te worden op degene die met je vrouw naar bed is geweest, maar dat was u helemaal niet, hè? Of niet alleen maar.' Wyatt staarde haar wezenloos aan. 'Ik denk dat u in de war was. Het was natuurlijk vernederend voor u, en misschien had u zelfs wraakfantasieën. Maar ik denk dat u een man bent die nadenkt, en u dacht waarschijnlijk allereerst aan uw huwelijk, aan uw kinderen. Of misschien vroeg u zich af hoe u het zover had kunnen laten komen?'

Toen Wyatt reageerde, was het nauwelijks meer dan een

gefluister. 'Wat wilt u daarmee zeggen?'

'U was in slaap gesukkeld in uw huwelijk,' zei Frieda. 'Robert Poole heeft u iets laten zien. Misschien heeft hij u zelfs wakker geschud.'

'Ik kon het bijna niet geloven,' zei Wyatt langzaam. 'Alsof alles onderuit werd gehaald, alles waar ik in had geloofd.'

'Hebt u met uw vrouw over dat gevoel gesproken?'

Wyatt haalde zijn schouders op. 'Een beetje. Ik snap het zelf eigenlijk niet zo goed, dus dan is het voor mij ook moeilijk om er met iemand anders over te praten.'

'U zou het eens moeten proberen.'

Joll hoestte. 'Neem me niet kwalijk,' zei hij. 'Ik weet niet of dit nou wel zo relevant is.'

'Nee,' zei Karlsson. 'Dat ben ik met u eens. Ik denk dat we voor vandaag maar moeten stoppen.'

Toen ze de verhoorkamer uit liepen, gebaarde hij naar Frieda dat ze met hem mee moest lopen.

'Wat was dat nou?' zei hij. 'We hadden hem. We stonden op het punt hem te laten bekennen. Wat gebeurde er nou? Waar was de oude Frieda?'

Frieda keek hem aan met een merkwaardige uitdrukking op haar gezicht. 'Zou jij niet eens kennis met hem hebben willen maken?'

'Met wie?'

'Met Robert Poole.'

Karlsson leek moeite te hebben met spreken. 'Nee,' zei hij. 'Nee. En dat zou jij ook niet moeten willen, Frieda, want hij is dood, en jij zult hem nooit kunnen begrijpen of redden of de loop van de gebeurtenissen alsnog kunnen veranderen.'

Chloë stond klaar. Frieda zag dat ze haar haar had gewassen en een schone witte blouse op haar minuscule zwarte stretchrokje had aangetrokken. Ze droeg geen make-up en zag er kinderlijk en kwetsbaar uit. Van Olivia was geen spoor te bekennen.

'Tapas, oké?' vroeg Frieda.

'Ik eet geen vlees meer.'

'Dat is goed.'

'En alleen duurzame vis.'

'Prima.'

'Dat zijn er niet veel.'

Het restaurant in Islington was maar een paar minuten lopen, en in stilte wandelden ze ernaartoe. Het had eerder die middag geregend, en de lichtbundels van de koplampen weerkaatsten in de grote plassen. Pas nadat ze aan een gammel tafeltje bij het raam hadden plaatsgenomen, nam Frieda het woord.

'Ben je vandaag naar school geweest?'

'Ja. Dat had ik toch gezegd.'

'Mooi. En ging het goed?'

Chloë haalde haar schouders op. Haar gezicht was wat opgezwollen, dacht Frieda, alsof ze veel had gehuild. Haar armen gingen schuil onder de mouwen van haar blouse, zodat ze niet kon zien of ze zichzelf weer sneed.

Ze bestelden inktvis, geroosterde paprika's, een Spaanse omelet en groenten. Chloë sneed een inktvisringetje doormidden, en toen nog eens, stak een stukje in haar mond en begon daar traag op te kauwen.

'Laten we het rijtje afgaan,' zei Frieda. 'School.'

'Wat is daarmee?'

'Je hebt je schooltoets goed gemaakt, je bent slim, en je zegt dat je dokter wilt worden...'

'Nee, dat zeg jíj.'

'Zeg ik dat? Ik dacht het niet, hoor.'

'Nou ja, de mensen zeggen het. De volwassenen. Mijn vader. De leraren. Je moet alles volgens een uitgestippeld plan doen. Je doet je schooltoets en dan je eindexamen, en dan ga je naar de universiteit en dan krijg je een goede baan. Ik zie mijn hele leven al voor me, als een uitgestrekt stuk asfalt. Maar stel nou eens dat ik dat niet wil?'

'Wil je het niet?'

'Ik weet het niet.' Ze stak haar vork in de helgroene paprika, en het sap spoot eruit. 'Ik zie het nut er niet van in.'

'Je hebt een moeilijke tijd achter de rug, Chloë. Je vader is weggegaan...'

'Je mag zijn naam wel noemen, hoor. Hij heet David en hij is jouw broer.'

'Oké. David.' Zelfs nu ze zijn naam noemde, kreeg ze een nare smaak in haar mond. 'En nu heeft Olivia een nieuwe vriend.'

'Raad eens waar ze nu is,' zei Chloë.

'Bij Kieran, denk ik.'

'Fout. Nog één keer.'

'Ik weet het niet,' zei Frieda, die zich ongemakkelijk voelde bij Chloës verhoor.

'Bij die accountant of wat hij ook is, die man met wie jij langskwam.'

'Ik kwam niet met hem langs.'

'Ik weet heus wel wat er aan de hand is,' zei Chloë.

'Wat bedoel je?'

'Ik weet dat ik nog maar een tiener ben, maar zelfs ik kan zien dat het eigenlijk om jou gaat.'

'Wat moet ik dáár nou weer mee,' zei Frieda.

'Ik zie heus wel hoe hij naar je kijkt. Hij gebruikt mijn moeder om indruk te maken op jou. Wat vind je van hem?'

'Wat vind jij van hem?'

'Tante Frieda, je hebt de nare gewoonte om een vraag altijd te beantwoorden met een tegenvraag.'

Frieda glimlachte. 'Dat is les één in de therapeutenopleiding,' zei ze. 'Zo voorkom je dat je zelf in de schijnwerpers komt te staan. Dus wat de patiënt ook tegen je zegt, je hoeft alleen maar te zeggen: "Wat bedoelt u daarmee?" En je bent ervan af.'

'Maar ik ben geen patiënt. En jij bent er niet van af.'

'We hadden het over je moeder.'

'Goed, laten we het over mijn moeder hebben,' zei Chloë. 'Ik denk dat het haar niks kan schelen.'

'Ik denk dat het haar veel kan schelen, Chloë. Maar weet je, behalve jouw moeder is ze ook een vrouw die vindt dat ze erg vernederd is, die zich zorgen maakt over de vraag welke weg ze zelf moet inslaan en die net een nieuwe man heeft leren kennen.'

'Nou, én? Ze hoort nog steeds mijn moeder te zijn. Zij kan zich niet zomaar gaan gedragen als een tiener. Dat ben ík. Ik krijg er soms de kriebels van. Alsof ik geen vaste grond meer onder mijn voeten heb.'

Dit kwam zo overeen met het gevoel dat Frieda ook bij Olivia kreeg, dat ze even de tijd nodig had om te reageren.

'Je hebt gelijk. En misschien zouden jij en ik daar met haar over kunnen praten, proberen haar uit te leggen wat jij voelt en een paar basisregels opstellen. Maar je moet haar ook een kans geven om te veranderen. Niet alle deuren dichtslaan. Als ze iets verkeerd doet, zou ze dat best eens kunnen erkennen.'

'Waarom zou ik haar een kans geven als ze me niet eens ziet staan?'

'Denk je dat?'

'Ik denk het niet, ik wéét het. Ze gaat zo op in haar eigen shit, dat ze het bij mij niet ziet. Als ik thuiskom, weet ik nooit wat ik daar zal aantreffen. Soms is ze dronken. Soms zit ze te huilen. Soms is ze hyper en staat ze te popelen om met me te gaan winkelen en belachelijk dure kleren of wat dan ook te kopen. Soms gaat ze tegen me tekeer over papa en zegt ze dat hij een klootzak is. Soms spoelt ze het bad niet eens schoon als ze erin is geweest en zitten er haren in en zo'n smerige zwarte rand. Walgelijk is dat, en dan mag ik alles schoonmaken. Soms maakt ze eten klaar, maar soms vergeet ze dat ook. Soms maakt ze me 's ochtends wakker om naar school te gaan, en andere keren weer niet. Soms ben ik alles voor haar, en dan knuffelt ze me en zegt ze dat ik haar lieve schat ben of iets dergelijks, en soms snauwt ze me zonder reden af. Soms is Kieran er – en dat is eigenlijk het fijnst. Hij is aardig en rustig, en hij praat met me. Maar zij stelt nooit vragen over school, brieven van school maakt ze niet eens open, en laatst is ze vergeten om naar een ouderavond te gaan – het kan haar gewoon niks schelen.'

Frieda luisterde terwijl Chloë praatte en praatte, alsof ze eindelijk alle sluizen open kon zetten en alle angst en ellende de vrije loop kon laten. Frieda zei niet veel, maar voelde zo'n woede in zich opkomen dat ze zich maar nauwelijks kon beheersen. In stilte maakte ze alvast een plan: ze zou met Olivia gaan praten en haar doordringen van de gevolgen van haar wanordelijke leven voor haar dochter, ze zou samen met Chloë met haar leraren gaan praten en een werkschema opstellen, ze zou – en bij dit laatste onderdeel voelde ze een lichte duizeling, alsof ze in een afgrond keek – met haar broer David gaan praten.

Een kilometer verderop aan Upper Street, in een nieuwe wijnbar die ingrijpend was gerenoveerd op zo'n manier dat het leek alsof er sinds de negentiende eeuw niets aan was veranderd, vulde Harry Olivia's wijnglas bij. Ze nam een slok.

'Hij is wel een beetje koud,' zei ze. 'Voor een rode wijn.'

'Volgens mij hoort hij koud geserveerd te worden,' zei Harry. 'Maar ik kan voor je vragen of ze hem wat op willen warmen.'

Olivia nam nog een slokje, eigenlijk een flinke slok. 'Nee, hij is prima. Je zult vast wel gelijk hebben.'

'Je weet wat ze zeggen, hè: witte wijn wordt altijd te koud geserveerd, en rode wijn te warm.'

'Nee,' zei Olivia. 'Ik wist niet dat ze dat zeggen – ik drink het alleen maar.'

'Dat is de goede instelling,' zei Harry. 'Maar waar ik het eigenlijk met je over wilde hebben, is het volgende.' Hij legde een map op het tafeltje en schoof die naar haar toe. 'Ik heb gekeken naar al je rekeningen en naar de nota's die je met je creditcard hebt betaald. Ik heb een schema voor je gemaakt, met een paar suggesties erbij. Je staat er niet zo slecht voor als je me hebt verteld, en ik heb een paar doorlopende betaalopdrachten gevonden voor diensten waar je geen gebruik meer van maakt. Ik heb enkele brieven voor je geschreven om de ten onrechte betaalde bedragen terug te vorderen, dus er zitten wat meevallertjes aan te komen.'

'Echt waar?' zei Olivia. 'Fantastisch. Maar ik moet wel zeggen dat ik me een beetje schaam voor dit alles. Ik denk dat ik mijn zaken jarenlang verwaarloosd heb door brieven niet open te maken, documenten ongezien weg te gooien en er maar het beste van te hopen. En nu ben jij op de hoogte van alles wat ik geheim wilde houden en waar ik me voor schaam.'

'Dat is mijn werk,' zei Harry. 'Soms denk ik weleens dat je als financieel adviseur een ouderwets soort priester moet zijn. Je klant of je parochiaan moet alles bekennen, al zijn zonden, alles wat hij had moeten doen maar heeft nagelaten, al zijn uitvluchten, en dan...'

'En dan geef je me absolutie?' zei Olivia.

Harry glimlachte. 'Ik kan laten zien dat het allemaal wel meevalt als je eenmaal opening van zaken geeft en alle cijfers er liggen. Dat je de dingen geheim wilt houden is de oorzaak van de problemen: dat je zaken niet onder ogen wilt zien.'

'Maar ik ben wel heel erg,' zei Olivia. 'Je hebt zoveel voor me gedaan, en ik heb niet... ik kon niet...'

Ze begon te blozen en probeerde haar verwarring te verbergen door een nog grotere slok wijn te nemen.

'Dat geeft allemaal niks,' zei Harry. 'Dat zei ik meteen al. Frieda betaalt dit, en onder ons gezegd: ik doe het tegen gereduceerd tarief.'

'Ik snap niet hoe je hier als financieel adviseur je brood mee kunt verdienen, als je het steeds maar doet als vriendendienst.'

'Het is voor mijn zus. Zij heeft Frieda geholpen, en ik help Tessa.'

'Ik wist niet dat Tessa zo goed bevriend was met Frieda.'

'Ze kennen elkaar nog maar kort,' zei Harry. 'Maar Frieda is iemand met wie iedereen goed overweg kan.'

Olivia glimlachte veelbetekenend. 'Ja, hè?' zei ze.

Harry lachte. 'Ik bedoel er verder niks mee, hoor,' protesteerde hij. 'Echt niet.'

'Ja, ja,' zei Olivia. 'Dat neem ik van je aan. Maar wat vind je eigenlijk van mijn schoonzus? Ze intrigeert je, hè? Geef het maar toe.'

Harry stak zijn handen op. 'Natuurlijk, ik geef het toe. Sinds ik Frieda heb leren kennen, heb ik haar regelmatig gesproken, maar ik weet nog steeds niet wat haar drijft.'

'En je denkt dat ik het wel weet?'

'Het was niet te vermijden dat ik te weten zou komen dat je getrouwd bent geweest met Frieda's broer en dat jullie volgens mij niet op vredelievende wijze uit elkaar zijn gegaan...'

'Dat kun je wel zeggen, ja.'

'Toch is Frieda jou blijven steunen, in plaats van haar broer.'

Olivia pakte haar glas, maar zette het weer neer zonder eruit te hebben gedronken. 'Misschien vindt ze het nodig om haar nichtje een beetje in de gaten te houden. Ik ben niet altijd de meest stabiele moeder ter wereld.'

'En haar broer?'

Olivia liet haar vinger over de rand van het glas rondgaan. 'Het is mij nooit gelukt een glas op deze manier te laten zingen,' zei ze, en ze keek nadenkend, zoals iemand die te veel heeft gedronken dat doet. 'Frieda heeft een gecompliceerde relatie met haar familie.'

'Hoe bedoel je?'

'Waarom vraag je het haar zelf niet?'

'Ik krijg de indruk dat ze niet erg gesteld is op vragen over haar privéleven.'

'Toen ik haar pas kende, was ik bang voor haar,' zei Olivia. 'Als ze naar me zat te kijken en te luisteren, had ik soms het gevoel dat ze dwars door me heen keek en alles van me wist, al die dingen waarvan ik wilde dat niemand ze wist. Net als bij jou, toen je al mijn papieren en bankafschriften onder ogen kreeg, die ik altijd voor iedereen verborgen had gehouden. Ik heb me destijds zelfs weleens afgevraagd of ze me minachtte. Maar toen David bij me wegging en mijn wereld zo'n beetje instortte, hebben veel mensen van wie ik dacht dat ze vrienden waren me links laten liggen, terwijl Frieda er wel voor me was. En dan was ze weliswaar soms sarcastisch of heel stil, zoals zij dat kan, maar ze deed wel wat nodig was. Doorgaans.'

'Waarom doet ze dat werk voor de politie?' vroeg Harry. 'Er is al een keer geprobeerd haar te molesteren en er wordt in de krant over haar geschreven. Waarom doet ze zichzelf dat aan?'

Olivia nam nog een grote slok wijn, en Harry vulde haar glas nog eens bij. 'Bedankt. Doe je dit altijd met je klanten? Ik hoop van niet. Nou ja, waar het om gaat, is dat als ik eenmaal besluit om iets te doen, ik weet dat het me zal lukken, dat het niet te veel van me zal eisen en dat ik er geen verdriet van zal hebben. Als je Frieda wilt begrijpen, kun je het beste naar mij kijken en je dan precies het tegenovergestelde voorstellen. Ik weet niet waarom Frieda die dingen doet, en als ik hoor dat ze iets doet, begrijp ik nooit waarom ze het doet. Ik weet niet waarom ze mij helpt, en ik begrijp helemaal niet waarom ze bereid is om zich van alles te laten welgevallen om te proberen Chloë op het rechte pad te houden.' Nog een slok wijn. Haar stem begon nu wat slepend te klinken, alsof haar tong net iets te groot was voor haar mond. 'Om maar wat te noemen. Wat wilde ik ook weer zeggen?' Ze zweeg even. 'O, ja. Het krantenartikel. Toen ik het had gelezen, dacht ik dat als het om mij was gegaan, ik wel door de grond had willen zakken. Terwijl Frieda... nou ja, Frieda heeft iets van een das of een hermelijn. Als je ze te na komt, worden ze gevaarlijk, en dan... Nou, ik overdrijf. Ik doe net alsof ze een wild dier is. Maar ze is wel koppig, en ze kan haar zin doordrijven. Op een goede manier dan. In negenennegentig procent van de gevallen. Of vijfennegentig.'

Harry zweeg even. 'Volgens mij heeft Frieda geheimen,' zei hij. 'Een verborgen verdriet waar ze aan lijdt. Snap je wat ik bedoel?'

Nu viel er een lange stilte. Harry had het gevoel dat Olivia ineens terughoudend was en hem liever niet aankeek. 'Het lijkt erop dat je weet wat ik bedoel,' zei hij. 'En zoals je aan me kunt merken, ben ik verliefd op haar. Ik zou het graag willen weten.'

Nu keek ze wel op.

'Je weet wat er gebeurd is met haar vader?'

'Nee,' zei hij. 'Nee, dat weet ik niet.'

Toen Beth klaar was met de foto's, waren er nog zijn aantekeningen. Ze besloegen vele pagina's, en in het begin viel het haar zwaar om te begrijpen wat ze las. Soms leken het korte verhalen en dan kreeg ze weer de indruk dat het lijstjes waren – lijstjes van vreemde zaken. Oefeningen om af te vallen, en dan weer planten en adressen waar die te krijgen waren. Sommige dingen waren keurig afgevinkt of doorgehaald. Er stonden ook getallen, maar daar begreep ze helemaal niets van, en na een tijdje deed ze daar ook geen moeite meer voor, al had ze wel gezien dat het soms lange getallen waren en dat er een pondteken voor stond. Stukje bij beetje begon het tot haar door te dringen dat datgene wat ze las betrekking had op verschillende mensen. En die hadden namen, adressen, geboortedata, familieleden, banen.

Hij had ook aantekeningen gemaakt over haar ouders: hij had genoteerd waar ze wel of juist niet van hielden, hun hobby's, de goede doelen waar ze geld voor stortten, de evenementen die ze bezochten. Hetzelfde had hij zelfs gedaan voor haar zussen. Hij had een plattegrond getekend van het huis en de tuin, met zelfs achteraan de schuur waar haar moeder cello speelde en haar vader zijn verfspullen bewaarde. Ze besefte nu pas hoe goed hij naar haar had geluisterd, en ze kreeg tranen in haar ogen nu ze wist dat hij aan haar had gedacht en zich om haar bekommerde, al leek hij zo afstandelijk. Hij had dit voor haar achtergelaten als een geschenk, dacht Beth. Wat een moeite had hij voor haar gedaan – maar waarom? Ze bleef naar de aantekeningen staren totdat ze voor haar ogen begonnen te dansen en ze er duizelig van werd. Ze begreep dat ze op zoek moest gaan naar eten, dat ze moest aansterken.

Ze kroop door het luik naar buiten en schuurde daarbij met haar wang langs de ijzeren rand. Ze was al een tijdje niet buiten geweest, en ze was stijf, alsof haar lichaam hard en krom was geworden. Ze dwong zichzelf om wat sprongetjes te maken en voelde de pijn in haar borst steken en in haar schedel op en neer stuiteren. Net als de tennisballen die ze vroeger op haar racket liet stuiteren; dan telde ze het aantal keren en probeerde ze haar eigen record te breken. Wanneer was dat geweest? Bijna zag ze haar dikke kinderknieën en de gele zon als een eierdooier in de lucht weer voor zich, maar toen werd alles weer vaag, donker en aftands, het water was olieachtig, en als ze liep, glibberde ze over het modderige pad.

Toen kwam ze bij een boot waarvan ze wist dat die bewoond was. Ze was niet voorzichtig genoeg, maar misschien kon het haar ook niet meer zoveel schelen, omdat hij weg was en alles voorbij was; ze moest alleen dat ene nog doen voor hem. In zijn naam. Als een discipel.

De lichten waren uit, en de boot leek verlaten. Aan dek stonden een paar fietsen, en toen ze aan boord klauterde, rammelden de kettingsloten. Ze bleef even muisstil platgedrukt op het ijskoude natte hout liggen, maar er kwam niemand. Ze trok aan het luik, dat krakend openging, en ze liet zich in het knusse interieur van de boot zakken. Het was hier veel mooier dan in haar boot. Het was er warm en netjes opgeruimd, er hing een lekkere geur van schone lichamen en vers eten. Je zou het een thuis kunnen noemen. Haar boot kon je eigenlijk geen thuis noemen. Het was een hol. Een vochtig, donker hol. Er was buiten nog genoeg licht om de contouren van de dingen te zien, en ze liep naar de kleine koelkast en trok die open. Melk. Die haalde ze eruit. Smeerbare boter. Twee volkorenbroodjes. En er lag een halve kip in krimpfolie. Een halve kip. Een gouden vel. Dikke pootjes. Het water liep haar in de mond, ze pakte de kip, scheurde er een stuk af, stopte dat in haar mond en slikte het bijna zonder te kauwen door. Het bloed steeg haar naar het hoofd, en ze dacht even dat ze zou gaan overgeven. Ze trok er nog een stuk af en propte dat ook naar binnen. Haar gescheurde lip deed pijn, net als haar keel, en haar maag kromp ineen.

Plotseling klonk er door de dichte deur een geluid vanuit de voorkant van de boot. Ze verstijfde, maar de angst raasde en denderde door haar lichaam heen. Er klonk geneurie. Daar was iemand. Een paar meter verderop. Waarschijnlijk op het toilet of zo. Straks zou er iemand hier komen en haar aantreffen met haar mond vol kip. Ze zouden de politie bellen. En dan was alles voorbij. Afgelopen. Mislukt.

Ze pakte de kip en de melk, stopte het kuipje boter in haar zak, klemde het plastic zakje met de broodjes tussen haar tanden en probeerde met één hand door het luik naar buiten te klauteren. Maar haar schoenveter raakte vast; ze rukte haar voet omhoog. Het neuriën hield op. Ze trok zich omhoog en liep struikelend over het houten dak en sprong op het pad, waarbij de kip in de modder viel. Ze raapte hem op en liep door, hijgend en met de plastic zak nog tussen haar tanden. Alsjeblieft, alsjeblieft, alsjeblieft, alsjeblieft. Ze wurmde zich door een dikke heg die over het pad heen groeide, voelde de doornen langs haar handen strijken, en toen ze neerhurkte ook in haar nek en haar gezicht. Op het dek van de boot tekende zich een donkere gestalte af, die om zich heen keek. Een zaklantaarn floepte aan, een lichtbundel zwenkte om de gestalte heen. Ze zag de straal over het water gaan, langs de bouwvallen aan de andere kant van de weg, over de heg. Ze voelde het licht in haar ogen, deed ze dicht en hield haar adem in.

Het licht ging uit. De gestalte verdween. Ze wachtte. Haar enkel klopte. Ze nam de zak met broodjes uit haar mond en legde die voor zich neer. Ze rook de kip, en die geur maakte haar zowel misselijk als opgewonden. Ze wist niet hoe lang ze had gewacht, maar uiteindelijk kroop ze weer het pad op en strompelde naar haar boot, met haar buit in haar handen geklemd.

Het was haar gelukt. Nu had ze eten en kon ze zorgen dat ze sterk genoeg werd om het verder te klaren. Hoe het daarna zou gaan, deed er niet toe. Ze zou in elk geval haar belofte aan hem hebben gehouden. Ze propte weer een stuk kip in haar mond, kauwde erop en voelde het gruis en de modder die eraan kleefden. Ze was zijn trouwe soldaat, zijn dienares, zijn geliefde.

43

Frieda nam vanaf King's Cross de sneltrein. Vijftig minuten, langer zou de reis vanuit Londen naar Cambridge niet duren, dus tijd om nog van gedachten te veranderen was er bijna niet. Ze keek uit het raam en zag de stad geleidelijk overgaan in weilanden, kanalen en achtertuinen van huizen die uitkeken op wegen die zij niet kon zien. Hier en daar zag ze pasgeboren lammetjes op het land en af en toe velden met narcissen. Ze probeerde haar aandacht te beperken tot het landschap dat voorbijvloog en niet te denken aan wat haar te wachten stond. Ze had een droge mond, en haar hart klopte sneller dan normaal. Toen ze in Cambridge aankwam, ging ze eerst naar de damestoiletten om te kijken hoe ze eruitzag. Het gezicht dat haar in de verweerde spiegel boven de geschilferde wastafel aankeek, was volkomen beheerst. Ze droeg een donkergrijs pak, had haar haar strak achterovergekamd en zag eruit als een vrouw die haar vak verstond en wist wat ze wilde.

Ze had willen afspreken op een plek waar ook anderen waren, bij voorkeur op zijn kantoor, te midden van het geroezemoes van personeel en anderen, maar hij had haar gezegd dat hij die dag thuis werkte, dus dat ze daar naartoe moest komen als ze hem wilde spreken. Op zijn territorium en onder zijn voorwaarden. Ze was daar nog nooit geweest, en hij had haar het adres gegeven. Ze had geen idee wat ze kon verwachten – of hij in de stad woonde of buiten, of het een groot of een klein huis zou zijn, oud of nieuw. Het was buiten de stad, een minuut of tien met de taxi, in een groene omgeving – gecivaliseerd platteland ofwel een fraaie buitenwijk. Het was een groot huis, maar niet zo groot als sommige andere in het dorp, en redelijk oud, met een puntdak met rode dakpannen, een veranda en naast de oprit een wilg, waarvan de takken bijna tot op het grind reikten. Het was mooi, moest Frieda erkennen. Natuurlijk was het mooi. Hij had altijd al een goede smaak gehad, net als zij. Hoezeer je ook afstand wilt nemen van je familie en hen uit je leven probeert te bannen, ze blijven je achtervolgen.

De man die opendeed toen Frieda had aangebeld, was onmiskenbaar haar broer. Hij was slank, had donker haar dat aan de slapen grijs begon te worden, donkere ogen en hoge jukbeenderen, en hij hield zijn schouders iets naar achteren, net als zij. Hij was natuurlijk ouder geworden sinds ze elkaar voor het laatst hadden gezien, en zijn gezicht vertoonde inmiddels een min of meer versteende uitdrukking van zowel boosheid als geamuseerde ironie. Ze hoopte dat zij er niet zo uitzag. Hij droeg een grijs overhemd en een donkere broek, en ze had het nare gevoel dat ook hij met zorg de kleren had uitgekozen voor dit bezoek, een keuze die bijna identiek was aan de hare. Ze leken wel een tweeling, dacht ze, en ze huiverde bij de herinnering aan Alan en Dean.

'David,' zei ze. Ze glimlachte niet en deed geen stap naar voren om hem te omhelzen of zelfs maar de hand te schudden. Ze keek hem alleen maar aan.

'Zo, zo.' Ook hij verroerde zich niet. Ze staarden elkaar aan. Er trilde iets in zijn wang, zag ze. Hij was dus zenuwachtig. 'Zeer vereerd, dokter Klein.' Hij benadrukte het 'dokter' alsof het een bespotting was.

'Mag ik binnenkomen?'

Hij deed een stapje opzij, en ze betrad een ruime hal met een kleed op de houten vloer, tegen de wand een kist met een vaas met voorjaarsbloemen erop en aan de muur een portretfoto. Ze wilde er niet naar kijken – dat kon ze maar beter niet doen – en vastberaden keek ze de andere kant op toen ze achter David aan de huiskamer in liep.

'Ik heb net koffiegezet,' zei hij. 'Je zei dat je om halfdrie hier zou zijn, en ik wist dat ik daar met een gerust hart de klok op gelijk kon zetten. Altijd precies. Sommige dingen veranderen nooit.'

Frieda onderdrukte de neiging om de aangeboden koffie te weigeren en ging zitten. Hij ging naar de keuken en kwam even later terug met twee bekers koffie.

'Zwart, nog steeds?'

'Ja.'

Ze was blij om te zien hoe stil ze haar handen hield toen ze een slokje nam. Ze proefde een bittere smaak; het water was mineraalrijk.

'Nog steeds druk met rijkeluiskwalen?'

'Ik ben nog steeds psychoanalyticus, als je dat bedoelt.'

'Ik heb over je gelezen in de krant.' Davids blik ging over haar gezicht om haar reactie te peilen. Frieda had het gevoel dat er met iets scherps in haar geprikt werd. 'Heel interessant.'

'Ik ben hier om over Chloë te praten.'

Davids glimlach verdween, zijn mond verstrakte. 'Wou je het over Olivia's alimentatie hebben?'

'Nee.'

'Ik heb genoeg van haar geklaag en van de brieven van haar advocaat. Wie is die Tessa Welles eigenlijk, die ineens uit de lucht is komen vallen? Daar zul jij wel achter zitten.'

'Olivia heeft hulp nodig. Maar dat is niet...'

'Wat Olivia nodig heeft, is dat ze voor zichzelf eens orde op zaken stelt. Ik ben niet van plan haar te blijven onderhouden in dat leventje van nietsdoen. Klaar.'

Frieda zei niets en keek hem alleen maar aan.

'Ik weet wat je denkt.' Hij boog zich naar haar toe. Ze zag de fijne lijntjes om zijn ogen, de vlekjes in zijn irissen, de enigszins wreed aandoende welving van zijn lippen, de aanhoudende trilling in zijn wang. Ze rook hem ook – scheerzeep, koffie en nog iets anders, een geur die hij als kind al had gehad, in de tijd dat hij haar met een plastic liniaal op haar kuiten sloeg.

'Je woont in een prachtig huis vlak bij Cambridge,' zei ze. 'Dit is een nieuw tapijt. Je draagt een horloge dat net zoveel kost als Chloë nodig zou hebben voor haar eerste jaar aan de universiteit. Daarbuiten loopt een tuinman rond die jouw bloembedden wiedt. Niemand vraagt je om royaal te zijn, maar redelijk zou je best wel kunnen zijn.'

'Olivia was een vergissing. Ze is een grove, slordige, egoïstische vrouw. En volgens mij is ze behoorlijk in de war. Blij dat ik van haar af ben.'

'Je hebt samen met haar een dochter.'

'Ze is net haar moeder,' zei David. 'Ze praat alsof ze me minacht.'

'Misschien doet ze dat ook wel.'

'Ben je helemaal hiernaartoe gekomen om me te beledigen?' vroeg hij, en hij voegde er nog aan toe, zacht: 'Freddy?'

Haar oude bijnaam was ooit lief bedoeld geweest, maar nu niet, al heel lang niet meer.

'Ze is een tiener,' zei ze onaangedaan en met vlakke stem. 'Het leven is op z'n minst moeilijk voor een tiener. En je moet bedenken: je hebt niet alleen haar moeder in de steek gelaten voor een jongere vrouw, maar ook haar. Je houdt geld in op de alimentatie, en zij ziet haar moeder daardoor verloederen. Je ziet je dochter maar zelden, en als je eens een afspraak met haar hebt gemaakt, laat je het afweten. Je gaat uitgebreid op vakantie met je nieuwe vrouw, maar haar neem je nooit eens mee. Je vergeet haar verjaardag. Je gaat niet naar haar ouderavonden. Waarom zou ze je niet minachten?' Ze stak haar hand op om te voorkomen dat hij haar in de rede zou vallen. 'Voor iemand als Chloë is het een stuk makkelijker om woede en minachting te voelen dan om te gaan met gevoelens van angst en verdriet, want dat is wat ze werkelijk voelt. Je dochter heeft een vader nodig.'

'Klaar?'

'Nee. Maar ik wil wel horen wat je te zeggen hebt.'

David stond op en liep naar het raam. Zelfs aan zijn rug leek ze te kunnen zien dat hij boos was – maar toch zag Frieda zichzelf ineens weer op die schouders zitten, met één arm om zijn hoofd en met de andere naar beneden om hem een pruim aan te reiken uit de boom achter in hun tuin. Ze voelde bijna weer het gewicht van die koele vrucht in haar hand, en het blad dat langs haar vingers streek. Ze knipperde met haar ogen om de herinnering te verjagen en wachtte. David draaide zich om.

'Ik snap niet hoe jij hier, in deze kamer, tegen mij durft te praten over de gevoelens van tieners en hun ouders.' Hij wilde haar kwetsen. 'Voor zover ik weet heb jij geen kinderen. Hoe oud ben je nou? Het duurt niet lang meer voordat je veertig bent, hè?'

'We hebben het over Chloë.'

'Ik heb het erover dat jij na alles wat er gebeurd is meent het recht te hebben om mij hier te komen vertellen hoe ik mijn leven moet inrichten.'

'Alleen voor zover het je dochter betreft. En als ík het niet tegen je zeg, wie doet het dan? Straks is het te laat.'

'Wat denk je dat ze zal doen? Haar polsen doorsnijden?'

Ze wierp hem zo'n felle blik toe dat hij even schrok, zag ze. 'Ik weet niet wat ze zal doen. En ik wil het niet weten ook. Ik wil maar één ding. Help haar.' Ze haalde diep adem en voegde eraan toe: 'Alsjeblieft.'

'Ik zal je zeggen wat ik zal doen,' zei hij. 'Omdat ik dat al had besloten, niet omdat jij het vraagt. Ik zal met haar afspreken dat ze om de week het weekend hier komt, van zaterdagmiddag tot zondagmiddag. Vierentwintig uur. Goed?' Hij pakte zijn organizer en begon iets in te toetsen, alsof het om een zakelijke afspraak ging. 'Alleen volgende week kan het niet, en de week daarna ook niet. We zouden in april kunnen beginnen. Geef jij het aan haar door?'

'Nee. Jij moet haar vragen of ze dat wil. Ze is zeventien. Praat met haar. En luister naar haar.'

Hij smeet de organizer met zo'n kracht op tafel dat zijn beker opsprong.

'En vertel haar alsjeblieft niet dat ik naar je toe ben gekomen om over haar te spreken. Dan zal ze zich vernederd voelen. Wat ze nodig heeft, is dat jij contact met haar wilt.'

Er werd een deur dichtgeslagen en iemand riep zijn naam. Even later kwam er een mooie jonge vrouw binnen. Ze had blond haar en lange benen. Ze moest achter in de twintig zijn, hoewel ze zich kleedde als iemand die jonger was – iemand van de generatie van Chloë, dacht Frieda.

'O,' zei ze, zichtbaar verbaasd, terwijl ze een hand op haar buik legde. 'Sorry.' Ze keek David vragend aan.

'Dit is Frieda,' zei hij.

'Je bedoelt... dé Frieda?'

'Ja. Dit is mijn vrouw, Trudy.'

'Ik wilde net weggaan,' zei Frieda.

'Let maar niet op mij.' Ze pakte de twee koffiebekers, trok even een vies gezicht en ging de kamer uit.

'Weet Chloë het?' vroeg Frieda.

'Wat?'

'Dat ze een broertje of een zusje krijgt.'

'Fuck, hoe weet jij...'

'Je zult het haar moeten vertellen.'

'Ik moet niks.'

'Dat moet je wel.'

Ze besloot naar het station terug te lopen. Ze had genoeg tijd voordat het feest begon, en hoewel het grauw en mistig weer was en het dreigde te gaan regenen, wilde ze buiten zijn, in de wind die alle muizenissen verjoeg. Ze voelde zich vies, beduimeld. Aanvankelijk, toen ze met haastige pas de laan met de kale bomen en de modderige akkers aan weerszijden uit liep, dacht ze zelfs even dat ze moest overgeven, maar geleidelijk aan kalmeerde ze en ebden haar onaangename gevoelens weg, alsof ze terugzakten in het duister.

Toen Sasha haar voordeur opendeed, stond daar een stel dat ze niet kende. Even was ze in paniek. Waren het misschien oude kennissen die ze was vergeten? Het tweetal keek ontspannen en vrolijk, alsof ze samen om een grap hadden gelachen. De man stak zijn hand uit.

'Ik ben Harry Welles, een vriend van Frieda.'

Op Sasha's gezicht verscheen een opgeluchte glimlach.

'Frieda zei dat je zou komen. Ze heeft me alles over je verteld.'

'Ik ben een beetje ongerust wat dat "alles over mij" zou kunnen inhouden,' zei Harry. 'Ik heb mijn zus Tessa meegenomen. Is dat goed?'

'Prima.' Sasha deed een stapje achteruit. 'Kom binnen, het is koud buiten. Gooi de jassen maar boven neer en kom erbij.'

Ze gingen de trap op naar een kleine slaapkamer, waar het bed al vol lag met jassen en jacks. Harry pakte een foto op die op het tafeltje stond: Sasha en een andere jonge vrouw arm in arm voor een tent, in korte broek en op wandelschoenen. 'Zou ze lesbisch zijn?' zei hij.

Tessa griste de foto uit zijn handen en zette die terug op het tafeltje. 'Heb je ook al een oogje op háár?' vroeg ze.

'Ik dacht aan jou,' zei hij, waarop ze reageerde met een speels tikje. Ze liepen naar beneden en voegden zich in het geroezemoes en de muziek bij de overige feestgangers. Tessa keek naar Harry toen hij de huiskamer in liep. Hij maakte een ontspannen indruk, was knap om te zien en straalde een beminnelijk soort nieuwsgierigheid uit. Natuurlijk vond Frieda hem een leuke man.

En daar stond Frieda, in een hoek van de kamer, met een glas in de hand waar zo te zien mineraalwater in zat, gekleed in een mosgroene jurk die glinsterde als ze zich bewoog. Tessa zag hoe mooi haar benen waren en hoe slank en kaarsrecht haar figuur was. Ze was in gesprek met een oudere man met grijs haar en een mager, ongeschoren gezicht. De man droeg een sjofele spijkerbroek, een prachtig overhemd met een patroontje erin en een lichte katoenen sjaal. Een pretentieuze kunstenaar die abstract werk maakte of een collega-psychotherapeut, dacht ze, terwijl ze samen met Harry op hen af liep. Zo te zien waren ze verwikkeld in een ernstig gesprek, misschien zelfs een woordenwisseling.

'Stoor ik?' zei Harry.

'Frieda heeft er bezwaar tegen als haar vrienden haar te hulp schieten,' zei de man.

'Waar Frieda bezwaar tegen heeft,' zei Frieda, 'is dat haar vrienden haar op zo'n manier te hulp schieten dat ze de kans lopen om gearresteerd te worden.'

‘Gearresteerd?’ zei Harry.

‘Hou er maar liever over op,’ zei Frieda.

Harry kuste haar, eerst op de ene wang en toen, langdurig, op de andere. Ze trok zich niet terug, maar legde een hand op zijn arm en liet die erop rusten. Ze was blijkbaar niet verrast om Tessa te zien; ze glimlachte naar haar en stelde hen daarna voor.

‘Reuben McGill, dit zijn Harry en Tessa Welles.’

‘Broer en zus,’ zei Harry.

‘Ja, dat ziet iedereen,’ zei Reuben.

‘O ja?’

‘De jukbeenderen, hè,’ zei Reuben. ‘En ook de oren. Je ziet het meteen.’

‘Reuben is een collega van me,’ zei Frieda. Ze hief haar hand op ter begroeting van een vrouw met een olijfkleurige huid, een opzichtige bandana om haar donkere haar en met turkooizen oogschaduw op, die licht slingerend op hen af kwam. ‘En hier is nog een collega. Paz, dit zijn Harry en Tessa.’

‘Ik ben nu al dronken,’ zei Paz plechtig en met zorg articulerend. ‘Ik had me moeten inhouden, maar daar ben ik slecht in. Mijn moeder liet me altijd een glas melk drinken voor ik uitging; dat schermt de maagwand af. Ik haat melk. Sasha zegt dat ik moet dansen.’ Ze gaf Reuben een arm. ‘Wil jij met me dansen, Reuben? Twee mensen met een gebroken hart?’

‘Heb ik een gebroken hart?’

‘Natuurlijk.’

‘Je zult wel gelijk hebben. Op veel plaatsen een beetje gebroken. Heel veel kleine fractuurtjes. Is jouw hart ook gebroken?’

‘Het mijne?’ zei Tessa geschrokken.

‘Je ziet er niet uit als iemand met een gebroken hart. Ik heb daar kijk op.’

‘Hoezo?’

‘Je ziet het aan de ogen.’

‘Let maar niet op hem, hoor,’ zei Frieda. ‘Het is zijn versierpraatje.’

‘Je ziet er mooi uit, Frieda,’ zei Harry zacht, alsof er behalve hen niemand anders in de kamer was. Reuben trok zijn wenkbrauwen op en Paz giechelde. Frieda besteedde geen aandacht aan hen. 'Kan ik wat te drinken voor je halen?'

'Ik heb al.' Ze hief haar glas water op.

'Een fatsoenlijke borrel.'

'Hoeft niet.'

'Dan haal ik wat voor mezelf. En jij, Tessa?'

'Een glas wijn, alsjeblieft.'

'Ik ben zo terug.'

Beiden keken hoe hij zich een weg baande door de drukte. Sasha kwam achter hen staan, sloeg haar armen om Frieda heen en kuste haar op haar kruin. 'Dank je wel,' zei ze.

'Waarvoor?'

'Weet ik niet. Ik ben vandaag jarig, ik wilde gewoon dank je wel zeggen.'

Tessa zag hoe de twee vrouwen een moeilijk te omschrijven glimlach wisselden en voelde een huivering door zich heen gaan – wat was dat, was het afgunst om hun intimiteit? Sasha werd in de drukte meegevoerd en een ander groepje mensen in getrokken. Frieda draaide zich om toen een jongeman in een oranje overhemd dat vloekte met zijn haar haar aandacht vroeg. Hij leek een beetje stoned, en zijn haar stond in pieken overeind. Hij gebaarde druk met zijn handen en boog zich met een brandende blik in zijn ogen naar haar toe, maar zij verroerde geen vin terwijl ze naar hem luisterde. Ze had een diepgeworteld soort terughoudendheid over zich, dacht Tessa – ze was hier aanwezig, maar tegelijkertijd nam ze afstand. Ze gaf je haar volledige aandacht, en tegelijkertijd kreeg je het gevoel dat ze in zichzelf een isolement in stand hield, een afgescheidenheid. En dat maakte haar tot een soort magneet.

Het feest ging door. Een sjofel uitziend bandje arriveerde en stelde zich op in een hoek van de kamer. Het hield op met regenen, en een halve maan schoof tussen de openbrekende bewolking door. In de kleine tuin aan de achterkant van het huis verzamelden de rokers zich in groepjes. Op een gegeven moment zag Tessa Harry met Frieda staan praten. Hij was veel langer dan zij, en hij keek op haar neer met een uitdrukking die Tessa – die haar broer heel goed kende – niet goed wist te interpreteren.

'Sta je naar je broer te kijken?'

Toen ze zich omdraaide, zag ze een lange man met grote bruine ogen en een litteken op zijn wang staan. Hij rook naar tabak en iets anders wat ze moeilijk kon plaatsen, hout of hars. 'Niet echt.'

'Beetje wodka?' Hij hield de fles in zijn hand op. Zijn lippen en zijn ogen glansden. 'En dan gaan we dansen.'

'Ik kan niet zo goed dansen.'

'Daarom eerst wodka.'

'Jij bent een vriend van Frieda.'

'Natuurlijk.' Hij pakte een whiskyglas, goot er een paar vingers wodka in en gaf het aan haar. Onder zijn toeziende blik dronk ze het glas behoedzaam leeg.

Toen trok hij haar naar het midden van de kamer. De band speelde een klaaglijk soort muziek, die niet echt geschikt was om op te dansen. Maar dat leek de man niet te deren. Hij liet zich helemaal gaan in de dans. Ondanks de wodka voelde Tessa zich ongemakkelijk. De muziek begon sneller te spelen, en de man ging erin mee. Hij leek wel een acrobaat, zoals hij zich lenig bewoog op dat kleine stukje vloeroppervlak. De muziek leek door hem heen te golven, en de mensen begonnen hem aan te sporen. Even later hield Tessa op met dansen en keek ook naar hem.

'Wie is dat?' Harry stond naast haar.

'Een vriend van Frieda.'

'Voor iemand die zo teruggetrokken leeft, lijkt ze veel mensen te kennen.'

Inmiddels had zich een meisje bij de man gevoegd, die wild heen en weer zwaaide met haar felgele vlechten.

'Waar is ze gebleven?'

'Ze was in gesprek met Sasha en een man met laarzen met hoge hakken en een diadeem in zijn haar, dus ik kwam even kijken hoe het met jou ging. Ze zal zo wel terugkomen.'

'Heb je het naar je zin?'

'Uitstekend.'

'Harry,' zei ze, op waarschuwende toon.
'Ik heb gewoon lol.'

Frieda probeerde van het feestje weg te gaan zonder dat iemand het merkte, zoals ze altijd deed. Ze had een hekel aan het ritueel van afscheid nemen, het ongemakkelijke getreuzel bij de deur. Toen ze haar jas had gepakt, klampte Josef haar op de trap onhandig aan.

'Frieda,' begon hij, waarna hij zweeg. 'Ik vergat... nee, ja, ik ben klaar bij Mary Orton, en toen zegt zij...'

'Ik wil met je praten als je nuchter bent,' zei Frieda. 'Stel dat je gearresteerd was voor het molesteren van die fotograaf?'

'Maar ik denk dat dit belangrijk kan zijn.'

'Stel dat er een journalist bij was geweest? Dan zou Karlsson ook niets voor je hebben kunnen doen en zou je teruggestuurd zijn naar Oekraïne.'

Josef keek terneergeslagen. 'Frieda...'

'Nee,' zei ze. 'Ik heb haast.'

Het was pas halfnegen. Ze nam de metro vanaf Clapham North helemaal tot aan Archway. Ze liep Highgate Hill op, langs de stenen kat die daar veilig achter de tralies zat. Ze was blij dat ze alleen maar water had gedronken. Ze wilde helder zijn. Toen ze bij Waterlow Park kwam, bleef ze staan en keek door het afgesloten hek bij de ingang. De wolken waren weg, en het door het maanlicht beschenen grasveld glinsterde nog van de regen die er eerder was gevallen. Ineens keek ze om. Had ze iets gehoord? Een voetstap? Gehoest? Of had ze het gevoel gehad dat er iemand naar haar keek? Aan de overkant van de straat liep een groepje tieners. Een gearmd stelletje liep langs haar heen.

Even later arriveerde ze op het bruiloftsfeest. Het diner was achter de rug, en de gasten stonden in groepjes bij elkaar in de zaal. Er klonk geroezemoes en er werd muziek gedraaid. Op de dansvloer stond een aantal mensen, onder wie verscheidene kinderen die elkaar giechelend bij de hand hielden, op en neer sprongen en tegen elkaar aan botsten. Achter in de zaal stond een tafel met daarop grote vazen bloemen en de resten van het feestmaal. Frieda zag een donkerharige vrouw in een lange ivoorkleurige jurk en met rode bloemen in het haar langzaam meedeinen in de armen van een man met rossig haar. Dat zou haar wel zijn, dacht ze.

Ze bleef staan en keek toe – niemand lette op haar. Het leek net een oude film, korrelig en een beetje wazig. Er kwam een man langs met een dienblad met glazen champagne. Hij bood haar er een aan, maar ze schudde haar hoofd. Ze kon nog steeds gewoon weggaan. Even leek het alsof het leven voor haar stilstond. Een beweging, en alles zou anders worden.

Toen zag ze hem. Hij stond aan de andere kant van de zaal, zijn hoofd gebogen naar een oudere vrouw die geanimeerd stond te praten. Hij droeg een donker pak en een wit overhemd zonder stropdas. Hij leek dunner, dacht ze, en misschien ook ouder, maar dat wist ze niet zeker, ook omdat hij ver weg stond en zowel het afgelopen jaar als deze ruimte tussen hen in lag.

Frieda trok haar jas uit en legde die met haar rode sjaal op een stoel. Ze deed wat ze altijd deed als ze bang was: ze rechtte haar rug, hief haar kin en ademde diep in en uit. Ze liep de zaal door, en het leek net alsof alles om haar heen vertraagd werd: de dansende mensen, de muziek, haar eigen voetstappen. Iemand liep ruw langs haar heen en verontschuldigde zich. De vrouw in de ivoorkleurige jurk, de jongere zus van Sandy, in wie ze zijn jukbeenderen herkende, evenals zijn ogen en de ernst waarmee hij het geluk beleefde, wervelde soepel langs haar heen.

Toen was ze waar ze wilde zijn, en ze wachtte totdat hij aanleiding had om zijn hoofd om te draaien. Daar stond hij dan, en hij keek naar haar. Hij verroerde zich niet, hij keek haar alleen maar in de ogen, en ze had het gevoel alsof er iets in haar openbloeide en alsof ze ineens geen vaste grond meer onder de voeten had. Hij raakte haar niet aan en glimlachte niet.

'Je bent gekomen.'

Frieda hief haar handen even, met de handpalmen naar boven. 'Ik vond dat ik dat moest doen.'

'Wat doen we nu?'

'Zullen we naar buiten gaan?'

'Naar het park?'

'Dat sluit bij zonsondergang,' zei Frieda.

Hij glimlachte. 'Dat soort dingen weet jij, hè – welke parken 's avonds gesloten zijn en welke niet.'

'Maar hierachter is een terras.'

Ze liepen naar buiten. Zijn zus zag hen en wilde iets zeggen, maar zweeg. Frieda had haar jas niet aangedaan en de kou sloeg haar tegemoet, maar dat vond ze prettig. Ze had het gevoel dat ze weer tot leven kwam, en het maakte haar niet uit of het pijn of vreugde was die door haar heen ging.

Ze keken over de stad uit, terwijl ze achter zich nog de muziek hoorden en de lichten van het huis konden zien.

'Er is geen dag voorbijgegaan dat ik niet aan je heb gedacht,' zei Sandy.

Frieda stak haar hand uit en liet haar wijsvinger over zijn lippen gaan. Hij deed zijn ogen dicht en zuchtte. 'Ben jij het echt?' fluisterde hij. 'Na al die tijd.'

'Ik ben het echt.'

Toen ze elkaar eindelijk zoenden, voelde ze door de dunne stof van haar jurk heen de warmte van zijn hand op haar rug. Hij smaakte naar champagne. Ze voelde dat haar wangen nat waren, en eerst dacht ze dat ze huilde, maar toen drong het tot haar door dat het zijn tranen waren. Ze veegde ze weg.

'Waar logeer je?' zei ze.

'Ik zit in mijn eigen appartement. Ik wilde het verkopen, maar dat is niet doorgegaan.'

'Kunnen we daar naartoe?'

'Ja.'

De hele taxirit naar het Barbican zeiden ze geen woord, net zomin als in de lift naar boven. Toen hij de deur van zijn appartement opendeed, had het voor haar iets vertrouwds en tegelijkertijd iets droevigs. Het rook er een beetje muf, een beetje verlaten.

'Draai je eens om,' zei hij.

Ze draaide zich om. Hij trok de rits van haar jurk open en liet die op de grond vallen. Ze stond als een zeemeermin tussen de groene plooien van de stof. Veertien maanden, dacht ze, het was veertien maanden geleden dat hij vertrokken was. De maan scheen door de gordijnen, en in het licht daarvan keek ze naar zijn aandachtige gezicht en zijn sterke lijf. Ze deed haar ogen dicht en liet zich gaan, liet zichzelf los.

44

Toen Frieda wakker werd, was het vier uur 's nachts. Zijn lichaam voelde warm en soepel aan tegen het hare. Ze glipte onder de dekens vandaan. Ze slaagde erin om in het donker haar kleren te vinden en aan te trekken. Ze pakte haar jas en haar sjaal en hield haar schoenen in de hand, zodat haar voetstappen op de houten vloer niet te horen zouden zijn. Ze hoorde een gemurmel uit het bed, boog zich over hem heen en kuste hem zacht op zijn achterhoofd, in zijn nek.

Toen ze op straat liep, voelde het alsof ze nog sliep. Het was donker, stil en koud. Ze liep door Golden Lane, die overging in Clerkenwell Road en bedacht toen dat ze langs de route liep waar vroeger de stadsmuren van Londen hadden gestaan. Destijds zou dit een wandeling zijn geweest door moestuinen en boomgaarden en langs beken. Zoiets las je bijvoorbeeld in een stadsgids, maar Frieda dacht aan wat daarná gekomen was: de pakhuizen die er gestaan hadden, de vuilnishopen, de uit de grond gestampte woonkazernes, de krakers en gelukszoekers, waardoor het landschap een stille dood was gestorven en was verdwenen.

Ze sloeg weer af, met de bedoeling om met een grote boog terug naar huis te lopen. Vervolgens liep ze langs kantoren, blokken sociale woningen en galerietjes, terwijl op straat het niet-aflatende verkeer voorbijging en op de trottoirs een enkele nachtbraker passeerde aan het einde van zijn dag of juist aan het begin. Iemand kwam op haar af en vroeg of ze een taxi wilde. Ze deed alsof ze het niet hoorde.

In deze nacht, of ochtend, voelde de stad enigszins anders aan. Kwam dat door de helderheid van de lucht als gevolg van de kou, de duisternis en de stilte? Of doordat ze weer iemand in haar leven had toegelaten? Ze dacht aan de voorbije nacht en voelde een rilling door zich heen gaan. Ze keek om zich heen. Ze was bijna werktuiglijk doorgelopen en moest zich opnieuw oriënteren. Op dit moment van de dag zou het hier drie- of vierhonderd jaar geleden een drukte van belang zijn geweest, met karren volgeladen met landbouwproducten en vee dat de stad in werd gedreven. Ze keek op en zag de straatnaam, Lamb's Conduit Street, en moest glimlachen omdat die naam aansloot bij wat ze had gedacht. Het leek zo'n aardige naam, maar destijds zouden de lammeren hier al in rep en roer zijn geweest, gealarmeerd door de stank van de slachthuizen van Smithfield, die over de rivier deze kant op woei.

Ze keek om zich heen. Weer had ze dat gevoel. Als ze bij nacht door Londen liep, was ze altijd alleen en werd ze niet gestoord. Nu was dat anders, en dat kwam niet alleen doordat ze aan Sandy dacht, die nu thuis in zijn appartement lag te slapen. Er was ook iets anders. Ze dacht aan het spelletje dat ze als klein meisje had gespeeld, waarbij je tot drie moest tellen, je omdraaien, en dan de andere kinderen erop moest zien te betrappen dat ze nog bewogen. Elke keer als je keek, stonden ze dichterbij. Totdat ze bij je waren.

Toen ze thuiskwam, was het halfzes. Ze trok haar kleren uit. Ze rook zijn geur nog op haar lichaam. Ze bleef twintig minuten onder de douche staan en liet het water op zich neer kletteren, probeerde zich te ontspannen en niet na te denken, maar dat lukte niet. Ze bedacht dat ze Karlsson moest bellen. Het was nog veel te vroeg. Toen ze zich had afgedroogd, ging ze beneden in een stoel zitten. Ze was moe, maar klaarwakker, en haar ogen prikten. Buiten hoorde ze vogels zingen. Het was verder nog aan niets te merken, maar de lente was in aantocht. Even na zevenen stond ze op, zette koffie en roosterde een paar sneetjes brood. Om één minuut over acht belde ze Karlsson.

'O, ben jij het,' zei hij toen hij opnam.

'Hoe wist je dat?'

Even was het stil. 'Je weet toch hoe dat werkt bij mobiele telefoons?' zei hij. 'Dat ik je naam zie als je mij opbelt?'

'En je wilde waarschijnlijk niks van me horen.'

'Ik hoor altijd graag van je.'

'Ik weet dat je teleurgesteld bent over mijn verhoor van Frank Wyatt.'

'We hebben allemaal weleens onze dag niet.'

'Dat was het niet,' zei ze.

'Je hebt hem niet zover gekregen dat hij bekende.'

'Dat klopt,' zei Frieda. 'Ga je hem aanhouden?'

'Zoals ik al zei, we zijn het dossier aan het afsluiten. Ik probeer alleen nog wat losse eindjes aan elkaar te knopen. Ik ga vandaag naar het appartement van Michelle Doyce. We laten een deel van de inboedel inpakken.'

'Hoe laat ga je erheen?'

'Ik heb vanmorgen een paar vergaderingen. Ergens in de middag.'

'Mag ik mee?' zei ze. 'Ik wil het daar graag zien.'

'Je hebt het toch al gezien?'

'Vanbuiten, toen we in de steeg keken. Maar ik ben nooit binnen geweest.'

'Oké,' zei Karlsson. 'Ga maar mee.'

'Zou ik er mogen kijken voordat ze beginnen met inpakken?'

'Laten we daar dan om halfeen afspreken.'

Even later ging haar telefoon.

'Je bent weggelopen.'

'Ik ben niet weggelopen. Ik moest weg. Ik moest nadenken.'

'Over de fout die je begaan hebt zeker.'

'Nee, niet daarover.'

'Dus ik zie je nog.'

'Ja, je ziet me nog.'

Frieda ging niet direct naar het huis. Ze nam de metro en vervolgens de lightrail over het Isle of Dogs en onder de rivier door naar de Cutty Sark. Nadat ze was uitgestapt, liep ze in westelijke richting totdat ze bij het appartement van de Wyatts kwam. Binnen brandde licht. Ze draaide zich om en keek naar de rivier. Het was hoogwater, en de golven klotsten tegen de kade. Een toeristenboot tufte voorbij. Twee kinderen zwaaiden naar haar. Ze liep verder langs de kade, eerst voorbij de andere appartementen, waarna ze bij een omheinde jachthaven kwam, waar aan de ingang een man in uniform in een hokje zat. Om wat te bewaken? vroeg Frieda zich af. Hij keek argwanend naar haar, kwam toen naar buiten en liep op haar af. 'Kan ik u helpen?' vroeg hij.

'Bent u hier altijd?' vroeg ze.

'Waarom wilt u dat weten?'

'Ik vroeg het me gewoon af.'

'Ik ben hier niet altijd,' zei hij. 'Maar er is altijd wel iemand, als u het weten wilt.'

'Dank u,' zei Frieda, en ze liep door, langs het hek van een basisschool en het terrein van een pakhuis dat gesloopt werd en helemaal dichtgetimmerd en ontoegankelijk was. Pas toen kwam ze bij Howard Street, waar ze bleef staan voor het huis waar het allemaal begonnen was.

'Ja,' zei ze bij zichzelf. 'Ja.'

Toen Frieda de huiskamer van Michelle Doyce bekeek, merkte ze dat Karlsson glimlachend naar haar stond te kijken.

'Wat is er?' vroeg ze.

'Het is net als met de zee,' zei hij. 'De mensen kunnen je wel vertellen hoe die eruitziet, maar je moet er zelf naar kijken om te weten wat het is. Wat een verzameling, hè?'

Frieda was verbluft bij de aanblik van de kamer, die op de een of andere manier zowel dwangmatig ordelijk als vreselijk chaotisch aandeed. Ze zag schoenen, stenen, veertjes en botjes van vogels, kranten, flessen, tot vierkantjes gevouwen zilverwikkels, glazen potten, sigarettenpeuken, gedroogde bladeren, gedroogde bloemen, stukjes metaal die eruitzagen alsof ze uit machines afkomstig waren. Maar ook kralen, kleren, kopjes en glazen. Waar moest ze in godsnaam beginnen?

'Ik zou Jasmine Shreeve hier weleens dat programma van haar willen zien presenteren,' zei Karlsson.

'Hoe bedoel je?'

'Dat programma waarin een psychiater aan de hand van de inrichting van je huis een oordeel over je velt? Die zou hier wel een beetje schrikken.' Op een wat andere toon zei hij: 'Sorry. Ik weet dat het niet grappig is.'

'Nou, ik denk eerlijk gezegd weleens dat ik misschien meer van mijn patiënten te weten zou kunnen komen door te kijken hoe ze wonen dan door te luisteren naar wat ze zeggen.' Ze schudde haar hoofd en zei bijna binnensmonds: 'Ik had hier eerder moeten komen. Het is hier net alsof je in het hoofd van Michelle Doyce kijkt.'

'En dat is geen prettige aanblik?' vroeg Karlsson.

'Het arme mens.'

'Heb je iets dergelijks weleens eerder gezien?'

'Ik behandel eigenlijk geen acute psychiatrische stoornissen,' zei Frieda. 'Maar dwangmatig hamsteren is een veelvoorkomend symptoom. Je hebt vast weleens gehoord van mensen die niks weg kunnen gooien – kranten, hun eigen poep soms zelfs.'

'Oké, oké,' zei Karlsson. 'Ik hoef het allemaal niet te weten. Dit hier is al erg genoeg.'

Frieda kreeg het ineens heel warm en dacht even dat ze flauw zou vallen, maar dat was niet meer dan een idee. Bijna fluisterend zei ze: 'Deze zaak bevalt me helemaal niet.'

Karlsson keek haar nieuwsgierig aan.

'Het is ook niet de bedoeling dat hij je bevalt,' zei hij. 'Het is geen avondje theater.'

'Nee,' zei Frieda langzaam. 'Dat bedoel ik niet. Maar het lijkt allemaal niet te kloppen. Er is hier een lijk gevonden, maar niets wijst daarop. En het slachtoffer zelf lijkt de hoofddader te zijn. De motieven zijn duidelijk, maar lijken niet voldoende te zijn. En dan hebben we nog Janet Ferris. Ze moet vermoord zijn omdat ze iets heeft gezien. Stel nou eens dat het Frank Wyatt was. Waarom zou hij daarheen zijn gegaan? We hadden de link tussen hem en Poole al gelegd.'

Ze schudde haar hoofd.

'Ik heb het gevoel dat we niet het hele verhaal kennen. Ik moet steeds aan Beth Kersey denken. Poole gebruikte mensen. Hij heeft geprobeerd Mary Orton over te halen haar testament te veranderen, maar dat is mislukt. Hij heeft de Wyatts geld afhandig gemaakt. En waarschijnlijk wilde hij ook Jasmine Shreeve bestelen. Maar wat wilde hij met Beth Kersey? Ben jij er nog in geslaagd haar medische gegevens te pakken te krijgen?'

'Dat zal niks opleveren,' zei Karlsson.

'Dat ben ik niet met je eens. Het is van cruciaal belang.'

'We krijgen alleen toegang tot haar medische dossiers als ze verdacht wordt of slachtoffer is van een misdrijf. Maar op het ogenblik beschouwen we haar als een normale volwassen vrouw, die niet eens als vermist te boek staat. Dat we nu hier zijn, is omdat jij zei dat je hiernaartoe wilde.'

'Goed, goed,' zei Frieda, terwijl ze probeerde voor zichzelf helderheid te scheppen. 'Dus we gaan ervan uit dat Michelle Doyce buiten in de steeg naast het huis het lijk van Robert Poole heeft gevonden. Ze heeft hem mee naar binnen genomen, hem uitgekleed en zijn kleren gewassen en opgevouwen, waardoor alle vezels en haren waarschijnlijk verloren zijn gegaan.'

'Dat klopt.'

'Ze probeerde hem te helpen,' zei Frieda. 'Ze zag Robert Poole als iemand die problemen had en ze wilde een barmhartige samaritaan zijn, maar daarbij heeft ze alle sporen uitgewist.'

'Precies. Als ze met opzet alle bewijsmateriaal had willen vernietigen, had ze het niet beter kunnen doen.'

Frieda keek om zich heen en probeerde alles in zich op te nemen. Het was zo'n overweldigende hoeveelheid dat ze er hoofdpijn van kreeg.

'Zo zit ze nu eenmaal in elkaar,' zei ze. 'Als wij de deur uit gaan en weer thuiskomen, hebben we doorgaans alleen in ons geheugen beelden van wat we gezien hebben, of hooguit een foto. Maar zij nam de dingen echt mee naar huis.'

'Net een ekster,' zei Karlsson.

'Ja.' Frieda fronste haar wenkbrauwen. 'Ja, zo was ze.'

'Zoals jij erover praat, klinkt het als iets interessants. Door wat je zegt over het verzamelen van dingen.'

Frieda keek uit het raam. Het was grijs weer. 'Is er hier licht?'

Karlsson liep naar de deur en deed de plafondlamp aan. Vervolgens knipte hij met zijn voet een oude staande schemerlamp in de hoek aan. Frieda liep naar de lamp toe om hem van dichtbij te bekijken. Zo te zien waren er aan het frame van de lampenkap kralen en stukjes glas aan draadjes opgehangen. Frieda bekeek ze een voor een. 'Eksters verzamelen niet zomaar alles,' zei ze. 'Ze verzamelen glimmende dingen.'

'Ik weet niet veel van eksters,' zei Karlsson. 'Als ik ze zie, zitten ze meestal in een dode duif te pikken.'

Frieda haalde een nieuw paar operatiehandschoenen uit haar zak en trok die aan.

'Koop je die nog steeds voor eigen rekening?' vroeg Karlsson. 'Die kun je wel van ons krijgen, hoor.'

'Weet je nog wat Yvette zei over Michelle Doyce? Dat ze het ongelukkigste wezen was dat ze ooit had ontmoet? Dat straalt deze kamer ook uit. Die dode stukjes vogel, de krant, die peuken die door andere mensen zijn weggegooid. Daar zit een verdriet in waar ik niet eens aan wil denken. Maar glimmende voorwerpen hebben iets anders. Die zijn mooi.'

'Als je ervan houdt.'

'Kom deze dan maar eens bekijken.'

'Meen je het?'

'Ja.'

Karlsson liep naar haar toe.

'Wat zie je?' vroeg ze.

'Stukjes glas.'

Ze liet een van de andere hangertjes op haar hand rusten. 'En dit dan?'

'Dat is een kraaltje.'

'Beschrijf het eens.'

'Nou, het is niet echt een kraaltje. Het is een soort kubusje van glanzend metaal met iets blauws erin.'

'Volgens mij zou dat blauwe weleens lapis lazuli kunnen zijn,' zei Frieda. 'En dat glanzende metaal is misschien zilver.'

'Mooi.'

'En wat zie je nog meer?'

'Wil je dat serieus weten?' vroeg Karlsson.

'Ja.'

Hij kneep zijn ogen half dicht. 'Op twee van de zijvlakken zitten metalen dingetjes.'

'En wat zouden dat zijn?'

'Ik weet het niet.'

'Zouden die soms dienen om ze ergens aan vast te maken?'

'Zou kunnen. Maar misschien ook niet.'

'En kijk,' zei Frieda. 'Hier hangen er nog twee, en aan de andere kant ook een. Precies dezelfde.'

Ze deed een stapje achteruit. Even zag ze niets doordat ze verblind was door de lamp. 'Er moeten er nog meer zijn.'

'Van dat soort kralen, bedoel je?'

'Ja. Van dat soort kralen.'

Ze beende de kamer door.

'Frieda...'

'Hou je mond,' zei Frieda. 'Zoek de andere.'

Ze vond er drie, op een rijtje op de vensterbank. Karlsson vond er vier in een glas, rondom een stompje kaars dat overeind werd gehouden door het gestolde kaarsvet. Nog eens vier hingen aan het deurkozijn.

'Het is net een kinderfeestje,' zei Karlsson. Frieda was opgehouden met zoeken. Ze stond met haar ogen dicht midden in de kamer. Ineens deed ze ze open. 'Wat zei je?' zei ze.

'Het is net een kinderfeestje, zei ik. Je weet wel, met paaseieren zoeken of zo.'

Frieda negeerde hem. Ze pakte de drie kralen van de vensterbank, legde ze op haar hand en bekeek ze aandachtig. Ze draaide zich om en keek Karlsson aan. 'Heb je een zaklantaarn?'

'Nee.'

'Ik dacht dat politiemensen altijd een zaklantaarn bij zich hadden.'

'In films uit de jaren vijftig, ja. Ik moet je zeggen dat ik zelf niet eens een knuppel heb.'

Ze liep naar de schemerlamp, tilde de kap eraf en hield haar hand vlak bij de lamp. Ze keek er zo ingespannen naar dat haar ogen pijn deden.

'En?' zei Karlsson.

'Kijk eens naar deze.' Frieda wees naar een van de kralen.

'Die ziet er een beetje vuil uit,' zei Karlsson.

'Heb je iets waar we ze in kunnen stoppen?'

Karlsson haalde een transparant plastic zakje bestemd voor bewijsmateriaal uit zijn zak, en Frieda liet de kralen er een voor een in glijden.

'Wat zijn het volgens jou?' vroeg Frieda.

'Kralen.'

'En wat krijg je als je kralen aaneenrijgt?'

'Een armband of zo?'

'En als het om meer kralen gaat?'

'Een halssnoer? Maar zijn dit niet gewoon kralen die Michelle Doyce ergens heeft gevonden?'

'Precies, dat zijn het,' zei Frieda. 'Maar toen ze ze vond, waren ze aan elkaar geregen. Ze heeft ze losgemaakt en haar kamer ermee versierd. Ze zijn mooi. Volgens mij zijn ze met de hand gemaakt. En ze zijn waardevol. Die heeft ze niet zomaar op straat gevonden.'

'Dus...'

'Dus je moet tegen die jongens van je zeggen dat ze die niet opruimen. Ze moeten er zo veel mogelijk van zien te vinden. Het zullen er waarschijnlijk minstens vijftien of twintig zijn. En laat dan een foto ervan aan Aisling Wyatt zien. En je zei dat een van de kralen vuil was. Ga eens na waar dat vuil uit bestaat.'

'Het kan natuurlijk best zijn dat het gewoon kralen zijn,' zei Karlsson.

Toen de telefoon ging, wist Frieda dat het Karlsson zou zijn. Het gerinkel klonk eigenlijk al een beetje als Karlsson.

'Wil je eerst het goede nieuws horen, of eerst het goede nieuws?' vroeg hij.

'Wat is er gebeurd?'

'Je mag blijven,' zei Karlsson. 'Je bent een kei. Aisling Wyatt heeft het halssnoer herkend. Ze zei dat het sinds een paar weken "vermist" was. Wat een ongelooflijk toeval. Hier is onze jager op buit weer actief geweest: Robert Poole stal zaken van degenen die hij bedroog en verspreidde ze – een soort machtsspel. En het mooiste komt nog. Want je wist het, hè? Al is het een raadsel hoe. Het vuil op het halssnoer was bloed. Het bloed van Robert Poole.' Er viel een stilte. 'Je weet wat dit betekent, hè? Het betekent dat we Frank Wyatt kunnen aanhouden.'

'Nee,' zei Frieda. 'Het betekent dat je Frank Wyatt níét kunt aanhouden.'

'Joanna,' zei Frieda, 'Dean ging graag naar Margate, maar waren er nog meer plaatsen waar hij graag naartoe ging?'

'Dat staat in het boek. Mag ik nog een biertje?'

'Natuurlijk. Dat haal ik zo meteen. Ik heb het boek gelezen.'

'Vond je het goed?'

'Ik vond het interessant.'

'Vissen. Hij ging graag vissen. Waar dan ook – in kanalen, in volgelopen grindgroeven, in rivieren. Daar kon hij hele dagen zitten met zijn blikje maden. Ik werd er gek van.'

'Wat is er met zijn hengels gebeurd?'

'Die heb ik verkocht op eBay. Ik heb niet gezegd van wie ze waren geweest.'

'En verder? Nog bepaalde steden?'

'We reisden niet veel. Hij zei wel dat hij als kind met zijn moeder vaak naar Canvey Island ging, in de Theemsmonding.'

'Oké.'

'Hoezo? Waarom moet je dat weten?'

'Ik ben wat losse eindjes aan elkaar aan het knopen,' zei Frieda vaag.

Joanna knikte alsof ze daar tevreden mee was. Frieda haalde nog een biertje voor haar en keek hoe ze dat opdronk.

'Het verbaast me dat je hier nog het lef voor hebt,' zei ze toen ze het op had, met het schuim nog op haar bovenlip. 'Na alles wat er gebeurd is.'

'Je had niet gedacht dat we elkaar nog zouden zien?'

'Nee. Ik heb de bladzij omgeslagen en ben aan een nieuw hoofdstuk in mijn leven begonnen. Dat zei mijn redacteur nog tegen me. Je hoort in het vorige thuis.'

45

Midden in de nacht waren de stemmen er weer. Het begon als een gemurmel dat Beth nauwelijks kon onderscheiden van het kabbelen van het water tegen de romp, het ruisen van de bomen op de oever en het kletteren van de regen op het dak. Ze wist dat de stemmen voor haar bedoeld waren, en om aan hun woede te ontkomen, probeerde ze ze buiten te sluiten door een kussen over haar hoofd te trekken en haar oren dicht te stoppen. Maar gaandeweg klonken de stemmen steeds duidelijker, en ze voegden zich aaneen tot één enkele stem, een harde, zware, ruwe stem, die opklonk uit de haar omringende duisternis.

Hij was boos op haar. Hij stelde vragen waarop ze geen antwoord had. Hij beschuldigde haar. Hij kende haar geheimen en haar angsten.

'Je hebt hem in de steek gelaten.'

'Nee, ik heb hem niet in de steek gelaten.'

'Toen hij weg was, ben je hem vergeten.'

'Nee, ik ben hem niet vergeten.'

De stem zei afschuwelijke dingen tegen haar, zei dat ze niets had gedaan, dat ze niets voorstelde, dat niemand iets aan haar had. Ze vertelde van de foto's en de papieren, maar de stem ging gewoon door met zijn harde verwijten.

'Altijd hetzelfde. Altijd. Je luistert niet als ik iets zeg.'

'Ik luister wel. Ik luister echt wel.'

'Je bent niks en je doet niks.'

Beth begon te huilen en schudde haar hoofd, sloeg ermee tegen de houten wand boven het bed, wilde alles doen om de stem buiten te sluiten. Pas toen het in de boot langzaam lichter begon te worden, vervaagde de stem en liet haar alleen achter. Ze wreef over haar betraande gezicht en probeerde de pijn te verdrijven.

Ze stond op en keek Edwards papieren door totdat ze had gevonden wat ze zocht. Het was niet waar dat ze niets voorstelde, dat niemand iets aan haar had. Ze staarde naar de woorden en bleef ernaar staren, probeerde ze zich in te prenten en herhaalde ze steeds weer op zangerige toon. Ze rommelde in de bestekla en vond wat ze wilde hebben: het mes en de steen om het aan te scherpen. Ze herinnerde zich dat haar vader ooit, toen ze nog klein was, in de keuken tegen haar moeder had gezegd: vrouwen snappen dat niet. En toen had ze dat geluid gehoord, van een mes dat aan een grijze steen wordt geslepen, met af en toe vonken. Zo slijp je een mes. 'Zo slijp je een mes.'

Frieda haalde diep adem voordat ze opbelde.

'Frieda,' zei Harry.

'Je klinkt boos.'

'Kun je dat aan één woord al horen?'

'Maar je bent het wel.'

'En waarom zou dat zijn, Frieda?'

'Waar ben je nu?'

'Waar ik ben? In de buurt van Regent's Park, met een klant.'

'Heb je tijd?'

'Wanneer?'

'Nu. Om even snel te lunchen. Ik heb een uur de tijd.'

'Aardig dat je me in je schema kunt inpassen.'

'Ik zou graag met je gaan lunchen, als jij tijd hebt.'

'Ik weet het niet,' zei hij. 'Goed dan. Waar?'

'Er is hier vlakbij een klein zaakje – Number 9, in Beech Street. Vlak bij mijn huis. Ik kan er over tien minuten zijn.'

'Ik neem wel een taxi. Maar één ding: ik hou er niet van om voor de gek gehouden te worden.'

'Dat snap ik.'

‘Weer donkere kleren, zie ik.’

Frieda keek wat ze aanhad – alles was zwart of donkerblauw – en glimlachte. ‘Tja.’

‘Wat je gisteravond aanhad vond ik mooi.’

‘Dank je.’

‘Je zag er prachtig uit.’

Ze gaf geen antwoord, maar keek op het bord wat er voor dagschotels waren. Marcus kwam hun bestelling opnemen. Zijn ogen glinsterden van nieuwsgierigheid.

‘Een salade met geitenkaas, alsjeblieft,’ zei ze kordaat.

‘Voor mij hetzelfde,’ zei Harry.

‘En een glas kraanwater.’

‘Hetzelfde.’ Hij zette zijn ellebogen op tafel, steunde met zijn kin op zijn handen en keek Frieda onderzoekend aan. Hij vond dat ze er moe uitzag. ‘Wat is er gebeurd?’ vroeg hij.

‘Gisteravond, bedoel je?’

‘Ja.’

‘Ik weet het niet.’

‘Kom op, Frieda.’

‘Ik hou niks achter. Ik wil open kaart met je spelen. Ik kon van tevoren ook niet weten dat ik op die manier weg zou gaan. Ik kon niet anders. Ik kan het niet goed uitleggen.’

‘Maar je had het me weleens mogen zeggen. Ik voelde me idioot gelukkig toen ik zat te wachten tot je terug zou komen, en toen drong het langzaam tot me door dat je me alleen had gelaten. Daar zat ik dan, gedumpt op een feestje waar ik niemand kende.’

‘Ik kon niet blijven.’

‘Ik dacht...’ Hij zweeg en glimlachte onbeholpen. ‘Ik dacht dat je me aardig vond. Me aardig begon te vinden, in elk geval.’

‘Ik vind je ook aardig. Het spijt me dat ik je gisteravond heb laten zitten. Dat had ik niet moeten doen.’

Hun salades werden gebracht. Marcus knipoogde naar Frieda, die met een strak gezicht haar wenkbrauwen optrok.

‘Had het te maken met alles wat er speelt?’ vroeg Harry terwijl hij met zijn vork in zijn salade prikte. Hij hield eigenlijk niet van salades. En ook niet van geitenkaas. 'Met die moordzaak en alles wat je hebt moeten doormaken, bedoel ik. Met die vrouw die zelfmoord heeft gepleegd – ik ben vergeten hoe ze heette – en die krantenartikelen, al die ellende. Dat moet moeilijk voor je zijn.'

Frieda dacht even na. 'Soms denk ik dat het een vergissing van me was om bij dit alles betrokken te raken,' zei ze ten slotte. 'Ik weet niet precies wat mijn motieven waren. Ik ben er altijd van uitgegaan – en dat heb ik ook altijd gezegd – dat je het leed van de hele wereld niet kunt oplossen, maar alleen het leed in je eigen hoofd. En nu ben ik verdachten aan het verhoren en loop ik rond op plekken waar een misdaad is gepleegd. Waarom?'

'Omdat je weet dat je daar goed in bent?' opperde Harry.

'Ik mag er waarschijnlijk helemaal niet met jou over praten, maar ik ken de regels niet die de politie daarvoor stelt. Ik weet niet waar de grenzen liggen.'

'Mag ik iets zeggen?'

'Natuurlijk.'

'Jij bent iemand aan wie mensen hun problemen vertellen. Misschien heb er je moeite mee als de situatie omgekeerd is. Maar je kunt tegen mij zeggen wat je wilt. Ik zal er heus niet mee naar de pers lopen.'

'Dat is lief van je.'

'Wat zit je dwars in deze zaak?'

'Bij de politie denken ze dat ze weten wie het gedaan heeft.'

'Dat is mooi, toch? Of niet?'

'Ze hebben nieuw bewijsmateriaal gevonden.'

'Wat is dat dan?'

'In de kamer waar het lijk van Robert Poole is aangetroffen, is iets gevonden wat hij in zijn zak moet hebben gehad. Ik denk dat er gauw iemand aangehouden zal worden.'

'Wie?' vroeg Harry. Hij nam een slokje water.

'Ja, dan zou ik écht mijn boekje te buiten gaan,' zei Frieda.

'Maar je bent er niet blij mee?'

Frieda keek hem strak aan. Haar geconcentreerde blik boezemde hem bijna angst in.

'Het is niet alleen het onderzoek,' zei ze. 'Waar het om gaat, is dat ik het helemaal gehad heb met dit alles. In het begin had ik er plezier in om betrokken te zijn bij het politiewerk. Alsof ik daarmee even aan mijn gewone leven kon ontsnappen. Maar nu hoor ik weleens zeggen: "Wat doet die psychoanalyticus hier?" Tja, en dan ben ik het voor een groot deel wel met hen eens. Dus ik ga nog één ding doen, en dan hou ik ermee op.'

Harry glimlachte naar haar. 'En wat is dat ene ding?'

'O, al die suffe details wil je niet horen,' zei Frieda.

'Jawel hoor,' zei Harry. 'Ik ben geïnteresseerd in wat jij doet, in de dingen die het leven voor jou zo ingewikkeld maken.'

'Goed dan,' zei Frieda. 'Het draait allemaal om Michelle Doyce, de vrouw die het lijk heeft gevonden. Ze zit in een psychiatrische inrichting in Lewisham en zal daar waarschijnlijk nooit meer uitkomen. De politie heeft zich nauwelijks met haar bemoeid omdat ze zo duidelijk aan waanvoorstellingen lijdt, maar ik heb wel contact met haar gehouden. Ik ga af en toe bij haar langs, en sinds kort is ze wat helderder. Ze was doodsbang van alle geluiden op de zaal waar ze lag, al die andere mensen om haar heen maakten het voor haar alleen maar erger. Maar ze heeft inmiddels een eigen kamer gekregen, en nu is ze rustiger en begint ze meer te vertellen.'

'Wat zegt ze dan?'

'Michelle heeft het lichaam gevonden en mee naar haar kamer genomen. Maar uit wat ze nu begint te vertellen, maak ik op dat dat niet het enige is geweest. Ik denk dat ze gezien heeft wie het lijk daarbuiten had neergelegd.'

Er viel een stilte. Behoedzaam pakte Harry een stukje geitenkaas, legde dat op het geroosterde brood, stopte dat in zijn mond, kauwde erop en slikte het door. 'Wat zegt de politie ervan?' vroeg hij.

'Het interesseert ze niet,' zei Frieda. 'Ze denken er het hunne van en zijn daar tevreden mee.'

'En verder niks?'

'Nee. Ik heb contact met een neuroloog die expert is op het terrein van dit soort uitzonderlijke syndromen. Maandag ga ik met hem naar haar toe. Hij gaat haar een cocktail van allerlei medicijnen geven, en dan zal ze ons ongetwijfeld precies kunnen vertellen wat ze heeft gezien. En dan geef ik haar verklaring aan de politie en kunnen zij het onderzoek doen zoals ze dat meteen al hadden moeten doen: op de juiste manier. Maar dat zullen ze zonder mij moeten. Ik ben er klaar mee.'

'Waarom doe je dit?' zei Harry. 'Je kunt niet iedereen het werk uit handen nemen. Kom je niet in de verleiding om er nu al mee te kappen? Om je eigen leven weer op te pakken?'

'En toekijken hoe een onschuldig man de gevangenis in gaat?' zei ze. 'Dat kan ik toch niet doen?'

'Misschien lukt het de politie alsnog om zelf de juiste persoon op te sporen,' zei hij. 'Daar hebben we toch politie voor.'

Frieda schudde haar hoofd. 'Als ik dit niet doe, zullen ze de zaak afronden zoals ze nu denken dat het ligt en gewoon doorgaan met hun volgende klus.' Ze keek hem argwanend aan. 'Hou je niet van geitenkaassalade?'

'Niet erg.'

'Waarom heb je die dan besteld?'

'Het maakt niet uit. Ik heb trouwens toch geen honger. Je weet toch dat ik gek op je ben, hè?'

'Harry...'

'Niks zeggen. Zeg alsjeblieft niks. Je weet het. Dat is de reden waarom ik hier met je zit te kletsen en geitenkaassalade bestel.' Hij streek met zijn hand over haar gezicht, terwijl zij doodstil bleef zitten en hem strak bleef aankijken. Marcus, die achter de bar espressokopjes omspoelde, keek naar hen.

'Maak ik een kans?'

'Nog niet,' zei Frieda. Ze schoof iets naar achteren.

Hij zuchtte. 'Waarom niet?'

'Het is het moment er niet voor.'

'Maar op een dag?'

'Ik moet nu weg. Ik heb zo meteen een patiënt.'

'Ga nog niet, alsjeblieft. Zeg me wat ik moet doen.'

'Zo ligt het niet.'

'Nee. Zeg het me. Draag het me desnoods op.'

'Oké.' Ze fluisterde bijna. 'Laat me met rust.'

Frieda was even voor zessen klaar met haar werk. Het schemerde, en op straat was het nat en winderig. Ze zette de kraag van haar jas op, stak haar handen diep in de zakken en ging op weg naar huis, dat ver weg was en oneindig verlokkend. Op dat moment werd ze zacht op de schouder getikt, en toen ze zich omdraaide, zag ze Harry staan. 'Stond je me op te wachten?' Ze klonk boos.

'Ik sta hier al meer dan een uur. Ik wil met je praten.'

'Ik ga naar huis.'

'Mag ik mee?'

'Vanavond niet.'

'Goed. Mag ik iets tegen je zeggen?'

'Wat dan?'

'Niet zomaar op straat. Daar, kunnen we daar praten?' Harry gebaarde naar het braakliggende stuk land waar Frieda vanuit haar spreekkamer op uitkeek. In het donker zag het er weidser en woester uit dan wanneer ze er overdag naar keek. Het stond er vol onkruid, en kinderen hadden vreemde bouwsels gemaakt met de planken en ijzeren platen die door de werklieden waren achtergelaten toen ze de bouwplaats verlieten. Bij het gat in de omheining waar Harry voor stond, waren de resten van een vuurtje te zien, waarvan de sintels nog nagloeiden. Hij hield een losgetornd stuk omheining voor haar omhoog.

'Ik dacht het niet,' zei Frieda.

'Hier vlak achter staat een bankje,' zei Harry. 'Ik zag het toen ik hier daarstraks langskwam. Eén minuutje maar, Frieda. Luister nou even.'

Frieda aarzelde, maar stapte toen behendig door de opening in het hek. Harry volgde haar en trok het achter zich dicht.

'Zeg het maar.'

'Laten we even dat bankje opzoeken.'

'Ik hoef niet te zitten.'

'Deze kant op.'

Ze liepen verder het afgesloten terrein op. Er zaten kuilen in de grond, en voor hen uit stak een kleine kraan onbeweeglijk omhoog.

'Frieda,' zei Harry mompelend.

'Ja?'

'Het spijt me.'

'Wat?'

'Weet je, lieverd…'

Hij kwam er niet toe zijn zin af te maken, want ineens dook voor hen een gestalte op: een oude man gehuld in een deken en met een fles in de hand. Uit zijn mond klonk een vreemd schorre jammerklacht.

'Hij lag te slapen,' zei Frieda, en vervolgens tegen de man: 'Sorry dat we u aan het schrikken hebben gemaakt.'

Hij zette de fles aan zijn mond, hield hem bijna verticaal en dronk.

'We gaan weg,' zei Frieda. 'Niks aan de hand. We laten u met rust.'

'Dame,' zei de man, en hij liep achter hen aan, terug naar het hek en door het gat.

'Waar had je nou spijt van?' vroeg Frieda.

Harry staarde haar aan. Hij leek nauwelijks uit zijn woorden te kunnen komen. Hij keek om zich heen naar de mensen die langs snelden, van hun werk op weg naar huis of naar het café voor een borrel.

'Ik wilde even onder vier ogen met je praten,' zei hij. 'Kan ik niet met je mee naar huis? Even maar.'

'Niet nu.'

'Goed dan,' zei hij uiteindelijk. 'Het kan wachten.'

46

Michelle Doyce vond het ziekenhuiseten lekker. Het was zacht en grauw van kleur en het leek nergens op. Ze hadden iets wat een beetje naar vis smaakte, met een dikke grijze saus. Maar vormeloos en zonder graten. En ze hadden iets wat een beetje naar kip smaakte, ook met een dikke grijze saus, en ook dat was vormeloos en zonder botjes. Het zag er nooit uit alsof het zou gaan bewegen, alsof het iets tegen haar zou zeggen. De dagen, daar hield ze niet van. Dan waren er te veel dingen om haar heen die haar aandacht vroegen, te veel kleuren en geluiden, te veel prikkelingen in haar huid. Dan liep alles te veel door elkaar, zodat ze niet meer wist wat kleur en wat geluid was. Dan was het allemaal te veel een storm, waarin ze verloren rondzwierf.

Mensen kwamen en gingen. Soms liepen en spraken ze zo snel dat het allemaal wazig werd en dat ze hen niet goed kon zien, alsof zij op een perron stond en de anderen in een trein zaten die met honderd kilometer per uur langsreed. Soms zeiden ze wat, maar dan verstond ze het niet. En zo was het ook met de andere patiënten op zaal. Alsof ze hen alleen maar zag in stroboscopische lichtflitsen, en dan leken ze altijd te schreeuwen van pijn of woede of wanhoop, waarna zijzelf ook hun pijn of woede of wanhoop voelde. Alsof ze dag na dag doorbracht te midden van drilboren, sirenes, elektrische zoemers en knipperlichten, terwijl er kartelmessen in haar ogen, oren en mond werden gestoken. Alsof een zwerm insecten haar lichaam was binnengedrongen en ze zich met hun scherpe tanden en klauwtjes een weg naar buiten probeerden te knagen en te krabben. Elke dag vond ze wel wat, en dat borg ze dan zorgvuldig en keurig geordend op. In de badkamer stukjes zeep die waren overgebleven, bijvoorbeeld, of een stukje zilverfolie van een doordrukstrip, een pleister, een schroefje. Die stopte ze in een pillendoosje dat op de plank links van haar bed stond. Als ze het opendeed, zag ze soms ineens dat ze in de verkeerde volgorde lagen, en dan haalde ze alles eruit, om het vervolgens in de juiste volgorde terug te leggen.

Meestal was het beroerd. Ze had het gevoel dat ze op een rots midden in zee was neergezet en helemaal alleen was, dat het te warm of te koud was, of te droog of te nat, terwijl ze nooit kon slapen, want als ze sliep, zou alles worden weggespoeld en beschadigd en verloren raken.

Maar het was beter geworden toen ze een eigen kamer had gekregen, alsof ze was ontkomen naar een rustig, veilig holletje, ver weg van de drilboren en de knipperlichten. Er stond een tv. Als ze ernaar keek, waren het vlekkerige licht en het scherpe geluid in het begin een kwelling, maar op andere momenten kon het rustgevend zijn, als iets warms wat over haar heen golfde, en dan kon ze uren achter elkaar naar de bewegende vormen kijken. Er waren ook weekbladen met stralende, lachende gezichten die haar aankeken en vroegen om haar vriendschap en goedkeuring. Ze kon ze tegen haar horen praten, en dan keek ze hen glimlachend aan, en soms betrapte ze hen er weleens op dat ze het onder elkaar over haar hadden, en dan snoerde ze het blad de mond en sloeg ze het dicht, om hun een lesje te leren. En dan was er nog de verpleegster. Soms was ze blank, maar met een accent, soms was ze Indiaas of Pakistaans, en soms was ze Afrikaans. En ze nam haar mee door een lichte gang, zo licht dat het haar duizelde, liet haar plaatsnemen in een stoel, met haar hoofd achterover, en waste ze haar haren met warm water, en dan voelde ze haar vingers op haar hoofd. Het herinnerde Michelle Doyce aan iets van heel lang geleden, diep weggestopt, waar ze veilig vastgehouden werd en beschermd was. En dan waren er de twee dieren: het beertje en het hondje. Die zaten bij haar op bed en sliepen bij haar. De ogen van het hondje waren knopen. Ze wist dat het maar speelgoedbeesten waren, maar ze had er een gevoel bij, een gevoel dat ze niet kon onderdrukken. Alsof ze een kind was dat in bed lag met ouders naast zich die diep in slaap waren, die niet bewogen, maar wel warm waren en leefden. Die alles wisten, die toekeken. Als de geluiden en de lichten haar te veel werden, kon ze naar hen kijken en hen tegen zich aan voelen.

Het fijnste was het als de lichten uit waren en de geluiden vervaagden als een storm die uitgeraasd raakt. Na een laatste roep en gemompel gingen de lichten met een laatste flikkering uit. Het was dan niet meteen donker. Het licht bleef in de ogen van Michelle Doyce nog even hangen, als een doffe pijn, met een nagloei van zuurgroen tot vaalgeel, dan weer groen, geleidelijk vervagend tot bruin en zwart. De donkerte voelde warm aan. Daarin kregen de lichten iets vriendelijks. Ze blonken van buiten door het raam naar binnen, ver weg in de nacht. Ook binnen knipperden dan nog wel lichtjes, op apparaten, in rood en groen en geel. En zelfs de geluiden klonken dan vriendelijk: piepjes en tikjes. Soms klonk er van ver weg, buiten haar kamer, nog gezucht en gesteun en geschreeuw dat Michelle Doyce herinnerde aan de pijn, maar in het donker was het alsof er over alles een grote harige doek heen lag, waarmee de chaotische geluiden werden opgedweild, om vervolgens ergens in een rivier te worden uitgeknepen en op de stroom te worden weggevoerd. De dag was niet bedoeld om te waken, en de nacht niet om te slapen. Alles speelde zich af in een soort langdurige sluimer, en ze wist niet of de beelden die ze zag alleen in haar hoofd bestonden en de stemmen van de tv kwamen, of er mensen langskwamen of dat ze alles zelf bedacht. En wat maakte het ook uit?

Maar de nachten waren fijn. Dan werden de lichten zacht en klonken ook de geluiden zachter. Dan verloren de dingen hun scherpe contouren. Michelle Doyce zou het fijn hebben gevonden als het leven altijd zo had kunnen zijn, voor eeuwig en altijd – slapen en waken, warm en veilig.

Uit de duisternis klonken stemmen op. Ze hoorden bij haar droom. Daarin had ze op straat gelopen en was ze ook ergens binnen geweest, ergens waar het haar bekend voorkwam. Ze was thee aan het zetten. Ze had de waterkoker aangezet en de kop-en-schoteltjes vast klaargezet. Aan tafel zaten een beertje en een hondje met knopen als ogen.

'Michelle,' zei de stem in de duisternis zacht. 'Michelle Doyce.'

Twee gestalten waren het, in de inktzwarte nacht. Twee donkere gestalten liepen om haar bed, donker afgetekend tegen de omringende duisternis.

'Michelle,' zei een andere stem, vlak bij haar oor. Scherp, fluisterend, maar hoger. Dat was een man geweest; dit was een vrouw.

'Is zij het?'

Michelle Doyce wist niet of ze haar ogen open of dicht had, maar aan het voeteneinde van het bed zag ze een lichtje in het donker zweven, een vuurvliegje. Daarin verscheen een spookbeeld van een gezicht, een mannengezicht. Er was daar in het duister een gevoel – pijn of woede, of angst.

'Ja, zij is het,' zei een stem, die van de vrouw weer.

Michelle Doyce deed haar mond open. Ze wilde iets zeggen, maar het kwam eruit als gekreun, en toen hield het gekreun op. Het werd ergens door onderdrukt. De duisternis werd nog zwarter. Ze maakte geen geluid. Ze kon geen geluid maken. Er drukte iets op haar, iets wat zwaar en zwart was, en ze voelde dat ze door de zwaarte naar beneden werd gedrukt, in een droom gedrukt die steeds donkerder werd, totdat ze uit de droom werd gedrukt en alles vervaagde en wegzonk.

En toen was alles ineens anders. Er brandden lampen, lampen zo fel dat het wel geluiden leken, zodat ze niets kon zien en niets kon horen. Er was licht en er werd geschreeuwd, en ze kon zelf roepen en ademen. Ze was diep onder water geweest, maar ze was eruit getrokken en nu lag ze op de wal. Michelle Doyce hapte naar adem. Het lukte haar niet. Het was alsof ze de lucht niet naar binnen kon halen. Haar ademhaling deed het niet meer. Ze kreeg de lucht niet naar binnen. Ze raakte in paniek en begon te spartelen, te huilen en te roepen. Ze spartelde als een vis op het droge, die in de lucht verdrinkt.

Toen voelde ze een koele hand op haar wang en hoorde ze in

het verblindende licht een stem tegen haar praten. Ze voelde adem op haar gezicht, een zoete en koele adem.

'Michelle,' zei de stem, zacht en dichtbij. 'Michelle. Alles is in orde. Het is allemaal goed. Het is goed met je.'

De stem sprak tot haar alsof die een verhaaltje voor het slapengaan vertelde. Ze voelde een koele adem op haar gezicht. Ze voelde dat ze weer kon ademen, alsof ze kon ademhalen ín die koele adem, alsof die zo bij haar naar binnen ging.

'Michelle, Michelle,' zei de stem.

Michelle Doyce deed haar ogen open. Het licht was zo verblindend dat ze niets kon zien, behalve blauwe en gele stippen die uit het niets tevoorschijn knalden. Langzaam kreeg een gezicht vorm. Ze hoorde wat er gezegd werd en voelde de vingers die bij de stem hoorden en die koel en langzaam over haar wang streken. Ze kende het gezicht. De vrouw van het hondje. De vrouw die het hondje had gebracht.

'Jij,' zei Michelle Doyce.

'Ja,' zei de vrouw, dichtbij, zodat ze haar frisse adem voelde. 'Ik ben het.'

47

Met een voor hem ongewoon beschermend gebaar pakte Karlsson Frieda bij haar elleboog.

'We hebben ze op hun rechten gewezen, en ze zijn nu allebei in gesprek met hun advocaat. Je kunt je wel voorstellen dat Tessa Welles begrijpt wat de situatie juridisch gezien is.'

'Heb jij al met hen gepraat?'

'Ik heb op jou gewacht.'

'Ik ben zo snel als ik kon hiernaartoe gekomen, maar ik wilde Michelle niet alleen laten.'

'Gaat het goed met haar?'

'Voor een vrouw die in zo'n hel leeft wel. Ik heb Jack gebeld. Ze kent hem en mag hem graag. Hij is niet bedreigend voor haar, en ze vindt de kleur van zijn haar rustgevend. Ik heb gezegd dat ik straks terugkom. En ik ga Andrew Berryman bellen, een arts die weet hoe het met Michelle is. Ze is een mens die lijdt, geen medisch curiosum. We kunnen haar hier niet alleen laten in haar angsten en verwarring. Dat zijn we haar toch op z'n minst verplicht.'

Karlsson keek haar bezorgd aan. 'En hoe is het met jou?'

'Ik heb haar als lokaas gebruikt,' zei Frieda. 'Dat schijn ik wel vaker te doen met mensen voor wie ik hoor te zorgen. Ze was als een worm op een vishaakje geprikt, en dat heb ik haar aangedaan.'

'Maar de vis heb je gevangen, hè?'

'Nooit iemand kwaad doen,' zei Frieda.

'Hè?'

'Dat staat in de eed die je als arts moet afleggen.'

Tessa zat met haar handen gevouwen voor zich op de tafel in de verhoorkamer. Ze leek kalm, al zag Frieda wel dat ze wallen onder haar ogen had en om de zoveel tijd aan haar lippen likte. De man naast haar was achter in de vijftig en had een mager, intelligent gezicht. Hij keek helder en waakzaam uit zijn ogen.

Yvette en Karlsson gingen tegenover Tessa zitten, en Frieda nam plaats op een stoel tegen de muur. Tessa draaide haar hoofd en keek haar aan. Er speelde een flauwe glimlach om haar lippen, alsof zij iets wist wat Frieda niet wist.

'Mevrouw Welles,' zei Karlsson vormelijk, 'u kent uw rechten, en u weet dat alles wat u zegt, wordt opgenomen?'

'Ja.'

'U bent aangehouden op verdenking van poging tot moord op Michelle Doyce, gisteravond. We zullen u ook ondervragen in verband met de moorden op Robert Poole en Janet Ferris. Is dat u duidelijk?'

'Ja,' zei Tessa op onverschillige toon.

'Uw broer zit hiernaast. Straks praten we met hem. We willen alleen uw versie van het verhaal eerst horen.'

Tessa keek hem aan en zei niets.

'Oké. Misschien hebt u er wat aan om eerst te horen hoe het verhaal volgens ons is.' Karlsson pakte een dossiermap en bladerde die door, waarmee hij een stilte liet vallen. Tessa's kaakspieren spanden zich aan, maar ze verroerde zich niet.

'Robert Poole,' zei Karlsson ten slotte. 'U hebt hem ontmoet in november 2009, toen hij bij u op kantoor kwam met Mary Orton, die een nieuw testament bij u wilde laten opstellen, te zijnen gunste. U hebt ervoor gekozen om dat niet te doen. U wantrouwde zijn motieven.'

Tessa staarde voor zich uit en ontweek Karlssons strak op haar gevestigde blik.

'Dat had je snel in de gaten,' zei Frieda. 'Heel knap.'

'Maar later hebt u hem nog eens gesproken,' vervolgde Karlsson. 'Wat is er toen gebeurd?'

'Ik heb niets te zeggen,' zei Tessa.

'Het doet er niet toe.' Karlsson keek Frieda aan. 'Wat denk jij dat er is gebeurd?'

'We zijn hier niet om naar gissingen te luisteren,' zei de advocaat. 'Als u vragen hebt aan mevrouw Welles, stelt u die dan.'

'Ik heb dokter Klein gevraagd om uw cliënt een mogelijke gang van zaken voor te leggen. Dat is een soort vraag. Zij kan dan bevestigend of ontkennend antwoorden.' Hij keek Frieda aan, die ingespannen nadacht.

Frieda stond op, pakte haar stoel op en nam plaats naast Karlsson, zodat ze Tessa kon aankijken. Nu keek Tessa Frieda wel aan. Even dacht Frieda aan het spel dat kinderen spelen, waarbij je elkaar moet aankijken en proberen niet te lachen.

'Ik heb Robert Poole nooit ontmoet,' zei Frieda. 'Ik heb zelfs nog nooit een foto van hem gezien. Tenminste, niet een die genomen is toen hij nog leefde. Maar ik heb met zoveel mensen te maken gehad die contact met hem hebben gehad, dat ik bijna het gevoel heb dat ik hem heb gekend. Toen je weigerde om dat testament op te stellen, zouden de meeste mensen in zijn positie zich vernederd of in elk geval gewantrouwd hebben gevoeld. Maar hij was geïntrigeerd door je. Hij was eraan gewend om mensen in zijn macht te hebben, maar bij jou lukte dat niet. Jij was voor hem een uitdaging. Daarom nam hij weer contact op. Wat heeft hij toen gezegd? Misschien wilde hij je de situatie uitleggen, je laten zien dat het anders lag dan jij dacht. Hij intrigeerde jou ook, en je vond het ook wel leuk. Dat hij het niet opgaf, had wel iets charmants. Toen ben je uit een zekere nieuwsgierigheid een relatie met hem begonnen, al was het maar om te zien hoe hij te werk ging.'

Op Tessa's gezicht verscheen een minachtende glimlach. 'Zo'n obscene fantasie zegt meer over jou dan over mij,' zei ze.

'En toen viel hij voor je. Hij zag jou als een geestverwant. Je hebt hem aangemoedigd en hij vertelde je over Mary Orton, Jasmine Shreeve en Aisling en Frank Wyatt.'

'En Janet Ferris,' zei Yvette scherp.

'Laat dat nu maar even rusten,' zei Frieda. Toen ze verderging, was het bijna alsof ze in zichzelf sprak, iets probeerde te ontraadselen. 'Er was iets waar ik geen vinger achter kon krijgen. Jasmine Shreeve, Mary Orton en de Wyatts waren zijn slachtoffers. Elk had op zijn eigen manier iets te verbergen, en daar raakten ze van in de war, ze voelden zich er schuldig om en schaamden zich ervoor. Ze spraken zichzelf tegen, wat alleen maar menselijk is. Mensen vertellen geen samenhangend verhaal. Het klopte niet allemaal. Maar bij jou was het anders. Jij onderhield een ongecompliceerde relatie met Poole. Jij was de enige die hij nooit echt heeft leren kennen. Het ging jou alleen om het geld.'

Ze keek Karlsson even aan, die knikte.

'Toen u eenmaal had ontdekt hoeveel geld hij had,' zei Karlsson, 'en hoe hij daaraan was gekomen, was het verder een fluitje van een cent. Tenslotte kun je het beste geld stelen van iemand die dat zelf ook heeft gestolen, want die kan niet naar de politie stappen. Had hij u verteld hoeveel geld hij had? Om indruk op u te maken? Hebben u en uw broer toen besloten om dat geld maar in te pikken? Harry weet immers alles van bankoverschrijvingen en het openen van neprekeningen – de oplichter opgelicht, dat was het eigenlijk.'

'Nee,' zei Frieda.

'Hoe bedoel je?'

'Het was niet alleen dat er gestolen geld werd gestolen,' zei ze. 'Het was nog mooier. Wanneer heb je ontdekt dat hij gebruikmaakte van een valse identiteit? Had hij daarover opgeschept? Of heeft Harry het ontdekt toen hij zijn gangen naging?' Tessa staarde haar aan, maar zei niets. 'Want dat maakte het allemaal nog aantrekkelijker,' vervolgde Frieda. 'Niet alleen zou van de diefstal van het geld nooit aangifte gedaan worden, maar het zou bovendien gestolen zijn van iemand die niet bestond, een fictieve figuur.'

'Ik was niet degene...' begon Tessa, maar toen zweeg ze.

'Was het Harry's idee?' vroeg Frieda. 'Het doet er niet toe. Weet je, ik heb mijn best gedaan om er niet aan te denken hoe de laatste paar minuten van Robert Pooles leven zijn verlopen. Jullie dachten waarschijnlijk dat dreigen al genoeg zou zijn, zoals vroeger, toen je iemand tot een bekentenis kon dwingen door hem alleen maar de werktuigen te tonen waarmee hij gefolterd zou worden.' Ze had ineens het gevoel dat ze daar alleen met Tessa zat en begon zachter te praten. 'Hoe heb je het gedaan? Met een betonschaar? Een snoeischaar? Maar hij geloofde je niet, hè? Hij dacht niet dat jij, Tessa Welles, het echt zou doen. En toen heb je een prop in zijn mond geduwd en heb je het gedaan. Het valt niet mee om iemand een vinger af te knippen, want daar zitten botjes, pezen en kraakbeen in, maar jij hebt dat gedaan, of Harry, en toen heeft hij jullie verteld wat jullie over het geld wilden weten. Daarna hebben jullie hem gewurgd. Maar dat was makkelijk, nadat jullie die vinger al hadden afgeknipt.

Maar het was niet geïmproviseerd. Het was geen plan B. Jullie wisten van de Wyatts. Jullie wisten dat Poole haar halssnoer had. Jullie wisten van tevoren al waar jullie het lijk moesten dumpen om Frank Wyatt de moord in de schoenen te kunnen schuiven.'

'Sorry,' zei de advocaat. 'Is hier een vraag mee bedoeld?'

'Het is één grote vraag,' zei Karlsson. 'Maar de uiteindelijke vraag is: zal Tessa Welles bekennen?'

De advocaat keek Tessa aan, die haar hoofd schudde.

'Het appartement van Robert Poole was interessant,' vervolgde Frieda. 'En dan heb ik het niet over jouw schilderij, dat bij Janet Ferris in de keuken hing. Dat weten we. Ik bedoel dat je niet slim bent omgesprongen met het bewijsmateriaal in zijn appartement.'

'Hoe bedoel je?' vroeg Karlsson terwijl hij zijn hoofd haar kant op draaide. 'Er was geen bewijsmateriaal.'

'Dat klopt,' zei Frieda. 'Ze hebben daar van alles achtergelaten wat te maken had met zijn slachtoffers, maar niets wat naar Tessa kon verwijzen. Ze hebben verscheidene pagina's uit Pooles opschrijfboekje gescheurd, maar niet die waar de namen van de slachtoffers op stonden. En dat gaf aanleiding om te denken dat die pagina's er door iemand anders uit waren gescheurd.'

'Dat er aanleiding was om dat te denken is nog geen bewijs,' zei Tessa's advocaat.

'U hebt Robert Poole vermoord,' zei Karlsson. 'U hebt Janet Ferris vermoord...'

'De lijkschouwer was van oordeel dat het zelfmoord was.'

'U hebt Janet Ferris vermoord,' herhaalde Karlsson. 'En u hebt geprobeerd Michelle Doyce te vermoorden, omdat u dacht dat zij iets wist.'

Even was er een zenuwtrek in Tessa's gezicht te zien.

'Maar dat was niet het geval.' Frieda boog zich weer voorover. 'Michelle Doyce was geen bedreiging voor je. Ze had mij niets te zeggen; dat heb ik Harry en dus jou maar wijsgemaakt.'

'Zo is het voorlopig wel voldoende,' zei haar advocaat, terwijl hij opstond.

'Jullie zouden haar toch hebben vermoord, voor het geval ze wel iets zou weten,' vervolgde Frieda kalm. 'Jij en je broer. Hoe voelt dat?'

'Ik weet niet waar je het over hebt.'

'Hoe voelt het om te weten waar je toe in staat bent?'

'Genoeg. Mijn cliënt heeft niets meer te zeggen.'

'Daar zul je over na moeten denken, Tessa, de komende jaren.'

Harry Welles droeg een dikke grijze trui en een zwarte spijkerbroek. Het was de eerste keer dat Frieda hem zo informeel gekleed zag; anders droeg hij altijd een pak of een mooi colbertje en zag hij er ook verder zeer verzorgd uit. Ze bekeek hem aandachtig. Veel mensen zouden hem een knappe man vinden. Hij bezat de zelfverzekerdheid en de charme van iemand die gewend is zijn zin te krijgen. Olivia begon al te kirren als ze het over hem had.

Toen ze in de hoek plaatsnam, kruisten hun blikken elkaar. Zijn advocaat was een jonge, mooie, verzorgd uitziende vrouw, die druk gesticuleerde terwijl ze sprak en af en toe met haar roze gelakte nagels op tafel tikte.

Hij had niets te zeggen over de wijze waarop Robert Poole gemarteld en vermoord was, hij zweeg over het geknoei met het bewijsmateriaal en de wijze waarop het lijk was gedumpt, en hij had geen commentaar op de dood van Janet Ferris.

'Ik snap het niet,' zei Karlsson. 'U bent betrapt bij een poging

Michelle Doyce te vermoorden. Het is een uitgemaakte zaak. U draait de bak in, u en uw zuster. U hebt niets te verliezen. Waarom zou u zwijgen? Het is uw laatste kans.'

'U zegt het zelf al,' zei Harry vriendelijk. 'U snapt het niet.'

'Je denkt dat niemand zo slim is als jij,' zei Frieda. 'Ja, toch?'

'Ik vroeg me al af wanneer jij iets zou gaan zeggen,' zei Harry.

'Jij en Tessa denken dat jullie iedereen te slim af zijn, dat niemand jullie iets kan maken.'

'Net als jij dus.'

'En jullie kijken op mensen neer.'

'Ik keek toch niet op jou neer? Bij onze afspraakjes?' Hij keek haar met opgetrokken wenkbrauwen aan.

'Onze afspraakjes?' Frieda keek hem onderzoekend aan. 'Wil je weten wat ik daarvan vond? Ik ben wel met meer mannen uit geweest, en soms waren die ontmoetingen interessant, soms waren ze tenenkrommend, en soms leek er meer mogelijk te zijn. Bij jou was daar geen sprake van. Het leek steeds een soort optreden. Het waren woorden zonder inhoud.'

'Rot op. Zo rustig zul je er niet bij zitten als alles uitkomt. Jij bent gesteld op je privacy, maar ik wéét dingen van jou, Frieda. Je zult ervan opkijken wat ik allemaal van je weet.' Hij boog zich naar haar toe. 'Ik weet alles van je familie, van je vader, van je verleden.'

Karlsson stond zo abrupt op dat zijn stoel naar achteren vloog. 'Het verhoor is afgelopen – zoals uw advocaat had moeten zeggen.'

Hij zette de recorder uit, liep naar de deur en hield die voor Frieda open. 'Dank je,' zei ze, waarna ze voor het laatst een blik op Harry wierp.

'Je noemde hem Bob,' zei ze tegen hem.

'Hè?'

'Toen we in het café zaten, informeerde je naar Bob Poole. Dat was dom van je, vind je niet? Toen wist ik het. Eén woord was voor mij genoeg, Harry. Eén lettergreep.'

Toen liep ze het vertrek uit, met geheven hoofd.

'Gaat het?' vroeg Karlsson.

'Ja, hoor.'
'Wat hij zei over...'
'Het gaat, zei ik. Ik heb het gehad. Het is voorbij.'
'Weet je het zeker?'
'Maar er is iets anders.'
'Wat dan?'
'Dean Reeve. Nee, luister nou even. Ik weet dat hij nog leeft. Af en toe denk ik dat ik zijn aanwezigheid voel. Ik raak het gevoel niet kwijt dat ik gevaar loop.'

Ze ging niet meteen terug naar het ziekenhuis, maar nam de bus naar Belsize Park en liep vandaar in de richting van Hampstead Heath. Na de lange, barre, donkere winter leek nu de lente in aantocht, wat te merken was aan een warmte die ineens weer voelbaar was en aan de narcissen die overal opkwamen. De kleverige knoppen van de kastanjeboom begonnen open te gaan. Na alle kou en duisternis lagen er weer zwoele dagen, lange avonden en zachte ochtenden in het verschiet.

Ze belde aan, wachtte, en belde toen nog een keer.
'Wie is daar?' klonk een boze stem door de intercom.
'Dokter Berryman? Ik ben het, Frieda Klein.'
'Het is zondag. Neemt u nooit de moeite om van tevoren te bellen?'
'Kan ik u even spreken?'
'U spreekt me nu.'
'Niet op deze manier. Onder vier ogen.'
Er klonk een overdreven zucht, waarna hij de deur open zoemde. Ze liep de trap op naar het appartement op de bovenste verdieping, waar hij in de deuropening op haar stond te wachten. 'Ik was piano aan het spelen,' zei hij.
'Hoe gaat het?'
'Er zit niet veel vooruitgang in.'
'Ik wilde het met u over Michelle Doyce hebben.'
'Leeft ze nog?'
'Ja.'
'Zijn er nieuwe ontwikkelingen?'

'Ja, u en ik gaan ervoor zorgen dat ze in een instelling wordt geplaatst die voor haar beter geschikt is, waar er goed voor haar wordt gezorgd en waar ze de dingen waarvan ze houdt om zich heen heeft.'

'O, gaan wij daarvoor zorgen?'

'Ja.'

'Waarom?'

'Niet omdat ze het syndroom van Capgras heeft en medisch gezien zo bijzonder is, maar omdat ze lijdt en omdat wij verantwoordelijk voor haar zijn.'

'Meent u dat?'

'Ja, dat meen ik.' Frieda knikte naar hem. 'U bent toch degene die haar die teddybeer heeft gegeven?'

'Ik weet niet waar u het over hebt.'

'Een roze teddybeer, met een hartje op de borst gestikt.'

'Er was niet veel keus in dat winkeltje.'

'Maakt u zich geen zorgen – ik zal het tegen niemand zeggen. U hebt geen idee wat een problemen dat heeft gegeven,' zei Frieda. 'Maar het was aardig van u. En het heeft in zekere zin ook wel geholpen.'

Toen ze de trap af liep, hoorde ze achter zich slecht Chopin spelen.

48

'Heb je het nieuws vandaag gezien?' vroeg Yvette aan Munster. 'De begroting voor de politie wordt met vijfentwintig procent gekort. Hoe gaan we dat in hemelsnaam opvangen? Over een halfjaar sta ik waarschijnlijk bij McDonald's achter de toonbank. Als ik geluk heb.'

'Het is om de efficiency te vergroten,' zei Munster. 'En de bureaucratie te beperken. De dienstverlening aan het publiek blijft onveranderd.'

'Onzin,' zei Yvette. 'Bureaucratie, dat is wat ik nu doe: proberen een dossier samen te stellen waar het OM iets mee kan. Hoe moet daarop gekort worden? Daarvoor was die idioot van een Newton natuurlijk hier. Om te kijken op wie er gekort kan worden. Waar is hij trouwens?'

'Ik neem aan dat hij een verslag zit te schrijven, net zoals wij. En nu ik het daarover heb: dat van die schilderijen zullen we daarin moeten uitleggen.'

'O, shit,' zei Yvette. 'Ik had gehoopt dat iemand anders dat zou doen. Het is voor mij net zoiets als... ik weet niet... als met een oude trui. Als er een draadje loshangt, denk je dat je het oplost door eraan te trekken, maar voordat je het weet, haal je een hele mouw los. Waar ik maar niet bij kan, is dat als je iemand hebt vermoord en het lijk hangt daar voor je ogen te bungelen, je de schilderijen gaat verhangen en de meubels verplaatsen. Of is het gewoon een rare theorie van Frieda Klein? Ik bedoel, ze hadden toch gewoon twee schilderijen kunnen verwisselen? Met het grootste de lichte plek bedekken en het kleinste schilderij vervangen door dat wat ze hadden meegenomen. Dat zou toch veel makkelijker zijn geweest?'

'Er moet een reden zijn waarom het zo niet is gegaan, maar die kan ik niet bedenken.'

Karlsson kwam de kamer binnen, op de voet gevolgd door Frieda.

'Alles goed?' vroeg Karlsson.

'We hadden het over die schilderijen,' zei Yvette. 'Voor het proces-verbaal. We weten niet meer precies hoe het zat.'

'Frieda?' zei Karlsson.

Frieda dacht even na. Yvette zag de wallen onder haar ogen en vond dat ze er moe uitzag.

'Oké,' begon ze. 'Zes schilderijen van verschillende grootte. Poole heeft het op twee na kleinste van de muur gehaald, onder zijn bed opgeborgen en er het schilderij voor in de plaats gehangen dat hij van Tessa Welles had gekregen, dat wat hij later aan Janet Ferris uitleende en dat zij naderhand heeft teruggehangen.' Ze zuchtte even. 'Arm mens. Soms denk ik weleens dat mensen juist door het goede dat ze doen hun ondergang tegemoet gaan. Maar goed, stel je voor hoe het gegaan moet zijn. Tessa en Harry Welles hebben haar vermoord. Het schilderij dat ze hebben meegebracht is te klein om de lichte plek te bedekken, maar het past wel op de plaats waar het op één na kleinste schilderij hangt, dat op zijn beurt past op de plaats waar het kleinste hangt. Zo bedekken ze alle lichte plekken door er het iets grotere schilderij voor te hangen. Wat ze uiteindelijk overhouden, is één grote lichte plek, die ze bedekken door er de kast voor te schuiven, en het kleinste schilderij, dat ze meenemen, samen met dat van Tessa.'

'Had het niet simpeler gekund?'

'Het hangt ervan af hoe je het bekijkt,' zei Frieda. 'Je moet niet vergeten dat ze onder grote spanning stonden. Dat lijk hing daar in de kamer. Ze moesten improviseren. Ze hebben de problemen een voor een opgelost, en volgens mij redelijk goed. Maar ze hadden nog een andere reden om het zo te doen. Door alle schilderijen te verplaatsen, konden ze verhullen om welk schilderij het eigenlijk ging.'

'Ik geloof dat ik het op papier moet zien,' zei Munster.

'Er is nog een andere theorie mogelijk,' zei Yvette. 'Namelijk dat Poole zijn schilderijen alleen maar anders wilde ophangen.'

'Daar heb ik ook aan gedacht,' zei Karlsson. 'Daarom zijn we vanochtend naar het appartement van Tessa Welles gegaan. We hebben er het schilderij gevonden, het echte, van die verdomde pijnboom en de maan. Het ligt nu beneden om onderzocht te worden. Onofficieel kunnen we nu al zeggen dat er verscheidene sets vingerafdrukken op de lijst zitten.'

'Dus zouden ze niet tegen de lamp zijn gelopen als ze niet die fout met de twee schilderijen hadden gemaakt?' vroeg Munster.

'Nee, er klopten ook allerlei kleinigheden niet. Het was in het begin allemaal erg vaag,' zei Frieda. 'Poole wist bij iedereen die hij ontmoette de zwakke plek te vinden en de mensen onder zijn invloed te brengen. Maar Tessa wist Poole onder háár invloed te brengen. Dat was interessant. De enthousiaste manier waarop ze contact met mij zochten, maakte op mij nogal een gedwongen indruk. Het klinkt misschien gek, maar ik kreeg de indruk dat ze bij het onderzoek betrokken wilden worden.'

'Dat klinkt helemaal niet gek,' zei Karlsson. 'Dat leren we op onze opleiding. Het is niet zo ongewoon dat misdadigers zich met een opsporingsonderzoek willen bemoeien, of zelfs proberen er een rol in te spelen. Dat doen ze om het te kunnen beïnvloeden. Zo staat het tenminste in de leerboeken.'

'Broer en zus Welles hielden graag de touwtjes in handen,' zei Frieda. 'Ik vond het allemaal een beetje vreemd, maar de vondst van het halssnoer van Aisling Wyatt was voor mij de sleutel tot de oplossing.'

'Waardoor de verdenking bij de Wyatts kwam te liggen,' zei Munster.

'De verdenking kwam juist niet bij de Wyatts te liggen. Het is bekend dat mensen voorwerpen achterlaten na het plegen van een moord, maar geen duur halssnoer. Maar het was wel typisch iets wat Poole zou hebben willen inpikken om er bij Tessa mee te pronken. Of om het haar cadeau te doen.'

'Maar hoe is het dan uiteindelijk op de kamer van Michelle terechtgekomen?' vroeg Munster.

'Ik heb de route langs de rivier gelopen van het appartement van de Wyatts tot aan het huis waar Michelle Doyce woonde. Tessa en Harry Welles moeten diezelfde route in hun auto hebben afgelegd. Ze wilden het lichaam zo dicht mogelijk bij het appartement van de Wyatts dumpen, en Howard Street is de dichtstbijzijnde plek waar je met de auto tot aan een steeg kunt doorrijden en vervolgens ongezien een lijk kunt dumpen. Toen hebben ze Aislings halssnoer in zijn zak gestopt. Alsof ze dachten dat de politie oerstom was en zo'n aanwijzing nodig had.'

'Hoe wist je dat Tessa een relatie had met Poole?'

Frieda haalde haar schouders op. 'Het was min of meer een gok,' zei ze. 'Ongeveer op het moment dat Poole Tessa ontmoette, ging hij niet meer met Aisling Wyatt naar bed. Het leek me een waarschijnlijke optie, en toen Tessa het een obscene fantasie noemde, wist ik dat ik gelijk had. Maar al begon ik Tessa en Harry Welles te verdenken, ik begreep wel dat dat onvoldoende was om als bewijs te dienen. Zelfs dat Harry hem een keer Bob noemde toen hij het er met mij over had, was niet genoeg. Ik begrijp best dat je niet alleen op je intuïtie af kunt gaan. Zo ontstaan lynchpartijen. Ik wist zeker dat de Wyatts onschuldig waren, maar behalve Harry en Tessa was er misschien nog een dader. Beth Kersey bijvoorbeeld.' Ze wreef over haar gezicht. 'Daarom heb ik Michelle Doyce als lokaas gebruikt.'

'Je wist zeker dat ze haar zouden vermoorden om zelf buiten schot te blijven?' zei Munster.

'Ik had het gevoel dat ze daar best toe in staat waren,' zei Frieda. 'Ze wisten dat ze het konden. Ik kan me voorstellen dat een moord plegen je gemakkelijker afgaat als je het al een keer eerder gedaan hebt.'

'Nou, hiermee is de zaak dan opgelost,' zei Karlsson. 'We hebben de moordenaars van Robert Poole en Janet Ferris gevonden. De enige die we niet hebben gevonden en ook nooit zullen vinden, is Robert Poole zelf. Zo heette hij niet eens. En zijn naam was ook niet Edward Green. Hij is een mysterie, alsof hij niet echt heeft bestaan.'

'Misschien had hij daardoor zo'n succes,' voegde Frieda eraan toe. 'Hij werd degene die de mensen wilden dat hij zou zijn, een spiegel voor zijn slachtoffers, die hun de identiteit voorspiegelde die zijzelf in hem wilden zien. Hij was de zoon die Mary Orton niet had, de minnaar die Aisling Wyatt niet meer zag in haar man, en een vriend en biechtvader van Jasmine Shreeve. Hij was iedereen en niemand tegelijk, de perfecte oplichter. Ik vraag me af wie hij voor zichzelf was, wat hij zag als hij in de spiegel keek die hij zichzelf voorhield. Zag hij wel wat?'

'Op een moment als dit horen we eigenlijk naar de kroeg te gaan om het te vieren.'

'En,' vervolgde Frieda, 'wie was hij voor Beth Kersey? Dat vraag ik me steeds af. Waar is ze? Wat voert ze in haar schild? Poole maakte misbruik van de zwakheden van anderen, van hun verdriet en foutjes. Maar de kwetsbaarheid van Beth Kersey is van een heel andere orde.'

'Ik weet niet wat ik zeggen moet, Frieda,' zei Karlsson. 'Behalve dan dat we nu misschien maar eens wat moesten gaan drinken?'

'Nee,' zei Frieda. 'Ik ga bij Lorna Kersey langs.'

Toen ze de kamer uit liep, zag ze aan het einde van de gang commissaris Crawford en Jake Newton. Newton keek even haar kant op en wendde toen zijn blik af.

49

Een vrouw bracht hun koffie in de tuinkamer. Buiten in de rozentuin was een man bezig takken te snoeien en samen te binden. Frieda kon nauwelijks geloven dat ze hier midden in Londen waren.

'Ik dacht dat u me nieuws kwam brengen,' zei Lorna.

'Ik ben naar u toe gekomen omdat ik uw hulp nodig heb,' zei Frieda.

'Je zou denken dat het tegenwoordig makkelijk is om mensen op te sporen – met al die mobiele telefoons en internet en zo.'

'Daar gaat het niet om. Wat de politie betreft, is uw dochter een volwassen vrouw en staat het haar vrij om haar huis te verlaten en niks van zich te laten horen, als ze dat wil.'

'Maar ze is geen volwassen vrouw,' zei Lorna. 'En in elk geval is ze ziek.'

'Daarom ben ik ook hier,' zei Frieda. 'Om meer te weten te komen over haar psychische gesteldheid. U zei dat ze schizofrene perioden heeft doorgemaakt, maar dat kan van alles zijn, dat kan variëren van milde wanen tot volledig verlies van alle autonomie. Ik bedoel dat je dan een gevaar kunt zijn voor jezelf en voor anderen. Hebt ú zich bijvoorbeeld ooit bedreigd gevoeld door uw dochter?'

'O nee,' zei Lorna. 'Ze was niet openlijk vijandig, doorgaans tenminste niet. Ze probeerde behulpzaam te zijn. Dat was haar probleem. Als tiener heeft ze een keer geprobeerd haar eigen kamer te schilderen.'

'Dat lijkt me niet zo slecht,' zei Frieda.

'Het ging om de manier waarop. Het was een vreselijke troep, maar dat niet alleen. Alles wat ze deed, had altijd ook iets beangstigends.' Lorna pakte haar kopje en zette het weer neer zonder ervan gedronken te hebben. 'Ik heb in mijn leven van tijd tot tijd ook problemen gehad, al zou u, als u hier om u heen kijkt, misschien denken dat met mij alles in orde was.'

Nee, dacht Frieda. Nee, dat had ze geen moment gedacht.

'Ik weet hoe het is als je af en toe denkt dat het leven zinloos is,' vervolgde Lorna. 'Maar je hebt je gezin, je vrienden en je werk, en met die steun kun je het leven aan. Maar als het slecht met Beth ging, zag je hoe het leven kon zijn als je dat alles niet had.'

'Ik weet dat ze een slachtoffer zou kunnen zijn, maar ik vroeg of ze ook weleens gewelddadig was,' zei Frieda.

'Over dat soort dingen wil ik het niet hebben,' zei Lorna. 'Ik wil alleen dat haar niets overkomt.'

Frieda keek uit het raam. De tuinman snoeide een rozenstruik zo drastisch dat er niet veel meer dan wat stompjes van overbleven. Zou de roos dat overleven? 'Is uw dochter ooit gedwongen opgenomen geweest in een psychiatrische inrichting?' vroeg Frieda.

Lorna schudde afkeurend haar hoofd. 'Dat wilden we niet,' zei ze. 'Ze kreeg hulp wanneer ze die nodig had.'

'Was ze onder behandeling van een psychiater op het moment dat ze verdween?'

'Ze was inderdaad onder een soort behandeling, ja.'

'Weet u daar misschien bijzonderheden van?'

'Nee,' zei Lorna. 'Maar volgens mij haalde het niet veel uit.'

'Weet u de naam van de psychiater misschien?'

'Ik geloof niet dat zij de juiste persoon was voor Beth. Het werd er zelfs nog erger van.'

'Maar hoe heette ze?'

'Ach, weet ik veel,' zei Lorna ongeduldig. 'Dokter Higgins, geloof ik.'

'En haar voornaam?'

Lorna raakte zichtbaar geïrriteerder. 'Iets met een E. Emma, of zo. Eleanor, misschien. Maar ze hebben niet veel gedaan, geen van allen.'

Ze had een slechte nacht gehad. Ze waren boos op haar geweest, een koor van boze stemmen, felle, harde, hoge, lage en schrille stemmen, en ze had niet geweten hoe ze hun het zwijgen had kunnen opleggen. Het waren Edwards woorden geweest, dingen die hij tegen haar had gezegd, maar die waren nu ineens in haar hoofd tot leven gekomen en gingen maar door – híj ging maar door. Beth had alleen maar geweten dat ze weg moest. Maar kon je er wel voor vluchten? Het leek alsof ze de ergst mogelijke hoofdpijn had, zo'n hoofdpijn waarbij je het gevoel hebt dat er insecten in je hoofd zitten die daar aan het graaien en knagen en krabben zijn, en daaraan wilde ze ontsnappen, zodat ze aan de pijn kon ontkomen. Ze had eraan gedacht zichzelf in brand te steken, de insecten verbranden, zoals mensen doen door mierenhopen in brand te steken, zodat de mieren er in rondjes omheen gaan rennen, alsof dat zou helpen. Of ze zou in de vriezer kunnen kruipen, in zo'n diepvrieskist zoals haar ouders in de bijkeuken hadden. Het zou een enorme opluchting zijn om die messcherpe kou om zich heen te voelen, het deksel boven haar hoofd dicht te trekken en daar maar gewoon in het donker te liggen en te voelen hoe de insecten gingen slapen.

Maar nee. Dat mocht niet. Dat had Edward gezegd, dat hadden de stemmen gezegd. Alles ging mis als ze dacht aan wat Beth wilde. Alles was altijd misgegaan. Beth was slecht. Beth was het slechte personage in haar hoofd. Waar het op aankwam, was dat ze aan anderen dacht. Aan Edward. Anderen waren vijanden. Vooral Beth. Met Beth zou ze later afrekenen. Alleen had ze ergens ver weg, heel zwak, het gevoel dat ze eerst iets moest eten, zoals dat je brandstof in een auto moet doen. Ze hoefde alleen maar naar die plek toe te gaan en te doen wat Edward wilde – dat zou genoeg zijn. Ze vond een stukje kip, dat droog en hard was. Ze kauwde erop. Ze pakte de laatste koekjes en het laatste brood, dat nu keihard was, smeerde er veel boter op, propte het in haar mond en kauwde erop totdat het een dik papje werd, dat moeilijk door te slikken was. Ze moest het papje wegspoelen. Glas na glas dronk ze leeg. De melk rook naar kaas, maar ze dronk door. Het zware, volle gevoel was troostrijk, gaf haar meer gewicht, voorkwam dat ze weg zou drijven.

Ze ging door het luik naar buiten, stapte aan dek en van daaraf op het jaagpad. Het was zonnig en koud. Het zonlicht deed pijn. Ze kon het zelfs horen. De stemmen hielden niet op, zelfs nu het dag was. Ze bleven maar aan haar hoofd zeuren.

'Laat me met rust, laat me met rust,' zei ze. 'Ik hoor jullie wel. Ik doe het toch. Laat me gewoon met rust. Dat hadden ze me toch al gezegd?'

Ineens hoorde ze een andere stem, en deze was heel dom, nog erger dan de andere. Maar deze stem was afkomstig van een echt mens, en die stond naast haar op het jaagpad. Hij had lang haar en een afschuwelijke, plukkerige baard, alsof hij een of andere ziekte had. De man stak zijn handen naar haar uit en raakte haar aan, en ze kon hem zelfs ruiken, zo dichtbij was hij. Ze kon hem alleen niet goed zien, omdat de zon zo fel was en haar verblindde. Hij was donker afgetekend tegen de zon, met schitteringen om hem heen, zoals wanneer de zon op de golven in het kanaal scheen. Toen dacht ze er weer aan. Ze had het bij zich. Ze had het geslepen, de hele avond lang, net zoals haar vader vroeger. Ze trok het tevoorschijn en stak het naar voren, en het rare was dat ze de man ineens scherp zag. En hij keek zo verbaasd.

Maar het deed er niet echt toe, want het belangrijkste was dat ze een doel had. Terwijl hij als een idioot ineenzakte, draaide ze hem de rug toe en rende over het jaagpad weg, weg van de zon.

Net als veel andere artsen stond ook Emma Higgins niet in het telefoonboek, en het kostte Frieda drie telefoontjes, twee tamelijk lange gesprekken, een belofte om binnenkort af te spreken wat te gaan drinken, een rit in de metro en een korte wandeling voordat ze uiteindelijk aankwam bij een mooi rijtjeshuis in Islington, vlak bij Upper Street. Ze had niet durven opbellen. Ze had maar één kans, en een persoonlijk gesprek leek haar beter. De vrouw die opendeed droeg een knielange paarse jurk en grote oorbellen. Ze was opgemaakt als voor een feestje, met veel eyeliner, rode lippenstift en blusher. Frieda hoorde geroezemoes, terwijl achter in het huis, waarschijnlijk in de keuken, een gedempt licht scheen. Kennelijk had ze haar gestoord bij een etentje.

'Bent u dokter Higgins?'

'Ja,' zei ze, verbaasd en geïrriteerd.

'Ik ben dokter Frieda Klein. Ik adviseer de politie en zou graag even met u willen praten, een paar minuten maar.'

'Wat?' zei Emma Higgins. 'Zo laat op de avond? We hebben gasten.'

'Eén momentje maar. Een patiënt van u, Beth – of Elizabeth – Kersey, is sinds een jaar vermist. Ze is nog steeds niet terecht, maar heeft contact gehad met iemand die later is vermoord.'

'Beth Kersey? Vermist?'

'Inderdaad. Ik wilde u vragen of u mij iets over haar kunt vertellen.'

Er viel een stilte. Emma Higgins leek zich iets te herinneren. 'Natuurlijk kan ik dat niet,' zei ze met een verontwaardigde uitdrukking op haar gezicht. 'Ze was een patiënt van mij. Dat weet u. Waar bent u in godsnaam mee bezig, zo laat op de avond bij mij aanbellen en me vragen stellen over iets waar ik niets over kan zeggen?'

'De klinische details hoef ik niet te weten,' zei Frieda. 'Ik wil haar alleen maar zien te vinden en ik zou graag iets meer weten over de risico's van de toestand waarin ze zich bevindt, al is het maar in algemene termen.'

'Nee,' zei Emma Higgins. 'Geen sprake van. En ik wil uw naam weten, zodat ik een klacht kan indienen over uw gedrag.'

'Dan zult u achteraan in de rij moeten aansluiten,' zei Frieda.

'Wat bedoelt u? En u werkt bij de politie? Waar is die dan? En hoe komt u aan mijn adres?'

Naast haar verscheen een man in een blauw katoenen overhemd, dat los over zijn spijkerbroek hing. 'Wat is er aan de hand, Emma?'

'Mevrouw zegt dat ze arts is en...'

'Psychotherapeut,' zei Frieda.

'Erger nog, ze zegt dat ze psychotherapeut is, en ze wil informatie hebben over Beth Kersey.'

De man keek geschrokken en vervolgens boos. 'Beth Kersey? Kent u haar?' vroeg hij.

'Nee.'

De man pakte de linkerhand van zijn vrouw en hield die omhoog. 'Ziet u dat? Wat denkt u dat het is?'

Over de onderarm van Emma Higgins liep een litteken van zo'n tien centimeter lang.

'Dat ziet eruit als een litteken,' zei Frieda.

'Opgelopen bij een poging tot zelfverdediging,' zei de man. 'Begrijpt u wat ik zeg?'

'Jazeker,' zei Frieda. Ze keek Emma Higgins aan. 'Heeft Beth Kersey u dat aangedaan?'

'Wat denkt u?' zei de man.

'Ik wil graag uw mening horen,' zei Frieda. 'Ze zal inmiddels al een hele tijd zonder medicatie rondlopen. Wat zijn de risico's?'

'Het antwoord is "geen commentaar",' zei Emma Higgins. 'Zoals u weet, hebt u een gerechtelijk bevel nodig om haar medische gegevens te verkrijgen. En ik zal die klacht tegen u zeker indienen.'

Ze sloot de deur zonder nog een woord te zeggen. Bij het hek belde Frieda Karlssons nummer, terwijl ze achter zich de stemmen binnen hoorde. De man zei iets, en de vrouw reageerde daar boos op.

Karlsson klonk vermoeid. Toen ze hem vertelde over het gesprek met Emma Higgins, verwachtte ze dat hij geïrriteerd zou reageren doordat ze weer iets had gedaan zonder met hem te overleggen, maar ook geïnteresseerd in wat ze had ontdekt. Maar hij reageerde helemaal niet.

'Snap je het dan niet?' zei ze. 'Ze is gewelddadig.'

'Wordt aan gewerkt,' zei Karlsson.

'Wat bedoel je? Je moet actiever naar haar op zoek, en je moet inventariseren wie er gevaar lopen.'

'Wordt aan gewerkt, zei ik. En wij moeten praten.'

'Zal ik naar het bureau komen?' vroeg Frieda. 'Ik heb de hele ochtend patiënten, maar daarna kan ik naar je toe komen.'

'Ik kom wel naar jou toe. Wanneer heb je je eerste patiënt?'

'Om acht uur.'

'Dan sta ik om kwart over zeven bij je voor de deur.'

'Karlsson, is er iets?'

'Ik zie je morgen.'

50

'Kom je binnen voor een kopje koffie?' vroeg Frieda.

'Nee, dank je,' zei Karlsson. 'Jij houdt van wandelen, hè? Laten we een eind gaan wandelen.'

Hij stak zijn handen diep in de zakken van zijn donkere jas en liep naar het noorden. Er stond een scherpe, bijtend koude wind, waardoor zijn gezicht er opgezwollen uitzag. Toen ze bij Euston Road kwamen, stond het daar in beide richtingen al vast met woon-werkverkeer.

'Je doet het zeker allemaal omdat je het niet kunt laten, hè?' zei hij, terwijl hij links afsloeg en er stevig de pas in zette, zodat Frieda bijna moest rennen om hem bij te houden.

Ze pakte zijn arm en dwong hem om langzamer te lopen. 'Karlsson,' zei ze. 'Ik weet wat er aan de hand is.'

'Wat dan?'

'Toen ik op het bureau was, zag ik Jake Newton lopen. Hij wilde me niet zien. Hij heeft zeker zijn rapport ingeleverd, hè?'

Karlsson zweeg, zijn adem condenseerde in wolkjes. 'Dat eikeltje met zijn scherp gesneden pakken,' zei hij. 'Het is toch niet te geloven dat we het goed hebben gevonden dat die sukkel met die grijns op zijn smoel met ons meeging en dat we hem de kans hebben gegeven om ons te bespioneren?'

'Hij zal wel niet erg enthousiast zijn geweest over de freelancecontracten,' zei Frieda.

'O, hij is dol op freelancers. Voor het administratieve werk, de bureaucratie en het management wil hij ons desnoods freelancecontracten laten schijten.'

'Karlsson,' zei Frieda. 'Je hoeft voor mij niet de brute politieman uit te hangen die de boel stijf vloekt. Het is goed zo. Ik lig er dus uit.'

'Ja, Frieda. Je ligt eruit.'

'Eigenlijk ben ik nooit binnen geweest. Tenslotte ben je er nooit aan toegekomen me een contract te laten ondertekenen.'

'Dat is nou precies het punt met die bezuinigingsmaatregelen,' zei Karlsson. 'Je verwacht toch niet dat daar bezuinigingen uit voortvloeien, hè? Er zou sprake zijn van "disfunctionerende organisatorische procedures", in zijn woorden. "De bestuursorganisatie is ongeschikt voor het doel" is nog zo'n frase. En weet je wat het nog erger maakt? Dat ik mijn best heb gedaan, dat ik heb geprobeerd indruk op hem te maken. Ik voel me net een puber die indruk heeft willen maken op een meisje dat hij niet echt leuk vindt en dat hem vervolgens uitlacht. En jij bent niet de enige. Er worden overal bezuinigingen doorgevoerd.'

Frieda legde haar hand weer op zijn arm, maar nu wat voorzichtiger. 'Het geeft niet,' zei ze.

'En nota bene na alles wat jij hebt gedaan om broer en zus Welles te pakken te krijgen – het is toch niet te geloven?'

'Het geeft niks.'

Hij stopte zijn handen nog dieper in zijn zakken en keek beschaamd. 'En ik maar sarcastische opmerkingen tegen je maken en je uitfoeteren. Dat was, weet je... met jou erbij... Ik bedoel, alles is beter dan zo'n Newton.'

'Ja,' zei Frieda. 'Vind ik ook.'

'Hoe moeten we hier verder?'

'Deze kant op,' zei Frieda, en ze sloeg af in oostelijke richting. 'Maar hoe zit het nou met Beth Kersey?'

'Dat zei ik toch al,' zei Karlsson. 'Er wordt aan gewerkt.' Hij glimlachte vaag. 'Kun je je die naam in het opschrijfboekje van Poole nog herinneren, Sally Lea?'

'De enige die we nooit hebben kunnen vinden.'

'Het is geen vrouw,' zei Karlsson. 'Het is een woonboot die in de rivier de Lea ligt, bij Enfield.'

'Hoe weet je dat?'

'Daar is gisteren iets gebeurd. Een bewoner van de woonboot ernaast heeft het alarmnummer gebeld. Hij was gestoken door een jonge vrouw. Ze had etenswaren van hem gestolen. Ze gedroeg zich vreemd, praatte in zichzelf, en toen hij haar aansprak, heeft ze een mes getrokken.'

'Beth Kersey,' zei Frieda. 'Hebben ze haar gevonden?'

'Nee,' zei Karlsson. 'Maar ze hebben wel ontdekt waar ze had gewoond, en ze hebben allerlei spullen van Poole gevonden: kranten, foto's, van alles. Een paar van onze mensen zullen er een dag mee zoek brengen om het allemaal te bekijken. Zien of het wat oplevert.'

'En die woonboot, hoe was het daar?' vroeg Frieda.

'Tja, wat zal ik zeggen? Een woonboot is een woonboot.'

'Ik bedoel vanbinnen, waar ze woonde.'

'Ik heb het zelf niet gezien, maar van horen zeggen weet ik dat het een behoorlijke puinhoop was. Het lijkt erop dat ze daar sinds Pooles dood in haar eentje heeft gebivakkeerd en maar heeft moeten zien hoe ze aan eten kwam.'

'Is het dat?' vroeg Frieda. 'Een behoorlijke puinhoop?'

'Ik weet wat je wilt zeggen,' zei Karlsson. 'Je wilt ernaartoe om het zelf te bekijken. Het spijt me, Frieda. Luister eens, het lijkt een zooitje, dat weet ik. We zullen waarschijnlijk nooit weten wie Poole werkelijk was. We weten niet waar hij is vermoord. Het lijkt erop dat broer en zus Welles het geld ergens hebben verborgen waar wij het nooit zullen vinden. Dat kun je wel aan Harry Welles overlaten.' Hij zweeg en keek om zich heen. 'Maar hen hebben we. En voor het overige kan ik alleen maar zeggen: er wordt aan gewerkt. De Kerseys krijgen van ons persoonsbeveiliging tot we hun dochter hebben gevonden, wat niet lang zal duren. Uit wat ik gehoord heb over de toestand op die woonboot concludeer ik dat ze ook in het gewone leven niet in staat zal zijn om lang op eigen benen te staan.' Hij bleef ineens staan. 'En nu moet ik aan het werk. Waar zijn we hier?'

Frieda wees omhoog, naar de British Telecom-toren. Ze stonden bijna pal aan de voet ervan.

'Die ziet er vertrouwd uit,' zei Karlsson. 'Hadden ze daar bovenin vroeger niet een restaurant? Een ronddraaiend restaurant?'

'Totdat iemand er een bom liet ontploffen,' zei Frieda. 'Helaas. Ik zou het best leuk vinden om naar boven te gaan. Het is de enige plek in Londen waar je de British Telecom-toren niet kunt zien.'

Karlsson gaf Frieda een hand en nam afscheid. 'Volgens mij kan ik beter naar Spanje verhuizen,' zei hij.

'Je bent hier nodig,' zei ze.

Toen ze uit elkaar gingen, zei Karlsson: 'Jij kunt nu tenminste je eigen leven weer oppakken, Frieda, je echte leven. Jij kunt deze puinhoop achter je laten. En wat Dean Reeve betreft: laat hem los, oké?'

Frieda gaf geen antwoord. Toen hij de hoek om was en op weg ging naar Oxford Street, leunde ze tegen een lantaarnpaal. Ze ademde diep in en voelde het koude ijzer tegen haar voorhoofd. 'Het is goed zo,' zei ze. 'Het is goed.'

Ze haalde haar telefoon uit haar zak en zette hem aan. Er was een bericht achtergelaten, en ze belde meteen terug. 'Sorry,' zei ze. 'Het is een beetje raar gelopen allemaal, maar het is nu voorbij... Ja, dat zou mooi zijn... Nee. Kom maar naar mijn huis.'

Toen Frieda in het donker wakker werd, drong tot haar door hoe ongewoon de situatie was. Het bed dat enigszins doorzakte, het ademen, de lichte aanraking tegen haar heup. Ze maakte aanstalten om rechtop te gaan zitten, om dan uit bed te stappen, zich aan te kleden en de deur uit te gaan.

'Rustig nou,' zei een stem. Frieda ging weer liggen. Ze voelde hoe het laken werd weggetrokken, een hand haar aanraakte en zijn wang zich tegen de hare vlijde, hoe lippen op haar wang werden gedrukt, in haar hals, op haar schouder.

'Een vriend van mij was eens bij een etentje,' zei Sandy. 'Hij heeft een nogal opvliegend karakter en zoekt graag de confrontatie. Hij kreeg daar ruzie met een vrouw, ging tegen haar tekeer en zei dat ze op moest rotten. Hij rende de deur uit en sloeg de voordeur achter zich dicht, en pas toen hij op straat stond, drong het tot hem door dat hij zijn eigen huis uit was gerend.'

'Oké,' zei Frieda. 'Ik snap 'm.'

'Het is net alsof je altijd op het punt van vertrek staat. Alsof je zomaar zou kunnen opstappen.'

'Ja, dat doe ik als ik bang ben. Als ik niet kan slapen, wat meestal het geval is, of wanneer er van alles door mijn hoofd gaat, als ik in de war ben, als ik het gevoel heb dat ik gewoon niet stil kan blijven zitten, dan ga ik naar buiten om te lopen, een heel eind lopen.'

'Zomaar, in het wilde weg?'

'Ja, maar ik verdwaal nooit. Ik weet de weg.'

Ze voelde nu allebei zijn handen, en zijn gezicht tegen het hare.

'Je ruikt lekker,' zei hij.

Frieda wist niet wat ze voelde. Opeens dacht ze terug aan de tijd dat ze heel klein was, dat haar vader haar omhoog gooide en opving, dat ze het uitschreeuwde en niet wist of het een schreeuw van genot of van angst was. Ze streek door Sandy's klamme haar. Ook zij was bezweet. 'Ik zal wel naar jou ruiken,' zei ze.

Zo bleven ze even zwijgend liggen, in elkaars armen.

'Is dat wat je nu voelt?' zei Sandy. 'Dat je op wilt staan om ergens naartoe te lopen?'

'Dat gevoel heb ik zo vaak.'

'Dat lopen, doe je dat altijd alleen?'

'Niet altijd.'

'Als je mij zou meenemen op zo'n wandeling, waar zouden we dan naartoe gaan?'

'Naar een rivier,' zei ze. 'Soms loop ik langs de oude rivieren.'

'De Theems, bijvoorbeeld?'

'Nee,' zei Frieda. 'De Theems is natuurlijk wel een rivier, maar die bedoel ik niet. Ik heb het over de oude rivieren die in de Theems uitmonden. Die ze onder de grond hebben gestopt.'

'Onder de grond gestopt? Waarom zou iemand een rivier onder de grond stoppen?'

'Ja, waarom, hè?' zei Frieda. 'Soms denk ik dat daar uiteenlopende redenen voor zijn. Ze vormen een bedreiging voor de volksgezondheid, ze liggen in de weg of ze zijn gevaarlijk. Soms denk ik dat de mensen zich onbehaaglijk voelen als ze met rivieren en beken worden geconfronteerd. Stromend water is nat, het beweegt, het borrelt op uit de grond, het kan tot overstromingen leiden, en het kan ook ineens ophouden. Rivieren kun je beter maar verbergen.'

'Langs welke verdwenen rivier zouden we dan gaan wandelen?'

'De Tyburn,' zei Frieda. 'Zou je daar in het weekend zin in hebben?'

'Ik wil dat je me er nu over vertelt,' zei hij. 'Waar is het beginpunt?'

'Je zou moeten beginnen in Hampstead,' zei Frieda. 'De rivier ontspringt op Haverstock Hill. Er is daar een plaquette, maar het is maar een benadering van de juiste plaats. Ze weten niet precies meer waar de bron is. Ik heb nooit eerder een plaquette gezien waar ik boos om kan worden. Kun je je voorstellen dat de mensen niet meer weten waar de bron van een rivier is? Je hebt een bron, een plek waar helder water uit de grond opborrelt, water dat naar de Theems stroomt. Dan besluit iemand dat er over de rivier heen gebouwd moet worden, en dan vergeten ze nota bene waar de bron precies is.'

'Dan lijkt me dat geen goed begin.'

'Ik ben geen toeristengids. Ik wil niet dat je het idee krijgt dat ik alleen maar van Londen hou. Sterker nog, een groot deel van de tijd heb ik er zelfs een hekel aan, en er zijn dingen waar ik voortdurend een hekel aan heb. Maar goed, van daaraf loop je dan door Belsize Park in de richting van Swiss Cottage. Je voelt dat je op de helling bent waar de rivier naar beneden liep. En dan naar Regent's Park, langs de grote vijver.'

'Onder het lopen zou je me dan kunnen vertellen hoe je je nu voelt,' zei Sandy. 'Ik neem aan dat je er niet helemaal zonder kleerscheuren af bent gekomen, zeker niet met al die ellendige krantenartikelen.'

Frieda vond het merkwaardig makkelijk om in het donker met iemand te praten, niet te zien hoe hij reageerde, maar hem alleen te voelen en zijn stem te horen.

'Al toen ik klein was,' zei ze, 'had ik de fantasie dat ik onzichtbaar was. En dan bedoel ik niet af en toe, maar voortdurend, en ik bedoel ook écht onzichtbaar. Maar dat blijkt niet het geval te zijn, dus in principe heb ik zo'n gevoel alsof ik naar het marktplein ben gesleept en gevild ben, en vervolgens ingesmeerd met zout en zwavelzuur.'

'Maar je komt er wel overheen.'

'Ik ben er al overheen.'

'En waar zijn we dan nu?'

'De rivier stroomt waarschijnlijk door die vijver.'

'Waarschijnlijk?'

'Het is moeilijk na te gaan. Dan lopen we het park uit en door Baker Street.'

'Langs Madame Tussaud's.'

'Juist.'

'Is dat een bezoekje waard?'

'Ik ben er nog nooit binnen geweest.'

'Echt niet? Wel in de Tower?'

'Nee,' zei Frieda.

'Ik ben er als kind geweest.'

'Was het wat?'

'Ik heb er eigenlijk geen herinnering aan,' zei hij. 'Waar zijn we nu?'

'Dit is het aardigste deel van de wandeling. Je loopt door Paddington Street Gardens; dat is een minuutje lopen vanaf Madame Tussaud's, en niemand kent het. Dan steek je Marylebone High Street over en loop je door Marylebone Lane. Heel even heb je daar het gevoel dat je langs de oever van een beek loopt, door een dorpje net buiten Londen. Alleen is er geen beek. Tenminste niet zichtbaar. Hij moet daar wel ergens lopen.'

'Jij hebt ze gepakt,' zei Sandy.

'Zíj hebben ze gepakt.'

'Jawel, maar jij hebt niet genoeg erkenning gekregen voor jouw rol.'

'Misschien hou ik er wel van om geen erkenning te krijgen.'

'Dat is die onzichtbaarheid van jou weer. Die twee, broer en zus, hebben het dus alleen maar voor het geld gedaan? Die man gemarteld en vermoord?'

'Aan dit deel van de wandeling heb ik een hekel,' zei Frieda. 'Ineens verlaat je het dorp en zit je midden in West End. De rivier heeft daar als grens tussen twee grote landgoederen gefungeerd, maar nu staan er alleen nog maar afschuwelijke grote gebouwen, hotels, kantoren en garages. Robert Poole had iedereen door, maar Tessa Welles en Harry Welles begreep hij niet. Tegen hen was hij niet opgewassen. Ze waren alleen maar uit op zijn geld. Er was maar één vinger nodig om van hem de details los te krijgen.'

'Lekker verhaal.'

'Maar toen hadden ze de smaak te pakken. Het is gek...' Frieda zweeg even. 'Weet je zeker dat je niet wilt slapen?'

Weer voelde ze zijn aanraking.

'Al zou ik kúnnen slapen, ik zou het vannacht niet willen.'

'Weet je,' vervolgde ze. 'Er is een verschil tussen iets doen en iets zijn, maar dat kan in elkaar overlopen. Ik bedoel, je kunt in het begin een beetje pianospelen, en geleidelijk kun je het steeds beter, en op een gegeven moment ben je pianist. Dat ben je dan, dat is je identiteit. Robert Poole hebben ze alleen maar om het geld vermoord. Maar toen kwamen ze in de positie dat ze Janet Ferris móésten vermoorden, dat arme mens, en op dat moment hebben ze gedacht: we kunnen dit. Daarna was het hun niet meer om het geld te doen, maar om macht. Dat wond hen op. Daarom regelden ze het zo dat ze bij het onderzoek werden betrokken. Ze wilden alles in de hand hebben, ons laten zien dat zij beter waren dan wij. Harry dreef het zelfs nog verder door. Als hij mij kon krijgen, als hij me kon neuken, zou hij daarmee echt aantonen dat hij de macht had.'

Het bleef een tijdje stil.

'Maar je had hem door?' zei Sandy. 'Het zou er nooit van gekomen zijn, toch?'

'Hij was mijn type niet. Wie me wel echt interesseerde, was Robert Poole.'

'Was hij wel jouw type?'

'Nee, nee,' zei Frieda. 'Wat steeds maar door mijn hoofd spookt, is het idee dat hij een beetje op mij leek. Of dat ik een beetje op hem lijk. Alleen was hij beter dan ik. Maar hij wilde zichzelf overtreffen. Hij was een gewone oplichter. Hij had zich kunnen beperken tot het inpikken van het geld van de mensen, maar hij leefde te veel met hen mee. Hij was te geïnteresseerd. Dat heeft hem de das omgedaan.'

'Hij zou niet te redden zijn geweest,' zei Sandy. 'Zijn dood was... hoe zeg je dat... als het ware al ingecalculeerd, het fundament waar alles op rustte. Maar goed, waar zijn we nu?'

'Het wordt nu beter,' zei Frieda. 'We steken Piccadilly over en komen bij Green Park. Als je daarover uitkijkt, kun je bijna de rivierbedding zien liggen, althans de plaats waar die zou moeten liggen. We lopen erdoorheen, al zal het daar waarschijnlijk afgesloten zijn in verband met de voorbereidingen van het huwelijk.'

'Welk huwelijk?'

'Je weet wel, hét huwelijk. Het prinselijk huwelijk.'

'O, dat.'

'Maar we zorgen dat we aan de overkant komen en lopen dan langs Buckingham Palace. De rivier stroomt feitelijk onder het paleis door. Als ik het in dit land ooit voor het zeggen krijg en ik alle verborgen rivieren in Londen weer aan de oppervlakte breng, zal het paleis afgebroken moeten worden...'

'Nou, als dat alles is...'

'En dan komen we bij Victoria, wat nog erger is dan het stuk rond Grosvenor Square. Het is net een soort fascistische vluchtheuvel midden op een snelweg, en dan krijg je zo'n afschuwelijke straat waar het net lijkt alsof je achter een hotel langs loopt, waar de leveranciersingang is en het afval buiten wordt gezet. Maar daarna loop je door Aylesford Street naar de Theems, en daar is het mooi.'

'Krijg je uiteindelijk wel de Tyburn te zien?'

'Het is niet de bedoeling,' zei Frieda. 'Hij stroomt via een buis onder een huis op de Embankment door. Ik ben er een keer gaan kijken, ben over de balustrade geklommen en toen via een ijzeren trap naar beneden gelopen, tot aan de bij laagwater droogvallende bedding van de Theems. Ik ben bij de plek gaan zitten waar hij erin uitstroomt. Uiteindelijk bleek het maar een miezerig stroompje te zijn. Eigenlijk niet de moeite waard.'

'Niet te geloven,' zei Sandy. 'Dat je dat allemaal kunt onthouden.'

'Ik maak soms in gedachten wandelingen. Om te proberen in slaap te vallen. Dat werkt niet.'

'Je zou taxichauffeur moeten worden,' zei Sandy.

'Bedankt.'

'Nee, ik meen het.'

'Ik meen het ook.'

'Maar moeten taxichauffeurs niet... hoe heet het ook weer? Stratenkennis. Een examen waarbij ze gevraagd wordt hoe je van, zeg maar, Banbury Cross naar het Emirates Stadion rijdt, wat zij dan straat voor straat moeten opnoemen.'

'Volgens mij bestaat Banbury Cross niet echt.'

'Maar jij kunt dat. En ze hebben ook bijzondere hersenen, hè, taxichauffeurs?'

'Nou, degenen die ik tegenkom volgens mij niet echt.'

'Toch is dat zo,' zei Sandy.

'Ze hebben een vergrote rechter posterieure hippocampus,' zei Frieda. 'Als gevolg van de grote neurale activiteit in dat gebied. En dan zijn we er, en kunnen we naar huis.'

'Ik hou wel van dat soort wandelingen,' zei Sandy. 'Waar je je bed niet voor uit hoeft.'

'Alleen lopen die arme Beth Kersey en Dean Reeve nog wel ergens rond. Wij liggen hier lekker in een warm bed, en zij zijn buiten.'

'Dat is niet jouw probleem,' zei Sandy. 'Anderen bekommeren zich om hen.'

51

De hele volgende ochtend was Frieda uitstekend in staat om haar rol als therapeut te spelen. Voorovergebogen in haar stoel stelde ze de juiste vragen, en toen een vrouw begon te huilen, pakte ze een tissue uit de doos en reikte haar die aan. Ze verzette enkele afspraken, en aan het einde van elke sessie maakte ze ter zake doende aantekeningen en stelde ze in het kort een plan voor verdere behandeling op.

Toch was ze met haar gedachten voortdurend elders. Ze had het gevoel – en dat nam haar bijna helemaal in beslag – dat er iets mis was. Het eerste wat bij haar opkwam, was dat het aan haar manier van denken lag. De samenwerking met de politie, en met Karlsson in het bijzonder, had voor haar iets verslavends gehad, en nu die zo ineens was opgehouden, had ze ontwenningsverschijnselen. Of was het ijdelheid? Miste ze de spanning en alle aandacht? Ze dacht aan Thelma Scott, die haar had opgezocht en hulp had aangeboden en die haar kaartje had achtergelaten. Frieda dacht dat het misschien weer eens tijd werd om in therapie te gaan.

En ze dacht aan Sandy. Hij was in Londen voor zijn werk, maar slechts voor een paar weken. Over een maand zou hij weer in New Jersey zitten. Wat waren nu echt de redenen geweest dat ze niet met hem mee had kunnen gaan? 'We zijn allemaal bang om te erkennen dat we in werkelijkheid vrij zijn.' Dat had iemand ooit tegen haar gezegd. Was het Reuben geweest? Of had ze het ergens gelezen? Was ze bang om haar eigen vrijheid onder ogen te zien?

Maar voornamelijk dacht ze aan andere dingen. Of liever gezegd, die andere dingen speelden steeds door haar hoofd, alsof het vreemde geluiden waren in de duisternis buiten. Ze wist niet goed of ze haar aandacht vroegen of dat ze het op haar gemunt hadden. Ze had een drang die ze nauwelijks kon omschrijven, maar die haar ingaf dat ze weg moest, het maakte niet uit waar naartoe. Om twaalf uur, na de laatste sessie van die dag, liep ze het badkamertje naast de spreekkamer in, vulde een glas met water en dronk dat in één teug leeg, en daarna nog een glas. Toen ging ze aan haar bureau zitten en noteerde haar opmerkingen over de laatste sessie.

Langzaam liep ze terug naar haar huis. Ze had geen honger. Ze had vooral het gevoel dat ze moest gaan liggen, gaan slapen. Toen ze haar voordeur opendeed, lag daar de gebruikelijke hoeveelheid post. Ze pakte het op. Het was voornamelijk reclamedrukwerk, er zat een gasrekening bij, een uitnodiging voor een congres en ook een brief zonder postzegel, die dus door iemand in de bus moest zijn gegooid. Er stond geen afzender op de envelop, alleen haar naam in een handschrift dat haar vaag bekend voorkwam. O ja, het was het handschrift van Josef. Ze vroeg zich af waarom Josef een brief bij haar in de bus zou doen in plaats van haar op te zoeken. Had ze hem van zich vervreemd? Hem ook al? Ja, zeker. Ze dacht terug aan hun haastige conversatie op het feestje van Sasha. Hij had haar iets willen vertellen, en zij had hem weggestuurd. Ze scheurde de envelop open en las de brief.

Beste Frieda,

Sorry. Je bent boos, ik weet het. Sorry daarvoor. Ik wilde met je praten. Hier is papier van mevrouw Orton. Ze willen het verbranden. Ik zeg ik jou laten zien. Sorry. Ik zie je binnenkort misschien.

Het beste,
Josef

Frieda bekeek Mary Ortons testament. Een paar seconden dacht ze koortsachtig na, starend naar de muur.

'O, mijn god,' zei ze toen ineens. Ze rende naar de huiskamer, zocht haar opschrijfboekje en bladerde het door. Toen ze het telefoonnummer van Mary Orton had gevonden, toetste ze het in. De telefoon ging tien keer over, vijftien keer. Ze hing op en bleef bijna een minuut lang verlamd van besluiteloosheid in de kamer staan. Toen stak ze het opschrijfboekje in haar zak en liep het huis uit. In Cavendish Street hield ze een taxi aan en gaf de chauffeur Mary Ortons adres. Hij trok een gezicht.

'Bloody hell,' zei hij. 'Hoe rijden we daar het beste naartoe, denkt u?'

'Ik ben geen taxichauffeur,' zei Frieda en dacht toen even na. 'Wat dacht u van Park Lane, Victoria en dan de rivier over naar het zuiden? Om deze tijd staat het toch overal vast.'

'Oké, dame,' zei de chauffeur en trok op.

Frieda toetste nog een nummer in. Ze wilde Karlsson spreken, maar kreeg Yvette aan de lijn.

'Jammer, wat er gebeurd is,' zei ze.

'Dat geeft niet. Is Karlsson er?'

'Hij is nu niet beschikbaar.'

'Ik moet hem spreken. Het is echt heel belangrijk.'

'Ik kan een boodschap aan hem doorgeven.'

Frieda keek even peinzend naar haar telefoon. Ze had de neiging om die neer te smijten. 'Misschien kun jij me helpen,' zei ze. Ze dwong zichzelf om kalm te blijven. 'Ik heb net een briefje gekregen van Josef, mijn vriend de bouwvakker, die Mary Orton helpt met klussen in haar huis. Mary Orton heeft een ander testament gemaakt, waarin ze een derde van al haar bezittingen aan Robert Poole nalaat.' Er viel een stilte. 'Yvette, ben je daar nog?'

'Sorry, Frieda, heb je die memo niet ontvangen? Je werkt niet meer voor ons.'

'Dat doet er niet toe. Snap je het niet? Door dit testament verandert alles. Ik denk dat de kans groot was dat Poole Mary Orton wilde vermoorden toen hij eenmaal wist dat hij na haar dood honderdduizenden ponden zou erven.'

'Nou, dan is het maar een geluk dat hij dood is.'

'Maar Beth Kersey is niet dood.'

'Niks aan de hand, Frieda. Haar ouders worden al door ons beveiligd.'

'Maar die ouders lopen geen gevaar. Ik heb Lorna Kersey gesproken. Beth heeft hen nooit bedreigd. Ze doet graag dingen voor anderen, dingen waarvan ze denkt dat zij dat willen. En pas wanneer ze dat doet, of als mensen proberen haar tegen te houden, wordt ze gewelddadig. Zeer gewelddadig. Jullie moeten meteen beveiliging voor Mary Orton regelen.'

'Dat testament betekende alleen iets toen Poole nog leefde.'

'Nee, snap je het dan niet? Zij zal proberen te doen wat hij wilde. Yvette, wil je aan Karlsson doorgeven wat ik tegen je heb gezegd?'

Er viel weer een stilte. 'Ik zal doorgeven dat je bezorgd bent, Frieda. Maar kun je dit nou niet eindelijk eens laten rusten? Die schoft van een Newton heeft ons in de maling genomen, en we proberen nu zo goed en zo kwaad als het gaat door te gaan. De zaak is gesloten. Alsjeblieft. Het spijt me dat het op deze manier moest gaan, maar wij hebben zelf ook problemen.'

'Zeg het tegen Karlsson,' zei Frieda.

Maar de verbinding was al verbroken. Ze probeerde het nummer van Mary Orton nog eens, maar net als de vorige keer bleef de telefoon maar overgaan. Wie kon ze nog bellen? Zou Josef er nog steeds aan het werk zijn? Of daar in de buurt? Ze belde hem, maar ze kreeg meteen zijn voicemail. Ze staarde uit het raampje. De verkeersdrukte was minder erg dan ze had verwacht. Terwijl ze de rivier overstaken, belde ze Yvette weer.

'Heb je Karlsson al gebeld?' vroeg ze.

'Ik heb je al gezegd dat ik contact met hem zal opnemen zodra ik kan. Nu kun je...'

De verbinding werd weer verbroken. Frieda keek naar het toestel. Even voelde zich alleen maar versuft. Ze kon niets doen. En toen bedacht ze dat er één ding was dat ze wel kon doen. Wat deed het er ook toe? Ze toetste 999 in.

'Alarmcentrale. Welke hulpdienst wilt u spreken?'

'Politie.'

Er klonk een klik en wat geruis, en toen een andere vrouwenstem.

'Hallo, politie. Waar belt u voor?'

Frieda gaf het adres van Mary Orton. 'Ik heb een inbreker gezien.'

'Wanneer was dat?'

'Een paar minuten geleden.'

'Kunt u hem beschrijven?'

'Nee... ja, hij had een mes. Dat is alles.'

'We sturen een auto. Uw naam, alstublieft?'

Frieda stelde zich voor wat Karlsson en Yvette hiervan zouden denken. Ze had het gevoel dat ze het laatste gerafelde stukje touw dat haar nog aan hen bond had doorgesneden. Maar de dingen die je naliet deden er soms meer toe dan de dingen die je wel deed.

Toen de taxi Mary Ortons straat in reed, verwachtte Frieda auto's met opvallende strepen en zwaailichten te zien staan, maar die stonden er niet. Jake Newton had gelijk, dacht ze bij zichzelf. Een hopeloze puinhoop. Ze gaf de chauffeur een briefje van twintig pond.

'Ik heb geen wisselgeld,' zei hij.

'Laat maar zitten.'

Ze liep naar het huis. Hierop was ze niet voorbereid. Ze maakte aanstalten om aan te bellen, maar zag toen dat de deur niet helemaal dicht was. Ze duwde hem open. Zou er een politieagent binnen zijn die zijn ronde deed? Was Josef er aan het werk? Ze liep naar binnen.

'Mary?' riep ze. 'Mevrouw Orton?'

Er kwam geen antwoord. Ze voelde dat haar hart tekeerging, ze voelde het kloppen in haar hals en in haar borst. Ze kreeg een zure smaak in haar mond. Melkzuur, wist ze. Door oxidatie. Je kreeg het bij het hardlopen of als je... Ze riep nog eens. Wat moest ze doen? Ze kon de politie niet bellen. Dat had ze al gedaan. Waar bleven ze, verdomme? Waarschijnlijk opgehouden door een vals alarm ergens. Ook dit zou wel vals alarm zijn. Ze liep door naar de keuken. Haar voetstappen klonken zo hard dat het leek alsof ze haar wilden waarschuwen dat ze zich op een plek bevond waar ze niet hoorde te zijn.

Er was niemand in de keuken. Op tafel stond een halfvolle beker thee of koffie, en er lag een opengeslagen krant. Frieda boog zich voorover en pakte de beker vast. Hij was warm. Niet zo warm als wanneer de thee net ingeschonken is, maar warmer dan de omgevingstemperatuur. Mary Orton kon gewoon naar buiten zijn gelopen en vergeten zijn de deur achter zich dicht te trekken. Frieda draaide zich om en liep de keuken uit. Had het zin om rondom het huis te gaan kijken? Ze deed de deur naar de voorkamer open en ging daar naar binnen. Meteen voelde ze een schok door zich heen gaan. Daar lag Mary Orton, op het tapijt bij de boekenkast aan de andere kant van de kamer. Frieda voelde hoe haar waarneming beperkt werd en haar blik zich leek te versmallen, een verschijnsel dat ze kende. Ze nam Mary Orton waar alsof ze haar door een lange buis bekeek. Frieda's eerste gedachte was dat Mary Orton gevallen moest zijn, wat mensen van haar leeftijd zo vaak overkomt. Het gebeurde zelfs weleens dat iemand na het breken van een heup niet meer overeind kon komen en overleed, als niemand te hulp kwam. En toen zag Frieda langzaam, als door een waas, dat datgene wat ze eerst had aangezien voor een donkere schaduw die over Mary Orton en het crèmekleurige tapijt heen lag, in feite bloed was, Mary Ortons bloed. Ze liep naar haar toe en probeerde te bedenken wat ook alweer de drukpunten waren. Anatomie was al zo lang geleden.

Mary Orton lag languit op de grond, met gespreide armen en benen, alsof ze tevergeefs had geprobeerd zich op haar rug te rollen.

'Mary,' zei Frieda troostend. 'Mary, ik ben er.'

Frieda keek in haar ogen en zag daarin een minieme flikkering, die ze niet begreep.

'Mary,' zei Frieda, en weer zag ze een minieme beweging in haar ogen. Toen drong het tot Frieda door wat die beweging betekende. Mary Orton, die op sterven na dood was, keek Frieda niet aan, maar keek over haar schouder langs haar heen. O nee, dacht Frieda. O nee, o nee. En ze voelde een stomp in haar rug, een hete, harde stomp opzij in haar rug, en vanaf dat moment leek alles in een mist te gebeuren, heel langzaam. Daardoor had ze de tijd om te bedenken hoe traag het allemaal verliep. Toen voelde ze weer een klap, weer in haar rug. En nu had ze tijd om zich af te vragen waarom ze werd geslagen, en toen bedacht ze dat ze ooit ergens had gelezen dat als je gestoken wordt het helemaal niet zo aanvoelt. Het voelde niet scherp aan. Het voelde aan als een stomp, alsof ze geraakt werd door een vuist in een bokshandschoen. Frieda strekte bij wijze van zelfverdediging haar armen uit, maar de volgende slag kwam op haar been terecht, en ineens was haar been warm en nat. Frieda wist dat ze niet meer kon opstaan, maar ze viel niet om. Ze bleef zitten waar ze zat, en Mary Ortons crèmekleurig tapijt kwam op haar af, totdat het Frieda's gezicht raakte. Ze voelde het ruwe tapijt tegen haar gezicht en voelde zich ineens moe, doodmoe. Het enige wat ze wilde, was slapen. Ze realiseerde zich dat het zo moest zijn als je doodging, maar dat ze niet mocht doodgaan, en ze deed verschrikkelijk veel moeite om overeind te komen.

Ze zag een gezicht, een meisjesgezicht. Ze had Beth gevonden, Beth had haar gevonden. Ze leek ver weg, als in een droom. En zo langzaam als alles daarnet leek te verlopen, zo leek nu alles in een stroomversnelling te gebeuren. Gevoelens, geluiden, beweging, het stormde allemaal op haar af. Ze voelde beweging, ze bewoog zelf, en toen vertraagde alles weer en werd het donker en eerst heel warm en toen heel koud. Ze voelde haar hoofd naar achteren vallen, en toen begon haar been pijn te doen, heel erg, zodat ze het uitschreeuwde. Het was even alsof ze iets zag, iemand zag, maar het kostte haar te veel moeite, en toen nam de pijn af en viel ze dankbaar in een diepe, diepe slaap.

52

Het was anders dan wakker worden. Daarvoor was het te fragmentarisch, te pijnlijk en te chaotisch. Het ontwaken ging in schokjes en met flitsen: een vaalwit plafond, gezichten die zich over haar heen bogen, gezichten die dingen zeiden die ze niet begreep, de geur van zeep en nattigheid op haar lijf, omgedraaid worden, gemompel. Gezichten die ze herkende: Sandy, Sasha, Josef, Reuben, Jack, Karlsson, Olivia, Chloë, zelfs Yvette. Sommige gezichten huilden, andere glimlachten. Ze kwamen vlak bij haar staan en legden hun handen op haar schouder, op haar gezicht, maar ze kon niet tegen hen zeggen dat ze wist dat zij er waren. Ze spraken tegen haar. Ze spraken op fluistertoon tegen haar. Josef zong tussen zijn gesnik door Oekraïense slaapliedjes, en Sasha las haar gedichten voor. Ze hoorde Chloë buiten op de gang met een stem die oversloeg van woede tegen iemand tekeergaan, en ze wou dat ze tegen haar boze, onhandige nichtje kon zeggen dat het niet uitmaakte, dat het er allemaal niet toe deed, maar ze kon haar lippen niet bewegen. Ergens vond ze dat het ook wel iets grappigs had. Een Frieda Klein-reünie. Ze kon zich niet omdraaien. Soms had ze het gevoel dat ze zou stikken. Maar voornamelijk sliep ze.

En toen hoorde ze op een dag een stem tegen haar zeggen: 'Frieda, kun je me horen? Knipper met je ogen als je me hoort.' Ze knipperde met haar ogen. 'Ik tel zo meteen tot drie, en dan trekken we de slang eruit en moet je hoesten en gaan ademhalen. Oké... één, twee, drie.'

Frieda had een gevoel alsof haar ingewanden door haar mond naar buiten werden getrokken, alsof ze ze uitbraakte, en vervolgens kon ze niet meer ophouden met hoesten.

'Goed zo, meisje,' zei de stem.

'Ik ben geen meisje,' zei Frieda schor, en ze wilde erbij zeggen dat ze geen complimentjes hoefde, maar ze vond het niet de inspanning waard. Daarna sliep ze weer, met af en toe vage beelden. Was dat Sasha, die daar in een stoel naast het bed een boek zat te lezen?

Daar was ze weer, ze legde haar hand op de hare, keek haar aan. Deze keer sprak ze tegen haar, met haar zachte, vriendelijke stem. 'Kun je me horen, Frieda?'

Ze kon niet verstaan wat Frieda antwoordde. Ze boog zich naar haar toe, totdat ze in haar oor kon fluisteren. 'Water,' zei ze.

Sasha tilde haar hoofd voorzichtig op en hield het glas aan haar lippen. Het water was lauw en muf en verrukkelijk.

'Frieda?' zei Sasha. 'De dokter wil je morgen spreken. Als je ertoe in staat bent.'

'Je zei dat ik het tegen jou kon zeggen.'

'Wat?'

Het was erg moeilijk om de woorden te vormen. 'Als ik wilde praten.'

Ze deed moeite om de slanke, koele hand van Sasha vast te houden, terwijl achter haar het apparaat bliepte.

'Stil maar,' zei Sasha, en ze kuste haar op de wang. 'Praten komt nog wel.'

'Op een dag,' zei Frieda, en ze zonk weer weg in het donkere water.

De dag daarop ging het anders. Frieda ontwaakte en was meteen klaarwakker. Ze ging rechtop zitten en zag dat ze op zaal lag: drie bedden tegenover haar en twee tussen haar en het raam. Aan de overkant klaagde een vrouw tegen een verpleegster, en achter een scherm naast haar hoorde ze een oude vrouw steeds hetzelfde woord – 'leraar' – zeggen. Buiten was het grijs, en ze voelde zich afschuwelijk. Ze had keelpijn, en zowat haar hele lichaam deed zeer. Er kwam een kar langs met het ontbijt, met iets van havermoutpap, thee met melk en jus d'orange, wat haar allemaal tegenstond.

Een verpleegster kwam gejaagd aanlopen en zei tegen Frieda: 'Hij is er.'

En daar, aan het voeteneinde van het bed, stond een gedistingeerd uitziende heer van middelbare leeftijd met een krijtstreeppak en een vlinderdasje. Hoe warrig ze ook was, Frieda registreerde dat ze geïrriteerd was: dat die lui nog vlinderdasjes dragen, ook al weten ze dat je daarmee het clichébeeld van specialisten versterkt!

Hij glimlachte naar haar.

'Hoe is het met onze wonderpatiënt?' vroeg hij.

Het kostte haar moeite, maar Frieda kon nu praten. Ze hoorde zelf dat haar stem hees klonk en haperde, als van iemand die net had leren praten.

'Ik weet niet wat u bedoelt.'

Hij bleef glimlachen en ging op de rand van haar bed zitten. 'Ik ben dokter Khan,' zei hij. 'Uw chirurg. Ik heb uw leven gered. Maar u hebt wat dat betreft zelf de eerste stap gezet. Ik heb nog nooit zoiets gezien. U bent ook medicus, toch?' Frieda knikte. 'Evengoed zeer opmerkelijk.'

'Neemt u me niet kwalijk,' zei Frieda. 'Wat is opmerkelijk?'

'U weet het niet meer?' zei dokter Khan. Frieda schudde haar hoofd. 'Dat is begrijpelijk, gezien de omstandigheden. Bij een van de steekwonden is een slagader in uw dijbeen geraakt. Zoals u zich blijkbaar hebt gerealiseerd, zou u binnen een paar minuten zijn doodgebloed, en u hebt, voordat u bewusteloos raakte, nog een tourniquet om uw been weten aan te leggen.'

'Dat heb ik niet gedaan,' zei Frieda.

'U had een zware shock,' zei dokter Khan. 'Ik moet wel zeggen dat we tegenwoordig niet meer adviseren om een tourniquet aan te leggen, want je loopt er het risico mee dat het weefsel afsterft. Dat is in dit geval echter niet gebeurd. We hadden u binnen een uur op de operatietafel.' Hij leek op het punt te staan een klopje op haar been te geven, maar bedwong zich. 'U hebt geluk gehad met de steekwonden in uw rug en in uw buik, als ik het zo zeggen mag. Er zijn geen organen geraakt. Eentje had al fataal kunnen zijn. Aanvankelijk waren we bezorgd of we uw been niet moesten afzetten, maar dat komt wel in orde. Alleen zult u misschien uw aspiraties voor de hink-stap-sprong moeten uitstellen tot na de Olympische Spelen.'

'Mary Orton,' zei Frieda.

'Wat?'

'Hoe is het met Mary Orton?' vroeg Frieda.

De glimlach verdween van het gezicht van dokter Khan. 'Er is hier een bekende van u,' zei hij. 'Hij zal uw vragen beantwoorden. Als u dat kunt hebben tenminste.'

'Ja,' zei Frieda. 'Dat kan ik.' Ze liet haar hoofd weer op het kussen zakken en zag het gezicht van Karlsson boven zich verschijnen. Ze dacht even dat er een wolk over haar heen dreef, of een zeppelin. Misschien lag het aan de pijnstillers.

'Wat zie jij eruit,' zei ze.

'Zullen we het daar een andere keer over hebben?' zei hij. 'De zuster zei dat je rust nodig hebt.'

'Nee, nu,' zei Frieda. 'Mary Orton?'

Karlsson keek opzij, alsof hij hoopte dat iemand anders het woord zou voeren. 'Ze hebben ter plaatse geconstateerd dat ze was overleden,' zei hij. 'Ik denk dat ze al een tijdje dood was.'

'Nee,' zei Frieda, 'ze leefde nog. Ik heb haar nog in de ogen gekeken. En die bewogen nog.'

'Ze zeiden dat ze veel bloed had verloren. Ik vind het vreselijk.'

Frieda voelde de tranen langs haar gezicht lopen. Karlsson pakte een tissue en veegde ze weg.

'We hebben haar aan haar lot overgelaten,' zei Frieda. 'We hebben haar in de steek gelaten.'

'De ambulancebroeders hadden hun handen vol aan jou. De andere twee waren niet meer te redden.'

'De andere twéé?'

'Mary Orton en Beth Kersey.'

'Wat?' zei Frieda, terwijl ze zich probeerde op te richten. 'Wat bedoel je?'

'Kalm nou maar,' zei Karlsson, alsof hij een onrustig kind wilde kalmeren. 'Maak je geen zorgen. Je krijgt er geen problemen mee.'

'Hoe bedoel je, problemen?'

'Het is geen probleem,' zei Karlsson. 'Integendeel. Je zult een medaille krijgen.'

'Hoe bedoel je?' zei Frieda. 'Ik kan me helemaal niets herinneren.'

'Echt niet?'

Frieda schudde haar hoofd. Ze probeerde na te denken. Alles leek vaag en ver weg.

'Ik werd eerst van achteren gestoken,' zei ze. 'Ik heb haar niet eens gezien, ik kan me dat in elk geval nauwelijks herinneren. Maar er was iets. Ik heb bloed verloren, veel bloed, en ik ben bewusteloos geraakt. Ik weet alleen nog dat ik iets heb gehoord. Meer niet.'

'Dat maak ik zo vaak mee,' zei Karlsson. 'Je geheugen zul je op dat punt waarschijnlijk nooit meer terugkrijgen. Maar toen we daar aankwamen en zagen wat er aan de hand was, konden we eigenlijk makkelijk reconstrueren wat er was gebeurd. Jezus, wat een bloedbad. Sorry, dat hoef jij niet te weten.'

'Maar wat is er dan gebeurd?'

'Zullen we dit niet liever voor later bewaren, Frieda?'

'Ik wil het nu weten,' zei Frieda. 'Vertel op.'

'Oké, oké,' zei Karlsson. 'Het is duidelijk wat er gebeurd moet zijn. Je hebt uit zelfbehoud gehandeld. Nadat ze je had gestoken, moeten jullie hebben gevochten om het mes, terwijl jij al bloedde. Je hebt het mes afgepakt en uit zelfverdediging op haar ingestoken.'

'Hoe?'

'Wat bedoel je?'

'Hoe heb ik op haar ingestoken?'

'Ze is overleden als gevolg van bloedverlies doordat haar keel was opengereten.'

'Ik heb haar keel doorgesneden?'

'Ja, en toen heb je haar riem gepakt en daarmee je been afgebonden. De artsen zeggen dat je binnen een paar minuten zou zijn doodgebloed als je dat niet had gedaan.'

Frieda gebaarde naar het bekertje water. Karlsson hield het aan haar lippen. Het slikken deed pijn.

'Ga nu maar slapen,' zei hij. 'Het komt allemaal goed.'

'Goed dan,' zei Frieda. Het spreken kostte haar nu ontzaglijk veel moeite. 'Eén ding nog.'

Hij boog zich over haar heen. 'Wat dan?'

'Dat heb ik niet gedaan.'

'Ik zei het toch al,' zei Karlsson. 'Je krijgt hier geen problemen mee. Het was puur zelfverdediging.'

'Nee,' zei Frieda. 'Ik heb het niet gedaan. Ik zou het niet gekund hebben. En trouwens...' Frieda dwong zichzelf om te denken aan de momenten voordat ze bewusteloos raakte. Ze probeerde die paar momenten te scheiden van alles wat daarna kwam, de vergetelheid, de nachtmerries, de perioden van wachten. 'Ik hoorde iets. Maar ik weet het wel degelijk. Hij was het.'

Karlsson keek verbaasd en vervolgens geschrokken.

'Wie bedoel je, "hij"?'

'Je weet best wie ik bedoel.'

'Dat moet je niet zeggen,' siste Karlsson. 'Je mag het niet eens dénken.'

53

Sandy parkeerde de auto bij de westelijke ingang van Waterlow Park. Tijdens de steile rit omhoog via Swains Lane had Frieda het gevoel gehad dat ze opstegen en Londen achter zich lieten.

'Het park zal om deze tijd wel open zijn, dacht ik,' zei Sandy met een gepijnigde glimlach.

Frieda voelde een lichte kramp toen ze uitstapte. Ze had nog steeds pijn, vooral als ze een tijdje stil had gezeten.

'Kun je dit wel aan?' vroeg Sandy.

Frieda had het allemaal vreselijk gevonden, de pijn, de behandeling, de medicatie en de voortdurende bezoeken aan het ziekenhuis, maar het ergste van alles vond ze het medeleven, de aandacht, de zorg, de blik die de mensen in hun ogen kregen als ze haar zagen, hun houding waaraan je kon zien dat ze hun best deden om maar de juiste dingen te zeggen. Langzaam en enigszins stijf liep ze het park in. Oogverblindend gele narcissen wuifden op de wind heen en weer.

'Je kunt nu echt zien dat het lente wordt,' zei Sandy. 'Voor het eerst.'

Frieda pakte hem bij de arm om steun te hebben. 'Als jij nou niet gaat zeggen dat de lente de vernieuwing van het leven belichaamt, zal ik niet zeggen dat dit de wreedste maand van het jaar is.'

'Was april niet de wreedste maand?'

'Maart is ook behoorlijk wreed.'

‘Goed,’ zei Sandy. ‘Ik zal niet zeggen wat een mooie dag het is, dat de narcissen in bloei staan en dat Waterlow Park zo fraai gelegen is, zodat je er over Londen kunt uitkijken. We kunnen ook naar de begraafplaats hiernaast gaan, als dat meer bij je stemming past.’

‘Je kent me,’ zei Frieda. ‘Ik hou van begraafplaatsen. Maar dit is voor vandaag goed genoeg. Ik hou van dit park. Ik weet niet hoe sir Thomas Waterlow aan zijn geld is gekomen. Hij zal het wel hebben gestolen of het hebben geërfd zonder er zelf iets voor te hebben hoeven doen. Maar hij heeft Londen dit park gegeven, en daar ben ik hem dankbaar voor. En ik ben jou dankbaar.’

‘Nou, dankbaarheid is niet bepaald waar ik...’

‘Sst. Ik weet wat jij hebt meegemaakt, Sandy, en wat je niet tegen mij kunt zeggen. Daarvoor ben je te veel een heer. Je bent teruggekomen, en ons weerzien was fijn. Nee, het was heerlijk. Dit had voor ons een periode moeten zijn om na te denken over ons leven, om beslissingen te nemen, om van elkaar te genieten. Maar in plaats daarvan... nou ja, moest je dag in, dag uit aan een ziekenhuisbed zitten en toekijken hoe ik door een rietje dunne kippensoep dronk en in een ondersteek plaste.’

‘Met het idee dat je wel dood zou kunnen gaan.’

‘Ook dat nog.’

‘Toen ik dacht dat je dood zou gaan...’

‘Ja, zeg maar niks.’

Ze liepen door in de richting van de vijver. Het was druk in het park, en overal langs het pad zag je gezinnen. Kinderen voerden eenden, duiven en eekhoorns noten en oud brood.

‘Moet je dat zien,’ zei Sandy.

Een jongetje gooide pinda’s naar een grote rat, die vanonder een rododendron het gazon op was gelopen.

‘Als je de duiven gaat voeren,’ zei Frieda, ‘kun je net zo goed ook de ratten te eten geven.’

‘Zullen we naar boven lopen?’ zei Sandy. ‘Daar heb je een beter uitzicht.’

‘Straks,’ zei Frieda.

‘Ik wilde hier om symbolische redenen naartoe. Ik had niet

verwacht dat jij naar die bruiloft zou komen. Ik dacht dat je me uit je leven had gebannen. Ik was erg blij om je te zien.'

'Ja,' zei Frieda. 'Ja, ik was ook blij.' Het leek al zo lang geleden.

Er stak een eend over, gevolgd door een rij piepkleine kuikentjes.

'Normaal gesproken zou ik zeggen: goh, wat lief,' zei Sandy. 'Maar nu niet.' Hij draaide zich om en legde zijn handen op haar schouders. 'Frieda, ik weet niet goed hoe ik het moet zeggen, maar ik weet dat het voor jou een verschrikking is geweest waar geen woorden voor zijn, dus als je er ooit over wilt praten…'

Frieda trok haar neus op. 'Wil je dat ik zeg dat ik getraumatiseerd ben?'

'Dat zou iedereen zijn.'

'Ik weet het niet. We zullen zien. Op het moment heb ik vooral verdriet om Mary Orton. Als ik mijn ogen dichtdoe, zie ik duidelijk voor me hoe ze naar me opkeek. Ze heeft in de laatste momenten van haar leven naar mij gekeken, en volgens mij dacht ze toen: je had toch gezegd dat je me zou beschermen. Dat het goed zou komen. Maar ik weet niet wat ik anders had kunnen doen. Ik heb de politie gebeld, ik heb het alarmnummer gebeld en ik ben naar haar huis gegaan.'

'Je hebt gedaan wat je kon.'

'Ze had twee zoons die haar aan haar lot overlieten. Ze was bedrogen en ze heeft mij om hulp gevraagd, en toen is ze vermoord. Nou, haar twee zoons krijgen nu haar geld, dus die zijn in elk geval wel blij.'

'Het is niks voor jou om zo te praten, Frieda. Dit zou je niet zo tegen een van je patiënten zeggen.'

'Als ik tegen mijn patiënten zou zeggen wat ik tegen mezelf zeg, zouden de meesten de hand aan zichzelf slaan.'

'En zo praatte je ook niet tegen Josef, toen hij zei dat hij zich schuldig voelde aan de dood van Mary Orton.'

'Nee.' Haar gelaatsuitdrukking werd wat milder. 'Ik heb tegen Josef gezegd dat hij had gedaan wat hij kon, en dat ik naar hem had moeten luisteren.'

'Dus voor de anderen geldt iets anders dan voor jou.'

'Ja.'

'Waarom?'

'Wat bedoel je?'

'Iedereen zou uit zijn evenwicht zijn door wat jij hebt gedaan en wat je allemaal hebt meegemaakt. Maar jij lijkt er helemaal niet meer aan te denken dat je neergestoken bent en bijna dood was, hè? Als je praat over wat je hebt meegemaakt, heb je het over Mary Orton, en over Janet Ferris en zelfs over Beth Kersey, die jou wilde vermoorden – en daar nog bijna in geslaagd is ook. En dan hebben we ook nog Alan Dekker en Kathy Ripon. Al die mensen die er niet meer zijn. En nu realiseer ik me dat je met dat alles – hoe zal ik het zeggen? – te veel bezig bent, het veel te persoonlijk opvat.' Sandy zweeg en keek in Frieda's fel opgloeiende ogen. 'Waar denk je aan?'

'Wacht,' zei ze. Ze wendde zich van hem af en liet haar blik door het park gaan. Toen ze zich weer omdraaide, was haar gezicht bleker dan ooit en keek ze nog feller uit haar ogen. 'Ik moet je iets vertellen.'

'Ga door.'

'Ik heb dit nog nooit aan iemand verteld.' Ze haalde diep adem. 'Toen ik vijftien was, heeft mijn vader zelfmoord gepleegd.' Ze stak haar hand op om te voorkomen dat Sandy iets zou gaan zeggen of dichterbij zou komen. 'Hij heeft zich bij ons op zolder verhangen.'

'Wat afschuwelijk voor je, Frieda.'

'Ik was degene die hem vond. Ik heb hem losgesneden, maar toen was hij natuurlijk al dood. Hij was al een tijdje erg depressief, maar ik had gedacht dat ik hem beter kon maken. Ik droom nog steeds weleens dat ik op tijd bij hem kom. Steeds weer.' Ze keek hem met grote ogen aan. 'Maar ik was niet op tijd,' zei ze. 'Net als bij Mary Orton. En bij Janet Ferris. En Kathy Ripon. En die arme Alan. Allemaal mensen die mij vertrouwden en die ik teleurgesteld heb.'

'Nee, lieverd.'

'Ik heb het gevoel dat er een vloek op me rust. Je zou ver uit mijn buurt moeten blijven.'

'Je kunt mij niet van je weg houden.'

'Ach,' zei Frieda. Even dacht Sandy dat ze zou gaan huilen. Ze deed een stapje naar voren, legde haar hand op zijn wang en keek hem aan. 'Wat gaan we doen, Sandy?'

'We gaan onszelf de tijd gunnen.'

'O ja?'

'Ja.'

'Dus jij gaat weer terug naar Amerika, en ik blijf hier?'

'Ja. Maar het zal toch anders zijn.'

'Waarom?'

'Vanwege Waterlow Park. Vanwege onze nachtelijke wandeling langs de rivier. Omdat jij me hebt laten zien dat een rivier onder de grond kan stromen zonder op te drogen en te verdwijnen. Omdat ik jou ken.'

'Ja,' zei Frieda zacht, 'je kent me.'

'Hallo!'

Sandy en Frieda keken allebei om. Achter hen stond een klein meisje dat met haar beide handen een bosje narcissen omklemde. Ze ging op haar tenen staan, stak haar armpjes uit en reikte Frieda de bloemen aan. Frieda pakte ze aan.

'Dank je wel,' zei ze. Hoewel de beweging pijnlijk voor haar was, boog ze zich voorover, zodat haar gezicht dichter bij dat van het meisje kwam. 'Ze zijn prachtig.'

'Uw tijd was nog niet gekomen,' zei het meisje.

'Wat?' zei Frieda. 'Wat bedoel je?'

'Uw tijd was nog niet gekomen.' Het meisje fronste geconcentreerd haar wenkbrauwen, alsof ze op school voor de klas werd overhoord. 'Uw... tijd... was... nog... niet... gekomen.'

'Wat betekent dat?'

Ze keek geschrokken. Frieda dacht dat ze weg zou lopen. Sandy hurkte neer en sprak zacht tegen haar. 'Hoe heet je?' vroeg hij.

'Ginny.'

'Dat is een mooie naam. Ginny, waarom zeg je dat?'

'Omdat hij zei dat dat moest.'

'Wie?' zei Sandy.

'Die meneer.'

Sandy keek naar Frieda en toen weer naar het meisje. 'Kun je hem aanwijzen?'

Ze keek om zich heen. 'Nee,' zei ze.

'Wat zei hij?'

'Hij zei: "Geef deze bloemen aan die mevrouw en zeg..."' Ze zweeg even. 'Ik ben het vergeten.'

'Ginny!' klonk een stem. 'Ginny!'

Het meisje liep over het pad naar haar moeder.

'Wat was dat nou?' zei Sandy.

'Hij houdt me in de gaten,' zei Frieda op nauwelijks meer dan fluistertoon.

'Wie?'

'Dean,' zei ze. 'Dean Reeve. Hij is hier. Hij was steeds in de buurt. Ik heb het gevoeld. Hij was het. Ik weet dat hij het was.' Ze draaide zich om en keek Sandy met een felle blik aan. 'Ik kan Beth niet de keel hebben doorgesneden. Ik kan haar riem niet hebben gepakt om er mijn been mee af te binden. Hij heeft me gered. Dean Reeve heeft mijn leven gered.'

Ze verwachtte al half dat hij zou zeggen dat ze paranoïde was, dat ze gek was, maar dat deed hij niet. 'Waarom?'

'Omdat hij zelf de macht wil hebben om mij kapot te maken.'

'Wat gaan we doen?'

Ze haalde haar schouders op. 'Wat kan ik doen?'

'Ik zei "we".'

'Dat weet ik. Dank je.'

Sandy sloeg zijn armen om Frieda heen. Ze bleef even tegen hem aan geleund staan. Ze zwegen allebei.

'Zullen we samen de heuvel op lopen?'

Frieda schudde haar hoofd.

'We moeten gaan,' zei ze. 'Het wordt donker. De dag is voorbij.'